本书出版得到教育部人文社会科学研究青年基金项目、上海外国语大学高层次研究项目、上海外国语大学青年教师科研培育团队项目资助

文化、身份与话语重构

艾丽丝·门罗及其短篇小说研究

CULTURE, IDENTITY AND NARRATIVE CONSTRUCTION
ALICE MUNRO'S SHORT STORIES

周 怡 著

社会科学文献出版社
SOCIAL SCIENCES ACADEMIC PRESS (CHINA)

图书在版编目(CIP)数据

文化、身份与话语重构：艾丽丝·门罗及其短篇小说研究/周怡著. -- 北京：社会科学文献出版社，2022.2
ISBN 978-7-5201-9664-2

Ⅰ.①文… Ⅱ.①周… Ⅲ.①艾丽丝·门罗-短篇小说-小说研究 Ⅳ.①I711.074

中国版本图书馆CIP数据核字（2022）第006933号

文化、身份与话语重构
——艾丽丝·门罗及其短篇小说研究

著　　者 / 周　怡

出 版 人 / 王利民
责任编辑 / 刘　荣
文稿编辑 / 张　格
责任印制 / 王京美

出　　版 / 社会科学文献出版社（010）59367011
　　　　　地址：北京市北三环中路甲29号院华龙大厦　邮编：100029
　　　　　网址：www.ssap.com.cn
发　　行 / 社会科学文献出版社（010）59367028
印　　装 / 三河市尚艺印装有限公司

规　　格 / 开　本：787mm×1092mm　1/16
　　　　　印　张：24.25　字　数：346千字
版　　次 / 2022年2月第1版　2022年2月第1次印刷
书　　号 / ISBN 978-7-5201-9664-2
定　　价 / 99.00元

读者服务电话：4008918866

版权所有 翻印必究

前　言

　　瑞典当地时间 2013 年 10 月 10 日下午 1 点（北京时间晚 7 点），时年 82 岁的加拿大短篇小说家艾丽丝·门罗击败了众多热门候选人，成为诺贝尔文学奖历史上首位凭借短篇小说创作折桂的作家，也是首位加拿大作家。对于加拿大文学而言，这次胜利具有重要的文化象征意义，是自 20 世纪 50 年代起加拿大民族主义运动的"开花结果"，代表着加拿大文学发展的一个艺术高点。门罗自 1950 年首次发表作品，至今已创作了 200 多篇短篇小说，出版了 14 部短篇小说集。她生逢其时地见证了加拿大文化环境的巨变，同时亦积极地以写作参与加拿大文化的建构。

　　作为典型的加拿大作家，门罗的作品大多以她的故乡安大略省西南小镇为创作对象。正如她的前辈，加拿大作家玛格丽特·劳伦斯构建了玛纳瓦卡系列小说，门罗也创作了一个西临休伦湖、南接伊利湖、北起戈德里奇、东至伦敦（加拿大）的"门罗地域"。她的写作继承并发扬了加拿大文学的安大略传统，弥散着强烈的地域意识和历史关怀，以深刻的洞见呈现了加拿大文化的深层结构，是纯粹短篇小说艺术与高度加拿大精神相结合的典范。与同时代的另一位加拿大文学巨匠玛格丽特·阿特伍德不同，门罗的创作并不以理论与批评见长，而是强调"真实生活"的微观聚焦。她尤其专注于文学本身的质地，叙述风格曲径通幽，措辞精雕细琢，因此享有"作家中的作家"美誉。

国外的门罗研究自20世纪60年代末起步，经过了70年代的发展，80年代的繁荣，以及90年代与21世纪初的两次高潮，热度稳定上升，并随着门罗斩获诺贝尔文学奖而攀至顶峰，不论是研究成果的质量还是数量都相当可观。其中，"叙述技巧"与"女性主义"是门罗批评研究的传统热点。研究者或运用当代西方叙述理论围绕作品的叙述结构与叙述话语来展开分析，或考察作品的女性视角、女性意识与女性传统。21世纪以来，随着文学与文化理论的发展，门罗研究不断涌现新的方法和角度，研究视域更为开阔，研究领域持续拓展。愈来愈多的学者意识到，作家门罗的加拿大籍身份、女性作家身份、短篇小说家身份，与加拿大国家的后殖民、后现代身份之间具有重要的文化关联，从而将门罗文本中潜藏的文化指征逐渐从背景推向了前台。譬如门罗所代表的"安大略传统"与"美国影响焦虑"之间的张力，作品体裁的"边缘性"所反映的加拿大文化心理，其哥特主义风格对于苏格兰及美国南方哥特主义文化传统的继承与嬗变等，都为门罗作品的文外研究提供新的视角。

本书旨在从国别文化的研究视角来探讨艾丽丝·门罗的艺术成就与其文化身份之间的关联，这或许是拓展加拿大文学研究视域的有益尝试。门罗是如何运用短篇小说这种艺术形式对"加拿大文化结构"做出富于意象的沉思的呢？从文化研究的角度考察门罗作品的文类选择与加拿大性的体现，是颇具启发意义的。因为在中国，在很长一段时间里，"阿特伍德成为我国加拿大文学翻译和研究的中心"（赵慧珍，《加拿大英语文学在中国三十年》 59），门罗的价值在一定程度上被忽视了，这或许是和我国文学界长期存在的"长篇崇拜"思想相关，又或是在所有文化历史悠久的国家中都普遍存在的现象——在新兴的国家中反而会有更繁荣的短篇创作和研究出现。本研究的论证有一个理论前设，即文化产品是在特定的文化语境下制作出来并产生效应的，因此文本的解读也应在文化视域下进行。门罗对于短篇小说这一文类的选择具有必然性。她的创作受到自身作为加拿大作家的文化影响，她的成名得益于加拿大民族文化崛起的大背景，她也选择了一种最适合自身的文类，淬炼出独特的叙述视角与技巧，使其作品最终突破了文类局限而具有高度的浓缩感与延展性。她的短篇小说一方面是对加拿大社会与文化敏锐的观察与忠实的描摹，另一方面又渗透着古典人文主义理想与高尚的审美风格，是文化自觉和艺术自治的完美统一。

本书是文学研究与区域国别文化研究的结合。在加拿大文化视域下研读门罗的短篇小说，由此探讨文化因子是如何进入文本制作的诸多系统之中，而虚构性文本又是如何完成文化的构建的。门罗文本中处于转型时期的加拿大与当代中国具有许多相似之处，她的艺术成就是自20世纪50年代以来加拿大文艺复兴运动最重要的成果，而文化复兴也是我国当前的重要课题，因此，相信对加拿大作家文化建构的研究，亦能为提升现代化进程中的中国文化软实力提供现实参照。

由于作者学识有限，疏漏之处，祈望各位读者和同仁不吝赐教。

周 怡
2020年10月

目录

第一部分　作家门罗与加拿大文化身份

第一章　加拿大文学史回顾：谁能被称为"加拿大作家"？／004
　　第一节　加拿大作家：别处还是此地／004
　　第二节　加拿大文学：从殖民性到民族性／012
　　第三节　新时代的选择：地域性还是国际性／023

第二章　加拿大文化崛起与作家门罗启航：奇妙的平行线／033
　　第一节　1931—1950年：新生、独立与成长／033
　　第二节　1950—1970年：携手发展中的加拿大文学／041
　　第三节　1980—1990年：走向国际的加拿大作家
　　　　　　与加拿大文化／072
　　第四节　2000年至今：从《纽约客》、布克奖
　　　　　　到诺贝尔文学奖／077

第三章　加拿大文化的标尺：文坛"一姐"之争／084
　　第一节　殊途同归：加拿大文学的世界性与民族性／084
　　第二节　门罗与阿特伍德文化背景与艺术审美理念对比／086

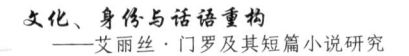

第二部分　如假包换的加拿大内容

第四章　小镇文学：加拿大文化版图关键词 / 111
　　第一节　《钱德利家族和弗莱明家族》/ 113
　　第二节　《沃克兄弟的牛仔》/ 125

第五章　女性艺术家成长小说：加拿大身份与文化认同 / 138
　　第一节　《乞女》/ 140
　　第二节　《家传家具》/ 154

第六章　哥特主义：加拿大历史、文化想象与伦理 / 171
　　第一节　《乌特勒支停战协议》/ 174
　　第二节　《好女人的爱》/ 187

第三部分　如何讲述加拿大的故事

第七章　新兴国家的标杆文类：短篇小说与加拿大文学传统 / 213
　　第一节　短篇小说的诞生与文类的文化等级划分 / 213
　　第二节　文类颠覆、加拿大短篇小说与女性作家传统 / 221
　　第三节　门罗的双重文化身份与文类选择 / 227

第八章　门罗的非典型性短篇小说：游走在虚构与非虚构之间 / 233
　　第一节　虚构性自传 / 233
　　第二节　记忆碎片中的地域历史 / 240
　　第三节　曲径通幽的自我探知 / 254
　　第四节　《岩石城堡上的风景》和《美好生活》/ 270

第九章 门罗短篇小说艺术：回顾视角、多声部、投射性、
　　　　含混性 / 279
　　第一节　回顾视角 / 281
　　第二节　多声部 / 287
　　第三节　投射性 / 293
　　第四节　含混性 / 299

结　语 / 311

附录一　艾丽丝·门罗与加拿大文学
　　　　——罗伯特·撒克教授访谈录 / 315

附录二　加拿大文学与自我追寻母题
　　　　——美裔加拿大作家克拉克·布莱茨访谈录 / 325

附录三　艾丽丝·门罗作品一览 / 338

参考文献 / 340

后　记 / 375

第一部分

作家门罗与加拿大文化身份

2009 年 5 月,英国的《卫报》(*The Guardian*)① 宣布艾丽丝·门罗(Alice Munro, 1931—)获得了当年的曼布克国际文学奖(Man Booker International Prize)。"评委们对享有盛誉的加拿大短篇小说家近乎完美的作品赞不绝口","加拿大短篇小说家艾丽丝·门罗从众多世界文学巨匠的竞争中最后胜出……"(Flood)新闻的副标题与正文首句都特别强调了一个事实:门罗是一位"加拿大短篇小说家"。

确实,"加拿大"与"短篇小说"是作家门罗最重要的标签,当然,她还是一位女性作家。但"女性""短篇小说""加拿大"这样的定语似乎也在暗示,门罗是非主流作家,尤其是考虑到加拿大文学的独立性直到 20 世纪 60 年代才逐渐被文坛接受,同时短篇小说长期以来被轻视为"女性文体"。《卫报》是这样评论门罗的写作生涯的:"门罗那些舒展平静的小镇生活的故事为她赢得了无数的文学奖项,但她多年参与竞争的诺贝尔文学奖却始终与其无缘。"(Flood)

彼时并没有人会想到,仅仅四年以后,82 岁高龄的门罗最终冲破了国别、文类与性别的限制,一举摘得诺贝尔文学奖的桂冠,成为诺贝尔文学奖史上的首位短篇小说家、首位加拿大作家②,以及第 13 位女性作家。颁奖理由是异乎寻常地简洁——"当代短篇小说大师"。

---

① 《卫报》是英国全国性综合日报,与《泰晤士报》(*The Times*)、《每日电讯报》(*The Daily Telegraph*)齐名,为英国三大主流报。《卫报》定位于高端市场,注重国际新闻,擅长评论,主要读者为政界人士、白领和知识分子,具有左翼立场(20 世纪七八十年代非常明显)、高端市场和年轻高端读者三大优势。

② 她是第二位在加拿大出生的获奖作家。1976 年的诺贝尔文学奖得主索尔·贝娄(Saul Bellow, 1915—2005)也是在加拿大出生,但他是以美国作家的身份获奖的。

第一部分　作家门罗与加拿大文化身份

瑞典文学院常任秘书彼得·恩隆德（Peter Englund）在揭晓诺贝尔文学奖时评价道："她选择了短篇小说，尽管这种艺术形式常常被误以为比不上长篇小说，她却将其淬炼至完美。"（Englund）在随后的正式颁奖词中，恩隆德进一步强调门罗具有浓郁加拿大风味的审美品位。

> 她的作品正是以媲美人类学家的精确度描绘了一个极具辨识度的、平静的日常世界，其间所发生的一切都毫无悬念。她笔下的世界，一如福克纳笔下的约克那帕塔法县，坐落于安大略省的西南一隅。在那片平淡无奇的加拿大乡村地貌上，宽宽的河流与貌似寡淡无味的小镇，成为她大部分短篇小说的展开之所。然而其中的沉静与简单却极具欺骗性。

恩隆德尤其使用了"平静""平淡无奇""宽宽的""寡淡无味"这样的字眼来强调门罗的加拿大文化背景。加拿大的平淡与平静，这些通常对于作家而言不算精彩的文化素材，却被门罗以她大师级的审美提炼出了意蕴悠长的经典。作为一位土生土长的加拿大作家，门罗在其60余年的创作生涯中，始终坚持从加拿大的土地上汲取营养，讲述加拿大的小故事。门罗获得诺贝尔文学奖，对于整个加拿大文学而言，具有划时代的意义。

第一章
加拿大文学史回顾：谁能被称为"加拿大作家"？*

第一节 加拿大作家：别处还是此地

作家的国别文化归属一直是个有趣的话题。2000 年，时任瑞典文学院常任秘书、诺贝尔文学奖评选委员会委员的贺拉斯·恩达尔（Horace Engdahl）曾在《世界政策》（*World Policy Journal*）期刊上发表了《诺贝尔奖的敏感性》（"A Nobel Sensibility"）一文，对作家国别文化归属背后的政治与审美问题做出探讨。他指出，以诺贝尔文学奖为例，塞缪尔·贝克特（Samuel Beckett，1906—1989）是用法语写作的爱尔兰人；埃利亚斯·卡内蒂（Elias Canetti，1905—1994）是来自保加利亚的犹太裔英国人，使用的文学语言是德语；约瑟夫·布罗茨基（Joseph Brodsky，1940—1996）用英俄双语写作，但是他放弃了自己的俄语名"罗瑟夫"，改用了英文名"约瑟夫"；奈莉·萨克斯（Nelly Sachs，1891—1970）属于德语文学，却不属于德国，也不属于瑞典，虽然她在那里度过了人生的大部分时光；艾萨克·巴什维斯·辛格（Isaac Bashevis Singer，1904—1991）用意第绪语和英语进行创作，对业已消逝的东欧犹太文化进行想象性再创作，其创作的文化背景却是千里之外世俗化的现代美国。恩达尔认为，伟大的作家常常是

---

* 本书中部分"加拿大作家"与"加拿大"使用了引号，旨在强调"加拿大"这一定语的国别文化概念，并与强调国籍的加拿大概念做出区分。

第一章 加拿大文学史回顾：谁能被称为"加拿大作家"？

游牧性的，很难从民族或者语言上进行分类，所以众多诺贝尔文学奖获得者的国别文化归属问题会含混不清也在所难免。恩达尔尤其提到，诺贝尔本人的文学观在很大程度上受到歌德（Johann Wolfgang von Goethe，1749—1832）与爱克曼（Johann Peter Eckerman，1792—1854）对话中那一著名论断的影响："民族文学如今已经不那么重要，世界文学的时代快要来临了，我们每个人都应努力使它尽快到来。"（Engdahl 42）①

在当下现代化进程及全球化汹涌浪潮的背景下，作家身上的这种模糊或者有争议的国别文化归属性仿佛已是愈来愈普遍的现象，并且政治因素在评审的博弈中难以避免。譬如印度裔作家维迪亚达·苏莱普拉萨德·奈保尔（Vidiadhar Surajprasad Naipaul，1932—2018），虽然他出生在当时的英属特立尼达，并很早就移居到了英国，从来都是英国公民，但奈保尔刚获诺贝尔文学奖时，斯德哥尔摩的英国大使还是拒绝承认他是英国作家。而作家伊凡·蒲宁（Ivan Bunin，1870—1953）则是没有国家的流亡者，持南森护照。② 无独有偶，2006年奥尔罕·帕慕克（Orhan Pamuk，1952— ）的获奖理由是帕慕克"在对故乡城市悲怆灵魂的追踪中发现了文化冲突与融合的新象征"，但土耳其政府对此颇有微词。恩达尔一针见血地指出，后殖民主义的西方知识分子在要求作家忠于自我的文化之根时，和上述事件的逻辑并没有本质区别。所以为什么还会有道德评判的双重标准存在呢？也正因此，瑞典文学院被指责"以异域的伪装掩盖其欧洲文学（西方文学经典）的本质，事实上沦为了文化帝国主义的帮凶"（42）。恩达尔最后的总结耐人寻味：

> 当下对世界文学的探讨中，"中心"和"边缘"的概念起到了突出的作用。一般认为，诺贝尔文学奖体现了西方文化圈核心地带的文学趋向。然而，与诺贝尔文学奖相关的工作使我们看

---

① 部分译文参考贺拉斯·恩达尔《诺贝尔奖与世界文学的概念》，武梦如译，第3页。
② 南森护照是一种被国际承认的身份证，由国际联盟首推，为无国籍的难民而设。

到,文学系统绝非一个统一、集中的整体。每个国家都有自己的世界文学概念,没有所谓的中立区域,也不存在一种为所有人共享的跨国界的视野。(44)

文学,不可避免会成为意识形态的载体,所以作家的国别文化身份也是无法逃避的议题。被诺贝尔文学奖经典化了的作家们,他们的民族性与世界性,往往代表了文化语境的边缘性与中心性,瑞典文学院的选择,也总是带着时代的审美与价值判断。

正是从这个角度,2013年加拿大作家艾丽丝·门罗的获奖,确实是一件出乎意料又在情理之中的事。陈众议在《诺贝尔文学奖获奖作家作品导读》一书的前言中指出,最近几十年的诺贝尔文学奖呈现一种倾向,譬如颁给了"不少有着明显自由主义,甚至无政府主义倾向的作家"(易晓明1),具有一定的政治性,而"门罗的获奖多少意味着古典传统的复归"(2)。作为加拿大"本土文学"的代表性作家,门罗似乎完全走在了"世界文学"的对立面。这位年逾90的加拿大短篇小说家,始终扎根在加拿大的土地上,极少旅行,更极少出国。她的写作继承了加拿大文学"地域主义"的创作传统,构建了一个具有典型安大略文化版图特征的"门罗地域"(Munro Tract),体现出一种独特的"加拿大性"(Canadianness)。考量门罗的国别文化身份问题,对于当下文学"民族性"与"世界性"的思辨颇具启发性。而对加拿大国别文学而言,加拿大作为殖民者定居型的后殖民主义国家、移民国家,又该如何在全球一体化的冲击下建构自己的民族文学,建构加拿大独特的国别文化呢?这些都是当下文学研究在区域国别视域下有趣的新话题。

门罗并不是诺贝尔文学奖史上第一位在加拿大出生的作家,但她却是第一位真正意义上的"加拿大"诺贝尔文学奖作家。在门罗之前,1976年的诺贝尔文学奖曾颁给了在加拿大出生的索尔·贝娄。但是索尔·贝娄的文化背景非常复杂,其中"加拿大性"的成分并不多。他出身于俄国的犹太裔移民家庭,幼时住在法语区的蒙特利尔城郊，9岁随家人移民美国，成年后的作品主题旨在记录当代美国社会的精神危机，因此索尔·贝娄是以美国作家的文化身份获得诺贝尔文学奖的。当年诺贝尔颁奖词开篇即将贝娄放置于美国文学的叙事话语中进行评价，称："当索尔·贝娄的第一部作品问世的时候，美国的叙事艺术发生了意向性和换代性的变化……贝娄的处女作《晃来晃去的人》（*Dangling Man*，1944），就是预示着一些新的东西即将出现的迹象之一。"（"Saul Bellow"）而贝娄本人在获奖演说时，也特别强调了自己作为美国作家的身份，他说："康拉德之所以引起我的兴趣，也许是因为他像一个美国人。"（刘硕良 395）因此，毫无疑义的，贝娄是美国作家，而不是一名加拿大作家。

事实上，"谁能被称为'加拿大作家'？"在加拿大文学史上，一直都是个极具争议性的话题。1973年，加拿大建国百年纪念后的第6年，伴随着高昂的民族主义热情和迫切定义加拿大文学的使命感，时年才32岁的加拿大文学评论家弗兰克·戴维（Frank Davey，1940—　）在其专著《从别处到此地：1960年以来的加拿大英语文学导读》（以下酌情简称为《从别处到此地》）（*From There to Here：A Guide to English-Canadian Literature since* 1960）的前言中，就大胆地试图对加拿大作家的"加拿大性"做出评级。他提出，能否被称为"加拿大作家"，必须要看作家的"出生地"和"居住地"。戴维大刀阔斧地排除了那些新近才移民加拿大的作家，譬如简·儒勒（Jane Rule，1931—2007）和罗本·斯凯尔顿（Robin Skelton，1925—1997），不仅如此，戴维甚至把梅维斯·加兰特（Mavis Gallant，1922—2014）——这位在门罗之前的加拿大最著名的短篇小说家——也排除了出去。

在戴维看来，加兰特代表了"（虽出生于加拿大，但）侨居外国，并且已经选择进入了另一种文化的文学传统"（Davey, *From There to Here* 10）的那一类作家。从这个角度看加兰特似乎和贝娄的情况类似。戴维觉得加兰特应该是法国作家。她出生于蒙特利尔，虽是具有苏格兰血统的新教（Protestant）后代，却从4岁时就在讲法语的天主教寄宿学校生活，从小接受法国文化的熏陶，成年后长期旅居欧洲，

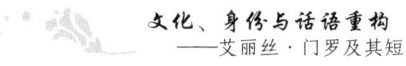

定居法国巴黎几十年，大部分时间不在加拿大居住。至《从别处到此地》出版时，加兰特的创作也确实以法国的风土人情为主，所以戴维会裁定加兰特是法国文学传统的延伸。但仅仅八年之后，1981年加兰特创作了一本加拿大人在欧洲的短篇故事集《家庭真相：加拿大故事集》(Home Truths: Selected Canadian Stories)，并一举获得了当年的加拿大总督文学奖 (Governor General's Literary Award)；1982年，加兰特的首部剧作《怎么办？》(What Is to Be Done?) 又强势在多伦多上演——加兰特重返加拿大了！1983年至1984年，加兰特在多伦多大学 (University of Toronto) 担任驻校作家 (Writer-in-Residence)。20年后，即2004年，加兰特再次出版了以加拿大生活为背景的《蒙特利尔故事集》(Montreal Stories)。虽然就整体的文学流派和写作风格而言，加兰特大部分时候似乎总是游离在加拿大主流文学圈外，但她始终只是法国的"外国作家"。当然，如今我们已经可以为加兰特正名，她是"加拿大作家"无疑。即便是定居巴黎，她始终坚持只用英语写作，这似乎是加兰特保留加拿大文化身份的一种方式。更为重要的是，加兰特作品中的人物有着与加拿大文学一脉相承的边缘感：既背负着历史的包袱，同时又被历史孤立……从另一个角度观察，加兰特的作品大多发表在美国的《纽约客》(New Yorker) 杂志上，总数高达百余篇，是在门罗之前最受《纽约客》青睐的加拿大作家，素有"《纽约客》作家"之称。但即便如此，当加兰特最初向《纽约客》投稿的时候，其作品还是会因为"加拿大风格过重"而惨遭退稿。这样的一位作家，为什么反而在加拿大国内迟迟得不到肯定呢？作为那个年代加拿大最具"国际化"特征的作家，加兰特的例子值得反思。

事实上，如果按照戴维当时的标准，加拿大另一位著名女性作家玛格丽特·劳伦斯 (Margaret Lawrence, 1926—1987)，因为常年不在加拿大居住（超过二十年），似乎也有被认为"不是加拿大作家"的危险。劳伦斯出生于曼尼托巴省，1950—1957年随丈夫去了索马里和加纳，1957—1962年回到加拿大居住，1962—1974年又带着女儿赴英国居住，1974年回加拿大安大略定居。劳伦斯的作品分为两大类：

第一章 加拿大文学史回顾：谁能被称为"加拿大作家"?

一类是游记和文学评论，另一类是小说。小说又分两大类：一类是非洲故事，另一类则是著名的加拿大玛纳瓦卡小镇系列。劳伦斯的第一部小说《约旦这一边》（*This Side of Jordan*，1960）就形象地再现了加纳独立前复杂、紧张的种族关系。她还创作了索马里游记《先知的驼铃》（*The Prophet's Camel Bell*，1962），短篇小说集《明日征服者》（*The Tomorrow-Tamer*，1963）。劳伦斯的非洲故事力求从多方位介绍非洲的社会与文化，批评帝国主义、殖民主义，使人们摆脱固有旧观念，歌颂非洲人民。但劳伦斯显然不是"非洲作家"。她真实地记录了白人殖民主义者与当地黑人之间的隔阂和冲突，展示出两种信仰、两种文化和两个价值观念的激烈冲突，还是基于作家作为旅居"局外人"的视野，因此，劳伦斯的文化身份始终是旅居的加拿大人。并且，劳伦斯在小说创作上最主要的成就还是其对于加拿大西部生活的描写，即以家乡曼尼托巴省的草原生活为素材的西部五部曲：《石头安琪儿》（*The Stone Angel*，1964）、《上帝的玩笑》（*A Jest of God*，1966）、《住在火里的人》（*The Fire Dweller*，1970）、《房子里的一只鸟》（*A Bird in the House*，1970）、《占卜者》（*The Diviners*，1974）。劳伦斯本人就出生在该省的尼帕尔小镇，在这里度过了童年和少年时期，也度过了加拿大经济大萧条及第二次世界大战的危机时期。在西部五部曲中，劳伦斯精心建构了一个具有典型加拿大草原社区特征的玛纳瓦卡小镇，所描绘的 20 世纪加拿大社会的广阔全景让人过目难忘，就像斯蒂芬·巴特勒·利科克（Stephen Butler Leacock，1869—1944）笔下的玛丽波莎小镇一样，已成为加拿大民族意识的一部分。劳伦斯的地域主义写作，正是门罗日后所继承的加拿大文学传统中必不可少的组成部分。劳伦斯是加拿大作家确凿无疑。

在加拿大法语文学方面，同样有一位重量级的女性作家值得一提，即当代加拿大著名诗人、戏剧家和小说家，享有"魁北克文坛贵妇"和"魁北克人民的使者"之称的安娜·埃贝尔（Anne Hébert，1916—2000）。她出身于魁北克法语文学圈的书香门第，是加拿大首位历史学家的弗朗索瓦·泽维尔·加诺（François-Xavier Garneau，

1809—1866）的后人。加诺被誉为"加拿大史学之父"，他编写了"加拿大法语民族的圣经"——首部《加拿大史》。埃贝尔的父亲莫里斯·埃贝尔（Maurice Hébert，1880—1960）则是加拿大皇家学会及加拿大法语诗人协会会员，表兄圣德尼·加尔诺（Hector de Saint-Denys Garneau，1912—1943）更是魁北克名噪一时的诗人。安娜·埃贝尔在艺术上受到了法国近代诗人波德莱尔（Charles Pierre Baudelaire，1821—1867）①、魏尔伦（Paul Verlaine，1844—1896）②、兰波（Arthur Rimbaud，1854—1891）③、克洛代尔（Paul Claudel，1868—1955）④，以及法国当代诗人苏佩维埃尔（Jules Supervielle，1884—1960）⑤、勒内·夏尔（Rene Char，1907—1988）⑥、艾吕雅（Paul Éluard，1895—1952）⑦等人的影响。1942年她在蒙特利尔发表了第一本诗集《平衡的梦》（Les Songes en Équilibre/Dreams in Balance），获魁北克大卫文学奖（Prix David），但直到1953年才发表了第二本诗集《国王的陵墓》（Le Tombeau des rois/The Tomb of Kings），并且埃贝尔真正决心全力投入文学创作，也是因为她在1954年赴法国学习并与法国文学圈建立联系后。1958年，埃贝尔在法国巴黎的瑟伊出版社出版了第一部长篇小说《木屋》（La Mercière Assassinée），获得"法国—加拿大文学奖"（Prix France-Canada）和"杜维尔纳奖"（Prix Duvermay），此后她进入了创作的高产期，连续出版了《卡穆拉斯卡庄园》（Kamouraska，1970）、《塘鹅》（Les Fous de Bassan，1982）等多部作品，全部由瑟伊出版社出版，其中《塘鹅》获得当年法国的费米娜奖（Prix Femina）。埃贝尔在1960年被选为加拿大皇家学院院士，但她

---

① 法国19世纪最著名的现代派诗人，象征派诗歌先驱，代表作《恶之花》（Les Fleurs Du MaL，1857）。
② 法国19世纪象征派诗歌早期领导人，生前被誉为"诗人之王"。
③ 法国19世纪象征派诗歌早期代表人物，超现实主义诗歌的鼻祖。
④ 法国著名诗人、剧作家、外交官。
⑤ 法国当代诗人、小说家、戏剧家。
⑥ 法国当代著名诗人，超现实主义流派代表人物。
⑦ 法国当代杰出诗人，达达主义和超现实主义流派代表人物。

第一章 加拿大文学史回顾：谁能被称为"加拿大作家"？

从 1965 年起就一直居住在法国。按照戴维的标准，埃贝尔又是一位国别文化归属性存疑的作者，并且埃贝尔比加兰特更有甚之，她是地道的法裔，母语是法语，用法语写作。但是，毋庸置疑的是，埃贝尔几乎全部的作品（仅有一部作品例外），都是取材于加拿大和魁北克。她也经常回国访问及参加各类学术活动，最后亦回归了故乡蒙特利尔并在那里去世。正因此，埃贝尔被加拿大和魁北克人民视为加拿大文化在世界范围的优秀使节。她三次获得加拿大总督文学奖，两次获得魁北克大卫文学奖，以及法国、比利时、摩纳哥等法语国家的大奖，是魁北克获奖最多的加拿大作家之一。

事实上，在加拿大国别文学刚刚起步，亟待明确其定义时，"谁是'加拿大作家'？"的诘问直接关系着"加拿大文学"的自我定位和未来的道路选择。加拿大文学很年轻，著名的加拿大文学评论家威廉·赫伯特·纽（William H. New，1938— ）在其《加拿大文学史》（*A History of Canadian Literature*，1989）的引言中直陈：

> "加拿大文学"这一名称本身便是个疑问：它并不是按照同一国籍来确定范围的（在加拿大建立以前已存在作家，而建国以来，亦有众多外国移民或长期访问者以加拿大作为家乡）。这种文学不局限于以加拿大为背景，也不仅包含单一的民族主题。有些作家虽流亡或侨居国外，他们的作品却与加拿大文学存在某些联系；还有许多作家虽出生于加拿大［如温德姆·刘易斯（Wyndham Lewis，1882—1957）、索尔·贝娄、杰克·格鲁亚克（Jack Kerouac，1922—1969）、约翰·赫恩（John Hearne，1926—1994）、A. E. 范沃格特（Alfred Elton van Vogt，1912—2000）等］，但他们的作品并不明显涉及加拿大。可是在加拿大一国范围内，尽管存在上述种种差异，人们还是建立起了一个具有共识的社会。虽然地域和语言之间存在显而易见的差别，但人们都一样熟悉流行的文化，因地制宜地适应于他们所属的空间和距离。加拿大文学的发展，既源于人们所抱有的共同的社会态度，又受益于

历史遗产和外国文艺模式。但是，要替加拿大文学下一个独一无二的定义，怕是行不通的。正是我国范围内的多元文化，从根本上决定了加拿大人如何解释自己的政治品格，如何决定文艺创作的规模，又如何委身于事业和硬件现实，并使创作具有个人特色。（威廉·赫伯特·纽，《加拿大文学史》2—3）

加拿大文学自诞生伊始，就必然要面对"这里"还是"那里"、"别处"还是"此地"的诘问和选择。加拿大文学的发展与加拿大文化的定位休戚相关，也与加拿大民族身份的发展唇齿相依。加拿大文学从诞生伊始，就肩负着在历史、政治、文化及审美的对抗与妥协中维护加拿大"文化主权"的使命。"谁能被称为'加拿大作家'？"这一诘问代表了加拿大建国道路上加拿大作家群体对于确立民族身份和维系文化安全的努力与反思。而要想全面考量门罗的艺术成就，考量其作为加拿大作家与短篇小说作家首获诺贝尔文学奖的重要文化意义，就必须将作家作品置于"加拿大文化"的历史发展长河中，对加拿大文学追根溯源。

第二节　加拿大文学：从殖民性到民族性

加拿大自1867年建国，至今不过150多年历史。而加拿大文学史的记录，通常都会追溯得更早，始自殖民地时期的文学，甚至始自原住民的口述文学。历史上加拿大长期为法国和英国的殖民地，是典型的"殖民者定居"类型的国家，亦是移民国家，因此，这个国家早期的文学不可避免带有宗主国文学传统的影子。《劳特里奇简明加拿大文学史》(*The Routledge Concise History of Canadian Literature*) 中的前言就提出，该时期加拿大文学最重要的叙述主题是征服与安居，如同其政治体制一样，"进行时，未完成"。对于此时的加拿大作家而言，建立加拿大文学传统的主要工作就是在"新世界"的语境下对欧

第一章 加拿大文学史回顾：谁能被称为"加拿大作家"？

洲文学形式进行重构。(Lane 20)

因此，殖民地时期的加拿大文学，无论是英语的还是法语的，基本上依循各自母国的艺术评判标准。例如，在加拿大英语文学世界中，"加拿大的哥德史密斯"（Oliver Goldsmith，1794—1861）、"加拿大的伯恩斯"（Alexander McLachlan，1818—1896）、"加拿大的华兹华斯"（Charles Sangster，1822—1893）、"加拿大的济慈"（Archibald Lampman，1861—1899）这样的称谓层出不穷，重在强调加拿大文学与伟大的英国文学传统之间密切的血缘关系。同样，约翰·理查德森（John Richardson，1796—1852）被视为沃特·司各特（Walter Scott，1771—1832）历史小说在加拿大的继承人；弗朗西斯·布鲁克（Frances Brooke，1724—1789）的《艾米丽·蒙田传》(*The History of Emily Montague*，1769）在很多方面带有塞缪尔·理查德森（Samuel Richardson，1689—1761）的书信体小说的影子；约瑟夫·豪伊（Joseph Howe，1804—1873）的散文体写作中亦或多或少带着约瑟夫·埃迪森（Joseph Addison，1672—1719）和理查德·斯蒂尔爵士（Sir Richard Steele，1672—1729）的写作风格。更为重要的是，正如威廉·赫伯特·纽所指出的，很多早期的所谓"加拿大作家"，或者是外国移民，或者是侨居海外，这个名单可以很长很长。在加拿大英语文学圈，除上所述，外国移民类的作家还包括凯瑟琳·帕尔·特雷尔（Catharine Parr Traill，1802—1899）、苏珊娜·斯特里克兰·穆迪（Susanna Strickland Moodie，1803—1885），侨居海外类的则包括奥利弗·哥德史密斯、托马斯·钱德勒·哈里伯屯（Thomas Chandler Haliburton，1796—1865）等。他们无一例外地都会将作品率先在母国出版，首先地是伦敦。

而在加拿大的法语文学界，情况是有过之而无不及。加拿大法语文学具有明显的殖民地印记，几乎法国文坛的每个文学流派都在加拿大这片北美土地上拥有众多信徒。譬如约瑟夫·凯斯奈尔（Joseph Quesnel，1746—1809）就是尼古拉·布瓦洛（Nicolas Boileau-Despréaux，

013

1636—1711）①、皮埃尔·德·龙萨（Pierre de Ronsard，1524—1585）②以及莫里哀（Molièr，1622—1673）③的追随者。20世纪魁北克最重要的诗歌团体"蒙特利尔文学社"中最突出的诗人代表埃米尔·奈里冈（Emile Nelligan，1879—1941），同样会让人联想起法国的诗人兰波。事实上，直到20世纪30年代，魁北克社会依然在政权、教权和社会风俗等各个方面保持对法国本土的翻版，并且因为魁北克还没有经历过法国的"资产阶级大革命"，这种特征因为天主教在魁北克的强大影响而更为显著。在天主教会长期以来的严密控制下，魁北克社会封闭保守，甚至在1950年，蒙特利尔主教还禁止群众纪念巴尔扎克逝世一百周年，声称这位世界级的文学大师是"有害的作家"。而加拿大法语文学至20世纪50年代也始终都处于模仿阶段，缺乏民族特点，并且徘徊在一种矛盾之中：一方面，它自称属于法语世界，并反对英语的影响，要保卫传统文化；另一方面它又渴望确立自己的身份。这种殖民地的矛盾性在很大程度上阻碍了魁北克文化的发展，使得加拿大法语文学长期处于封闭自守的状态。

整体而言，加拿大早期的文学发展具有严重的母国文化依赖性，这造成了一个非常尴尬的局面："文学的主要目标在于帮助新建立的社区保持十九世纪英国（或者法国）的价值观、行为标准与审美习惯。"（Benson 242）这种殖民地性质在布鲁克的例子上表现得最为典型。布鲁克原本就是伦敦文学圈小有名气的才女作家。在她赴魁北克与当时任随军牧师的丈夫团聚之前，就已是以文坛泰斗塞缪尔·约翰逊（Samuel Johnson，1709—1784）为中心的文学圈的主要成员，创办了周刊《老处女》（*Old Maid*，1755—1756），发表了书信体小说

---

① 法国诗人、文学理论家，被誉为法国古典主义的立法者和发言人，代表作《诗的艺术》（1674）。
② 法国著名诗人，16世纪七星诗社领袖，在当时被誉为诗王。
③ 法国17世纪古典主义文学最重要的作家之一，古典主义喜剧的创建者，代表作包括《唐·璜》（*Don Juan*，1665）、《悭吝人》（*The Miser*，1668）、《伪君子》（*Tartuffe*，1664）。

第一章 加拿大文学史回顾：谁能被称为"加拿大作家"？

《茱莉亚·曼德维尔女士往事录》(*The History of Lady Julia Mandeville*, 1763)。她在加拿大只居住过很短的几年，即1763—1768年，中间还短暂回英。她在1768年回到英国后，才于次年在伦敦出版了此前创作于加拿大的《艾米丽·蒙田传》，被视为是加拿大第一部小说，也是北美第一部小说。这部小说展示了日后加拿大文学的众多经典主题：旧世界观念与新世界现实的对抗，殖民地对强大宗主国的矛盾心理、英国与法国之间纠缠不清的关系等，如今已经是加拿大文学的必读之作，而这种无心插柳式的成果最终也使得布鲁克以"第一位北美小说家"的称誉被载入史册。但很显然，对于布鲁克的文化身份定位而言，"英国作家"这个称谓显然比"加拿大作家"更为合适。布鲁克对于英国制度、文化价值观的推崇十分明显，她显然"是个殖民主义者，她住在加拿大，心却留在英国"（傅俊，《加拿大文学简史》70）。

同样，约瑟夫·梅尔美（Joseph Mermet，1775—1820）是来加拿大参加战斗的军旅诗人。他只在加拿大待了短短三年（1813—1816），似乎也应该被归入法国作家而不是加拿大作家。但梅尔美在加拿大期间，在报刊上所发表的大量诗作，记录了加拿大抗击美国的历史、歌颂了加拿大人的英勇精神、描绘了加拿大壮美的自然景观，同时他开创的诙谐幽默的诗风，对后来的加拿大法语诗歌影响深远。从这一点而言，又很难说梅尔美不是那个时代典型的"加拿大作家"。因此，虽然殖民地时期的加拿大文学旨在帮助新移民在新大陆上延续母国的文化与传统——这也是由当时加拿大无可避免的"殖民地"属性所决定的，但早期的加拿大作家还是在无意间助推了一个新的"共识社会"的建立，孕育了"加拿大性"的萌芽。

而至加拿大建国前夕，随着加拿大民族意识的高涨，越来越多的加拿大作家开始自觉背负起一种使命感，即构建独立的加拿大文学。1857年，加拿大最具影响力的联邦制的推动者——托马斯·达里·麦吉（Thomas D'Arcy McGee，1825—1868）发表了一篇著名的战斗檄文：《保护加拿大文学》（"Protection for Canadian Literature"）。他写道："任何国家、民族、人民，如果希望能够保持一种与别国不同的明确的个性,就必须创造和培育一种民族文学。否则……他们不可能在时代的风暴中幸存……很快就会从地球上消失,或者与某一个人口较多、力量较强的邻居融合在一起。"(McGee 21—22)麦吉喊话的"邻居"显然是指美国。1861年美国内战爆发,这也促使加拿大拥有自治权的各省政府达成了"联合之路"的共识。对于加拿大而言,构建独立的民族文化,区分"别处"和"此地",是家国存亡的关键所在。1864年,另一位在加拿大文学史上具有举足轻重地位的文学评论家爱德华·哈特利·杜沃特(Edward Hartley Dewart,1828—1903),出版了第一部真正意义上加拿大自己的诗选集《加拿大诗人选集》(*Selections from Canadian Poets*)。杜沃特在序言中呐喊:"加拿大文学要发展和繁荣自己的文学,一定不能再依赖母国的文学……加拿大作为一个新兴的国家,年轻、奋发、前景无限、一定会有许多值得歌颂谱写的创作素材。"杜沃特尤其提出:"民族文学是民族性格形成的关键要素。它不仅仅是要记录一个国家智力的发展,更要表达其内在的精神世界生活,成为民族团结的纽带,民族发展的动力。"(Dewart ix)杜沃特和他的《加拿大诗人选集》被认为"在1867年加拿大建邦这一重要的历史时刻前后,代表了广大加拿大民众不断高涨的对文化身份独立感的需求"(Gerson 369)。自此,加拿大文学不再愿意被视为"英国文学"或者"法国文学"的海外殖民地分支,而是渴望强调"此地"是独一无二的存在。

但是除了"殖民性"的影响,加拿大的"民族性"同时还面临另一个问题:两种基本文化的并存。加拿大作家必须首先接受他们确实具有两种传统和两种文化的现实,同时承认内部各区域间的文化竞争不可避免,然后才是在此基础上的一致对外。在魁北克,1860年由法裔诗人奥克塔夫·克雷马奇(Octave Cremazie,1827—1879)发起的"魁北克运动",奠定了加拿大建国之前法裔民族主义与法裔审美运动的基础,同时在英语区引发了新的忧虑。杜沃特在《加拿大诗人选集》的序言中写道:"我国的法国同胞比英国移民团结得远为紧密……尽管他们的文学,与其说是加拿大的,还不如说是法国的,况且使他们团

第一章 加拿大文学史回顾：谁能被称为"加拿大作家"？

结起来的纽带是宗教方面的，而不是文学或政治的。"（x）杜沃特的担忧不无道理。由于族裔、宗教、地域差异的影响，在加拿大英语区内部，其文化无法同一的问题始终严重影响英语区整体的文化安全。帕特丽夏·斯玛特（Patricia Smart）在《我们的两种文化》（"Our Two Cultures"）一文中写道：

> 当有关加拿大英语文化的文章在魁北克出现时，其标题可能是这样的："加拿大英语区真的存在吗？"这暴露出一种普遍的看法，即从文化上来讲加拿大英语区仅是美国的一个地区……正是加拿大英语区人不惜耗费精力羡慕、赞美魁北克文学的那种激情，那种战斗精神，那种理论上的深奥微妙，那种团结统一的特点，而他们对自己的论述仍无明确结论，对存在于政治领域内的权力关系仍然感到内疚。（诺斯若普·弗雷[①] 80—81）

加拿大的安大略地区、海洋各省、草原各省、不列颠哥伦比亚地区……全都彼此连接却又各自独立。加拿大从来就不是一体化的整体，统一而并不同一也将长久地成为"加拿大性"的重要特征。加拿大文学的"民族性"，原本就是以"世界性"碎片编织的文化百衲布。正如《劳特里奇简明加拿大文学史》中的前言所提到的，加拿大文学的发展，始终处于各方势力与文化的博弈与妥协中，是不同作家群，不同地貌区域之间的"相遇和对话"（Lane 20）。也正是在这样的多声部叙事中，加拿大文学迎来了第一次繁荣。

1867年，根据《不列颠北美法案——加拿大宪法》，加拿大自治领成立，标志着英国殖民地时代的结束。国家实体的诞生进一步唤醒了民众的国民意识，建构独立民族精神和民族文化的热情得到前所未有的激发。19世纪70年代，加拿大文化界拉开了声势浩大的"加拿大第一"（Canada First）运动的序幕。1881年，以发展本民族艺术科

[①] 诺斯若普·弗雷又译作诺斯洛普·弗莱、诺思洛普·弗莱、诺斯罗普·弗莱。

学为宗旨的加拿大皇家学会诞生。加拿大整体社会经济的发展,人民大众文化教育程度的提高,出版业的新生与报刊的繁荣,都帮助加拿大文学迅猛发展起来。从自治领成立到19世纪末的这段时期当之无愧地成为"加拿大首次文艺复兴"。同时加拿大作家的主体结构也在悄无声息地发生改变,即由"殖民作家"转向"本土作家"。在运动初期,参与者大多是在殖民地时期就已成名、正值壮年的加拿大作家,其中不少是在海外出生的。而到了80年代,老作家逐渐告别文坛,有的甚至迁居国外,年轻一代的加拿大作家开始扛起大梁。以著名的联邦诗人四大家为代表,即查尔斯·罗伯茨(Charles G. D. Roberts, 1860—1943)、阿奇伯尔德·兰普曼(Archibald Lampman, 1861—1899)、威廉·布利斯·卡曼(William Bliss Carman, 1861—1929),以及邓肯·坎贝尔·斯科特(Duncan Campbell Scott, 1862—1947),这些青年作家大部分诞生于60年代初期,受教育于加拿大民族意识高涨之时,与年轻的联邦共成长,所以能自觉地从加拿大的青山绿水、风土人情中汲取写作的灵感与养分,有更强烈的建构"加拿大文化"的使命感。逢珍在《加拿大英语文学发展史》中指出,联邦诗人的自然诗和殖民地自发时期的自然诗的最大区别就在于其有了独立的审美意识,因此才能从对自然的描写发展为对自然的审美,这也是加拿大文学成型的关键标志。(105)

然而"这里"还是"那里"、"别处"还是"此地"的问题依然存在。它不仅象征着加拿大与外部世界的联系与对抗,也指射着加拿大内部的二元并存与多声部对话。任何妄图以单一的"民族文化"去建构"加拿大性"的企图,只会在事实上损害加拿大文化的健康发展。还是以"加拿大第一"运动为例。事实上该运动自设计伊始就隐藏着英法两大文化阵营对抗的隐患,"换句话说,按照'加拿大第一'运动的标准和价值所设计的加拿大,目标是将种族差别统一到一种英国新教的准则中去。可是在我国不同地区,这类准则简直就不为人们所接受,甚至连'加拿大第一'运动本身也不是始终团结一致的"(威廉·赫伯特·纽,《加拿大文学史》113)。也正因此,即便是在

第一章 加拿大文学史回顾：谁能被称为"加拿大作家"？

建国热情的鼓舞下，"加拿大第一"运动也未能持续开展。19世纪末的经济危机与宗教种族冲突最终使"加拿大第一"运动式微，这也是对加拿大文化的沉重打击：民族主义热情消沉，大批加拿大人移民海外，包括100万加拿大人移民美国，"加拿大作家"这一原本逐渐清晰的概念也再次陷入模糊不清的尴尬境地。代表人物正是"联邦诗人"的领军人，被誉为"加拿大诗人的长者""加拿大文学之父"的查尔斯·罗伯茨。罗伯茨在加拿大出生、成长、成名，而他的祖父则是美国著名超验主义者爱默生（Ralph Waldo Emerson，1803—1882）。罗伯茨于1897年离加赴美，一住就是近三十年，去美国后其生活变得优裕起来，诗歌创作却从此佳作寥寥。罗伯茨的例子印证了美国的文化与市场对于加拿大作家的巨大诱惑，作家一旦丧失了创作的原生土壤，写作就易失去灵性，成为无源之水、无本之木。然而，留在加拿大国内的作家同样举步维艰。加拿大艰苦的生存环境、相对落后的国民文化水平使得加拿大国内原本的读者群变得小众化，何况还有法语读者的分流。而广袤的土地、稀疏的居住人口又导致书籍的印刷与运输成本一直居高不下，缺少传播平台与受众。加拿大作家几乎无法靠写作养活自己。E. K. 布朗（E. K. Brown）在《加拿大文学的问题》（"Problem of Canadian Literature"）一文中这样写道："没有哪位作家可以靠在加拿大出售作品而活下去……加拿大的人口比纽约州还少，如果我国人口都聚居在与纽约州大小相同的区域内，如数发行的问题就解决了……图书发行中心彼此相距数百英里甚至数千英里，中间连一家可靠的书店都没有……对于依靠在加拿大卖书的本国作者来说，市场极其狭小。即便作者以其全部或大部分时间为通俗杂志写稿，能挣的钱也微乎其微，就是给通俗杂志写稿也是个很靠不住的解决方法。"（诺斯若普·弗雷 39—41）除了罗伯茨，威廉·布利斯·卡曼和莎拉·珍妮特·邓肯（Sara Jeannette Duncan，1861—1922）等都被迫离开加拿大到其他国家谋生。作家人数的连年流失，竟使得加拿大皇家学会连举行年会的人都凑不满。1896年，原自治领最具影响力的《周刊》（Weekly）停刊，加拿大第一次文艺复兴就此终结，加拿大文学在经历了轰轰烈烈的第一个高潮后,突然地归于死寂。

20 世纪初期至第一次世界大战前夕,加拿大文学度过了一个漫长而难捱的过渡期。虽然一路跌跌撞撞,加拿大文学却依然坚持寻找自己的声音。这一时期加拿大具有国际影响力的作家包括拉尔夫·康纳(Ralph Connor,1860—1937)、露西·莫德·蒙哥马利(Lucy Maud Montgomery,1874—1942)和斯蒂芬·巴特勒·利科克。康纳的前三部小说①售出了 500 万册,就加拿大文学的国外市场而言,这在很长一段时间内都是个空前绝后的数字;蒙哥马利的《绿山墙的安妮》(*Ann of Green Gables*,1908)及随后的七部续集更是经久不衰;利科克则是加拿大第一个获得世界声誉的作家,代表作《小镇艳阳录》(*Sunshine Sketches of a Little Town*,1912)对后世加拿大文学的发展影响深远。在这个阶段,三位代表性的"加拿大作家"就文化身份而言,体现了加拿大文学在过渡时期的许多重要特点。

首先,作家的主体结构从移民作家转向本土作家。康纳的苏格兰裔父亲在康纳出生时已经在加拿大生活了 20 年,康纳本人在安大略出生、成长,在多伦多大学获得古典文学硕士学位。蒙哥马利出生于爱德华王子岛,大学毕业后终身没有离开过家乡的土地。利科克虽出生在英国,可是其在幼年就跟随全家移民加拿大,毕业于多伦多大学,后在麦吉尔大学(McGill University)任教终生。三位作家都不会再有是不是"英国作家""法国作家""美国作家"的疑问,他们的自我认定就是"加拿大作家"。其次,作品内容和主题呈现的是与加拿大有关的内容。康纳契合了当时加拿大草原移民和西部开发的历史背景,描绘了一个完全不同于美国西部的加拿大新边疆。蒙哥马利以"生于斯长于斯"的爱德华王子岛作为创作灵感,记录了加拿大社会所正在经历的文明代替荒野、城镇却尚未代替乡村的特殊成长过渡期。利科克则以手术刀般的精准描绘,虚构了一个 20 世纪初典型的

---

① 分别是《黑岩》(*Black Rock*,1898)、《导航员》(*The Sky Pilot*,1899)、《格伦格里人》(*The Man from Glengarry*,1901)。

安大略小镇,记录下形形色色的小人物和他们令人啼笑皆非的活喜剧,使得独具加拿大风情的小镇故事名垂文史。他们对加拿大自然与社会现实的了解比移民作家更深刻具体,也更饱含深情,也正是在这一时期,加拿大文学的主要流派从晚期浪漫主义转向了现实主义。康纳的新西部故事契合了国民心理中的"边疆性",同时声情并茂的布道说教与当时加拿大的精神生活并行不悖。正如加拿大最著名的文化理论学大师诺斯洛普·弗莱(Northrop Fyre,1912—1991)所说:"宗教始终是加拿大的一种主要的——也许是最主要的文化力量,至少30或60年前是如此。……拉尔夫·康纳的成功就证明了这一点。"(黄仲文,《加拿大英语文学简史》148)蒙哥马利的爱德华王子岛小镇则代表了加拿大的"田园风味"。她摒弃了文明教化的老套路,转而强调个人的心理探索与道德成长,这与加拿大国家的成长过程具有精神上的一致性。而利科克的幽默,"既非英国式,又非美国式",是真正具有独特风味的"加拿大式"幽默,是加拿大"善意的幽默"(Dooleg 43),对小人物的形象刻画贯穿着理解、宽容和同情,对后世的加拿大文学审美影响深远。这三位典型的加拿大本土作家都帮助加拿大文学确立了地域主义传统的"民族性"方向。

两次世界大战时期,随着加拿大进一步作为独立国家登上世界政治舞台,加拿大文学也进入更为"自觉"的发展期。"'加拿大'在全国范围成为文学创作的主题。"(威廉·赫伯特·纽,《加拿大文学史》181)。这一时期重要的加拿大作家包括诗人埃德温·约翰·普拉特(Edwin John Pratt,1882—1964)、多萝西·利夫赛(Dorothy Livesay,1909—1996),小说家弗雷德里克·菲利普·格罗夫(Frederick Philip Grove,1879—1948)、莫利·卡汉拉(Morley Callaghan,1903—1990)、休·麦克兰南(Hugh MacLennan,1907—1990)、辛克莱·罗斯(Sinclair Ross,1908—1996)。这些作家中,除了格罗夫以外,大多出生于加拿大、由本土培养,他们写作加拿大内容,弘扬加拿大精神。以麦克兰南为例,他被称为"第一位确立了加拿大民族传统的作家"(Keith, *Canadian Literature in English* 133—134),是加拿大第四代移民,出生于新斯科舍省,成长于哈利法克斯,是清教徒(Puritan),自幼受加尔文主义的熏陶。他的写作植根于加拿大现实的土壤,擅长将现实主义与罗曼史结合,记录了众多关涉国家、人民切身利益的加拿大社会的重大事件,展现了独特的国民气质。《气压计上升》(Barometer Rising,1941)是"第一部关于某个具体的加拿大城市的长篇小说"。故事记录的于1918年发生在哈利法克斯的军火爆炸事件也是作者所亲身经历的,当时该市1/10的地区遭到破坏,大约3000人丧生。爆炸作为第一次世界大战的缩影,将城市的一部分夷为废墟,但是人们的奋不顾身又象征着一个觉醒国家的巨大潜力。同时期的另一位区域小说作家辛克莱·罗斯的代表作是《我和我的房子》(As for Me and My House,1941),以现实主义的手法将加拿大草原小镇作为传统与现代交汇冲突的发生地,展现了生活于此的女性艺术家的精神风貌。罗斯因为这本书被誉为"加拿大第一个土生土长的草原小说家""加拿大最早的现代主义小说家"。加拿大著名文学评论家乔治·伍德科克(George Woodcock,1912—1995)在其著作《北国之春:繁荣的加拿大英语文学》(Northern Spring: The Flowering of Canadian Literature,1982)中指出:"由于休·麦克兰南的《气压计上升》和辛克莱·罗斯的《我和我的房子》这两部经典小说的问世,加拿大小说的发展方向改变了。"(5)这两部分别以城市与小镇为故事背景的小说与许多其他文学作品一起,"像镜子一样反映出民众意识的关注重点,即意识到他们已习惯了自己的土地,从此不用再依赖于任何一个'旧国家'"(5)。也正是因为这些本土作家的共同努力,"加拿大作家"的文化面貌逐渐由模糊变得清晰。

但是"谁能被称为'加拿大作家'?"这一问题并没有完全解决。一个显而易见的特例就是格罗夫。他的人生充满传奇,甚至连真实的姓名和出生日期都无从考证。他在德国汉堡上中学,在波恩和慕尼黑上大学,出版过小说、诗歌和剧本,还有很多未出版的小说,也曾把英语和西班牙语的文学作品翻译成德语。1903年,格罗夫在波恩因诈骗罪被判短期徒刑,1909年移居美国,1909—1912年其销声匿迹、行踪成谜,直至1912年在加拿大曼尼托巴省的乡村小学任教,才又重新露面。格罗夫定居加拿大10年后开始高产量地出版小说与随笔,同时购房置地并在此终老。外国人身份的格罗夫却是加拿大文学在这一时期最为重要、不可或缺的加拿大作家。他的一系列关于草原生活的小说,如《沼泽地的开拓者》(*Settles of the Marsh*,1925)、《生计》(*Our Daily Bread*,1928)、《生活的枷锁》(*The Yoke of Life*,1930)、《大地的果实》(*Fruits of the Earth*,1933)等,都具有浓郁的加拿大草原生活气息。他也是罗斯的前辈,是加拿大地域主义文学传统里承前启后的关键一环。《沼泽地的开拓者》被誉为"加拿大第一部现实主义小说",也确定了格罗夫作为加拿大第一位现实主义大师的地位。格罗夫的存在,使"加拿大作家"的定义再次体现出加拿大这一殖民者定居国家的特点,即不能简单地以作家国籍或出生地作为评判标准,而是要看作品的"加拿大内容"、"加拿大文化"与"加拿大精神"。

第三节 新时代的选择:地域性还是国际性

第二次世界大战以后,加拿大顺利走上了与欧美工业国家同步发展的轨道,国内经济一片繁荣兴旺。很快,加拿大文学也在天时、地利、人和中迎来了第二次文艺复兴,这意味着富有民族特色的年轻的国别文学正逐渐走向成熟。老作家依然笔耕不辍。卡拉汉和麦克兰南依然是文坛的领军者。卡拉汉继续关注加拿大现代都市生活中无法适应环境的"小人物",表现加拿大国民心理中的"边缘意识";麦克兰南在第二次世界大战结束的当年发表了长篇小说《两种孤独》(*Two Solitudes*,1945),描述了魁北克两个民族、两种文化的差异和冲突,表达了作者希望两种文化连接起来的强烈愿望,三年后他又发表了《悬崖》(*The Precipice*,1948),旨在探讨复杂的加美关系。年轻一代也在奋起直追。女作家希拉·沃森(Sheila Watson,1909—1998)就是其中的佼佼者。她是加拿大本土培养的又一位优秀作家,出身于不列颠哥伦比亚省的天主教家庭，在不列颠哥伦比亚大学（University of British Columbia）先后获得学士和硕士学位，在多伦多大学获得博士学位，师从加拿大著名的理论家马歇尔·麦克卢汉（Marshall McLuhan, 1911—1980），后在阿尔伯塔大学（University of Alberta）任教，并与丈夫和其他加拿大作家共同出版了文艺集刊《白色鹈鹕》（The White Pelican, 1971），为加拿大西部文学的发展与繁荣做出了重要贡献。沃森并不高产，但是她于1959年出版的《双钩》（The Double Hook, 1959），被誉为"加拿大文学发展史中的标志性作品""加拿大迟到的现代主义样本""加拿大第一部后现代小说"。这部中篇小说的写作技巧复杂多变，以不列颠亚小镇居民的生活为写作对象，拥有特定的"加拿大"故事背景，同时具有象征性的寓言人物，既避免了地域主义的狭隘性，又不致陷入毫无加拿大特征的"国际化现代主义"。也正因此，沃森被誉为使加拿大文学超越地域性，不再受殖民地意识禁锢的第一人，而《双钩》"使加拿大文学走向了有自己特色的现代主义"（New, *Encyclopedia of Literature in Canada* 1199）。沃森的创作，为20世纪中叶加拿大作家面临的"地域性"还是"国际性"的选择提供了一种可供参考的解决途径。

自沃森开始，加拿大文学发展出了一个新的传统，即琳达·哈钦（Linda Hutcheon, 1947— ）在《加拿大后现代主义：加拿大现代英语小说研究》（以下酌情简称为《加拿大后现代主义》）（*The Canadian Postmodern: A Study of Contemporary English-Canadian Fiction*, 1988）一书的开篇所描述的："60年代被普遍认为是加拿大小说蓬勃发展的年代。起因是多方面的，包括民族主义的情绪、政府对出版机构和艺术的扶持，以及人们普遍认识到从文化的角度讲，加拿大已经不再是厄尔·伯尼（Earle Birney, 1904—1995）曾经称作'少不更事的/中学生的园地'……新的作品开始出现了。被世界其他地区称为'后现代主义'的潮流开始波及加拿大，但其表现形式却纯粹带着加拿大的特色。"(1)哈钦认为玛格丽特·劳伦斯的《占卜者》与《双钩》一脉相承，两部作品都明确注意到借助神话和艺术建立秩序的过程。同样继承发扬了这一新传统的，还有玛格丽特·阿特伍德（Margaret Atwood，1939—　）。作为加拿大文学"世界文学方向"的领军作家，阿特伍德恰好与代表"民族文学方向"的门罗形成了双星辉映的有趣对比，本书第三章将专文另述。而和阿特伍德一样具有高度"国际性"和"现代主义"的另一位当代加拿大著名作家迈克尔·翁达杰（Michael Ondaatje，1943—　），则是又一个"谁能被称为'加拿大作家'？"的典型案例。

　　按照写作《从别处到此地》时期的弗兰克·戴维的标准，翁达杰同样会不幸地被排斥在"加拿大作家"之外。他属于新近的移民作家，出生于锡兰（现斯里兰卡），11岁时随母亲移居英国伦敦，19岁时才移居加拿大，加入加拿大国籍。翁达杰先后就读过主教大学（Bishop's University）、多伦多大学、皇后大学（Queen's University），获文学硕士学位，1971—1988年在约克大学（York University）和格伦登大学（Glendon College）教授英语文学。翁达杰本身的文化背景相当复杂，身上流着荷兰人、僧伽罗人和泰米尔人的血液，家族内一直使用荷兰语、英语、僧伽罗语和泰米尔语的混合语，成长于多元文化的背景之下，所以他后来成了跨文化和跨国界的"无国界作家"群中的重要一员，以写作"世界小说"享誉世界。他一举成名的处女作诗集《优雅的怪物》（*The Dainty Monsters*，1967）从风格上看明显受到法国超现实主义诗风的影响。而第二部诗集《七个脚趾的人》（*The Man with Seven Toes*，1969）则以半神话、半民间传说的方式描写了澳大利亚原始的荒原——他曾经在澳大利亚旅行了一段时间。1970年，翁达杰出版了跨文体作品《小子比利作品选集》（*The Collected Works of Billy the Kid*，1970），通过有趣的文本杂糅及对美国历史的戏仿来探讨美国梦的暴力特征，荣获当年的加拿大总督文学奖。1976年出版的《劫后余生》（*Coming Through Slaughter*，1976）也是类似的对美国社会爵士乐黄金年代的艺术再现。出版的带有自传性质的小说《世代相传》（*Running in the Family*，1983），以及后期的长篇小说《阿尼尔的幽灵》（*Anil's Ghost*，2000），则又将文化视野重新投回了斯里兰卡。1987年,翁达杰出版了小说代表作《身着狮皮》(*In the Skin of a Lion*)。翁达杰将古代巴比伦的神话传说史诗《吉尔伽美什》(*Gilgamesh*)投射至20世纪初期的加拿大多伦多,一个移民众多、充满了拓荒气息的新兴城市。小说以来自北欧的芬兰、西欧的意大利和南欧的马其顿的移民为主要人物,挖掘他们的那些历史书外的边缘人生。1992年,翁达杰出版了《英国病人》(*The English Patient*),故事背景放在了第二次世界大战后期意大利佛罗伦萨北部的一个战地医院,故事中的病人忘却了国籍,并宣称所有人"都有一个愿望,但愿能脱掉我们的民族外衣……擦去家族的姓名,抹除民族……我很轻易地就能穿越边界,不属于任何人,也不属于任何民族"(*The English Patient* 138—139),最终成为"星球陌生人"(148)。《英国病人》集中体现出翁达杰对于"文化身份"的反思,一举赢得该年度的布克奖,根据此书改编的电影更是包揽了1996年奥斯卡金像奖的9项大奖。整体而言,翁达杰作品题材的跨度非常大,美国、加拿大、澳大利亚以及欧洲、北非、亚洲,他全都写过。从国籍而言,翁达杰是加拿大作家无疑,但是从作品内容与审美精神的角度,他的作品确实更加符合恩达尔在《诺贝尔奖的敏感性》一文中所讨论的"世界文学"的定义,体现出自我与地方的一种流动认同,描写了在不同文化交杂的国际影响下,全球范围内人口不断游移和邂逅的面貌。

作为迄今为止加拿大文学史上最出色的少数族裔作家之一,迈克尔·翁达杰代表了新一代加拿大移民作家区别于老一代加拿大移民作家的文化的"世界性"。在殖民地时期和加拿大建国早期,加拿大的移民以英法后裔为主流,所以文化构成也体现了英法二元并存格局下的多元化,对应到加拿大文学就是英语文学和法语文学各自独立发展的历史,以及加拿大的地域主义文学传统。战后,伴随着汹涌的移民潮与不断扩大化的全球流动性,更多不同族裔文化背景的移民大量涌入加拿大社会,20世纪60年代末70年代初,特鲁多政府通过立法推动形成了以英法双语为基础、以多元文化为特色的加拿大文化马赛克模式,加拿大少数族裔作家也加速崛起,"谁能被称为'加拿大作

第一章 加拿大文学史回顾：谁能被称为"加拿大作家"？

家'?"的论题因此被注入更加丰富的内涵。除了翁达杰，犹太裔的莫迪赛·里奇勒（Mordecai Richler，1931—2001），犹太裔的安妮·迈克尔斯（Anne Michaels，1958—　），乌克兰裔的简妮丝·库里克·基佛（Janice Kulyk Keefer，1952—　）、匈牙利裔的乔治·乔纳斯（George Jonas，1935—2016）、印度裔的罗辛顿·米斯特里（Rohinton Mistry，1952—　），以及日裔的乔伊·小川（Joy Kogawa，1935—　），这些少数族裔作家中的不少人出生在加拿大境外，他们将各族裔鲜活生动的文化及语言特色带入了年轻的加拿大文学，丰富了传统的英法文学形式，极大程度地增加了加拿大文学的生气与活力。

其中，出生于1931年的里奇勒其实是翁达杰的"前辈"。他也是属于和劳伦斯、加兰特一类的加拿大"旅居"作家。同时，就族裔文化背景而言，他和索尔·贝娄也很相似，都是俄国的犹太移民后裔，出生于加拿大，在蒙特利尔度过童年时代，都先后离开了加拿大。所不同的是贝娄9岁就去了美国，而里奇勒则在圣班厄大街的犹太工人居住区长大，就读于犹太公立中学巴恩格男爵学校，在《蒙特利尔先驱报》（*Montreal Herald*）和加拿大广播公司担任过新闻编辑，20世纪50年代才开始侨居西班牙、法国和美国，1972年回到蒙特利尔定居。虽然里奇勒同样多年旅居加拿大国外，但他的主要作品均以自己青少年时期在蒙特利尔的生活为素材，勾勒出加拿大面临的两种思想、两种语言和两种文化的对峙。作为加拿大当代最著名的犹太作家，里奇勒非常好地在作品中既保留了犹太文化，又强调了加拿大身份，为后来的少数族裔作家树立了一个典范。小说《渺小英雄之子》（*Son of a Smaller Hero*，1955）、《达迪·克拉维茨的学徒生涯》（*The Apprenticeship of Daddy Kravits*，1959）、《圣班厄街的骑士》（*St. Urbain's Horseman*，1971）、《乔舒亚的过去和现在》（*Joshua Then and Now*，1980）所描写的都是加拿大犹太人的生活；即便是另一些以欧洲国家为场景的作品，比如《杂技演员》（*The Acrobats*，1954）、《选择敌人》（*A Choice of Enemies*，1957）和《过于自信》（*Cocksure*，1968）等，其中的主人公依然还是旅居欧洲的加拿大犹太人。用作家自己的话说:"我根据我的加拿大经历来写作,我要永远写下去……我认为自己是个地地道道的加拿大人。"(Woodcock,*Mordecai Richler* 4)"无论我在国外住多久,我还是感到自己扎根在圣班厄街。那儿是我的童年,我的家乡。我要纠正它的弊病。"(黄仲文,《加拿大英语文学简史》244)因此,里奇勒作品中的加拿大文化特性是毋庸置疑的。同时,里奇勒也说:"我是个加拿大人,也是个犹太人,我所写的就是这两种身份。"(傅俊,《加拿大文学简史》193)除了人物与背景的加拿大设置,里奇勒作品中的幽默、讽刺、强烈的道德观和历史观,也都与加拿大文学的审美传统一脉相承,即独有的加拿大精神。

以里奇勒为代表,这一支的加拿大少数族裔作家群的文学创作也常常被归入"流散文学"的研究范畴,具有强烈的文化翻译的意识。事实上,正是由于加拿大本身的"后殖民性"和"边缘性",加拿大在民族文化建构之路上的追寻,天然能与流散作家结成同盟。加拿大著名文学评论家琳达·哈钦在《加拿大后现代主义》中提出了一个有趣的问题:"为什么在1987年,加拿大还在出版像《寻找存在:加拿大研究导论》(*A Passion for Identity*:*An Introduction to Canadian Studies*)这类书籍?"(Hutcheon,*The Canadian Postmodern* 6)哈钦的提问在三十年后依然适用,譬如《加拿大与不列颠世界:文化、移民与身份》(*Canada and the British World*:*Culture*,*Migration*,*and Identity*,2006)等。正如詹姆斯·克利福德(James Clifford)所言,"流散是一种既生活在这里,又与那里相连的意识"(319),这也呼应了戴维的《从别处到此地》的书名。1965年,当弗莱首次提出那个著名的问题"这里是哪里?"时,加拿大文学就注定要在"民族文学"和"世界文学"的路口探求殊途同归的不同风景。在今天的流散文学研究中,"流散"虽依然指寓居异域又与故乡保持密切联系的族群,但重点已从过去强调"放逐"、"散布"、"边缘化"与"文化夹缝"转移为现在的"寓居"、"流动"与"文化融合",同时,在后现代语境之下,"流散"的意涵往往与流动、多元、异质、含混、杂糅、去中心及重构等元素交织在一起。因此,两相结合,今天的加拿大少数族裔作

第一章　加拿大文学史回顾：谁能被称为"加拿大作家"？

家、流散作家，以及数量众多的加拿大"旅居国外"的作家，事实上很难再用"本土视域"和"国际视域"、"民族文学"和"世界文学"对其做出简单的二元划分。

与此同时，由于美国巨大的市场和出版优势，无论是过去和现在，依然还是有很多加拿大作家会选择移居美国，而这一选择又会对他们的文学创作生涯带来怎样的影响？和艾丽丝·门罗几乎同时代的另一位作家，同样是在20世纪50年代后期、60年代早期开始从事写作，同样以创作短篇小说见长的克拉克·布莱茨（Clark Blaise，1940—　）就是典型的身在美国的"加拿大作家"。他出生在美国，是具有美国与加拿大双重国籍的作家，但就文化层面而言，布莱茨是属于"加拿大"而非美国的。他的父母都是彻头彻尾的加拿大人，在美国"游牧"式地生活了二十年，却从未成为美国居民，家里始终保持着加拿大的文化传统。而且布莱茨的父亲是法裔加拿大人，母亲是英裔加拿大人，两边的家族都在加拿大定居了很多代，几乎伴随了加拿大的建国史。而布莱茨也始终坚持自己"加拿大作家"的文化身份。他曾在访谈时说："从社会学的角度而言，我是美国人……但是加拿大的灵魂，加拿大的精神，我却能感觉到真实地流淌在我的体内。"[①] 布莱茨曾是20世纪60—70年代"加拿大文学"独立化运动的一员重要干将，是1968年加拿大康卡迪亚大学（Concordia University）创意写作研究生课程的创始人，1971年著名的蒙特利尔虚构性作品写作表演协会始建，布莱茨亦是发起人之一。布莱茨后来移居美国完全是因为当时加拿大社区排挤印度裔的种族主义倾向对他的妻子巴拉蒂·穆克吉（Bharati Mukherjee，1940—2017）[②] 产生的困扰。但是移民美国后，布莱茨和穆克吉却遭遇了截然不同的"读者反应"。穆克吉凭借印度书写成为继奈保尔（V. S. Naipaul，1932—2018）和拉什迪（Salman Rushdie，1947—　）之后在英美文坛最为重要的印度裔

---

① 与笔者的访谈录，参见附录二。
② 当代美国印度裔流散作家的代表。

英语作家，当代美国印度裔流散作家的领军人，而布莱茨的加拿大书写却长期受到美国文坛的冷落和低估。或许正是因为相比印度文化，加拿大文化对于美国人而言"不太一样，又太不够不一样了"，同时，布莱茨又离加拿大文坛过远了。2011年，加拿大著名的《纸与笔》（Quill & Quire）杂志评价布莱茨是"被忽视的短篇小说大师"，叹息布莱茨"有可能是当今活着的最伟大的加拿大作家，但很多加拿大人却从未听说过"（S. Smith 8）。那篇文章的题目是《看不见的加拿大人》（"The Invisible Canadian"）。这是一个意味深长的标题。相对于扎根本土的门罗，流散至美国的布莱茨的经历着实让人唏嘘。在今天的世界文坛，失根无援的加拿大作家依然深受"看不见性"的困扰。

当然也会有美国作家移入加拿大。另一位加拿大当代极负盛名的女性作家卡罗尔·希尔兹（Carol Shields，1935—2003）和布莱茨正好相反，她是从美国输入的加拿大作家。希尔兹出生在美国伊利诺伊州的芝加哥，毕业于印第安纳州汉诺威学院（Hanovor College），1971年才加入加拿大籍，获渥太华大学（University of Ottawa）文学硕士学位，并且嫁给了加拿大人，她还曾任温尼伯大学（Unrversity of Winnipeg）校长。希尔兹的大部分作品创作于温尼伯，1972—1974年任《加拿大斯拉夫文集》（Canadian Slavonic Papers）助理编辑，1974年起成为自由撰稿人，共创作出版了二十余部作品，包括戏剧、散文、短篇小说、长篇小说、一本苏珊娜·穆迪评论和一本简·奥斯汀（Jane Austin，1775—1817）传记。1993年，她的小说《斯通家史札记》（The Stone Diaries）入围了布克奖的最终候选名单，同时还入围了英联邦作家奖，并在1995年获得加拿大总督文学奖、吉勒文学奖（Giller Prize），以及美国普利策文学奖（Pulizer Prize）和美国全国书评人协会奖（National Book Critics Circle Award），可谓世界范围内的全面开花。1997年的《拉里的家宴》（Larry's Party）荣膺1998年度奥兰治奖（Orange Award），2002年的封笔之作《如果不》（Unless）获得了包括布克奖和奥兰治奖在内的多项提名。希尔兹和布莱茨一样，也都获得了加拿大政府授予的加拿大荣誉勋章（Order of Cana-

第一章 加拿大文学史回顾：谁能被称为"加拿大作家"？

da）。希尔兹虽然出生在美国，却是以加拿大作家的文化身份享誉世界文坛的，她继承了加拿大文学的地域主义传统，同样也是加拿大自劳伦斯、阿特伍德、门罗"三位玛格丽特"① 女性大家之后的承前启后者。

重新回到"谁能被称为'加拿大作家'？"的标准讨论。无论是以戴维当时最为严苛的标准，还是以当下更为宽泛的标准，在当代加拿大作家的庞大群体中，艾丽丝·门罗无论如何都是毫无争议的、典型的"加拿大作家"。相对于上述提到的少数族裔移民作家，或者是长期旅居国外的作家，门罗是地地道道的安大略本地人。就文化遗产而言，门罗出生于加拿大安大略西南小镇威厄姆（Wingham），家庭在安大略地区很有代表性，父亲是苏格兰人，母亲是爱尔兰新教徒，两边家族都是在 1810—1820 年，即拿破仑战争后期及之后的大移民时期迁移至安大略的，而父母之间的性格差异，也在一定程度上反映了英裔内部长老会（Presbyterian）和英国国教（Anglican）之间的世界观分歧。就教育背景而言，门罗也是加拿大本土培养的，她的个人经历很具有那个年代加拿大女性艺术家成长的典型性。她伴随着战后加拿大社会结构的巨变，在大学规模迅速扩大的红利下，作为"奖学金女孩"进入西安大略大学（University of Western Ontario）学习新闻与文学，而后经历结婚、生子、婚变、独立，最终情归故土，门罗的求知之路也是加拿大新生代女性艺术家的普遍经历。就创作理念而言，门罗一直都具有强烈的"家园"概念，坚持着加拿大地域写作的传统，她的作品承袭了加拿大文学强调民族文学身份的意识传统，具体而言是安大略传统，写作的对象也是纯粹的加拿大生活。故乡为其创作提供了源源不断的素材，门罗也正是因为不断地重复、改写安大略的小镇故事，才成就了加拿大文学中的经典。最后，就加拿大文学

---

① "三位玛格丽特"的典故出自加拿大出版界的一个经典玩笑：在加拿大，一本书如果想销量好，就得是三位玛格丽特中的某个人写的。指的是玛格丽特·劳伦斯、玛格丽特·阿特伍德和艾丽丝·门罗。当然门罗的名字不是玛格丽特，这个玩笑也凸显了门罗的特殊之处。

进程而言，门罗的文学事业的发展与加拿大文化的崛起之间具有一种奇妙的平行关系。从某种意义而言，艾丽丝·门罗代表加拿大作家登顶诺贝尔文学奖，正是自20世纪50年代以来加拿大第二次文艺复兴运动的"开花结果"，是加拿大文学从"边缘"向"中心"运动的证明。

第二章
加拿大文化崛起与作家门罗启航：奇妙的平行线

第一节　1931—1950年：新生、独立与成长

1931年7月10日，加拿大安大略西南部的小镇威厄姆迎来了一个小女孩艾丽丝·雷德劳（Alice Laidlaw）的诞生。彼时没有人能想到，82年后，这个普通的加拿大女孩以艾丽丝·门罗的名字成了诺贝尔文学奖史上的第一位加拿大作家。正是在这一年，英国通过了《巴尔福宣言》，放弃了对加拿大的立法权①，加拿大正式成为英联邦成员，和英国成为平等、自由、和平的国与国关系，加拿大议会也获得了同英国议会平等的立法权。但是加拿大依然与英国其他的自治领一起，与大不列颠联合王国组成英联邦，共同供奉英国女王为国家元首，同时无权修宪。②

加拿大与英国之间的这样一种自治领与帝国分而不离的关系，绝不是表面上简单的帝国主动放权，而是第一次世界大战后全球政治、经济格局的巨变下多方力量博弈的结果。一方面，曾经的"日不落帝

---

① 1926年，英国议会通过《威斯敏斯特法令》，加拿大已先于其他英国自治领获得独立外交权，英国承认加拿大的平等地位。
② 1982年，加拿大获得立宪、修宪的全部权力，并通过《加拿大宪法》。同年加拿大将自治领日改称加拿大日，真正在事实上独立，但始终没宣布独立。

国"英国因为第一次世界大战元气大伤,无可奈何地要面对必然的帝国衰微,而美国的世界影响力则与日俱增,甚至使得另一自治领澳大利亚也萌生对英国的离心。如果英国想要维系与加拿大的政治同盟,继续调动原殖民地的丰富资源,保证北美大陆的安全壁垒,就必须适当放权,同自治领人民达成谅解妥协。另一方面,加拿大自身的实力在战时不断增强。第一次世界大战时,加拿大作为英帝国自治领参战。战争给加拿大带来了巨大的牺牲,也赋予了它作为年轻独立国家的自信。远渡重洋出征的加拿大独立军团英勇无比,战功显赫,令世人瞩目。① 1914 年,加拿大赢得国内事务自治权。1919 年,加拿大成为国际联盟成员国,获得在巴黎和约上签字的权利。国际地位的逐步提高使加拿大国内的独立思潮风起云涌,势不可当。至 1926 年,由于各国经济均出现各类问题(即后来 1929—1933 年世界性经济危机的前奏),英国采取"转嫁危机"的措施,以"有条件承认独立"的方式,换取其庞大的殖民地的支持。正是在这种情况下,加拿大才得以先于其他自治领获得独立外交权。1931 年,英国经济持续恶化,加拿大则由于经济体系刚刚从殖民经济向资本主义经济转化,相对而言受到的经济危机的冲击要小得多。英国于是以立法权为条件,获取加拿大的贸易独享权利,自此,加拿大作为一个独立国家逐渐形成。

正是在 1931 年前后,在国家独立和经济繁荣的双重刺激下,加拿大人民的民族感和国家意识大为增强。1928 年,两次世界大战之间,雷蒙德·尼斯特(Raymond Knister)在其主编的《加拿大短篇小说选》(*Canadian Short Stories*)的前言中写道:"整个文学正在变化。新的领域正在开拓。新的著作正在涌现。别国发生的变化,在我国也有与之相应的反应……美国文学刚刚结束它的模仿阶段。迹象表明我国文学也正在摆脱它的模仿阶段。……加拿大精神确实存在,它如此

---

① 当时仅有 600 多万人口的加拿大,组建了 50 多万人的军队,有 6 万人在战争中阵亡。加拿大承担了英国和欧洲其他盟国的物资供应。同时战争也极大地刺激了加拿大的资本主义发展。

第二章 加拿大文化崛起与作家门罗启航：奇妙的平行线

鲜明，如此不容否认，也许没有别的文学可与之相比。"(ii) 此时的加拿大文学，越来越具有了国别文学的自觉性。此后，虽受 20 世纪 30 年代经济危机的影响，加拿大出版业经历了短暂的低潮与不景气，但整体而言，两次世界大战时期的加拿大文学硕果累累。同时期的加拿大青年作家并没有像欧美作家一样因战争产生普遍的幻灭与失望的情绪，反而民族主义热情高涨，斗志昂扬，萌生使命感与紧迫感：要努力发展与独立国家地位相称的加拿大文学。1931 年，《多伦多大学季刊》(*University of Toronto Quarterly*) 创办，并且从 1939 年起每年刊载"加拿大文学述评"，加拿大文学史和作品选集也相继涌现，部分中学开始自行编印加拿大文学手册。

1932 年，另一件在加拿大文学发展史上具有划时代意义的事件瓜熟蒂落：加拿大广播公司（CBC）建立。1928 年 12 月，为了对抗美国广播电台的空中文化入侵——至 20 年代末，加拿大民众收听节目的 80% 都已是美国节目——加拿大政府组成了一个皇家广播调查团，又名艾尔德调查团。1929 年 9 月，艾尔德调查团向下议院提交了报告，总结了加拿大的广播现状，强调国外节目（主要是美国）对于国家未来可能的毁灭性威胁，提出本土节目对于促进民族团结、增强国家意识的重要性。报告提出了明确的目标：激励民族精神，并阐述国民的品德，以及一个著名的口号——"加拿大人需要加拿大广播"。但这个庞大的公有制计划在现实层面面临重重困难。1932 年，一个更激进的口号出现了："要么国立，要么归美国。"同年，加拿大《广播法》终于确立了公有制的原则，并接管了加拿大国家铁路公司当时已经建成的广播系统。加拿大由此逐渐建立了或许是世界上最庞大、最复杂的广播电视体制，并在节目中大量延长加拿大诗歌和短篇小说的播放时间，举办加拿大文学空中讲座，确保节目能"从海岸到海岸"，廉价、便捷地进入加拿大广袤疆土的千家万户。在当时加拿大出版物整体普及率不高的情况下，加拿大广播公司迅速成为加拿大民众最重要的文化交流平台，也是加拿大作家最主要的资助平台。从 1931 年到 1936 年，加拿大收音机拥有量从 50 万台猛增到 1100 万台。到

1939年秋，全国性广播覆盖面接近90%。在门罗日后具有高度自传性的作品中，具有艺术家性格的女孩收听收音机的场景一再出现，这从侧面印证了加拿大广播公司对于加拿大文学发展的重要作用。而此时的艾丽丝并不知道，日后自己的文学首秀也将受惠于加拿大广播。

1937年，艾丽丝进入威厄姆镇的下城小学读书。同年，加拿大总督文学奖设立，旨在表彰在学术、社会和艺术领域的最杰出贡献者。其中，文学奖的创始人推特兹穆尔（Tweedsmuir）勋爵本身就是一位加拿大本土培养的作家，在虚构类小说和非虚构类小说领域都颇为高产。加拿大总督文学奖每年评选一次，最初只有两个类别，即小说和戏剧，且仅限于用英语写作或从法语译成英语的作品。而今，加拿大总督文学奖已经成为加拿大最高级别的国家级文学大奖，英语、法语作品皆纳入，同时细分出了小说、戏剧、非小说、儿童文学（文字和插图）、诗歌及翻译六大奖项。对于成长中的加拿大文学和年轻的加拿大作家而言，加拿大总督文学奖从此成为最具激励效果的坐标灯塔，众多加拿大文学史上的代表人物都是总督奖的常客。埃德温·约翰·普拉特（Edwin John Pratt，1882—1964）三次获得加拿大总督文学诗歌奖，麦克兰南五次获得加拿大总督文学小说奖，詹姆斯·里恩尼（James Reaney，1926—2008）三次获奖，分别是诗歌和戏剧领域，翁达杰三次获得加拿大总督文学小说奖，阿特伍德获奖两次，诗歌类和小说类各一次。日后，门罗的处女作《快乐影子之舞》（*Dance of the Happy Shades*，1968）也一举赢得了当年的加拿大总督文学小说奖，后来她凭借《你以为你是谁?》（*Who Do You Think You Are?*，1978）和《爱的进程》（*The Progress of Love*，1986）又两次获奖。其后，为了留给青年加拿大作家更多的机会，门罗宣布永久退出总督奖的竞争。

1939年，艾丽丝8岁，开始四年级的课程学习。母亲将她从小镇边缘的下城小学转至镇中心的威厄姆公立学校，从此艾丽丝每天长途跋涉，跨桥穿越边缘的西威厄姆下城，穿过下城河桥，然后进入相对繁荣的威厄姆镇中心，穿过镇中心，再到达学校。河岸两边的巨大差异不仅仅是地理上的，更是经济、文化、社群层面上的，这种阶级差

第二章 加拿大文化崛起与作家门罗启航：奇妙的平行线

异与的对抗性由此在幼年的艾丽丝内心留下了深刻烙印。同年 11 月，加拿大著名的本土作家露西·蒙哥马利拜访了威厄姆镇，在圣·安德鲁长老会教堂演讲并朗诵了本人的诗歌作品。艾丽丝的母亲是位文学爱好者，曾经读过蒙哥马利的所有作品，她也参加了这场重要的文学活动。而在此之前，艾丽丝已经读完了《绿山墙的安妮》。日后她经常提到，幼年她最喜欢的一部作品就是蒙哥马利的《新月的艾米丽》（*Emily of the New Moon*，1923），一部关于在加拿大地域小社区里的艺术家女孩成长为作家的作品。这是门罗和加拿大作家的第一次面对面相遇。此外，英国文学也对艾丽丝影响至深。日后门罗回忆道，她阅读的第一本真正意义上的文学作品就是查尔斯·狄更斯（Charles Dickens，1812—1870）的《写给孩子们看的英国史》（*A Child's History of England*，1851—1853）。七年级时，艾丽丝第一次"发现"了英国的桂冠诗人丁尼生（Alfred Tennyson，1809—1892），她因此开始尝试写作诗歌，以及作为副产品的小说。同时期她热爱的还有艾米丽·勃朗特（Emily Bronte，1818—1848）的《呼啸山庄》（*Wuthering Heights*，1845—1846），高中时，艾丽丝甚至试图仿写《呼啸山庄》。艾丽丝的文学启蒙表明，加拿大依然与英帝国具有难以割裂的文化纽带。1939 年，第二次世界大战爆发，加拿大再次选择与英国联合作战。

1944 年，艾丽丝通过高中入学考试，升入威厄姆高级中学。同年 6 月 6 日，作为诺曼底登陆行动的一部分，加拿大第三师在加拿大独立第二装甲旅的协助下成功登陆朱诺海滩。德军负隅顽抗，加拿大军队承受了重大的伤亡，第一波伤亡率达到了 50%，但加拿大军队依然英勇地为盟军打通了道路。随后加拿大第一军团又参加了多次重大战役，帮助解放了荷兰，并参加了反攻德国的战役。作为一个当时总人口仅有 1150 万人的国家，加拿大共有 110 万人参加了第二次世界大战，42042 人献出了生命，55000 人负伤。加拿大士兵在战争中的奋不顾身为加拿大在世界范围内赢得赞誉，军事力量与国际政治地位都得到飞跃，至第二次世界大战结束时加拿大已经拥有了一支 100 万人的军队。与此同时，加拿大的经济实力大为增强。由于战时远离欧洲主战场，加拿大很快成为协约国的军火工业基地与工农业供应基地，大量新工厂、子公司在加拿大如雨后春笋般地涌现，大批移民涌入，东部工业化、机械化、城市化程度迅速提高，而西部也农场遍布，原有的传统加拿大社区开始发生日新月异的变化。加拿大战后顺利走上了与欧美工业国家同步发展的轨道，国内经济一片繁荣兴旺，这一时期的加拿大文学同样百花齐放，《当代诗歌》（*Contemporary Verse*，1941）、《预演》（*Preview*，1945）、《新声》（*First Statement*，1942—1945）等各类文学期刊如雨后春笋般地涌现。A. J. M. 史密斯（A. J. M. Smith）《加拿大诗歌集》（*Book of Canadian Poetry*，1943）以及 E. K. 布朗的《论加拿大诗歌》（*On Canadian Poetry*，1943）等各种文学精选和文学史著作类也陆续出版。加拿大文学的视野和表现方式都获得了质的飞跃。

第二次世界大战打破了原有欧洲独具中心的格局，英帝国的实力受到了根本削弱，美国最终取代了英国成为世界超级大国，英美力量此消彼长的结果就是英国文化号召力的下降和美国文化影响力的上升。1949年，加拿大加入北大西洋公约组织，和美国的同盟关系进一步加强。同时，美国资本开始超过英国资本，成为加拿大的最大贸易伙伴。由于加拿大经济具有鲜明的外源性特征，战后其对美国的全面依赖无可避免地不断加深，美加贸易不平衡性日益加剧。唐纳德·克赖顿（Donald Creighton）在评论20世纪40年代末50年代初的加美经贸关系时悲叹："在经济领域也像在政治领域一样，加拿大从一个帝国手中取得了自治，不久却变成了另一个帝国的殖民地，越来越依赖于美国市场和美国资本。"（462）甚至，因为更直接的地缘关系，也因为美国"天命论"（Manifest Destiny）①思想的存在，因为1812

---

① 在美国的清教先民的观念里，不同于陈旧、腐朽、专制的天主教统治的欧洲，新大陆的清教徒是上帝新的选民，所以他们试图用"应许之地"的"圣约"政体建立一座"山巅之城"——只受上帝统治的自由平等世界，并且承担着向世界传播自由和正义，把人类从罪恶之路引导到人间新的耶路撒冷的神圣使命。在"西进运动"中，"天命论"作为一种指导信念完成了美国疆域主体的建构。而在美（转下页注）

第二章 加拿大文化崛起与作家门罗启航：奇妙的平行线

年战争的历史记忆①，美国的强大对加拿大的威胁更令民众感到担忧和不安。加拿大刚刚在第二次世界大战中实现了从半独立国家身份到

（接上页注①）向世界超级帝国进化的过程中，也正是"天命论"的观念构成了其持续性扩张的原动力。比如美国参加第一次世界大战，即以美国的理想主义取代欧洲的强权政治，而参加第二次世界大战的目标则是使世界摆脱法西斯主义的奴役并建立一个基于"四大自由"的新世界秩序。对于与美国比邻且曾经共属同一个君主国的加拿大而言，美国的"天命论"是其主权独立的最大威胁。与"天命论"经常相提并论的还有"大陆主义"（continentalism），这一思想最早的提出者是约翰·昆西·亚当斯（John Quincy Adams，1767—1848），他是自1803年路易西安那购地案至1840年执政期间美国版图扩张的领导人物。1811年，亚当斯在信中写道："天意注定，北美全境所生养的子民应为同一'民族'，口说相同语言，信奉相同宗教与政治信仰下的全面体系，袭用相同的社会风俗习惯。为其全体共同之幸福愉悦，为其和平安宁与繁荣昌盛，我相信，将他们结合于一个联邦共同体之下势不可免。"1812年战争，在美国意识中正是为了帮助解放被英帝国殖民的加拿大，而不是加拿大意识中的美国对其的侵略战。有趣的是，如果今天去参观美国国会山，官方导游在介绍时会特别说明，1812年美国被英帝国侵略，入侵者烧毁了国会山和白宫。在美国的眼中，他们真正的对手只有英帝国，而加拿大确实是"毫不起眼"的大象身边的老鼠。

① 1812年战争是美国与英国/加拿大之间发生于1812年至1815年的战争，是美国独立后第一次对外战争，也被称为美国的第二次独立战争。美国第一次独立战争结束后，英美之间的主权之争并未停止，而作为英国殖民地的加拿大省，人口稀少，防御松懈。美国欲向北扩张，并且认为加拿大居民将把美国军队视为解放者。1811年，前总统托马斯·杰弗逊（Thomas Jefferson，1743—1826）宣称："今年将加拿大地区兼并，包括魁北克，只要向前进，向哈利法克斯进攻，最终就能将英国势力彻底逐出美洲大陆。"而时任国务卿的詹姆斯·门罗（James Monroe，1758—1831）说："夺取加拿大将成为圆满结束战争的一部分。"1812年6月18日，美国趁英国与拿破仑在欧洲的战争胶着，正式向英国宣战，入侵加拿大。此时英国军队的50%兵员是加拿大的民兵，同时，美洲印第安部落由于种种原因也卷入了战争。战争伊始，美军将进攻的重点集中在西部战场，即伊利湖和安大略湖之间的尼亚加拉河一线，以及圣劳伦斯河和尚普兰湖地区。1812年至1813年，美国攻击英国北美殖民地加拿大各省，1813年10月至1814年3月，英国在欧洲击败拿破仑帝国，得以调动更多的兵力增援北美战场。英军占领美国的缅因州，并于1814年8月24日攻占了美国首都华盛顿特区，火烧总统官邸。后来，1817年为了掩饰火烧过的痕迹，詹姆斯·门罗总统下令将外墙漆上一层白色的油漆，这才有了今天世人熟悉的"白宫"。但此后英国陆军在美国南部的路易斯安那州战场和尚普兰湖战役、巴尔的摩战役、新奥尔良战役中遭到挫败，海军也遭受败局。1815年双方停战，边界恢复原状。1812年战争对推动加拿大国家的形成起了巨大作用。加拿大历史上，美加战争是唯一一次外敌入侵的战争，关乎加拿大的生死存亡。这次战争促使加拿大的英裔和法裔两大殖民地居民联合起来对抗共同的敌人，由此加强了加拿大这一殖民地的内在凝聚力，成为加拿大国家认同的开端。战争的最重要结果是使英属北美殖民地于1867年联合成为加拿大联邦，加拿大建国。在战争中，（转下页注）

完全独立的国家身份的历史性跨越，民族主义思想更加成熟，此时美国文化强势渗透，"美国梦"的诱惑在加拿大的国土上大行其道，对于加拿大的民族认同感造成了极大的冲击，也成为加拿大反美主义的思想根源。加拿大人感到自己生活在一个巨人的影子之下，为此有一个形象的比喻是"睡在大象身边的老鼠"①，加拿大人因此不安、不快、不满，甚至愤慨，也在一定程度上无可奈何。而加美之间这种"从与不从"的博弈，在未来的几十年都将深刻影响加拿大的国民思维。

1949年，18岁的艾丽丝以优异的成绩从威厄姆高级中学毕业，她拿到了优秀毕业生荣誉证书，并在毕业典礼上代表全班同学致辞。尽管如此，她还是不能确定自己能够进入大学学习。当时加拿大的高等教育程度不高，女性能上大学的比例更小，大多数平民家庭的女儿在结束了高中阶段的学习后会直接步入社会，结婚生子，成为传统的家庭主妇。此时雷德劳家庭的经济状况已每况愈下，艾丽丝母亲的帕金森综合征严重影响了这个家庭的正常运行。艾丽丝知道自己不可能从家里获得任何经济上的帮助，只有依靠奖学金才能解决未来的学费和生活费。在焦急无望的等待中，艾丽丝甚至在安大略西北的一个乡村小学找好了工作，当时在加拿大的一些偏远的农村小学，13年级的毕业生可以不需任何师范院校的培训就获得教职。幸运的是，艾丽丝最后获得了梦寐以求的西安大略大学的奖学金，为期两年，包含学费和生活助学金。艾丽丝从此离开了威厄姆，来到了伦敦（加拿大），

（接上页注①）加拿大民兵表现异常勇敢、极为杰出，而英军指挥官表现却很一般。这个出乎意料的事实被加拿大军事历史学家杰克·格拉纳斯坦（Jack Granatstein）称为民兵之谜，其对未来加拿大军队的建军思想产生了深远影响——重视民兵建设，而非依赖职业军人。而美军得到的是恰恰相反的经验，松散的民兵组织难以对付纪律严明的英国陆军，所以战争后期美国陆军取得的大部分胜利要归功于学习了英国和欧洲军队有纪律的战斗队形。

① 美加关系的这个比喻最早见于20世纪70年代皮埃尔·特鲁多（Pierre Trudeau，1919—2000）总统的公开演讲中对于《伊索寓言》（*Aesop's Fables*，1484）的借用，即："加拿大跟美国在一起，就如同睡在大象旁边的小动物，不管这个小动物多么友好，大象的每一声呼噜，都使它受到影响。"

进入西安大略大学新闻系学习，辅修文学。

第二节　1950—1970年：携手发展中的加拿大文学

1. 大学校园：加拿大文学的温室

在西安大略大学，艾丽丝很快就将自己的全部热情倾注在文学上。她选修了由罗伯特·劳伦斯（Robert Lawerence）主讲的"英国文学概论"。当时加拿大的大学都没有开设有关加拿大文学的课程，直到20世纪50年代，"加拿大文学"还只是一个含混的概念，在世界文坛上影响很小，在国内也没有独立的教材，并且由于复杂的历史原因，长期分裂为英语和法语两大分支，孤独地发展着各自的文学传统。对比源远流长的英国文学、法国文学与发展迅猛的美国文学，彼时的加拿大文学依然在夹缝中艰难寻找自己的声音。劳伦斯很快发现了艾丽丝的写作才华，并鼓励她在第二年转入英语学院，主修文学。艾丽丝在这一时期创作了短篇小说《阴影的维度》（"The Dimensions of a Shadow"，1950），并在西安大略学生出版物《手稿》（*Folio*）上出版。这是门罗正式发表的第一篇小说。在西安大略校园的两年，门罗在《手稿》上共发表了三篇小说，即《阴影的维度》、《礼拜天的故事》（"Story for Sunday"，1950）和《鳏夫》（"The Widower"，1951），其中《礼拜天的故事》在艺术上最为成熟。

事实上，门罗在大学校园内正式开始自己的文学生涯并不是偶然。自20世纪初期，加拿大政府就有意加大政策与资金的扶持力度，帮助在大学校园打造加拿大文学的主要阵营。《多伦多大学季刊》、《麦吉尔大学杂志》（*McGill University Magazine*，1901—　）、《达尔豪西评论》（*Dalhousie Review*，1912—　）、《加拿大论坛》（*Canadian Forum*，1920—　）、《加拿大诗歌杂志》（*Canadian Poetry Magazine*，1936—　）等都是在这种背景下快速成长起来的，以大学师生为主体的精英知识分子顺理成章地成为加拿大文坛的主力军。至艾丽丝入学的 50 年代初期，基本上各主要大学都拥有自己的校刊，不少还是颇具影响力的同行评议期刊。同时作家驻校体系开始形成并逐步完善，作家驻校项目邀请到了更多的加拿大著名作家与文学评论家在大学担任教职，给予他们相对稳定与自由的创作工作环境，并提供学者交流与批评的平台。正是在这一体系下，加拿大大部分的诗人和成名的小说家都有在大学的任教经历——上讲台，带学生，既开创意写作课程又研究理论。整体而言，"加拿大作家"从形成初期就是一个小群体，而校园的各项政策则保障了这个群体的传承有序。正如艾丽丝在西安大略大学师从罗伯特·劳伦斯一样，罗伯特·克罗耶奇（Robert Kroetsch，1927—2011）在麦吉尔大学师从麦克兰南，玛格丽特·阿特伍德在多伦多大学师从女诗人简·杰·麦克弗森（Jean Jay Macpherson，1931—2012）和文学评论家诺斯洛普·弗莱。这种校园属性的文学传承表明，加拿大文学的发展既有加拿大作家群自下而上的主动性，又有加拿大政府自上而下的政策引导，双向作用并行不悖，共同推动了加拿大文学作为独立国别文学的发展。

大学校园也打破了加拿大社会原本的阶级壁垒，使得来自不同文化背景的年轻人相聚在了一起，有"老钱""新钱"的上层社会子弟、退伍老兵，也有凭奖学金而得以接受高等教育的"奖学金学生"。1950 年，艾丽丝与詹姆斯·门罗（James Munro，1929—2016，下文亦称吉姆·门罗，即 Jim Munro）相识相恋。吉姆比艾丽丝年长两岁，高一年级，就读于历史系，热爱艺术，听歌剧与古典乐，选修艺术课程，还在校园的剧团里担任重要角色。共同的文学爱好让两人很快陷入热恋，但就家庭环境和成长经历而言，两人的背景确实差距巨大。吉姆来自大多伦多地区的富人区奥克维尔市，是中产阶级家庭的长子，家庭条件非常优越，其父在多伦多的伊顿百货商店担任资深会计师；吉姆的性格偏向保守，言谈举止从容得当。艾丽丝则出身于贫穷的威厄姆镇的劳动阶层，小镇口音明显，她常为自己的出身感到困扰，平日喜欢穿招摇的衣服，个性比较矛盾。在其日后的名篇《乞女》（"The Beggar Maid"，1978）中，门罗对于这种因阶级差异而导致的文化隔阂进行了相当深入的挖掘。事实上，艾丽丝和吉姆这种跨越阶级的相遇，也映射了战后加拿大社会结构正在经历的巨变。战争在一定程度上破坏了旧的秩序，百废待兴的时代不拘一格地选拔、资助人才：大学扩招，奖学金资助……加拿大文学也正是在这种思想解放又相对仓廪丰实的环境中获得了迅猛发展。

但是，阶级之外还有性别问题。艾丽丝入学的当年，西安大略大学总共招收了 4000 名学生，其中第二次世界大战退伍老兵占了差不多一半①，女性学生人数很少，甚至比起战时大有减退迹象。大部分的女生来自安大略西南部的普通农户家庭，与艾丽丝背景相同，靠着学校的奖学金才得以入学。"奖学金女孩"这一身份标志也是当时加拿大社会最为重要的文化符号之一：年轻的女性知识分子在战时大量涌入劳动力市场，以填补男性劳动力的短缺，但是战后退伍老兵的回归将女性倒逼回家庭。对于艾丽丝而言，她获得的奖学金只有两年，一旦她为期两年的奖学金结束，她就再也无法继续学习。吉姆此时做出了一个重大牺牲，他从喜爱的历史系转入了通用艺术学系，以便提前一年就能毕业工作，这样他可以有足够的经济基础支持艾丽丝。1950 年圣诞节，吉姆宣布和艾丽丝订婚。对于此时的艾丽丝来说，成为家庭主妇是她在"奖学金女孩"的身份终结后得以继续文学创作的唯一选择。

2. 1951 年：加拿大广播电台和《梅西委员会报告》

1951 年春天，19 岁的艾丽丝给日后被尊称为"加拿大文学教父"的罗伯特·韦弗（Robert Weaver，1921—2008）投稿，当时她的好几个西安大略同学都这么做，而且被收稿了。从 1948 年至 1985 年退休，韦弗一直在加拿大广播电台的文学类节目中担任要职，并于 1956 年创办了著名的加拿大文学杂志《落叶松评论》（*Tamarack Review*），还主编了十多本加拿大文选集。"就当代的加拿大而言，几乎每一位

---

① 门罗的第二任丈夫杰瑞德·富兰姆林（Gerald Fremlin，1924—2013）就是退伍老兵，彼时同在西安大略大学新闻系，比艾丽丝高两个年级，同是校刊的活跃分子。

成名的作家都曾经得到过韦弗的指导和鼓励。"（Stewart 155）在艾丽丝刚开始给加拿大广播电台投稿的时候，韦弗担任电台"谈话与公共事务"板块文学方向的负责人，手上有一档名为《加拿大短篇小说》的节目。这是一个周播节目，时长为15分钟，主要朗读原创的加拿大短篇小说。门罗幸运地第一次卖出了自己的故事：《陌生人》（"The Strangers"）。故事原计划于6月1日播出，罗伯特也提供了很多修改建议。但有趣的是，最终加拿大广播电台临时决定将它的档期延后至10月5日，把时间段挪给了一个报告——《梅西委员会报告》（"Massey Report"）。著名的加拿大文化研究专家与门罗研究专家罗伯特·撒克（Robert Thacker）教授在《剑桥文学指南：加拿大文学》（*The Cambridge Companion to Canadian Literature*，2004）的"短篇小说"一章中，特别提到了这个巧合。该意外事件的重要性在于，《梅西委员会报告》是加拿大文化史上最为重要的一份文件，它的全称是《皇家委员会关于发展全国艺术、文学和科学事业的报告》，由加拿大国家艺术·文学·科学发展皇家委员会经过广泛调研后向政府提交。《梅西委员会报告》认为加拿大作家尚"没有得到认可"，"深受孤立之苦"，尤其是第二次世界大战以后，美国大众文化的入侵已严重影响了加拿大的民族性（national identity）。为保持加拿大在知识和精神上的独立性，报告呼吁应"鼓励那些表现民族感情、促进共同了解和增进加拿大人民多种多样和丰富多彩的生活的机构"的发展，并由此提出众多富有建设性的建议。报告特别强调了维护和发展独立的加拿大文化的重要性。可以说，正是这一报告最终为加拿大自20世纪50年代至今的激进民族主义运动铺平了道路。门罗与这一著名的文化报告之间的联系当然是一种巧合，但它确实表明无论是门罗的文学事业，还是加拿大文学的发展，彼此的时机都恰到好处。得益于加拿大的民族主义运动，加拿大文学发展的条件成熟了。

《梅西委员会报告》发布不久，1953年，加拿大国家图书馆建立，1957年，加拿大艺术委员会（The Canada Council for the Arts）成立，旨在大力资助加拿大学者、作家、艺术家、文化社团、剧院、演

第二章 加拿大文化崛起与作家门罗启航：奇妙的平行线

出团体、文学刊物的文学艺术活动，为文学家、艺术家出国学习和考察提供方便。在加拿大艺术委员会的强力资助下，加拿大文学进入了爆发期，在随后的 25 年中尤为显著。同时几项长远的规划均付诸实施：三卷本的《加拿大文学史：加拿大英语文学》（*Literary History of Canada：Candian Literature in English*，1965）、《加拿大传记词典》（*Dictionary of Canadian Biography*，1959）、《魁北克文学作品词典》（*Dictionnaire des œuvres littéraires du Québec*，1970）（魁北克文化事务部资助）都开始着手编纂。麦克兰德－斯图尔特（McClelland & Stewart）等出版公司推出的诸如"新加拿大丛书"及简装本计划也极大程度地推动了加拿大文学进入校园。受益于加拿大民族主义运动，加拿大广播公司亦发展迅猛，建立起遍布全国的广播电视网，并硬性规定所播节目中"加拿大内容"必须占有一定比重，持续资助加拿大作家的文学作品，设立专题节目推广加拿大戏剧、短篇小说、诗歌。事实上，加拿大文学的不少优秀作品最初就是为了广播电视而创作的，包括厄尔·伯尼的《对一个城市的审判》（"Trial of a City"，1952）、詹姆斯·里恩尼的《夜里开花的仙人掌》（"Night Blooming Cereus"，1959）。在门罗向加拿大广播电台卖出第一个故事的时候，韦弗就曾专门写信告知，节目采用的故事篇幅需要控制在 2100 个字以内。也由于这个原因，门罗的早期创作必须考虑版面要求等一系列现实因素而量体裁衣，短篇小说很适合门罗的创作风格，也很适合加拿大广播电台。在韦弗去信向门罗解释为什么她的《陌生人》要延期播出时，门罗成功地顺势向韦弗卖出了她的第二个故事《解放日》（"The Liberation"，1951）。此时韦弗正酝酿推出一系列文学类专栏包括《加拿大广播电台星期三之夜》（*CBC Wednesday Night*）与《文选》（*Anthology*）专栏，需要大量加拿大作家投稿。《加拿大广播电台星期三之夜》以每周连续三小时的篇幅为年轻的加拿大文学和尚在成长中的加拿大诗人、小说家与剧作家提供了一个稳定的播出窗口。而《文选》的定位更为明确。这个节目从 1953 年开播，到 1985 年结束，整整延续了 30 多年，开始只是每周半小时，1969 年后延长到了一个小时，主旨即是推广加拿大作家创作的短篇小说和诗歌等短篇幅的文学作品，每年都有40多个由出名的或者不出名的加拿大作家创作的故事，通过这个平台传送给55000户加拿大听众。初出茅庐的门罗生逢其时地通过成长中的加拿大广播电台的平台寻求自己的文学梦想，这样的经历对于当时的加拿大作家而言具有时代的典型性。

1951年，门罗的个人生活进入了新阶段。12月29日，尽管家庭背景悬殊，艾丽丝和吉姆还是在威厄姆镇的联合教堂（the United Church）正式结婚了，艾丽丝·雷德劳从此成为艾丽丝·门罗，彼时谁也想不到，日后这个名字会代表加拿大文学而享誉世界文坛。奖学金到期后，门罗辍学先回到了家乡，不久后吉姆在温哥华的伊顿百货商店入职，门罗随迁至温哥华，暂时离开了她的安大略。同年，加拿大总督文学奖也迎来了一次重大的变革。之前的总督文学奖仅以荣誉为主，并没有给予作家实质性的物质奖励，但从1951年开始，为了切实地帮助低商业化的加拿大作家缓解经济上的困难，总督文学奖开始提供250元美金的奖金鼓励。之后奖金数额逐渐提高，2000年后已经高达15000元美金，同时出版商也能得到3000元美金作为推广经费，入围者亦可获得1000元美金。更多的变革包括，在奖项范围方面，1937年总督文学奖的评选范围仅限于英语写作的小说、非小说、诗歌和戏剧，而至1959年加拿大艺术委员会接掌文学奖的运作后，开始增加了以法语写作作品的奖项，1987年又增加儿童文学文字和儿童文学插图两个奖项。这些举措表明，加拿大文学双语种、各文类百花齐放的时代来临了。对于门罗而言，1951年的总督文学奖改革释放出的信号是切切实实的，写作的经济补贴在某种程度上为"作家"这一职业的现实性提供了可能。

3. 加拿大杂志、美国杂志和政府写作项目

婚后门罗继续写作，向韦弗投稿，但都被拒稿了。不过韦弗还是给了门罗热情的鼓励。1952年，在连续拒绝了门罗的《新人的喧闹小夜曲》（"The Shivaree"）和《梅伯里来的男人》（"The Man from Melberry"）后，韦弗给了门罗一条宝贵的建议：

第二章　加拿大文化崛起与作家门罗启航：奇妙的平行线

> 有一两次我在想你是不是已经给加拿大更优秀的那一两个杂志投过稿了。你不会因为在《北方评论》（*Northern Review*）或《加拿大论坛》发表而获得稿酬，但只要其中的任意一家刊登了你的故事，编辑会给你寄评语，对你的帮助会非常大。我已经把你的作品推荐给了《北方评论》的约翰·赛瑟兰德（John Sutherland），我知道他非常乐意接到你的投稿。（Thacker, *Alice Munro: Writing Her Lives* 113）

门罗于是开始积极向各类商业与文学杂志投稿。《麦格达琳》（"Magdalene"）确实也被《北方评论》收稿，但不知为什么一直没有发表。韦弗后来又将门罗推荐给了《梅菲尔区》（*Mayfair*）以及《蒙特娄人》（*Montrealer*）。《一篮子草莓》（"A Basket of Strawberries"，1953）发表于《梅菲尔区》1953 年的 11 月刊上，又被韦弗于 1954 年 3 月在其《文选》栏目中选用。门罗开始比较稳定地在各类杂志上发表作品，包括《北方评论》、《梅菲尔区》、《城堡夫人》（*Chatelaine*）、《蒙特娄人》以及韦弗的《落叶松评论》。早期门罗在杂志发表的其他作品还包括《在彼地》（"At the Other Place"）、《小镇的边缘》（"The Edge of Town"）、《蝴蝶日》（"Day of the Butterfly"）、《我怎么能做那样的事？》（"How Could I Do That?"）、《谢谢让我们搭车》（"Thanks for the Ride"）、《危险的那一个》（"The Dangerous One"）等。这些故事中有很多是因为过于大胆的主题，先后遭到了加拿大广播电台的退稿，韦弗却认为就文学性而言，它们完全可以在杂志上发表。这些文学类杂志的发行量并不大，是"小杂志"，但都得到了加拿大政府的政策性扶持，其下属的加拿大艺术委员会每年都有专项拨款。这些杂志对于短篇小说有着稳定的、大规模的需求，对主题和风格的包容性更强，不但为加拿大短篇小说的迅猛发展提供了便利，也培养了大批青年作家。正因为此，加拿大作家诺曼·莱文（Norman Levine, 1923—2005）曾经说过一句名言，即："我们都是从文学'小杂志'开始的。"（Nischik 271）因此，门罗对于短篇小说这一文类的选择，在当时加拿大的文学环境中很具有典型性。在加拿大广播电台和文学杂志的共同打磨下，门罗的艺术风格也日渐成熟。

20世纪50年代中期，在韦弗的建议下，门罗开始给美国杂志投稿。韦弗尤其鼓励门罗给《纽约客》投稿。《纽约客》是所有文学杂志的标杆，能否在《纽约客》上发表作品几乎是加拿大作品优异与否的一个权威标准。另外，50年代末60年代初，加拿大原本繁荣一时的各类"小杂志"开始随着经济大环境盛极而衰。门罗的传记作者罗伯特·撒克注意到，在休·加纳（Hugh Garner，1913—1979）为门罗的处女作《快乐影子之舞》初版最初撰写的前言中曾用两段的篇幅来总结20世纪60年代末加拿大短篇小说市场的现状，明白无误地指出了加拿大的各类"小杂志"至60年代时的生存困境，可惜在正式出版稿中被编辑删掉了。其中，有这样一段文字：

> 商业杂志对于短篇小说而言，是天然的家。但是今天仅存唯一一家全国性的杂志《城堡夫人》还能刊登经典的短篇小说故事。《加拿大家庭杂志》（*Canadian Home Journal*）、《自由杂志》（*Liberty*）、《全国家庭月刊》（*National Home Monthly*）、《梅菲尔区》都死了，而《每周之星》（*The Star Weekly*）、《麦考林之家》（*Maclean's*）和《蒙特利尔标杆》（*The Montreal Standard's*）改版后的《周末》（*Weekend*）现在都已经放弃了短篇小说。另外，《周六晚间杂志》（*Saturday Night*）因为和烟草公司有商业合约的要求，一年会刊发几篇短篇小说。今天，短篇小说新手作家只有依赖大学类的季刊，譬如《落叶松评论》、《加拿大论坛》以及其他一些低酬或者根本无酬的出版物才能够发表。（Thacker, *Alice Munro: Writing Her Lives* 306）

对于加拿大出版界的这种环境变化，50年代初出茅庐的门罗尚未有所感知，但是美国杂志选择余地更大、收稿量更多、付的稿费更高却是不争的事实。门罗认真地听取了韦弗的意见，开始依据《探索》

(*Discovery*)杂志封底列出来的美国杂志目录投稿。投稿美国杂志对于门罗而言是其职业生涯的重要一步,在很长一段时期,门罗都仅靠自己的摸索,而韦弗则是她与加拿大文学圈乃至北美文学圈的唯一纽带。就像那个年代加拿大作家普遍面临的困境一样,在门罗最初开始写作的时候,加拿大文坛的职业化程度非常低,加拿大文学整体尚不发达,出版业也很不活跃。相对于美国而言,首先,加拿大整体经济水平不高,有闲阶级基本不存在,国民更为务实,很少有时间与兴趣去发展高层次的精神追求。其次,加拿大国土广阔,人口相对稀少,这使得书籍印刷与运输难以形成规模效应,费用高居不下,反过来又严重影响了销量。(Keith,*Canadian Literature in English* 20)加拿大出版社因此往往难以和美国出版商竞争,加拿大作家必须寻求更为广大的美国读者的市场。1961年,韦弗在给门罗的信中提及:"十月我会在纽约,到时候我会看一下文学代理人的事。"(Thacker,*Alice Munro*:*Writing Her Lives* 168)

1958年,在罗伯特·韦弗的大力推动下,门罗也曾向新成立的加拿大艺术委员会申请写作项目经费,但并没有成功。事后,门罗认识到她的失败是因为写的申请理由是想用项目经费雇用保姆,以便能有更多的时间从事写作——一个男性作家通常会以"风土人情考察"之类更为堂皇的理由申请经费。事实上,直至今天的项目申报,雇用保姆的理由依然是不被接受的。耐人寻味的是,在1972年前后,门罗曾再次向委员会申请写作项目经费,这时她已经获得了加拿大总督文学奖,有两部短篇小说集在手,同时在写作第三部短篇小说集,但她再次遭遇了失败。在那个年代,男性加拿大作家已经很艰难了,对于女性作家而言则是难上加难。回到1958年,几乎与此同时,韦弗鼓励门罗向另一个新成立的机构——加拿大人文研究委员会(Humanities Research Council of Canada)申请经费。这次申请同样失败了。韦弗同时建议门罗应该联系一下乔治·伍德科克(George Woodcock,1912—1995),那时候伍德科克恰好在筹备新的期刊《加拿大文学》(*Canadian Literature*,1959年正式创刊)。但是门罗因为过于害羞,始终没有写信。尽管如此,这一阶段的作家门罗还是随着新时期的加拿大文学在跌跌撞撞中一路向前。

4. 第一部短篇小说集、平装书革命和门罗书店

随着近十年的积累,1961年秋天,门罗出版短篇小说集的计划第一次提上议程。在韦弗的帮助下,加拿大的麦克兰德-斯图尔特出版公司、赖森出版公司(Ryerson Press)和美国的艾普屯-世纪-克罗夫茨出版公司(Appleton-Century-Crofts)都收到了门罗的样稿,其中赖森出版公司对其作品的兴趣最大。赖森出版公司最早由加拿大联合教堂于1829年创立,发展至20世纪初已在出版加拿大作品方面小有名气。从1960年开始,约翰·韦伯斯特·格兰特(John Webster Grant)成为新的负责人,他有一个雄心勃勃的计划,想出版足以获得加拿大总督文学奖的优秀的文学作品。换言之,格兰特愿意在制定出版计划的同时考量作品的商业性和艺术性。韦弗恰好在那个时期将门罗的作品递交给了赖森出版公司。尽管如此,门罗的手稿还是在赖森出版公司被拖延了5年。原因是多方面的。有人事上的变动,因为格兰特于1963年离开了,公司的出版重心因此有了调整,而且赖森出版公司长期以来对短篇小说这一文类有偏见。另外的原因是门罗本人的迟疑,那时候她已经历了三次生育,一个女儿夭折,两个女儿年幼,每天在家里忙得焦头烂额,极度怀疑自己是否能按期交出文稿,此时她的内心渴望创作一部长篇小说,因此对出版短篇小说集也并不热衷。况且,1966年门罗又生育了一女。在出版社和作者双方的拖沓中,五年很快过去了。好在赖森出版公司的编辑一直和门罗保持联系,短篇小说集的设想最终还是变成了现实。

另外,门罗的家庭生活也迎来了一个转折点。在伊顿百货公司的图书部门工作多年后,吉姆决定自己创业,开一家独立书店。他敏锐地注意到了当时的加拿大出版市场正如英国和美国一样发生巨变。在20世纪50年代,加拿大的独立书店还是凤毛麟角,人们买书习惯去百货商店的图书部门,当加拿大零售书商协会在1952年成立的时候,会员仅有区区的35家,因此吉姆判定独立书店值得一做。不过1957

第二章　加拿大文化崛起与作家门罗启航：奇妙的平行线

年在温哥华已经新开了一家独立书店，所以门罗夫妻俩最终决定搬至维多利亚选址开店。维多利亚距离温哥华并不远，也是英属哥伦比亚省的首府，是个相对封闭的社区，省政府直到 1960 年才开启常规的汽车摆渡计划，但维多利亚发展得很快。吉姆根据自己多年在图书零售部门的经验，意识到平装书正在改变出版界的格局，所谓的"平装书革命"（paperback revolution）正在到来。平装书革命始于 20 世纪 50 年代初。以往，人们大多购买精装版，并将图书世代相传，平装书则被称为口袋书，是一些便宜且文学性不高的通俗读物的代名词。最先领导变革的是英国企鹅出版公司的企鹅（Penguin）口袋书系列和美国克诺夫出版公司（Alfred A. Knopf）的年份（Vintage）系列，这些大型出版公司开始大量印刷这些包装精美的廉价书籍，称其为袖珍书，涵盖所有可能的主题，包括各种一流的文学作品，结果大获成功。平装书的低廉价格使书籍首次进入日常购买领域，并帮助将借书者转变为购买者，以前所未有的规模创造了新的读者群体。高质量的优秀文学作品愈来愈多地以平装书这种更加平易近人的形式呈现在读者眼前，受到欢迎，更多主流的出版公司也加入平装书的市场中。在相对保守的加拿大，虽然年长一代的偏见还是难以轻易消除，但 50 年代后期麦克兰德－斯图尔特出版公司已经大胆地开启了平装书版的"新加拿大图书馆重印系列"。这一切都预示着，加拿大长期落后的出版业将迎来一场平装书变革。1963 年 9 月，门罗书店顺利开业了，书店以经营高质量的平装书为特色。在当时，它也是加拿大第一家拥有各类小众文艺平装书的书店，譬如从旧金山进货的"城市之光图书"系列，就包括"垮掉的一代"（the Beat Generation）的代表人物：劳伦斯·费林赫迪（Lawrence Ferlinghetti，1919—2021）、艾伦·金斯伯格（Allen Ginsberg，1926—1997），以及同类的当时最为先锋的作家。顺应时代潮流的门罗书店很快就在维多利亚获得了成功，并一直兴盛至今。在当时相对闭塞的加拿大文学小世界，门罗书店很快成为以维多利亚大学（University of Victoria）为中心的文人作家聚会交流的小私所，门罗也因此和许多重要的加拿大作家有缘交集。

1968 年，赖森出版公司终于出版了门罗的处女作《快乐影子之舞》故事集，此时门罗已经 37 岁了。出版社方面考虑到短篇小说从来都没有长篇小说好卖，因此当时初版的发行量仅为 2500 本。事实也是如此。几年后，当时的 2500 本居然在出版社还有库存。不过，门罗的短篇小说集一经出版就在加拿大文学界赢得了一片叫好声。1969 年 3 月，门罗欣喜地获知自己的短篇集被加拿大总督文学奖提名并最终获奖，那年的奖金是 2500 加元，并且第一次由加拿大总理皮埃尔·特鲁多亲自颁奖。韦弗是那年评审团的主席，他因为与门罗长期的私交，特别申请了回避，没有加入评奖讨论，不过《快乐影子之舞》还是众望所归地赢得了大奖。这个消息轰动了夫妇俩所居住的维多利亚小城——一个普普通通的家庭主妇竟然获得了加拿大最高文学奖项。门罗从此成为在加拿大文学史上得以留名的"真正的作家"。

5. 加拿大作家圈的小世界

1968 年，约翰·迈特卡夫（John Metcalf, 1938— ）在加拿大广播电台的《星期二晚上》（*Tuesday Night*）节目中听到了门罗短篇小说集的最后一个故事《重重心像》（"Images"），对作者的叙述艺术倾慕不已，特别向编辑求到了门罗的通信地址。迈特卡夫是出生于英格兰的加拿大青年作家，24 岁时才移民加拿大，比门罗年轻 6 岁，后在蒙特利尔的康卡迪亚大学执教。迈特卡夫成名比门罗稍早，他是 20 世纪 70 年代加拿大文坛的风云人物，主要创作短篇小说和长篇小说，编辑了多部加拿大文选，是创建加拿大作家协会的骨干分子，也是"蒙特利尔故事讲述者"（"The Montreal Storytellers"）组织的创始人。迈特卡夫一口气买了 17 本门罗的《快乐影子之舞》，推荐给自己的朋友们。由此，门罗和迈特卡夫逐渐建立了越来越密切的文学联系。1972 年至 1975 年，正是在迈特卡夫的帮助下，离家出走的门罗才得以靠文为生、经济独立。从某种程度而言，迈特卡夫成为继韦弗之后门罗的第二条文学生命线。是迈特卡夫最终鼓励门罗重返安大略，他明确地意识到最适合门罗写作与生活的土壤就是她出生、成长的土地。

第二章　加拿大文化崛起与作家门罗启航：奇妙的平行线

尽管天性羞怯，门罗在20世纪60年代末70年代初还是逐渐进入了加拿大作家的主流圈。1969年年初，门罗在温哥华与玛格丽特·劳伦斯结下了深厚的友谊。门罗的编辑曾把门罗的处女作寄给劳伦斯，而劳伦斯也主动表示愿意帮助她联系美国和英国的出版商。1969年的夏天，奥黛丽·托马斯（Audery Thomas，1935—　）——她在1967年出版了第一部短篇小说作品集《十个绿色瓶子》（*Ten Green Bottles*）——拜访了门罗书店。这是因为乔治·伍德科克邀请托马斯在《加拿大文学》期刊上为门罗的作品撰写评论，托马斯阅读了门罗的作品集后就专程过来当面表达自己对该书的喜爱。同年暑假，玛格丽特·阿特伍德夫妇恰好也来维多利亚度假。阿特伍德之前读过门罗的故事，也很喜欢她的《快乐影子之舞》，因此特别邀请门罗一家共度了一个愉快的周末。自此，当代加拿大最重要的两位女性作家开始了她们一生惺惺相惜的友谊。日后，在回忆起第一次相遇时，阿特伍德说"加拿大作家的世界在那个年代是尤其小的。任何人出版了任何类别的书……都会互相拜访"，就好像是"名片卡一样"。（203）在加拿大文学的那个小世界里，加拿大作家互相支持、互相推动，共同为加拿大文学的发展而努力。

6. 载入加拿大文化史的赖森出版公司收购案

1970年，仅仅在门罗获奖一年之后，加拿大出版界发生了著名的美国麦克格劳-希尔出版公司（McGraw-Hill）对于加拿大赖森出版公司的收购事件。由于地缘与人口的劣势，加拿大的出版公司一直都获利艰难。通常的做法是，公司通过更加有利可图的教材市场，以及作为国外代理商市场的受益，补贴加拿大作家的加拿大写作。加拿大麦克米伦出版公司（Macmillan）的约翰·格雷（John Gray）在20世纪60年代中期回顾50年代的加拿大出版界时感慨道："加拿大的作者和出版商之间缺少一种合理的经济基础；依靠卖书为生的加拿大作家并不能够让他们的书在加拿大有销量；加拿大的出版商也无法在加拿大的通俗出版物方面为他的生意获得一丁点儿的利益。"（205）不过这种情况正在发生改变。就在《快乐影子之舞》出版的前一年，即

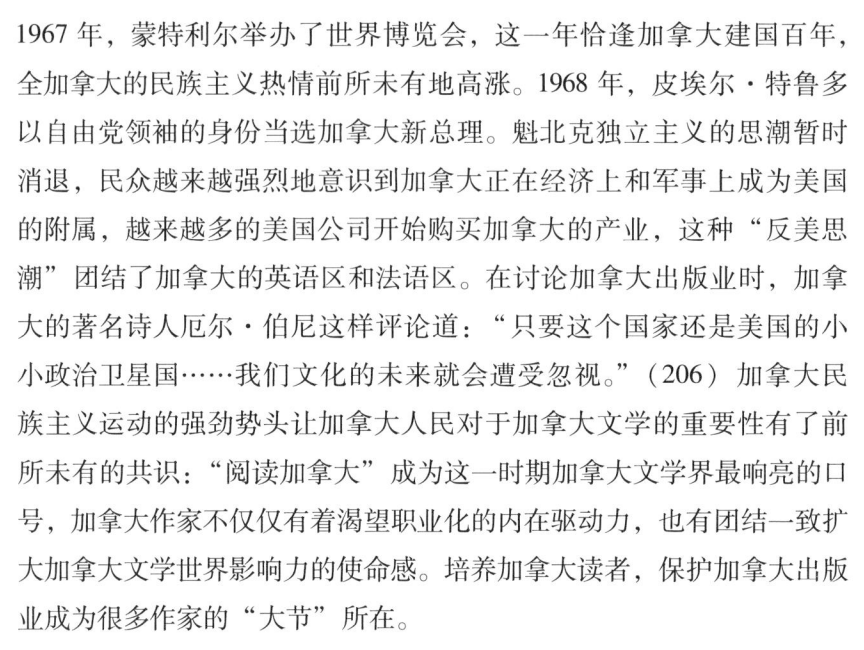

1967年，蒙特利尔举办了世界博览会，这一年恰逢加拿大建国百年，全加拿大的民族主义热情前所未有地高涨。1968年，皮埃尔·特鲁多以自由党领袖的身份当选加拿大新总理。魁北克独立主义的思潮暂时消退，民众越来越强烈地意识到加拿大正在经济上和军事上成为美国的附属，越来越多的美国公司开始购买加拿大的产业，这种"反美思潮"团结了加拿大的英语区和法语区。在讨论加拿大出版业时，加拿大的著名诗人厄尔·伯尼这样评论道："只要这个国家还是美国的小小政治卫星国……我们文化的未来就会遭受忽视。"（206）加拿大民族主义运动的强劲势头让加拿大人民对于加拿大文学的重要性有了前所未有的共识："阅读加拿大"成为这一时期加拿大文学界最响亮的口号，加拿大作家不仅仅有着渴望职业化的内在驱动力，也有团结一致扩大加拿大文学世界影响力的使命感。培养加拿大读者，保护加拿大出版业成为很多作家的"大节"所在。

1970年11月，正当门罗即将完成她的第二部作品《女孩和女人们的生活》（*Lives of Girls and Women*）时，加拿大联合教堂宣布了赖森出版公司即将被出售给美国麦克格劳－希尔出版公司的消息。正如当时的《多伦多每日之星》（*Toronto Daily Star*）报的专栏员所评论的："这是最近的一次美国接管加拿大。"他同样引用了赖森出版公司的经理盖文·克拉克（Gavin Clark）的话："这只不过是美国长期购买加拿大的又一个实证。"（207）赖森出版公司已经在加拿大本土经营了140年，始终致力推进加拿大内容的创作与书写。1923年，赖森出版公司首先推出了"加拿大文学先辈"系列丛书。原本籍籍无名的门罗，也是受益于赖森出版公司的"扶持加拿大青年作家"的计划，才得以出版处女作。可以说，一直以来，赖森出版公司都是加拿大文化推广运动的一个重要阵地。但是，美国的麦克格劳－希尔公司看中了赖森出版公司一年300万美元的教材业务。一时间，做出出售决定的加拿大联合教堂成为众矢之的，民众的愤怒滔天，各界的谴责信像潮水一样涌来，但是木已成舟，结果无法更改。不过这一交易最终促使安大略政府成立了一个皇家委员会，决心针对加拿大的出版事宜进

第二章 加拿大文化崛起与作家门罗启航：奇妙的平行线

行合适的行业监控。

也正是因为担心加拿大的出版业会从此被美国公司控制，众多的加拿大作家加入了抵制麦克格劳－希尔公司的运动。门罗当时的情况非常微妙，她的第一部书是由赖森出版公司出版的，合同里明确写着赖森出版公司对她的下一部作品有着优先出版权。况且门罗和赖森出版公司的编辑奥黛丽·柯芬（Audery Coffin）的合作也很愉快，私交很好。12月初，就在消息宣布的几周后，门罗给赖森出版公司的编辑写信，询问接下来的公司动态。她不知道麦克格劳－希尔公司是否会继续有兴趣出版加拿大的小说作品，她的下一部作品本来是很自然地会首选赖森出版公司的，但是现在她不知道应该怎么做。12月中旬，门罗再次去信询问。最终，她的第二部作品还是在赖森出版公司，现在已更名为麦克格劳－希尔·赖森出版公司出版了，同时利用麦克格劳－希尔公司在美国和英国的业务线，公司准备在加拿大之外也加强对新书的宣传。《女孩和女人们的生活》获得了巨大的成功，同样获得了当年的总督奖提名，虽然最终的获奖者是莫迪赛·里奇勒。《女孩和女人们的生活》在美国市场也收获满满，获得了美国读书协会的推荐，也成为加拿大书商协会/国际书年奖（Canadian Booksellers Association/International Book Year Award）的首位获奖作品。1972年，美国版的《女孩和女人们的生活》以长篇小说的形式出版了，1973年，公司又推出了美国版以及英国版的《快乐影子之舞》，平装版也上架了。门罗已然是加拿大文坛冉冉升起的新星，同时伴随着门罗的成功，加拿大文学也开始被世界上更多的读者熟悉。

7. 重返安大略：出走家庭的职业女性作家

就在门罗的文学生涯步入正轨之时，艾丽丝和吉姆的感情却出现了非常大的裂缝。作为作家的门罗迫切需要一间"属于自己的房间"①。1960—1961年，门罗因为孩子接二连三出生进入了创作的"瓶颈期"，她为此短期租住在一位朋友家的办公室，并由此段经历创

---

① 弗吉尼亚·伍尔夫（Virginia Woolf，1882—1941）的表述。

作了名篇《办公室》("The Office",1969):一个年轻的女作家临时租了一间用于创作的办公室,却因为房东无休止的偷窥与中伤而被迫搬出。在1978年的文章《有关写作〈办公室〉》("On Writing 'The Office'")中,门罗将其称为"是我所写过最直接的、最具自传性的一个故事"(260)。最后,门罗退租了办公室,她对于传统家庭主妇身份与职责的抗争也失败了。虽然吉姆一直都支持门罗的写作,但是门罗必须首先承担起传统女性的角色要求。

另外,虽然门罗书店的生意蒸蒸日上,但创业初期的辛苦严重侵蚀了作家门罗的创作时间,而且夫妇俩更大的问题在于两人截然不同的阶级与文化背景。这种文化上的差异原本自艾丽丝和吉姆相识之初就一直存在,但矛盾确实因为艾丽丝在经济上的日渐独立而加剧了。他们的女儿雪拉(Sheila)日后评价道:"尽管在我父亲的眼中,我母亲作为作家无可挑剔,但潜意识中他始终拒绝她的阶级出身和文化背景,觉得羞耻。他纠正了她休伦县的乡村口音,并对威厄姆镇来访的亲戚们态度傲慢甚至是排斥。"(229)在其自传《母亲和女儿的生活:与艾丽丝·门罗一起成长》(*Lives of Mothers & Daughters:Growing Up with Alice Munro*)中,雪拉再次审视了父母间难以调和的阶级观、价值观及生活方式。

> 我的父亲遵循保守、传统的价值观,政治上是保守党,我的母亲则是个人主义者,政治上"左"倾,对于保守主义观念极为反叛。母亲认为父亲非常勇敢,因为他不顾他父母的反对娶了自己。但是在某些方面父亲希望母亲也能成为那种符合他的父母理想的人,即传统的女性——他确实娶了他所希望的艺术家。(S. Munro 83)

这种矛盾是在日常生活中一点一滴累积的,并不是特别大的冲突,却是"哲学上的,政治观上的,代表了难以兼容的世界观"(83)。门罗自己也坦言她和吉姆之间的问题在他们搬入新家以后不可

第二章　加拿大文化崛起与作家门罗启航：奇妙的平行线

避免地被激化了。尤其是在小女儿安德里娅（Andrea）出生后，门罗每天只能睡很少的时间，她称："我太累了太失望了，我不再关心书店的事，自顾不暇。吉姆没有变，但是我改变了。"（Thacker, *Alice Munro: Writing Her Lives* 229）在1971年的加拿大人口普查表中，门罗第一次将自己的职业从"家庭主妇"变成了"作家"。

1971—1972年，门罗反反复复地经历了几次离家、归家和分居。过程很痛苦，因为她很难把孩子留下，就像日后那个著名短篇小说《孩子留下》（"The Children Stay", 1998）一样。其间门罗在吉姆的大房子不远处租过一个小公寓，以便在早晨的写作结束后还能赶回大房子照顾中午放学回来的安德里娅，帮她做午饭，打扫房间——门罗几乎完全复制了自己十年前的作品《办公室》中的生活。但最终，1973年9月，门罗还是永远地离开了维多利亚城，留下了孩子，一个人收拾行囊，踏上了返回安大略的旅途。故乡的土地，成为作家门罗最渴望的情感避风港和取之不竭的创作源泉，她从此走上了真正意义上的职业作家之路。

8. 驻校作家与加拿大文学课程的高校建制

重返安大略的门罗必须首先以作家的身份解决经济独立问题。门罗的第二本书拿到了麦克格劳-希尔·赖森公司10000加元的版税。1972年底至1973年初，门罗第二次向加拿大艺术委员会申请写作项目基金。虽然这次申请还是失败了，但她在1973年获得了一笔7500加元的委员会高级艺术补助，正好可以帮助支付她的个人所得税。这些钱使门罗的经济独立成为可能。

1973年暑假，门罗在英属哥伦比亚省的圣母大学（Notre Dame University）获得了一份教授创意性写作暑期课程的工作，每天工作两小时，报酬是每月425加元，附加免费公寓和70加元的交通补贴。这是门罗第一次担任教职，她没有任何教学经验，天生羞涩，并不善于和学生进行沟通。课程结束后，门罗觉得自己狼狈不堪。之后，在迈特卡夫的帮助下，门罗又向新布伦斯威克大学（University of New Brunswick）申请驻校作家的职位，但没有成功。幸运的是，就在门罗窘迫之时，多伦多的约克大学英语系给了她一份教授创意性写作的工作。门罗最终带着大女儿重返安大略。她选择回到西安大略大学所在的伦敦居住，因为那里的生活消费水平较低，也是门罗所熟悉的环境。门罗每次都往返多伦多进行授课，这次的教学经历比之前稍好一点，但也磕磕绊绊，因为门罗打心底里对于创意写作的课程并不认同，她认为作品是写出来的，而不是教出来的。1974—1975年，母校西安大略大学向门罗发出了驻校作家的邀请，于是门罗高兴地辞去了她在约克大学的教职。

  门罗是西安大略大学的第三任驻校作家，在她之前是女诗人玛格丽特·艾维森（Margaret Avison，1918—2007）和玛格丽特·劳伦斯。这一时期，受益于加拿大大学对于加拿大本土作家资助的持续性增加，越来越多的作家得以走上大学讲坛。大部分成名的诗人和小说家都曾在大学里任教。麦克兰南在麦吉尔大学，罗伯逊·戴维斯（Robertson Davies，1913—1995）在多伦多大学、欧文·莱顿（Irving Layton，1912—2006）在约克大学，詹姆斯·里恩斯在西安大略大学……在出版业尚比较落后、作家职业化程度有待提高的加拿大，大学为这些作家提供了一个固定的职业、安稳的环境，使他们能够少些后顾之忧地去从事文学创作。同时，大学又为加拿大作家提供了扩大影响、培养后备军的理想场所。文学评论家伍德科克曾戏言："可以给加拿大作家画一幅这样的标准像：住在校园附近，至少有一半时间在大学里教书，经常同教授等学者打交道，抽时间为加拿大广播公司撰稿，盼望能申请到加拿大艺术委员会的奖学金，去欧洲住上一年半载。"（Woodcock, *The World of Canadian Writing* 3）当然未必所有加拿大作家都是如此，但几乎所有的加拿大作家或多或少受到过政策资助，就连那些不愿意走上大学讲台的小说家如卡拉汉、里奇勒、劳伦斯，也曾和加拿大广播公司、加拿大艺术委员会打过交道。

  这一时期也是加拿大文学课程在加拿大高等院校从无到有的关键时期。有趣的是，即便在加拿大高校英语系内部，最初对于加拿大文学的学科建制也有着不小的抵抗。原本只教授英国文学和美国文学的

第二章　加拿大文化崛起与作家门罗启航：奇妙的平行线

加拿大教授们，对于本国文学的艺术性尚心存狐疑甚至蔑视。门罗在1974年给迈特卡夫的去信中回忆自己遇到了一位同系的英语文学教授，那位教授显然认为，对于像门罗这样的加拿大作家，屈尊下顾地见一面就够了，作品根本不值得一读。斯坦·德拉格兰德（Stan Dragland）——他与门罗同时期在西安大略大学英语系任教，主要研究领域就是加拿大文学——也佐证了这种态度。他称："抵抗情绪在空气中无处不在，虽然从来没有公开说出来，但是当时的文化氛围就是那样。"（Thacker, *Alice Munro: Writing Her Lives* 285）与门罗、德拉格兰德一起在西安大略大学并肩作战的有 D. M. R. 宾利（D. M. R. Bentley）和凯瑟琳·舍得瑞克·萝丝（Catherine Sheldrick Ross），他们都教授加拿大文学，还有更年长一些的里恩斯，他当时开了一门"安大略文化"课程，是和门罗志趣相投的旧相识。里恩斯有一次邀请门罗来他的课上朗读作品，结果有很多学生跑来旁听，这着实出乎两人的意料。随着读者群的不断扩大，加拿大文学最终以自身的艺术魅力和独立的国别文学身份在英语语言文学系站稳了脚跟。随着越来越多的加拿大作品被认可、被研究，被介绍到国外，加拿大文坛的面貌大大改观了。加拿大文学终于不再是法国文学、英国文学甚至是美国文学的分支，加拿大文学获得了独立的地位。

9. 加拿大作家协会建立

1973年初，由于迈特卡夫的关系，门罗开始积极地投身于加拿大作家协会（Writers' Union of Canada）的创建活动中。创立加拿大作家协会被认为是加拿大作家职业化发展进程中的标志性事件，它也是之前加拿大作家抵制美国麦克格劳－希尔公司收购加拿大赖森出版公司运动的一个惊喜的后续。源于20世纪70年代开始不断增长的国家自我意识和自信，加拿大作家开始获得了更多的本土读者。同时，加拿大公司也在本土的期刊出版业获得了更多的市场份额。20世纪60年代，加拿大期刊出版业80%的业务被外国公司控制，而至70年代，在关税法案、所得税法案等法律法规的推动下，加拿大公司的市场占比已经上升至25%，无论是新成立的出版社，还是老牌出版社，都开始更加重视"加拿大精神"的价值。以美国的麦克格劳-希尔公司为代表的外国文化收购案被视为一种对于"国家文化安全"的威胁,此后魁北克省(1971)和安大略省(1973)分别成立了皇家委员会来调查加拿大出版业的现状,并对加拿大出版业加强政府监管。在20世纪70年代初期民族主义热情高涨的文化背景中,加拿大作家协会的成立终于水到渠成。

协会的设想最初由一群在多伦多聚会的加拿大作家于1972年12月提出,门罗也参加了。协会旨在建立"一个真正的职业化的组织,能够在合同、版税、许可、外国权利、电视和电影权利以及宣传事务等各个方面帮助和保护"加拿大作家。(238)门罗在这次聚会上被推选为八名委员会成员之一。她随后积极地向委员会推荐英属哥伦比亚省的加拿大作家们,之前他们往往容易被安大略省和魁北克省的"主流"文学界忽视。同时门罗坚持认为,加拿大作家协会应该是一个开放的组织,任何人,只要正式出版过一部作品,就可以申请加入。这个提议至关重要,因为当时在委员会内部,包括迈特卡夫,许多人还是秉持"精英主义"的思想,希望将高雅文学与通俗作品分开,强调要以作品的质量来衡量作家的申请资格。但门罗认为,对文学作品进行人为的分级打分,这即便不是荒谬的,也是不现实的,精英主义并不适合发展中的加拿大文学。随后迈特卡夫起草了一份会员申请表,申请表认同了门罗的观点,即只要是加拿大职业作家,至少正式出版过一部作品就有资格申请入会。门罗在这一时期也帮助审查从全国各地寄来的会员申请表,决定会员资格的审批。此外门罗还参加了1973年6月在多伦多的另一次筹备讨论会,以及当年11月在首都渥太华举办的协会正式的成立大会。协会宣布,将支持这个国家的全体作者,保障他们的权利、自由和经济福利。

在2006年版的《加拿大百科全书》(*The Canadian Encyclopedia*)中,玛格丽特·阿特伍德负责撰写《加拿大作家协会》("Writers' Union of Canada")词条。她总结了加拿大作家协会成立这一事件对于加拿大文学的重大意义。

第二章 加拿大文化崛起与作家门罗启航：奇妙的平行线

在安大略委员会的听证会上，产生了成立加拿大作家协会的想法。协会最初由少数作家发起，他们认为作家要想对影响他们的经济条款获得话语权，就必须作为统一体共同行动。1972年12月举行了一次筹备会议，1973年11月正式成立了加拿大作家协会。加拿大诗人同盟已先期成立（成立于1966年），因此加拿大作家协会将成员资格限定为散文作家，要求这些散文作家至少在过去的7年中出版过商业著作，或者有作品正在印刷中。它在成立之初和现在都没有包括记者和剧作家，因为后两者已经拥有了自己的组织（加拿大期刊作家联盟和加拿大剧作家协会）。自1973年以来，加拿大作家协会还成立了许多省级作家组织，以便更好地帮助协会处理地方性事务。协会通过会员的会费以及筹款活动来募集资金，并获得了联邦和省级拨款，尤其是每年度的成员大会专项资助。至1988年，加拿大作家协会已拥有会员600名左右。

加拿大作家协会在出版合同规范化方面做了大量工作，并聘请了专门的律师以便在标准讨论中提供建议；其申诉委员会帮助解决与发行商的纠纷；它同时运行一个手稿评估机构；就税务事宜提供建议；亦充当信息的发布中心，每月刊发相关时事通讯。协会的组织框架是围绕某些特定问题设计的，例如图书倾销（一种做法就是当加拿大作家的加拿大版书籍依然在加拿大境内全价出售时，无良零售商从国外进口这些书的海外版库存，然后在加拿大国内降价出售）。通过协会的努力，这种做法已经引起了公众和政府的注意，并且政府已经承诺将叫停这种做法。协会的委员会致力推进对版权的保护，加强与出版商和图书馆员的联系，以及处理与审查和压制的相关问题。协会在1986年实现了一个非常重要的目标，即确定了"公共借阅权"的费用，即作家的作品经由图书馆借阅被多次消费了，因此需要补偿作家的多次使用费。

加拿大作家协会最为重要的成就之一，是在作家中培育了一种职业精神和自尊自爱的精神。这个协会，由作家自发成立并致力保障作家利益，帮助加拿大作家聚集在一起，彼此了解，并对某些重要决定承担集体责任，共同改变社会看待作家、对待作家的态度。自20世纪60年代以来，加拿大作家的公众形象已经发生了巨大的变化——从有缺陷的怪胎到可以接受的社会成员（尽管这种变化还远远不够），但是协会确实反映并促进了这种变化。（Atwood，"Writers' Union of Canada"）

在加拿大作家职业化的最重要的历史时刻，门罗也结束了自己的婚姻生活，迈出了职业作家生涯的第一步，并积极参与了作家协会的创建，这样的巧合再次印证了作家门罗启航和加拿大文学发展冥冥中的奇妙的平行线。

10. 民族主义风潮下的加拿大出版业巨变

1973年，门罗的第三部短篇小说集《我一直想告诉你的事》(*Something I've been Meaning to Tell You*) 初稿完成，与此同时，伴随着加拿大作家协会的成立，加拿大出版业的整体环境也在发生巨变。在1973年11月加拿大广播电台对于加拿大作家协会成立的评论中，威廉·弗兰奇（William French）注意到："协会在当前民族主义的风潮下通过了某种宪章，将美国书籍、美国出版商、美国经销商和受美国影响的书店都单列出来视为敌对方。宪章鼓动协会发动一场运动，以抵制美国书籍在加拿大学校、图书馆和书店的统治地位……"（Thacker, *Alice Munro: Writing Her Lives* 246）更有甚者，"它致力于推动政府立法，以获得对于出版公司、经销商、书店和读书会的加拿大所有权，从而终结所谓的'内在的殖民系统'。换言之，它希望麦克格劳－希尔、普兰蒂斯·霍尔斯（Prentice Halls）这一类的美国出版公司都能够被重新加拿大拥有"（246）。这种倡议现在回顾起来或许过于小题大做，甚至是幼稚和情绪化，但就当时的民族主义氛围而言，所有的加拿大作家都认为维护本民族的文化安全是严肃且迫切的责任。

但是，加拿大作家协会的提议也使众多加拿大作家在现实层面陷入极其尴尬的境地。门罗的出版商就是麦克格劳－希尔·赖森公司，现在协会却希望这样的出版公司被推翻。事实上，在门罗最初和赖森出版公司合作的时候，它是一家地地道道的加拿大公司，但是现在，它成了一家美国公司。因此在部分人的眼中，门罗没有及时和加拿大作家抵制麦克格劳-希尔·赖森公司，却继续把自己的第二部、第三部作品交给它出版，这在某种程度上并没有"言行一致"。之前，门罗对于赖森出版公司的忠诚主要源于对老编辑奥黛丽·柯芬以及托弗·凯尔（Toivo Kiil）的忠诚，但是现在，在激烈的民族主义氛围下，她确实要对未来的选择三思而后行。另外，位于美国的麦克格劳-希尔公司对待其加拿大的赖森分公司的态度，也确实有不平等条约之嫌：美国总部可以直接将美国作家的作品运到加拿大分公司让其销售，同时美国总部的编辑对于是否出版加拿大作家的作品具有绝对发言权，而加拿大分公司的编辑只能在有限范围内据理力争。其中最主要的衡量标准就是加拿大版在美国的销售量，只有足够畅销的作品才能获得出版美国版的机会。或许这在商业逻辑上并没有什么问题，但这种关系恰恰就是加拿大民族主义者所一直谴责的殖民主义附庸关系。门罗的出版案例印证了这一点。她的加拿大版《女孩和女人们的生活》和《我一直想告诉你的事》在美国大卖后（连续一版三印，同时成为美国读书协会的月推荐书），其处女作《快乐影子之舞》才最终发行了美国版。

11. 加拿大作家职业化的标志：文学代理人

1969 年，玛格丽特·劳伦斯在处理《火中人》（*The Fire-Dwellers*, 1969）的出版事宜时，顺便向自己在纽约克诺夫出版公司的编辑推荐了门罗的短篇小说集。她同时提到门罗还没有自己的文学代理人。事实上，在当时的加拿大作家群中，文学代理人是个相当新鲜的存在。在《加拿大作家协会》一文中，阿特伍德这样写道：

> 直到最近，加拿大的散文写作，特别是小说写作，都存在与之相关的某些问题。读者人数很少：一直到 20 世纪 60 年代后期，加拿大小说还被认为是退而求其次的选择，没什么人读，而且大多数的公司也不愿意出版，除非有英国或美国的出版商也参

与。挥之不去的清教徒主义限制了主题,而保守主义的阅读品味则限制了先锋文本的出版机会。几乎没有作家代理人,作家不得不去美国或英国寻找不熟悉加拿大的代理人,否则就没有。(Atwood,"Writers' Union of Canada")

在当时,除了阿特伍德、劳伦斯这样具有强大读者基础的少数作家,更多本身经济窘迫的加拿大作家并不愿意多花代理费请专人推荐自己的作品,他们更倾向自己直接投稿。克诺夫出版公司拒绝了门罗,虽然编辑喜欢她的作品,但她实在太没有名气了,更主要的是,对于一家美国出版公司而言,他们只需要一位加拿大女性作家就够了,而他们已经有了劳伦斯。这个小插曲其实很具代表性。对于门罗这类正在成长中的年轻的加拿大作家而言,他们确实面临一个极其狭小的国际市场。① 在门罗刚刚起步的时候,加拿大广播电台的韦弗在事实上承担了她的代理人职责,譬如帮助将她的作品推荐给各类期刊,邀请评论稿,申报文学奖项。后来在赖森出版公司,凯尔又自觉担任起了这一职责,因为那时门罗是公司的签约作家,所以也是公司的资产组成。凯尔帮助推动其作品美国版和英国版的出版,同时积极将门罗的短篇小说卖给美国的杂志社——正是在凯尔的帮助下,《麦克考》(McCall)杂志在1972—1974年购买了门罗的四篇短篇小说,他同时帮助门罗投稿《纽约客》。对于当时刚刚从家庭主妇的身份转变为职业作家的门罗而言,对于当时刚刚起步的加拿大作家群体而言,他们在作家职业化的道路上都亟须得到专业的建议和指导。

另外,由于加拿大的作家职业化程度过低,很多年轻的作家缺少可供参考的经验,对于出版社几乎毫无谈判能力。只要能够出版,他们愿意签署出版社提供的任何合同,对于合同的细节与法律条款,则既不明白也无力修改。针对这个问题,当时刚成立的加拿大作家协会

---

① 最终克诺夫还是在1979年出版了门罗的作品,不过那时她早已今非昔比,《纽约客》已为她在美国铺平道路,门罗正逐渐成为"世界闻名的加拿大作家"。

第二章 加拿大文化崛起与作家门罗启航：奇妙的平行线

的一项重要工作就是为作家提供出版合同样本，但这也不能从根本上改变作家的弱势地位。门罗在赖森和麦克格劳-希尔两家出版公司的经历也是如此，对于其他国家版本的版权、平装书版权、丛书版权以及其他一些相应的版权问题，门罗都完全没有经验。凯尔当然尽力帮助门罗，但他始终还是基于公司的立场，所以在和门罗签订的合同中还是有许多利益不清的地方。门罗逐渐意识到这个问题的存在。1970年，她首次就美国版的出版计划向凯尔提问，1973年，门罗在多伦多当面拜访了凯尔并讨论第三部作品的合同条款细节。通常而言，公司支付给加拿大作家的首付款是2500加元，但是门罗收到了5000加元，凯尔还随款为门罗手写了一张详细的清单，列举了有关出版的各种细节。(Thacker, *Alice Munro: Writing Her Lives* 256—257) 尽管有凯尔的全力支持，美国总公司还是对出版加拿大作家作品的兴趣不大，他们收购初衷只是为了赖森出版公司的教材市场。这一插曲表明，门罗终于到了职业生涯的某个阶段，文学代理人已成为作家职业化必不可少的一环，而这也是加拿大作家群体经验的一个缩影。

1974年5月，门罗的第三部短篇小说集《我一直想告诉你的事》的加拿大版出版，同年9月美国版出版。正是从这一时期开始，加拿大文坛有了"三个玛格丽特"的戏言：玛格丽特·劳伦斯、玛格丽特·阿特伍德和艾丽丝·门罗。在女性主义的浪潮中，加拿大最为杰出的三位当代女性作家从此形成了稳固的三驾马车，其中最为特殊的就是并不叫玛格丽特的门罗。此时，另两位玛格丽特早已在国际文坛声名鹊起，走上了职业化作家道路，拥有了自己的文学代理人。只有门罗依然主要依靠"友情"指导和建议，最初是韦弗，后来是迈特卡夫，然后是出版公司的凯尔。门罗愈来愈强烈地感受到寻找一位专业文学代理人的必要性和迫切性。同年10月，加拿大作家弗莱德·鲍德华斯（Fred Bodsworth, 1918—2012）在回复门罗的询问时，推荐了他在纽约的文学代理人。但是天性谨慎且被动的门罗并没有马上行动，直到1976年美国的文学代理人弗吉尼亚·巴伯（Virginia Barber）主动来信。巴伯拥有杜克大学（Duke University）美国文学的博士学位，

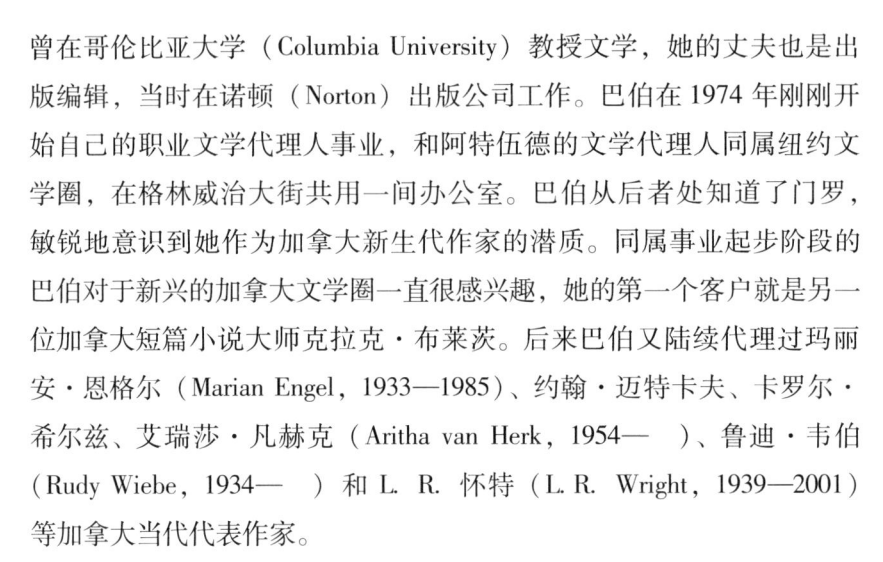

曾在哥伦比亚大学（Columbia University）教授文学，她的丈夫也是出版编辑，当时在诺顿（Norton）出版公司工作。巴伯在1974年刚刚开始自己的职业文学代理人事业，和阿特伍德的文学代理人同属纽约文学圈，在格林威治大街共用一间办公室。巴伯从后者处知道了门罗，敏锐地意识到她作为加拿大新生代作家的潜质。同属事业起步阶段的巴伯对于新兴的加拿大文学圈一直很感兴趣，她的第一个客户就是另一位加拿大短篇小说大师克拉克·布莱茨。后来巴伯又陆续代理过玛丽安·恩格尔（Marian Engel，1933—1985）、约翰·迈特卡夫、卡罗尔·希尔兹、艾瑞莎·凡赫克（Aritha van Herk，1954— ）、鲁迪·韦伯（Rudy Wiebe，1934— ）和L. R. 怀特（L. R. Wright，1939—2001）等加拿大当代代表作家。

　　巴伯出现的时机恰到好处。她所处的纽约文学圈是美国的出版中心，也是门罗始终想攻克的阵地。但门罗依然犹豫。她在第一封回信中客气但明确地拒绝了巴伯的提议。代理人的抽成并不低——国内业务的10%以及国外业务的20%——职业文学代理人究竟会对作家的职业起到什么样的作用呢？巴伯并没有轻易放弃。她耐心地向门罗解释文学代理人会如何帮助作家扩大市场，寻找匹配的出版机构，谈判合约，以及处理相关一系列的版税问题。最后两人在1976年加拿大作家协会组织的多伦多聚会中见面，由此开始了终生的合作关系，并成为好友。巴伯很快就证明了一个专业文学代理人的能力，她成功帮助门罗第一次将作品卖给了《纽约客》——那是门罗多年的梦想。那个故事是《皇家暴打》（"Royal Beatings"），发表于1977年3月。《纽约客》还购买了门罗的另一个短篇小说故事《乞女》，同时还在考虑她的其他8个短篇小说故事。巴伯的销售技巧在于，她很快领悟到不能一次性地给《纽约客》太多的备选故事，单独地寄送作品会提高收稿率。1977年12月，在距首次敲开《纽约客》的大门不过一年时间，门罗已经获得了《纽约客》的"首阅权协议"。"首阅权协议"对门罗非常友好，它规定如果一个作者能够在12个自然月中被《纽约客》购买4个故事，那么她可以得到总稿费的20%作为额外奖励，

第二章　加拿大文化崛起与作家门罗启航：奇妙的平行线

如果能被购买6个故事，则可以得到总稿费的35%作为额外奖励。很快《纽约客》购买了她的第三个故事，以及更多的故事。门罗最终因成为"《纽约客》作家"而蜚声世界，这毫无疑问有巴伯的汗马功劳。几年后，巴伯还帮助门罗解决了十多年前她和麦克格劳-希尔·赖森公司在签订第二部作品出版合同时遗留的众多版权问题。可以说，职业代理人巴伯的加入，最终使门罗的作家之路有了专业与制度的保驾护航。

与此同时，巴伯也把《纽约客》拒绝的那些故事继续推荐给美国的其他杂志，仅在1977年一年，就为门罗获得了1500美金的额外收入。巴伯的另一位加拿大客户，身居美国的布莱茨也会帮助门罗向美国文学圈推荐其作品，譬如美国的《双日》（*Doubleday*）杂志。其他日后门罗常驻的美国杂志有《绅士》（*Esquire*）、《万岁》（*Viva*）、《红书》（*Redbook*）、《麦克考》、《都市》（*Cosmopolitan*）等。至20世纪70年代末，门罗收录成书的绝大部分作品都会首先被杂志刊发。通过文学代理人的专业关系网，门罗和她那个时代越来越多的加拿大作家一样，最终走上了职业发展的正轨。

12. 加拿大麦克米伦出版公司、道格拉斯·吉布森与海外版

20世纪70年代，作家门罗的知名度不断提高，逐渐成为加拿大领军作家。除了短篇小说集的出版，作品也持续地在加拿大广播电台播出，甚至有了改编版的电视剧。1974年，门罗与西安大略大学校友杰瑞德·富兰姆林交往，并最终决定返回故乡休伦县定居。同时，发生了另一件对门罗的职业生涯有举足轻重作用的大事件：门罗开始与其日后的专属出版商道格拉斯·吉布森（Douglas Gibson）的合作。1974年8月，加拿大另一老牌出版公司麦克米伦商务部主编吉布森在加拿大广播电台的节目中听到了门罗的访谈录，敏感地意识到门罗的价值，开始争取门罗的出版权。[①] 吉布森是苏格兰移民，他在20世纪

---

① 有趣的是，门罗的第二任丈夫也是在收听到了这个访谈录后重新联络上门罗并开始正式交往的。无论是对门罗的职业生涯还是个人生活，加拿大广播电台都厥功至伟。

60年代进入加拿大出版圈，硕士毕业于美国的耶鲁大学（Yale University），也在加拿大的麦克马斯特大学（McMaster University）做过行政管理，随后在各个出版社担任要职，是著名的加拿大编辑、出版商和作家，拥有以自己名字命名的出版系列——道格拉斯·吉布森图书系列（Douglas Gibson Book），与这个时代加拿大最杰出的作家都有着密切联系。而他最为世人所津津乐道的就是与门罗之间的默契了。他们自1974年相识，由此开启了近半个世纪的合作与友谊，门罗甚至在2014年指定他代表自己与女儿在瑞典文学院接受了诺贝尔文学奖。

在2011年吉布森出版的回忆录《说故事的人的故事》（Stories About Storytellers，2011）中，他回忆了自己与许多加拿大作家之间的出版逸事。这本书由门罗作序，其中最有趣的一章也是关于门罗的。"当我到达（天堂的）珍珠门时，我知道自己有绝佳的通关密码。"吉布森这样戏谑地开篇："……我只要简单地说：'我让艾丽丝·门罗坚持写作了短篇小说。'"然后他认真地举出了证据：罗伯特·撒克的门罗传记中记录了在1986年，因为吉布森的离职，门罗给麦克米伦出版公司的新主编琳达·麦克奈特（Linda McKnight）去信，要求解除之前的合约以便转到吉布森最新任职的麦克兰德－斯图尔特出版公司，他在那里正式开启了自己的"道格拉斯·吉布森图书系列"。门罗在信中这样写道：

> 道格拉斯最初是在70年代中期跟我聊在麦克米伦出书的事的。我那时候恰好很受挫。赖森出版公司对我的第一本书几乎没有做任何宣传。麦克格劳－希尔·赖森则是相当不情愿地出版了第二本，然后是同样毫无热情的第三本——我相信他们仅仅是想在他们的名单上保留一个加拿大虚构类作品的作家的名字。我遇见的每一个出版商都试图让我相信，我必须成长起来去创作长篇小说，此后我才能被真正地当作作家对待。如果我还是要继续创作一本接着一本的短篇小说集的话，在加拿大是没有人会有兴趣买我的版权的。这种情况导致的结果就是，我浪费了太多的时间

第二章 加拿大文化崛起与作家门罗启航：奇妙的平行线

和精力，试图将我自己转型为一个长篇小说作者。然后我变得是如此沮丧，我一点都不能写了。而道格拉斯改变了这一切。他绝对是加拿大出版界第一个让我感受到完全没有必要去为自己是一名短篇小说作家道歉的人，并且短篇小说集同样也可以像一部重要的作品一样被出版和推广。在当时，这是相当革命性的观念。正是他的支持最终让我在对我的职业未来失去信心的时候继续写作。

我到麦克米伦是因为道格拉斯。是他对我作品的尊重，让我从一个小众的、无人问津的"文艺"作家，变成一个受大众欢迎的主流作家。(D. Gibson 344—345)

在吉布森的主导下，门罗从已属美国的赖森出版公司重回加拿大的麦克米伦出版公司，这堪称加拿大出版史上的经典案例。自从吉布森在加拿大广播电台的节目中"发现"了门罗之后，他一直积极和门罗联络。1974年，西安大略大学学生皮特·德安杰罗（Peter D'Angelo）找到了时任驻校作家的门罗，想一起出版一本记录安大略风俗地貌的摄影图文集。门罗于是找了吉布森，次年皮特获得了麦克米伦的合约，那本书被初步命名为《家乡的那些地儿》（*Places at Home*）。门罗对家乡休伦县做了很细致的调查和资料收集工作，提供了1万字左右的文稿，虽然最后摄影图文集的想法未能成功，但是门罗后来将文稿的大部分改编进了她的第四部短篇小说集《你以为你是谁？》中。为了赢得门罗这位加拿大文坛未来无可限量的新星，吉布森顶住了出版社内部的巨大压力，在1979年帮助出版了门罗父亲的遗作《麦克格雷格家族：安大略拓荒家族传》（*The McGregors*：*A Novel of an Ontario Pioneer Family*）。最终吉布森的努力有了回报。当门罗在赖森出版公司最信任的老编辑奥黛丽·柯芬退休后，她决定终止她与美国麦克格劳-希尔·赖森出版公司的合作关系，她现在明确要与一家加拿大本土出版社合作，麦克米伦从此成为门罗的独家出版社。同时，当时跟随吉布森的著名加拿大作家还包括麦克兰南和W. O. 米歇尔（W. O. Mitchell，1914—1998）。随后几年，更多的加拿大作家从赖森出版公司转到了道格拉斯的麾下，赖森甚至直接关掉了在加拿大的虚构类作品的出版部。

正如门罗所叙述的，吉布森对于加拿大文学的贡献不仅仅是在出版名单上"保留加拿大作家的名字"。他坚定地以自己的艺术品位为加拿大作家们保驾护航。吉布森认为，当发现作家身上的特殊才华时，编辑必须坚定地表达自己的想法，因为作家本人未必有同样的信心。支持和鼓励看起来微不足道，但也许会影响一位作家的写作方向。吉布森在和门罗的合作过程中，常给她提供关于小说标题的建议，寻找合适的封面素材，鼓励她在最擅长的领域继续创作下去。"另外就是说服门罗，说好啦，我们的确有足够的故事可以出一本新书了，阻止她回过头去把整本书推翻重写，或是强迫症似的不停打磨那些已经够好的细节。"（355）吉布森的专业鼓励，尤其是他对于短篇小说这一文类的支持，在门罗事业发展的关键时期具有关键性的推动作用。同样在讲述短小故事方面极具天分的阿里斯泰尔·麦克劳德（Alistair MacLeod，1936—2014），也是在吉布森的大力支持下，成了加拿大知名的短篇小说家。

1978年，《你以为你是谁?》出版。这部作品具有里程碑意义。它是门罗在新东家麦克米伦出版公司出版的第一本书，是她和吉布森的第一次合作，也是门罗第一次通过职业的文学代理人和出版公司签订合约。在巴伯专业的谈判下，门罗获得了非常优厚的合同待遇：预收款高达25000加元，销量的前5000本门罗能得到10%的版税，5000本以后销量的版税为12.5%。这是门罗第一次在加美两地同时签订独立的出版合同。从此，作家门罗拥有了事业的黄金合作伙伴：代理人巴伯处理她所有的商业事务，麦克米伦出版公司的吉布森打理加拿大境内的所有出版事宜，美国克诺夫出版公司的安·克洛斯（Ann Close）对接美国境内的出版业务，《纽约客》的编辑查尔斯·麦克格拉斯（Charles McGrath）负责其在《纽约客》的发表。更为重要的是，门罗在《你以为你是谁?》的出版中展现出了前所未有的作家主导性。在创作之初，由于作家本人和出版商都希望推出一部长篇

第二章 加拿大文化崛起与作家门罗启航：奇妙的平行线

小说——在文类的金字塔上排位更高也更具商业价值，门罗和编辑花了非常大的气力试图将故事素材处理为小说章节，并使各部分逻辑联系更为紧密。但是书稿一改再改，最终在已经确定排版的情况下，门罗毅然决定将书稿撤回，在自费的情况下重新调整了全书结构。《你以为你是谁？》最后呈现的依然是"系列故事"的形式。这也是门罗最后一次尝试长篇小说写作，她终于找到了最适合她的文类，从此再未动摇。精心打磨后的《你以为你是谁？》大获成功，在加拿大初版的8500册很快就销售一空，当选加拿大书商协会"年度作品"，美国版也登上了畅销榜，最终为门罗赢得了第二个加拿大总督文学奖，英国版进入了当年布克奖决选名单。

另外，同时出版的加拿大版、美国版、英国版也显示了文化层面的意识形态博弈。不得不说吉布森具有非常高的文化敏感度。在和门罗商量《你以为你是谁？》的出版事宜时，吉布森希望能一改加拿大出版界原本的保守作风，即通常以一幅与作品主要场景相关的绘画作为出版封面。吉布森建议从著名的加拿大艺术家的现有作品中寻找合适的代表作。他为门罗的加拿大版初版选择了加拿大现实主义作家肯·丹比（Ken Danby）的画作作为封面：一位沉思中的年轻女性，双手抱膝地坐在草地上。画面的场景和门罗作品的故事内容——一个女孩的成长——极其贴合，也呼应了短篇小说集那具有强烈嘲讽口吻，似褒似贬的标题："你以为你是谁？"。但是该书的美国版和英国版有意将加拿大色彩强烈的作品标题改成了相对弱化的《乞女》，封面也进行了替换。不过吉布森还是坚持了自己的文化主张。在他随后主导的出版作品中，吉布森继续启用众多的加拿大艺术家以增添加拿大的艺术气息，譬如亚历克斯·柯维勒（Alex Colville，1920—2013）、克里斯托弗（Christopher Pratt，1935— ）和玛丽·派特（Mary Pratt，1935—2018）夫妇、保尔·皮尔（Paul Peel，1860—1892）等。在吉布森的带动下，越来越多的加拿大出版社开始选用加拿大艺术作品作为封面配图。有门罗作品的质量作为背书，类似的出版风格确实能在一定程度上帮助其他加拿大作家提升作品销量，这事实上为当时的加拿大读者定义了一种审美标准。

除了文化审美层面的较量，加拿大版和海外版，尤其是与美国版，还存在定价上的差异。1977年底，加拿大作家协会发动了又一场针对海外版的抵制活动，即抵制外国出版社向加拿大倾销库存书，尤其是那些原本由加拿大作者撰写、在加拿大存在加拿大版的作品，而主要的抵制对象就是美国版的作品。加拿大精装书的货架期比美国要长很多：美国只有六个月，而加拿大长达两年，这就造成了一本仍在加拿大畅销的作品——尤其是加拿大本土作家的作品——在美国可能已经过了畅销期。同时，由于美国读者基数更大、每版印数相对更多，单本定价也更便宜，当时的一些跨国连锁书店，譬如科尔斯（Coles）连锁书店就开始将这些美国版图书倾销至加拿大，这种策略如果广泛传播的话，对于加拿大本国的出版业势必造成毁灭性的打击，作家们也会因为恶性循环而最终失去国内的版权费，更不要说有些作家会跳开加拿大出版商直接与美国出版公司签约。这些文化保护主义的政策对年轻而脆弱的加拿大文学市场而言，是非常时期的必要做法。而门罗，恰好也在几乎同一时期，置身于这场文化战争中。

第三节　1980—1990年：走向国际的加拿大作家与加拿大文化

20世纪80年代，门罗开始以"加拿大代表作家"的身份在世界文坛为加拿大文学摇旗呐喊。向来很少旅游的门罗在这一时期高频率出访。1981年夏天，得益于加拿大是最早同中国建交的西方国家之一，由门罗等7位加拿大作家组成的代表团①来中国访问，这也是加

---

① 其他成员有团长杰里·葛德士（Gary Geddes）、团员杰奥弗里·汉考克（Geoffrey Hancock）、罗伯特·克罗耶奇、帕特里克·莱恩（Patrick Lane）、苏珊娜·帕拉第斯（Suzanne Paradis）和艾黛尔·怀斯曼（Adele Wiseman）。

拿大作家第一次集体出访中国,受到了中国文联的热情接待。他们住在北京友谊宾馆,游览了长城,还南下去了广州,在那里,门罗恰巧度过了她的 50 岁生日——后来门罗说这是"自己最喜欢的一个生日"。这次访问对于宾主双方而言都是"第一次经历"。门罗遇见了中国女作家丁玲,对她的才华和风度很是倾慕。门罗也在中国感受到了前所未有的集体主义的文化。在给迈特卡夫的信中,她将这次旅行总结为中国人"友好、彬彬有礼",但是"缺乏对反讽的幽默感"。回国后,7 位作家联合出版了《加华大:七人帮中国游记》(*Chinada: Memoirs of the Gang of Seven*,1982)一书,门罗在其中贡献了随笔《透过玉珠帘》("Through the Jade Curtain")。日后在门罗的众多作品中,遥远的中国开始成为这位加拿大作家异国想象中的重要元素。

而在中国这边,加拿大作家代表团的访问标志着加拿大文学在中国的研究起步。同年 10 月,《外国文学》刊发了"加拿大文学专号",一共刊登了 2 篇综述(黄仲文的《加拿大的英语文学》与嘉汶的《加拿大的法语文学》)及 9 篇译文,译文包括 1 篇加拿大著名文评家弗莱的《加拿大文学史:加拿大英语文学》的结论,5 篇短篇小说,1 篇长篇小说节选,2 篇戏剧(英法各一),另有对加拿大七人画派和原住民艺术品的专文介绍。门罗的短篇《办公室》亦在其中。在《加拿大的英语文学》一文中,艾丽丝·门罗和玛格丽特·阿特伍德的名字首次被介绍给中国的读者。这是中国学界对加拿大文学艺术的第一次全面而集中的展示,自此,加拿大文学研究在中国从无到有,迈出了独立发展的第一步。1984 年《世界文学》创办了"枫叶"专栏,专门发表加拿大诗歌和短篇小说。同年中国加拿大研究会成立,蓝仁哲任首任会长。1988 年和 1990 年,《世界文学》两次以"专辑"形式刊登加拿大文学研究作品。1990 年,蓝仁哲主编了我国最早的加拿大语言文学论文集,作者包括众多我国英语文学界的大家:冯亦代、李文俊、黄仲文、蓝仁哲、郭继德、何自然、张隆溪……次年,黄仲文出版了我国第一部加拿大英语文学史《加拿大英语文学简史》;郭继德在 1992 年和 1999 年连续推出加拿大文学"双史":《加拿大文

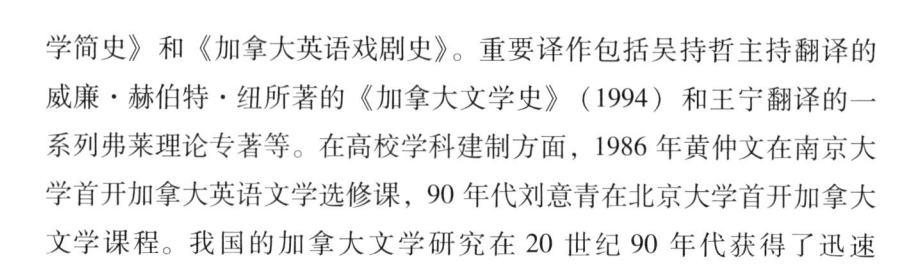

学简史》和《加拿大英语戏剧史》。重要译作包括吴持哲主持翻译的威廉·赫伯特·纽所著的《加拿大文学史》(1994)和王宁翻译的一系列弗莱理论专著等。在高校学科建制方面，1986年黄仲文在南京大学首开加拿大英语文学选修课，90年代刘意青在北京大学首开加拿大文学课程。我国的加拿大文学研究在20世纪90年代获得了迅速发展。

在世界的其他地方，以出版社为主导的成熟的商业宣传活动也在同步扩大着加拿大文学的声势。1982年10月，门罗的《木星的月亮》(*The Moons of Jupiter*)出版。为了配合销售，门罗做了第一次加拿大全国宣传。她从安大略出发，一路经温莎、伦敦、滑铁卢、贵湖、温尼伯、埃德蒙顿、温哥华、维多利亚、卡尔加里，再回到伯灵顿、多伦多、金斯顿、渥太华和哈利法克斯等重要站点。同年，《乞女》挪威语版出版，门罗出访挪威、丹麦与瑞典。这两次旅行宣传也帮助门罗确立了在加拿大国内与世界文坛的影响力。1986年，加拿大与美国第一次同步出版了门罗新作《爱的进程》。加方的麦克米伦出版公司和美方的克诺夫出版公司都为该书的宣传重点部署、不遗余力。门罗做了第二次加拿大全国宣传以及美国宣传活动。这次她的路线从多伦多至蒙特利尔、渥太华、维多利亚、温哥华、埃德蒙顿、卡尔加里、温莎，最后至哈伯弗朗特，在那里门罗还当选了玛丽安·恩格尔文学奖（Marian Engel Award）的首位获奖者，奖金为1万加元。随后的美国行程则包括纽约至华盛顿一线。一连串的宣传活动持续了整整两个月，门罗在各地都受到了热烈欢迎。《爱的进程》最后获得的成功是里程碑式的，评论界是压倒性的赞不绝口，销量也是惊人：初版很快一售而空，仅一个春天销量就突破了5万册。《爱的进程》还为门罗赢得了第三个总督文学奖。

然而，密集的商业活动严重挤压了作家门罗的创作时间，门罗不喜欢抛头露面，对高强度的曝光充满了疲倦，一心只想快点回到安大略的安静小镇，回到熟悉的写作生活中去。1990年，《我年轻时候的朋友》(*Friend of My Youth*)出版。此时门罗已不再有经济上的后顾

第二章　加拿大文化崛起与作家门罗启航：奇妙的平行线

之忧，她开始更加遵从自己的内心，努力将公众生活与私人生活区分开来。门罗宣布不再参加宣传旅行，出版公司最终还是说服她参加了几次读书与访谈活动，但是宣传规模缩减了很多。不过《我年轻时候的朋友》的销量完全没有受影响，美国版和加拿大版的出版时间分别是三月和四月，到六月加拿大境内已销售了近 3 万本。《我年轻时候的朋友》获得当年的崔林文学奖（Trillium Book Award）及 4 万加元的奖金。创立于 1987 年的崔林文学奖是安大略地区最高等级的文学奖项，受到安大略政府资助，旨在鼓励与资助弘扬安大略文化与传统的优秀文学作品。1990 年，门罗还获得了加拿大教育委员会的莫尔森奖章（Canada Council Molson Prize），奖金为 5 万加元，获奖理由是"对于加拿大文化与知识生活所做出的杰出的终身成就"。同年门罗还获得了加勒比海与加拿大地区英联邦作家奖（Canada and the Caribbean of the Commonwealth Writers Prize）。这个从安大略小镇走出来的作家写活了加拿大的生活与精神，而随着加拿大民主主义运动的发展，加拿大文学也不断地从边缘向中心运动。

在自由与自然的创作状态下，20 世纪 90 年代的门罗真正进入了盛年。她基本以三年一本的速度稳定地推出新作，同时是《纽约客》以及各类文选集的常客。此时的门罗已被评论界公认为当代世界最重要的短篇小说家，"我们这个时代的契诃夫"（Anton Chekhov，1860—1904）更是广为流传。这句话最早出现在美国版《我年轻时候的朋友》的书封上，是作家辛西娅·奥兹克（Cynthia Ozick，1928—　）为门罗写的推荐语，获得了广泛的共鸣，后来再次出现在《公开的秘密》（Open Secrets）美国版与加拿大版的封套上。《公开的秘密》出版于 1994 年秋天，至 1995 年 1 月，加拿大版的销量已经接近 4 万册。1995 年，门罗因《公开的秘密》获得了英国 W. H. 史密斯文学奖（W. H. Smith Award），奖金高达 1 万英镑。同年 9 月，门罗再次获得了 5 万美元的莱南文学奖（Lannan Literary Award）。创立于 1989 年的莱南文学奖旨在褒奖作品质量超凡的作家。这次获奖也被认为是对于门罗整体创作水平的肯定。除了加拿大版、美国版与英国版，《公开的秘密》随即出版了法语版、德语版、挪威语版以及西班牙语版。这一时期门罗之前的大多数作品也拥有了各种语言的译本,譬如,《我年轻时候的朋友》虽然还没有挪威语版,却有了丹麦语版、荷兰语版、瑞士语版以及日语版。据统计,至1996年,门罗的作品被翻译成13种语言,在世界各地都受到了欢迎。正是在这样的背景下,1994年《门罗作品精选集》(Selected Stories: Alice Munro) 的精装本出版了,这也是对门罗文学成就的总结与致敬。1998年秋天,《好女人的爱》(The Love of a Good Woman) 出版,至1999年6月已经再版5次,销量超过6万册,同时获得了当年吉勒文学奖与总督文学奖的提名,并最终赢得了吉勒文学奖。①

2001年10月,《恨、友谊、追求、爱、婚姻》(Hateship, Friendship, Courtship, Loveship, Marriage) 出版,当月中旬便登上《环球邮报》(The Globe and Mail) 的畅销书排行榜,到次年1月的时候,单加拿大本土的销量已经超过了4.3万册。11月同时出版了美国版与英国版。三地的评论界都反响热烈。《恨、友谊、追求、爱、婚姻》最终进入美国国家书评人大奖的决选名单,并获得加勒比海与加拿大地区英联邦作家奖,以及欧·亨利短篇小说奖。同年门罗获得瑞文学奖(The Rea Award for the Short Story) 终身成就奖。2003年,一本新的门罗作品精选集《爱无迷失》(No Love Lost) 由麦克兰德-斯图尔特出版公司出版,共计430页,其中的故事编排独具匠心,并没有按照原

---

① 加拿大吉勒文学奖1994年设立,短短十几年内就发展成为能与加拿大总督文学奖和加拿大作家联盟奖两大奖项比肩的加拿大最重要的文学大奖。它是加拿大商人杰克·拉宾诺维奇(Jack Rabinovitch)于1994年为纪念亡妻——加拿大著名女作家桃瑞丝·吉勒(Doris Giller)而设立的私人文学奖,其目的是继承和弘扬吉勒女士在文学创作上所取得的成就,促进加拿大文学发展,并通过商业化方式,使加拿大人能够读到更多优秀的小说作品。吉勒文学奖每年评选一次,最初奖金只有2.5万加元,但是自2005年加拿大丰业银行(Scotiabank)加入后,奖金金额提高到了4万加元,而且进入最后评选阶段的作家每人可获得2500加元的奖励。自此,更名为加拿大丰业银行吉勒(Scotiabank Giller)文学奖,成为加拿大奖金最高的年度文学奖项。同时,吉勒文学奖独特的运作方式也使得每年的评选和颁奖活动都办得有声有色,每年都有电视直播的颁奖典礼和盛大的颁奖晚会,受到极高的民众关注度。

有故事的写作与出版顺序,而是以主题发展的顺序,突出展现了门罗的创作理念,即打乱时空,强调了一种"生命的存在感"。第二本精选集的出版,确立了门罗作为"世界经典作家"的地位与号召力,而在她的身后,则是庞大的加拿大当代作家群逐渐拥有了属于自己的声音。

第四节 2000年至今:从《纽约客》、布克奖到诺贝尔文学奖

2004年,《纽约客》一反其惯例,即同一期杂志只刊登同一作者的一篇作品,在6月刊上隆重推出了一期门罗特刊,包括《机缘》("Chance")、《匆匆》("Soon")与《沉默》("Silence")三个短篇,总字数超过3万字。就在此前不久,《纽约客》刚刚刊登过门罗的短篇小说《逃离》("Runaway")和《激情》("Passion")。这些故事后来全都收录在了短篇小说集《逃离》(*Runaway*, 2004)中。如此密集并不吝篇幅地刊发单一作家(还是一位加拿大作家),这在《纽约客》的历史上是前所未有的。此时的门罗,早已是赫赫有名的"《纽约客》作家"。根据罗伯特·撒克的统计,从1977年门罗作品第一次出现在《纽约客》上,至2004年为止,她已经共有47篇短篇小说发表在《纽约客》上,历经了《纽约客》四任主编及流水的人事和政策变动。仅在1980年4月至1984年12月,门罗就有9个短篇被《纽约客》收稿,另有10个短篇被考虑。同时门罗在《纽约客》的特权也稳步提升。最初《纽约客》对于版面有着严格的限制,门罗后期的作品篇幅却是显著增长,这显然构成了矛盾。《纽约客》曾经好不容易找到了足够的版面发表了门罗的《好女人的爱》(在短篇小说集中近80页),这也几乎是《纽约客》所刊登过的最长的短篇小说,然而还是不得已放弃了《恨、友谊、追求、爱、婚姻》(50多页)与《法力》("Powers",60多页)。《纽约客》的虚构类部门编辑,门罗的第

一位编辑查尔斯·麦克格拉斯为此评论道:"一位加拿大作家能够这样成为《纽约客》的主流,这真是一件既奇怪又讽刺的事。"(Thacker, *Alice Munro: Writing Her Lives* 317)撒克将门罗的这一《纽约客》现象归结于四要素:门罗作品的内在艺术水准、巴伯的职业推广能力、极好的加拿大文学发展的时机,以及一点点的运气。

撒克说的时机和运气在于,当门罗在巴伯的帮助下刚刚开始向《纽约客》投稿时,《纽约客》正好迎来了像查尔斯·麦克格拉斯这样的一批年轻编辑。他们希望挖掘新作家,而起步的加拿大文学也吸引了更多美国编辑的目光。门罗的加拿大故事内容新颖,叙事技巧纯熟,同时语言上带着加拿大式的"下里巴人"的"粗莽",这对当时推崇"阳春白雪"的《纽约客》具有直接的冲击力。《纽约客》的主编威廉·肖恩(William Shawn)回忆自己初读《皇家暴打》时完全被故事中"那种暴力、那种情感的强烈程度,那种环境的原始状态,以及人们的所作所为"惊呆了,之前他们从来没有读过这样的作品。但是"我们都认为这是伟大的"(321)。虽然如此,如获至宝的年轻编辑们依然必须在门罗强有力的写作风格和温和的杂志传统风格及编辑部内部的"调皮话政策"("Naughty Words Policy")① 之间妥协。最终《皇家暴打》在《纽约客》刊发时,厕所声音的尴尬一幕被完全删除了,但是不雅童谣的段子得以保留。在门罗其他的一些故事中,过于直白的性爱描述也被修改了,取而代之的是更隐晦的表达。另外,《纽约客》通常也并不喜欢自传性的故事,这其中有艺术层面的考量,也有法律层面的顾虑。但门罗是个固执的作家。正如卡罗尔·拜仁(Carol L. Beran)在《优异的奢侈:〈纽约客〉中的艾丽丝·门罗》("The Luxury of Excellence: Alice Munro in *The New Yorker*")一文中表述的:"门罗在发表自己第一个《纽约客》故事之前就很清楚这本杂志保守主义的政策,然后她依然寄给她的编辑那些明知道会被审查的语言和描述。这不仅仅证明了门罗的坚毅,也揭示了门罗对于自

---

① 即必须保证语言文字的优雅。

第二章 加拿大文化崛起与作家门罗启航：奇妙的平行线

己艺术理念的强大信念，即便是要面对编辑的反对。任何审查制度都不能动摇门罗的艺术，但确实改变了一些读者所读到的形式。"(211)事实上，《纽约客》也开始因为门罗一类的作家慢慢改变了，不再囿于保守和"文雅"了，读者的阶级构成也进一步扩大；门罗则通过《纽约客》这份美国杂志得以"墙内开花墙外香"，最终成为"作家中的作家"。

2004年9月，《逃离》加拿大版出版，初次印刷了4万册，至当年11月，美国版出版，则一口气发行了10万册。乔纳森·弗兰泽（Jonathan Franzen）则在《纽约时代书评》（*New York Times Book Review*）中以整整四页的篇幅介绍门罗。弗兰泽在开篇强调："门罗被认为是目前北美最好的作家，在加拿大她的作品销量总是高居榜首，但是在加拿大之外的地区，她的读者群依然不算庞大。"(15)弗兰泽这里主要以美国的销量标准来衡量读者群的大小，正确与否尚有待商榷，但弗兰泽显然注意到了门罗作为短篇小说家的边缘性身份。正如弗兰泽所承认的，仅创作短篇小说的门罗还是无可争议地确立了自己主流作家的领军地位。《逃离》最后在加拿大销售了7.2万册精装本，6万册平装本；在美国销售了10万册精装本，超过20万册的平装本；在英国的精装本略少，为0.8万册，但是平装本超过7万册。《逃离》同时获得当年的吉勒文学奖，这也是门罗第二次获得吉勒文学奖。门罗证明了自己是名副其实的"当代的契诃夫"，她短篇小说女皇的地位牢不可破。

2005年，门罗被美国《时代周刊》（*Time*）评为"世界100名最有影响力的人物"。一位加拿大的女性短篇小说家可以跻身这个榜单，确实是一件非同寻常的事，因为加拿大文学以及短篇小说这一文类长期都位居边缘。这一时期的门罗其实已无须任何奖项的肯定，她为自己写作，并完全地享受写作的快乐。但随着门罗年事的增高，身体状况的变化，"作家门罗是否会退休"问题开始成为众人所关心的话题。这样的担心并非空穴来风。此时门罗多年的盟友大都功成身退。2003年底，门罗逾三十年的文学代理人弗吉尼亚·巴伯退休，不久后，门罗在美国克诺夫出版公司长期的编辑安·克洛斯也退休了。退休后的巴伯和克洛斯依然是门罗的密友,并能在第一时间欣赏其最新的作品。但是,门罗本人是否会退休呢?

2005年5月,门罗在温哥华接受了泰瑞森(Terasen)终身成就奖①,在颁奖典礼上,门罗宣布自己即将有新作出版。"这并不是一本纯粹的虚构小说作品,和我过去一直所写的很不一样。"(Thacker, *Alice Munro：Writing Her Lives* 532)同时,作家补充说她本人希望这本书结束后自己便可以退休。这本书就是门罗的自传体小说《岩石城堡上的风景》(*The View from Castle Rock*)。仅仅两个月以后,门罗应邀帮助加拿大笔会(Pen Canada)筹款,为笔会的纪念集《写作人生》(*Writing Life*)贡献了《写作。或者,放弃写作》("Writing. Or, Giving up Writing")一文。在文中,门罗再次暗示自己将停止写作。这本纪念集于2006年6月公开出版,门罗被安排在6月20日的多伦多纪念日上朗读该文。尽管门罗在文章中的用词非常含蓄,可在纪念日的当天,"今晚文学大师艾丽丝·门罗即将退休"的消息还是在各地的报纸上同时登上了头条,加拿大举国震动。最终门罗不得不在那晚的活动上向焦虑的读者们澄清:"我这篇文章大约写在6个月前。那时候我确实是那么想的(但是现在我的想法改变了)。"(532)

《岩石城堡上的风景》出版后的几年,门罗就像大多数她这个年龄的老人一样,越来越多地被健康问题困扰。2007年11月,门罗参加了麦克兰德-斯图尔特出版社新加拿大图书馆系列丛书50周年的纪念庆典,门罗曾长期在该丛书中担任编委。2008年,门罗去意大利参加了弗莱埃诺文学奖(Flaiano Prize)的颁奖典礼,当时与门罗一同进入决选名单的还有两位作家,一位是意大利的阿尔伯特·艾尔巴希诺(Alberto Arbasino,1930—2020),另一位是阿尔巴尼亚的作家伊斯梅尔·卡达尔(Ismail Kadare,1936—)。门罗最终赢得了该项大奖。同年10月,门罗赴纽约接受了《纽约客》编辑的现场专访,该

---

① 2007年,泰瑞森奖改名为乔治·伍德科克(George Woodcock)终身成就奖。

第二章 加拿大文化崛起与作家门罗启航：奇妙的平行线

项专访是《纽约客》年度庆典的一个重要节目。

2009年，有一个坏消息和一个好消息。门罗检查出了癌症。此后她主要居住于安大略省的克林顿小镇，即富兰姆林的故乡，她的外出也基本与重大的文学活动相关，其他则能免即免。好消息是门罗获得了曼布克国际文学奖①。曼布克文学奖（Man Booker Prize）是当代英语小说界的最高奖项，也是世界文坛上影响最大的文学大奖之一，自1968年由英国图书界提议设立，以奖励英国、爱尔兰和英联邦前殖民地国家年度最佳英文小说，可与法国的龚古尔文学奖（Prix Goncourt）、美国普利策奖争艳媲美。而曼布克国际文学奖是曼布克文学奖主办机构于2004年另行创立的一个文学奖，每两年颁发一次，面向全球以英语写作或作品有英译本的在世作家，评选时考虑候选人的全部作品，换言之，这是一个表彰终身成就的文学奖。尽管当年候选名单的作家强手如云，有2001年的诺贝尔文学奖得主，出生于特立尼达的印度裔英国作家奈保尔，有秘鲁的文学大师，2010年的诺贝尔文学奖得主马里奥·巴尔加斯·略萨（Mario Vargas Llosa, 1936— ），也有1994年的布克奖得主，苏格兰裔的英国作家詹姆斯·凯尔曼（James Kelman, 1946— ），以及澳大利亚的后殖民作家，1988年和2001年两次布克奖的得主彼得·凯里（Peter Carey, 1943— ）等，但2009年曼布克国际文学奖最后毫无争议地颁给了门罗。在颁奖词中，评委称门罗凭借细致与精准的笔触获得此殊荣。

这是门罗又一个里程碑式的胜利。门罗于6月在女儿和教女的陪伴下赴爱尔兰的首都柏林接受了颁奖。她本计划在秋天参加英属哥伦比亚省的温哥华国际作家节的开幕仪式，即"艾丽丝·门罗作品表彰会"，但最终由于健康原因未能成行。不过当年的早些时候，门罗参加了多伦多国际作家节和加拿大笔会的庆祝活动，即"太多幸福"交流会。在会上，门罗整晚都和一位著名的英国编辑戴安娜·阿瑟尔

---

① 布克奖起初以赞助商布克公司命名，2002年，因新赞助商曼财团的加入改称曼布克奖，奖金也由原先的2.1万英镑提高为5万英镑。

(Diana Athill)广泛而深入地交谈,话题从两性关系到加拿大文学无所不包。两人都感慨自她们开始写作的年代,这个世界已经变化迅猛。同时在访谈中,门罗也承认了自己患癌的事实,这一情况迅速上了第二天的头条,让人再次担忧《岩石城堡上的风景》将会是门罗最后一部作品。但门罗还是很快于当年的8月再次推出了新作——《太多幸福》(*Too Much Happiness*)。一个有趣的小插曲是,《太多幸福》和玛格丽特·阿特伍德的《洪疫之年》(*The Year of the Flood*,2009)同时进入了当年的吉勒奖决选名单。门罗最终宣布退出竞选,其中一个最主要的原因就是她不愿意与自己的好友进行面对面的竞争,同时,门罗也觉得自己已经得过两次吉勒奖了,应该把机会让给更多年轻的作家。

2012年11月,门罗出版了第13部短篇小说集《美好生活》(*Dear Life*),大部分故事依然以安大略省休伦县的偏远小镇为背景,时间在第二次世界大战前后,表达局促狭隘的小镇生活中复杂微妙的情感,具有浓厚的加拿大风格。次年6月,门罗凭借《美好生活》第二次赢得崔林文学奖。在宣布颁奖理由时,评审团这样评价门罗的写作:"门罗被认为是加拿大文坛最重要的作家的确实至名归,人们只要翻开《美好生活》就难以释手。"(Medley,"Alice Munro:'It's nice to go out with a bang'")而门罗在致谢词中则强调了自己作为加拿大作家的文化身份,并对加拿大文学的发展充满了自豪感,她说:"我非常激动。这真的太好了。现在这个国家有这么多优秀的作家。当我刚刚开始写作的时候,我们的人数还很少,而且,很多人不相信会有很多人加入我们。结果我们团结在了一起,并且证明了他们错了。加拿大作家确实是存在的,现在这个房间里聚集了这么多优秀的加拿大作家。我为你们所有人骄傲。"(Medley,"Alice Munro Wins Trillium Book Award for *Dear Life*")

2013年4月,又有一个坏消息和一个好消息。门罗第二任丈夫富兰姆林去世,门罗宣布《美好生活》是她最后一部作品。但同年10月,全世界都开始庆祝门罗获得诺贝尔文学奖,庆祝门罗成为诺贝尔文学奖史上第一位加拿大作家。门罗60多年的文学创作生涯基本见证了加拿大文学从默默无闻到被世界文坛熟悉、接受与认可的全过程。以"当代短篇小说大师"最终摘得诺贝尔文学奖桂冠的门罗,既代表着加拿大文学发展的一个艺术高点,同时也是20世纪50年代以来加拿大民族主义运动的"开花结果"。门罗的成名得益于加拿大民族文化崛起的大背景,亦促进了加拿大文学从边缘走向中心;其创作代表了同时期的加拿大作家群体对于确立民族身份和维系文化安全的努力与反思。门罗的创作,始终受到自身作为"加拿大作家"这一文化身份的影响,是对"加拿大文化"的积极回应。门罗细腻的笔触一方面具有对加拿大社会与文化敏锐的观察与忠实的描摹,另一方面又代表着加拿大的古典人文主义理想与审美风格,是文化自觉和艺术自治的完美统一。作家门罗与加拿大文化崛起之间奇妙的平行线,是偶然也是历史的必然。正如艾瑞莎·凡赫克在《加拿大论坛》上所指出的,"门罗的作品是否印证了一种感觉,即加拿大文化中我们所珍视的一切都是源于五十年代的······她的故事表现的是我们所熟悉的疆土,是我们所共同参与其中的空间"(van Herk 49)。艾瑞莎·凡赫克在文章的最后总结称:门罗的作品是"加拿大自我意识的标尺"。(52)

第三章
加拿大文化的标尺：文坛"一姐"之争

第一节　殊途同归：加拿大文学的世界性与民族性

艾丽丝·门罗和玛格丽特·阿特伍德这对当代加拿大文坛的绝代双骄，同为20世纪30年代出生，在20世纪50年代伴随着加拿大的文化崛起而启程，同为加拿大文学最具国际影响力的推广者。门罗以细腻的地域写作闻名于世，阿特伍德则以后现代主义寓言名扬四海，两者恰好代表了加拿大文学花开两端、各表一枝的发展属性。门罗与阿特伍德的加拿大文坛"一姐"之争，本质上正是加拿大文化的内部标尺之争，而这又回到了瑞典文学院前常任秘书恩达尔博士对于民族文学和世界文学的探讨：加拿大文学未来的方向究竟应该是强调民族性还是世界性呢？一方面，加拿大作为新兴的民族国家，有强烈的建构民族文化的内在驱动力，加拿大文学自诞生伊始就以现实主义为主流，有强调扎根本土山川风貌与风俗剪影的地域主义写作传统，即门罗所代表的"民族文学"的方向；另一方面，加拿大也是族裔构成复杂的后殖民主义国家、殖民者定居型国家、移民国家，尤其在战后多元文化政策的引导下逐渐形成了较为成熟的文化"马赛克"社会，必然需要面对"后殖民""流散""解构历史"等具有明显后现代主义特征的问题，即阿特伍德所扛起的"世界文学"的大旗。门罗和阿特伍德恰好代表了加拿大文学所具有的"民族"与"世界"的双重属性。门罗是自学成才的体验派作家,主要依靠感性和个人经历来记录加拿大社会在特定的历史阶段具有普遍意义的小镇人生,她笔下的那些"门罗地域",那些安大略腹地的汉拉提小镇、特上镇、欢乐镇真实而细腻;阿特伍德则是学院派高知型作家,其根据理论和书本知识来构建象征丰富、寓意深远的作品,往往采用架空的背景,强调某个抽象的主题。就创作哲学而言,门罗是"自下而上",阿特伍德则是"自上而下"。两位作家的个人气质与艺术审美截然不同,最终在为加拿大文化代言的目标上殊途同归。

换一个角度来看,两位作家所选择的道路,在一定程度上也如同美国诗人罗伯特·弗罗斯特(Robert Frost,1874—1963)在名作《未选择的路》("The Road Not Taken",1920)中所描绘的:"一片树林里分出了两条路,我选择了人迹更少的那一条,从此一切便都不同。"代表了加拿大文学世界性方向的阿特伍德成名极早,而代表加拿大文学民族性方向的门罗却较慢热。事实上,在获诺贝尔文学奖之前,门罗一直都不是国际文坛最出名的"加拿大作家",阿特伍德才是。阿特伍德第一次赢得广泛的国际声誉是在1985年,她凭借一部架空现实、虚构未来的长篇小说《使女的故事》(*The Handmaid's Tale*,1985)声名大噪,一举获得当年的布克文学奖提名。后来阿特伍德又四次获得布克奖提名,分别是长篇小说《猫眼》(*Cat's Eye*,1988)、《别名格蕾丝》(*Alias Grace*,1996)、《盲刺客》(*The Blind Assassin*,2000)和《使女的故事》续集《证据》(*The Testament*,2019),并凭借《盲刺客》摘得桂冠。在《盲刺客》这部描写两次世界大战前后加拿大小镇的家族恩怨的作品中,阿特伍德巧妙地嵌入了另一个存在于虚构的辛克龙星球萨基诺姆城内的盲刺客的故事。阿特伍德的另一代表作品《羚羊与秧鸡》(*Oryx and Crake*,2003)则堪称男性版的《使女的故事》。阿特伍德再次虚构了一个技术荒原,由此批判人类对科技理性的盲目崇拜,批判人类中心主义,表达强烈的反乌托邦思想。整体而言,代表了文学"世界性"的阿特伍德擅于运用各种象征与意象,大量采用元小说的技巧和互文性,同时政治批评目标明确,具有鲜明的后现代主义风格。她的叙述背景并不拘泥于加拿大一地，体裁多变、主题包罗万象，所以也方便研究视角呈现多元化，因此，阿特伍德一直都是学界的宠儿。相比之下，虽然门罗早在 1980 年就凭借在英国同步出版的短篇小说集《乞女》获得了布克文学奖提名，但直到 2009 年才凭借《太多幸福》最终获得曼布克国际文学奖，而世界范围内的门罗研究，无论是在研究数量、规模还是范围上，都落后阿特伍德研究一截。两人虽同在诺贝尔文学奖的候选人名单上等待了多年，但阿特伍德一直是更接近获奖的那一位。著名的"剑桥文学指南系列丛书"早在 2006 年和 2010 年就分别出版了《玛格丽特·阿特伍德剑桥文学指南》（*The Cambridge Companion to Margaret Atwood*）和《玛格丽特·阿特伍德剑桥文学导引》（*The Cambridge Introduction to Margaret Atwood*），而直到门罗真正获得诺贝尔文学奖后的 2016 年，《艾丽丝·门罗剑桥文学指南》（*The Cambridge Companion to Alice Munro*）才得以出版。对于代表了文学"民族性"的门罗在内容上专注于讲述"自己的故事"，讲述她的"安大略西南一隅"的城乡小镇故事；写作技巧上她所选择的"地域写作""安大略传统""加拿大现实主义传统"，对于后现代主义写作而言较为"保守、老派"；更不利的是，就文类而言，门罗只精耕一个文类，她选择了短篇小说这样一种在加拿大具有一定典型性但在世界范围内相对长篇小说而言非常边缘的文类。这些，都并不利于作家扩大自身的国际关注度。因此，门罗确实是选择了"人迹更少的那条道路"的人。

第二节　门罗与阿特伍德文化背景与艺术审美理念对比

几乎同时代出生的两位作家，为什么会有如此截然不同的道路选择呢？要想深刻理解门罗和阿特伍德所代表的加拿大作家群在建构加拿大文化这一共同愿景前出现的分化，就必须将她们个人文化背景上的差异纳入考量范畴。两位作家对于加拿大文学世界性与民

第三章　加拿大文化的标尺：文坛"一姐"之争

族性的探索与思辨，与其自身所代表的社会文学群体密不可分，也与加拿大社会作为移民社会、殖民者定居社会的复杂性有关。门罗与阿特伍德的选择，代表着加拿大文化现实存在的两条并行路径，以双栏对照的形式或许可以帮助我们更加直观地看到阿特伍德与门罗这两位当代加拿大领军作家所代表的文化资本和艺术理念的差异。

就整体创作而言，阿特伍德是才华横溢的多面手。阿特伍德迄今已经出版了60多部作品，包括18本诗集、17本长篇小说、8本短篇小说集、10本散文和评论集，此外还有小众出版社出版的诗歌与小说选集10余本，并撰写了大量广播、电视、戏剧和儿童文学作品。阿特伍德的这种全方位高产和她动物性的"游牧者"气质、国际化的教育经历以及高校精英知识分子的文化背景紧密相关。她尤其擅长多任务同时发动。以1964—1965年为例，在阿特伍德创作的第一个旺盛期，她在创作《可食用的女人》(The Edible Woman, 1969)的同时，也在创作《浮现》(Surfacing, 1972)，并且写作了14个短篇小说，1个歌剧剧本，还有50首诗歌。阿特伍德的文学批评理论根基扎实、创作灵感不拘一格，题材则跨越了女	就整体创作而言，门罗是目标专一的特长兵。门罗一共出版了13部作品，2部作品精选集，全部都是短篇小说集，同时具有强烈的自传色彩。门罗具有的这种从一而终的特质，与她植物性的"定居者"气质、本土化的教育经历以及草根化的创作背景互为因果。其实门罗在创作初期也曾尝试过长篇小说的创作。对于《女孩和女人们的生活》，作家原本的定位是介于"长篇小说和长系列故事之间"，而出版商则出于市场考量将其宣传为"成长小说"。至创作《你以为你是谁？》时，门罗明确以长篇小说为目标，但是最终在已定版为长篇小说的情况下，门罗自费将书稿撤回，最终这部作品依然呈现为"系列故事"出版。这也是门罗最后一次尝试长篇小说的写作。门罗至此找到了最适合她个人气质的文

性主义、生态主义、后殖民主义、后现代主义、乌托邦与反乌托邦文学等，并总是在不停突破过往的写作模式，寻找新的突击口。

就家庭背景而言，1939年，阿特伍德出生于一个典型的具有高流动性的高级知识分子家庭。阿特伍德的祖先在1780年以前就随着"第二波清教徒迁入大潮"自苏格兰来到美国的马萨诸塞州、新罕布什尔州和康涅狄格州。美国独立后，他们作为亲英派又迁至加拿大的大西洋沿海诸省。祖父是乡村医生，常常在乡间奔走治病。父亲卡尔（Carl Edmund Atwood, 1906—1993）是昆虫学家，母亲玛格丽特（Margaret Dorothy Killam, 1909—2006）是营养学家。家中兄妹三人。哥哥哈罗德（Harold Lesley Atwood, 1937— ）出生于蒙特利尔，当时他们的父亲正在麦吉尔大学撰写博士学位论文，小玛格丽特出生于渥太华，妹妹露丝（Ruth）出生在多伦多，此时父亲已转至多伦多大学任职。由于工作关系，父亲每年都有几个月要深入安大略和魁北克的北部林区做研究，这家人总是不断迁徙。不过他

类形式，再没有过动摇。同时，随着作家年岁的增长，门罗作品中具有自传特征的叙述视角也往往随之改变。

就家庭背景而言，1931年，门罗出生于一个典型的具有低流动性的安大略本土农户家庭。门罗父母两边的家族都在1810—1920年即拿破仑战争之后的英国大移民时期迁移到当时的"上加拿大"（Upper Canada）（今天的安大略）。门罗的父母是好几代的远亲，两边家族拥有一位共同的曾曾曾祖父。至门罗出生时，两边家族在休伦县已经近百年，几乎从未远离过，以务农为生。所谓富人四海为家，穷人困于一隅，门罗的父母在安大略西南部一个人口不足3000人的小镇威厄姆的边缘地带勉强经营一个养狐场，距离门罗的祖父母家只有20公里，其他的家族成员也相距不远，形成了一种类似根系的生存模式，便于家族间相互照应。门罗出生之初，家庭经济情况尚可，有一辆二手车，但在经济危机的冲击下，随着弟弟妹妹的出生，家庭条件每况愈下。母亲安妮·钱梅尼（Annie Chamney）的健康也逐

第三章 加拿大文化的标尺：文坛"一姐"之争

们一直都能享受不错的物质条件，即便是在物资紧张的战争年代，阿特伍德家也能够拥有汽车。阿特伍德6个月大时开始和家人一起旅行，她的童年是在一种"游牧"模式中度过的，在8年级以前她从未在同一所学校不间断地上满过一年课。傅俊在《玛格丽特·阿特伍德研究》中写道：玛格丽特·阿特伍德幼年的生活方式很像加拿大早期的移民拓荒者，比如殖民时期的著名姐妹作家凯瑟琳·帕尔·特雷尔和苏珊娜·穆迪。也正因如此，这些早期加拿大拓荒者的文学作品，譬如《丛林的艰苦岁月》（Roughing It in the Bush, 1852）和《拓荒生活》（Life in the Clearings, 1853），对阿特伍德的创作产生了重大影响，日后阿特伍德创作的一大重要主题就是文明与蛮荒、城市与荒野的对立。(4—5)

幼年文学影响方面，阿特伍德从小就兼容并蓄、兴趣庞杂。5岁时，家里误订了一套未经节选的潘西恩版《格林童话》（Grimms' Fairy Tales）全本，含有大量的骷髅、巫婆、食人怪的故事以及恐怖的插图，浓厚的哥特主义风格深

渐恶化，后被发现已罹患帕金森综合征多年。在很长一段时间里，门罗不得不承担起照顾母亲、料理家务的绝大部分工作。最终父亲罗伯特（Robert）的养狐场宣告破产，一家人从原本位于小镇"下城区"边缘的家搬回了镇上，以方便大家族亲眷帮忙照顾。与家族及社群的紧密联系是这个家庭赖以存活的关键。罗伯特·撒克注意到，门罗自幼年时期就对加拿大小镇生活中的文化差异和阶级意识极为敏感。她在下城小学和威厄姆公立学校都上过学，经常穿越河岸两边的穷人区与富人区，亲眼见证不同群体在经济环境、生活方式以及意识形态上的差异。不仅如此，下威厄姆和威厄姆之间也有长期的竞争关系。日后，小镇生活以及城乡的文化差异与阶级性，成为门罗创作的中心。

幼年文学影响方面，门罗从小深受地方志口述传统的影响。她的父母也都喜欢阅读，相对普通农家而言，雷德劳家的藏书已算不少了，但绝不能和阿特伍德家相提并论。不过门罗的母亲志向远大，她加入了当地的每月读

深影响了阿特伍德成年后的创作方向。作家曾坦言自己37年来一直在重读《格林童话》,沙龙·威尔逊(Sharon Wilson)也在《玛格丽特·阿特伍德的童话性别政治》(Margaret Atwood's Fairy-Tale Sexual Politics,1993)中指出:"(格林童话)在相当程度上影响了她很大一部分创作。"(5)譬如《强盗新娘》(The Robber Bride,1993)、《蓝胡子的蛋》(Bluebeard's Egg,1983)、《好骨头》(Good Bones,1992)等。幼年的阿特伍德也喜欢历险记之类的作品,譬如《艾丽丝漫游仙境》(Alice in Wonderland,1865)、《格列佛游记》(Gulliver's Travels,1726)、马克·吐温(Mark Twain,1835—1910)的《汤姆·索亚历险记》(The Adventures of Tom Sawyer,1876)、《哈克贝利·费恩历险记》(The Adventures of Huckleberry Finn,1884),以及动物故事类的作品,譬如查尔斯·罗伯茨的《我所知道的野生动物》(Kindred of the Wild,1902)、乔治·奥威尔(George Orwell,1903—1950)的《动物庄园》(Animal Farm,1945)、赫尔曼·麦尔维尔(Herman Melville,1819—

书俱乐部,并对幼年的门罗进行言传身教。更重要的是,母亲尤为偏爱乡里邻间的故事讲述,这种具有强烈感性色彩的女性口述文学传统对日后门罗的叙事风格影响深远。门罗幼年在帮忙照看小孩的时候,也会即兴编一些故事自娱自乐。门罗父系那边,雷德劳家族留在苏格兰的那一支曾经出过一位诗人,人称"安崔克的牧羊人"的詹姆士·霍格(James Hogg,1770—1835),另外霍格的母亲是玛格丽特·雷德劳(Margaret Laidlaw),据传沃特·司各特曾向她学习过苏格兰鲍德斯地区的口述文化传统。门罗的父亲则一直都有记录家族历史的夙愿,曾零星地在当地报纸上发表过回忆录,后来门罗帮助出版了他的自传体作品《麦克格雷格家族:安大略拓荒家族传》。门罗从小就喜欢阅读,在诺贝尔文学奖后的采访中她说自己小时候"时刻都在编故事。去学校的路很长很长,在那段路上我通常就会编故事。随着我的长大,故事越来越和我自己相关,或这样或那样情况下的女主人公……女主人公往往带着小美人鱼那样的

1891)的《白鲸》(*Moby-Dick*, 1851)。由于父亲是历史迷,历史类藏书相当丰富,阿特伍德从小大量阅读相关书籍,包括《一九八四》(*1984*, 1949)。其他一些通俗类读物,比如袖珍本侦探小说(描写暴力的犯罪现场)以及连环漫画(展现超自然的变形能力)也都影响了她日后的文学品位。6 岁时小玛格丽特创作了自己的小诗集《押韵的猫》(*Rhyming Cats*)。

宗教思想与思维模式方面,阿特伍德比较理性,重理论。她的父母都是科学研究领域的佼佼者,他们所接受的系统、正规的科学训练,使得阿特伍德一家都是达尔文进化理论的信奉者。夫妇俩都不是宗教的传统派,他们没有周日去教堂的习惯,也不认为婴儿需要受洗礼,鼓励孩子们对于宗教和信仰须有自己独立的思考。小玛格丽特在学校的低年级,她是因为好奇才开始随好友一起参加联合教堂的礼拜仪式的。在阿特伍德家中,对于理性的推崇是根深蒂固的。不仅如此,兄妹中与玛格丽特·阿特伍德关系最为密切的哥哥哈罗德日后成为一位神经生理学家。他在多伦多大学获得学士学位,在美国加利

勇气,而且很聪明,能让世界变得更美好:她降临在那里,拥有改变的魔法"。另外,门罗在幼年时也爱读蒙哥马利的《绿山墙的安妮》,最喜欢的则是《新月的艾米丽》。日后门罗也如艾米丽和蒙哥马利一样,成长为地域作家。她大部分的作品(包括最好的作品)都以安大略西南小镇为背景,构建了一个自己的"门罗地域"。

宗教思想与思维模式方面,门罗比较感性,偏体验。她的父系家族是苏格兰长老会教徒,母系家族是爱尔兰国教徒。门罗所成长的威厄姆镇是那个年代典型的安大略小镇,即不同教派的教堂林立:联合教堂、英国国教教堂、长老会教堂……宗教是人们日常生活的重要组成部分。在《艾丽丝·门罗:书写她的生活》中,罗伯特·撒克注意到小镇上"多数人的祖上都是从不列颠诸岛移民而来,宗教上信奉新教……在人数上大大地超过了罗马天主教徒"(Thacker, *Alice Munro: Writing Her Lives* 44),同时普遍对天主教有排外和歧视。但相对而言,门罗父母对宗教的态度

福尼亚大学伯克利分校（University of California，Berkley）大学取得硕士学位，在英国格拉斯哥大学（University of Glasgow）获得博士学位，后任多伦多大学生物学系的教授和系主任，并任神经细胞与染色体结合医学研究委员会主任。这位理科领域的佼佼者，无论是他的学科领域还是他的哲学思想，都深刻影响了阿特伍德的虚构类小说创作。另外，丛林的四季变化和父亲昆虫的研究工作也使得"变形"成为阿特伍德创作中的最常见主题和意象之一。

个人教育经历方面，阿特伍德是典型的精英学院派作家，学术思想传承有序。阿特伍德于1957年9月进入多伦多大学的维多利亚学院（Victoria）主修英语语言文学，辅修哲学和法语，1961年毕业，获荣誉学士学位。阿特伍德的同学大都具有中产阶级的文化背景，老师则包括著名的加拿大文化理论专家诺斯洛普·弗莱，这也是阿特伍德选择维多利亚学院的原因之一。日后阿特伍德在诗歌中对于神话的借用，以及她那本影响深远的加拿大文学评论专著《幸存：加拿大

比较开明，夫妻两人都有非传统的艺术气质。同时在决定人生的重大选择时也更感性，甚至过于倚重当下的感受。门罗父亲作为家中唯一的男孩，本可以完成高中学业，在城里谋到职位，但自尊和固执却使他因一次偶然的挫折而冲动辍学，从此一心追求自由自在的户外生活。门罗母亲同样也是凭着直觉，对养狐业的乐观甚至影响了她对于配偶的选择。日后门罗的作品具有强烈的自传与回忆录性质，正是和这种感性特质息息相关。

个人教育经历方面，门罗是典型的草根平民派作家，中途辍学后自学成才。由于家庭经济一度非常拮据，门罗在高中毕业的暑假曾到别人家中做过女佣，依靠大学提供的奖学金才得以求学。她就读的西安大略大学是所地区性的老牌大学，加拿大著名的"老四校"成员，但不如多伦多大学那样是世界知名的大学，主要还是服务于安大略西南地区，与面向安大略东部地区的皇后大学齐名。作为"奖学金女孩"，门罗需要通过大量勤工助学来赚取生活费，这使她深刻感

文学主题指南》(*Survival: A Thematic Guide to Canadian Literature*, 1972),都被视为对弗莱的《批评的解析》(*Anatomy of Criticism*, 1957)的继承和发扬。阿特伍德入学期间,年轻的加拿大女诗人简·杰·麦克弗森正在多伦多大学做驻校作家。她对阿特伍德影响极大,两人亦师亦友,甚至阿特伍德在维多利亚学院的最后一年直接搬进了麦克弗森的空房居住。正是在阅读麦克弗森的藏书中,阿特伍德开始了她对于加拿大文学的阅读和探索,包括《牛津版加拿大诗集》(*The Oxford Book of Canadian Verse*, 1913)和《加拿大诗歌选集》。阿特伍德是她那一代人中第一个承认自己的写作源自加拿大诗歌传统的作家。

大学毕业以后,阿特伍德转至美国的哈佛大学(Harvard University)攻读硕士和博士学位,第一年依靠学院的研究生奖学金,第二年则是加拿大艺术委员会的奖学金。阿特伍德的民族主义意识事实上正启蒙于她在美国的求学经历。阿特伍德所在的拉德克里夫学院(Radcliffe)是哈

受到阶级差异的刺痛。日后小镇生活对比乡村与城市的"居于中间性"(in-betweenness)成了门罗创作的中心。大学期间,门罗选修了罗伯特·劳伦斯主讲的"英国文学概论",她的写作才华很快被劳伦斯发现,并在后者的鼓励下,最终在第二年从新闻系转入了英语学院。但是为期两年的奖学金结束后门罗便再无力继续学业。她决定辍学结婚,随后跟着丈夫搬家至温哥华,生了四个女儿(其中一个夭折)。在婚后的很长一段时间,门罗都是加拿大再普通不过的家庭主妇。不过门罗并没有放弃写作。她会边洗碗边构思,用孩子们午睡或者在洗衣房等衣服的时间,记录下片言只语,等夜深人静时再整理、修改。

大学辍学以后,1951年,门罗在温哥华经历了几年的退稿挫折后,终于开始步入正轨。此时她最重要的文学平台是加拿大广播电台和一些商业小杂志,她同时得到了"加拿大文学教父"韦弗的帮助与建议。门罗对于加拿大文学的思考与其自身作家职业道路的探索息息相关。由于当

佛大学众多学院中历史最悠久、最著名的。但是和加拿大的维多利亚学院相比，阿特伍德感到了拉德克里夫学院的保守、冷淡与敌意，这也是她第一次切身地感受到加拿大和美国之间无法回避的文化对峙，并由此开始认真考虑自己的"文化身份"问题。离开哈佛大学时，阿特伍德已经有了明确的目标和坚定的决心，要成为一名加拿大作家，而她所一直思考的加拿大的文化建构问题，成就了她的《幸存：加拿大文学主题指南》。

个人生活方面，阿特伍德在两性关系中相对强势主动，追求个人发展。在1962年攻读硕士学位期间，阿特伍德主动解除了她和未婚夫——加拿大诗人大卫·唐奈尔（David Donnell）的婚约，原因是长期两地分居。1963年，阿特伍德与詹姆士·福德（James Ford）订婚，一年后由于福德的工作和学业压力，两人关系破裂。当年夏天阿特伍德前往英国和法国旅游，9月获得了英属哥伦比亚大学的教职。她同时面对两位求婚者：在加拿大东部的加拿大青年诗人多格·琼斯（Doug

时加拿大文学的独立性并未得到承认，加拿大出版业相对落后、作家职业化程度极低，往往依靠政府资助赖以为生，美国市场对于加拿大作家而言，是无可回避的双刃剑。他们既渴望美国成熟的出版机制与广大市场的补血，又必须团结起来抵抗美国的文化输出，防止后者的倾销对加拿大出版业带来灭顶之灾。门罗是在长期给加美两国投稿的尝试中感受到加拿大文化的弱势，这坚定了她对于自身加拿大文化身份的认可。

个人生活方面，门罗在两性关系中相对保守，重视家庭责任。因为经济压力，她年仅20岁就辍学结婚，陪伴丈夫吉姆远赴温哥华，从此由艾丽丝·雷德劳变成了艾丽丝·门罗。随着孩子的陆续出生，门罗不可避免地在"母亲"与"作家"两种身份之间痛苦挣扎，短篇《我母亲的梦》（"My Mother's Dream"，1998）中对此矛盾心情有着非常传神的描绘。她只能利用每天家务之余的边角料时间阅读与写作。也正因此，门罗的第一部短篇小说集《快乐影子之舞》的全部创

第三章　加拿大文化的标尺：文坛"一姐"之争

Jones）以及哈佛大学的美国同学吉姆·波尔克（Jim Polk）。1967年，阿特伍德最终选择了波尔克，婚后夫妻俩决定阿特伍德先养家，波尔克先完成博士学位论文。阿特伍德并没有改夫姓。阿特伍德在蒙特利尔的乔治·威廉姆斯爵士大学（Sir George Williams University）找到了教职。1968年，波尔克完成博士学位论文，阿特伍德准备博士学位论文。但是由于当时加拿大火热的民族情绪，身为美国人的波尔克倍感压力。1970—1971年，阿特伍德和波尔克定居多伦多。阿特伍德积极地投入阿南西出版社的工作中去，和丈夫渐渐疏远了。1973年，阿特伍德结束了与波尔克的婚姻，与同在出版社工作的格雷姆·吉布森（Graeme Gibson，1934—2019）重组家庭。吉布森是加拿大作家协会的创始人之一，1974年担任协会的全职主席。

女性主义思想传承方面，阿特伍德的母亲是加拿大早一辈的女权主义者，蔑视性别桎梏，才华横溢，独立有主见。她拒绝了阿特伍德父亲的第一次求婚，因为她不愿意做传统的家庭主妇。事实上，阿

作时间超过15年。1963年，吉姆决定辞职创业，门罗书店很成功，然而同时照料书店与家庭最终让门罗崩溃。此时，门罗的创作渐渐步入正轨，经济的相对独立使得夫妻两人间的矛盾加剧。1973年，门罗与丈夫离婚，放弃了女儿们的实际抚养权，重返安大略，但门罗保留了前夫的姓氏。在门罗情感动荡的时期，作家迈特卡夫曾是门罗文学生涯中重要的引路人，但两人的恋情最终无疾而终。1974年，门罗与昔日的西安大略大学校友富兰姆林重逢，两人关系发展迅速，次年门罗搬至距离自己家乡不到30公里的克林顿镇，以方便照顾富兰姆林年迈的母亲，也方便探望自己的父亲。她在故土安定下来，直至2013年富兰姆林去世，门罗几乎都没有离开安大略。不过2014年，在经历了几次重要的手术之后，门罗最终搬至温哥华和女儿居住。

女性主义思想传承方面，门罗的母亲安妮具有那个年代小众知识分子女性对时代的超越性。她野心勃勃，意志坚定，虽出身贫寒，却依靠借款读完师范学校，并一路奋斗成为小学校长，

特伍德母亲基兰家族里的女性都非常杰出,母亲的三个妹妹中有两位分别获得了多伦多大学和达尔豪斯大学(Dalhousie University)的硕士学位,多伦多大学的那一位最终放弃了攻读博士学位之路,选择了为人妻人母,生了6个孩子,另外一位终身未婚。而基兰家中最小的女孩乔伊斯姨妈(Joyce Carmen Barkhouse,1913—2012)则成了一名作家,并且结婚生子,家庭和事业兼顾。她也是最早鼓励阿特伍德写作的人之一,后来还和阿特伍德合作了一本《安娜的宠物》(*Anna's Pet*,1980)。阿特伍德的母系家族还有一位著名的女性,即清教徒玛丽·韦伯斯特(Mary Webster),后来她出现在阿特伍德的诗歌《被绞得半死的玛丽》("Half-Hanged Mary",1995)中(玛丽在美国的康涅狄格州被判为"巫婆"而受绞刑,但是行刑第二天人们把她放下脚手架时发现她还活着,根据法律"同一罪行不可以受两次惩罚",玛丽最终获得了自由)。在哈佛大学求学期间,阿特伍德时常为她个人所遭遇的"性别不平等"而感到愤怒。她发现,在她所选修的课程"美国文学中的古典主义传统"中,

其间因为害怕成为传统的农妇,还曾两次拒绝了求婚。她最后嫁给罗伯特,也是因为他并不是传统的农场主——罗伯特当时在尝试养狐。正是安妮将自己工作多年的积蓄倾囊拿出,夫妻才能共同创业。安妮的表姐妹中也有很多位教师。门罗名篇《钱德利家族和弗莱明家族》("Chaddeleys and Flemings")中,来访的那些城市姨妈大多以她母系亲戚为原型,而农场里与世隔绝的姑妈则以父系亲戚为原型。后者有很多终身未婚,原因并非拒绝做贤妻良母,恰相反,她们是为了照顾家族成员而甘愿牺牲个人幸福。门罗母亲婚后曾有过短暂的成功。她很具经商头脑,曾自驾车跑到城里的酒店门口将狐皮卖给前来旅游观光的美国人。她为人清高,行事高调,战时为红十字会捐款捐物,战后为学生赞助奖学金。但随着经济危机的深入,家庭状况每况愈下,安妮最终罹患了帕金森综合征。母亲病后门罗开始在家庭中实际承担了母亲的重任,操持家务,照顾弟妹。对于不平等的性别规范压迫,门罗的女性主义或许并非以理论见

第三章 加拿大文化的标尺：文坛"一姐"之争

能够正式"入籍"文学经典库的只有两位女性作家：安·布拉德斯特里特（Ann Bradstreet，1612—1672）和艾米丽·狄金森（Emily Dickinson，1830—1886），这使她意识到：文学具有强烈的性别政治特征。相对而言，阿特伍德是较为激进的女权主义者。

早期创作经历方面，阿特伍德很早就表现出对不同创作类型的热情与才华。12年级时她创作过一个讽刺传统女性角色的短剧，另有两篇短篇小说和一首诗歌日后被收录在《一场安静的游戏》（*A Quiet Game：And Other Early Works*，1997）中。阿特伍德后来成熟作品中的很多主题都在其早期创作中有所体现。同时她受到埃德加·爱伦·坡（Edgar Allen Poe，1809—1849）和雪莱（Percy Bysshe Shelley，1792—1822）以及D. H. 劳伦斯（D. H. Lawerence，1885—1930）的影响。在多伦多大学期间，阿特伍德在学生自办杂志《维多利亚学院风采》（*Acta Victoriana*）上以各种笔名发表过一些实验性作品。大学二年级时，阿特伍德成为"波希米亚大使馆"（The Bohemian Embassy）咖啡店

长，却是切身体验。她早早结婚生子，走了相对传统的道路，从来都不是女权主义的激进分子，却始终在写作实践中坚持为女性发声。对于两性的二元对立，门罗显然更愿意承认男女天然的差异。相对而言，门罗是较为温和的、非典型性的女性主义者。

早期创作经历方面，门罗很早就对"讲故事"情有独钟。早在1945—1946年，她就多次尝试向加拿大的女性杂志《城堡夫人》投稿。西安大略大学时期，门罗在校刊《手稿》上发表了几个故事。同时期门罗还积极向加拿大广播公司投稿。此外，门罗有在图书馆兼职工作的经历，这帮助她博览群书。这时期她最爱的一本书是尤多拉·韦尔蒂（Eudora Welty，1909—2001）的《金苹果》（*The Golden Apples*，1949），她也阅读卡森·麦卡勒斯（Carson Mc-Cullers，1917—1967）、詹姆斯·乔伊斯（James Joyce，1882—1941）的作品以及波伏娃（Simone de Beauvoir，1908—1986）的《第二性》（*The Second Sex*，1949）。经营门罗书店时，门罗参加过一些文学沙龙，和维多利亚大学英语系的一

097

的常客，那里当时是加拿大青年诗人的定点聚会场所。阿特伍德的文学起步遵循了加拿大作家在那个年代的典型轨迹，即以大学校园—校刊—咖啡厅沙龙为中心。加拿大众多当代优秀的作家都是从校刊与咖啡厅沙龙出道的。

创作灵感方面，阿特伍德的每一段学习、工作经历都为其写作提供了一个新角度。幼年时代在丛林与城市生活环境的切换，以及青年时代每个暑假都会去野外夏令营兼职做辅导员的经历，孕育了日后阿特伍德创作中的生态主义视野。《浮现》中所描绘的那个远离人类文明的荒岛故乡，正是作者沉淀多年的对于自然与生命的思考。同样的灵感来源还有诗集《苏珊娜·穆迪的日记》（*The Journals of Susanna Moodie*, 1970）。在取得硕士学位后攻读博士学位前中间间隔的一年，阿特伍德短暂受雇于加拿大市场信息调查公司，后来她以这段个人经历创作了《可食用的女人》，故事主人公是一位在婚姻和工作中即将面临人生十字路口的青年女性。很多细节表明了这个故事的某种自传色彩：相同的调研公

些教授相熟。她作为嘉宾曾经参加过乔治·库蒙（George Cuomo, 1929—2015）的创意写作课程，但是很受挫。和阿特伍德一样，门罗也经历了大学校园—校刊—咖啡厅沙龙的轨迹，但门罗是更为草根的那一位。

创作灵感方面，门罗的故乡与家庭，那种具有典型安大略文化特征的小镇，内在矛盾妥协的家庭模式，以及作家自身作为女性艺术家的成长经历，是其永不枯竭的创作源泉。门罗的很多作品带有强烈的自传与回忆录性质。门罗似乎并不畏惧被文类的传统定义边缘化，相反，她以自己标志性的短篇小说创作挑战了虚构类写作与非虚构类写作之间的界限，为短篇小说这一文类不断寻求新的艺术突破。每次门罗完成作品，她都觉得自己已经用尽了素材，但是在创作的不同阶段，她会对素材反复改写。譬如短篇小说集《美好生活》中的最后四个故事各自聚焦了作家回忆中的一个童年片段，而这些片段又与作家过去的作品彼此重合且相互补充，这都使得门罗的创作虽然是各自独立的短篇小说，却

第三章 加拿大文化的标尺：文坛"一姐"之争

司，合租的房子。甚至那段时间与阿特伍德交往订婚又取消婚约的詹姆斯·福德在多年后阅读《可食用的女人》时，发现小说中的未婚夫彼得和自己很像，并且"描述的许多事件似曾相识"（Cooke 118）。此外，多伦多大学时期对弗莱的学习帮助阿特伍德创作了《幸存：加拿大文学主题指南》，英属哥伦比亚大学时期创作的《猫眼》，乌托邦风格的《使女的故事》，以及对真实历史事件的改写《别名格蕾斯》——整体而言，阿特伍德的创作不拘一格，人生中的每一段不同经历都会引发其新的文学转向。

旅行是阿特伍德另一个重要的灵感之源。阿特伍德从父母那里继承了这种流动性。1978年2月，在女儿杰丝还不到两岁时，阿特伍德就带领全家（三个小孩）进行了为期6周的学术环球旅行：巴黎、德黑兰、阿富汗、印度、澳大利亚，顺道又去了斐济和夏威夷，最后才回到加拿大。随后阿特伍德又立即开启了美国新书宣传之旅，从东海岸一路来到西海岸。同年，吉布森受邀成为爱丁堡大学（The University of Edin-

又仿佛相互指涉，构成了一张巨大的富有意义的网，从而具有了长篇小说的深邃感。整体而言，门罗的创作细腻入微，同时随着作家的年岁渐长，她总能将自身的新视域投射至旧素材中，从而建构出一种陌生的熟悉感，引发新的审美感悟。正如门罗在诺贝尔文学奖颁奖视频中坦言："最初开始写作的时候是关于漂亮的公主，然后就开始描写家庭主妇和孩子们，以后就会写老女人的生活……视角自然地就改变了。"（http://www.nobelprize.org/nobel_prizes/literature/laureates/2013/munro-lecture.html）

安大略的土地是门罗创作的生命之源。作为安大略本地农户的女儿，门罗天然具有对土地的依赖性。即便是结婚后居住在英属哥伦比亚的十几年中，她笔下的故事无论是发生在"欢乐镇镇""特上镇"，还是"达格莱墟镇"，都像极了门罗的故乡威厄姆镇，而那些小路尽头的房子，拮据的家庭经济，封闭压抑的小镇道德，也都明白无误地刻着安大略的印记。1973年，门罗与丈夫离婚，她就此离开了英属哥伦

burgh）的驻校作家，他们一家又在英国待了大半年。这个家庭养成了定期出国旅行的习惯，这对于阿特伍德的文学创作也至关重要。1983 年 11 月，阿特伍德在接受《环球邮报》的专访时坦言，她去英国是为了"离开"加拿大，因为她在国内难以保护自己的私人空间，而"离开"能让她维持写作。1987 年，阿特伍德赴澳大利亚悉尼担任麦考瑞大学（Macquarie University）的驻校作家。基本上，阿特伍德一家每年至少会在国外度过四个月以上的时间，既为了写作与工作，也为了追求他们对于自然（尤其是观鸟）的兴趣，甚至将此发展成一项事业。20 世纪 80 年代中期，吉布森成立了一家名为"大海雀"的公司，经营赴古巴荒野地区观鸟的特色旅游项目，以此来补贴家人的旅游费用。事实上，阿特伍德的很多创作灵感和哲学思考都是在她旅行期间获得的。1987 年，当阿特伍德在阿尔公沁公园的酸雨湖区旅行时，萌生了生态主义的思想，回来后创作了《从我们的荒原得益》（"Profiting by Our Wilderness"）。1988 年，她为《拯救地球》（*Save the Earth*）一书撰写条

比亚，重回安大略。对于孤身一人，从此正式迈出了职业作家脚步的门罗而言，正是在安大略，也只有在安大略，她从熟悉的土地上获得了充足的养分，她发现自己想记录的历史和想象就在身边源源不绝，下一阶段的文学创作也随之开花结果。门罗对于安大略土地的这种依赖性从另一个角度也可以得到印证。20 世纪 80 年代，门罗为了配合出版公司的商业宣传，曾经几次参加全国宣传，乃至赴美国与欧洲宣传，在各地都受到了热烈欢迎，文学声誉高涨。尽管如此，门罗本人对这种高强度的曝光充满了疲倦。天性羞涩的门罗，从来都对做光鲜亮丽的公众人物不感兴趣，成名后的她依然保持了极为简单规律的生活，居住在距离自己出生的故乡不到几十英里的小镇。2013 年，在获得诺贝尔文学奖之后，无数的名利向这位加拿大短篇小说家涌来，她却拒绝了几乎所有的采访，仅发布了一段录像致谢辞。由于身体原因，门罗没有到瑞典接受颁奖。事实上，2013 年，与门罗相濡以沫多年的丈夫富兰姆林因病去世，门罗自身也做了数次

目。多伦多的红河谷被提议为垃圾场时，玛格丽特亦积极给该市的公共设施工程部去信抗议，并多次在公开的演讲中予以批判。她还以自己与继子一起在英属哥伦比亚的短期旅行为素材，创作了环保基调的系列游记。

高流动性和世界主题的生态与环保大旗也为阿特伍德赢得了国际声誉。1984年，作为第一个获得德国艺术委员会资助的外国艺术家项目的加拿大人，阿特伍德全家在西柏林住了3个月。而为其赢得了广泛国际声誉的重要作品《使女的故事》正是阿特伍德在旅居德国时期动笔创作的。该书的最后部分则是她在美国阿拉巴马大学（The University of Alabama）担任美术大师项目荣誉主席期间完成的。出版宣传期间，阿特伍德担任纽约大学（New York University）的客座教授。1991年末1992年初的冬天，阿特伍德一家搬至了法国，在那里她完成了《好骨头》，并开始了《强盗新娘》的写作，其间阿特伍德还努力学习法语。在加拿大驻巴黎大使馆朗读自己作品的活动上，她用法语、英语朗诵了自己的作品。1994年，法

手术。2014年起，门罗因健康问题最终移居女儿所居住的英属哥伦比亚小城，从此封笔。门罗早已明确表示，《太多幸福》是自己最后一部作品，虽然她的创作并没有停止，她的读者也依然满怀希望地期待着更新的作品。

门罗的低调和低流动性似乎并没有影响到她的国际声誉。虽然在最初的岁月中，门罗作品强烈的加拿大特质让她遭遇了《纽约客》的拒稿，但她还是顽强地坚持自己的风格，最终凭借作品的内在艺术力成为"《纽约客》作家"。在征服了美国和英国市场后，门罗的作品又被译为多国文字。但是门罗很少接受公共采访，极少旅行。门罗几次最重要的长途访问集中在20世纪70年代末至80年代初。1977年门罗获加拿大—澳大利亚联合文学大奖，第一次赴澳大利亚访问；1981年门罗和其他6位加拿大作家组成的代表团来中国访问，从北京一路南下至广州；1982年门罗开始第一次也是规模最大的一次自东向西的加拿大全国宣传活动，同年又有一次北欧（挪威、丹麦、瑞典）宣传行；1986年配合《爱

国政府授予阿特伍德"文学艺术骑士勋章"。同年,阿特伍德在瑞典、法国、丹麦、芬兰和挪威旅游,还因杰出的巡回演讲获得了1995年瑞典幽默协会颁发的国际幽默作家奖。阿特伍德天生是国际作家,在各类文化环境中都能适应自如。

文坛影响方面,阿特伍德长期的大学执教经历使她很快成长为加拿大文坛"小世界"中的风云人物。1964—1965年,在英属哥伦比亚大学教授英国文学的阿特伍德首先与同在大学执教的厄尔·伯尼、多萝西·利夫赛等老一辈加拿大诗人结缘。1967—1969年,在乔治·威廉姆斯爵士大学任教时,阿特伍德教授维多利亚时期的英国文学和美国文学,并很快融入了蒙特利尔的英语作家圈,包括弗兰克·司各特(Frank Scott, 1899—1985)、约翰·格拉斯哥(John Glassco, 1909—1981)、休·胡德(Hugh Hood, 1928—2000)、克拉克·布莱茨、布莱茨的妻子巴拉蒂·穆克吉等。阿特伍德很早就展现出在文学圈的政治领导才能。早在1968年大学的一次系列诗歌朗诵会上,阿特伍德就要求与

的进程》的宣传,门罗做了第二次加拿大全国宣传和美国宣传活动。但在此之后,倍感精力不足的门罗宣布不再参加宣传活动。她只有在熟悉的土地上、有规律的作息中,才能自在地创作。门罗是典型的地域作家,安大略是她世界的中心。

文坛影响方面,个性羞涩又中途退学的门罗在早期仅依靠"加拿大文学教父"罗伯特·韦弗的指引和推介,中期多了约翰·迈特卡夫,后期则倚重专业的文学代理人弗吉尼亚·巴伯。在维多利亚,门罗曾与英语系的一些教授相熟,但始终觉得自己是局外人。重返安大略后,她也曾短暂做过驻校作家,却始终是学术圈的非主流。门罗并不喜欢对自己或者他人的作品做学术评论,这一点与阿特伍德相比有着极大的不同。阿特伍德是典型的知识分子写作者,她的作品通常都带有明确的政治宗旨,强调隐喻的表现技巧,她本人也很喜欢对自己的文本做理论再阐释。而门罗曾在一次访谈中被问及对文学评论家的印象时则坦言:"他们让我很困惑。"(Metcalf 62)

第三章 加拿大文化的标尺：文坛"一姐"之争

美国诗人同工同酬——这一行为同时反映了她很早就具有反性别歧视和反国别歧视的自觉性。1971—1972 年，在约克大学时期，阿特伍德开始教授"加拿大女性作家"，这也是阿特伍德第一次真正教授加拿大文学，这也显示出当时的加拿大民族主义热潮给学校课程设置带来的变革。

与此同时，阿特伍德积极地投身于加拿大的出版业发展，最直接的例子就是她对阿南西出版社的支持。阿南西出版社是阿特伍德在多伦多大学时期的老同学所创办的一家新出版社，虽然规模很小，却是加拿大当时唯一一家把出版重点集中在小说以及诗歌上的出版社，因此受到了加拿大顶尖文学杂志的关注。当时阿特伍德的诗集《圈圈游戏》（*The Circle Game*，1964）刚获总督文学奖，再版权炙手可热，但是阿特伍德义无反顾地将其交给了阿南西出版社。阿南西出版社还出版了许多对于加拿大文化建构意义重大的书籍，譬如阿特伍德的《权力政治》（*Power Politics*，1971）、《幸存：加拿大文学主题指南》、弗莱的《灌木花园》（*The Bush Garden*，

2009 年，当所有人都期待她与阿特伍德能在加拿大的吉勒文学奖上同台竞技时，门罗为了避免不必要的媒体讨论，最终退出了评奖。门罗对于推广加拿大文学始终不遗余力，尤其是对于青年作家。她还在宣布终身退出吉勒文学奖评选时，公开表示希望为青年作家留出更多的上升空间。

与此同时，门罗也切身经历了加拿大出版业在建国百年前后的巨变。尤其是在赖森出版公司被美国麦克格劳-希尔公司收购这一文化事件中，门罗在激进的民族文化大环境中并没有因为承受压力而立即调换出版商，其中极大的原因还是门罗对于原有编辑等人在情感上的"忠诚"。对于门罗而言，这种直接的个人情感在是非伦理判断中比某种"政治正确性"更重要。但是在赖森出版公司的老编辑退休后，门罗还是决定转向加拿大本土的麦克米伦出版公司，她性格上的"忠诚"再一次体现了，从此道格拉斯·吉布森领导的麦克米伦公司成为门罗所有作品的专属出版商。在其他的一些事件中，譬如国内版与海外版之争，门罗则是

1971)、格雷姆·吉布森的《五条腿》（Five Legs，1969），还有著名的加拿大保守主义民族主义者乔治·格兰特（George Grant，1918—1988）的《技术帝国》（Technology Empire，1969）。在阿南西出版社成立的最初几年，阿特伍德积极投入阿南西出版社的工作，为其奉献了大量的时间和精力，也为加拿大民族主义文学的建立做出了重要的贡献。就阿特伍德的个人生活而言，正是在阿南西出版社结下的一段缘，促成了她的第二次婚姻。

除了对加拿大出版业的贡献，阿特伍德在加拿大各类作家组织中的作用都不可或缺。1981年5月至1982年5月，阿特伍德担任加拿大作家协会主席，在此之前她是该协会的副主席，同时是《加拿大百科全书》中"加拿大作家协会"这一词条的执笔人。1984年，阿特伍德担任国际笔会加拿大中心（英语）主席，任期两年。机构初建时几乎一穷二白，阿特伍德使用个人资金帮助其运作，甚至为了给笔会筹集资金，业余编辑了一本《加拿大文学名家食谱大全》（The Canlit

逐渐凭借自己在文坛愈来愈大的影响力，争取了作品的海内外同步出版机会，也为加拿大的其他作家做出了表率，争取了更大的话语权。不过显然，就加拿大的出版业发展而言，门罗并不如阿特伍德那样具有直接的推动效应，她更多的是趋向顺应潮流、借势发力。20世纪加拿大出版业承前启后的风云动荡，也恰好与门罗家庭生活的重大变迁重合，正是出版业的起步、作家的启航，才给了门罗得以离家并重回安大略的现实条件。

门罗在加拿大各类作家组织中并不算是政治活跃分子，但是在1973年前后，门罗恰好刚刚走出家庭成为真正意义的职业作家，并且在迈特卡夫的影响下，积极参与了加拿大作家协会的创建。门罗推荐了众多被加拿大"主流"文学界忽视的相对边缘的作家，而且坚持认为加拿大作家协会不应该秉持"精英主义"的思想，任何正式出版过作品的人都可以申请加入。在加拿大文学的起步与发展时期，门罗所理解并力争的协会定位是完全正确的。此外，门罗对于加拿大青年作家的

Food Book，1987）。她还经常利用家里的客厅召开机构会议。阿特伍德在任职期间，不仅极大程度地扩大了国际笔会在加拿大的影响力，也提升了加拿大分会在国际的知名度。1986 年，阿特伍德的老朋友，加拿大作家玛丽安·恩格尔去世后，阿特伍德设立了玛丽安·恩格尔奖，每年颁给一位加拿大优秀的女性散文作家。1987 年，阿特伍德成为加拿大皇家协会会员。

同时，阿特伍德开始积极地介入政治，譬如反对美加自由贸易法案等。1986 年，阿特伍德被授予艾达·奈戴尔人道主义奖（Ida Nudel Humanitarian Award），并且被《女性杂志》(*Ms. Magazine*) 提名为年度女性。1988 年，阿特伍德甚至被提议竞争多伦多市长一职，但是她婉拒了。同年，阿特伍德获得了基督教女青年会杰出女性奖和国家环境杂志保护新闻奖。从 80 年代中后期开始，阿特伍德对支持政治公正、人道主义和环境保护方面的热情直接在她的作品中旗帜鲜明地表现出来：反乌托邦小说、女权主义小说、生态小说等。所以，阿特伍德的影响

帮助一直是不遗余力。她曾经好几次受邀为年轻的加拿大作家的作品写序，正如当年休·加纳为门罗的处女作《快乐影子之舞》作序一样。门罗还为加拿大广播电台《文选》栏目 30 周年的纪念文集写作《前言》。当然，门罗也积极为加拿大笔会的文集投稿，为玛丽安·恩格尔执笔纪念散文。尽管低调，但门罗的文学活动也是紧紧围绕加拿大作家的"小圈子"，和阿特伍德有众多交集之处。

但是，门罗从来就对政治不感兴趣。1983 年，门罗曾经被提名"加拿大荣誉勋章"，这也是加拿大最高荣誉的平民勋章，布莱茨和阿特伍德都得过，门罗却婉拒了。门罗的自我定位始终是安大略偏远西南小镇里安静的观察者。获得诺贝尔文学奖之后，各类邀请和荣誉纷至沓来，但门罗几乎谢绝了所有的荣誉，并坚持几乎隐居的生活。2016 年，在庆祝门罗 85 岁生日时，她接受了加拿大广播电台一次极罕见的长采访，其中回顾了自己的作家生涯，也回顾了自 20 世纪 50 年代以来加拿大文学环境的巨变，越来越多的青年加拿大作家正在壮

不仅跨越了国界，也跨越了文学、文化，衍生到政治生活的各个领域。

在世界文坛，由于早早就获得的国际声誉，以及作家本人强烈的民族主义政治热情，阿特伍德成为加拿大文学和文化推广当仁不让的领军人。她在各类国际报刊上发表了海量的诗歌、短篇小说以及文学与时政评论，应邀到各国朗诵、演讲，不断扩大加拿大文学与文化在世界的影响力。在加拿大文坛，阿特伍德是承袭弗朗西斯科·布鲁克、凯瑟琳·帕尔·特雷尔、苏珊娜·穆迪、莎拉·珍妮特·邓肯、莫利·卡拉汉、休·麦克兰南一脉的"游牧派"作家，她的文化背景更为精英化与国际化，代表着加拿大文学的世界性。

大这支队伍。门罗获得诺贝尔文学奖，是加拿大民族主义运动的最终"开花结果"。

在世界文坛，作为获得诺贝尔文学奖的第一位加拿大作家，作为毕生扎根于安大略土地的地域主义作家，门罗对于加拿大文学发展与文化推广的意义是不言而喻的。门罗继承并发展了加拿大文学中"小镇文学"的传统，以录影机一般细腻的笔触记录下了加拿大的文化地貌，记录下了一代人的"加拿大精神"。在加拿大文坛，门罗是承袭了拉尔夫·康纳、露西·莫德·蒙哥马利、斯蒂芬·巴特勒·利科克、辛克莱·罗斯一脉的"农耕派"作家，不过，她的文化背景更为平民化与本土化，代表着加拿大文学的民族性。

对比阿特伍德和门罗的发展轨迹，相对于世界性作家阿特伍德的年少成名，本土性作家门罗似乎更为慢热。事实上，在门罗获得诺贝尔文学奖之前，阿特伍德的"热"和门罗的"冷"是被加拿大本土外的海外学界公认的客观存在的"事实"，这似乎也从另一侧面反映出加拿大文学若想从"边缘"走向"中心"，必然任重而道远。

第二部分

如假包换的加拿大内容

门罗是加拿大地域主义作家的代表。其《纽约客》的专属编辑狄波拉·特瑞斯曼（Deborah Treisman）曾经这样评价："地域作家的称谓最适合门罗。她深深扎根于当地的地形地貌，扎根于口口相传的道德风俗与社会变迁。她的文字生动地勾勒了那一方小镇生活的点点滴滴，有些图景让人想起美国的乡镇，却有其（加拿大）特殊的气息与神韵。"（罗伯特·撒克 44）对于任何一位加拿大作家而言，这样的加美比较几乎是不可避免的，甚至在一定程度上，加拿大文学国民身份建构的关键就在于把握不同于美国的加拿大本土地域特色。不可否认，门罗的写作确实与一些美国地域主义作家尤其是南方女性作家具有某种亲缘关系，其中薇拉·凯瑟（Willa Cather，1873—1947）和尤多拉·韦尔蒂是两个被提及最多的名字。那么，同样是描写在失落土地上的被边缘化的人群，同样是讲述封闭小镇生活中的哥特主义传统，门罗又是如何使她笔下的故事建构出独特的"加拿大性"的呢？

对门罗影响颇深的作家尤多拉·韦尔蒂在《小说中的地域》（"Place in Fiction"）一文中是这样解释地域与写作的："小说本身就是和地域紧密联系的……因为土地本身比我们更具有持久的个性，我们才会如此忠诚地渴望将我们投身于这片土地。"（Welty 116）正如北京大学的丁林棚在《加拿大地域主义文学研究》一书中所强调的，地域主义文学的核心在于身份问题。弗莱认为"身份问题主要是文化和想象力的问题"（Fyre, *Divisions on a Ground*: *Essays on Canadian Culture* i），并且"加拿大的身份问题，就其对创造性想象力的影响而言，根本就不是一个'加拿大'问题，而是一个地域问题"（i—ii）。因此，门罗对于安大略西南小镇"门罗地域"的执念，同样也是基于

第二部分 如假包换的加拿大内容

加拿大作家集体无意识中的"身份焦虑"。对于加拿大文学而言,弗莱的那个经典提问"这里是哪里?"始终振聋发聩。在加拿大文学中,"地域主义"这个词并不仅仅指描写"地方色彩",它并不只是一个地理概念,或者政治概念,而被视为社会、历史、文化的复杂的综合体。诚然,加拿大文学常常与美国南方文学做比较,但是两者"身份问题"的根源截然不同。一个是源于南北战争的二元对立,而另一个却是基于地形地貌与文化气质的多元并存。地域主义文学之所以在加拿大文学发展史上具有如此显著的地位,用罗伯特·威尔逊(Robert Wilson)的话来说就是:"加拿大是由区域组成的,加拿大人习惯用区域的概念来定义自己,加拿大的作家对于地域有一种执念,同时认为他们自身是地域性的。"(49)长期以来,加拿大的民族主义正是通过各有特色的地域主义得以强化。"加拿大的民族特色是通过地域的特点体现的。"(Hutcheon, *The Canadian Postmodern* 4)无论是过去上加拿大地区的安大略,下加拿大地区的魁北克,还是大西洋的沿海诸省,中部的大草原地区、西部的英属哥伦比亚,以及诸多"新省",譬如北部的纽芬兰岛地区,加拿大并不试图用某一种特定的地域主义传统来代表整体的加拿大民族性。加拿大的地域主义不倡导什么清晰的区域界线从而将一个区域和另一个区域分开,它将各个区域视为一个相互关联的整体中的一部分,其中的任何一个区域配置都与其他区域相生相伴,不可分离。加拿大地域主义文学的繁荣,源于其对于地域多样性和区域独特性的尊重。

另外,对于地域主义作家的门罗而言,"地域"这个词本身还隐射着"边缘性"。雷蒙德·威廉姆斯(Raymond Williams, 1921—1988)在《关键词:文化与社会的词汇》(*Key Words: A Vocabulary of Culture*, 1989)一书中指出:"地域主义的标签,就好像方言一样,标记着一种'属下'或者'劣等'的形式,譬如说地方口音……很有趣的是,以湖区或者康瓦尔郡①为背景的小说往往被称为地域小说,

---

① 英国湖区在英格兰西北部,康瓦尔郡在英格兰西南端。

但是以伦敦或者纽约为背景的却不会归于此类。"（265）结合门罗本人的文化背景来看，门罗会对"地域主义作家"具有强烈的认同感并不是偶然。她曾经在访谈中这样谈论自己的家乡："那是一个社会弃儿的社区（a community of outcasts），我自己也有那种感觉。"（C. Ross, *Alice Munro: A Double Life* 23）这样一种游离在主流社会之外，来自下层阶级的边缘感，恰巧也与加拿大国家层面上的"身份危机"不谋而合，正如与门罗同时代的作家罗伯特·克罗耶奇所言："加拿大是一块独特的边缘地（borderland）……"（Hutcheon, *The Canadian Postmodern* 162）在讨论加拿大的现实主义地域写作时，琳达·哈钦用后现代主义的批评视角，认为加拿大许多当代作家都在力图"建构地域去中心"，即将"现有的加拿大作家对于文学地域主义的强调，转换成一种对差异性、本地性和特殊性的关注，以此作为对同一性、普遍性和中心化的对抗"（19）。这样的一种意义升华后的后现代主义文化隐喻，也使得地域主义这种文学叙事尤其适合帮助当代加拿大作家抵御美国强势的同一性文化入侵。因此，在门罗的地域主义文本中，无论是安大略的偏远小镇，还是孤独的女性艺术家的自我追寻，都深深地烙刻着加拿大文学强调民族文化身份的自觉性。这种如假包换的"加拿大内容"，加拿大社会所独有的阶级、族裔、宗教与城乡差异，女性与后殖民主义经验，以及与加拿大审美与道德等问题相关联的战争与历史想象，正是门罗作品独特的"加拿大性"的气息与神韵。

第四章
小镇文学：加拿大文化版图关键词

在加拿大文学批评发展史中，空间概念一直都是加拿大文学的关键定义①，而在加拿大文学的地理想象中，"小镇"则是具有典型加拿大文化隐喻的空间存在。从斯蒂芬·利科克的《小镇艳阳录》到玛格丽特·劳伦斯的《石头安琪儿》，加拿大小镇文学的传统源远流长。正如琳达·哈钦所述，"加拿大文学中的小镇，代表了一个受限的和施限的社会，一个主人公总想着要逃离的地方"（197）。哈钦同时注意到："小镇被包围在恶劣自然环境的敌意之中，在那里，常常有情感细腻敏感的个人奋起反抗整个清教社会，而这个社会往往以一位家长式的权威

---

① 1965年，加拿大最负盛名的文学理论家和文化批评家诺斯洛普·弗莱为《加拿大文学史：加拿大英语文学》写了"结论"一章，成为加拿大文论发展史上的奠基之作。弗莱提出的"这里是哪里？"（Where is here?）是加拿大文学的终极问题。这种空间的困惑，既是地域亦是心理的：加拿大严酷的自然环境深刻影响了本国文学，形成了特有的"要塞心理"（garrison mentality），要塞的内部是拥挤的文明，外部则是广袤的荒原。（Klinck, *Literaray History of Canada*, *Volume Three* 821—849）在弗莱理论的基础上，1972年，玛格丽特·阿特伍德出版了《幸存——加拿大文学主题指南》，再次使用了地理隐喻，认为美国的象征是"边疆"，英国的象征是"海岛"，而加拿大的象征是"幸存"。阿特伍德尤其强调了加拿大在心理层面的"空间界定"，强调加拿大的"受害者位置"（victim positions）是加拿大文学"幸存"主题的根源（Atwood, *Survival* 25—43）。仅仅一年之后，1973年，弗兰克·戴维大胆地在其著作《从别处到此地》中，用"这里""那里"的地理分类，试图对加拿大作家的国别、民族属性做出区分。琳达·哈钦在其《加拿大后现代主义：加拿大英语小说研究》（1988）一书中，则从后现代的角度，指出加拿大历史上存在于英帝国与法兰西帝国文化的"边缘"与"外围"，同时地理上又与美国毗邻，深受文化帝国主义（cultural imperialism）的威胁，在多重势力夹缝中生存，在文化上具有一种"居于中间性"（in-betweenness），由此导致了价值体系的"整体含混"（a total ambiguity）。就加拿大文学批评史而言，正是这种一脉相传的对于空间概念的强调，才使得加拿大文学的面目逐渐在百家争鸣中从模糊变得清晰。

人物为象征或具体体现。因此在反抗者的心中，这种反抗又会内化为一种负罪感。"①（197）小镇环境对于小镇居民在智力、心理以及情感上具有多重禁锢性，那种在夹缝中寻求认同的小镇人生也突显了加拿大人的集体无意识，成就了加拿大文学中极具民族风味的经典主题。

从空间的角度考察门罗的地域主义文学，在某种程度上，门罗对于加拿大文坛乃至世界文坛最重要的贡献正是其对于以"空间边缘感"为特征的加拿大小镇的文化版图绘制。②在门罗的笔下，"小镇"不仅是文明与荒野的边界地，更是童真的乡村和世故的城市之间暧昧的中间地带，同时，就文化传统而言，一端延续着以苏格兰、爱尔兰与法国为代表的乡村农业传统，一端又连接着以英格兰为代表的城市商业势力，并且受到具有强同化性的美国文化的冲击，在文化心理上表现出一种无所归依的"居于中间性"作为最纯正的西南安大略本地人——在加拿大被称为"西南派"（Souwesto），门罗的大部分作品（包括最精彩的作品），都以安大略西南部的偏僻小镇为创作背景，仅有少数描写多伦多以及不列颠哥伦比亚省的城市生活。在门罗的笔下，无论是作家真实的故乡——休伦县的威厄姆镇，还是虚构的特上镇或者欢乐镇，都是一个尴尬的既不属于中心城镇亦不属于外围乡村的存在。故事中，她的主人公也大多游离在主流社会之外，彷徨于物

---

① 译文参考了赵伐的译本，276 页，有改动。
② 文学制图学是伴随文学研究的空间转向在近几年新兴的一个研究热点。罗伯特·特里（Robert T. Tally Jr.）在《文学制图学：作为空间性象征行为的叙事》（"On Literary Cartography: Narrative as a Spatially Symbolic Act"，2011）一文中将人类的自我认知经验类比为航导（navigation），即在自我与他人的互动关系网中确定位置，通过时空定位，在纷繁复杂的地理与历史的现象迷宫里寻找前进的方向。他认为作家利用叙述手段进行空间建构从而揭示主人公的"认知地图"（cognitive mapping）的行为，正是文学制图学的研究主旨。特里尤其提到，后殖民主义作家也对文学中的地理问题关注已久，比如爱德华·萨义德（Edward Said，1935—2003）在其《文化与帝国主义》（*Culture and Imperialism*，1993）一书中写道，"大多数文化历史学家，以及差不多所有的文学评论家，并没有对地理标志做出评价，即西方文学中普遍存在的对于版图的理论绘图与制表"（58），由此提出"对于历史经验的地理调查"（7）。在理论的发展过程中，文学制图学对于空间的理解，正不断从自然景观转向社会空间，强调制图的过程是被建构和表征的过程，空间地理是附着意义和政治的载体，是不同群体之间文化斗争的媒介。

第四章 小镇文学：加拿大文化版图关键词

质与心灵之间，在全球化、现代化的冲击下既渴望富足与认同，又害怕迷失与背叛。门罗尤其偏爱"小镇—乡村"与"小镇—城市"的并置对位结构。以小镇为中心聚焦，门罗不仅逼真还原了当时安大略的地形地貌与风土人情，更揭示了社会空间内部复杂的族裔、宗教、阶级之间的博弈，她同时记录下了成长的认知地图，探讨现代与传统间的对峙与妥协。小镇的边缘性，一如加拿大文学评论家罗博·谢尔兹（Rob Shields）在其1991年的经典著作《边缘之地：现代主义的另类地理》（*Places on the Margin*：*Alternative Geographies of Modernism*）开篇所评价的那样："边缘之地那些在现代化进程的赛跑中被抛在后面的小镇和地区，总是同时给人以哀挽和向往的感觉。"（3）正是通过把握"小镇"这一具有典型加拿大气质的地域空间，门罗为那个年代的加拿大社会绘制了一幅严谨而又完整的文化版图。

第一节 《钱德利家族和弗莱明家族》

《钱德利家族和弗莱明家族》为短篇小说集《木星的月亮》的开篇故事，由上篇《关系》（"Connection"）和下篇《地里的石头》（"The Stone in the Field"）组成。两个短篇相对独立①，但合体时才能凸显整体精妙而平衡的结构。两组故事分别讲述了"城市拜访——回访"与"乡村拜访——回访"，使得城市与乡村形成了一种完美的并置对位关系，而小镇则居于中间。门罗由此抓住了"加拿大性"的一个重要地理表征，即以小镇为代表的"居于中间性"。哈钦在《加拿大后现代主义》一书中指出："后现代主义的'离心概念'（ex-centric）正是加拿大民族特点的一个重要方面……边缘概念（margin）是对具有限制性界限概念的挑战……这里存在新的可能。"（Hutcheon, *The Canadian Post-*

---

① 两个短篇最初刊登在1978年11月的《城堡夫人》与1979年4月的《周六晚间杂志》上。

modern 3）而门罗也在故事中，通过一个成长中的小镇女孩的视角，表达了类似哲学理念。

乡村—小镇—城市

《钱德利家族和弗莱明家族》中所描写的达格莱墟小镇在很大程度上具有加拿大元小镇的典型性：一条主街，一条河，一座桥，区分着镇中心和镇郊，也区分着不同的阶级和亚阶级。"我"的家既不属于城市，也不属于乡村，而是尴尬地"居于中间"，甚至没有居住在小镇的中心，而是在小镇的边缘，大街的尽头。再远些，便是灌木丛生的荒地，几间零落的小木屋，散漫的鸡群和小孩，直至田地与牧场。家里的房子是座古老的砖头大宅，看起来还算体面，实际却已年久失修，难挡风雨。"我们"既不是富人，亦非穷人；既不属望族，亦非贱民。这种既非"内"又非"外"的边缘位置，使得故事中阶级意识强烈的母亲很快陷入了自我定位的困惑。她难以在当地社区得到归属感，转而企图从遥远的亲缘关系中找到优越感。这也是上篇《关系》的题名由来。

在《关系》中，四位钱德利姨妈的来访，即来自城市的拜访，对于身居小镇的母亲来说，这不仅仅是亲缘关系的维系，还是一种社会关系的展示，一种权力关系的延续，具有高度的象征性意义。《关系》开篇是这样通过地理关系来定义几位钱德利姨妈的：

> 艾瑞斯姨妈来自费城。她是个护士。伊莎贝尔姨妈来自第蒙。她有个花店。弗洛拉姨妈来自温尼伯，是个老师；维尼弗莱德姨妈来自埃德蒙顿，是个女会计师。（Munro，*The Moons of Jupiter* 1）

姨妈们最重要的身份标尺正是其所在的城市和职业。其中费城①最具

---

① 美国最具历史意义的城市，在华盛顿建市前曾是美国的首都，现在依然是美国东部仅次于纽约和华盛顿的第三经济城市。1774—1775 年两次大陆会议在此召开，并通过独立宣言。1787 年在此举行制宪会议，诞生了第一部联邦宪法。1876 年费城举办了世博会以及美国独立 100 周年纪念展，1926 年举办美国独立 150 周年博览会，1976 年举办美国独立 200 周年纪念展。

国际化气场，第蒙——爱阿华州首府次之，这两个都是美国城市。温尼伯和埃德蒙顿则是加拿大城市，埃德蒙顿还是艾伯塔省会，著名的旅游胜地。相形之下，"我"家所在的休伦县达格莱墟小镇（总人口不超过2000人）实在有些无足轻重。来自费城的艾瑞斯姨妈显然是众姐妹的领袖。门罗为此描绘了一幅路线清晰的导航图。艾瑞斯首先自己从费城开车去温尼伯接弗洛拉，然后与从埃德蒙顿坐火车赶来的维尼弗莱德碰头，最后在多伦多与伊莎贝尔会合。一路上，艾瑞斯也展现出了最为丰满的性格特征：众姐妹中最胆大妄为、最无传统包袱（敢在野外露天解手），也最警惕与猜忌（在荒芜的北安大略小镇不敢离开车子，随时害怕被伐木工人强奸）。

大城市的性格在艾瑞斯的身上刻着深深的烙印。作为护士的她非常享受职业所带来的优越感。她曾在医院目睹诸多名流的悲欢离合，仿佛见证了整个费城上流社会的丑陋；她觉得自己可以嘲笑、控制病房里那些古怪衰弱的有钱人，好像拥有了上帝生杀予夺的权力；她也炫耀自己对于职业道德的恪守，从不侵占病人一分一毫；濒死的、放荡无度的舞台演员对她求爱，亦让她对自身的女性魅力得意非凡。总而言之，在达格莱墟小镇面前，来自美国费城的艾瑞斯俨然是拥有权力、道德、魅力三位于一体的强者，可以泰然自若地指点江山。她是众姨妈的领袖。这些姨妈们都没有结婚。她们的位置不是在家里，而是在社会上，像男人一样拥有职业、拥有权力；她们之间的等级关系是由各自的都市化程度所决定的。美国最具历史意义的城市、前首都（费城）和拷贝美国的加拿大阿尔伯塔省会、新兴的工业城市（埃德蒙顿）成了重要的风向标，而处于边缘地位的小镇只能在城市的影响下亦步亦趋。

对于位于小镇的"我家"而言，伴随着城市来访的还有消费主义的启蒙。姨妈们的来访像是欢乐的嘉年华，她们携带的礼物充满了仪式感。那些翩然而至的精致食品——听装的咖啡、点缀着坚果和枣肉的布丁、橄榄、卷烟、五磅重的盒装巧克力——摧枯拉朽般地一举扫却了家中积年的困顿感，以至于当盛宴散去很久以后，空空的巧克力盒还作为一个神圣的象征被小心翼翼地供奉于餐厅橱柜铺着亚麻布的抽屉里，徒劳地等待下一场典礼。在寒冷的冬日，"我"曾无数次贪婪地嗅闻那盒里残留的深色的巧克力皱纹纸托，看着内页的原料表陷入遐想：榛仁、奶油果仁、土耳其欢乐果胶、金色太妃、薄荷乳……食物所能带来的奢华慰藉超乎想象。同样具有文化象征功能的还有衣着。钱德利姨妈们用紧身束衣将丰腴的身材勾勒得玲珑坚挺，长筒袜、丝毛裙、粉底、胭脂、古龙水、玳瑁梳，全副武装，气场十足。作为礼物，她们也给我们带来了长筒袜、披巾、纱裤，还有最新的无袖女装。在幼小的"我"的眼中，来自城市的钱德利姨妈们宛如高高在上的新女性，她们甚至像男人一样抽烟，一副老辣世故、无所畏惧的模样。

与城市来的拜访形成天壤之别的，则是小镇去向乡村的拜访，即对六位弗莱明姑妈的拜访。她们是父系的亲戚，安居在穷乡僻壤，几乎与世隔绝，极少社交，甚至面对亲人的来访都手足无措，紧张得仿佛受到了皇家接待，得靠着极大的自制力才能避免落荒而逃。此前"我"对于城市钱德利姨妈们的仰望，由此被戏剧性地移植到了乡村弗莱明姑妈与"我"的关系中，只是恰好颠倒过来。"我"不自觉地注意到屋子里除了洁净如洗的祖传笨重家具外，几乎空无一物，注意到没有茶点招待，注意到她们头发散乱、不带妆容、衣服松松沓沓，缩在一旁驼着背，神情尴尬地一问一答。在弗莱明姑妈家，食物与服装仿佛已被剥离了所有的象征指引，食物不再是一种生活态度，服装也不再表征身份。食物就是食物，衣服就是衣服，任何潮流风尚都似乎在绝对的贫瘠中漂白了，时间也停滞了。乡村的弗莱明姑妈们所代表的是严苛的清教主义传统中的禁欲主义（asceticism），简化仪式，提倡过勤俭清洁的生活，戒除世俗的欢愉，以艰苦卓绝的努力来完成上帝赋予的目标。

钱德利姨妈和弗莱明姑妈，仿佛是加拿大文化中与生俱来的对立力量，一端是追求现代化、消费主义的城市，一端是延续传统、恪守宗教禁欲主义的乡村。两股力量相互牵引博弈、撕扯不休，而居于中间的"我"的小镇之家便成了角斗场。

一方面,母亲深受钱德利姨妈们的影响。她渴望着姨妈们身后光怪陆离的城市,梦想着她们分享在城市里的权力,幻想自己站在那些直接掌控着病房、教室、商店与财务的女人的身旁,也化身为了冒险者的姐妹——而不再只是小镇里平庸的家庭主妇。于是母亲竭力模仿表姐妹们的举止,用她们的二手衣装扮自己,野心勃勃地谋划从乡村、小镇向城市(比如多伦多)倒卖古董发财,成为生意人,过"好"日子,而这"好"日子,便是现代化,是世俗的物质主义生活,是充满激情、瞬息万变的商品消费。正如法国后现代社会学家让·鲍德里亚(Jean Baudrillard,1929—2007)所说的,消费不是对物品的使用,而是对空间的想象性满足。消费渲染了大都市的感觉,消费成为"美国梦"最直接的衡量标准,消费的目的不是为了实际需求的满足,而是为了追求商品的符号象征意义,为了满足不断被制造出来、被刺激起来的欲望。当乡村与小镇的人们也迫不及待地用工业化大生产的商品替换祖传的手工制品时,母亲的生意便起步了。她收来的"古董"堆积如山,在家里来了又走,不留痕迹。但是母亲成功了吗?不,没有!小镇作为一个"受限的和施限的社会",还是吞噬了母亲的梦想。在女儿眼中,母亲缺乏姨妈们的创意和斗志;而在表姐们的心里,母亲也总带着小镇家庭主妇的琐碎和乏味。"邯郸学步"式的徒劳永远地将母亲困在了暧昧不明的中间地带。最后,母亲病了,生意伙伴也入了狱,声名狼藉。母亲在达格莱墟小镇郁郁终老,小镇的妥协性最终成为她无法摆脱的魔咒。

另一方面,作为母亲的继承人,"我"起初也一心向往城市,渴望通过社会空间的重组来达到个人身份的重塑。"我"不想重复母亲在小镇的悲剧,冲进城去,冲进中心,摆脱"边缘"的身份定位,摆脱小镇既封闭又窒息的环境。于是"我"成功地考上了大学,嫁给了中产阶级的丈夫——教育是指向城市的通道,婚姻则为城市身份提供了合法保障。但是,有趣的是,"我"离开了小镇,留在了城市。虽然"我"的小镇背景吸引了具有乞女情结①的来自城市上流社会的丈夫，达格莱墟的乡音和乡习却成为丈夫鄙薄、审判"我"的罪证，原来小镇的美只有离开一段距离，作为高度抽象化的想象符号才能被现代化的城市消费。处在流动中日新月异的城市需要具有历史沉淀的稳定符号来平衡它的高速发展，需要对乡村的文化怀旧来补偿心灵的某种缺憾。小镇温婉的居中性由于调和了乡村的荒野与不驯，成为城市最佳幻想对象。然而一旦真的与小镇面面相对，城市必须毫不留情地强化对方的边缘地位来巩固自身的中心特权。婚后的"我"很快成了两个孩子的母亲，享受着都市上流社会舒适的物质生活，却依然没有"在其内"的安全感，同时家庭职责将"我"约束于中心内部更狭小的缝隙空间。"我"虽住在高档街区的大房子里，却没有自己的车与朋友圈，难以和外界自由交际。"我"进入了中心，又不在中心；离开了边缘，又摆脱不了边缘——我只有"在其外"，"无所依"。

最终，"我"借由两次城市与乡村的回访完成了顿悟。首先是艾瑞斯姨妈的回访。一方面，通过丈夫的眼睛，"我"失望地发现了幼年曾经仰望的"关系"——扎根城市的艾瑞斯姨妈——原来不过是城市机器里一个平庸粗俗的小人物；另一方面，"我"又深刻地感受到艾瑞斯姨妈对"我"忘根、忘本的失望。城市的社会关系是那么肤浅、匆匆和淡薄，没有深刻的情感维系，只有实用主义的急功近利，对于乡村最为重要的血缘纽带，在城市流动的拥挤的人群中被牵扯得越来越式微无力。艾瑞斯姨妈的回访让"我"看清了城市的寡情，这也最终成为"我"婚姻破裂的导火索。而"我"通过对弗莱明姑妈旧居的回访，则又重新领悟到乡村的价值，一种并非是物质的存在，而是传统与情感的纽带。多年以后，物是人非，老屋早已易主，大规模的现代化农业生产替换了传统的小规模家庭作坊，如今的农场主也越来越像商人，精确计算着投资风险与回报，计划扩大化再生产。但是，

---

① 《钱德利家族和弗莱明家族》原计划收录于《乞女》短篇集，即加拿大版《你以为你是谁?》。

即便连赫布伦山也已夷为平地,"我"却深感到精神不灭。闭塞的乡村想象之所以让人眷恋,正是因为它的非功能性、非物质性、纯粹性和永恒性。"我"终于明白,弗莱明姑妈们曾经照顾来历不明的穷隐士,并不是出于爱情或其他任何目的,这只是她们的生活:劳作与相互关怀。无论是代表着城市理想、突出重围的母系钱德利家族,还是代表着乡村传统、老死故居的父系弗莱明家族,都在"我"的成长中烙下了深深的印记,"我"就是这两种矛盾势力的不调和体,而"我"身上的那种"居于中间性"的"小镇"标签,正是加拿大的典型气质。

空间—族裔—阶级

从空间文化版图的角度看,来小镇度假的钱德利姨妈们带给母亲的不仅仅是与城市的关系,也是一种与母国关系的延续。钱德利家族是英格兰后裔,并据此认为自己的社会等级要高于那些苏格兰或爱尔兰后裔,后者的祖先大多在大饥荒时期大规模地被迫逃难至此。

> 事实上,苏格兰裔的加拿大人——他们在休伦县被称作苏格兰佬——还有爱尔兰裔,会很直率地告诉你他们的祖先是在土豆大饥荒时期迁来的,穷得衣衫褴褛,或者会告诉你他们是羊倌、田里的帮工、没有土地的穷人。然而任何一个英格兰的后裔都会给你讲一个败家子或者小儿子的故事,什么家道中落了,被剥夺继承权了,门户不当私奔了。这里面或许有几分是真的。苏格兰和爱尔兰都太穷了,被迫大规模地移民,而选择背井离乡的英国人则往往出于更加丰富多彩的个人原因。(7)

于是钱德利家族的儿孙们为他们的祖先披上了浪漫的外衣。母亲和姨妈们津津乐道地幻想着她们共同的一位钱德利祖父的过往——那也是钱德利家族在加拿大的起点——牛津的学生,因为赌博挥霍了家里的钱,或者是把女仆搞大了肚子,不得已自我流放。这些臆想充满了对遥远的欧洲都市的误读:放荡不羁、声色犬马。这与加拿大小镇的刻板与保守形成了鲜明的比照。她们还猜测家族的领地有可能邻近坎特伯雷［联想到著名的《坎特伯雷故事集》(*The Canterbury Tales*, 1392)以及坎特伯雷钟（Canterbury bells）］，或者就是车蒙德里贵族的一个旁支（读音近似），当然也有可能是法国人的后裔（Chaddeley 实际是 Champ de laiche），拥有薹草的领地，随着征服者威廉大帝一起来到英格兰……无论细节如何，与臆想中的家族辉煌相伴的是一种与生俱来的悲剧性：或小或大的灾难迫使现在的他们背井离乡，丧失了旧日的富足与荣誉，空余思念与惆怅。这也是典型的加拿大心理的表现，正如阿特伍德在《幸存：加拿大文学主题指南》一书中强调的受害者心态。"受害者"的自我定位仿佛为加拿大人提供了某种道德的崇高感：纯洁无辜的羔羊，只有受害，没有加害。正因为如此，祖父的游手好闲，在子女们眼中竟然成了一种令人羡慕的生活态度；他的势利则满足了家人对于阶层的心理需求。子女们一方面忍受着加拿大平淡艰苦的生活，甚至迫于经济压力不敢多要小孩；另一方面却毫无怨言地供养着祖父任性的生活，并以此为荣。遥远的欧洲社会中森严的等级划分被虚妄地移植到了加拿大阶级观念稀疏的土壤中，处于权力边缘的人们不但自惭形秽地接受了当权者制定的划分权力的标准，甚至企图在同样被压迫、被侮辱的人群中拷贝新的分级与歧视。

与母系英格兰裔的钱德利家族相对的，则是父系苏格兰裔的弗莱明家族。因此，两边家族的文化对立似乎也象征着英格兰和苏格兰的百年恩怨。历史上，比起英格兰，苏格兰确实非常贫穷。它离欧洲的商业中心更远，而且它的西部和北部有大片人烟稀少的部落地区。1286 年，苏格兰国王亚历山大三世与其年幼的继承人先后意外去世，英格兰国王爱德华一世乘乱成为苏格兰名义上的宗主。但苏格兰并不甘心。随着 1294 年英法战争打响，苏格兰和法国在 1295 年缔结了以王室婚姻为媒介并针对英格兰的战略同盟条约。1296 年，被激怒的爱德华一世入侵并吞并了苏格兰，后又五度出征苏格兰。而苏格兰方面则经过 30 多年的斗争，最终在威廉·华莱士（William Wallace，1270—1305）、罗伯特·布鲁斯（Robert the Bruce，1274—1329）的带领下打败了英格兰重获独立。这就是著名的苏格兰战争——英国最后一场中古类型的战争。此后，苏格兰与法国"老同盟"的关系延续了整整两百多年。而1333年爱德华三世再次发动了入侵苏格兰的战争，由此拉开了英格兰与法兰西—苏格兰联盟之间"百年战争"[①]的序幕。相比之前的苏格兰战争，百年战争已经是一种新型的战争，因为战争的真正目标在于商业：对于英格兰的商业来说，苏格兰没有什么重要性，法国的领地才是最具商业价值的区域。百年战争反映了英格兰商业资本的兴起，而同时期的苏格兰，却因为反复战乱，经济凋敝，尤其是英苏国境两旁的广大地区几乎化为荒野，工业和商业的发展都趋于停顿，仅依靠农牧业艰难度日，经济严重依赖羊毛、盐、煤炭等农矿产品的出口。但是进入16世纪后，随着欧洲诸国争端中的宗教色彩越来越浓厚，苏格兰和法国开始渐行渐远，和英格兰则因为同样信奉新教逐渐走近。1645—1745年，英格兰、苏格兰、爱尔兰三国发生百年战乱，又一次将苏格兰拖进了战争的泥沼，苏格兰也自此失去了法国、荷兰等天主教市场。从1695年开始，反常气候使苏格兰粮食大面积减产甚至绝收。这场历史上著名的大饥荒使苏格兰人口减少了15%。1707年，苏格兰被迫与英格兰合并，这是苏格兰王国在万般无奈的情况下以出卖自身独立性为代价——不再保留独立国家、取消苏格兰议会——以换取英格兰的经济贸易开放合作。因此，早期移民加拿大的苏格兰人，确实会比英格兰人更贫穷，而苏格兰向外移民的高峰也往往在大饥荒、战乱时期，同时苏格兰后裔更能坦然面对自己的祖先是穷苦的劳动阶层这一事实，他们也更倾向在加拿大这片新土地上保存重视农牧的传统。

英格兰商业传统和苏格兰农牧传统的对峙，体现在钱德利家族和弗莱明家族上，还表现出了另一种价值观的分化：前者强调社会等级关系，后者则恪守人生而平等。对于弗莱明家族而言，平等是一种源

[①] 1337—1453年，金雀花王朝统治的英格兰和瓦卢瓦王朝统治的法兰西之间因为争夺王位继承权爆发了百年战争。法兰西获得了最终的胜利并完成民族统一，英格兰丧失了几乎所有的法国领地，但这也促使英格兰民族主义的兴起。

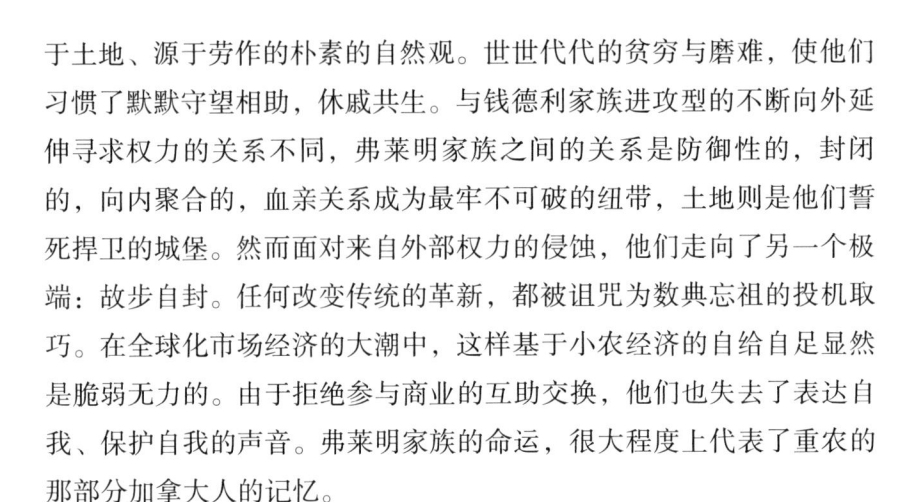

于土地、源于劳作的朴素的自然观。世世代代的贫穷与磨难，使他们习惯了默默守望相助，休戚共生。与钱德利家族进攻型的不断向外延伸寻求权力的关系不同，弗莱明家族之间的关系是防御性的，封闭的，向内聚合的，血亲关系成为最牢不可破的纽带，土地则是他们誓死捍卫的城堡。然而面对来自外部权力的侵蚀，他们走向了另一个极端：故步自封。任何改变传统的革新，都被诅咒为数典忘祖的投机取巧。在全球化市场经济的大潮中，这样基于小农经济的自给自足显然是脆弱无力的。由于拒绝参与商业的互助交换，他们也失去了表达自我、保护自我的声音。弗莱明家族的命运，很大程度上代表了重农的那部分加拿大人的记忆。

在加拿大，不仅是英语区苏格兰人的后裔，或是爱尔兰人的后裔，还是法语区的法国人的后裔，都是传统的农耕家庭，他们是乡村性的代表，占据加拿大最广袤的土地。但是长期以来，财富和权势都集中在代表着城市性的重商的英格兰后裔手中。从某种程度上来说，加拿大国内迟迟未能解决的英法两大族裔的矛盾，很大程度也是商业和农业在经济和政治生活中长期的不平等所埋下的种子。作为中心的城市通过不断的生产模式扩张，输出价值观，将乡村的地位降格至可忽略的边缘，并将这种不平等以文化的形式加以固定内化，语言则成了最具有象征意味的文化符号。商业的标准化城市语音成为一种身份的标尺，各具特色的地方口音，则被讥讽嘲笑，唯恐避而不及。当"我"的丈夫一接到疑似达格莱墟小镇的电话，便会以对待病毒的态度发出警告；任何偶然的地方表达（如 all out of puff，或 carrying the lard），都成了泄露一个人底牌的笑柄。这种强势文化对弱势文化的同化性冲击，即使在加拿大的法语核心区都能感受到威胁。钱德利家族与弗莱明家族的矛盾对峙，正反映了加拿大国内代表城市性的英格兰与代表乡村的其他族裔（苏格兰、爱尔兰、法兰西等）间的势力争夺。

美加对峙

如果考虑到空间意义上的象征性，作品中作为温哥华世家子的"我"的丈夫对于来自美国费城的艾瑞斯姨妈的排斥还具有国别层面

第四章 小镇文学：加拿大文化版图关键词

的深刻内涵。加拿大是后殖民国家①，无论是在"新法兰西"还是在英属北美时期，加拿大都是作为欧洲文明的边疆存在的。和美国的情况不同，加拿大更北、更遥远、更荒凉，更易让人感到孤立无援的胆怯和恐惧；最早的加拿大人亦不像美国移民那样"抱着一个具体的目的来到新大陆，而只是简单地逃离某些灾难，如饥荒、坏名声等。他们不想在加拿大开始新的生活，而是靠母国的家属、亲戚汇款度日……"（Malcome 68）无论是经济上还是情感上，加拿大都更依赖宗主国，需要通过仰望中心来确定自我的位置，通过复制母国的秩序来建设文明。在加拿大的国民想象中，作为权力和文化中心的欧洲就在他们的日常生活中触手可及：伦敦、巴黎、剑桥、滑铁卢、彼得堡等重要的欧洲城市名在加拿大的国家地图上随处可见。经济尚可的加拿大家庭还习惯于把子女送回欧洲接受教育。然而在现实中，美国早已取代欧洲成为全球变迁的中心。从某种意义上来说，美国的强势发展使得现代化几乎与美国化成为同义词。建立在大众消费文化基础上的美国价值观以一种骄傲的、全新的文化形态或生活方式向精英主义传统的欧洲文化发起猛烈攻击。（王晓德 48—67）作为美国的邻居，加拿大首先通过依附中心收获了经济的繁荣。② 美国和加拿大仿佛同胞兄弟，

---

① 加拿大的后殖民身份是一个颇具争议的话题。《剑桥文学指南：后殖民文学研究》（*Cambridge Companion to Postcolonial Literary Studies*，2004）就将加拿大排除在外，劳拉·莫斯（Laura Moss）在《加拿大是后殖民国家吗？摇摆不定的加拿大文学》（*Is Canada Postcolonial? Unsettling Canadian Literature*，2003）一书的导论中也认为有必要将澳大利亚、新西兰以及加拿大这样的殖民化进程主要表现为移民与定居的"侵略者移民国家"与印度、尼日利亚这些殖民化进程主要为"驱逐、掠夺、欺凌，甚至种族灭绝"的地区区别开来。加拿大学者大多更为认可自己的后殖民身份。如玛格丽特·阿特伍德就强调："加拿大是一个经济和文化殖民地，任何针对加拿大文学的批评和实践都无法回避这一事实。"（Ingersoll 35）笔者也较为认同后一种观念，尤其是考虑到加拿大在历史上曾先后沦为法英的殖民地，对加拿大后殖民身份的肯定有助于我们更好地理解"加拿大性"，即其文化身份的边缘性。事实上，关于加拿大的后殖民身份之争恰恰反映了加拿大文化身份"居于中间性"的含混和尴尬。

② 在门罗创作该篇的 20 世纪 70 年代，据统计，加拿大进出口额的 70% 是对美贸易，美国投资占加拿大外来投资的 78%，美国拥有一半以上的加拿大制造业、煤矿、炼钢以及石油和天然气工业，加拿大的人均 GDP 也由此跃居世界第三。

不但分享着现实的地理空间①,也分享着语言,甚至分享了历史,正是美国的革命同时成就了美国和加拿大的诞生。美国的强大对于加拿大来说是一种难以抗拒的文化诱惑,美国的电视、电影、广播、广告、报纸、小说、音乐不分国界,左冲右撞。② 对于加拿大,这种近在咫尺的关系既是资源又是威胁。遥远的中心和邻近的中心最大的区别在于,后者随时有可能将"我"吞噬。1812年美国曾有的"征服加拿大"的企图使得加拿大人对于美国始终心存警惕。加拿大必须时刻坚定不移地防范美国的文化入侵与文化同化。休·埃尼斯(Hugh R. Innis)在《美国化:七十年代问题研究》(*Issues for the Seventies: Americanization*,1972)一书中指出:"我们对我们邻居大人的存在和权势的认识是如此清醒,以至于加拿大人民的爱国主义与其说是亲加拿大的,倒不如说是反美国的更为确切。"(1)③ 如此看来,谨言慎行、壁垒森严的丈夫与口无遮拦、自由流动的艾瑞斯姨妈之间的对立,亦代表着加拿大传统社会中承袭欧洲的等级制度、精英文化与美国平民狂欢式的大众文化之间的一次正面交锋。

* * *

"居于中间"的"我"该如何选择?"我"看清了艾瑞斯姨妈身上夸夸其谈的肤浅,也无法忍受丈夫沾沾自得的虚妄,"我"无法投靠任何一方,"我"依然"在其外"。最后"我"以挑衅的姿态来处理这一境遇所带来的身份危机,通过对空间功能的挪用来获得一种反

---

① 75%的加拿大家庭居住在距离美国不到一小时车程的国境线上,越境购物是寻常事,每年的秋冬季有成千上万的加拿大老人去温暖的南方过冬。
② 在门罗创作该篇的20世纪70年代,加拿大影院95%的排片是好莱坞影片,报摊销售的80%是美国杂志,图书市场的70%是美国出版,收视时间的70%是美国制作,音乐排行榜的70%是美国歌手。
③ 1812年战争,美国进攻加拿大失利有着多方面的原因。一方面是因为相当数量的美国参战民兵不愿离开美国本土作战,另一方面是相比之下,加拿大民兵表现了出人意料的勇敢。英裔加拿大居民多数是美国独立战争后流亡加拿大的保皇党,在传统上忠诚于英国王室;而法裔加拿大居民是天主教徒,对美国的反天主教情绪一向厌恶。所以英裔和法裔加拿大人同仇敌忾,反对美国占领加拿大的企图,也增强了加拿大文化内部的凝聚力,这也是为什么埃尼斯会有如此评语。

第四章　小镇文学：加拿大文化版图关键词

向的自我肯定。"我"离了婚，回到多伦多重新开始，成为纪录片脚本写作的职业女性，薪水不高，却心平气和，通过记录、整理逝去的区域故事，得以重新认识自己的成长空间。地方旧报纸上的片言只语，那些曾经掩埋在历史缝隙中的事实碎片，逐渐呈现惊人的能量。原来曾经对中心的关注都是以漠视边缘为前提的，而一旦边缘获得公众的目光，它便拥有了自己的独立性，不再作为中心的依附而存在，甚至能对中心产生强大的挤压力。"我"意识到自身与生俱来的小镇性，并终于对此释然。从某种程度上来说，相对于高度城市化、商业化、现代化并且核心价值明确的美国，整个加拿大都是由一个个小镇构成的松散的聚合体，每个区域都拥有自己的叙事神话和伦理标准。体现在加拿大文学上，便是各具特色的地域文学压倒了统一的文学传统。① 处于"非中心"的加拿大正是通过张扬地域文学来抗拒同一性表述，包含在对立格局中的加拿大地域文学的核心精神，便是超越了边缘—中心的后殖民态度。从被动地被中心定义为边缘，到主动地安居边缘并挤压中心，门罗以作品中"我"的选择为全球化背景下的加拿大民族性建构设想出了某种可能。以杂糅包含矛盾，以差异取代同一，这也正是加拿大作为"小镇"的存在状态所决定的。

第二节　《沃克兄弟的牛仔》

《沃克兄弟的牛仔》（"Walker Brothers Cowboy"）是门罗厚积薄发的处女作《快乐影子之舞》的开篇故事，对全书的文化背景建构有提纲挈领的重要作用。在这个故事中，加拿大的社会整体正经历着经济大萧条的冲击，母亲和父亲各自的选择具有强烈的文化隐喻意义，象

---

① 有关加拿大不存在统一的文学而只有各具特色的地域文学的论述，可参见 W. J. Keith 的 *Canadian Literature in English* 与 Eva-Marie Kröller 的 *The Cambridge Companion to Canadian Literature* 导论部分，以及丁林棚《加拿大地域主义文学研究》的导论部分，黄仲文主编《加拿大英语文学简史》第 7 页等。

征着这个国家在历史方向上的选择。门罗再次构建了一种结构上的对位关系,突显了加拿大文化版图中长期存在的族裔与宗教马赛克问题,而这些历史遗存问题最后的现实指向,依然是英美影响之争。文化杂糅、"居于中间性"的加拿大,就像故事中的小女孩,必然受到不同的势力影响,在困惑中前行。

英国淑女

在《沃克兄弟的牛仔》中,有一位具有强烈阶级意识的"英国淑女"母亲。在故事伊始,母亲就为家庭阶级地位的没落而耿耿于怀:

> 生活将我们甩到了一条穷人街上(我们原来也很穷,但那没什么关系,那是另外一种现实的贫穷),就我母亲看来,唯一能够让她接受这一现实的方法,就是拿出尊严、忍住辛酸并且永不妥协。尽管现在我们有了独立的卫生间,有了带着四个爪的浴缸,还有自动冲水的马桶,可是她是不会为此感到安慰的。即便屋子里有自来水,屋子外有人行道也不行。现在我家能送到瓶装牛奶了,小镇上还有两家电影院,还有一家维纳斯餐厅,以及超级棒的沃尔沃斯平价商店,里头四角可都装了电扇,有真的活鸟养在那里唱歌,还有像指甲盖那么小的鱼,闪着月亮般的光芒,在绿色的水箱里游来游去。但是所有这些,母亲全都不在乎。(Munro, *Dance of the Happy Shades* 5)

这个乔顿家庭最主要的矛盾,正是母亲和父亲对于身份认识的巨大分歧。故事里,乔顿家的银狐农场刚刚破产,全家人因此搬到了特上镇的外郊。特上镇与门罗的家乡威厄姆镇很相似,是个人口稀疏、地理位置偏远、经济落后的老镇。尽管就单纯的物质条件而言,镇上各类公共设施齐备,生活条件要比在农场里好得多,可是母亲依然觉得整个家庭的社会地位是直线下降的,因为乔顿家庭自此从一个自给自足的小农场主家庭沦落为了一个给他人干活的雇佣工家庭。特上镇原本以农庄经济为基础,但如今旧日的经济模式已分崩离析,曾经体面的老房子都已破败不堪，新的工厂成为小镇的新中心，并不断扩张着势力范围。小镇的居民现在大多为工厂的雇佣工，镇上还游荡着很多失业的流浪汉，随时等待被补充进劳动力。

为什么母亲会坚持认为，只有独立农场的生活才体面与高贵，才更加道德与幸福呢？这是因为母亲遵循的是她的母国，英帝国的乡绅传统。在历史上的英国，12世纪末至16世纪初即封建社会中晚期，随着亨利二世改革、圈地运动与亨利八世宗教改革，英国农业资本主义与商业经济的迅猛发展导致了新财富的出现，英国乡绅运动也随之兴起。尤其是在16世纪30年代中期的教产还俗中，亨利八世大肆剥夺教会的地产，将其抛售，激起了新一轮大规模的圈地运动，而"乡绅从王室出售教产中获利最大，已经成为英国农村生活的脊梁"（Heaton 310）。和传统封建社会的小农经济不同，乡绅经济是农业资本主义。譬如，当时养羊业是前景可观的产业，拥有大量土地的乡绅阶级就普遍采取新的经营方式经营地产、放牧羊群、生产羊毛，或生产种植与市场联系的农产品，或出租土地。他们的整个生产活动是与市场交换紧密结合起来的。所以与其说他们是农场主，不如说他们是农业资本家。这种依靠新的经营方式崛起的乡绅阶级在英国封建社会晚期成为一股富有生机的力量。而国家对于新富者的积极吸收，尤其是官方纹章院1568年开始向新兴的社会人士开放申请，标准偏重于财富积累与社会能力而非家庭出身，也引发了所谓"荣誉膨胀"的现象，在城市里赚了钱的人往往要投资土地，加入乡绅的行列。因此，乡绅是一个开放的集团，它处在动态发展之中，并不断得到城市商人，将其作为工厂企业主和农村中富裕农民上层的补充。

另外，作为平民和贵族的中间阶层，乡绅的兴起是自上而下的，根本上是为维护旧日的社会等级制度而服务。乡绅文化所替代的是自亨利二世改革逐渐衰退的骑士文化，但是骨子里的贵族精神一脉相承：以土地财富为根本衡量标准，代表秩序感、社会感和幸福感。持有田地的乡绅阶级，就像一方土地的大家长，为当地的农户提供得以世代沿袭的体面的工作生活场所，由此维系整个社区阶级结构的稳定和道德规范的固化。但是资本主义工商业所采取的雇佣工制所代表的却是一种流动性，一种将人"物化"的计价模式，它会对现存的社会结构造成威胁，将"熟人社区"变成"生人社区"，同时会破坏原有的稳定的阶级分层。因此长久以来，在英国文化内核存在一种奇特的"反工业化"思潮：工业拥有财富，却得不到尊敬，被认为是"不得已的罪恶"，是代表着贪婪和物欲的怪物，不断吞噬着乡村的宁静和人类的良知，需要在精神层面被压制到最低程度。与之相反，旧时代的乡村则是一个安逸、宁静、处处充满明媚阳光和欢声笑语的和谐世界，乡村社会的精英——乡绅阶层则是高贵、有教养、富有道德感和同情心的"老爷"。在这种观念的影响下，从19世纪后期开始，崇尚田园、歌颂乡村成为英国文学及艺术领域的潮流。无论是狄更斯的小说还是奥斯汀的作品，都展现了英国社会在封建社会后期向资本主义工业社会的过渡阶段，乡绅与工商业间文化斗争的暗流。与传统的贵族制度结合更为紧密的土地被认为是一种"干净"的收入来源，与之相对应的工商业活动则被认为是"肮脏"的。

由于英国是完全通过和平与妥协的方式走上现代资本主义道路的——与其他的主要资本主义国家不同——所以它的工业化和现代化也是世界上唯一一个完全植根于本国土壤，未经历激烈的社会变革，未使社会及历史发展进程出现任何断裂的国家。这也使英国旧时代贵族的思想文化及价值观念得以比较完整地保留下来，并通过其作为优势阶级强大的社会影响力渗透到中产阶级乃至人民群众的思想意识和生活方式中。经过1832年议会改革和1846年《谷物法案》的废除，土地贵族向工业资产阶级交出了政治经济统治权，并部分接受了后者的生产经营方式，通过投资金融及工商业获取了大量的经济利益，巩固了自己的社会优势地位，工业资产阶级则心悦诚服地臣服于贵族的文化价值观，并按照后者的形象精心打扮自己，言谈举止和价值观念全部向乡绅及贵族阶级看齐。19世纪早期刚刚富起来的企业与商人家庭为了提升自己家庭与后代的社会地位，往往会大量购置土地，举家迁居到乡镇以加入"乡绅"阶级。他们不仅要通过拥有乡镇的房屋与

第四章 小镇文学：加拿大文化版图关键词

地产强化自身与土地和传统的联系，也要尽量削弱家庭原有的与"以自由流通为基础的带着铜臭味的工商业"的联系。当这些英格兰后裔移民至加拿大的土地时，他们亦把这种文化价值观带入了新环境。从这个角度考量，才能理解为什么故事中的母亲如此地为搬家感到难过。对于母亲而言，农场代表了一份独立的产业，一种拥有土地的自给自足的生活，它帮助母亲在心理上取得"乡绅阶级"的满足感，在精神上感受到帝国文明的余晖。

为了补偿精神上强烈的失落感，母亲一方面沉湎于往昔回忆，另一方面则刻意遵循英帝国的行为准则，以表达自己的阶级身份。母亲给自己定义了"淑女"（lady）的这一具有强烈的英帝国文化色彩的身份标签，时刻以"淑女"的标准要求自己。当母亲去镇上的食品杂货店买东西时，她是那样的全副武装，"她走得很从容，像淑女一样逛街，**像淑女**一样逛街"，而且当着人说话的时候"声调很高，感觉很骄傲，余音绕梁，有意地和街上其他的妈妈说话完全不一样"。(5)母亲这一"淑女"形象和田纳西·威廉姆斯（Tennessee Williams，1911—1983）在名作《欲望号街车》（*A Streetcar Named Desire*，1947）中所刻画的南方最后的淑女阿曼达有异曲同工之妙。① 和阿曼达一样，门罗笔下的母亲也徒劳无功地抓着往昔的虚幻记忆不肯放手，近乎偏执地坚持做"对"和"体面"的事情。她看不起自己的邻居：她们总是穿得那么随便，那么破烂。镇上唯一一个她愿意屈尊交谈的女人曾经是"一个学校老师，后来嫁给了一个管理员"（5）。母亲觉得那个女人和她一样，是个原本高贵却不幸沦落的可怜人。母亲甚至找理由阻止女儿和邻居家的小孩一起玩：她总是声称弟弟还小，姐姐得好好看护弟弟，于是把两个孩子都关在家里。母亲正是通过刻意地拉开与小镇其他"下等"居民的距离来保证家庭的"社会阶级地位"的。

---

① 1951年，根据《欲望号街车》改编的电影在北美大获成功，票房口碑双佳，同年门罗结婚并从西安大略大学辍学。门罗当时观看了电影并在创作上受到了影响。在另一个同样具有强烈自传性的故事《家传家具》（"Family Furnishings"，2001）中，叙述者——新一代的女性艺术家，曾经专门坐火车跑到多伦多去看《欲望号街车》。

与此同时，英帝国的"淑女"母亲也格外重视家中"衣服"与"食物"的质量，以此确保阶级品味。对于这两项最基本的生活要素，母亲几乎倾注了全部心力。通常而言，加拿大小镇的居民穿着都很简单，家庭妇女们"通常都穿着松松散散的没有腰带的裙子"去买东西。但是母亲却"穿上很好的裙子，海军蓝，点缀小花，配搭透明的紧身衣，里面是海军蓝的内衣。还有夏季的白色草帽，刻意斜斜地戴在头上，配搭白色的皮鞋……"（5）。母亲还把女儿也打扮得独树一帜。她把女儿的头发精心梳成"长长的大波浪，在头顶心还系上大大的挺括的发带"（5）。要想保持这种"淑女"着装可不容易，尤其是在经济萧条时期，需要母亲投入大量的创新力、执着度以及精力，才能在捉襟见肘的家庭条件下完成。所以在故事的开篇，母亲就在忙忙碌碌地缝补衣服。她将自己的几条旧裙子撕开，然后非常巧妙地拼拼剪剪，以便女儿在开学典礼的大日子能穿。除了准备新装，母亲有时候也会努力营造英国乡绅阶级的下午茶气氛，以便在家中培养一种传统。她从商店里带回奶油冰砖，回家和孩子们一边吃一边回忆原先在农场的悠闲时光——那时候全家确实会在下午喝一点儿茶。但讽刺的是，因为家里没有冰箱，怕冰砖化了，姐弟俩只有在客厅里"快速地把冰砖狼吞虎咽，屋子四周的墙壁给一切都笼上了一层阴影"（5）。那景象根本就不是悠闲，母亲用心良苦的努力最后变成了一个嘲讽。

　　尽管母亲努力向"淑女"的生活靠拢，但是象征了英国礼仪标准的"淑女"并没有帮助母亲摆脱加拿大艰苦现实的泥泞，反而成为她加于自身的孤立枷锁。以英国"淑女"为代表的英帝国的旧社会阶层模式是根本不可能在加拿大社会得到复制的。加拿大由于自然环境恶劣，其居民从社区建立伊始就分享了艰苦的生存状态，必须依靠共同的守望相助才能存活，所以加拿大社会一直都倾向于等级不明显的"无阶级社会"。因此，母亲的身份理想在加拿大的土地上确实是非常不切实际的，这也导致了母亲理想的最终幻灭。太过与众不同的母亲很快成为全镇的笑柄，最终郁郁寡欢、一病不起。母亲开始不断头痛，得经常卧床休息。她要求躺到树荫遮蔽的门廊里，"我抬头看到那些树，我就会觉得回家了"（6）。这些树的意象再一次隐喻了英帝国的乡绅传统。但母亲对于土地的热爱显然是镜花水月式的。当父亲建议母亲一块儿去看看他工作的那些乡村路线时，母亲表现得毫无兴趣，她拒绝去了解自己所处的真实环境——加拿大的真实土地。最后，母亲全部的生命活力也消散了，她丧失了自己的权力，她对于外界社会的抗争以彻底的失败告终。"淑女"母亲的疾病，代表了其生存状态的一种失衡，也暗示她意识中的不正常、不和谐。通过对"淑女"母亲的形象塑造，门罗似乎在暗示，在加拿大这片北方的土地上，传统英帝国文化的没落不可避免。

美国牛仔

不同于英国"淑女"的母亲，乔顿家父亲的身份理想则是"牛仔"。在家庭经济遭遇危难之际，他在沃克兄弟公司找到了一份推销员的工作，像一个勇敢的牛仔那样"把狼挡在了房门外"。作为全家人的经济支柱，父亲显然以更为实际的态度来接受生活的变迁。他并不拘泥于旧有的身份观念，也愿意顺应时势做出努力。当时是经济大萧条时期，数以千万的人失业了，即便是在镇上，工作机会也是少而珍贵。父亲因此有足够的理由为自己的工作感到自豪。但是，父亲将自己视为"牛仔"而不是一个普通的"推销员"或者"小商小贩"，这一点相当耐人寻味。"牛仔"其实是一个很美国化的概念。在美国历史上，他们是开发西部的先锋，他们富有冒险和吃苦耐劳精神，因此被美国人称为"马背上的英雄"。在层出不穷且水平参差不齐的西部片里，牛仔早已与作为象征和神话的美国西部一起得到永生，是具有英雄主义和神秘色彩的人物。牛仔精神也被认为是美国文化的核心所在，成为寓意深远的美国文化主题。因此，父亲想象中的"牛仔"身份实际隐含的是"美国梦"的理想。与此同时，父亲认为自己很"幸运"，因为他顺利地找到了工作。而父亲的一个老朋友，"住在布莱特福德镇的伊莎贝尔的丈夫，就已经失业很久很久了"（13）。这个"幸运"的概念也非常美国化：勇往直前的牛仔们凭借一点点的信念，一点点的运气，就能以弱敌强，以寡敌众。"幸运"因此几乎可以等同"美国梦"。①美国"牛仔"父亲显然相信，不管现在的情况有多糟，幸运的人依然会得到富足、自由与幸福的未来。不同于母亲对于英帝国文化的膜拜，父亲在文化精神上转向了一个截然相反的方向——他试图从新兴的文化中心"美国"寻求到精神庇护。

有趣的是，故事中的沃克兄弟公司在历史上确实存在，而且确实是一家美国公司，一度在加拿大的零售业非常有竞争力。作为沃克兄弟公司的牛仔，父亲选择了拥抱美国消费社会的文化价值观。在他的理想中，销售员就像一个文化信使。他把自己负责的销售地区称为"领地"，将自己的销售活动视为对疆土的巡视，他要走遍这块领地的每一个角落，为沃克兄弟公司尽可能多地卖出商品，将现代文明社会的科技结晶带给落后加拿大的居民们。父亲所推销的东西包括："咳嗽药水、补铁的保健品、鸡眼药膏、轻泻药、主治月经不调的药片、漱口水、洗发香波、伤筋膏药、护肤油膏，以及用来做软饮料的柠檬、橙子、覆盆子果汁浓缩液，还有香草、食物填色剂、红茶或绿茶、姜、三叶草，以及其他的辛辣调味剂，另外还有老鼠药。"（4）所有这些零零碎碎、新奇古怪的小玩意儿，其实并没有什么实际用途。它们所有的价值就是制造出了一种"科技创造美好生活"的幻象。出售幻象，就是销售员的法宝。

在美国西部片中，牛仔们通常都头戴墨西哥式宽檐高顶毡帽，腰挎柯尔特左轮连发手枪或肩扛温彻斯特来复枪，身缠子弹带，穿着牛仔裤皮上衣以及束袖紧身多袋牛仔服，足蹬一双饰有刺马钉的高筒皮套靴，颈围一块色彩鲜艳夺目的印花大方巾，骑着快马风驰电掣，形象威猛而洒脱。这是一种代表了典型的个人主义和自由精神的外在装束。而在现实中，父亲也带着西部牛仔片中的乐观主义情绪，相信漂亮的外表和幽默的谈吐就能塑造好形象，而好形象就能帮助他卖出商品。所以他在外出推销时总是将一套推销服装穿得整整齐齐，"一件白色的衬衫，在阳光下非常耀眼，系着领带，裤子很轻薄，是属于他

---

① 与"幸运"相对，阿特伍德用"幸存"来概括加拿大心理。

夏季装备的一部分,头上还戴一顶奶油色的草帽",这是父亲标准的销售行头。父亲努力使自己在各方面符合"牛仔"的形象要求。甚至还为自己的销售旅行编出了一首戏仿牛仔的打油歌:"老奈德·菲尔德,现在他已经死了,我替代了他,驰骋在旧的路线上……"(7)这首歌在故事中传递出一种嘲讽的情绪,似乎在预言一个旧传统的终结,并且为一个新时代的最终到来吹响了号角。

然而,当父亲尽可能地取悦潜在的客户,兴致勃勃地推销公司的商品,幻想着自己可以通过不断地卖出商品而获得巨大的经济成功时,他全然没有意识到自己已变成另一个自我,一个"表演"的自我。父亲能随意地根据不同的场合改变自己的态度,甚至变换自己的声音,从而操纵他的观众,"用温柔的声音应对看门狗,再换用热情洋溢感染人的声音让人给他开门"(8)。父亲显然很为自己的新技能感到自豪。工作结束后的他总爱兴致高昂地向母亲描绘一天的趣闻逸事,希望能得到母亲的肯定。父亲会在母亲的鼻子底下挥舞着某个想象的药瓶,再现推销时候的情景。"现在,夫人,您的生活是否正受着寄生虫的困扰呢?我是指,您孩子的头屑,出现在这个家庭美好未来一代的头上的爬来爬去的小东西,当然了,出于礼貌我们是不会提的。"(8)父亲的表演夸张、变形,就像巴赫金论述中的小丑一样,用故作文绉绉的用语表达出了最玩世不恭的情绪,创造出了既怪诞又富喜剧色彩的效果。从文化的象征层面而言,这种下里巴人式的狂欢态度极具美国的商业意味,它挑战了传统英国乡绅社会"得体"与"含蓄"的礼仪传统。这种夸张的"超现实"表演为父亲构建了一种乌托邦式的自由,让其得以在生活现实的重压下喘上一口气,但同时,也变成了一道巨大的鸿沟,隔开了父亲与身边人的距离。和英国"淑女"母亲一样,化身美国"牛仔"的父亲也倍感孤独,但他无法和母亲相互安慰。父亲的表演永远都得不到母亲的鼓励。当父亲高高兴兴地大声唱他的销售歌给母亲打趣时,母亲只是淡淡地说"这歌一点儿都不好笑",到了最后才"不情愿地笑了"。世界观的差异使得父亲和母亲之间的话题越来越少,原本相爱的两个人日渐疏离与陌生,乔顿家庭也在物质与精神的双重贫穷中走向了无法回头的困境。

不仅如此，整个加拿大社区，似乎都对父亲美国式的乐观充满了敌意。父亲去农家推销的时候，突然间一盆水就从楼上浇了下来。那些紧闭的屋门，那些冷冰冰的回答，也无一不冲击着父亲"乐观"的底线。那么，为什么当地社区不欢迎像父亲这样的沃克兄弟公司的牛仔呢？从实用角度而言，当时加拿大广袤的乡村与小镇还是以自给自足的小农经济为基础，而父亲售卖的那些小商品，是以"美国化"的标准被公司宣传为文明社会、现代生活以及身份地位的标志的，加拿大的普通农户对此并不会轻易买账，尤其是在经济大萧条的背景下。那里的农夫都不是身单体弱需要保健品的人，也没有闲钱去买那些花哨的食物调味剂，因为他们没有举办舞会或喝下午茶的传统。加拿大的农户是否真的需要这些小巧的药片和精致的食物来制造"美好生活"的幻觉呢？答案显然是否定的。更为重要的是，社区的敌视还有着深层的文化心理因素。1812年美国曾有的"征服加拿大"的企图使得全体加拿大人对美国始终保持警惕，加拿大必须时刻坚定不移地防范美国的文化入侵与文化同化。正因为历史上不愉快的记忆对于加拿大人的文化心理产生了复杂而深刻的影响，因此美国的沃克兄弟公司售卖的那些小商品也很容易被当作美国"科技侵略主义"的象征，因而在加拿大集体无意识的层面受到抵制。因此，农户们不喜欢的并不是父亲个人，他们不信任的是父亲所代表的"沃克兄弟公司的牛仔"的美国文化身份，传递的是对美国文化的某种警惕性。

天主教女人

在乔顿一家之外，门罗在故事中还设置了另一个女人的存在，一个被放逐的"他者"。这是一个充满象征意味的人物：父亲年少时的爱人诺拉。诺拉的身份信息在叙述中极为隐秘。某一天，父亲离开了生病的英国"淑女"母亲，也离开了自己的美国"牛仔"领地，他没有驱车开向日照地（Sunshine），相反的，他穿越过一片荒凉地带，来到了位置偏僻的诺拉的农场。当故事的叙述者，父亲的女儿在诺拉的客厅墙上看见了一幅圣母玛丽的画像时，她立刻意识到"这种图片

第四章 小镇文学:加拿大文化版图关键词

只会在罗马天主教的屋子里看到,那么诺拉一定也是了"(14)。这是女儿第一次进入天主教徒的屋子,尽管还是在懵懂无知的年龄,她依然马上记起小镇长年累积的对于罗马天主教家庭的敌意,一种隐而不发的猜忌:"我们从来都没怎么好好认识罗马天主教徒,比如说相熟到可以进他们的屋子,我想起在顿格伦的奶奶和缇娜阿姨,原来总是会指指点点地说谁谁谁是天主教,他们会说,谁谁谁怎么怎么上错了路。"(14)在 20 世纪 30 年代以清教为主流的安大略社区,天主教显然是一个被孤立的不和谐因素。事实上,直到门罗的那一代,在整个以清教徒为主的安大略地区,这种对天主教的敌意和排斥依然非常普遍。这种情况也被门罗忠实地记录在了《沃克兄弟的牛仔》中。

正因如此,当时的新教徒和天主教徒之间的通婚也是被禁止的,或者至少是不受鼓励的。这解释了在故事中,长老会教的父亲当年为什么没有娶年少时的爱人诺拉,就因为她是天主教徒。父亲最后娶的是身为英国国教徒的母亲。值得注意的是,诺拉虽然信奉天主教,但她的身份亦不是法裔加拿大人。实际上,她的名字诺拉,是一个很普遍的爱尔兰天主教女孩的名字。[①] 这个文中的重要文化暗示,对于欧洲文化背景之外的中国学者来说其实很难把握。诺拉并不是作为法裔加拿大人的代表而存在的,门罗所希望在故事中真实展现的加拿大区域文化背景的多重性,实际远比概念中简单的英法裔二元对立复杂。历史上,加拿大的爱尔兰裔天主教群体比法裔天主教徒更为孤立和隔绝。在他们的母国爱尔兰,天主教徒占全国人口的90%以上。爱尔兰是全球天主教徒比例最高的国家,甚至超过了意大利(天主教教皇的居住地梵蒂冈即位于意大利首都罗马城)。而作为近邻,爱尔兰和英国之间有着几百年的历史恩怨。1171 年英王亨利二世统治了爱尔兰,此后爱尔兰一直被英国剥削压制;1534 年亨利八世改英国天主教为新教,但爱尔兰保留了天主教;1570 年伊丽莎白被罗马教廷开除教籍后

---

① 感谢加拿大多伦多大学历史系的海伦·哈登(Helen Hadden)教授和麦克马斯特大学的洛兰·约克(Lorraine York)教授向笔者指出了这一重要的文化线索。

加大了对天主教徒的迫害，最终在1594年引发了英格兰在爱尔兰的九年战争。英国军队奉行的焦土政策加剧了爱尔兰人与英国人的仇恨，而这种敌对和不信任的情绪也被他们的后裔远渡重洋地带到了加拿大的土地。在加拿大的现实中有很多类似小说中的故事。2008年，在距离门罗家乡威厄姆镇不远的汉密尔顿市上，人们在拆迁一所旧房子的老墙时发现了一盒信件，其内容揭示了第一次世界大战期间士兵阿瑟·伊凡斯和一位16岁女子安妮·麦卡努提之间隐秘的罗曼史。由于安妮出身于爱尔兰天主教家庭，安妮的后人认为，就是此原因才让她最终把信藏在了墙里。这些信件后来被作为加拿大区域文化的重要证据在加拿大博物馆展出。而这样的宗教派系间的疏离，正是门罗所熟悉的安大略，是她那个年代真实的加拿大。

在故事中，诺拉一家的农场所处地理位置非常偏僻，几乎与世隔绝，显然是被当地新教社区边缘化的存在。诺拉四十多岁，始终未婚，一个人赤手空拳地支撑着家庭农庄，照顾着双目失明的老母亲。她是男性力量和女性娇媚的奇怪统一体。当叙述者第一眼见到她的时候，诺拉正穿着灰暗粗笨的工作服和跑鞋，留着短短的黑发，笑起来露出白白的强有力的牙齿，像男人一样的强壮，自给自足，看上去和镇里的其他家庭主妇截然不同。但一见到父亲来访，诺拉又迅速地换上了色彩绚丽、印有似锦繁花的裙装，散开了头发，喷了香水。尽管父亲拒绝了诺拉的跳舞邀请，她还是倔强地一个人和着留声机翩翩起舞。这一幕深深地触动了作为叙述者和观察者的女儿。她在诺拉孤独而放肆的舞蹈中体会到了后者对于严峻现实的抗争和坚持，她也注意到了屋子的贫穷：一尘不染的房间，认真擦洗过的家具表面，带着一点点酸腐的味道。这样的描述让读者联想起短篇小说《钱德利家族和弗莱明家族》中有关弗莱明姑妈们的生活环境：乡村的加拿大，以及与城市对立的重农传统。

* * *

在门罗写作的那个特定的历史年代，加拿大文化正到了一个至关重要的三岔路口。作为一个历史背景、宗教传统、民族成分和经济特点都极为复杂的移民国家,加拿大的区域文化版图是在各种族裔传统的碰撞中伴随着政治权力的博弈而达成的脆弱平衡。一方面,占统治地位的新教与天主教之间的对峙与冲突,以及新教内部不同教派之间的差异与摩擦,都使得加拿大缺少高度一致的民族认同感,很难完成符合共同利益的民族文化的同一化整合。另一方面,在加拿大所面临的文化安全困境中,美国成为最重要的外部危机。与强大的美国为邻,美国"天命论"的威胁始终存在,具有强同化力的美国文化的诱惑和渗透也从未停止,因此加拿大民众对于美国的警惕心反而团结、统一了加拿大。年轻的加拿大,正如故事里成长中的女儿,面对着英国"淑女"(母亲)、美国"牛仔"(父亲)、天主教他者(诺拉),感受到一种文化身份杂糅的尴尬,在不同的影响力下左右摇摆,充满困惑。她将成长为何人,往何处去,这就像未来的加拿大文化版图走向,门罗为读者设置了一个意味深长的留白。

第五章
女性艺术家成长小说：加拿大身份与文化认同

"身份认同"是加拿大文学的母题。但是如果要给加拿大的身份加上一个性别限定，那么加拿大可以被视为女性国家吗？夏洛特·胡佛（Charlotte Hooper）曾经写过一本有趣的书，书名叫作《男性国家：男性气概、国际关系和性别政治》（*Manly States*：*Masculinities*，*International Relations*，*and Gender Politics*，2012），其中她将很多国家做了性别分类，美国是无可置疑的男性国家。虽然书中并没有讨论加拿大，但加拿大似乎可以归于另一性别。阿特伍德不止一次做过同样的性别暗示。在她著名的《幸存：加拿大文学主题指南》一书中，阿特伍德认为加拿大的身份属于"被压迫的少数者"，以及"被剥削"的受害者。加拿大著名的文学评论家琳达·哈钦在她 1988 年的《加拿大后现代主义》一书中也提出："加拿大民族寻求文化身份，女性主义者也寻求一种明确的性别身份，两者具有异曲同工之处，都是对自身'殖民地的'存在，对占据统治地位的文化势力具有一种既承认又反抗的矛盾性……这类文化表现的共同主题是孱弱、受难和孤立，以及某种矛盾的或者含混不清的情感。这种情感使得加拿大人民与女性都显得开放、容忍、易于接受外来事物，但有时又愤世嫉俗。"（Hutcheon，*The Canadian Postmodern* 6）哈钦还引用了劳娜·埃文（Lorna Irvine）的论点，即"'女性声音'无论是在政治上还是在文化上，都能够代表加拿大的人格"，以及"在国家层面，男性的侵略性通常是和美国类比在一起的，而英国则代表了殖民地传统里令人窒息的势力。"（6—7）在研究加拿大的后殖民主义身份问题时，女性主

第五章 女性艺术家成长小说：加拿大身份与文化认同

义的批评理论往往能为批评家带来一种情投意合的惊喜。

从另一个角度来看，对于一个成长中的新兴国家，加拿大就像"一个处于青春期而浑身不自在的青年"（Toye 815），描述青年、探讨青年的主题也因此在这个国家的文学作品中占据了重要地位。成长小说（Bildungsroman）以主人公成长经历为主线，把人生视为一个演变的过程，聚焦主人公从童年至青少年至成年在生理、心理、道德等方面的成长，凸显个人与环境的冲突并揭示成长过程中具有普遍意义的人生哲理——与加拿大"身份追寻"的主题不谋而合。而艺术家成长小说（Künstlerroman）作为成长小说的一个分支，则以敏感、慎思的艺术家主人公（作家、画家、雕塑家、舞蹈家、音乐家等）的成长为主线，描述其如何最终达到生理、心理及审美与艺术表现力的全面成熟。代表作是詹姆斯·乔伊斯的《一个青年艺术家的画像》（*A Portrait of the Artist as a Young Man*，1916）。对于加拿大文学而言，当乔伊斯的都柏林土地变成了加拿大具有女性特征的"边缘之地"时，"女性青年艺术家的画像"就变成了加拿大文学中一个意味深长的标杆文类。女性艺术家文类不仅与这个新兴国家渴望确立自我艺术原则的追求不谋而合，更重要的是，它表达了国民集体记忆中的那种回旋往复的自我建构过程。

作为带着"加拿大作家"标签的女性作家，同时是偏好自传体写作的作家，门罗对于"女性艺术家成长小说"这一模式情有独钟。就文化象征而言，小镇女孩奋力逃离窒息环境之类的主题特别适合表达加拿大国家层面的那种女性拟人的"受害者"意象；就现实原型而言，诸如此类的女性对身份与价值的自我追寻也正是作家亲身所真实经历的时代浪潮。正如琳达·哈钦所言："女性必须首先定义她们自身的主体性，才能反过来对其质疑；必须首先坚持她们被主导文化否认的那个自我。"（Hutcheon, *The Canadian Postmodern* 6）尽管如此，但必须指出，门罗从来都不是激进的女权主义者，她与英国的伍尔夫，与本国的阿特伍德之间具有显而易见的区别。门罗不以理论批评见长，而仅以细腻的女性视角感知她所在时代中加拿大妇女觉醒与社会政治变革的涓涓暗涌。正如拉斯博瑞克（Beverly Rasporich）在《两性之舞：艾丽丝·门罗虚构作品中的艺术与性别》（*Dance of the Sexes: Art and Gender in the Fiction of Alice Munro*, 1990）的前言中指出，门罗是凭借"对于社会历史与社会心理学的敏感性，以精准无误的描绘栩栩如生地记录下北美20世纪40—50年代具有普遍性的小镇……其笔下主导的女性叙述视角，于众多女性读者而言，实为一部现实主义的社会心理编年体。它源自小镇历史，旨在反抗传统性别角色的禁锢，以求在一个现代的、城镇化的新环境中获得独立和成熟。"（xii）作为加拿大民族寻求文化身份的一个隐喻，门罗的女性艺术家小说不仅以文学手段记录"变化中的女性社会历史"（xii），更旨在揭示当时加拿大社会中基于阶级身份的隐秘的性别政治与文化谱系，揭示那种结构性压迫与被压迫者的权力斗争。

第一节 《乞女》

《乞女》最初发表于1977年6月的《纽约客》上，1978年收录于《加拿大最佳短篇小说》（*Best Canadian Stories*），同年短篇小说集《你以为你是谁？》出版，以相互独立的十个小故事讲述了20世纪50年代的南安大略小镇女孩萝丝离家求学，结婚生子，又出走家庭的故事。故事中萝丝最终经历了生活的历练与情感的洗礼，成为经济独立、事业有成的新女性，具有典型的女性主义文学色彩。这部短篇小说集为门罗赢得了第二个加拿大总督文学奖，在美国登上了畅销榜，在英国则进入了布克奖决选名单。其中，《乞女》为承前启后的第5个故事，在全书占据中心地位。1979年推美国版时，加拿大版书名"你以为你是谁？"所携带的浓烈的加拿大式反讽让美国编辑颇感文化不适，最终美国版改选"乞女"作为全书名，即《乞女》[①]。该插曲

[①] 《乞女》全称为《乞女：弗柔和萝丝的故事》。

不仅表明了《乞女》这一短篇的重要性，亦突显了美国与加拿大截然不同的民族文化心理。在脱离上下文的情况下，美国版书名隐射着"美国梦"的某种乐观基调，即穷苦的女性凭借美德幸运地摆脱出身局限，赢得王子垂青。尤其是美国版书封也选用了《乞女》故事中所提到的拉斐尔前派（Pre-Raphaelite Brotherhood）画家爱德华·伯恩-琼斯（Edward Burne-Jones, 1833—1898）的名画《科菲拉国王和乞女》（King Cophetua and the Beggar Maid），正如罗伯特·撒克所评，美国版打造了"顺从的中世纪之风，暗示着某种骑士风度的罗曼史"（Thacker, Alice Munro: Writing Her Lives 359）。美国版实际上弱化了门罗原本设定的女性主义视角，转以男性视角替换，使得作品表面看起来更像是一个传统灰姑娘的故事。而这种源于市场与出版需要的改动，本质是美加文化差异的体现。"你以为你是谁？"这样的诘问平实有力，具有典型的加拿大社会文化的烙印，强调了"新女性"在加拿大话语环境里所面对的某种秘而不宣的压迫模式。作为受到加拿大激进民族主义运动与女性主义二次浪潮洗礼的一代，门罗对于加拿大女性问题的思索，是深邃而扎根本土的。她在处理"女性艺术家的成长"这一中心主题时，忠实地表现出了加拿大经验的妥协性。只有在加拿大彼时彼地的女性文化视域下，才能更好地理解《乞女》中的女性主义思想。

"奖学金女孩"

《乞女》聚焦第二次世界大战后加拿大女性在追寻自我价值的道路上所承受的经济与传统文化的多重压力。这个故事具有很强的自传性：劳动阶级的萝丝以"奖学金女孩"的身份进入大学，意外地与来自上层阶级的富家子帕崔克相爱。门罗从英国文化研究学者理查德·霍加特（Richard Hoggart, 1918—2014）著名的"奖学金男孩"（"scholarship boy"）的概念中得到启发，挖掘出加拿大"奖学金女孩"群体这一特殊的观察视角。霍加特在《文化素养的运用：工人阶级生活面面观》（The Use of Literacy: Aspects of Working Class Life, 1957）中首次提出"奖学金男孩"的概念，指出这样的身份标签暗示了一种文化背景的劣势，因为大部分奖学金男孩都来自下层劳动阶级家庭，仅凭借超乎常人的学习天赋才得以进入大学学习。霍加特一针见血地抓住了"奖学金男孩"最为重要的文化特征，即"情感上被从自己原有的阶级中连根拔起，倍感孤独"。在霍加特看来，这一群体具有显著的矛盾双重性：既希望保留原有阶级的根，又介意自己的背景，渴望与劳动阶级原本的群居属性分道扬镳。（291—304）当这一概念旅行至加拿大的历史语境中，英国的"奖学金男孩"变成了加拿大的"奖学金女孩"。这种变化映射了战时与战后加拿大社会的性别结构改变：年轻的女性知识分子大量涌入劳动力市场，以填补男性劳动力的短缺，她们成为当时加拿大社会最为重要的文化符号之一。

在门罗的故事中，"奖学金女孩"萝丝离开了落后的家乡小镇，进入西安大略最大的中心城市伦敦（London）生活。伦敦毗邻伊利湖，是当时整个西安大略的金融中心，亦有很多重要的工业、商业及制造业，交通四通八达。这个城市宛如英国伦敦的缩影，也有一条"泰晤士河"，一个"海德公园"，连主街也叫"牛津街"——都是时任"上加拿大"（即今天的安大略省）的首任总督约翰·格雷福斯·西姆科（John Graves Simcoe，1752—1806）将军在1793年亲自取名的（"No. 11681" 1）。历史上伦敦也一度被作为"上加拿大"的首都重点发展。①至故事中萝丝生活的时代，伦敦整体是个富裕、有序且保守的城市。萝丝就读的西安大略大学始建于1878年，当时已发展成为全加拿大规模最大的大学，亦是加拿大著名的"老四校"成员，早在19世纪就与麦吉尔大学、多伦多大学一起跻身世界百强，一度排名在多伦多大学之前。西安大略大学尤其具有强大的垄断性金融财团背景，是加拿大自1870年起新工商贵族及其家族培养后备人才的重要基地，在整个加拿大及泛北美地区的保守党—垄断性金融财团联盟中拥有巨大的影响力。因此，在第二次世界大战之前，西安大略大学

---

① 后受到1812年美加战争的影响，伦敦作为"上加拿大"首都的计划才最终作罢，被排名第二的多伦多取代。

第五章 女性艺术家成长小说：加拿大身份与文化认同

是典型的加拿大上层保守社会的权力后备场，崇尚的是精英教育的理念。如果不是因为第二次世界大战结束后出于时政的需要而使大学规模迅速扩大，如果没有奖学金政策的支持，像萝丝这样的劳动阶级出身的女孩是根本不可能进入西安大略大学与身为财团继承人的帕崔克相遇的。

在门罗的笔下，"奖学金女孩"虽然凭借智力离开了落后的家乡小镇，敲开了高等教育的大门，进入了繁华的大都市，但她们的未来依然黯淡不明。萝丝在经济上先天具有脆弱性和依赖性。她"只有靠奖学金支付她的学费，靠（家乡）小镇提供的奖励金买她的书，用300元的助学金做生活费；就那么多了。"（Munro, *The Beggar Maid* 73）因此，"奖学金女孩"们别无他选，必须勤工助学。因此，她们在学校的食堂打工，"帮那些智力上不如她们的但是家庭富裕的同学打煮鸡块或者油炸鸡"（73）。萝丝站在"奖学金女孩"的立场，自觉地站在了西安大略大学普通学生的对立面。她时刻都能感受到一道巨大的鸿沟，阻挡她在无忧无虑的大学社交生活之外。这种自我贬抑的身份限制影响了其对"奖学金女孩"这一特殊群体的人生态度。萝丝觉得为了得到工作，就必须丢弃"愚蠢"的敏感和自尊，心甘情愿地被"蒸汽桌，制服，问心无愧的、诚实的、辛苦的工作，众所周知的聪明和贫穷隔离起来"（74）。她们是被贴上标签的，谦卑的，必须谨言慎行，一举一动都要符合社会对于"奖学金女孩"的期许，比如面部所呈现的表情必须是"柔光灯下的谦顺感激的微笑"，典型的长相应该是"弯腰驼背的主妇型的"（73）。生存的压力使得萝丝很快遭遇了身份认同的危机；也正是在这时，萝丝遇见了帕崔克，并发现了一种新身份的可能性：乞女。

乞女

故事开篇，门罗就揭示了"奖学金女孩"萝丝和财团继承人帕崔克之间复杂而微妙的感情。

　　帕崔克·布拉奇福德爱上了萝丝。这份感觉挥之不去，让他很是困扰。对于她而言，则是长久的惊讶。他想娶她。他等她下课，跑进她的教室跟在她后面，随便什么人和她聊天都无法忽视他的存在。站在她的朋友或者同学的边上，他并不加入谈话，但是他会试着和她目光交汇，这样他就能以一副冷静怀疑的表情告诉她自己对那些谈话的真实想法。萝丝确实感到受宠若惊，但也很是不安。她的一个朋友，一个叫南希·福尔斯的女孩，有一次在他面前不小心把梅特涅①给读错了。他后来对她说："你怎么能和那样的人交朋友？"(68)

帕崔克和萝丝的爱情一开始就涌动着危险的暗流，预示着两人的未来并不会一帆风顺。门第差异是现实存在的壁垒：一个是贫穷的来自西汉拉提镇的乡下女孩，另一个却是在温哥华岛豪宅里长大的富家公子哥。敏感的萝丝始终能感受到压力，一种说不清道不明的不安。她试图向帕崔克解释，或者说警告，他们之间真实存在的鸿沟："我们来自两个完全不同的世界……我的亲友都是穷人。你会觉得我生活的地方就是贫民窟。"结果帕崔克的回答让萝丝大为出乎意料：

"但是我很高兴，"帕崔克说，"我很高兴你是贫穷的。你太可爱了。你就像乞女一样。"

"谁？"

"科菲拉国王和乞女。你知道的。那幅画啊。你难道不知道那幅画吗？"(78—79)

这是"乞女"的典故第一次在故事中出现。萝丝之前不知道科菲拉国

---

① 梅特涅（Klemens Wenzel Nepomuk Lothar, Prince von Metternich-Winneburg zu Beilstein, 1773—1859）1821年起任奥地利帝国首相，曾在欧洲形成以"正统主义"和"大国均势"为核心的梅特涅体系。

第五章 女性艺术家成长小说：加拿大身份与文化认同

王和乞女，不知道爱德华·伯恩-琼斯，不知道拉斐尔前派。①她的成长背景不可能有古典艺术的熏陶。诸如此类日常生活的小小谈话总能暴露出两人因阶级差异而导致的文化品位的不和谐。萝丝后来偷偷去图书馆里找到了那幅画，看到了乞女"身姿是柔顺而性感的，她害羞的双脚是雪白雪白的。她如牛奶一般顺滑，展现了她的无助与感恩"（80）。这个孱弱而顺从的形象让萝丝感到了危险，但她无法抗拒帕崔克，因为作为"奖学金女孩"的她，也"会需要一个那样的国王"（80）。

在很大程度上，帕崔克对"乞女"萝丝的爱慕源于其内心的"骑士"幻想。作为一种古老的欧洲传统，源于中世纪的骑士等级制度在文化层面代表了光荣、勇敢、奉献的"男性"美德。帕崔克和萝丝的相识即源于图书馆里的一次英雄救美，帕崔克从此成为萝丝的护花使者。仔细考量帕崔克的精神世界，不难发现他也具有与拉斐尔前派一脉相承的理想主义气质。他是反工业化与商业化的。作为一个庞大的零售帝国唯一的男性继承人，帕崔克无心去子承父业，去读金融、管理或者工程技术，而是选择了人文的根基学科：历史。遇见萝丝时他正攻读历史系硕士研究生，立志成为学者。但他的理想总被家人冷嘲热讽，被批评没有尽到长子的义务，这让帕崔克极度孤独苦闷。正因于此，"乞女"萝丝的适时出现排遣了他心底的边缘感，驱散了其潜意识中对自己"不够男子气"（81）的恐惧。在帕崔克的心目中，萝丝的迷人之处就在于其作为"乞女"的弱势。他想象中的完美女性正如伯恩-琼斯画笔下不食人间烟火的"乞女"般，优雅、柔弱、倦怠，静止的时态……换言之，"乞女"是一个存在于象征界的空洞的容器，是帕崔克男性骑士美德的投射物。

另一次，当帕崔克向萝丝倾诉衷肠时，他使用了另一个与"乞女"异曲同工的表述："你不知道我有多么爱你。有一本书叫《白女

---

① 爱德华·伯恩-琼斯是拉斐尔前派最重要的画家之一，崇尚对15世纪意大利文艺复兴初期的回归。伯恩-琼斯极少直接表现现实题材，强调古典主义的高贵女性、天使、神和英雄。《科菲拉国王和乞女》是其最有名的一幅作品，1884年被《泰晤士日报》评为"英国人画得最好的一幅画"。

神》。我每次看到那本书都会想起你。"(81)"白女神"的名字来源于罗伯特·格瑞夫斯（Robert Graves）的《白女神：诗学神话的历史语法》(*The White Goddess: A Historical Grammar of Poetic Myth*, 1948)，她是掌管出生、爱情与死亡的女神，其文化内涵和母亲神很相似。西蒙·德·波伏娃在《第二性》中，同样曾使用"女神"这个词来解释女性权力在古文明中的误导性神话：

> 黄金时代的女性只是一种传说。说女性是"他者"意味着在两性之间没有相互平等的关系：大地、母亲、女神——她在男性的眼中并不是同类；只有在超于人类范畴的地方她才能确立权力，因此女神也是属于人类范畴之外的。社会总是属于男性的；政治权力也总是在男性的手中。"公共权力或者只是社会权威都往往是属于男性的"，列维-斯特劳斯①在他原始社会研究的结尾这样说。(Beauvoir 328)

由此，帕崔克口中的白女神也只是"他者"，是女性"柔顺、孱弱"的另一种隐喻，和"乞女"别无二致。

因此，尽管沉迷于爱河之中的帕崔克总是卑谦地追随在萝丝身旁，尽管表面上帕崔克和萝丝的关系就像《科菲拉国王和乞女》中所表现的一样，乞女端坐于上方，国王则处于一个较低的位置仰望着，但萝丝潜意识下总能强烈地感受到帕崔克对她的影响和控制。帕崔克始终坚持独立于萝丝的文化场域之外，"他并不加入谈话"，同时任何人"都无法忽视他的存在"(Munro, *The Beggar Maid* 68)。当"乞女"萝丝成为帕崔克的"凝视"之物，她的身份便不再是主体性，而是客体性的，是受到帕崔克思想限制的非独立个体。帕崔克的青睐使得萝丝感到"受宠若惊"，她不自觉地开始丧失自己的思想，转而迎

---

① 列维-斯特劳斯（Claude Lévi-Strauss，1908—2009），法国作家、哲学家、人类学家，结构主义人类学创始人，法兰西科学院院士。

合帕崔克的价值标准，以帕崔克的目光来评价周遭的世界。帕崔克的挑剔从来都不直接针对萝丝，却无时无刻不在提醒萝丝她出身于劣势的阶级文化背景。不管帕崔克是如何谦卑地向萝丝表白心中的爱意，萝丝还是能够敏锐地察觉到他"确实拐着弯儿承认了她的幸运"（81）。这种基于经济基础的文化上的居高临下，最终破坏了两人真诚的爱情。萝丝与帕崔克交往的始终，控制与反控制的权力斗争从未停止。

失败的女权主义抵抗

从女权主义的角度来看，生性桀骜不羁的萝丝对于帕崔克的男权中心思想一直都有抵抗，她并不甘心接受帕崔克的角色分配，做他的"窈窕淑女""落难的灰姑娘"。表面上，萝丝胆大妄为、无惧无畏，甚至取得了对中规中矩的帕崔克完全的掌控力。因为帕崔克对待爱情的低姿态，萝丝觉得仿佛是自己拯救了帕崔克，而不是帕崔克拯救了她。她在自我意识中开始对权力有了渴望，像是"某些放肆的残忍的事"。萝丝甚至有戏弄、伤害帕崔克的冲动——她要尝试自己的权力。萝丝曾故意在韩恩肖博士家的后门，非常主动地与帕崔克接吻。"她对他很厚颜无耻。当他亲吻她的时候他的双唇非常柔软；他的舌头相当害羞；与其说他是抱着她，不如说他是瘫倒在她身上，她觉得他一点力量都没有。"（81）潜意识里，萝丝扮演了一个施虐狂的角色，即只有通过伤害侮辱对方才能获得快感。萝丝由此颠覆了弗洛伊德（Sigmund Freud，1856—1939）建立于"阴茎崇拜"（Phallus）的男权主义理论，即认为受虐态度是女性性别角色与性反应天生的一部分。萝丝不自知地想要反抗的，正是被社会所建构的性别角色分配，由男性占据主导与优势的社会权力体系。

萝丝同时渴望分享帕崔克所拥有的物质资本。她逐渐褪去"奖学金女孩"时期的谨小慎微，转而变得高调虚荣，内心涌动着莫名的炫耀冲动，享受成为焦点，享受在众人面前的表演；而过去看不上她的人也确实纷纷向她示好。萝丝的陶醉感在帕崔克买给了她一枚订婚钻戒后达到了顶峰。但这些光环都只是表象。很快，萝丝就发现门第的差异,某种基于原生家庭和生活方式的文化劣势是无法摆脱的阴影。门罗经典的并置对位的叙述结构在《乞女》中再次出现,即"帕崔克带萝丝回家","萝丝带帕崔克回家"。"拜访城市"与"拜访乡村"的两次努力都以失败告终,暴露出两个阶级之间难以跨越的文化资本差异。

帕崔克家拥有百货商店连锁集团,属于加拿大的上流社会,住在传统的富人区——温哥华岛的大房子里,"到处都是引人注目的大尺寸以及不同寻常的厚度。毛巾很厚,地毯很厚,刀和叉的把手也很厚。到处都弥散着一股令人不安的绝对的奢华"(86)。萝丝家与此相对,坐落于偏僻的汉拉提小镇下城区边缘处,"在西汉拉提,从上至下的构成是小工厂的工人,铸造厂的工人,到大量的穷人家庭,比如酿私酒的,妓女,还有不成功的小偷什么的"(6)。帕崔克家大房子自带的权威气场让萝丝倍感压抑。"在那屋里待了一天时间左右,萝丝就觉得泄了气,手脚无力。她拼起力气拿起刀叉;那些炙烤得恰到好处的牛肉却让她不敢切割,难以下咽;她几乎连爬上楼梯都气喘吁吁。她以前从来不知道有些地方会如此让人感到窒息,完全地扼杀生命力。"(86)而在萝丝的家中,帕崔克也紧张地打翻了餐桌上的番茄酱瓶子,也同样不适应、难以下咽。"帕崔克厌恶质地粗糙的食物,也毫不掩饰自己的倒胃口。桌子上铺了一块塑料桌布,他们就坐在日光灯管下面吃饭。"(89)在文化场域的压力下,萝丝原本的自信与反抗精神瞬间灰飞烟灭,她不可避免地对原生家庭的生活方式感到失望羞愧。"她没法像弗洛、比利·坡普以及所有汉拉提镇的乡亲那样带着乡音说话。那乡音现在无论如何都让她觉得刺耳,似乎那不仅仅是指不同的发音方式,而是一整套谈话的方法……通过帕崔克的眼睛看他们,通过帕崔克的耳朵听他们,萝丝也觉得难以理喻。"(89—90)相类似的表述在故事《关系》中也出现过。正如法国著名社会学家皮埃尔·布尔迪厄(Pierre Bourdieu,1930—2002)在《区隔:品味判断的社会批判》(*Distinction: A Social Critique of the Judgment of Taste*,1979,1984)一书中所总结的那样,语言与政治、权力之间存在一种不可分离的联系。语言不仅仅是一种交流的工具,也是一种权力的中介，正是通过语言，个体才得以扩张个人的利益，显示个人的能力。（Bourdieu，*Distinction* 169—207）决心舍弃她的汉拉提小镇方言时，她也决心与自己的出身决裂，这是痛苦的蜕变。原本成为"奖学金女孩"的萝丝已在文化层面上远离了出身的阶级，而今作为"乞女"的她进一步在情感上背弃了自己的根。

最后萝丝突然单方面向帕崔克宣布分手的举动，貌似神经质的心血来潮，实际却是她对"乞女"这一性别角色的最后抵抗。为了"拯救"萝丝，骑士风范的帕崔克决定自我牺牲，放弃历史系的学业深造机会，转而接班父亲的生意，以便能有足够的经济能力迎娶萝丝。萝丝对此很是矛盾。接受帕崔克的牺牲，就意味着对女性独立人生与独立人格的放弃。基于阶级的差异，她内心对这场爱恋的未来并不确定，而因为不自信，她也迫切需要检验自己的权力。通过让帕崔克心醉或者心碎，萝丝得以体验"白女神"生杀予夺的权力。但她的妥协性在于，像白女神一样，她所拥有的权力其实是虚幻的，只是帕崔克权力的反射，就好像月亮的光完全地来自太阳一样，萝丝是客体，而帕崔克才是主体。在和帕崔克短暂分手的那一天时间里，萝丝很快意识到，一旦失去帕崔克，她会瞬间被打回原形，失去现在所拥有的一切，成为众人的笑柄，她得找工作养活自己，而那些能提供给贫穷女性的工作前景黯淡，她将永世不得翻身。她现实的经济状况并没有太多选择和机会："无论如何，她不过是一个奖学金女孩。"（Munro，*The Beggar Maid* 97）源于文化资本的劣势与妥协决定了萝丝女权主义抵抗的失败。

族裔—阶级—文化谱系

从文化谱系的角度来看，帕崔克与萝丝的家庭在加拿大亦具有文化典型性。两个家庭的社会阶级差别同样指向了英裔加拿大社群内部由于历史因素的族裔分裂。萝丝家族是爱尔兰后裔，即在土豆饥荒时期逃离至英属北美洲的爱尔兰农民后裔，在英裔的族裔等级阶梯中居于底层。居于顶层的英格兰裔祖先则多是在18世纪后期至19世纪初期为了逃避工业革命引发的经济动荡才迁移至此，天然具有工商传

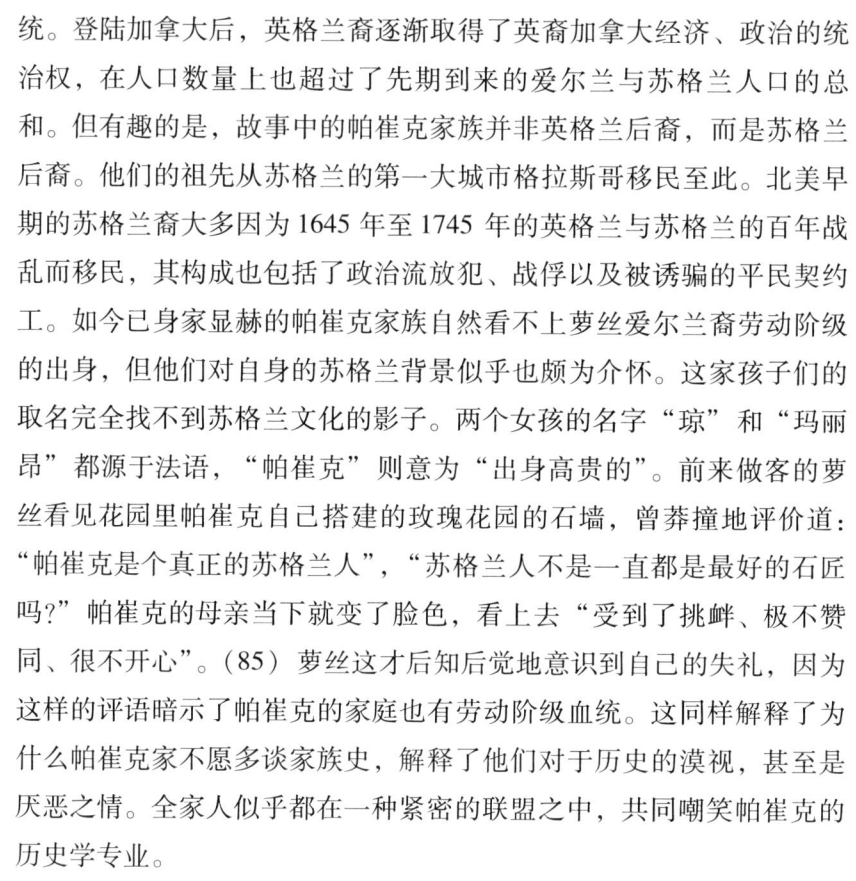

统。登陆加拿大后,英格兰裔逐渐取得了英裔加拿大经济、政治的统治权,在人口数量上也超过了先期到来的爱尔兰与苏格兰人口的总和。但有趣的是,故事中的帕崔克家族并非英格兰后裔,而是苏格兰后裔。他们的祖先从苏格兰的第一大城市格拉斯哥移民至此。北美早期的苏格兰裔大多因为1645年至1745年的英格兰与苏格兰的百年战乱而移民,其构成也包括了政治流放犯、战俘以及被诱骗的平民契约工。如今已身家显赫的帕崔克家族自然看不上萝丝爱尔兰裔劳动阶级的出身,但他们对自身的苏格兰背景似乎也颇为介怀。这家孩子们的取名完全找不到苏格兰文化的影子。两个女孩的名字"琼"和"玛丽昂"都源于法语,"帕崔克"则意为"出身高贵的"。前来做客的萝丝看见花园里帕崔克自己搭建的玫瑰花园的石墙,曾莽撞地评价道:"帕崔克是个真正的苏格兰人","苏格兰人不是一直都是最好的石匠吗?"帕崔克的母亲当下就变了脸色,看上去"受到了挑衅、极不赞同、很不开心"。(85)萝丝这才后知后觉地意识到自己的失礼,因为这样的评语暗示了帕崔克的家庭也有劳动阶级血统。这同样解释了为什么帕崔克家不愿多谈家族史,解释了他们对于历史的漠视,甚至是厌恶之情。全家人似乎都在一种紧密的联盟之中,共同嘲笑帕崔克的历史学专业。

从某种意义而言,"奖学金女孩"萝丝与爱上了"乞女"的帕崔克都对原生家庭有所反抗,但"乞女"萝丝成了"如芒在背"的阶级背叛者,帕崔克却并不需要脱离本阶级的舒适圈。帕崔克不用努力去融入萝丝父母的阶级,他依然可以肆意嘲笑"乡下人"的土与俗,但萝丝正相反。在西安大略大学生活的时候,为了不与环境格格不入,她就得去卖血买衣服,而为了去见帕崔克的家人,她卖了更多的血。然而不管她如何费心地打扮,她的穿着还是显得很土气,完全是"一个乡下姑娘对于打扮的概念"(86)。值得注意的是,由于嫌弃别人贫穷通常被认为"缺乏礼貌",帕崔克的家人转而批评起了萝丝的品味。"你骑马吗?""你玩帆船吗?""你打网球吗?高尔夫呢?"(86)帕崔克的姐妹对于其运动爱好的拷问让萝丝完全乱了阵脚。两个阶级生活的巨大差异也因此显露无遗。布尔迪厄在《区隔：品味判断的社会批判》中指出，运动是一种带有强烈阶级特征的实践活动，就好像吃什么或者买什么一样。（Bourdieu, *Distinction* 208—225）所有的选择都是社会建构的。帕崔克的姐妹对于运动的关注标志了上层阶级与劳动阶级品味间的差异。在两次"带另一半回家"的努力中，双方家庭都尽量礼貌地接待访客，但文化气场上的不协调确实是显而易见的。

加拿大女性主义的第二次浪潮

作为"奖学金女孩"，萝丝代表着加拿大女性主义第二次浪潮的主体。由于第二次世界大战时期男性劳动力的短缺，加拿大政府曾在政策和舆论上大力推动女性劳动力入市，甚至成立了全国征兵女子部，招募单亲母亲或是尚未生育的年轻妇女。至1944年加拿大的劳动市场上，已有超过100万的全职女性。战争结束后，加拿大政府开始调整政策以便腾出工作岗位给退伍的男性，社会舆论重新希望女性回归家庭。但女性解放的历史进程已是不可逆转，战后职业女性的人数依然在不断增长。普通家庭的女性若想逃避"农场女佣"的命运，就要努力通过教育改变自身的命运。正是这群像萝丝一样的"奖学金女孩"构成了加拿大女权主义运动第二次浪潮的主力军。她们背景相似，大多为加拿大本土出生，劳动阶级家庭，智力一流，有能力也有强烈的意愿去超越原本的阶级局限而获得更多的权力。

与此相对的，是萝丝在西安大略大学求学时期以"奖学金女孩"的身份免费寄居的恩主、退休教授韩恩肖博士。韩恩肖博士是加拿大女权主义"第一次浪潮"的楷模。"第一次浪潮"发生在19世纪末20世纪初。由于早期的加拿大女性被禁止参与男性的传教活动，女性建立了自己的传教圈，以便在社会中发挥文明教化的作用。她们集资培养了自己的女性传教士、老师、医生，以此为基础，力求加强女性在公共事务中的角色参与度，进而追求女性在投票权、受教育权以及法律层面上完整的人权。作为这一群体的典范，韩恩肖博士恰好横跨着传教士、医生与老师的三重文化背景，拥有国际化的视野与高度的公共话语权：她的父母是学医的传教士，她本人出生在中国，她作为退休英语教授非常有影响力，一度在"本市的学校董事会做过领导，还是加拿大社会党的创始成员。她现在还在委员会名单里，常给报纸写写信，评论评论书什么的"（Munro, *The Beggar Maid* 69）。韩恩肖博士事实上走在时代之前分享了男性的权力；这同时暗示了她非比寻常的阶级背景。第一批加拿大职业女性通常都出自上流社会、富裕的欧洲移民家庭，接受传统的欧洲精英主义教育。她们工作并不是出于某种谋生的需要，而是为了将自己从母亲与家庭主妇的传统女性角色中解放出来。但是，在取得了职业成功与社会权力的同时，韩恩肖博士也在一定程度上丧失了传统的女性特征：她终身未婚，没有生育。作为自身女性身份缺失的一种补偿，韩恩肖博士挑选"长相好看"的"奖学金女孩"与她同住，对她们施加影响，以期在她们身上"复制"自身。萝丝正是这样被她选中的。

然而，正因为文化谱系的差异，在日常生活方式与思维习惯上，加拿大女权主义"第一次浪潮"和"第二次浪潮"的主体存在某种鸿沟。当萝丝离开家乡进入大学搬进韩恩肖博士的家，她不但完成了地理意义上的迁移，也完成了社会意义上的迁移，剧烈的文化冲击不可避免。萝丝在韩恩肖博士精致优雅的家中最重要的一个领悟，就是社会基于财富标准的阶级性。而在此之前，她完全不知道有工人阶级的存在，不知道自己就隶属于工人阶级。摆设在韩恩肖博士房子里的每一件物品都是高雅文化的代表，处处反衬出萝丝父母家的低俗品味和窘迫经济："她（韩恩肖）的房子很小很精致。一尘不染的地板，光彩夺目的地毯，中国的古董花瓶、瓷碗和风景画，黑色的漆雕屏风……萝丝只知道，不管是这些东西还是那些东西，它们都和弗洛从两元廉价店里买回来的东西是完全不一样的。"（70）萝丝被韩恩肖博士家中优越的文化环境吸引，但同时对背叛了自己原本的阶级而感到羞愧不安。当萝丝的审美力最终超越了出身时，她感到无比孤独，因为她已在文化上被连根拔起。

尤具讽刺的是，就像寓言故事中杀死恶龙的勇士身上也长出了鳞

第五章 女性艺术家成长小说：加拿大身份与文化认同

片一样，已功成名就的韩恩肖博士在与"奖学金女孩"的关系中复制了男权对待女性的控制欲。她时刻不忘提醒萝丝的阶级身份："'你是一个奖学金学生，萝丝，'韩恩肖博士会说，'你会对这个感兴趣的。'然后她就开始大声地读一些报纸上的东西……韩恩肖博士总是主导着谈话的内容。她评政治，讲作家。她谈论了不起的弗兰克·司各特与桃乐丝·利富赛。她认为萝丝一定得读他们的作品。'萝丝一定得读这个，萝丝一定得读那个。'"（70）

在韩恩肖博士的控制下，那些曾经寄居在其家中的"奖学金女孩"，"大部分最后都做了老师，然后成了母亲。有一个成了营养学家，两个是图书馆员，还有一个是英语文学的博士，就好像韩恩肖博士一样"（72）。这些都是第一代女权浪潮范围内的传统女性职业。但是萝丝"不希望，也不乐意，真的就那样地定义自己"（72）。她不喜欢别的"奖学金女孩"的谦卑、柔顺以及永远的处女属性，她渴望性别解放的激情与能够掌控命运的自由，"她就是想唱反调"（70）。韩恩肖博士最终成为催化剂，促使心生反抗的萝丝放弃了"奖学金女孩"的身份而选择成为帕崔克的"乞女"。

* * *

作为加拿大女权主义第二次浪潮时期的代表人物，萝丝在身份问题上表现出来的摇摆性与妥协性揭示了加拿大某个特殊历史时刻，女权主义群体内部的文化分裂与所面对的政治挑战。门罗将西方文化中的经典女性美德概念与文化研究中的阶级视角相并置，从而深刻地揭示出女性作为"弱者"处境的根源：无论在经济还是在文化上都无法取得独立。萝丝一度被困在阶级文化的"中间地带"而无所归依，但她最终走出了家庭，努力以自己的艺术性再创作去完成对于现实状态的超越。《乞女》思索两性的不平衡，文化惯习的压力，也预言了女性将在不断妥协中最终淬炼成长。这是"女性艺术家的成长"，也是门罗的女性主义态度。

第二节 《家传家具》

短篇小说《家传家具》创作于门罗写作的第50年，是其艺术成熟阶段的代表作，几乎一经发表就获得了评论界的高度赞誉。[①] 罗伯特·撒克指出在这个故事中，"一位六十多岁的事业有成、备受赞誉的门罗，回顾自己年轻时是如何坚决地走上了创作的道路。门罗塑造了一个如芒在背（harrowing）却始终目标明确的叙述者，不禁让人联想起1951年的作家本人，那一年她正准备离开伦敦，放弃大学学业，回家结婚。"（罗伯特·撒克43）莫娜·辛普森（Mona Simpson）在书评《一位沉静的天才作家》（"A Quiet Genius"，2001）中也注意到《家传家具》同时具有强烈的自传性和高度的艺术家创作改编性，这一双重特征几乎已成为门罗个人的审美符号。而德雷尼（Bronwyn Drainie）同样对叙述者"如芒在背"的特征印象深刻，戏谑地将其称为"冷血青年艺术女婊的自画像"（"Portrait of the Artist as a Cool Young Bitch"）（"Relationship Roulette" 22）。在大洋彼岸，法国的门罗研究专家柯林·比戈（Corinne Bigot）则提出该作品具有隐藏的"元小说"（metafiction）特征，即小说中的艺术家在创作小说的过程中探索艺术对于生活的借用和升华，探索艺术自治的哲学问题。回到加拿大本土，克里斯汀·卢卡斯（Kristin Lucas）认为《家传家具》的这种"元小说"特征，这种对现实主义和后现代主义的融合而非二元对立，在很多加拿大短篇小说中都有迹可循。（Lucas 35）

《家传家具》所描写的是一个女性艺术家的成长故事。年少的女孩曾经被小镇新女性艾尔弗莱达姑妈吸引，长大后来到城市求学的她

[①] 门罗一共出版过两本精选集，1996年出版了第一本精选集，即《精选故事集：1968—1994》，2014年11月出版了第二本精选集，即《家传家具：精选故事集：1995—2014》。《家传家具》被选择为书名同名作品，其重要性可见一斑。

立志成为一名作家，却刻意疏远了姑妈——自己曾经的领路人。两代女性艺术家之间秘而不宣的传承、纽带与最终的隔阂、决裂耐人寻味。《家传家具》并不是一个简单的女性艺术家"弑母"的故事，它具有高度的自传性，是即将进入古稀之年的作家对那个时代的女性艺术家所必经之路的回顾性沉思。

老一代"新女性"

艾尔弗莱达姑妈是典型门罗风格的老一代"新女性"。这个角色让人联想起作家在二十年前创作的《钱德利家族和弗莱明家族》中的艾瑞斯姨妈，以及故事中其他的城市姨妈。她们都是叙述者幼年的仰望对象与性别榜样，但艾尔弗莱达是最具艺术家气质的。她是专栏撰稿人，名字每周三次出现在城镇报纸上。虽然内容不过是软广告，很是矫揉造作，艾尔弗莱达却乐在其中，似乎在以一己之力引导潮流风尚，向当时道德保守、物资匮乏、生活无趣的家庭主妇们介绍优雅、个性的新世界。她也是专栏《弗洛拉·辛普森主妇》的匿名撰写人之一，每天都会收到大量主妇来信，并以"弗洛拉"虚构性身份帮助回复家长里短。虽然永远都不能署上真实姓名，她依然觉得自己傲立于传统城镇女性庸碌的精神世界与现实生活之上。职业似乎赋予了她特殊的权力。作为职业女性、城里人，她带着一种居高临下的优越感，看起来也比家族里的同龄人更年轻，仿佛"女性艺术家"的标签自带美容功能，可以由内而外地提升个人的气质和气场。

与艾尔弗莱达相对的是《家传家具》中的乡镇主妇们，甚至也包括"我"的母亲。乡村的女性似乎总恪守着"女子无才便是德"的道德规范，以标榜"无知"而骄傲。

> 姑妈们则对自己有那么多事情不知道或者说不需要关心而感到自豪。我的母亲虽然做过老师，能从地图上轻松地指出所有的欧洲国家，但是她似乎对一切事物的理解都带有个人感知的困惑，唯有大英帝国和皇室耸立在她世界的上空，而其他任何事情都显得渺小，被弃于混乱的盲山中，她看不见。（Munro, *Hate-*

ship, Friendship, Courtship, Loveship, Marriage 93）

在幼时的"我"眼中，姑妈们是愚昧的，而母亲是混沌的，她们都缺少智慧，对于这个世界的真相漠不关心，唯有艾尔弗莱达仿佛是熠熠生辉的女神，热情，有风度，充满了个人魅力，让人心生向往。她可以自由地与父亲谈论世界大事和政治。那些传统意义上属于男性的严肃话题，在乡村的世界原本对女性来说是一种禁忌，但是艾尔弗莱达是例外，而且她比男人更加睿智。"我"的姑父们，虽然"也有他们的观点，但是很简单、大同小异，对所有的公众人物尤其是外国人永远都存怀疑的态度，所以大部分的时间都是在抱怨唱反调"（93）。而艾尔弗莱达并不抱怨。她的处理方式是"嘲讽"，典型的属于艺术家的修辞偏好。在她的影响下，"我"也开始戏仿姑父，破除权威。"我"模仿得惟妙惟肖，连父母也被逗得忍俊不禁。父母一反常态地容忍了"我"的出格，这让"我"第一次感到自己被视为独立的人格："我像一个客人一样自在地坐在桌子旁，几乎和艾尔弗莱达一样自由，由着性子炫耀自己。"（97）艾尔弗莱达正是让叙述者走上"艺术家女性"之路的启蒙者。

在20世纪30—40年代，艾尔弗莱达显然在文化上过于超越了自身的环境，即文化保守的加拿大乡镇社区。因此，虽然在"我"家受到欢迎，但艾尔弗莱达和其他的亲戚总是关系别扭。她总是在夏天来访，"来吃饭的时候，其他亲戚从来不来。她也去看望我的祖母，就是她的姨妈，她妈妈的姐姐……（但）她也从来不和他们一起吃饭"（96）。"我"家是个安全的中间地带，一端连接了艾尔弗莱达游牧者般的五光十色的城镇生活，一端则维系着以农耕为基础的加拿大乡镇的传统道德规范。在"我"家，艾尔弗莱达拥有超乎传统性别角色限定的特权，也使原本受着传统礼教束缚的每一个人变得青春活泼。十五六岁的"我"有一次故意当着父母的面和艾尔弗莱达一起抽烟，父母一改常态，居然没有发怒。

第五章 女性艺术家成长小说：加拿大身份与文化认同

他们假装认为这是在开玩笑。

"啊，看看你的女儿。"母亲对父亲说。她翻了个白眼，手捂着胸口，用夸张的痛苦的声音说："我快要晕了。"

"马鞭拿出来了吗？"父亲说着，从椅子上半抬起身。(88)

这里门罗巧妙地借用了一个旧故事的典故。在故事《皇家暴打》中，同样天性温良、爱好读书的父亲为了息事宁人、安抚母亲，拿出鞭子简单粗暴地抽了女儿一顿。而那个故事中的母亲之所以被激怒正是因为女儿随口编的一段不雅童谣，里面的粗俗用词违背了小镇的道德规范。但在《家传家具》里，虽然"我"做了比说粗话更糟糕百倍的事，却清楚地知道：父母的怒气都是假装的。"那一刻太妙了，仿佛艾尔弗莱达把我们变成了新人类。"(88)

他们的回应是如此大度、优雅，真的好像我们三个——母亲，父亲，和我自己——都被提升到了一个新的境界，轻松自如又沉着冷静。在那一刻，我发现他们——尤其是母亲——原来也具有一种乐观轻快的天性，我过去几乎从未见过。

一切都是艾尔弗莱达的功劳。(89)

这个家庭原本不得不和小镇保守的道德规范保持步调一致的拘谨，瞬间全都烟消云散，前所未有的轻松和谐照耀着这个家庭。

为什么父母会以"默许"的方式如此纵容家族"逆女"艾尔弗莱达呢？要深刻理解这种特殊的宠溺，就不能将短篇小说孤立地阅读。《家传家具》是镶嵌在整个门罗高屋上的一颗宝石，和作家所建构的其他故事相映生辉。门罗笔下的加拿大小镇家庭，正如现实中的门罗母家，并不是传统的农耕家庭：父母都具有一定教育背景和文化素养，住在小镇与乡村的边缘地带，经营相对新潮的产业（比如养狐场）。作为"新女性"艾尔弗莱达最重要的同盟，母亲很容易让人联想到门罗真实的母亲安妮，一位曾靠着借款读完师范学校，然后一路

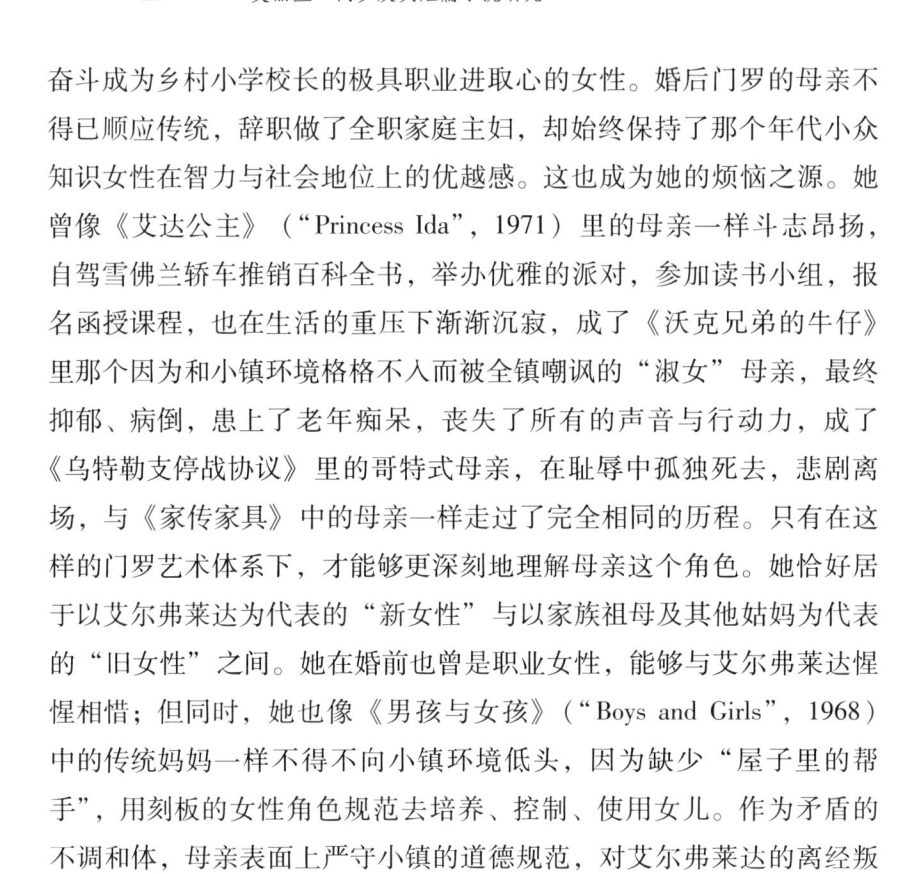

奋斗成为乡村小学校长的极具职业进取心的女性。婚后门罗的母亲不得已顺应传统，辞职做了全职家庭主妇，却始终保持了那个年代小众知识女性在智力与社会地位上的优越感。这也成为她的烦恼之源。她曾像《艾达公主》（"Princess Ida"，1971）里的母亲一样斗志昂扬，自驾雪佛兰轿车推销百科全书，举办优雅的派对，参加读书小组，报名函授课程，也在生活的重压下渐渐沉寂，成了《沃克兄弟的牛仔》里那个因为和小镇环境格格不入而被全镇嘲讽的"淑女"母亲，最终抑郁、病倒，患上了老年痴呆，丧失了所有的声音与行动力，成了《乌特勒支停战协议》里的哥特式母亲，在耻辱中孤独死去，悲剧离场，与《家传家具》中的母亲一样走过了完全相同的历程。只有在这样的门罗艺术体系下，才能够更深刻地理解母亲这个角色。她恰好居于以艾尔弗莱达为代表的"新女性"与以家族祖母及其他姑妈为代表的"旧女性"之间。她在婚前也曾是职业女性，能够与艾尔弗莱达惺惺相惜；但同时，她也像《男孩与女孩》（"Boys and Girls"，1968）中的传统妈妈一样不得不向小镇环境低头，因为缺少"屋子里的帮手"，用刻板的女性角色规范去培养、控制、使用女儿。作为矛盾的不调和体，母亲表面上严守小镇的道德规范，对艾尔弗莱达的离经叛道与愤世嫉俗假装绝望与厌倦，但实际上却是她最有力的支持者。而在母亲病倒、去世之后，艾尔弗莱达就与"我"家渐行渐远了。

　　家庭的男性，"我"的父亲，也是以门罗的父亲罗伯特为原型的，同时与《半个葡萄柚》（"Half a Grapefruit"，1979）中的父亲一脉相承。他们都从事体力劳动，但和女儿有着秘而不宣的文学联盟。艾尔弗莱达能在"我"的家被接纳、被欢迎，起因也源于父亲：她是父亲的直系表亲，从小情投意合。父亲欣赏艾尔弗莱达"艺术家女性"的气质，在餐桌上能像对待其他男性那样平等地待她；和艾尔弗莱达在一起，父亲也变得更放松。但父亲和母亲一样是折中主义的。譬如，父亲虽然读报、听收音机，在公开场合却总是对时政装聋作哑。另一次，艾尔弗莱达嘲笑父亲的书只是装饰品，父亲并不反驳，尽管那并不属实。"父亲说对，他的确没有读。他的语气也带着不置可否与轻

第五章　女性艺术家成长小说：加拿大身份与文化认同

蔑，好像是她的同盟军。当然一定程度上他说谎了，因为他其实是会看那些书的，虽然有时隔很久，但只要他有时间还是会读的。"（101）父亲不只是对艾尔弗莱达撒谎，他其实在对自己的内心撒谎，因为在普遍务实的、"棒打出头鸟"的加拿大小镇社区，文学爱好并不务实，而不务实是一种罪恶。无独有偶，《半个葡萄柚》里，父亲同样公开赞扬妻子的大字不识，同样警告女儿的阅读野心，同样害怕直面本心。"最大的问题在于她集合并发展了他自认为自己最坏的一种品质。他自己那样辛苦地去克服、去压抑的东西，却明明白白地在她身上表露了出来，而且她还压根儿就不想去反抗。"（Munro, *The Beggar Maid* 48）正因为父亲无法跳离旧文化的禁锢，他能给予艾尔弗莱达"新女性"身份的支持相当有限。

　　在一定程度上，"新女性"艾尔弗莱达是对传统加拿大社区"理想女性"和"体面生活"的偏离。在20世纪30—40年代风气保守的加拿大，女性的定位主要还是妻子和母亲，性别规范牢牢钳制着她们的活动范围。婚前可选择的职业寥寥无几（比如教师、护士），婚后则自然而然地辞掉工作，专心相夫教子，比如门罗的母亲和故事中的母亲。故事中艾尔弗莱达一直被称为职业女孩（career girl）。"女孩"这个称呼是一种限定，即她的职业只是伴随其单身的阶段性产物，一旦结婚成为女人（woman），她就得放弃工作；而作为"艺术家女性"的她则很难找到合适的合法伴侣。这种情况也让人联想20世纪到70年代初刚刚结束婚姻重返安大略的作者本人，门罗同样创作过很多故事记录那段贫困、绝望与混乱交织的日子，譬如《西蒙的运气》（"Simon's Luck"，1979）。而这种私生活的"不合规"，使得"艺术家女性"的标签在传统社区更加声名狼藉。不断偏离人生路线的艾尔弗莱达最终丧失了父亲和母亲的支持：当她开始与有妇之夫同居时，裂缝产生了。"父母在这件事上是一致的。母亲对于不合常规的或招摇的两性关系——任何性关系，可以说，只要是合法婚姻不认可的——感到恐惧，父亲在他生命的那个阶段对这个问题也很严肃。当然了，他也许对任何能掌控得了艾尔弗莱达的男人都有特殊的反感。"（Munro,

Hateship, *Friendship*, *Courtship*, *Loveship*, *Marriage* 98)"我"家的大门也关闭了,老一代的"新女性"艾尔弗莱达成了那个时代的被驱逐者。

新一代"新女性"

作为新一代"新女性"的代表,故事的叙述者走了一条截然不同的道路:通过奖学金读大学、融入大城市、通过婚姻完成阶级跳跃——门罗女性艺术家成长小说的典型元素。她确实曾经很不近人情甚至颇为势利,因为有机会去城市读大学,就逃离了小镇,逃离了生病的母亲、贫穷的父亲、年幼的弟妹,还多次拒绝艾尔弗莱达的好心邀约,慢慢与她断了联系。她迅速以新朋友为生活重心,交往富有的男友,并在第二个学年结束时辍学结婚,故事发展与《乞女》如出一辙,也和作家自己的生活轨迹并行不悖。那么,究竟是什么导致了新生代女性艺术家的"忘本"呢?

和《钱德利家族和弗莱明家族》类似,《家传家具》在叙述上也采取了"来访"与"回访"的平衡结构。这种经典的门罗叙述模式,便于比对加拿大城乡在经济与文化上巨大的差异。当叙述者以回望性视角回忆她家曾经的访客情况时,她认识到"我们家缺乏经常的社交生活……这或许是阶级的关系"(89)。嫁入豪门时的叙述者,跟着公婆大宴宾客、盛装出席下午茶与鸡尾酒会,一点点学习与自己所出身的世界截然不同的社会规则,并由此获得对阶级的顿悟。而在此之前,初进大学的她也已经随着眼界的打开、周围群体文化层次的提升、自身审美能力的飞跃,直觉地感受到自己与艾尔弗莱达之间巨大的文化差异。

艾尔弗莱达姑妈所代表的老一代的艺术家女性并没有接受过大学的教育。师范(中专)或高中毕业,已经是那个年代劳动阶级家庭的女孩所能够获得的最高教育。而出生于20世纪30年代、成长于40年代、读大学于50年代的新生代女性艺术家,则是伴随着加拿大战时与战后社会性别结构的巨变而启航的。战时由于男性劳动力短缺,年轻女性大量涌入劳动力市场以填补空缺;战后又因时政的需要,大学规模迅速扩大，加拿大广袤乡村地区的女孩第一次大规模地获得了受高等教育的机会，得以在原本是精英阶层文化俱乐部的大学校园一展风华。这批"奖学金女孩"前所未有，成为战后加拿大社会最为重要的文化符号之一。一方面，她们凭借个人的才智迅速提升文化修养与审美能力，比老一代的艺术家女性具有更高的"品味"；另一方面，她们也更敏锐、更具批判性，能首先感受到阶级差异的刺痛。这种差异不仅仅是经济上的，更是文化资本层面的。

"文化资本"这一文化概念最早由布尔迪厄提出。布尔迪厄认为文化和社会等级、仪式制度、机构设置等日常生活的方方面面须臾不离，文化资本被总结为"一种属于文化正统的品味、消费方式、社会属性、技能和判断的价值形式"（Webb x）。它就像一只无形的手，能够操控"象征性暴力"（violence symbolique）。战后加拿大社会同样处于重要的变革和转型时期，表面上不断扩大化的高等教育规模福泽众生，使更多本处于阶梯底层的社会成员拥有了阶级上升的渠道，但教育对等级结构的再生产、复原和巩固的基本功能并没有实质上的改变。高校教育通过"文化训导"（discipline of culture）对学生进行"心智训导"（discipline of mind），将统治阶级的价值体系分嵌入学生的心智系统。

正因为"文化资本"的隐形操控，进入大学后的"我"才会意识到"奖学金女孩"和普通大学生之间的阶级鸿沟，才会刻意疏离旧往，以"劳动阶级"的出身为耻，努力在生活方式与审美趣味上向上层阶级靠拢。"我"多次拒绝艾尔弗莱达邀约的理由之一是每晚都要工作，这当然是客观事实。对于"奖学金女孩"而言，学费虽免，却要自负伙食和生活费（参考门罗本人的真实经历及作品《乞女》）。"我"在图书馆每晚工作到晚上九点，这几乎已是最体面的勤工助学方式（相比在食堂打工，收拾油腻餐盘的其他"奖学金女孩"）。周日"我"也不能去艾尔弗莱达家，因为要和其他女孩去听音乐会（大学礼堂免费的音乐会，同时抱着渺小的希望，想遇见男生）。正如布尔迪厄所反复强调的，理解一种品味，就是理解一种生活方式。"我"

对艾尔弗莱达的回避和对文学作品与音乐会之类高雅艺术的追求，本质上都是对"文化资本"的追逐。"我"最后确实在音乐会的场合结识了出身富有的男友，得以跟着去音乐大厦，听唱片，认识古诺，爱上歌剧，爱上哈姆雷特、莫扎特——品味总是昂贵的，往往以经济资本为支撑。审美能力并不是一种天赋力，而是在家庭的熏陶、教育的传承中获得，是摆脱基本温饱需求之后的更高级别的身心愉悦的奢侈品，也是在时间的磨砺中慢慢积淀、内化的"文化品味"。

同样从文化资本的角度，重审艾尔弗莱达姑妈（作为老一辈艺术家女性的代表）、母亲（新旧女性的中间地带），以及家族其他的家庭主妇（作为老派的旧女性），她们所代表的不同社会阶层，无不在强调经济基础决定上层建筑，她们在道德、审美与文化上的局限，无不与其经济环境息息相关。在布尔迪厄的理论体系中，惯习（habitus）、场域（field）与资本（capital）三者密不可分。惯习是认识性和激发性的机制，是社会语境对个人影响具体化的表现；场域是阶级与权力斗争的关系框架；资本是影响文化和历史的物质决定性方式。《家传家具》中，几次浓墨重彩的请客吃饭，都是典型的门罗式冲突场景，作为社交生活最重要的表现形式，分别代表了在特定的场域下，行动者具体化的惯习，并揭示资本间的阶级差异。同桌者格格不入的消费方式、品味类型、文学素养，以及社会身份都昭然若揭，餐桌上的每一次尴尬与难堪都指射着社会生活的差异、断裂和对立：城市和乡村、传统和现代、精英和大众、第一代和第二代艺术家女性……

譬如，在"我"家，请人吃饭这样的社交一年不过两三次，是重要的娱乐方式，需要提前很久准备，往来的也都是同阶层的乡村亲戚。

> 我和母亲会提前好几天就开始为这样的聚餐做准备。我们把最好的桌布，像床罩一样厚实的餐布熨烫了，还把原本放在橱柜里积灰的最好的餐具拿出来洗干净，饭厅的椅子腿儿也一条条擦了，还做了肉冻色拉、馅饼和蛋糕，都是为了配上主菜的烤火鸡或烤火腿，还有一碗又一碗的蔬菜。一定要非常丰盛，要多得吃

第五章　女性艺术家成长小说：加拿大身份与文化认同

不完，而且饭桌上的谈话大多也和食物有关，大家都夸奖它们有多美味，来来来一定要多吃点，哎呀实在吃不下了，太饱了，姑父们叹口气，又拿了一些，姑妈们说只能再加一点点一点点了，说她们真的不应该再加的，都要撑爆炸了。

但是甜品依然还是会上的。（Munro，*Hateship*，*Friendship*，*Courtship*，*Loveship*，*Marriage*　90）

布尔迪厄在《区隔：品味判断的社会批判》中指出，同一阶级内部的品味形成有同一性和一致性，不同阶级之间则存在差异。在"我"家典型的乡邻聚餐中，农户的品味显然还是基于对必需品，即食物的选择和消费。彼时的加拿大乡村由于长期的物资匮乏使得食物的交换，而非思想的交流，占据了社交关系的中心。以农户为代表的劳动阶层同时由于普遍缺乏良好的文化教育，也形成了一套微妙的交际准则，即文化的长期匮乏使得同桌者惯于回避深层次的交谈，以免露短显拙。"通常几乎没有什么实质的交谈。事实上，大家都有一种感觉，交谈如果超过了理解的限度就可能是一种破裂、一种炫耀了。"（90）最安全的方式是避开一切和精神生活有关的话题，务实的风气主导了一切：女性可以谈论身体的状态，讲谁长了肿瘤、谁嗓子化脓、谁烫伤了，讲自己的消化、肝脏、神经系统功能如何，男性则讨论银行贷款、购买农用机器或者家养的牲畜。"谈论私密的身体问题似乎从来都不会不合适，或者让人多心，但是关注并非近在手边的东西就不合适了，比如提到杂志上读的东西，或是新闻里的什么。"（91）劳动阶层在社交时表现出自觉的"文化退让性"，即对文化或者精神层面的话题都三缄其口。

但叙述者的母亲还是在这样的场合中暴露出对环境的"不合时宜"。作为受过良好教育的前职业女性，母亲的文化背景使她很尴尬地夹在劳动阶级的"文化贫瘠"与上层阶层的"文化富饶"之间。她仰视高雅文化，但往往矫揉造作与牵强附会，不知道如何正确地去

"即兴创作"①。母亲常常会在务实的劳动阶层的社交体系中笨拙地越界过线。她太急于表达自己的观点，比如当别人提起在街上遇见什么人时（阐述事实），母亲会回复"某某至今还单身，是不是要找个合适的伴侣"（延展至精神世界），然后尴尬的沉默就产生了。"我的母亲对于限度的理解并不怎么可靠。"（90）母亲依然是门罗故事中典型的被困于文化场域夹缝中的母亲。

相反，母亲和艾尔弗莱达之间，交流更顺畅自在，存在更少的文化区隔。艾尔弗莱达来访时，母亲会轻松很多。虽然还是会客气地铺上好桌布，但平常餐具就可以；还会费心思准备食物，但不是传统大餐，而是更新潮、更具创意的食物，比如鸡肉沙拉、米饭、切小块的甜辣椒，以及用明胶、蛋白和打稠奶油做的甜点。这些更为花哨的食物很符合母亲和艾尔弗莱达共同的文化审美。餐桌上更少客套，更多直来直往，艾尔弗莱达对于喜欢的食物就直接自己要求再来一份。而更重要的是，"她是真的在那里和人交谈，也让别人愿意谈，任何你想说的事都可以说——几乎是任何事——全部都没关系"。思想的交流一跃成为社交生活的中心，而"品尝食物，尽管很愉悦，却是第二位的"（92）。就文化品味而言，母亲和艾尔弗莱达基本居于同一阶层。

阶级出身、惯习、场域

理查德·霍加特对"奖学金男孩"这一文化概念进行阐述时，曾经指出他们在情感上被从自己原有的阶级中连根拔起，倍感孤独。《家传家具》中的叙述者作为加拿大"奖学金女孩"的代表，在竭力追求文化资本的道路上，同样对自己的原生阶级、原生家庭产生疏离。作为新一代的艺术家女性，她在审美能力上大大超越了自己的阶级出身，也超越了老一代艺术家女性。当她最终以回顾性视角重审艾尔弗莱达与家人时，她早已接受上层阶级的正统趣味，情不自禁地用更成熟老辣的目光来对原本熟悉的日常生活做出批判。

---

① 布尔迪厄用"即兴创作"一词来定义文化上的定向性、个人轨迹和社会交互游戏能力所共同构成的实践行为。

第五章 女性艺术家成长小说：加拿大身份与文化认同

叙述者对曾经的艺术引路人艾尔弗莱达嗤之以鼻。"像艾尔弗莱达和霍斯·亨利那种人的笑话和不由自主的虚伪，现在对我来说是有伤风化和枯燥无聊的。"（100—101）她失望地发现"艾尔弗莱达的观点和姑父们差得并不是太远。或者看起来是这样"（93）。在已进入知识分子阶层，并渴望进一步获得话语权的叙述者看来，艾尔弗莱达并没有摆脱劳动阶级趣味的庸俗感，她对时政的理解不过是些无聊的皇家八卦新闻，和我母亲的世界观也没有实质性的不同。艾尔弗莱达在用词和个人行为上更大胆，是大嘴巴的"荡妇"，而母亲则表面上更保守，是"淑女"。她们就像不可分割的对立面，共同定义了旧时代的女性。小镇日常环境中对性的保守，使得母亲和艾尔弗莱达尤为热衷谈论"八卦"（gossip）。在女性的领地"厨房"里，谈论那些名人、演员的隐私丑闻，同性恋、人造乳房、三角恋之类的道德禁忌，她们突然就有了宣泄之处。道德与否，永远是旧女性最为重要的评判标准。对叙述者而言，这些本质上都还是粗鲁、充满感官刺激的恶趣味。

叙述者同样判断艾尔弗莱达根本不会出现在图书馆，因为她总是在不经意间表现出对书籍、对艺术的轻蔑。"我"不想成为像她那样的人。"而我真正在意的东西是，我希望再也不要说那样的谎言，再也不要表现出那样的轻蔑。为了不那样做，我最好还是离过去认识的人们远点。"（101）此时她已模糊地意识到，那次艾尔弗莱达嘲笑父亲的藏书，或许也是在故意地对自己在意的东西做出否定。正如布尔迪厄在《区隔：品味判断的社会批判》一书中指出的，审美倾向在很大程度上被社会出身决定，而不是通过日积月累的资本与经验的累叠。文化资本的获取极大地倚重于"全部早期的潜移默化的学习，自人生伊始，在家庭环境内部产生"（Bourdieu, *Distinction* 66）。整体而言，人们通过继承获得自身的文化态度，即接受"他们的长辈所传导给他们的定义"（477）。艾尔弗莱达对书籍的否定，和父亲的原因如出一辙。同样，艾尔弗莱达也表现出对大学课程的轻蔑，嘲笑正规精英教育"英语学位。哲学学位。你都不知道怎么对待他们。他们写的

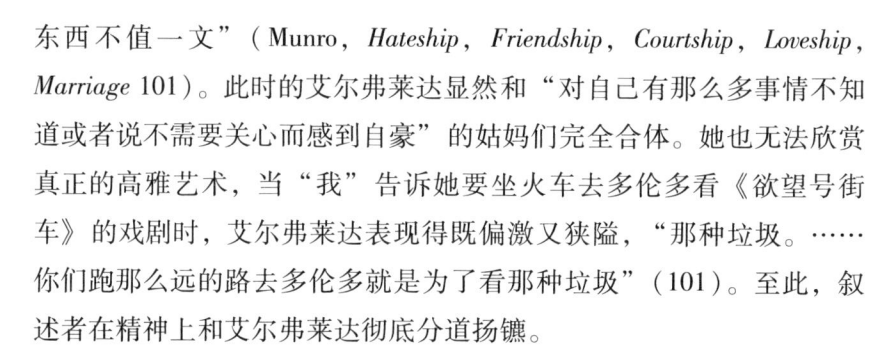

东西不值一文"（Munro，*Hateship*，*Friendship*，*Courtship*，*Loveship*，*Marriage* 101）。此时的艾尔弗莱达显然和"对自己有那么多事情不知道或者说不需要关心而感到自豪"的姑妈们完全合体。她也无法欣赏真正的高雅艺术，当"我"告诉她要坐火车去多伦多看《欲望号街车》的戏剧时，艾尔弗莱达表现得既偏激又狭隘，"那种垃圾……你们跑那么远的路去多伦多就是为了看那种垃圾"（101）。至此，叙述者在精神上和艾尔弗莱达彻底分道扬镳。

更多的细节暴露出艾尔弗莱达貌似"新女性"背后的"旧文化"。当"我"最终拜访了她位于城市"下只角"的家时，"我"看见了萧败的街道，简陋的建筑，实用主义的装修，艾尔弗莱达住在一家二手货商店的楼上。这是很具文化隐喻性的细节设计，从商店肮脏的前窗里能看到很多带着旧时光、旧回忆的物件，仿佛一张无形的网。她的家是长条形的，倾斜的天花板使房间看起来像是临时凑合的，饭厅、厨房和卫生间都没有窗，卧室反而开着天窗。而在这样的狭窄环境中，屋子里塞满的正式家具尤其显得格格不入：餐厅桌椅、厨房桌椅、客厅沙发和靠椅——它们都应该摆在更大更合适的房间里。而桌子上的小餐巾，保护沙发和椅子的靠背与扶手的白色刺绣方巾，窗子上的纱帘，四周沉重的花式垂挂——传统、守旧的风格也不应该属于艾尔弗莱达。她还保存了自己母亲结婚时候的餐具，是她的祖母作为遗产留给她的。多年以后，艾尔弗莱达还完全继承了祖母的老宅。

是什么导致了老一代新女性最终回归了传统呢？布尔迪厄认为："必须考虑到社会条件的所有特性，都是与童年初期的收入高低水平相关的，也让个人的品味与这些社会条件相符合。"（Bourdieu，*Distinction* 177）从经济的角度来看，艾尔弗莱达别无他选。幼年的"我"一度以为住在城镇的艾尔弗莱达"很富有——至少和家里其他人相比"（Munro，*Hateship*，*Friendship*，*Courtship*，*Loveship*，*Marriage* 95—96）。她有"艺术家女性"的光环，住公寓，衣服是买的而不是家里缝的，穿新式塑料凉鞋，这些与乡镇妇女不同的生活消费方式都

第五章 女性艺术家成长小说：加拿大身份与文化认同

让"我"误以为她和自己家并不在同一阶层上。但实际上，当家族里的女眷闲聊艾尔弗莱达的牙总是出问题时，祖母以她最世俗直觉的智慧一针见血地指出："可能她付不起那么多钱。"正如布尔迪厄所论述的，社会区隔和偏好是"在很大程度上以日常存在的普通选择为标记的，譬如家具、衣着及烹饪的方式，能特别暴露个人根深蒂固、日积月累的倾向，因为在教育系统之外的领域，这种倾向性一定是与纯粹的品味相关的，始终如此"（Bourdieu, *Distinction* 77）。艾尔弗莱达在请客这样的特殊场合准备的食物和"我"的母亲几乎如出一辙：煮肉和蔬菜。布尔迪厄尤其指出，"婴儿时期所学的最强烈、最难以磨灭的印记"应该就是食物的品味了，在特殊场合食用的食物是"有趣的标记"（79）。同样的，家传家具也是"有趣的标记"。这是一笔她无法舍弃的财富，即便是那些家具过于笨重，和她的公寓完全不适合，即便是那些装饰过于守旧，和她的个性格格不入，她依然要保留它们。作为故事题眼的"家传家具"，包括屋子里所有的家具和软装，共同构成了一个特定的历史、文化空间，一个社会定位器，这是老一代的"新女性"艾尔弗莱达仅能占据的空间，所有天性偏好的差异最终都同物质的获取模式殊途同归。也正是在这些家传家具的日夜环抱中，她身上的新文化最终被旧传统覆盖。

类似的旧文化是否会同样影响年轻一代的"新女性"呢？在艾尔弗莱达家做客时，"我"发现自己和艾尔弗莱达都胖了。"我"吃便宜的食物——大量卡夫快餐和果酱曲奇饼。来自社会等级阶梯末端的那些孩子们在他们的日常食谱中通常会选择"油腻、高脂肪、高热量的食物，通常也很便宜"（79），相对的，社会等级高端的人们则吃得更加健康，在"新颖、异域风情"的食物和"量大、质优"的食物里往往选择前者（79），因此也更容易从身形上辨别出来，也正因此，苗条的身材被视为生活有节制的美德，而肥胖则被认为是下层阶级缺乏自律的标记（179）。"发胖"的事实揭露了"我"和艾尔弗莱达出身于同样的阶层，而餐后共同收拾碗碟的行为也暂时唤醒了两人曾经的同盟之情。"我们很快进入一种不用说话的有序与和谐"（Munro,

Hateship, *Friendship*, *Courtship*, *Loveship*, *Marriage* 108），自觉地承担起了与女性身份相关联的一系列义务：照顾饮食、清洁餐具、彼此帮助……在厨房空间这样特定的场域中，她们当下的惯习既与过去的经验相关，又指向未来——"我"的现在是艾尔弗莱达的过去，而她的现在指涉着我的未来。无论"我"如何刻意回避劳动阶级的出身，文化的亲缘始终客观存在。

不同阶级的文化区隔即便是跨阶层通婚也不能被简单解决。很多年以后，叙述者成了一名真正的作家，但是也遭遇了失败的婚姻——她最终还是无法融入夫家的阶层。（参考作家本人的生活和《乞女》，离婚的最主要原因都是生活方式与世界观的差异。）叙述者在离婚后经历了一段失根混乱的日子，并由此思考艺术与阶级、文化之根的关系。那一时期她突然渴望修复与原生家庭的关系：常常去拜访父亲，也愿意和家里的任何亲戚联系。从文化研究的角度来看，出身于"奖学金女孩"的女性艺术家，会一直受到文化割裂性的困扰，因此常常因为缺少归属感而感到挫败："无论何时我回到家乡的土地都存在一种危险。那种危险是通过他人的眼睛非自己的眼睛来看待我的生活。我的生活就像是一卷不断增加的话语，尖锐得像铁丝网一样，错综复杂、令人迷惑、使人不安，而相比其他女人的家庭生活，我所拥有的商品的富足、食物、鲜花、针织女装，这些都不值一提。越来越难说到底值不值得。"（114）叙述者最终开始反思自身的文化叛离。

事实上，凝结成心智图示的品味作为与社会结构互动的生成系统，具有开放和重构的能力。个体和群体通过不断卷入判断和被判断、区隔和被区隔的过程，将社会的区隔再现为他们对自身的区隔，从而获得文化与社会身份。《家传家具》中有一个"故事里嵌故事"的结构，即艾尔弗莱达母亲去世的故事。它曾经在家族的女性中口口相传，也是经典的女性口述传统的案例，正好与男性的笔述传统相对立。"姑妈们和我母亲对任何事很少有同样的看法，但是她们对这件事感觉一致……这个故事仿佛是她们可怕的财富……男人们不是这样。"（110）叙述者曾无数次地听家族中的女性讲述过这个故事，而

第五章 女性艺术家成长小说：加拿大身份与文化认同

当她做客艾尔弗莱达家时，当事人艾尔弗莱达再次以第一人称向她亲述。这种私密经历与情感的分享，在女性口述传统中是信任的结盟，但叙述者却辜负了艾尔弗莱达。她以小说的形式（男性的写作传统）将这个故事"偷"了过去，挪用了众多细节，比如"爆炸的煤油灯，裹尸布里的母亲，失去亲人的坚强的孩子"，她甚至原封不动地抄走了艾尔弗莱达极具震撼感的原话——"她想要见我"。艾尔弗莱达为此与叙述者决裂，叙述者却理直气壮地觉得这只是艺术的再创作。她并没有意识到，自己对艾尔弗莱达故事的重构，其实就是对自身文化继承的重构，她想找寻生活的意义，就必须不断在反省和否定中前行。

在《家传家具》的结尾，刚刚告别了艾尔弗莱达的"我"游荡在城市大街上，在孤独的艺术构思中感受到了情绪的解脱。

> 这就是我当时想要的，这就是我曾经觉得必须关注的，这就是我当时期望的生活。(119)

但此时的叙述者以回顾性视角使用了一连串的三个过去式"this was"，隐含了对当时自我自以为是的批判性否定。

* * *

门罗的很多作品围绕"女性艺术家的成长"这一主题，遵循从乡村到城市，从家庭到社会，从西行到东归的文化路径。《家传家具》中，新旧两代女性艺术家之间的文化传承不言而喻，但是她们所经历的文化路径却有着时代性的不同。如果说，处于加拿大女权主义运动第一次和第二次浪潮之间的艾尔弗莱达成为"艺术家女性"更多的还是个体现象，她之所以偏离传统女性轨道主要还是因为一些偶发性的外部因素，譬如幼时家庭动荡、母亲早逝、父亲疏离、乱伦之恋、非婚生子等，那么叙述者作为加拿大女权主义运动第二次浪潮的主体，作为"奖学金女孩"的一代，则代表着一种群体典型性，其在争取社会、文化与经济资本上具有更强烈的自主性与内驱力。作为那个年代加拿大社会变革中的代表人群，受到高等教育洗礼的新一代知识分子女性，故事中的女性艺术家一方面渴望在"审美品味"上向上层阶级靠拢，摆脱劳动阶级庸俗的感官趣味，另一方面在"文化批判"上又努力坚持艺术自治，希望保留文化之根。她的抗争始于阶级，而终于文化。她对领路人艾尔弗莱达的否定，对自我的不断否定，以及她所经历的所有失败与孤寂，都是其作为女性艺术家完成自我成长的必经之路，"输者为赢"。

第六章
哥特主义：加拿大历史、文化想象与伦理

　　加拿大的艺术传统是以写实见长的。从殖民地时期到建国初期，19世纪的加拿大诗作几乎都属于自然诗范畴；20世纪20年代，以"七人画派"为代表的风景画成为加拿大最负盛名的艺术形式。小说领域，经历了极短的晚期浪漫主义，加拿大小说的两次繁荣都以现实主义为主流，以民族主义为引导，强调"北方""荒野"的区域性与"移民殖民国"的历史性。然而，在传统现实主义的大潮下，加拿大文学也潜藏着一股不安分的"非现实主义"暗流，即哥特主义传统。无论是殖民地时期的《瓦库斯塔》（*Wacousta*，1832），联邦建立初期的《从前的加拿大人》（*Le Chercheur de trésors*，1863）、《金犬》（*The Golden Dog*，1877），还是20世纪两次世界大战期间的《野鹅》（*Wild Geese*，1925），加拿大文学对于"阴郁""恐怖""偏执""残缺""神秘"的偏好一脉相传。建国百年前后，加拿大文学进入突飞猛进的繁荣期，创作于1959年的《双钩》被《加拿大百科全书》盛誉为"加拿大当代写作的起点"（Scobie 2284）。这部作品充满了对死亡的恐惧和对原罪的执念，在现实主义的外壳下弥散着浓郁的哥特主义气息，而同时期其他的加拿大哥特主义代表作还包括《疯狂的阴影》（*La Belle Bête*，1959）、《漂亮的失败者》（*Beautiful Losers*，1966）、《战争，遵命，长官！》（*La Guerre, Yes Sir!*，1968）、《过于自信》（*Cocksure*，1968）、《卡穆拉斯卡庄园》、《浮现》等。

　　哥特小说能在加拿大被迅速接受并获得长足发展，有其独特的心理根源。在精神分析学家看来，古堡、鬼魂、噩梦等都是人类内心

"恐惧和焦虑"的外化，它们因被文明规范压抑而发生形变，以哥特小说的形式达到重生。弗洛伊德在研读德国哥特小说家霍夫曼（E. T. A. Hoffmann，1776—1822）小说的基础上提出的"暗恐"（the uncanny）概念，已成为哥特小说的经典概念之一。而就加拿大文学的哥特主义传统而言，"环境"和"历史"是引发加拿大集体无意识中"恐惧和焦虑"的关键词。早年历经万难来到加拿大的移民，与恶劣的环境（原始森林、岩石、沼泽、荒原、冰雪、飓风）搏斗，常常挣扎于饥饿、寒冷、瘟疫和死亡的威胁之中，面对异常美丽又异常残酷的自然环境，强烈地感受到既"崇高"又"恐惧"的双重情感。墨菲-罗伯特（Mulvey-Roberts）在《哥特主义文学指南》（*The Handbook to Gothic Literature*，1998）中借用英国哲学家柏克（Edmund Burke，1729—1797）的"崇高"说来解释哥特小说的美学基础，认为哥特小说"绘制出的惊栗与恐怖的美学蓝图，为刺激读者的情感创造了条件"（82）。对于加拿大的开拓者而言，瞬息万变、无法为人类所掌控的北方自然充满了神秘主义的不可言性，哥特小说发展的土壤也孕育而生。而除了环境因素，后殖民主义历史亦是加拿大哥特小说繁荣的又一个内因。历史上加拿大长期作为法兰西帝国和英帝国的海外殖民地，是被荒蛮包围的帝国文化的"边缘阵地"，而哥特小说的诞生同样与殖民话语紧密交织。哥特小说参与塑造帝国的想象共同体，"叙述从日常生活的片段、拼贴和残篇中不断构筑连贯统一的民族国家文化标识，叙述行为本身也召唤出不断扩大的民族国家主体"（Bhabha，*The Location of Culture* 145）。作为殖民者定居的国家，加拿大早期移民在文化层面强烈地感受到异域对帝国的威胁，内心因此充满"恐惧和焦虑"，而哥特小说则将文化差异变形为了正邪对立，为加拿大的后殖民集体无意识提供了宣泄"暗恐"的窗口。

在文化隐喻上，加拿大的哥特小说有着不同于欧洲哥特小说和美国哥特小说的"加拿大"特质。一方面，19世纪30年代以后，伴随工业革命、阶级分化和工人运动的兴起，哥特小说在英国乃至欧洲的发展趋向社会化与现实化，而远渡重洋完成文化迁徙的北美哥特小说

第六章　哥特主义：加拿大历史、文化想象与伦理

却因强大的宗教影响，保持了内向发展的动能。因此相对而言，北美的哥特小说更强调对人性、灵魂深处的道德诘问。换言之，"暗恐"的源头不在身外，而在内心。另一方面，与美国哥特主义相比，加拿大哥特小说无论从"自然"还是"历史"的角度，都显得更为诡吊：加拿大的自然环境更险恶；美国最终取得了独立，加拿大却选择保留了与帝国的关系；美国的强大始终在经济上左右着加拿大社会，也在文化上冲击着加拿大的传统价值观——用加拿大人的话来说，他们生活在一个巨人的影子下，从未感觉到安全。因此"北方"和"后殖民"成了加拿大哥特小说区别于美国哥特小说的最重要的标签。值得注意的是，就"失败者"的情绪而言，加拿大哥特小说和美国南方哥特小说有许多相似之处；而不同之处在于，加拿大的哥特主义的关注重点并不在种族、性别及政治话题，而是强调荒原在国家层面的隐喻，强调历史的负重与继承。

　　作为首位获得诺贝尔文学奖的加拿大作家，门罗以对安大略土地的现实主义微雕而闻名于世，但是恩隆德在诺贝尔文学奖的颁奖词中，却特别指出"其中的沉静与简单极具欺骗性"（Englund）。事实上，正是这种欺骗性构成了门罗作品的复义性：门罗喜欢构建一种类似镜像效果的对位结构，不仅仅是人物之间的平行观照以及乡村与城市的对立，她笔下的加拿大地域主义文学的小镇现实，往往会与某个重大历史事件或者某种战争记忆（尽管加拿大本土除了美国的1812年入侵，几乎没有发生过热战）产生奇妙的象征性关联，尤其是这些观照物的产生土壤完全在加拿大本土之外，通常会在遥远的大洋彼岸的欧洲。这种"移情"显示出加拿大作为北方新移民和后殖民主义国家，在其国民想象中源于国别文化的"离家""失根"的不安全感以及"寻根"的执念。在门罗貌似"简单与沉静"的写作中，那些早已熟视无睹或视而不见的作息流程往往隐藏着某种复杂微妙的情感，代表了加拿大国民性的焦灼感与羞愧感，在日复一日的麻钝中会突然决堤，露出凶狠的獠牙，旋即又潜伏不见，只余下风和日丽。此类"暗恐"继承了加拿大文学一脉相承的暗黑基调，也成就了门罗文本

的艺术厚度。那些看起来离题千里、毫不相干的"彼岸"的战争与历史大事件,构成了故事的哥特主义的暗线,帮助作家在"此地"的故事中物化抽象概念、外化内心世界。

第一节 《乌特勒支停战协议》

短篇小说《乌特勒支停战协议》最初发表在《落叶松评论》1960年春季刊上,后收录于门罗的首部短篇小说集《快乐影子之舞》中。这个故事具有很强的自传性,创作于1959年门罗母亲去世后的几个月内,很多细节几乎完全基于真实的生活(譬如病中的母亲企图从医院逃跑,而女儿未能参加母亲的葬礼)。日后门罗回忆道:"这是第一个让我感到极度痛苦的自传性故事……第一次因为写作几乎将自己撕得片片凋零。"(Matcalf 58)在另一次访谈中门罗又说:"这是我第一次在故事中运用私人素材。是第一个我不得不写的故事。"(Struthers,"The Real Material" 21)对此,罗伯特·撒克教授在《书写她自己的生活》中指出,《乌特勒支停战协议》代表了门罗的"精神归乡",这也成为作家日后最为标杆的文学创作主题。(Thacker, *Alice Munro*: *Writing Her Lives* 150)《乌特勒支停战协议》的典型性在于,它第一次汇集了众多经典的门罗元素,即小镇、祖屋、生病的母亲,对应到加拿大文学的哥特小说传统,则正好契合了荒城、鬼屋、疯女人的三要素。故事中背负强烈羞愧感的女儿,指射的正是加拿大的历史继承权问题。

荒城与鬼屋

门罗首先以自己的故乡威厄姆为原型创作了安大略典型的没落小镇"欢乐镇"(Jubilee)。事实上,欢乐镇的命名意味深长。"Jubilee"一词源自希伯来语,字面上的意思是公羊角,在《圣经》中,它指代的是"禧年",最初出现在《利未记》二十五章第九行(Leviticus 25:9)中,在第七个七年(四十九年)的循环之后的第五十年,这是以

第六章 哥特主义:加拿大历史、文化想象与伦理

色列人欢祝庆典的喜悦的一年,在第七个月的第十天公羊角的号角吹响,以此宣告主对众生的救赎。这是释放和复原的一年,所有的罪犯、囚犯、奴隶、仆役都被释放,所有的罪恶都得到宽恕,同时,所有的欠债都一笔勾销,所有的财产物业归为原主,所有权利的平等都被恢复。禧年是众生获得平等的唯一途径,禧年也是休养生息的一年,所有的劳顿纷争也全都偃旗息鼓,再没有对罪恶的困扰与内疚,与释放和复原同时到来的是安息、信心、服从和希望。在门罗的故事中,"Jubilee"指射了两姐妹曾经的愤怒与羞愧感,以及最终的和解和救赎。

另外,"欢乐镇"这个典型的门罗式小镇,引用罗伯特·撒克的表述,即:"继承了'安大略传统'……作为故事文化背景的小镇的道德风貌和人文环境……它是哥特式的。"(Thacker, *Alice Munro: Writing Her Lives* 176)欢乐镇地处偏远,属于"荒野的北方"的一部分,这种文学意义上的"边疆概念"也契合了加拿大国民意识中的"边缘感"。要去欢乐镇,必须"经过一个复杂的高速公路和乡间小路"的交通系统,从多伦多出发得历经整整两千五百英里"(Munro, *Dance of the Happy Shades* 196)。故事中,在母亲去世十年以后,女儿海伦重返故乡,发现自己曾熟悉的故土已变成了哥特式的陌生荒城,到处是意味深长的景象,"既熟悉又措手不及":小镇市政厅华而不实的圆顶上,油漆已经开始剥落,小镇的其他建筑都是"方形的,又旧又脏的灰红砖的建筑",只有市政厅高耸挺立,看起来尤为坚固不可破。那楼顶悬挂着的大钟仿佛时刻准备着为某些"神秘的大悲剧"(196)而鸣响,似乎暗示着小镇内在的悲剧性。小镇正经历社会转型的剧痛,整个城区被一分为二。旧城区是安静、衰败的小巷,两侧高大的砖头房子、木头游廊,像缝隙一样狭长的窗户、黑色百叶窗,透着梦境般的颓败气息。新城区则有新大街、新加油站,重新粉刷过的旅店、新式店面装饰物、新风格的建筑,还有流行品牌冰激凌店,无不宣告着消费时代的繁荣。

门罗创作这个短篇时,加拿大正进入一个所谓后基督教或者说世

俗化时期。宗教虽然依然在小镇生活中占据重要的位置，但影响力日渐式微，经济活动逐渐取代宗教活动成为大众生活的中心。欢乐镇新老城区泾渭分明的差异，成为两种势力斗争的见证。旧城"是被殖民时期的财富支撑起来的，是伴随英帝国时期'文明的使者'的家长制集权。"（Smith and Hughes 137）而新城却是对美国化的现代主义和消费主义兴高采烈的致敬。这种文明的分裂使得海伦感受到强烈的撕扯力。她悲伤地意识到旧城已沦为老姑娘的隐居所，拥有的不过是死亡和荒瘠，而自己和妹妹，却正是旧城的继承者。

海伦家的祖屋坐落在旧城的边缘，曾经是座宏伟的大宅，高大的红砖屋"在阳光下看起来很严厉，很酷热"。如今门前的长廊已开始倒塌，"墙体两三处很长的裂缝，歪歪扭扭的像是鬼脸"，看上去很是荒凉、落败和腐朽，而旁边也已建起很多喧闹浮夸的新楼。当海伦抵达祖屋时，大门上留着一张字条："欢迎房客，儿童免费，房费再议（你会后悔的），直接走进来。"（Munro, *Dance of the Happy Shades* 197）这留言是海伦的妹妹麦蒂写的，带着诡异的哥特式暗黑基调。走进老宅，在大厅的桌子上，有一束粉色的夹竹桃花（毒花）。这个封闭的屋子飘散着危险迷离的味道，隐喻着"隔绝"的环境、道德的压抑感，对所有身处其中的人们具有隐晦的囚禁力。海伦在镜子里突然看见了自己的影像，仿佛瞬间从现实中隔离了出去，全身像灌了铅一样，耳边又回响起了母亲那嘶哑恐怖的呼喊声："谁在那里？"（198）。她就像哥特文学中典型的受害者，被邪恶势力困在城堡里，无辜又无助。十年过去了，已故母亲的影响依然无处不在，到处弥散着哥特主义的疯女人气息。

疯女人

就某种意义而言，《乌特勒支停战协议》是门罗对其早前故事《沃克兄弟的牛仔》的拓展。两个故事里都有生病的"淑女"（lady）母亲，她们在穷乡僻壤努力维持"淑女"的生活方式，却遭遇整个社区的无情嘲讽。两位母亲后来都精神崩溃了，最终以"病倒在床上"的失败告终。她们的疾病，其实代表了生存状态中的不正常、不和

第六章 哥特主义：加拿大历史、文化想象与伦理

谐，内心平衡的失去表现在身体上就是症状。在《乌特勒支停战协议》中，母亲不仅是生了病，而且是发了疯。福柯认为疯癫与理性的关系是构成西方精神内部运动的一个重要方面，疯癫作为理性的对立面而存在。疯癫不仅仅是神志错乱的自然疾病，它也象征着对规范的逾越，对理性的抗争，对超验性的拒斥，对诗意的渴望，对极端体验的迷恋。它深藏在心灵黑暗部落的一角，并指向深邃的历史暗区。在门罗的笔下，疯癫的内在颠覆性与加拿大文学所偏好的哥特式话语结构具有天然的亲缘性，为加拿大的后殖民历史焦虑提供了合适的隐喻，引用辛西娅·舒伽斯（Cynthia Sugars）的论述，"殖民地被压迫的经验，离散化的移民经历，又或是国家的统一历程，都能被方便地套进鬼魂或者怪物的程式中，叙事主体无一不是内忧外患，鬼怪缠身"（Sugars and Turcotte, *Canadian Gothic* vi）。正因如此，变形为怪物存在而又阴魂不散的"疯女人"母亲，最终在欢乐镇升华为了一种精神象征：她成了"全镇的财产和怪癖"，成了"一个短短的传奇"。（Munro, *Dance of the Happy Shades* 194）

一方面，母亲的疯癫是她抵御加拿大现实、抵御小镇生活边缘感的武器。她对于旧世界的英帝国文化规范具有近乎病态的坚持。母亲刚生病的时候，一旦感觉稍好些就会想着恢复乡绅秩序。她会辛苦烘焙甜点，打扫卫生，或是做女红。即便实在因病重出不了门，她依然会指示女儿帮她涂胭脂，梳发型，好让自己看起来"像个淑女"；她甚至会请裁缝到家里来做完全没必要的衣服。在当时普遍贫穷的加拿大小镇社区，这样的行为显然不合时宜。在门罗的众多故事中，那些"淑女"母亲，似乎都和希腊神话中的伊卡勒斯（Icarus）构成了指涉关系。伊卡勒斯是工匠第达罗斯（Daedalus）之子。在帮助国王建造了克里特岛迷宫后，父子俩被囚禁。为了重获自由，第达罗斯以羽毛、线和蜡黏制了翅膀。但是当父子俩展翅飞翔时，伊卡勒斯过于沉溺于飞翔的自由，在不知不觉间越飞越高，翅膀上的蜡被太阳光热所融，羽毛飘散，伊卡勒斯坠海而亡。而门罗故事中，那些最终病倒、发疯、死去的母亲们都像伊卡勒斯一样沉迷于帝国的光辉，最终坠入

黑暗的深渊。当母亲强调自己的"淑女"身份时,她实质上挑战了整个加拿大社会的固有文化运作体系。因此母亲的所作所为不仅使自己在小镇社区中被孤立,也给女儿们带来了精神上的无限痛苦。

另一方面,作为一个经典的文学隐喻,疯女人形象一直都是女权主义批评的关注焦点。著名的例子是《阁楼上的疯女人》(The Madwoman in the Attic, 1979)中对于夏洛特·布朗特(Charlotte Brontë, 1816—1855)笔下的贝莎·罗切斯特的解读:"贝莎是作者的另一个自我,是作者本人(对于父权制)的焦虑与愤怒的化身。"(Gilbert and Gubar 88)疯女人的疯癫正是女性愤怒与反抗的象征。在《乌特勒支停战协议》中,母亲的病况和疯狂使她免于履行传统的女性职责,她事实上自动放弃了家庭中的妻子和母亲的角色,不再需要扮演自我牺牲的角色。她还能很好地利用"文明乡绅社会"的礼节规范来控制身边的人。当她一动不动地躺在床上时,会喊"谁在那里"来指使女儿们为她做这做那;也会刻意泪流不止来博得探访者的同情,最终赢得上风。"我的一切都被夺走了。"母亲由此成功地将自己塑造为"受害者",苦难的女性原型,成为全镇人的"哥特主义母亲"(Munro, Dance of the Happy Shades 200)。

母亲之所以能升华为全镇的传奇,是因为加拿大伦理标准中推崇"受害者的美德"(virtue of victim)。一直以来,加拿大文学都有一种传统,即自嘲为"失败者的国家",因为最初前来加拿大的移民往往都是因为在母国的失败——因为家道中落、犯罪、不体面、战乱、饥荒、疾病,绝望的贫穷——才被迫背井离乡逃至此地。当他们南方的同胞(美国)闹起了反抗殖民宗主国的革命时,保守的加拿大人却选择自愿保留与帝国的联系,大批保皇党人再次长途跋涉、迁徙北上,在加拿大的土地上延续原有的殖民国身份。但是,他们与母国、宗主国的联系具有内在的矛盾性:在象征界存在的英帝国让年轻的加拿大寻觅到历史归属感,但成长的加拿大必须独立地面对现实界的制约。"疯女人"母亲代表了加拿大社会阴魂不散的后殖民负重,而继承者们又该如何承受这份哥特主义的历史遗产?

第六章　哥特主义：加拿大历史、文化想象与伦理

继承者们

故事中的继承者，海伦和麦蒂姐妹俩，是哥特文学中又一典型的受害者形象：被禁锢于黑色城堡中的纯真少女。同时，她们也是双重"受害者"——"受害者"的"受害者"。在她们的故事中，"受害者—疯女人—母亲"变成了施虐者，变成了毁灭她们生活的恶魔。因为疾病，母亲逐渐失去了行动与说话的能力，于是姐妹俩被迫留在家中照顾母亲，担任母亲的翻译者。母亲难以理解的奇怪发音总是让人尴尬，但更让人难以忍受是姐妹俩被迫需要一遍遍复读母亲的疯念头。她们不能理解母亲疯癫的反抗——尽管也知道"如果没有那种固执的在悲剧中汲取营养的自我主义，（母亲）或许会急速退化成植物人的无生机状态"（199）。在一种对抗情绪中，她们忍不住将母亲"非人化"，"一看到她的眼珠翻回去了，那是因为她眼睛的肌肉间歇性地发生了瘫痪，或者是听到她含混不清的声音"（195），她们就感到"无法抑制的羞辱感"。她们将生病的母亲想象为野兽，为独裁者，觉得自己孤立无援，饱受嘲讽。她们也变得异常敏感，哪怕别人只是提了一句"你们的母亲"，这仿佛都是在对她们的自尊进行"意味深长、充满嘲讽的打击"：那些话"让她们觉得整个儿的自我，青春期那种自命不凡的自我建构，都瞬间土崩瓦解"（194）。

母亲去世十年后，姐妹俩的羞耻感被新的愧疚感强化。海伦是两姐妹中年长的一个，本该承担更多的责任，却出人意料地结了婚，丢下了疯母亲，永远地离开了小镇。如今她定居在大城市，生活富裕，两个孩子，家庭稳定。她成功地褪去了过去的印记，甚至错过了母亲的葬礼……但海伦的成功是以割断自己的根、土地与传统为代价的。她最终成为故乡的陌生人。麦蒂带她参加本地人的聚会，海伦却感到"令人厌恶""孤独""脆弱"。为了驱散自己作为"他者"的不安全感，海伦给远在大城市的丈夫和朋友们打电话，企图从外面的世界找到安慰。可一旦踏入祖屋，她还是在镜子里看到了自己，一个"习惯性透出警觉神情的女人，看起来像是一个年轻的母亲"（197）。不管她如何努力，海伦最终还是复制了母亲。

麦蒂是两姐妹中留下的那一个。她放弃了读大学的机会，牺牲了个人幸福，在破败的祖屋中照顾疯母亲，甚至在母亲去世之后还忍受了十年的守灵生活。但她同样深受负罪感的困扰。"如果说麦蒂是虔诚的，说她从自我牺牲中得到了快乐，对摒弃世俗的快乐感受到了一种强烈的神明的吸引，如果能这么说，也许事情会简单很多。"（195）但事实上她并不虔诚。她还是十几岁的时候，就会理性地引用现代精神病学的理论来嘲讽子女的无条件愚孝，但现实中她却让自己滑入了道德的泥沼。在日复一日的琐碎中，她的同情心被消磨殆尽，也越来越愤世嫉俗、铁石心肠。她最终决定不能再被母亲"烦"了，于是把母亲送到医院等死。当麦蒂不再以人道的态度对待母亲时，自己也被同样"非人化"了。她成了另一个"他者"。

在某种意义上，姐妹俩其实是同一继承人的两个分裂。根据弗洛伊德的心理建构理论，海伦代表了追寻快乐原则的自我，而麦蒂是受锢于现实原则的本我，她们共同面对着超我的道德评判。该如何对待创伤性过去，对待"疯母亲"的历史遗产呢？海伦选择的遗忘和逃离意味着连根拔起，而麦蒂的忍耐和守灵亦是万劫不复。无论如何选择，姐妹俩总是难以两全，她们因此也被拖入了一场旷日持久的战争中。小说一开始就把故事定格在一个失败的阴郁基调里，并揭示了姐妹俩之间巨大的鸿沟，彼此无可言喻的疏离感和抗拒心理。

> 我已经回家三周了，这次返家并不成功。尽管我们兴冲冲地谈论着我们有多么享受这次久别重逢，旧情重续，麦蒂和我其实都更希望它能早一点结束，这使我们两个都能松一口气。沉默总是无比尴尬……我们会看见我们之间的沙漠一览无遗，然后不得不承认我们全然无相似之处。在心底，我们抗拒着彼此，就好比我们共同经历的过去，其实却并没有真正共同拥有过什么。我们都心怀嫉妒地坚持着对过去的独有权，私底下暗搓搓地想是对方变得陌生了，是对方丧失了继承权。（190）

第六章 哥特主义：加拿大历史、文化想象与伦理

为了让自己的选择在道德层面更占上风，姐妹俩常年来一直各自为政，坚持自己的历史讲述，并企图诋毁对方的话语版本。

另外，共同的负罪感又将姐妹俩紧密团结在一起：她们都是"疯母亲"的合法继承人。她们都像母亲一样有强烈的阶级意识，在学校时坚持用标准发音，因此和镇上的其他人截然不同。在精神上，她们同属于一个更加文明的世界——母亲的"淑女"世界。为母亲守灵十年后，麦蒂决定走向新生活。她继承了母亲对于高雅文化的理想，渴望被时髦的新群体接受。值得注意的是，年轻时的麦蒂看不起当地口音，觉得姐妹俩比"其他人"要"更高一点"；但现在她成了本地聚会的活跃一员，说一口很重的当地口音，让姐姐海伦听起来很刺耳。麦蒂对于口音态度的激烈转变宣告了她摒弃过去的决心，她摒弃了"淑女"母亲所教导的旧有价值体系，但当她从派对中走出来的时候，她笑的样子，说话的样子依然"轻盈得像是英国电影中的淑女"。她依然"复制"了母亲。

海伦最终也以同样既抗拒又亲近的矛盾态度回归了小镇。有一天，她偶然在旧衣橱里发现了一张纸，上面写着："乌特勒支停战协议，1713年，标志着西班牙王位继承战争的结束。"这些文字瞬间让往日重现，"等待着她一一拾起"。她回忆起高中时代当地的传统舞会：周六的晚上，雪已开始融化，整个县的人都蜂拥到了镇上，女孩子们一路走到舞厅去和农场的男孩子们跳舞……（201）这些镇上的女孩带着一种文化自信，"在主街上走来走去，和其他女孩子三三两两地手挽着手"，几乎成了一种"仪式"，这让她们充满着自信与安全感。正是这时海伦获得了顿悟。她意识到小镇的"基本生活方式"是有意义的，是"完整的"。这一顿悟标志着女儿与母亲的哥特主义遗产之间的最终和解。在文化象征层面，姐妹俩的困境代表了当时加拿大所面对的文化困惑。作为后殖民主义国家，加拿大也是一个拥有哥特历史的"失母"孤儿，如何正视历史，如何继承文化，如何选择前方的道路，这些都是《乌特勒支停战协议》所暗藏的诘问。

此岸与彼岸

《乌特勒支停战协议》这个故事的名字指涉的是西班牙的王位继承战争。这是欧洲历史上最著名的一场旷日持久而又悬而未决的战事。由于西班牙哈布斯堡王朝绝嗣,法国的波旁王室与奥地利的哈布斯堡王室相互争夺西班牙王位,引发了一场欧洲大部分国家参与的大战。大战的敌对双方各自与友好国家结成同盟,形成了两派阵营。法国与西班牙、巴伐利亚、科隆及数个德意志邦国、萨伏依(如第一次世界大战时的意大利,很快便投向敌方)、巴马组成同盟;而神圣罗马帝国(当时为奥地利哈布斯堡王室所控制)则与英国、荷兰、葡萄牙、勃兰登堡以及数个德意志小邦国及大部分意大利城邦组成反法同盟。这场战争堪称真正的持久战,打了整整十四年(1701—1714),最终英国和法国在荷兰的乌特勒支签订的《乌特勒支停战协议》则是最后一场大战的终结点。就西班牙王位继承战争而言,继位问题只是表象,这场战争最终结束了法兰西帝国对于整个欧洲大陆的霸权统治,新生的欧洲列强得以参与对原有的西班牙王国的瓜分。不仅于此,《乌特勒支停战协议》中被正式写入了"分权制衡"这一概念,使其从此引入欧洲的秩序建设中,成为划定后来欧洲民族国家疆界的基础。① 从此,欧洲大陆形成了新的国际政治格局,大国削弱,小国崛起,普鲁士加入列强行列,英国亦从岛国上升为强国,甚至在海上获得了主宰权,法国海军几乎全军覆没,荷兰也丧失了"海上马车夫"的荣耀,退出了欧洲一流强权之列。而这场战争对于加拿大而言,更是意义深远,它虽然远在欧洲,却直接改变了加拿大国家的历史。正是西班牙王位继承战争,在北美引发了"新法兰西"对于"新

---

① "势力均衡"的思想源于古典欧洲政治。在马基雅维利时代,它只是一个被用来描述维持城邦之间和平局面的政治术语。在欧洲民族国家开始形成之后,尤其是在长期的战争较量中一方或几方很难完全将另一方置于死地的多次政治实践后,"均势"概念开始被欧洲政治家、外交家普遍注意。以法律条文形式将保持欧洲"均势"写进国际条约,《乌特勒支停战协议》是第一次实践。从这一意义上来说,它进一步发展了近代国际法的内容。

第六章　哥特主义：加拿大历史、文化想象与伦理

英格兰"的侵扰，"新英格兰"则对阿卡迪亚地区（Arcadia）进行了报复性回击。根据1713年最终签署的《乌特勒支停战协议》，英国获得了阿卡迪亚、纽芬兰岛和哈德逊湾，法国只保住了皇家岛①，而后的几十年，英国与法国多次围绕阿卡迪亚等地进行势力的争夺，最后蔓延到整个"新法兰西"地区。1744年，英法战争重开，1756年，"七年战争"再次爆发，英国最终取得了全面的胜利，英法双方在1763年签署了《巴黎和约》，"新法兰西"时期结束，加拿大进入了英属北美时间。

在门罗的故事中，世界历史、国家历史和家族历史被巧妙地重合在了一起。事实上除了标题，真正提及"乌特勒支停战协议"的地方只有一处。海伦陪着她的孩子们在自己过去住过的房间里待了一会儿，"因为这是一个奇怪的地方。对于他们来说，这里不过是又一个奇怪的供睡觉的地方"（201）。她的孩子们，现在是继承者的继承者们，而他们对于具有象征意义的老宅全然不知。然后海伦拉开洗漱台的抽屉，看见里面全是些笔记本的散页。她拾起一页，上面写着："乌特勒支停战协议，1713年，标志着西班牙王位继承战争的结束。"她猛然意识到那字迹正是自己的笔迹。她会是在什么情况下写下这些片言只语的呢？门罗并没有明确回答，但隐含的答案只可能是海伦的高中历史课笔记。这些文字片段是20世纪中期加拿大的学校教育所构建的属于18、19世纪帝国文化场域残存的象征、价值观、权力结构的分支与等级制度，都像所继承的帝国遗产一样继续在加拿大的土地上开枝散叶，宗教、族裔、阶级、性别……无一不是，内化于每一个加拿大人的世界观中。"想象它们已经在抽屉里待了十年了，这种感觉很奇怪——更久——看起来就好像是我在协议的那天就写下了。"（201）正如小镇的名字"欢乐镇"出自圣经的"禧年"，它同样也出自那颗著名的为了庆祝维多利亚女王登基60周年的世界最大白钻"The Jubilee"，是专属于维多利亚女王的"钻石禧年"（Diamond Ju-

---

① 后来英国将其改名 Cape Breton。

bilee)。那是英帝国的黄金岁月，盛世的巅峰。维多利亚女王所主宰的"日不落帝国"拥有着以印度为中心，东起加拿大，西至澳大利亚的广阔殖民地，属民4.5亿人，遍布世界五大洲。仅在1870年到1897年，英国就增加了桑给巴尔、斐济、塞浦路斯、索马里兰、肯尼亚、罗得西亚、乌干达的一系列重要的新殖民地。英国军队也是"战无不胜"，从苏丹到南非，几乎征服了整个非洲大陆。但是危机已经萌芽。欧洲大陆贸易保护主义抬头，美国和德国的工业与整体经济实力也在迎头赶上，维多利亚女王庆典过后，"日不落帝国"开始走向衰落，新一轮的"分权制衡"开始。

"乌特勒支停战协议"这一题眼的重要性在于，它从"彼岸"的历史文化遗产中，强调了"停战协议"的一种可能性，暗示妥协亦是继承者们解决争端的方式。事实上，正如评论家玛达琳·瑞德科坡（Magdalene Redekop）在其著作《母亲和其他的小丑》（*Mothers and Other Clowns*，1992）中所注意到的，"两姐妹的名字显然是在指涉疯狂（Maddy-Madness）和地狱（Helen-Hell）"（51），麦蒂和海伦都从她们的疯母亲那里继承了哥特主义基因，只是表现不同。而此刻她们短暂地重逢，被迫直面彼此的对立，亦需要相互支持、相互理解，彼此安慰，最终对所继承的哥特主义遗产达成妥协，不再感受到羞愧和负罪。

值得注意的是，故事中还存在一对姐妹，年迈的安妮阿姨和璐阿姨。她们仿佛是麦蒂和海伦的又一镜像。她们和疯母亲一样，隶属于相同的哥特主义传统，拥有同样怪诞的身体："血肉之躯已经消融了"，"神秘地从身上脱落了"。（Munro, *Dance of the Happy Shades* 203）但与母亲的过度自尊不同，她们对自我采取了略带嘲讽的态度，会自嘲"怪诞"，说无伤大雅的打趣话。她们清楚自己在新时代里的边缘地位，知道自己的不合时宜，却泰然处之。她们一辈子住在一起，从未结婚，虽然个性截然不同，彼此的强势和弱势却能建立一种权力的平衡。她们这种相融共生的关系似乎为海伦和麦蒂姐妹提供了某种理想样本，所以海伦"会忍不住想，如果麦蒂和我老了以后，是不是也能

第六章　哥特主义：加拿大历史、文化想象与伦理

这样重新被姐妹间的情网捕捉，其他所有的分歧都不再重要了"（202）。

同时，安妮和璐也是清教的传统劳作道德观[①]的代表。两位妇人尽管已年迈，却依然简朴和洁净。"她们煮咖啡和粥，然后打扫房屋。安妮阿姨负责楼上，璐阿姨负责楼下。她们的房子简直一尘不染，屋子暗暗的，却干净得熠熠发光，还散发着一股子白醋和苹果的味道。"（203）门罗强调的"洁净"，隐喻着道德的"无尘"。她们的服装总是得体而尊严，从不炫耀，却坚持了传统。尽管她们完全不出门了，但依然"早上早起，梳洗化妆完毕，然后穿上已不成形的印花裙子，裙子上镶着绲边和白色的穗带"；到了下午，她们睡一个小时的午觉，又"换上下午的裙子，颈部别着胸针，坐下来做手工"（203）。她们辛勤劳作时自带优雅，"坐在炎热的小门廊处，就着一点儿竹百叶窗的阴凉；那些小碎布和那些完工了一半的小地毯仿佛在她们周围，在一片混乱无序中构成了某种秩序，给人鼓劲又觉着居家"（203）。这样的图景带着神圣的光晕，而她们所忙碌的那些小碎布地毯，实际上就是百纳布。在整个北美大陆（包括加拿大与美国）的历史中，百纳布的传统都具有极为重要的文化意义。早期的北美移民从世界的各个角落来到新大陆，并由此带来了各自母国独特的百纳布图案。毫不夸张地说，整个北美大陆的移民史都能在百纳布的图案中寻觅到线索。因此，通过描写安妮和璐坚持百纳布这一传统北美手工技艺，作家门罗也强调了历史传承在生活中的重要性。

反观海伦和麦蒂姐妹，她们所有的精神内创，归根结底还是在于对历史继承的暗恐。两代姐妹之间的精神疏离是显而易见的。对于年轻一代而言，清教的传统劳作道德观让人敬而生畏，她们更容易被世俗文化的消费主义吸引，即多赚钱，多花钱，及时行乐。两代女性之间的观念差异最终被一件小事激化。安妮阿姨试图让海伦继承母亲生

[①] 1904年德国著名社会学家马克斯·韦伯（Max Weber，1864—1920）在其著作《新教伦理与资本主义精神》（*The Protestant Ethic and the Spirit of Capitalism*，904—905）中，首次使用了该提法。

前的衣服。睡衣、长裙、床上穿的针织外套、衬衣、连衣裙、外套……所有的衣服都被仔细地清洗、熨烫、折叠,并小心保存,因为两位阿姨坚信外甥女会回来把它们取回,结果海伦强烈的反抗让她们完全所料未及。

  "你为什么要出去再买呢?"安妮阿姨继续用她一贯既温和又固执的态度说,"衣服都是现成的,几乎都像新的一样。"
  "我情愿再买。"我说。然后我马上就发觉自己的态度过于冷淡了,感到很难为情。但不管怎样,我还是坚持:"我如果需要什么东西,我会去买的。"这也是在暗示我已经不再像过去那样穷了。阿姨听懂了,脸上也马上浮现出了一点儿责备,一点儿自尊的神情。她什么都没再说。我走开了,看到了梳妆台上挂着的安妮阿姨和璐阿姨的合影,边上还有她们的哥哥和她们的父亲母亲。所有人全都用那样一副严肃的带着责备的清教徒的脸直直地盯着我看,因为我竟会反抗最为朴素的物质主义观,而那是他们生活的基石。(206)

这极富戏剧性的场景是旧一代的清教传统和新一代的消费主义文化之间的直接对抗。进入后基督教时期的加拿大社会不可避免地要面对宗教影响力式微与世俗化兴起。传统加拿大文化所崇尚的"受害者"的美德、勤俭和忍耐,如今正受到美国"生命、自由和追求幸福"①信仰的强烈冲击,正如小镇上旧城区和新城区泾渭分明的对峙。故事中两代女性的消费观差异生动地揭示出她们对于历史与传统的不同态度,也象征了加拿大所面临的文化十字路口。

* * *

  当门罗创作《乌特勒支停战协议》时,加拿大正经历着一场前所

---

① 三个词出自美国《独立宣言》("The Declaration of Independence",1776),即:"生命、自由和追求幸福是人类的三个最基本的权利。"

未有的社会结构转型。作为殖民主义定居型国家,它的过去是建立在帝国殖民地的财富之上的,但在第二次世界大战后,由于当时的超级大国美国的实力在各方面都达到顶峰,与巨人为邻的加拿大于是在经济模式上更多地采取了美国模式。《哥特主义的加拿大:阅读民族文学的幽灵》(*Gothic Canada: Reading the Spectre of a National Literature*,2005)一书的前言中,道格拉斯·库帕(Douglas Cooper)将加拿大的哥特主义传统归因于这个国家相对于霸权主义文化中心的边缘化位置。"作为一个处于帝国边缘位置受过教化的文明",库帕写道:"我们确实能贡献一些东西,因为我们能以更冷静客观的眼睛观察帝国的残酷性。"(Edwards xv)在加拿大的国民文化心理层面,强调哥特主义传统的边缘性和不安全感,能够帮助宣泄其集体无意识中对于民族国家文化安全的暗恐。如何部分地保留与帝国的联系,又对抗美国"无形的手"呢?历史的负重和继承正是加拿大哥特主义传统的核心所在。

第二节 《好女人的爱》

《好女人的爱》最初发表在1996年12月《纽约客》杂志的《小说特刊》上,荣获了当年的欧·亨利短篇小说奖提名。这是门罗另一个经典的哥特主义故事,也是迄今为止门罗所写的最长的一个作品,近80页的长度,完全抵得上一部稍短的长篇小说。作家创作这个短篇时正值花甲之年,风格也愈发深沉与洗练,将加拿大国民心理中的"暗恐"表达得淋漓尽致。

格林童话

很多评论家都注意到《好女人的爱》对于格林童话中的经典故事《蓝胡子》的吸收、转化与重构,代表作是朱迪斯·麦克康姆斯(Judith McCombs)的《寻找蓝胡子的密室:艾丽丝·门罗在〈好女人的爱〉中的格林童话、哥特主义与〈圣经〉秘密》("Searching Bluebeard's

Chambers: Grimm, Gothic and Bible Mysteries in Alice Munro's 'The Love of a Good Woman'")。格林童话作为欧洲童话现代转型的典型,是目前世界上版本最多的童话集,也是发行量最大的童话集,已经成为人类童年不可割舍的部分,成为被构建的共同文化记忆。作为一种经典文本,它也不可避免地一再地被后人解构、戏仿与颠覆。当然朱迪斯所对比的格林童话的文本并不是人们后来所熟知的那些古典质朴的给孩子们读的故事。事实上,那已经是格林童话修改了七版后的样子。① 格林童话最初的版本源于德国雅各布·路德维希·卡尔·格林(Jacob Ludwig Karl Grimm,1785—1863) 和威廉·卡尔·格林(Wilhelm Karl Grimm,1786—1859) 两兄弟所收集、整理的民间故事,他们在1812年首先出版了第一卷。在加拿大,那一年正是美国入侵加拿大,加拿大英法裔民众联合抗美的保卫战争时期,而在美国的历史书上,1812年战争则是美国第二次独立战争,是美国独立后的第一次对外战争。在欧洲,那同样是一个社会剧烈变革、民族意识觉醒的时代——拿破仑战争,法国占领了德国。德国名义上处在"神圣罗马帝国"的统治之下,实际上却是由三百多个大小公国、自由城邦组成的松散的联合体,各自为政,而1806年拿破仑击败奥俄联军,神圣罗马帝国名存实亡。但是法军的入侵与民族压迫政策也激起了普遍反抗,以赫尔德②为代表的知识分子开始宣扬文化民族主义,主张从发现民间文化入手,重构德意志民族文化,由此掀起了一股浪潮。格林兄弟认为,正因为德国众多城邦的无法团结,才引来拿破仑的侵略,而德意志民族的统一,必须先从语言文化的统一开始,格林童话由此诞生。

利用民间故事的民族文化内涵,并通过童话这样一种具有通俗性

---

① 第一版(1812年)、第二版(1819年)、第三版(1837年)、第四版(1840年)、第五版(1843年)、第六版(1850年)、第七版(1857年)。国外翻译引介的版本,多半以第七版为主。
② 赫尔德(Johann Gottfried Herder,1744—1803),德国文学家、诗人,其作品深刻影响了欧洲诸国的民族主义的发展。

第六章　哥特主义：加拿大历史、文化想象与伦理

又游离于正统文本之外的文学形式，格林兄弟在格林童话中隐秘地记录下了那个时代与政治、战乱、压迫、变革、民族主义紧密联结的一种暗恐心理。也正因为此，格林童话最初的版本充斥着暴力与恐怖。而在诞生后的两百年间，原稿中最原始的哥特主义故事被后人不断修正、净化，暴力部分被删除了，暗含的情色和乱伦的部分也消失了。譬如仅在初版中出现的两个题为《儿童屠杀游戏》("How Children Played Slaughter with Each Other")的故事，在后来的版本中被永远地删除了。① 源于法国人查理·佩罗（Charles Perrault，1628—1703）《鹅妈妈故事集》(The Tales of Mother Goose)的《蓝胡子》，传说人物的历史原型是15世纪的法军元帅吉尔斯·德·莱斯（Gilles de Rais，1404—1440），因心上人贞德（Joan of Arc，1412—1431）之死而投靠魔鬼，连续杀害附近的儿童，最终被处以极刑。《蓝胡子》这个故事同样仅在第一版本中出现过，但是流传之广，大大超乎了作者的预期。故事讲述了一个年轻的女孩嫁给了长着蓝色胡子的富有男人。一个月以后，蓝胡子独自出门，留给妻子家里所有的钥匙，唯有一个房间严禁打开。但妻子没有抵抗住内心的好奇，她开了房门，发现里面挂着所有蓝胡子前妻们的尸体。钥匙掉在了地上，沾染的血迹怎么都擦不掉。就在蓝胡子即将杀死女孩的时候，她的三个哥哥们冲进来，杀死了蓝胡子。作为一个经典的哥特式恐怖故事，《蓝胡子》混杂了性、暴力、谋杀与神秘主义等元素，200年来经久不衰。事实上，在格林童话后来的版本中，消失的《蓝胡子》经变体后成了另外两个故事：《费舍尔的小鸟》("Fitcher's Bird")和《强盗新郎》("The Robber Bridegroom")。同样深受格林童话的哥特主义文化影响的玛格丽特·阿特伍德就曾以《强盗新郎》为灵感来源，创作了女性主义作品《强盗新娘》。朱迪斯同时注意到，《蓝胡子》的故事同样可以作为善

---

① 其中一个故事讲述一群孩子玩游戏，一位扮屠夫，一位扮猪。结果男孩把他弟弟的喉咙割了，狂怒的母亲用刀刺中男孩的心脏。然后母亲把另一个孩子遗忘在澡盆里，孩子淹死了，母亲上吊自杀。她的丈夫回来后发现这一切，伤心而死。

良战胜邪恶的叙事原型，如果除掉了性的成分就变形为《汉森与葛莱特》（"Hansel and Gretel"），动物的版本则是《三只小猪》（"The Three Little Pigs"）。在这些故事中，原本的受害者（victim）都通过机智以弱胜强，并最终存活（survive）了下来，这就与加拿大文化中的"幸存者"母题不谋而合了。

在门罗的改编版本中，《蓝胡子》的故事原型被再次转化为加拿大的伦理价值体系对日常生活背后的深渊的凝望。"生活"，在《女孩和女人的生活》中门罗曾经这样比喻："沉闷、简单、不可思议又深不可测——就好像是厨房脚下铺的油毡布，谁知下面竟是深渊。"（Munro, *Lives of Girls and Women* 210）在《好女人的爱》这个同样具有强烈哥特主义色彩的短篇中，所有的通奸、谋杀、疾病、精神折磨、悬疑、密室……这些经由《蓝胡子》变形而来的哥特主义元素最终指向的正是作为献祭羔羊而存在的"好女人"安妮德，她的暗恐，她的深渊。

互为镜像的世界

作为暗黑悬疑类故事，《好女人的爱》以一场业已发生的谋杀案为引线，而以另一场可能发生的谋杀案为情节主线。作为门罗作品中最具伦理复杂性与矛盾性的故事，《好女人的爱》在写作结构上很独特。故事包含序言和正文的四个部分，主要讲述一位家庭护士即"好女人"安妮德，在照顾病危的女主人时爱上了男主人的故事。故事同时暗示男主人在多年前有可能犯下了一桩谋杀案。因此，安妮德面对着一个道德困境：她究竟应该向爱人告白，还是把爱人告发。门罗在处理这段罗曼史的时候，故意使用了一种用力不均的非平衡结构。从字数看，序言有1页，小说的第一部分"日德兰"近30页，第二部分"心脏衰竭"25页，第三部分"错误"不到5页，第四部分"谎言"15页；从内容看，序言描绘了地方博物馆展出的一件医生遗物。"日德兰"部分讲述了一群小男孩在郊外玩耍，意外发现医生尸体的故事，它们都与随后有关"好女人"的故事，即"心脏衰竭""错误""谎言"三部分，关联不大。小说的叙述被刻意地断裂为两个部

第六章　哥特主义：加拿大历史、文化想象与伦理

分。"日德兰"位居叙述最重要的第一部分，洋洋洒洒地占据了全文近一半的篇幅，初读起来散漫得很，仿佛离题万里，迟迟不入主题，和"好女人"安妮德并无太多的关联。如此这般的写作，作者是否显得过于随意而使中心不够突出呢？门罗完全可以把略显冗长的第一部分整体砍掉，在随后的叙述中简单地提一下背景，以"几年前，一群小孩在河边发现过一具尸体"之类的语句一笔带过，似乎也不会损伤"好女人"故事主体的叙述。那么，为什么门罗要将"日德兰"部分提升到几乎可以与后面三部分并驾齐驱的重要地位？如果"日德兰"并不只是整个叙事中可有可无的旁枝末节，它的存在又有什么象征作用？

在故事中，"日德兰"是三个孩子玩耍并发现尸体的地方。门罗并不是随意地使用这个名字去给故事的发生地命名的。"日德兰"这个地名本身就隐含着伦理判断的复义性与含混性。和《乌特勒支停战协议》相似，门罗经常在创作中借用欧洲的文化历史事件，尤其是政治战争类的大事件，为加拿大的现实界构建一个"家族相似性"的概念。这又回到了加拿大哥特主义传统中的历史负重与继承问题。远在欧洲的历史文化事件不仅改变着世界的政治—文化格局，也构成了一种深刻而持久的心理认知隐喻。历史上的日德兰半岛确实存在，位于北欧的丹麦境内。这个遥远的岛屿不仅代表了全然不同于安大略小镇的现实存在，同时关联着一场著名的战役，即日德兰海战。日德兰海战是第一次世界大战中最大规模的海战，由英国皇家海军在日德兰半岛附近的海域对决德意志帝国海军。这场海战之所以出名，是因为英德双方都宣称自己获得了这场海战的胜利。一方面，德国舰队以相对较少吨位的舰只损失击沉了更多的英国舰只，从而确实取得了战术上的胜利。因此，海战结束后，德军的胜利被大肆宣传，德国官方对于日德兰海战胜利的庆祝活动一直持续到第二次世界大战以后。另一方面，由于英军在海战初期连续的决策失误与配合失利，英国海军损失惨重，同时颜面扫地，英国国内也一片指责之声。但随后英国海军司令部刊发了长文，宣称德国才是实际失败的那一方，因为英国舰队成

功地将德国海军封锁在了德国港口,使得后者在战争后期几乎毫无作为,从而取得了战略上的胜利——这一论点最终也渐渐被国际舆论支持。因此,日德兰海战是历史含混性的典型案例。与此同时,日德兰海战对于加拿大也有着非常特殊的意义。当时加拿大海军也随英国海军共同参加了对德军的作战,因此加拿大也象征性地成了这种历史含混性的一个组成部分。加拿大士兵在战争中伤亡惨重,然而他们所展现的英勇无畏亦使加拿大人都倍感骄傲。日德兰海战在加拿大人的集体无意识记忆中,是杂糅了失败与胜利的复义与含混。通过简单地将故事的起源之地命名为"日德兰",门罗巧妙地赋予了虚构故事一种历史的关联感,使得"此地"的发生发现具有了"彼地"的深长意味。正是通过对叙事手段有趣而精密的操纵,门罗展现出了此地与彼地截然不同、相互隔绝的世界,这两个世界同时存在,互为镜像,从而强调了一种相对主义的伦理态度。

在叙述视角和叙述内容上,"日德兰"这个部分通过讲述三个男孩的故事,也揭示了孩童世界与成人世界的判断体系的巨大差异。在成人的视域中,"很多人相信它(日德兰)的命名是为了纪念第一次世界大战中那场著名的海战,尽管事实上那片废墟的存在比海战发生要早很多很多年"(Munro, *The Love of a Good Woman* 4)。而在三个男孩的视域里,"和大部分的孩子想的那样,日德兰的名字来源于几块旧的木头板,凸出于河道的泥土,而且还有其他一些厚厚直直的木板,立在附近的水域里,形成了一道不平整的围栏"(4)。这种有趣的认知不同显示了成人喜欢为客观的事物添加引申内涵,孩童则是就事论事。文中另一个例子是在教堂做礼拜时,众人以葡萄汁替代圣血,孩童就大惊失色,认为基督肯定要贫血了。正因如此,在发现尸体后,若是成人,一定会马上报警,但是孩童却会做出与成人截然不同的反应。三个男孩在游泳的时候偶然发现了沉在水底的汽车。"他们马上就认出了它。那辆小巧的英国车,奥斯汀牌的,这种车在整个郡肯定就只有一辆。他是属于配镜师威伦斯先生的。"(6)男孩们显然对威伦斯先生的车,对威伦斯先生本人都非常熟悉。他们朝车里张

第六章　哥特主义：加拿大历史、文化想象与伦理

望,但是看不到脸,仅看到了手臂和手的一部分。这一意外改变了男孩们的心境,使得他们在回家的路上都异乎寻常地安静和规矩,好像心里压着大事。尽管如此,值得注意的是,三个男孩都不急着将此发现大白于天下。他们回家后,都不约而同地对家人三缄其口,仿佛知道成人不会理解他们似的。

这种沉默揭示了孩童世界和成人世界之间的对抗性。三个男孩游离在成人世界的规则之外。他们走路不走大路,不管路标,还专挑禁区,一离开城就自由自在、无拘无束。"出城的路上,他们就是这样一路谈着。他们说话的时候仿佛自己是自由的个体——或者差不多是自由的,仿佛他们还没有上学,没有和家人住在一起,没有因为年纪的缘故受过什么侮辱。"(10)这是一个很奇怪的表述,带着对成人世界暗黑的敌对,仿佛"家人"、"学校"和"成年人"是剥夺孩童们自由和尊严的某种邪恶势力的化身——哥特故事的典型设立。孩子们知道自己被成年"男人"蔑视,因为即便对方和他们很熟悉,也不会喊他们名字,而只会用"男孩"(吩咐事情的时候,意味着马上就得去照做)、"小伙子"(对方心情比较好时)或者略带嘲讽地称呼"先生们"。即便在家中,男孩们也一直受到成人的暴力压制。

> 他的父亲很容易就像狗一样露出獠牙咆哮……后一分钟食物和碟子就可能会被摔到地上,椅子和桌子都被掀翻了,或者他会满屋子地追着赛斯跑,叫嚣着这次一定会抓住他,把他的脸按在热灯上,让他好看!你以为父亲一定是疯了,但只要这时候有人来敲门——譬如这时候有朋友过来了,譬如说过来接他——父亲的脸又会瞬间恢复原样,他走去开门,大声嬉笑着呼唤朋友的名字。(16—17)

成人世界的这种压迫感和双重性深深地伤害了孩童的心灵,把他们阻隔在外,而作为反抗,孩童也将自己的世界对成人关闭。正因为此,对于郊外的骇人发现,三个男孩本能地对家人缄口不语。"这只是因

为他们的房子都显得太拥挤了。已经有太多事发生其中了。赛斯的家里，和其他两个孩子家里一样，都真的是这种情况。即便赛斯父亲不在家的时候，他发疯般的存在也无所不在，无时无刻都能感到那种威胁和痛苦的回忆。"（22）在某种程度上，原本应该是充满爱与理解的家庭却成了暴力与"暗恐"之源：家在瞬间变成了"非家"，陌生而神秘，仿佛白天堂皇的城堡，夜晚却投下阴森的轮廓。

在面对"是否揭发罪恶"的伦理选择时，三个男孩经过一番延宕后最终决定跳开"家人"的环节，一起去找警察。但是很遗憾，他们没有找到真正的警察。作为社会规范与秩序的代表，故事中的"警察"却被降格戏仿了。孩子们所以为的警察特威特上校其实只是一位年迈耳聋的协警，平时主要负责上下学时候路口的交通，指挥车流和让学生过马路。当男孩焦急地围住他，七嘴八舌地告诉他"威伦斯先生在日德兰池塘里""我们看到车了""淹死了"时，很遗憾，特威特上校马上让男孩们失望了。他根本听不清男孩们的话，完全没有作为警察的权威感。他的手在口袋里掏啊掏，终于摸出了助听器，抖抖索索地戴上，一本正经地点头，慢条斯理得很折磨人。最后他终于一切准备就绪了，用很严厉的语气对孩子们说"开始吧"，这种故作姿态的态度瞬间又将男孩们推向了成人的对立面。男孩转而戏弄嘲笑起特威特上校，然后一哄而散。正义的告发者瞬间变成了邪魅的恶作剧者，秩序被颠倒了，禁忌被打破了，男孩子们的欲望也被释放了。"他们的兴奋之情并没有马上消散。但是这种兴奋不是可以分享或者谈论的：他们不得不分手了。"（30）这种"不可说"的逾越颠覆了成人世界里所确定无误的权力等级关系，男孩们因感受到自由的震颤而异常兴奋。

通过铺垫孩童与成人标准的这种对立，门罗才最终让"日德兰"这个貌似分散的部分与随后"好女人的故事"的部分构成了一种并置隐喻关系。孩童对于善恶对错的混沌感知与好女人安妮德强烈的道德感形成了强烈的对比。一方面，三个男孩对于郊外威伦斯先生的尸体的沉默态度——既没有告诉家人又没有报告警察——代表了他们对于成人世界道德标准的游离与怀疑。他们对可能的谋杀案置之不理，他们不是出于一种道德责任，而是自由地根据自己的意愿与判断力决定说还是不说。另一方面，好女人安妮德却是截然相反。她自己给自己设置了难以逾越的道德困境，对于是否告发可能的凶手而极度痛苦焦灼。这样的互为镜像的结构设置为小说的叙述增添了伦理经验的复杂性。与此同时，男孩子们与安妮德却又存在某种相似的可能性，一种道德与非道德的模糊界限。如果无法批评孩童的反应是错的，那么恰恰就证明了伦理的多样性、不确定性，其会随着境遇的改变而改变。"日德兰"为"好女人的故事"做足了伦理铺垫。而当威伦斯的遇难最终被发现，作者便适时地让三个男孩的故事戛然终止了，转而开始讲述家庭护士安妮德的故事。"好女人"终于正式登场。

好女人和坏女人

故事中的家庭护士安妮德，是众口皆碑的好女人，是哥特小说中作为道德承载者的"纯洁少女"。她出身名门，家境富裕，本没有任何经济压力需要去承担护士这种又脏又累又吃力不讨好的工作。她的父亲也完全不支持，甚至在临终前硬是让安妮德许下诺言：永远不去医院工作。但尽管有种种的阻力，安妮德还是一心希望"做好人，行好事"（41）。她并没有放弃自己的高尚理想，而是用迂回的方式绕开了对于父亲的临终诺言，转而做起了更为辛苦的家庭看护，继续着自我奉献。她的温和与慷慨，她的敬业与热情，赢得了病人与医生的尊敬，被誉为"仁慈的天使"。（52）安妮德的"自我奉献"，也不是出于有钱人家女孩的怪癖。她并不古怪，非常合群。她一直都有很多朋友，精神上并不孤独。尽管如此，安妮德并没有像普通女孩那样结婚生子，她与生俱来的奉献精神在带给她重要性的同时，似乎也将她和普通人的生活隔绝了起来。"因此，很快地也自然而然地，安妮德在很年轻的时候就滑到了某种角色里，一个很重要，占据中心的，但是也是很孤立的角色。"（41）安妮德在成为"圣女"的同时，也渐渐脱离了传统的女性角色——"那种按部就班，常规的，妻子的角色"（41）。她长期的处女之身亦在很大程度上服务于其"圣女"身份的纯洁性。

相对于"好女人"安妮德,她的看护对象,农庄女主人奎因夫人则很像不怀好意的"坏女人",哥特小说中典型的"邪灵附体"的妖妇、疯女人。在各个方面,奎因夫人都和安妮德形成了巨大的反差。相对于出身高贵的安妮德,奎因夫人出身卑贱,来路不明。她自称是在蒙特利尔的孤儿院长大,却又从来不说法语。她在北边的一个小旅店做房间服务生的时候遇见了打工的鲁帕特,两人结为夫妻。安妮德仁爱,奎因夫人则冷酷。饱受病痛折磨的奎因夫人对周围的人都充满了憎恨,她对丈夫的爱早已消失殆尽,对自己的孩子们也极为冷淡和厌恶。安妮德勤劳、井井有条、受人尊敬,奎因夫人则懒惰、混乱,被亲戚诋毁。她的小姑子,奥利弗·格林夫人就曾向安妮德暗示:奎因夫人满口谎言、她说的故事都是编的;她的病也是咎由自取,是为了"坏目的"乱吃避孕药才毁了肾脏。安妮德甘于自我奉献,奎因夫人则事事以自我为中心。她总是心血来潮地要这要那,待人刻薄挑剔。安妮德纯洁,奎因夫人则放荡。即便已经病入膏肓,不成人形,奎因夫人依然毫无羞耻地在安妮德面前展示着赤裸的身体,甚至有意借此羞辱安妮德的处女之身。奎因夫人对待安妮德显然满是敌意;她以折磨照顾她的安妮德为乐。于是她告诉了安妮德一个秘密:多年前是鲁帕特谋杀了威伦斯先生,因为威伦斯对自己意图不轨。奎因夫人得意扬扬地告诉安妮德谋杀的各种细节,充满了欲望与淫荡,她成功地在天性温良的安妮德心中激起了愤怒与厌恶。"(安妮德)无法抑制住自己对这个快死了的、可怜的年轻女人的厌恶"(38)。就像引诱人类在伊甸园里犯错的撒旦之蛇,奎因夫人也点燃了安妮德心中的恶之火。

朱迪斯·麦克康姆斯注意到好女人"安妮德"的名字出自19世纪的英国桂冠诗人阿尔弗雷德·丁尼森(Alfred Lord Tennyson,1809—1892)的名篇《国王的田园诗》("Idylls of the King",Book 4,line 963)中的"好人安妮德"("Enid the Good")(Bloom 132)。诗歌中的安妮德同样是一位好女人的楷模,长期忍受着痛苦与磨难,坚持用

第六章 哥特主义：加拿大历史、文化想象与伦理

诚挚的爱情拯救其暴虐多疑的丈夫。在门罗的故事中，等待安妮德拯救的同样是一位丈夫，但却是别人的丈夫，"恶女人"的丈夫鲁帕特。他是一个在哥特主义的世界中经常存在的正邪不明的"变形者"，一个表面的"好对象"，粗壮、害羞、努力工作的普通农夫，但实际也可能是"杀人恶魔"，就如格林童话原版的那些故事一样，正暗中观察安妮德的态度，布下陷阱，随时会露出邪恶的獠牙。安妮德无法判断真相。故事中的"好女人"安妮德对于是否告发"凶手"——农庄的男主人鲁帕特，所持的犹豫与延宕的态度，则像极了犹豫着要不要复仇的哈姆雷特。具有高度道德感的安妮德同样必须首先确认自己行为的公正性、正义性，只有这样才能做出行动的正确决定。"好女人"安妮德很清楚，理论上，她当然应该告发凶手，这是正义的。但是现实中，一旦鲁帕特锒铛入狱，他的女儿们就会失去唯一的亲人。更重要的是，她不能完全肯定鲁帕特就是凶手，也不能完全肯定自己是否夹带私心，指引自己行为的动机是否完全公正无私。

作为故事的"好女人"，正义与道德的理想化身，安妮德每一次的选择都具有典型的加拿大"受害者"风格。安妮德完整地经历了阿特伍德在《幸存：加拿大文学主题指南》中所描绘的受害者的四个阶段。在第一个阶段，尽管很多人同情安妮德是一个可怜可悯的老处女，叹息她错误地将人生的志趣放置在了无价值的奉献上，安妮德本人却并不以为自己是受害者——她坚信自己从照护濒死的病人中也获得了生命的价值。在第二个阶段，安妮德承认了自己的受害者身份，她认识到一旦她的工作结束了，她就会从她费尽心血照看的屋子里被驱逐出去，毫无权利保障。在奎因家的这个病例中，一旦奎因夫人去世了，她对于两个孩子的代理母亲的身份便即刻被剥夺了，反而是鲁帕特的姐姐理所当然地接管了所有权。在第三个阶段，安妮德拒绝接受其无可避免的受害者身份。在经历了三天三夜的不眠不休后，安妮德决心返回奎因家的房子，为未来放手一搏。在第四个阶段，安妮德希望成为"能设计未来的非受害者"。她内心向死而生的哲学倾向使得她最终设计出了一个不同寻常的方案，决心通过牺牲自己去拯救鲁

帕特。如果她最后因此而遇难,她会成为一个英勇的殉道者,为了一项正义的事业而牺牲了生命;如果她最后幸免于难,那她就能问心无愧地嫁给所爱之人,同时帮助将爱人房子里的一切带回正轨——她会如上帝的信徒,将秩序带回人间。

正义感与犯戒恐惧

哥特主义的内核是欲望言说,与其相对的则是宗教禁欲。事实上,哥特"Gothic"一词,本是源于德语的"Gotik",词源是"Gott",意为"上帝",因此哥特式也可以理解为"接近上帝"的意思,所以哥特主义最初也是在教堂建筑中兴起的。① 哥特式教堂最突出的特点是尖塔高耸。在设计中利用十字拱、立柱、飞扶壁以及新的框架结构支撑顶部的力量,使整个建筑高耸而富有空间感。再结合镶嵌有彩色玻璃的长窗、遍布教堂的浮雕群像,使教堂内的光影产生浓厚的宗教氛围,以灵动、上升的动线造成一种火焰式的冲力,人们的视觉和情绪也随向上升华的尖塔,获得一种接近上帝和天堂的感觉。但是,这种独特的建筑风格,由于和原本作为正统的拜占庭与罗马风格的教堂建筑,形成了巨大的反差,又被大众文化误读,错误地指向了欧洲文化中的"野蛮人"——曾经的罗马帝国的敌人"哥特人"(Goths)。在后世的文学作品和文化想象中,哥特主义的元素往往是恐怖、超自然、死亡、颓废、巫术、古堡、深渊、荆棘、黑夜、诅咒、吸血鬼等充满神秘气息与黑暗风格的艺术,用来表达内心世界往来于神圣与邪恶的边缘,爱与绝望之间的挣扎的复杂情感。另外,所有"恶"的淫欲、贪念、禁锢、暴力和凶杀,与作为"善"的禁欲、虔诚、脱逃、爱和拯救,都可以被视为源于人类意识结构中"本我"与"超我"的斗争。因此人类意识的形成和文明的建立,在象征层面上亦是哥特式的:内心的地牢和迷宫中潜藏着"本我"的怪兽,而"超我"却居高临下地审视着我们的一举一动,并以宗教与法律的形式确立群体道德规范。

---

① 著名的哥特式教堂有巴黎圣母院大教堂、意大利米兰大教堂、德国科隆大教堂等。

第六章 哥特主义:加拿大历史、文化想象与伦理

在门罗的《好女人的爱》中,故事哥特主义气氛的推动在很大程度上来源于安妮德的"暗恐",即弗洛伊德所谓的"压抑的复现"。在宗教伦理结构的支配下,安妮德成年的人格,意味着对于早期原始欲望的超逾(surpassing),而超逾正是不同程度的压抑,持续的无意识中的压抑最终形成了一种不受控制的、令人不适、令人惊悚的暗恐,一种对宗教的犯戒恐惧。安妮德的欲望、焦虑与恐惧被引入故事的叙事中,造成了一种现实和想象界限的模糊和含混,一种不稳定、不切实的虚幻之感,即"非家幻觉"(unheimlich-unhomely-uncanny)。而安妮德对于"正义性"义无反顾、不以后果的执着又在很大程度上源于她是虔诚的清教徒。在安妮德选择献身护士这一职业之前,她的人生理想正是做一名传教士。这位"好女人"所有重要的人生决定,都立足于她对信仰的虔诚,以宗教伦理为行为指导。而这种以宗教信仰为基础的道德修养体系,基本特点就是要在神圣性和世俗性、超越性和规范性、原则性和灵活性、自律性和他律性、道德智慧和道德实践等诸方面的冲突中寻求统一。就加拿大的建国史而言,宗教一直都是加拿大社会发展的结构性动能,大部分加拿大人都信奉基督教,或新教或天主教,宗教伦理不仅直接影响了整个国家的政治理念,也与人们的日常生活息息相关。

因此,熟读圣经、熟知圣礼的安妮德在进行公正性思辨的时候,一定会受到基督教行为准则,尤其是"十诫"训义的影响。十诫是圣经中的十条律法,基本上是对旧约律法中六百多条戒律的总结,前五条诫命主要阐释人类跟神的关系,后五条诫命则规范了人类彼此间关系的处理方法。其中,"不可杀人"就位列后五条的第一位。因为人类是根据上帝的形象所创造的,所以无辜的杀戮被认为是对于上帝这位创始者的冒犯。正因为如此,安妮德才首先坚定地认为,如果鲁帕特犯下了谋杀的罪行,如果他触犯了"不可杀人"的训诫,自己责无旁贷,必须要拯救鲁帕特,必须要告发鲁帕特,这是绝对正义,神圣不可侵犯。她幻想自己会引导鲁帕特"一步一步地"走向忏悔、监狱、审判以及最终的惩罚。她自己会每一天都去监狱探望他,永远地

等待他,"怀着一颗仿佛因为爱情却又超越了爱情的赤子之心"(Munro, *The Love of a Good Woman* 73)。这是安妮德理想中充满自我牺牲主义精神的救赎。

但告发鲁帕特,以命偿命,真的是最佳救赎方式吗?事实上,《圣经》中对于违诫的惩罚也从来没有做过明确说明,因而在不同的教派中间留下了相当大的阐述空间。以杀人的惩罚为例,在《创世记》中,该隐出于嫉妒之心一怒之下杀死了他的兄弟亚伯,被上帝诅咒流放。但上帝同时给予了他一个特别的印记,用以警告世人:伤害该隐者,伤害亦将七倍返还。上帝此举同样充满了含混之意。对于安妮德而言,告发鲁帕特同时意味着他无辜的孩子们将失去至亲,这也是安妮德不愿意看到的。鲁帕特的孩子们原本生活在秩序的泥潭,生活在文明和信仰的荒原。由于"坏女人"母亲的失职,孩子们没有玩具也没有图画书,她们也不知道表达感谢,待人要礼貌。更重要的是,她们的世界没有上帝的指引。现在,安妮德不但教育她们文明的生活,每天刷牙,得体地用饭勺,也教育她们说祷告词:"感谢你赐予我们如此美好的世界。感谢你赐予我们食物……"她的努力好不容易有了一点点成效。在某一天,女孩西尔维娅突然问安妮德:

> "那是什么意思?"
> 安妮德问:"什么什么意思?"
> "就是'上帝保佑'。"(53)

但如果安妮德告发了鲁帕特,女孩们将失去父亲,安妮德也将不得不从她们的生活中离场。她将无法继续传教,把上帝的爱带入她们的世界。这样做也违背了她的宗教使命感。因此,安妮德的犹豫不决与进退两难在很大程度上也是因为无法在宗教中获得最终的绝对主义的伦理答案。

另外,安妮德在决定伦理判断的过程中也感受到了巨大的挫败感。这种挫败感来源于她自身对于"犯戒"的恐惧。除了"不可杀

人","十诫"后五条剩下的四条依次是:

> 不可通奸。
>
> 不可偷盗。
>
> 不可为邻居做伪证。
>
> 不可贪恋邻居的房屋;也不可贪恋人的妻子、仆婢、牛驴,以及他一切所有的。

安妮德无可言语的恐惧正是因为她确实对鲁帕特心有爱意。她和鲁帕特曾是中学的同班同学。她从未和别人说过这个事实。在那个情窦初开的年代,安妮德曾经和其他的女同学一起嘲弄、挑逗过鲁帕特。现在,她和鲁帕特都假装从未发生过任何事,但安妮德的内心依然对鲁帕特充满了难以抑制的渴望。她确实有可能在潜意识中偷窃奎因夫人的丈夫,歪曲奎因夫人的言语,觊觎奎因夫人的名分、房子、孩子,以及她所拥有的一切,她将确实犯下"通奸、偷盗、做伪证,贪恋他人的房屋、丈夫、孩子,以及他一切所有的……"的罪行。当安妮德躺在奎因夫人房间的沙发上,耳边充斥着奎因夫人"刺耳和愤怒的呼吸声",她会从一些奇怪的梦中猛然惊醒,羞愧难当。在梦中,她"试图和那些最想不到也绝对禁止的对象性交,那些小孩,全身绑带的病人,甚至还有'她的母亲'"(51)。这些奇怪的难以启齿的性梦正是清醒时高尚的安妮德在白日的道德规训下努力想要压抑的黑暗欲望。正如卡罗尔·安·豪威尔斯(Coral Ann Howells)所指出的:奎因夫人是"安妮德的黑色镜像"(Howells, *Alice Munro* 152)。安妮德无法确定自己对于奎因夫人的厌恶究竟确实是因为奎因夫人道德败坏、冷酷无情,还是出于她自身的邪恶欲望。也正因如此,当奎因夫人挑衅安妮德——"我死了难道你不开心吗?"(Munro, *The Love of a Good Woman* 36)时,安妮德才会感觉被人揭穿了内心而挫败不已。所有困扰安妮德的东西,那些哥特主义小说中常见的鬼魂、噩梦和幽灵,都是安妮德精神上欲求不满而压抑与焦虑的反映。

含混、开放与相对主义的伦理观

另一个角度。传统的哥特小说的叙述大多以二元对立为主线：邪恶迫害美德、非法颠覆合法、欲望对抗道德、疯癫挑战理性。然而最后一定会回归邪不胜正的终局，具有强烈的道德训教目的。但门罗在《好女人的爱》中亦强调了一种妥协包容性，这也是极为典型的加拿大心理的表现，即相对主义的伦理观，而非绝对主义的伦理观。《好女人的爱》这个短篇在篇名中就包含了三个非常重要的关键词："好"、"女人"与"爱"。首先，这三个词都属于典型的二元对立中的某一极："好"与"坏"相对，"女人"与"男人"相对，"爱"与"恨"相对。三个词共同服务于西方哲学传统中的逻各斯中心主义，同时具有道德标准的指射性。"好"通常被认为是具有普遍价值的道德评语，"好"的标准应该是确定的，客观的，即"好就是好，坏就是坏"。"女人"不仅仅是区分性别的名称，也能指代理想的性别角色。譬如评价一个女性不够"女人"，往往是指她没有达到传统社会理念中的"温柔""贤惠""体贴"的标准。"爱"同样是积极的、正面的，它具有一种情感凝聚力，与性爱及生育之类的人类繁衍经验密不可分。但是，如果从相对主义伦理观的角度考察这三个词，就会发现原有的评判标准会因境遇的不同而产生复义性和不确定性。作为道德评判标尺的"好"，往往服务的只是某一特定社会的价值体系，是特定阶层所制定、指定的行为准则。"女人"一词，在父权社会，同样被暗含了相对于"男性"的边缘性身份。"爱"和"欲"的界限经常分界不明，具有模糊性。在加拿大的伦理评判体系中，往往会出现一种杂糅与含混，即强者不强，弱者不弱，善恶亦只在一念之间，或成魔或成佛，此岸与彼岸，互为镜像。

譬如，困扰"好女人"安妮德，阻止她及时做出"告发"行为的因素还有奎因夫人叙述的不可靠性。安妮德不能百分之一百地肯定鲁帕特就是凶手，因为奎因夫人说出秘密的时候已经病入膏肓，很难判定她当时一定是神志清醒的。同时，奎因夫人对于谋杀的场景先后提供了三个截然不同的版本，一个比一个露骨与淫荡，这很难让人不

第六章 哥特主义：加拿大历史、文化想象与伦理

对奎因夫人的动机和可信度产生怀疑：这一谋杀事件究竟只是奎因夫人在病中的臆想还是事实？只是为了刺痛安妮德，报复鲁帕特还是出于临终前的坦白？除此之外，安妮德内心的情感也干扰了她做出绝对客观的判断。这种情绪让安妮德非常困扰，她无法确认自己情感与理智的边界，换言之，她的伦理判断呈现一种边界的含混性，因此她无法采取可以确认的公正行动。门罗在叙述中有意为之的含混对于传统的伦理判断是一种挑战。安妮德内心的煎熬表明，简单以二元主义来化简现实中的复杂矛盾并不可行，"真"与"假"，"好"与"坏"，"善"与"恶"的界限往往是含混与模糊的。

故事中的"好女人"安妮德既希望像圣女一样奉献，又暗羡奎因夫人的女性魅力，渴望性爱的放肆与发泄。她自身的存在状态具有一个悖论：若成为圣女，就意味着要舍弃传统女性结婚生子的生活方式；而失去了母亲的职责，她亦不能成为一个完整的女性，也因此违背了社会道德对于女性的基本要求。在奎因夫人病重期间，安妮德事实上享受了一个代理母亲所拥有的责任感与完整感，一旦奎因夫人去世，她脆弱的母权就不能以她现在的家庭护士的身份维系。她必须离开这个家，什么都带不走。但是，如果安妮德嫁给鲁帕特，她就会成为另一个奎因夫人，一个新的奎因夫人。她能够把秩序带回混乱的奎因一家，自身也会因拥有母权而变得完整，得以享受真实的、有血有肉的生活，而不必要成为"殉道者"。这种选择似乎一举两得，但安妮德依然要对其中的伦理正义性做出判断：救赎他人是否只能有"自我牺牲"一种途径？自己能否同样得益？如果安妮德"以沉默予以配合……益处就会开出花来……为了别人，也为了她自己"（75—76）。

安妮德确实已经从自己的母亲身上学习到了"正义性"的另一种可能：有时候沉默是为了"让这个世界更适合生活"（75）。多年前年幼的安妮德曾无意中撞见父亲对母亲不忠，"一个女人坐在爸爸的腿上，她前面的一个东西，像是蛋筒冰激凌那个圆锥形的托，就塞在爸爸的嘴里"。当她一知半解地告诉母亲所见的场景时，母亲只是叮嘱她："不要告诉父亲你看到了。那太傻了。"（75）而现在，成年后

的安妮德才猛然意识到，母亲的沉默，母亲对于父亲不忠这一事实的刻意回避，只是为了更好地保卫她的家庭。在故事中门罗就是这样巧妙地让安妮德母亲的沉默、先前三个男孩的沉默与安妮德如今所面临的道德困境相互观照，他们的沉默也与已故的奎因夫人在病中恶毒的喋喋不休形成了鲜明的对比。"好女人应该让这个世界更适合生活，不仅为了她自己，也为了别人，因此，不要去告诉爸爸。"（75）"不要告诉别人"这一选择，指向了二元对立体系外的第三条道路。如果安妮德像母亲一样，对于奎因夫人的故事也保持沉默，对于鲁帕特可能的谋杀行为保持沉默，那么她的生活将会发生"翻天覆地的变化"。安妮德不但会成为鲁帕特理想的妻子，成为鲁帕特孩子们最好的继母，同时，她自身荒芜的感情生活也会获得拯救：她已经37岁了，她的未来或许就是老处女、孤独终老……

但是"好女人"安妮德的道德感是如此的强烈，使得她不愿考虑自身的得失。加拿大典型的"受害者"心理再一次在安妮德的伦理选择中占据了上风，她最后想到了一个舍生取义的极端设计——用自己的爱情和生命冒险，去试探鲁帕特的人性。安妮德会邀请鲁帕特去划船，并且告诉他自己不会游泳，然后她会在湖的中间揭发谋杀的秘密，如果鲁帕特真的是凶手，他可以将她一桨打入湖心，但他也有可能会跟她去自首。安妮德决心放弃自己的选择，让鲁帕特做出选择。这将是一个典型的哥特主义的凶案现场：

他只要拿其中的一块桨猛击她一下子，就能把她打入水里，让她沉下去。然后他可以弃船游回岸边，换一身衣服，声称他刚刚从谷仓回来，或者是散步回来，发现了她的汽车停在门口，她却不见踪影。即便是日后发现了她的相机，也只会使这种说法更加合情合理。她划船出去想拍一张照片，却不知怎么地落到了河里。

一旦他明白了自己的有利位置，她就告诉他。她会问他："都是真的吗？"（71—72）

第六章 哥特主义：加拿大历史、文化想象与伦理

在安排了这样极其类似《美国悲剧》（*An American Tragedy*, 1925）的谋杀场景后，门罗却留下了一个完全开放、意味深长的场景：

> "船桨藏起来了。"鲁帕特说。他走进了柳树丛去找船桨。一时间她看不见他了。她往水边又走近了一些，那里她的靴子稍稍地陷到了淤泥中，牵制了她的行动。如果她仔细听，她依然能够听见鲁帕特在树丛中的动静。但是如果她全神贯注于船的运动，那轻微的诡异的运动，她就能感觉到似乎周边很远的距离之内，一切都归于了沉寂。（77—78）

故事就此戛然而止。文字的指向，譬如"陷入淤泥"之类的表述似乎在暗示"坟墓"与"死亡"，同时鲁帕特的暂时缺席，又使得安妮德的意识处于绝对的中心位置并控制着周边环境的感知。这个经典的门罗结尾创造出了一种时间停滞的超验感，它是开放的，可以指向任何一种可能性。这种含混感增添了伦理经验的复杂性。

那么，鲁帕特最终是凶手吗？安妮德的命运又如何呢？

如果一定要追问结局的话，事实上门罗确实已在故事中暗示了安妮德最终会成为新的奎因夫人，她会"让这座房子不再对她有任何秘密，所有的东西都能按照她的意愿回到秩序之中"（77）。安妮德在故事末尾已然重生。当她最终返回鲁帕特的家，敲开房门直面鲁帕特的时候，门罗通过鲁帕特的双眼为读者呈现了一个和过去截然不同的安妮德："她穿了一套深绿色的真丝双绉的裙子，搭配小山羊皮的皮鞋。当她在家里穿戴这些东西的时候，曾经想过她这次打扮自己，也许会如何如何的不妥当，衣服会如何如何的不合适。现在她的头发做成了高高的法式盘发，脸上还施了粉。"（70）正如朱迪斯·麦克康姆斯所指出的，安妮德为自己所挑选的颜色已经将自己与鲁帕特的女人们联系在了一起：奎因夫人的眼睛是绿色的，而鲁帕特的姐姐则是格林夫人，格林（Green）即为绿色的意思。（Bloom 135）身着新装的安妮德全身充满了女性的优雅与诱惑，她的法式发髻则使她看起来更加酷

似奎因夫人，因为奎因夫人是法裔加拿大人，本名珍妮特，也是法裔女孩的名字。安妮德还主动邀请鲁帕特与她一起到河面上划船。朱迪斯·麦克康姆斯对这个细节同样指出，当安妮德接过鲁帕特递给她的套鞋时，她便如换上了水晶鞋的灰姑娘。（135）不仅于此，当安妮德邀请鲁帕特去划船的时候，她似乎对自己的性别魅力也相当自信了。她感到鲁帕特对待她的态度，已经和她做家庭看护时截然不同。鲁帕特现在更像是随性的农夫对待主动调情的女客。"好女人"安妮德最终与她的黑色镜像，已故的"坏女人"奎因夫人合体。

更为确切的线索其实被作者埋伏在了故事的序言——一个显而易见却最容易在阅读中被忽略的部分——设置在故事伊始的哥特式悬疑终于有了满意的解答：原本遗落在鲁帕特家中作为凶案证物的威伦斯先生的工具箱怎么会到了博物馆呢？那位匿名的捐赠者应该就是新的奎因夫人安妮德。应该就是她在整理房子，将房子重新恢复秩序的时候发现了被藏起来的秘密，并最终把工具箱捐了出去。就像所有的哥特故事最终的结局一样，原始、野蛮、血腥、粗鄙和混乱都终被翻页，曾经的秘密被安全地清理出去，秩序得到了重申和维护。

* * *

门罗的故事从来都不以道德评判为最终的目的，她从来都不是一位道德说教者。早在1982年的一次采访中，当被提问自己的作品中"是否蕴含了某些道德规训"时，她就明确给予了否定（Hancock, *Canadian Writers at Work* 223）。门罗以设置"道德的困境"见长，但目的并不在于结果，而是强调感悟、认知、理解、判断、选择的过程，所以她的故事才往往呈现开放的结局。在《好女人的爱》中，门罗以道德困境来探讨正义性的含混本质，从而瓦解了单一维度中评判标准的绝对性，强调了相对主义伦理的可能性。门罗创作的这种哲学倾向，就加拿大文学的整体特征而言，非常具有典型性。长期以来，加拿大文学存在相对主义伦理的传统，即排斥中心性、主体性、统一性，强调双重性、矛盾性、复义性。因此，在加拿大文学中，"顶天立地的英雄、劣迹昭著的恶棍均不多见"，反而"流放者、幸存者、孤独者、陌生人、旁观者、小人物、牺牲品、洒脱的失败者、升华的反思者、使人同情的罪犯、可爱的二流诗人、微型杰作……处处可见"（黄仲文，《加拿大英语文学简史》19）。这一点和美国文学形成鲜明的对比。加拿大当代著名文论家琳达·哈钦在《加拿大后现代主义》中曾这样探讨加拿大伦理中独特的相对主义性："也许后现代的反讽和矛盾最能贴切地表达出一种'整体的含混性'，这种'整体的含混性'本质上是加拿大性的，比如两种孤独、灌木花园，以及荣格主义的双重性。"（Hutcheon, *The Canadian Postmodern* 4）① 她还引用了罗伯特·莱克（Robert Lecker）的评论："加拿大是特殊的边境之地②……含混是边境人艺术的专属商标。"（162）与哈钦同为受到加拿大激进民族主义运动洗礼的一代，门罗的伦理哲学确实体现了一种独特的加拿大国民意识沉积。

---

① "两种孤独"出自加拿大著名作家休·麦克兰南的名作《两种孤独》；"灌木花园"出自加拿大著名文论家诺斯洛普·弗莱的著作《灌木花园：加拿大想象论文集》（*The Bush Garden: Essays on the Canadian Imagination*，1971）。
② "Borderland"在英语中具有"边境之地"和"模糊含混之境"的双关意思。

第三部分

如何讲述加拿大的故事

门罗是讲故事的艺术家。因为高超的讲述故事的技巧，她被誉为"作家中的作家"（"writers' writer"），而这个评语最初就来自门罗的一位国外作家粉丝，同为布克奖得主的英国作家，A. S. 拜厄特（A. S. Byatt, 1936—　）。在《环球邮报》的书评中，拜厄特坦言自己在创作《占有》（*Possession*, 1990）时借鉴了与门罗相似的现实表现手法。

> 艾丽丝·门罗是一位伟大的短篇小说家。她足以与契诃夫、莫泊桑（Guy de Maupassant, 1850—1893）、福楼拜（Gustave Flaubert, 1821—1880）三人比肩，其创新性与启发性不相上下。她的作品完全改变了我对于短篇小说的成见，也在过去的十年间影响了我自己的创作方式。
> 　　她的故事是纯粹加拿大的故事，扎根于特定的土壤与社会，描绘细致入微，刻画栩栩如生，一个外国读者读后也会感慨故事中的那些人物与环境是如此准确无误（这样的一种艺术转化对很多本地优秀的作家而言并不容易）。"她是作家中的作家"，这句话我已多次强调，的确语义双关、非常恰当。不过任何人都可以读懂门罗，可以从中得到启发，并被意想不到的故事所震撼。(16)

拜厄特尤其强调了门罗独特的叙述艺术。

> 即便是在她写作生涯的最初阶段，她也几乎没有写过那种传统的"结构结实"的小说。她的故事是片段性的，时空颠倒的，

启示性的，但是它们通常能在很短的篇幅中表达出一种整体性，一种完整的生命体验，并指明背后所蕴含的哲理（16）。

门罗讲述"故事"的这种非典型性，譬如断裂、省略、闪回、闪前、戏中戏、多重时空、主题并置、对话式复调、对位式复调……都是与传统小说的线性叙事背道而驰的艺术表达方式。这是一种高语境性的叙事技巧，它使得文本的阅读无法在单一的段落或者对话中获得全部的隐藏信息，叙述中大量的留白与矛盾，以及很多看似离题万里的东拉西扯，其实都依然留存在某种意义的观照下，离而不散、杂而不乱，于无声处，空谷幽兰。它甚至不同于"顿悟"类故事在最后一刻的恍然大悟，而是需要不断地回望，重新确定意义的隐喻点，在字里行间将真相一层层地抽丝剥茧。也正因此，门罗得以在短篇小说的方寸空间，将偏于一隅的加拿大的故事讲述得意味深长、余音绕梁。

另一角度，门罗这种非线性、高语境的叙述方式，这种"闲聊"（gossip）式的信息传递方式，也显示出和口述文学的亲缘性。《劳特里奇简明加拿大文学史》在前言中就曾特别对加拿大原住民的口述文学传统进行介绍，并指出："口述故事属于（与笔述故事）相对应的一种表达范式，是基于场景、源于社区的……故事的很多微妙之处是否能被听众领会都在于其表述的方式：身体的姿势，音调的起降，还有人群的反应，比如说大笑或者惊奇。这些全部都能为故事讲述的表演特性添砖加瓦。因此，同样的故事对于不同的故事讲述者和不同的听众而言，会引发其产生不同的意义联想。"（Lane 4—5）与帝国、男权社会、精英阶层主要以文字为记述和传承历史的方式不同，口述文学的信息传递方式天然具有边缘话语的文化反抗性，质疑了"历史记载的真实性必然属于书面"的论点。① 在加拿大文学传统中，不仅仅是原住民那些口口相传的故事保存下了在殖民者定居型社会中被迫

---

① 另一个广为研究的例子是美国印第安文学批评，其中口述文学传统被视为边缘群体对于殖民主义话语（笔述文学）的反抗。

"缺席"与"失声"族群的声音,同时加拿大作为后殖民主义国家,同样在成长的道路上寻找自己的声音,摆脱"影响焦虑"(anxiety of influence),以边缘叙述来对抗主流话语的压迫。此外,加拿大文学作为后殖民主义文学与女性主义文学之间的关联在本书第二部分已有论述,而在女性主义文学中,"口述"也是非常重要的文学传统。同为在历史叙述中的"沉默群体",女性主义的口述文学传统构建了一个具有高度私密性、非主流话语的权力真空地带。近年来,学界讨论的一大热点,就是通过对口述文学与笔述文学的"知识考古",考察两种表达形式背后不同"话语权力"的对峙与斗争。

具体在表达方式上,口述文学强调信息分享的私密性与个人体会,譬如通过身势、表情、语调、场景的结合,生动地传达寓意,使口述者、听者、特定的时间和场景彼此嵌套。门罗在讲述加拿大故事时经常采用的女性主义视角,非虚构与虚构叙述的结合,多重时空与声音的并置,信息的缺失、错位、扭曲、变形,以及叙述者与听众之间的默契与共同记忆——所有这些尝试,都在一定程度上将正统的笔述文学转化为潜在的口述文学,这在本质上是对文化的"重构"。门罗与她笔下的女性艺术家们借用男性的书写传统来记录原本属于女性/属下/他者的口述故事,也是在重构加拿大的历史与文化。门罗的叙述艺术就是"非典型性"。她对于文类与技巧的选择具有一种独特的杂糅性,即将西方经典的多重叙述技巧与女性后殖民的口述传统结合在一起,这不仅仅是对视角和语言的简单混杂,而是力图在结构上创建一种新的表述方式,在塑造自身意义的同时,也鼓励对文化霸权的抵抗与颠覆。正如评论家菲利普·玛查德(Philip Marchand)所评价的:门罗具有一种审美,总能够将故事讲述得直击人心。"(15)

第七章
新兴国家的标杆文类：短篇小说与加拿大文学传统

第一节　短篇小说的诞生与文类的文化等级划分

　　文类研究是个有趣的话题，在西方有着悠长的历史。西方诗学中关于文类的学说起源于柏拉图（Plato，公元前428—前347）。柏拉图从建立理想国的政治理念出发，将当时的文学作品进行了分类，包括"模仿叙述"的悲剧和戏剧、"单纯叙述"的颂歌，以及"混合叙述"的史诗。而亚里士多德（Aristotle，公元前384—前322）则是理论上将文学严格分类的第一人，其著作《诗学》（*Poetics*，公元前350）被视为西方第一部有科学体系的美学和文艺理论著作，也是第一部从文类出发来讨论文学的著作，开创了文类研究的先河。古典主义学派的贺拉斯（Horace，公元前65—前8）提出了艺术创作的"合式"原则，即"每种体裁都应该遵守规定的用处"，为文类形式树立了具体的法则。持同样意见的还有布瓦洛（Nicolas Boileau-Despreaux，1636—1711），他的代表作《诗的艺术》（*The Art of Poetry*，公元前19—前18）对不同的文学作品按照高低等级来分门别类。然而，文类理论发展的同时，严苛的分类规范也在一定程度上影响了文类的创新与发展。于是浪漫主义颠覆了新古典主义为悲剧、史诗、颂歌、喜剧或者诗歌等文学类型所划定的等级秩序，转而强调文学创作的情感表现。譬如法国文学大师雨果（Victor Hugo，1802—1885）就主张文学

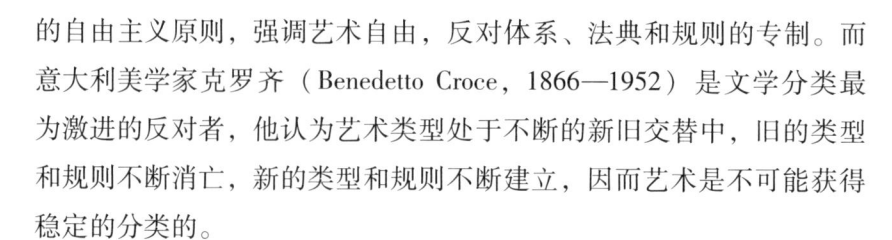

的自由主义原则,强调艺术自由,反对体系、法典和规则的专制。而意大利美学家克罗齐(Benedetto Croce,1866—1952)是文学分类最为激进的反对者,他认为艺术类型处于不断的新旧交替中,旧的类型和规则不断消亡,新的类型和规则不断建立,因而艺术是不可能获得稳定的分类的。

对于门罗的写作,一直以来都有一个问题:为什么选择短篇小说?这个问题背后有一个文化预设,即短篇小说是相对边缘的文类。通常而言,短篇小说被认为不如长篇小说的原因往往是短篇小说篇幅短,人物不多,叙事结构相对简单,因此,作家在决心创作长篇巨作之前常被建议"去写点儿短篇练练笔",但若只创作短篇小说,则会被揶揄"写不了长篇小说"。而门罗仅仅凭借短篇小说创作而斩获诺贝尔文学奖,确实被许多人视为"爆冷",颠覆了传统的文类等级划分。事实上,在诺贝尔文学奖迄今近120年的历史上,获奖作品主要集中于诗歌与长篇小说创作,以及少数剧作,在门罗之前从未有过短篇小说集获奖。而这样的文类分布,在世界范围内的各级文学奖项的评选结果中,也相当典型。

短篇小说作为一个独立的文类,大约在19世纪中期才开始兴起。尽管批评家们也可以一直上溯到薄伽丘(Giovanni Boccaccio,1313—1375)的《十日谈》(*The Decameron*,1351)与乔叟(Geoffrey Chaucer,1343—1400)的《坎特伯雷故事集》,但对短篇小说最早的评论和定义直到1842年才切实地出现在美国作家爱伦·坡那篇著名的《评霍桑〈重新讲述一遍的故事〉》("Review of Hawthorne's 'Twice-Told Tales'")中。爱伦·坡认为,短篇小说就是能让人用一顿饭的工夫读完的故事。事实上,短篇小说的起源和口述文学颇有渊源。在另一位短篇小说的代表大师亨利·詹姆斯(Henry James,1843—1916)首创"短篇小说"(short story)一词之前,"故事、传说"(tale)实际上就是这一文学体裁的代名词,而"tale"的解释就是"事件与发生事情的述说,一段闲聊,被透露的真相"("a recital of e-

第七章 新兴国家的标杆文类:短篇小说与加拿大文学传统

vents or happenings, a piece of gossip, a revelation"①),所以,短篇小说天然具有口述"闲说"的某些特征,譬如同样要求高语境性,讲故事的人留白于听故事的人的一种共情力。在爱伦·坡对于短篇小说的定义中,"短"只是表象,"效果统一"才是理论核心,即"一顿饭读完"的前提是在既定的长度内,叙述事件要紧密从属于整体,蔓枝败叶一概砍除。爱伦·坡同时提出了一个有趣的意见,即短篇小说要求读者积极分享共同的经历,因为其意义是通过间接的手段显露出来。换言之,短篇小说需要读者更为主动地为意义的完整共谋。如何达到这一效果呢?在后续的论文中,爱伦·坡提出两个条件必不可少,一是复杂性,二是暗示性,即所谓意义的潜流。后者尤其重要,要求作者必须超越故事情节本身,深入开掘一种内在意蕴,沟通读者情感,揭示存在世界的非理性本质,而最能切实迅速达到这一目的的途径,便是直觉。爱伦·坡的短篇小说理论第一次从形式和内容上对短篇小说这一新兴的文类作了较理论化的概括。

然而,年轻的短篇小说要牢固根基,积累自己的文化资本,尚需漫长的时日。1901年,同样是美国学者的布兰德·马修斯(Brander Matthews,1852—1929)出版了《短篇小说的哲学》(*The Philosophy of the Short-Story*),尝试在爱伦·坡的基础上对短篇小说进一步理论化。通过对薄伽丘、爱伦·坡、霍桑、莫泊桑、史蒂文森(Robert Louis Stevenson,1850—1894)、亨利·詹姆斯等短篇小说家作品的分析,马修斯认为短篇小说和长篇小说的差别并不是在篇幅上,而在结构上,即短篇小说具有"印象的统一性"("unity of impression"),一种长篇小说所达不到的整体性,同时对语言的精确度要求更高。次年,哈佛大学教授布利斯·佩里(Bliss Perry,1860—1954)在《散文小说研究》(*A Study of Prose Fiction*,1902)中以一个章节的篇幅,对短篇小说进行了论述。佩里认为由于篇幅短小,短篇小说的人物只有具有独特的魅力,才能迅速吸引读者,这也使得短篇小说在人物选

---

① 参见《美国传统词典》(*The American Heritage Dictionary*)第4版。

择上倾向卓越而舍弃平常,短篇小说的发展会因此更具浪漫主义色彩而偏离现实主义。1909 年,亨利·赛德尔·坎比(Henry Seidel Canby,1878—1961)出版了《英语短篇小说》(*The Short Story in English*,1909),尤其以散文口头叙事文学为研究对象,分析了从《十日谈》一直到霍桑、爱伦·坡与欧·亨利(O. Henry,1862—1910)的短篇作品,指出任何一个短篇小说作者,都是以某种叙事体裁注入道德寓意,短篇小说创作最为关键的,就是要构造作品的统一性。同年约瑟夫·伯格·埃赛威(Joseph Berg Esenwein,1867—1946)《创作短篇小说:有关现代小说之兴起、构成、写作与营销的实用手册》(*Writing the Short Story: A Practical Handbook on the Rise, Structure, Writing, and Sale of the Modern Short Story*)出版,旨在介绍短篇小说的写作模式,进一步推动这一体裁的市场化。而 1913 年卡尔·亨利·格拉波(Carl Henry Grabo,1881—1958)的《短篇小说艺术》(*The Art of Short Story*)和 1917 年布兰奇·科尔斯顿·威廉姆斯(Blanche Colton Williams,1879—1944)的《小说创作手册》(*A Handbook of Story Writing*)亦是基于同样的目的。

但有趣的是,当时这些评论家对于短篇小说孜孜不倦的探索与不遗余力的推介,并没有得到读者的认同。相反的,短篇小说这种新兴体裁对于长篇小说的挑战,还导致了当时大众对于短篇小说的"反感":众多严肃的评论家和读者纷纷加入了讨伐短篇小说的论战,报纸与杂志上充满了批评短篇小说"衰退""衰败""衰老"的文章。1922 年,吉尔伯特·塞尔迪斯(Gilbert Seldes,1893—1970)在《日冕》(*Dial*)上总结了这种反作用:"短篇小说是美国也许是任何国家最薄弱、最不重要、最乏味,又是最无意义的艺术品。"(Seldes)归根结底,短篇小说的关键问题在于:它是否有真正区别于长篇小说的独特的结构与创作原则?或者说,这又回到了 1901 年马修斯在《短篇小说的哲学》中最初提出的问题:定义短篇小说是否确实存在一种"固定的规则"?

尽管如此,短篇小说这一年轻的文类还是在争议之声中继续成

第七章 新兴国家的标杆文类：短篇小说与加拿大文学传统

长。1933年，"短篇小说"（short story）一词正式被《牛津英语词典》（增补本）（*The Oxford English Dictionary*）收入，成为获得官方认定的文学体裁。1943年，新批评的代表作《理解小说》（*Understanding Fiction*）出版，短篇小说的定义亦开始跳脱出形式与结构的窠臼，转而更强调美学而非叙述模式。1975年，诺曼·弗里德曼（Norman Friedman）在专著《小说的形式与意义》（*Form and Meaning in Fiction*）中再次提问：《究竟是什么使得短篇小说的篇幅短小?》（"What Makes a Short Story Short?"）弗里德曼用了一种简单粗暴的方式来定义短篇小说，他认为短篇小说的"短"其实是一种相对的特征；短篇小说之所以不同于长篇小说，就是因为短篇小说通常比长篇小说篇幅短，除此之外，短篇小说和长篇小说并没有显著不同，短篇小说的定义确切地说，不过是"短篇幅的虚构性散文体叙述"（a short narrative fiction in prose）。而查尔斯·梅（Charles E. May），这位当代短篇小说最为著名的研究专家，则显然持有截然不同的观点。在弗里德曼提问的次年，查尔斯·梅出版了《短篇小说理论》（*Short Story Theories*, 1976），他认为弗里德曼所同样提到的短篇小说的"顿悟"时刻，正是短篇小说的精髓所在。短篇小说因此得以超越平淡的日常生活而获得一种类似哲学家恩斯特·卡希尔（Ernst Kassirer）所提出的"转瞬而逝的、如神话般的感悟"（fleeting moments of mythical perception）。他进一步强调，爱伦·坡对于短篇小说艺术效果的统一论，与哲学家短篇小说的结构与主题之间，具有不可分割的整体性。但同时查尔斯·梅也忍不住在《序言》中感喟："相对于长篇小说评论不计其数的文学理论批评，短篇小说的严肃研究确实少得让人难为情。"（xi）

1982年，普渡大学（Purdue University）的文学季刊《现代小说研究》（*Modern Fiction Studies*）为短篇小说出了一个研究专辑，其中收录了苏珊娜·弗格森（Suzanne C. Ferguson）的《定义短篇小说：印象主义与形式》（"Defining the Short Story: Impressionism and Form"）。这是一篇对于短篇小说的发展具有突破性贡献的论文。弗格森指出短篇小说这种叙述文体从古至今一脉传承的某种专属特质，即现代短篇小说并不是一个独立的体裁,它与此前的"素描"(sketch,这个词本身就源自希腊语的"即兴")和"口述故事"(tale),虽然称呼不同,但本质却一样,皆是文学印象主义的写作技巧与写作要求的不同表现形式。弗格森所谓的文学印象主义,具体而言,就是作家需着重渲染特定情境中的感官印象,并在此基础上构建情节、人物、叙述模式,进而展现出整体的符合主题的写作风格。这种"印象主义"其实在很大程度上和爱伦·坡的"直觉说"异曲同工。1989 年,在《面对十字路口的短篇小说理论》(*Short Story: Theory at a Crossroads*)一书中,弗格森继续就短篇小说的话题撰写了另一篇重要论文《艺术类型等级体制下短篇小说的兴起》("The Rise of the Short Story in the Hierarchy of Genres"),其中就社会因素对于短篇小说潮起潮落的影响做了极为详细的分析。

而在欧洲,更早一些,皮埃尔·布尔迪厄在其《文化生产的场域》(*The Field of Cultural Production*,1993)一书中[①],对不同文类的地位差别也做出了相当有趣的解释。布尔迪厄认为,从经济角度而言,戏剧最为有利可图,诗歌最为无利可图,而长篇小说介于两者之间。然而,文类的文化等级划分是象征性的,恰恰与"商业性"相反,正所谓"曲高和寡"。"为了艺术而艺术"的作品具有自给自足的"艺术自治性",并不迎合市场,反而有意与大众欣赏拉开距离。因此,最具个人气质的诗歌就在艺术等级上高于长篇小说,而长篇小说又高于戏剧。如果以布尔迪厄的标准解释长篇小说与短篇小说之间的地位差别,似乎同样言之有理。作为一种文化商品,长篇小说的生产周期要长于短篇小说,对于读者的文化素养也要求更高,譬如有钱有闲且受过良好教育的中产阶级,因此是"限量版"商品;而短篇小

---

① 笔者参考的是该书的美国版,收录的布尔迪厄的论文集中在 1968—1987 年。其中主要概述文类等级差异的第一章,即 "The Field of Cultural Production, or: The Economic World Reversed",最初发表于 1983 年的《诗学》(*Poetics*, Amsterdam),12/4 – 5 (1983),pp. 311 – 356,translated by Richard Nice(Amsterdam: Elsevier Science Publishers)。

第七章　新兴国家的标杆文类：短篇小说与加拿大文学传统

说可以更大规模地刊登在刊物上，劳动阶级也消费得起，属于"大众版"商品。如果作家只创作短篇小说这种相对"非精英化"的文类，那么沦为"匠人"，而非"艺术家"的危险就会大大增加。当然布尔迪厄本人根本没有将短篇小说这一文类纳入他的讨论范围，由此更加印证了短篇小说这一文类确实长期被评论界忽视的事实，处于相当边缘的位置。

回到1982年《现代小说研究》的短篇小说专辑，值得一提的是，在这本书的最后还有两个附录，其中一个是编者之一的克莱里（Jo Ellyn Clarey）所撰写的《当代短篇小说理论指南》（"General Guide to Recent Short Story Theory"），这个指南很简洁，却为当时纷杂迷茫的短篇小说理论勾勒出了一幅相对清晰的理论脉络图。6年后，大洋彼岸出版了另一部重要的短篇小说专著。英国人约翰·贝里（John Bayley）的《短篇小说：从亨利·詹姆斯到伊丽莎白·鲍恩》（*The Short Story: Henry James to Elizabeth Bowen*, 1988）回顾了短篇小说的发展历史，探讨了短篇小说与诗歌的关系，列举了代表性的作家作品，并讨论了各流派之间的相互影响。书中引用了鲍恩对短篇小说的评价，即，短篇小说理论发展的落后，是因为短篇小说的研究缺乏一个可以依赖并发扬光大的传统，缺乏一个系统而详细的理论框架。鲍恩认为，短篇小说的实质在于"顿悟"的艺术特征与情节的"无结局"。

1996年，查尔斯·梅在期刊《短篇小说研究》（*Studies in Short Fiction*）上，再次就短篇小说的研究理论问题发表了一篇总结性论文：《短篇小说文类研究绪论》（"Prolegomenon to a Generic Study of the Short Story"）。查尔斯·梅在讨论短篇小说"为什么是短小的"这一经典的文类问题时，尤其引用了罗斯·萨科（Ruth Suckow）在1927年时发表的著名的反论，即在20世纪最初的25年，随着马修斯的《短篇小说的哲学》尝试对这一文类理论化，以及亨利·詹姆斯的巨大成功，这一阶段的短篇小说反而在创作形式化和公式化的狂欢中被反噬，以至于最后连爱德华·欧布莱恩（Edward Joseph Harrington O'Brien, 1890—1941）这样的短篇小说翘楚作家都开始将短篇小说这一文类（以及那些"该死的"短篇小说写作训练书籍）视为机器时代被机械化大批量生产的文化隐喻。查尔斯·梅同样提到了众多作家和批评家对短篇小说这一文类是否能够独立成立的质疑，譬如弗格森就认为并没有证据表明短篇小说拥有什么可以区别于其他小说创作的单独的特征或者一连串的特征；弗里德曼则认为短篇小说的定义不过就是"短的散文体虚构性叙述"；玛丽·露易丝·帕拉特（Mary Louise Pratt）怀疑尝试寻找短篇小说的特征是徒劳的，即便可能也会相当无趣；约翰·奥德里奇（John W. Aldridge）再次以欧布莱恩为例炮轰短篇小说是"流水线的产品"——空洞的技巧和空虚的意义。（May，"Prolegomenon" 461—462）但是在列举了以上种种对于短篇小说的质疑之声后，查尔斯·梅还是坚定地认为，这些评论者之所以反对短篇小说这一文类的独立与理论化，正是因为他们没有领悟短篇小说的真谛。

"究竟什么是构成短篇小说的关键呢？"最后引用布兰奇·杰尔冯特（Blanche H. Gelfant）在《哥伦比亚大学丛书：20世纪美国短篇小说》（*The Columbia Companion to the Twentieth Century American Short Story*，2000）序言中的一连串提问：

> 究竟是什么使得短篇小说成了一个独立的文学类别呢？究竟是什么因素使它能区别于其他的叙述形式呢？是它的简明扼要（这是个相对的定义，因此很值得商榷），或者是某些理论家所主张的某某特征，譬如印象统一性（埃德加·爱伦·坡提出来的，现在争议颇多）；或者是封闭性（但是对于那些开放性结尾的故事就不适用了）；或者是戏剧化的冲突（但有些故事是没有情节的，这又难以解释了）；或者是隐喻性的内在结构（隐藏在故事表面的现实主义叙述之下的）；又或者是"孤独的声音"[①]？（2）

[①] "孤独的声音"这一提法由爱尔兰作家弗兰克·奥康纳（Frank O'Connor，1903—1966）首先提出。

布兰奇·杰尔冯特最终也没有给出答案。但是短篇小说这一文类还是在新世纪站稳了脚跟。它最初随着 20 世纪末文学杂志的大爆炸而得以发展，并在文类的不断尝试与创新中成功吸引了众多已功成名就的长篇小说家，譬如亨利·詹姆斯、约瑟夫·康拉德、拉迪亚德·吉卜林（Rudyard Kipling, 1865—1936）、赫伯特·乔治·威尔斯（Herbert George Wells, 1866—1946），最终变成了现今我们所熟悉的，以詹姆斯·乔伊斯、凯瑟琳·曼斯菲尔德（Katherine Manthfield, 1888—1923）为代表的现代短篇小说。在一定程度上，短篇小说本身就是相对长篇小说而生的一种变革性文类。

第二节　文类颠覆、加拿大短篇小说与女性作家传统

关于短篇小说的变革性，弗兰克·奥康纳在其著名的论文《孤独的声音》中曾有过非常敏锐的观察："即便是在其诞生初期，短篇小说和长篇小说就在功能上有很大的不同，对于批评家而言，无论这种区分是多么困难，他们的首要工作依然是要界定这种不同。"（May, *Short Story Theories* 84）奥康纳进一步指出："在短篇小说中，总是有一种非法分子游离在社会边缘的感觉……因此，短篇小说具有长篇小说往往不常见的一种典型特质——对人性孤独的深刻领悟。"（87）奥康纳尤其注意到了短篇小说这一文类与国别文学之间有趣的关系，即"长篇小说和短篇小说之间具有某种独特的地缘特征。出于某些原因，专制时代的俄国和现代的美国都能出产伟大的长篇小说和伟大的短篇小说，但是在英格兰，毫不夸张地说，这里是长篇小说的故乡，而短篇小说的成绩就不那么亮眼了。另外，我的故乡（爱尔兰）没有能够产出一位有名的长篇小说家，但就我个人认为却有四五位一流的短篇小说家"（87）。确实如此，短篇小说在新兴国家中诸如新西兰、澳大利亚、加拿大与美国，相对更受欢迎，与其相对的则是在文学传统更为悠久的国家，诸如英国与中国，长篇崇拜的现象则比较明显。而这

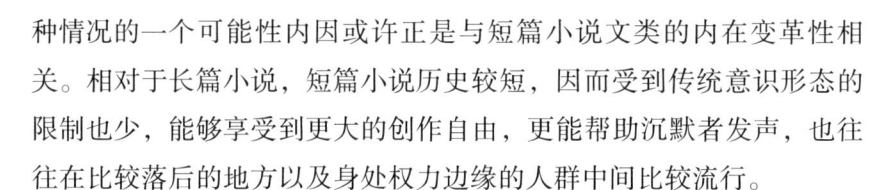

种情况的一个可能性内因或许正是与短篇小说文类的内在变革性相关。相对于长篇小说，短篇小说历史较短，因而受到传统意识形态的限制也少，能够享受到更大的创作自由，更能帮助沉默者发声，也往往在比较落后的地方以及身处权力边缘的人群中间比较流行。

在美国，现代短篇小说这一文类被海明威（Ernest Hemingway，1899—1961），以及数量众多的女性作家所发扬光大，包括凯特·萧邦（Kate Chopin，1850—1904）、薇拉·凯瑟、尤多拉·韦尔蒂，还有弗兰纳里·奥康纳（Flannery O'Connor，1925—1964）。而在与美国相毗邻的加拿大文坛，短篇小说更是堪称标杆文类，重要性有过之而无不及。以下的事实证明了短篇小说在加拿大的影响力：首先，几乎所有主要的加拿大作家都写过大量的短篇小说；其次，加拿大作家通常将在《纽约客》上发表短篇小说视为作家职业的阶段性高点，并将出版短篇小说集列入自己的职业规划；再次，加拿大评论界对短篇小说的艺术性给予了相当的肯定，以加拿大国内文学的最高奖项"加拿大总督文学奖"为例，30多年来短篇小说获奖的比例大约为1∶3，这与同时期世界其他国家的文学奖项的评选结果相比，绝对是难以想象的高比例，另外，加拿大短篇小说的文选集数量也是世界领先的；最后，加拿大短篇小说家的整体艺术水平在同时代短篇小说家中居于前列（以艾丽丝·门罗、玛格丽特·阿特伍德为代表），所获的奖项几乎囊括了当今文坛所有重要的奖项，包括美国国家书评奖，W. H. 史密斯文学奖，曼布克国际文学奖，以及2013年划时代的诺贝尔文学奖。

同时，加拿大的短篇小说也具有不同于美、英短篇小说的独特"加拿大"特征。威廉·赫伯特·纽在《加拿大文学史》中指出："加拿大的短篇小说情节极少，人物只有个轮廓，故事用暗示表述。戏剧性冲突仅存在于感受之中。这样的文艺形式有别于情节复杂、人物众多的美国短篇小说，也不同于以历史叙述为特点的英国短篇小说。但是又不能将我国的短篇小说同上述英、美的不同模式截然分开，因为后者仍在影响着加拿大作家。"（173）就表现特征而言，加

第七章 新兴国家的标杆文类：短篇小说与加拿大文学传统

拿大短篇小说具有一种"散文"性，而这种特质与加拿大文学起源的各类写实性随笔文学颇有关联。"通过散文这种形式，以前直接处理加拿大体裁的纪实文献方式才被用到加拿大的短篇小说之中。"（173）这种既传承又变革的加拿大特质，配以短篇小说这种具有内在变革性的年轻文类，在很大程度上恰好契合了成长中的加拿大作家渴望突破影响焦虑从而实现自我表达的诉求。弗兰克·戴维在《文类颠覆与加拿大短篇小说》（"Genre Subversion and the Canadian Short Story"）一文中如此表述：

> 英语系的美国短篇小说在发展中带来的文类语言的变革是巨大的，而阅读加拿大短篇小说在这方面的要求更是有过之而无不及，即对于"故事"这种文类更加多元、灵活的态度，对此类别的使用语言也更为"宽容"。彼驰克劳福特（Beachcroft）曾呼吁英语系的美国短篇小说要与寓言（parable）、神话（fable）、传说（legend）、轶事（anecdote）以及散文（essay）划清界限，但是加拿大的短篇小说却完全不认为有此必要，因为加拿大的短篇小说和上述的文类是没有等级之分的，反之，它们共同构建了一种不稳定的符号系统，而加拿大的短篇小说得以从中不断汲取养分。（Davey 10—11）

加拿大的短篇小说之所以是"加拿大"的，正是因为上述的这些事实。所以在 K. P. 史地驰（K. P. Stich）的批评专著《沉思：自传与加拿大文学》（*Reflections*: *Autobiography and Canadian Literature*）中，会同时收录评论门罗虚构故事的论文与研究加拿大作家约翰·格拉斯科（John Glassco, 1909—1981）所作的夹杂了大量日志、日记、速写与旅行札记的《蒙帕纳斯回忆录》（*Memoirs of Montparnasse*, 1970）。就加拿大的英语文学而言，短篇小说这一文类对于文类界限的突破表现得特别明显。

加拿大短篇小说最具"加拿大性"的特征，亦在于其对"稳定"

"同一""明确定义"的抵抗态度。这恰好契合了当代文类研究的一个主流观点,即推崇文类杂糅,认为文学文本是一个包含了不同文类因子与话语特征的异质的混合体。贝伦·马丁(Belen Martin)在其专著《文学类别/女性类别:加拿大近二十年短篇小说圈研究》(*Literary Genre / Female Genre: Twenty Years of the Story Cycle in Canada*)一书中指出,这种文类杂糅的越界特征,是与加拿大渴望摆脱英国文学与美国文学的帝国主义影响,期待寻找加拿大专属的文学身份所密不可分的。也正如凯西·赫曼森(Casie Hermansson)在《最终属性加拿大?》("Canadian in the End?")一文中所言:

> 短篇小说确实是一种非常完美的加拿大的形式……短篇小说构建了一种相对性的"身份"("多样性"),因为这一文类与生俱来就有一种互文性。当然互文性并不是加拿大短篇小说所独有的,但我依然认为加拿大的短篇小说非常积极地表现出了对于"他者性"问题的关怀,也许这就是"加拿大"的特征所在。(Hermansson 808)

这种对"他者性的自察",赫曼森继续指出,是一种"重要的加拿大国民性格"。众多的加拿大短篇小说不是孤立存在的,它们是在一个大的文化背景下,共同参与了一种有关文化异质、多样性以及变化中的身份构建问题的历史大叙述。"正是这些短篇小说之间的空间构建了'加拿大性'……短篇小说的目的(或许也是初心)就在于为他者的可能性提供动能。短篇小说这种新文类的诞生有很充分的原因,尤其是为了能够抒发这样一种意识:它们是'社会性'的,与他者相伴而生。"(809)赫尔曼随后强调加拿大短篇小说集所表现出来的那种多样性,那种由众多短篇小说所集中体现的强烈的"马赛克"和"拼贴"的特质,正是对于任何试图以大统一的"主流叙述"来定义"加拿大性"做法的拒绝与反抗。

也正因此,尽管加拿大的短篇小说从时间线上看比美国的短篇小

第七章 新兴国家的标杆文类：短篇小说与加拿大文学传统

说更为年轻，但却发展更为迅猛。在整个 19 世纪，短篇小说在加拿大都是仅次于诗歌的最受欢迎的一种文类。在整体北美报纸与杂志繁荣兴旺的文化大背景下，众多加拿大作家获得了前所有未的机会与激励。在 1960 年代开始的所谓的"加拿大文艺复兴"之前，加拿大已经引以为豪地拥有了相当数量的一流短篇小说家：莎拉·邓肯、斯蒂芬·利科克、杰西·乔治娜·赛姆（Jessie Georgina Sime，1868—1958）、弗雷德里克·菲利普·格罗夫、莫利·卡汉拉、辛克莱·罗斯、艾瑟尔·威尔逊（Ethel Wilson，1888—1980），以及莫迪赛·里奇勒、玛格丽特·劳伦斯、梅维斯·加兰特，当然，还有艾丽丝·门罗。正是最初利科克具有强烈加拿大幽默感的"素描"（sketch），加拿大文学才得以在 1912 年就开始被世界文坛认知，也正是因为雷蒙德·耐斯特（Raymond Knister，1899—1932）、格罗夫、卡汉拉与辛克莱·罗斯在现代短篇小说这一文类上的突出成就，加拿大文学才逐渐发展、壮大，使得"加拿大文学"的学科独立成为可能。但是，尽管如此，扎根于加拿大本土的优秀作家们，却往往困于加拿大在世界文坛过于边缘的地位而不能像他们的英国同行或者美国同行一样获得应有的荣耀，加拿大的女性短篇小说家则忍受着"加拿大"与"女性"身份标签的双重制约。

从加拿大诞生伊始，加拿大的女性作家就几乎立即与短篇小说这个新生文类结下了同盟，并在加拿大文学经典中牢牢占据了显著地位。"从穆迪、特雷尔、奥斯顿索（Martha Ostenso，1900—1963）、威尔逊、蒙哥马利、劳伦斯、加兰特、阿特伍德、托马斯到门罗……把她们（任何地方的女性作家）与用英语创作的加拿大作家相提并论的不止我一个人。"（Hutcheon，*The Canadian Postmodern* 5）琳达·哈钦在《加拿大现代英语小说研究》中如是说。早期的加拿大男性作家多是偏好浪漫主义诗歌这一母国传统文类的，加拿大女性作家则从一开始就倾向现实主义。苏珊娜·穆迪、凯瑟琳·帕尔·特雷尔、伊莎贝拉·薇兰斯·克劳福德（Isabella Valancy Crawford，1850—1887）等早在 1880 年之前的英属北美时代就开始孜孜不倦地探索短篇小说这

225

种新文类的可能性。洛琳·麦克穆兰（Lorraine McMullen）和桑德拉·坎贝尔（Sandra Campbell）编辑的一系列加拿大女性短篇小说集，包括《身为开拓者的女性们：加拿大女性短篇小说集，从新大陆到1880年》（*Pioneering Women：Short Stories by Canadian Women, Beginnings to 1880*，1993）、《渴望中的女性：加拿大女性短篇小说1880—1900》（*Aspiring Women：Short Stories by Canadian Women 1880—1900*，1993）以及《新女性：加拿大女性短篇小说1900—1920》（*New Women：Short Stories by Canadian Women 1900—1920*，1991）三部曲。这些重新收录成集的女性短篇小说向世人再现了曾经被湮灭的各种各样的女性声音，亦为后世的加拿大女性短篇小说作家提供了卓越的叙述范本。

同时，米契尔·盖德佩勒（Michelle Gadpaille）1988年出版的专著《加拿大短篇小说》（*The Canadian Short Story*），重点研究的三位代表性的加拿大短篇小说家亦全部是女性作家：梅维斯·加兰特、艾丽丝·门罗、玛格丽特·阿特伍德。为什么会出现这种完全意义上的性别垄断呢？盖德佩勒自己是这样解释的：

> 这些作家居然全部是女性作家，这是一个事实，而对于研究短篇小说这种堪称加拿大文学最强文类的学者而言，这也是一个谜。加兰特、门罗和阿特伍德，如果还没有算上奥黛丽·托马斯，都是必读的……但是很难找到男性作家的短篇小说集，可以（像上述几位女性作家一样）同时满足读者的阅读愉悦与体现作家的艺术代表性，譬如加兰特的《巴黎的另一面》（*The Other Paris*，1956）、门罗的《我一直想告诉你的事》、阿特伍德的《跳舞的女孩》（*Dancing Girls*，1977），还有托马斯的《再见哈罗德，祝好运》（*Goodbye Harold, Good Luck*，1986）。(7)

盖德佩勒进一步指出，加拿大女性作家在短篇小说这一文类的统治地位也反映出短篇小说目前倾向内在、身体、情感，并最终指向精神世

第七章 新兴国家的标杆文类：短篇小说与加拿大文学传统

界的发展趋势，而这些领域都是加拿大的男性作家尚未投入大量精力并持续关注的。在过去的25年，短篇小说逐渐演变出一种"新故事"的模式，确认了"讲故事"这一行为具有的"自我探索、理解、治愈"的功能；而要想从日常生活中化腐朽为神奇地创作出文学作品，也必然要求作家具有敏锐的共情与感悟能力。正因为短篇小说具有"通俗""高雅文学"的双重性，众多女性作家尤其偏爱短篇小说，将其视为女性"巩固对公众想象力的控制"的一种手段。

第三节　门罗的双重文化身份与文类选择

在加拿大众多的女性短篇小说家中，艾丽丝·门罗是很特别的一位，因为她仅创作短篇小说，而不像别的作家那样同时创作长篇和短篇作品。在专著《深入阅读：艾丽丝·门罗档案库研究》（*Reading in*：*Alice Munro's Archives*）中，门罗研究学者乔安·麦克凯格（JoAnn McCaig）曾如此总结在门罗的创作时代短篇小说的种种劣势：首先，作为一种文学形式，短篇小说的发展历史相对较短，缺乏足够的时间沉淀去为自己赢得有分量的评论关注；其次，由于杂志市场的推波助澜，短篇小说比起长篇小说更为通俗大众，而根据布尔迪厄所描绘的文类等级观，通俗作品容易被评论家轻视；最后，长篇小说所具有的形式特征更适合表达所谓统治阶级文化的意识形态，因此也当仁不让地成为主流的艺术形态。（McCaig 86）既然如此，就文类的接受度而言，在20世纪50年代，当年轻的作家门罗立志将写作作为毕生追求时，长篇小说显然应该对她更具诱惑力。为什么门罗会最终选择短篇小说，并坚持以这样一种边缘文类来开辟自己的文学事业呢？

追根溯源，门罗的选择是与其作为加拿大作家与女性作家的双重身份密不可分的。首先，门罗进入文坛的时期，正是加拿大短篇小说开始全面兴盛的历史时刻。伴随着20世纪50年代加拿大文化民族主义运动的浪潮，在国家文化政策的强力扶持下，加拿大出版业迎来了期待已久的繁荣。尽管如此，基于规模效应的劣势，地广人稀的加拿大依然难以在出版业上与美国的出版商形成竞争，对于文坛新人而言，无论是创作在文类等级阶梯上位居高层的诗歌，还是商业价值最强的长篇小说，想要出版都很难。唯一的突破口反而是在文类等级位居下端的短篇小说。相对而言，短篇小说的生命力更强，甚至可以拥有两次出版生命：先在杂志出版，随后在同一作家的短篇集或者在不同作家的文选集中二次出版。也正因为此，作为文坛新人的门罗会选择短篇小说这一文类作为职业生涯的切入点。短篇故事集虽然不如长篇小说好卖，单个的短篇故事却更容易敲开电台与杂志的大门。在加拿大政府的政策性扶持下，加拿大艺术委员会每年都有对于加拿大广播电台与各类刊物的专项拨款，并且有"加拿大内容"硬性规定的保驾护航，加拿大本土对于本国原创短篇小说的需求是巨大的。门罗的选择，在一定程度上也是对当时加拿大文学发展大环境的顺势而为。

其次，在门罗写作的年代，加拿大女性的职业化程度并不高。虽然在第二次世界大战期间，加拿大女性曾大量地涌入劳动力市场以填补男性劳动力的缺失，加拿大政府也在政策和舆论上给予了大力推动，但一旦战争结束，政策便随即转向，社会舆论也重新希望女性回归家庭。贤妻良母是普遍的期望，婚姻往往就意味着女性事业的结束。而女性知识分子更是凤毛麟角的群体，通常社会并不相信女性可以从事任何严肃的智力型的职业，同时男性也不会在家里帮忙做家务——那是女人的事。艾丽丝·门罗1951年结婚时刚刚年满20岁，婚后便陪伴丈夫迁居温哥华，七年内诞下四女（一女夭折），因此在很长一段时间，她的身份都只是全职主妇，写作只是忙忙碌碌的家务之余的"个人爱好"。在《门罗作品精选集》的"导言"中，门罗曾坦言她选择创作短篇小说而不是长篇小说的原因非常简单，就是因为每天要做大量的家务，根本无法保证长时间高强度的写作，而那是长篇小说创作必不可少的（Munro, *Selected Stories* xiv）。就门罗早期的创作现实而言，确实如此。尽管门罗的第一任丈夫非常支持妻子的写作理想，她每天的首要责任依然是保证全家人的三餐、打扫整座房

第七章 新兴国家的标杆文类：短篇小说与加拿大文学传统

子，必要的时候也在家里的书店帮忙做收银员。回忆那段日子，门罗说："我总是在阅读……在写作，而且当然了，还得打扫房间，照料孩子，并且躲避邻居。"（xiv）在这种情况下，她能自由支配用于写作的时间非常少。门罗没有自己的书房，习惯在餐桌上写作，常常边洗碗边构思，然后利用孩子们午睡的时间，或者用洗衣机洗衣服的时间，把想法记录在纸上做整理，半夜里待全家都入睡后再起床修改……这种创作状态确实不利于长篇小说的写作。

因此，门罗最初对于文类的选择，也受到那个时代的女性所共有的现实制约。门罗出版第一个短篇集《快乐影子之舞》时已经 37 岁了，其中共收录了包括《沃克兄弟的牛仔》、《重重心像》、《男孩与女孩》、《红裙子——1946》（"Red Dress – 1946"）、《乌特勒支停战协议》、《快乐影子之舞》等 15 个短篇，全部创作时间超过 15 年。在一次访谈中，门罗回忆称《蝴蝶日》是其最早完成的一个故事，当时她年仅 21 岁。《谢谢让我们搭车》（"Thanks for the Ride"）创作于 1953 年。"我记得很清楚，那时我的第一个宝宝就躺在我身边的摇篮里。因此我 22 岁。其他的作品要晚很多，大约是我三十几岁的时候写的，包括《快乐影子之舞》，还有《乌特勒支停战协议》，《重重心像》则是最后写的。《沃克兄弟的牛仔》也是 30 岁以后写的。所以故事之间的创作间隔真的很长。"（McCulloch 228）对于门罗而言，20 世纪 50 年代后期，尤其是女儿詹尼出生后，是她极为痛苦的一段创作瓶颈期。根据罗伯特·撒克的传记记载，作家在那一段时间曾经尝试长篇写作，但是非常不成功，同时短篇小说也有近四五年没有任何发表。

新的问题在于，尽管存在这些现实原因，在门罗创作的中后期，她的创作条件已经大大改善，她已经不再有太大的人与事或经济的压力，能够保证从容与自由地去创作，那么，为什么门罗依然坚持了短篇小说这一文类？短篇小说集不仅在奖项上不被讨好，也远不如长篇小说好卖。《快乐影子之舞》于 1968 年正式出版时，全加拿大的发行量仅为区区 2500 本。尽管该作品一经出版好评如潮，并于 1969 年春一举赢得了加拿大国内最高的文学奖项"加拿大总督文学奖"，但依

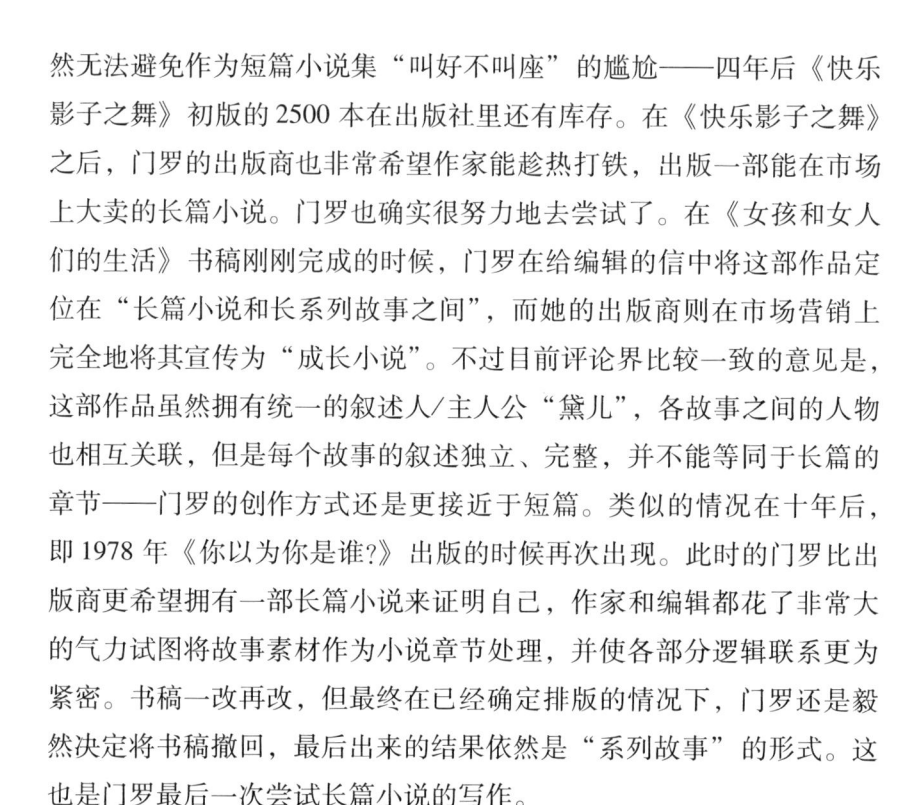

然无法避免作为短篇小说集"叫好不叫座"的尴尬——四年后《快乐影子之舞》初版的2500本在出版社里还有库存。在《快乐影子之舞》之后,门罗的出版商也非常希望作家能趁热打铁,出版一部能在市场上大卖的长篇小说。门罗也确实很努力地去尝试了。在《女孩和女人们的生活》书稿刚刚完成的时候,门罗在给编辑的信中将这部作品定位在"长篇小说和长系列故事之间",而她的出版商则在市场营销上完全地将其宣传为"成长小说"。不过目前评论界比较一致的意见是,这部作品虽然拥有统一的叙述人/主人公"黛儿",各故事之间的人物也相互关联,但是每个故事的叙述独立、完整,并不能等同于长篇的章节——门罗的创作方式还是更接近于短篇。类似的情况在十年后,即1978年《你以为你是谁?》出版的时候再次出现。此时的门罗比出版商更希望拥有一部长篇小说来证明自己,作家和编辑都花了非常大的气力试图将故事素材作为小说章节处理,并使各部分逻辑联系更为紧密。书稿一改再改,但最终在已经确定排版的情况下,门罗还是毅然决定将书稿撤回,最后出来的结果依然是"系列故事"的形式。这也是门罗最后一次尝试长篇小说的写作。

有趣的是,短篇小说往往被人误解为"女性文类",不仅是因为很多女性对这一文类有偏爱,更是因为女性被认为比男性缺乏逻辑性,思路比较散乱,难以胜任长篇小说的构思,因此短篇小说作为"女性文类"也就比不上作为"男性文类"的长篇小说。门罗最终放弃了长篇小说的创作而专攻短篇小说,是否因为作家承认了自己在性别视角上的创作局限性呢?当然非也。短篇小说这一文类对于门罗的吸引力也是与作家本人的艺术审美观息息相关的。在经历了痛苦的长篇小说创作尝试后,在不断地改写、重写的过程中,门罗逐渐认识到短篇小说这种艺术形式才是她真正想要写作的文类,超过其他任何的文类,也只有这种艺术才最适合她的写作习惯,最能展现她的才能。门罗曾在1986年的一次访谈中坦言,她觉得短篇小说是她看待世界的方式:"我不再对打磨完美的长篇小说感兴趣。我希望写的故事能够集中火力,传达片段性的但是强烈的人生体验。……长篇小说有一

第七章 新兴国家的标杆文类：短篇小说与加拿大文学传统

种连贯性，但是在我周围的生活中我其实看不到那种连贯性。"（Sl-open）1987年，门罗再次强调："我认为在所有的写作中，最有吸引力的还是单个儿的短篇小说。它能让我前所未有地感到满足。……我自己花了很长时间才对自己是一名短篇小说家的事实感到释然。"（Hancock, *Canadian Writer*s 190）而在1994年《巴黎评论》（*Paris Review*）的访谈中，门罗对这个问题做了最后总结："我永远都不可能写出长篇来，因为我就不是那样想的。"（McCulloch 263）而在吉布森的回忆录《讲故事的人的故事》里，他同样提及了另外一件逸事：吉布森曾经受门罗的委托，代其出席了一次门罗作品研讨会，会上有位教授花了很大精力试图论证《我一直想告诉你的事》事实上是本隐秘的长篇小说作品。而当吉布森回来转述给门罗听时，她的反应不仅是震惊，更是愤怒的。她愤怒这种对自己作品的曲解，也愤怒对于短篇小说这种隐蔽的"文类歧视"。

以上种种证据都表明：门罗的创作偏好与她看待世界的方式是密不可分的。如果说门罗前期的文类选择主要还是外在环境的推动，那么门罗中后期的短篇小说写作则有愈来愈明确的创作理念和宗旨。门罗认为，人们从一种经历到另一种经历，彼此往往是不相干的，生活的本质是碎片性与含混性的，而不是如长篇小说所隐喻的那种逻辑性、整体性和绝对性。短篇小说这种艺术形式尤其擅于表现生活的"管中窥豹"，更强调聚焦人生"经历的紧张时刻"，往往具有紧凑的时间结构和破碎的情节张力，高度暗示性的、断裂凌乱的表征，以及开放的结局，因此是表达门罗"剪纸"式的创作观的理想文类。她的行文看似琐碎，不成形状，却深藏着人生的顿悟。通过她特有的女性的敏锐，门罗反复修改，不断打磨风格，力求在故事的讲述技巧上精益求精，通过"意义的留白与互补"（Howells, *Alice Munro* 10—11），构造一种"平行世界"（"worlds alongside"），相同或者不同的人物对于同一事件的不同观点、不同的解释相互映照，过去与现在的并置，以及对于固定意义的延宕，都强调了人类经验的流动、不完整、变幻无常和最终的"未知"。半个多世纪以来，门罗正是通过短篇小说这一具有内在变革性的新生文类，构建了一个复杂多面的虚构世界，她继承了加拿大文学的地域主义传统，或者更准确一点，是安大略传统，同时继承了加拿大文学的后殖民与女性主义的身份定位，从而表现出加拿大人在文化自我意识上那种独特的边缘感。

第八章
门罗的非典型性短篇小说：
游走在虚构与非虚构之间

第一节 虚构性自传

正如短篇小说这一文类具有与生俱来的实验性与挑战性，作家门罗也是一位孜孜不倦、坚定不移的艺术创新者。门罗创作的并不是传统意义的短篇小说，她走得更远。她的很多作品带有强烈的自传与回忆录性质。虽然很多作家的名篇都带有一定程度的自传特征，譬如华兹华斯（William Wordsworth，1770—1850）的《序曲》（*The Prelude*，1850）、狄更斯的《大卫·科波菲尔》（*David Copperfield*，1849）、马塞尔·普鲁斯特（Marcel Proust，1871—1922）的《追忆似水年华》（*In Search of Lost Time*，1913）、D. H. 劳伦斯的《儿子与情人》（*Sons and Lovers*，1913）、詹姆斯·乔伊斯的《一个青年艺术家的画像》（*A Portrait of the Artist as a Young Man*，1916）、田纳西·威廉姆斯的《玻璃动物园》（*The Glass Menagerie*，1945）、尤金·奥尼尔（Eugene O'Neill，1888—1953）的《进入黑夜的漫长旅程》（*Long Day's Journey into Night*，1940）……但是，几乎很少有作家像门罗这样，在其漫长的超过半个世纪的写作生涯中，坚定地从自己所经历的真实的生活中汲取艺术养分。在和老朋友约翰·迈特卡夫的一次访谈中，门罗再一次被问到了那个熟悉的问题："你的故事究竟在多大程度上是自传性的？"

门罗对此的回答是：

> 我猜我对这个问题有一个标准答案……就事件而言，不，不是自传性的，但是就情感而言，百分之一百是的。就事件而言，即便是如《女孩和女人们的生活》这样的作品——我猜这一部或许可以被称为自传性小说——但即便如此，故事里所发生的事都已经和现实生活中真实发生的事做了艺术转换了。有一些是完全虚构的，但是情感是真实的，譬如女孩对于母亲的感情，对于男性的感觉，以及对于人生所有的感悟……这些都是实实在在的自传性的。对此我完全不否认。（Metcalf 58）

门罗并且列举了《周日午后》（"Sunday Afternoon"，1969）、《男孩与女孩》以及《乌特勒支停战协议》这些故事——她最初使用自传性素材的尝试。

更为详细的例证则是门罗研究专家罗伯特·撒克的门罗传记《艾丽丝·门罗：书写她的生活》。这本书的定位其实是门罗的创作传记，而不是作家的个人生活传记。撒克在书中以一个文学考古学者的严谨态度，深入挖掘了门罗所有自传性写作的蛛丝马迹，非常详细地将作家真实的生活经历与其出版的作品以及未完成的手稿做了一一比对，发现门罗的创作理念始终是基于"真实的生活"的。门罗的第二部短篇小说集《女孩和女人们的生活》原本拟定的书名叫《真实的生活》（*Real Life*），而后在门罗的第八本短篇小说集中，作家又收录了一篇名为《真实的生活》（"A Real Life"）的故事，故事的女主人公身上带着作家父母合体的影子。在门罗的其他故事里，"真实的生活"也是无处不在。作家以自己的家乡小镇为原型创作了门罗地域，以自己家庭的文化背景构建了安大略"元家庭"，以自己的个人经历记录了女性艺术家的典型路径，而且她对现实主义的描绘是如此的逼真，以至于故乡威厄姆镇上的居民（一如利科克家乡的奥利利亚镇的居民），一度愤怒地认为门罗是在丑化家乡而把她的书列为图书馆的禁书。即

第八章　门罗的非典型性短篇小说：游走在虚构与非虚构之间

便如此，门罗从不回避她对于真实生活的使用，她从不回避自己书写的是"她的生活"，因此她的创作显而易见的是整体带有自传化特征，具有极强的个人色彩，总是曲折地影射个人经历，或以虚构形式叙写个人历史心境。

对于大多数作家而言，这样的创作倾向是极为危险的，因为评论界的传统观念认为非虚构类作品的艺术性要低于虚构类作品，例如诺贝尔文学奖的设立初衷就是颁给创作出具有理想倾向的最佳作品的人。因此，带自传性质的作品容易被误认为缺少创作力。而门罗对于短篇小说这一文类的最大贡献，就在于她的写作突破了原本泾渭分明的文类限制，即虚构类作品与非虚构类作品之间文化审美的等级线。她创造了一个自传空间，一个介乎现实与虚构之间（in-betweenness）的存在，有意地在自身的虚构性与非虚构性的文本中建立联系，通过文本的相互指涉，使得所有独立的短篇小说都能相互吸引、呼应而形成一个新的整体文本，而其中所有活动都有一个共同的目的，即对自我、对真实的探寻与揭示。正是这种精心创造的写作策略构建了门罗具有强烈个人标志的非典型性短篇小说，通过模糊文类的界限，扩宽并增加了短篇小说内容的广度与深度。而门罗在创作上的自传性倾向，也与其所处的文化环境、时代思潮不谋而合。

首先，年轻的加拿大文学诞生于新闻、探险日志、传教士报告、游记、移民的日记、回忆录、书信、散文随笔等非虚构性文本中，譬如苏珊娜·穆迪的《丛林的艰苦岁月》（自传）、凯瑟琳·帕尔·特雷尔的《加拿大的丛林区》（*The Back Woods of Canada*，1836）（真实的书信合集）、《加拿大移民手册》（*The Canadian Settler's Guide*，1854）（实用生活手册）等，这使得加拿大的虚构类文学作品天然具有对非虚构类文本的亲缘性。加拿大著名的文学理论大师诺斯洛普·弗莱在其1957年出版的文学理论代表著作《批评的解剖》中，在西方古典批评传统把文学分为史诗、戏剧、抒情作品三个类别的基础上，把文学进一步扩展为四种基本类型：史诗、散文、戏剧、抒情诗，同时将自传也归并为散文体虚构类，同属于这一类的还有小说、浪漫故事

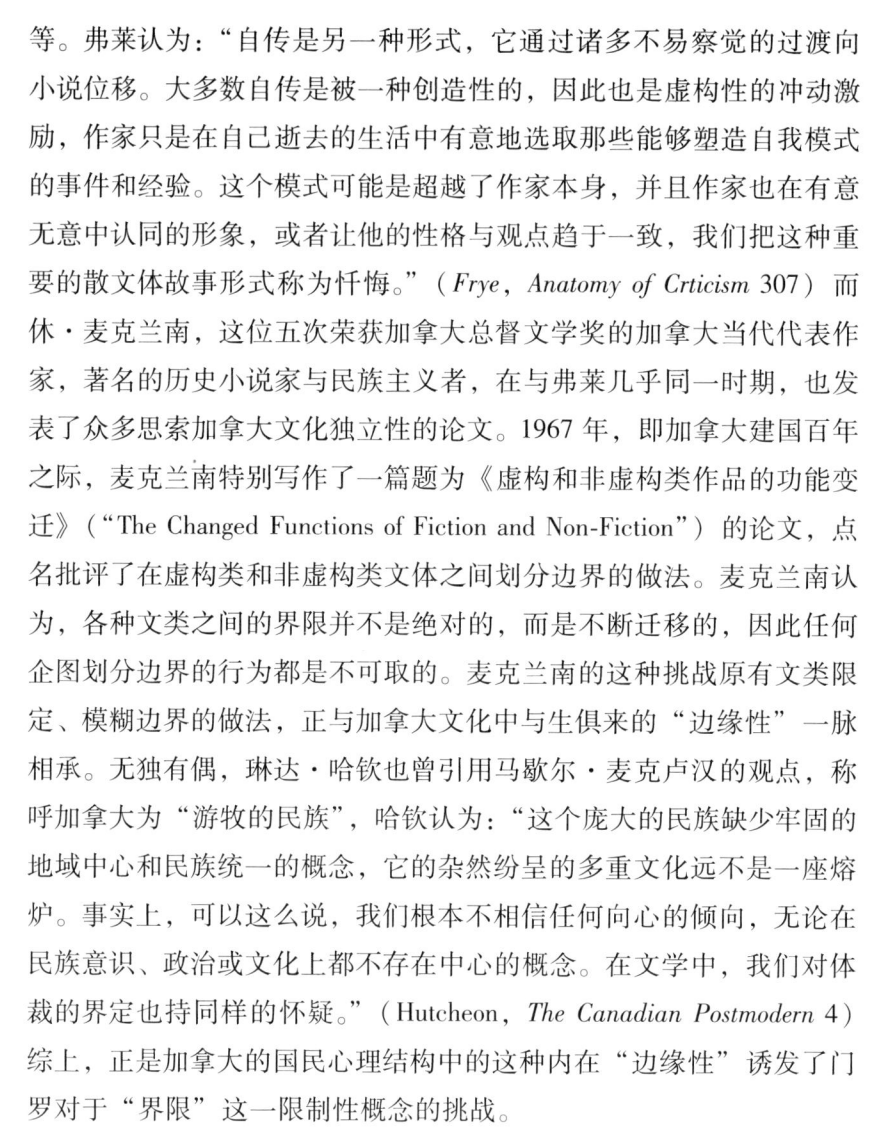

等。弗莱认为:"自传是另一种形式,它通过诸多不易察觉的过渡向小说位移。大多数自传是被一种创造性的,因此也是虚构性的冲动激励,作家只是在自己逝去的生活中有意地选取那些能够塑造自我模式的事件和经验。这个模式可能是超越了作家本身,并且作家也在有意无意中认同的形象,或者让他的性格与观点趋于一致,我们把这种重要的散文体故事形式称为忏悔。"(Frye, Anatomy of Crticism 307) 而休·麦克兰南,这位五次荣获加拿大总督文学奖的加拿大当代代表作家,著名的历史小说家与民族主义者,在与弗莱几乎同一时期,也发表了众多思索加拿大文化独立性的论文。1967年,即加拿大建国百年之际,麦克兰南特别写作了一篇题为《虚构和非虚构类作品的功能变迁》("The Changed Functions of Fiction and Non-Fiction")的论文,点名批评了在虚构类和非虚构类文体之间划分边界的做法。麦克兰南认为,各种文类之间的界限并不是绝对的,而是不断迁移的,因此任何企图划分边界的行为都是不可取的。麦克兰南的这种挑战原有文类限定、模糊边界的做法,正与加拿大文化中与生俱来的"边缘性"一脉相承。无独有偶,琳达·哈钦也曾引用马歇尔·麦克卢汉的观点,称呼加拿大为"游牧的民族",哈钦认为:"这个庞大的民族缺少牢固的地域中心和民族统一的概念,它的杂然纷呈的多重文化远不是一座熔炉。事实上,可以这么说,我们根本不相信任何向心的倾向,无论在民族意识、政治或文化上都不存在中心的概念。在文学中,我们对体裁的界定也持同样的怀疑。"(Hutcheon, The Canadian Postmodern 4)综上,正是加拿大的国民心理结构中的这种内在"边缘性"诱发了门罗对于"界限"这一限制性概念的挑战。

其次,门罗在虚构类短篇小说创作中的这种自传性倾向,也呼应了女性作家常见的一种传统,即"生活写作"(life writing)的传统。生活写作是一个非常宽泛的术语,最早应该追溯至弗吉尼亚·伍尔夫在1939年的《往事札记》(A Sketch of the Past)中的表述。根据马琳·卡达尔(Marlene Kadar)的说法,生活写作是"一种描写作者生平的档案式文类或碎片化的档案,可能会不加掩饰地描绘个人的体

第八章 门罗的非典型性短篇小说：游走在虚构与非虚构之间

验"，包括一切与生平或自我有关的虚构或非虚构性文本；它往往为女性所偏爱，有利于重新建构被压抑的自我，从文本罅隙中发出被埋没的声音（Kadar 29—31）。莎莉·本斯托克（Shari Benstock）亦指出，生活写作不仅包括传统的非虚构类型的创作，也包含描写自我生平的教育小说、忏悔小说、自撰（autofiction）、撰记（biomythography）等作品（Benstock 10—33）。生活写作所信奉的创作哲学是：价值存在于生活细节的真实性中。也正因此，众多的女性作家偏爱在描写传统女性禁锢与当代女性解放的文本中嵌入自身的生活碎片。譬如以写作政治隐喻见长的加拿大文坛的另一位女性作家标杆阿特伍德，在其早期创作《可以吃的女人》时，就同样从自己真实的生活经历中汲取情节和细节素材：市场调查的工作、合住的出租屋、订婚的男友、浴缸里吃剩的意大利面、出售各种真实造型譬如新郎与新娘的蛋糕店。而对门罗影响至深的另一位美国女性短篇小说家尤多拉·韦尔蒂同样极其擅长将回忆录、非虚构性文本和虚构性文本混杂，并认为没有什么比真实的生活更加能够赋予虚构性文本创作灵感。在《虚构小说的字里行间》（"Words into Fiction"）一文中，韦尔蒂如是说："一个作家的写作对象是在特定的时候选择了这个作家——并不是因为其作家的身份，而是因为其是男人或者女人，恰好在生活中经历过并且为之挣扎奋斗。"（Bezbradica 84）

最后，门罗的创作生涯始于 20 世纪 50 年代，而批评界的自传热也是自 1950 年后逐渐升温。自传热的本质是当时批评界对传统主流文类如戏剧、诗、小说的拓展开始有"枯竭"之势，因此有意另辟疆域，研究原本较不受人重视的文类。詹姆斯·M. 考科斯（James M. Cox）在《自传和美国》（"Autobiography and America"）一文中指出："自传和忏悔写作在现代西方学术界，和以往相比，越来越受到文学批评的重视，这不仅仅是说批评已经在其他文类长期消耗了自己的热量，更是因为文学的整个观念在发生变化。"（Cox 252）20 世纪下半叶理论界对主体性的激辩，对于"分裂的主体"的新认知，都使自传—生活写作类的文本获得了新的阅读视角与批评手段。"自传理论的增加扩散始自 70 年代。"(Suzanne 27) 1971 年，自传理论的开疆人之一，法国著名理论家菲利普·勒热纳（Philippe Lejeune，1938— ）发表了《法国的自传》（*Autobiography of France*）一书，对自传给出了清晰的定义："一个真实的人以其自身的生活素材用散文体写成的回顾性叙事，它强调的是他的个人生活，尤其是他的个体的历史。"（菲利普 221）

自传理论的发展也进一步瓦解了固有的传统文类定义。在早期生活写作的传统与自传研究的新热潮结合后，一种新的作者自传性的虚构类写作，或者说虚构性的自传体写作（biofiction）开始越来越受到作家的偏爱。2006 年，英国著名小说家和文学评论家戴维·洛奇（David Lodge，1935— ）对于这种脱胎于非虚构类文体的虚构性自传曾给出精辟的论述：

> 自传性的小说——那一类以真实的人物和他们真实的生活作为写作对象的想象性探索，采用小说的技巧来再现主观性而非客观的、基于证据的传记性话语——在过去的十几年间已经成为一种非常流行的虚构类文学的形式，尤其是涉及作家的生活……或许，这种现象是一种标志，即对于纯粹虚构性叙述法力的信仰消失或者说是信心不在的表现。我们现今身处在这样一种文化环境之中，无时无刻不被一种以"新闻"形式出现的事实性叙事轰炸。这也可以被视作后现代主义中的一种典型动向——在其自身的发展中通过重释与风格化的戏仿吸收过去的艺术。这既是当代创作中衰落与疲态的一个表现，也可以作为抵抗"影响压力"的某种积极、创新的途径。（Lodge）

作为加拿大女性短篇小说家，门罗亦通过自己的非典型性短篇小说创作来抵抗"影响压力"。在强调认同的当下，虚构性自传作为一种普遍的文化人类学现象，吸引着越来越多的批评目光：精神分析流派、解构主义、后殖民主义、女性主义等。文本、自我、身份、他者、边

第八章 门罗的非典型性短篇小说：游走在虚构与非虚构之间

缘、差异、认同，这些也都是虚构性自传批评话语中的关键词。吉尔摩（Leigh Gilmore）在 1994 年出版的《自传学：女性自我呈现的女性主义理论》（*Autobiographics: A Feminist Theory of Women's Self-Representation*）中将自传视为建构身份的"论述网"，而不再囿于"主叙述"（master narrative）中。自传展现了主体与客体之间的分裂，女性作为兼具多重身份的个体，不再接受"自我"的完整性。而且不仅是女性，所有的边缘人群均是如此。门罗在虚构性文本创作中嵌杂的自传性"生活写作"，正是作家身陷多重边缘身份语境（加拿大、女性、短篇小说作家）冲突中突破传统规范、进行自我探寻的一种书写策略。

通过挑战虚构类写作与诸如自传、回忆录之间的界限，门罗为短篇小说这一文类不断寻求新的艺术突破。在《加拿大后现代主义》一书中，哈钦特别提到了门罗的例子，认为体裁之间的传统界限的消失——长篇小说与短篇故事、虚构类与非虚构类、小说与传记——代表了一种后现代主义的态度。《可能的虚构作品：艾丽丝·门罗的叙述技巧》（*Probable Fictions: Alice Munro's Narrative Acts*, 1984）一书在前言中如此概括门罗作品中"真实生活"与"艺术逼真"之间的联系：在某些看似"真实"的故事背后充满了感官刺激的极繁主义与神秘主义，在线性的描述下隐藏着让人大吃一惊的自由精神。而门罗的对于虚构性自传的艺术创新，不仅在于"真"，更在于她对真实生活细节的"重复"和"变形"。她会反复使用她的真实生活，而那些在作家的不同故事中反复出现而又悄悄更改、变形的真实生活，通过虚构性再创作，构建了一种亦此亦彼的开放性。所有在现实界因为规约等原因未能表露的，都在虚构性文本所构建的相对自由的空间中得到言说。创作中记忆的重复展现了一种永无完结的状态，亦代表了人类从古代流传至今的集体的记忆模式，即记忆不是历史真实本尊，而是在一定的文化形境中经由选择和赋形的重建。正如美国学者汤姆·史密斯（Tom Smith）所言："它（记忆）有自己的造型力量，在它的变化力面前我们都是无能为力的……记忆可以根据自传作者的需要出

现，不过在写作之前或之后，对同样的经验会出现不同的记忆。"（Smith 23）

第二节　记忆碎片中的地域历史

加拿大文学评论家菲利普·玛查德在2009年《太多幸福》的书评中如是说：

> 如果艾丽丝·门罗不存在，加拿大一部分的灵魂就会被缄口、遗忘、湮灭。在她的作品中所呈现的令人震撼的加拿大之景的发生地正是安大略西南的乡村，那里世代居住着苏格兰的长老会教徒、公理会教徒（Congregationalists），还有英国北部过来的卫理公会教派（Methodists）……她世界里的一切都是源于那个小镇的场景：逼仄的小店，沉闷的周日下午和叔叔阿姨们的聚餐，对于艰苦工作充满敬意的世界观、对于卖弄的愤恨，以及对于恐惧的卡尔文教派的遥远回忆。（Marchand 15）

门罗具有强烈个人自传性质却又彼此独立的虚构类作品，往往以"碎片记忆"结构呈现，仿佛是互相辉映的镜面，从不同视角记录下了一个时代的加拿大精神并将其升华为永恒。

门罗的家乡位于安大略省西南部的休伦县，她在此出生、长大，然后离乡，又最终归去来兮。正如凯瑟琳·舍得瑞克·罗斯（Catherine Sheldrick Ross）所言："当门罗望向休伦县时，她看见了全部的地貌和建筑，那就是意义所在……她对于人类历史的多层次存在具有一个建筑家的感知。"（Ross, *Alice Munro* 26）休伦县现在辖区内有五个镇：休伦湖上的县府所在地戈德里克镇（也是人口最多、经济最为繁荣的港口镇，人口7500人左右），中心地带的克林顿镇（人口约3200人，门罗后来与第二任丈夫的定居地），南边的艾克希特镇（人口约

第八章 门罗的非典型性短篇小说：游走在虚构与非虚构之间

4800人），东边的西佛斯镇（人口约2300人），以及北边的威厄姆镇（人口约2900人，门罗的出生地）。整体上，休伦县是一个经济相对落后的农业区，多山多峡谷，小农场众多，由此构成了星星点点的农业聚居区。在门罗日后的众多故事中，这些人口稀疏的小镇成了她取之不尽用之不竭的文化背景板。故事《谢谢让我们搭车》就发生在休伦湖边上一个荒凉衰败的小镇，"教堂湾，人口1700人，公路布鲁斯出口。"（Munro, *Dance of the Happy Shades* 44）而在故事《关系》中，叙述者说："我们住在西安大略休伦县的达格莱墟镇。小镇边界有块牌子上标着小镇的人口数：2000。"（Munro, *The Moons of Jupiter* 2）当叙述者的姨妈们开车经过这块牌子的时候，她们会欢快地打趣说："现在我们有两千零四个人了！"（2）叙述者的母亲看不上人少地荒的达格莱墟镇，总是絮絮叨叨地怀念以前住的渥太华山谷，并且把姐妹们的来访当成与外面世界/文化的重要纽带。休伦县，"一个封闭的农业社区，原本具有相对集中的苏格兰—爱尔兰裔的文化背景，却正在慢慢走向衰败"（Stainsby 30），由此成就了门罗笔下那些独特的其人其事。

休伦县的县名来自与之毗邻的休伦湖，休伦湖也是北美五大湖之一①，是北美文化的重要根据地。在门罗的处女作品集的第一个故事《沃克兄弟的牛仔》中，一家人住在休伦湖畔的一个老镇。开篇的第一句话："晚饭后，我爸爸说：'想去散个步吗？看看湖还在不在？'"（Munro, *Dance of the Happy Shades* 1）这句玩笑制造了一种奇异的效果，仿佛日常生活具有欺骗性的伪装。"他告诉我北美五大湖的历史。如今休伦湖所在的位置，他说，曾经是一块平坦的陆地，一片一望无际的广阔草原。然后，从北方来的冰雪缓缓地推进，深入低地……一点痕迹也没留下来。"（2）时间与变迁，都是门罗作品的重要元素。除

---

① 五大湖是世界上最大的淡水水域，位于北美大陆中部，联结着美国和加拿大，彼此相连，相互沟通，自西向东依次是苏必利尔湖、密歇根湖、休伦湖、伊利湖和安大略湖。

241

了休伦湖，门罗也会写作安大略湖和伊利湖。湖在门罗的作品中是一个重要元素，少男少女会去湖边参加夏令营，成年男女则会去湖边的度假屋聚会，有人在湖里游泳被嘲笑，有人被骚扰，有人溺水，有人可能被谋杀。有同样艺术效果的还有河。休伦县内有一条梅特兰河，流经门罗父母家所在的威厄姆镇的西边，最终汇入休伦湖。梅特兰河是为了纪念历史上1818年至1828年上加拿大地区的督领派瑞格莱恩·梅特兰爵士（Sir Peregrine Maitland）而命名的，而在门罗的故事《好女人的爱》中，作家只是简单地转化了一下，将名称改成了"派瑞格莱恩河"。河里有死亡——《结局：摄影师》（"Epilogue: the Photographer"，1971），也有新生——《洗礼》（"Baptizing"，1971）。不仅如此，除了经常作为故事的发生地之外，河流在门罗故事的空间设置中，还有着更为重要的结构上的象征意义。

门罗的出生地威厄姆镇被梅特兰河一分为二，也正是梅特兰河区隔出了中心和边缘，河两边构成了不同的世界，一座小桥联结了两端。威厄姆镇是个具有典型安大略地区特征的小镇，始终是作家最重要的灵感之源。门罗的故事无论是发生在"欢乐镇""特上镇""达格莱墟镇"，还是"汉拉提镇""罗甘镇""卡斯德尔镇""沃雷镇"，它们都是同样的僻远封闭，必须多次转车，经过一个复杂的由大路和小路组成的道路系统，并且"从地球的任何一个地方都不能轻轻松松地到达"。比较门罗在不同故事中描绘的那些小镇，基本特征都是同样的衰败荒凉，非常相似。例如《谢谢让我们搭车》中：

> 这是个连柏油路都没有的小镇，宽阔的砂石路面，光秃秃的院子。只有耐寒耐旱的东西，比如黄的红的旱地金莲花，卷曲的褐色叶子的丁香花，能从干裂的地面钻出来。房子和房子之间的距离很远，每幢房子后面都有自己的水泵、棚屋和厕所。大部分都是木头盖的，刷成了绿色、棕色、黄色。这里的树，都是粗大的柳树，或者白杨树，它们漂亮的叶子被尘土蒙得都发灰了。小镇的主街两边都没有树，只有一块块长着高高的野草、蒲公英和

第八章 门罗的非典型性短篇小说：游走在虚构与非虚构之间

蓟类植物的荒地——商店建筑之间的开阔地带。镇公所倒是大得惊人，塔楼上有一座漂亮的大钟，塔楼的红砖在小镇褪色的白色木墙之间格外耀眼。（Munro, *Dance of the Happy Shades* 46—47）

以及《弗莱茨路》中：

> 这座摇摇欲坠的木头房子，从前到后如此狭窄，看起来就像立起来的纸板盒，上面胡乱贴了些金属，涂了些广告牌，面粉、茶、燕麦卷、软饮料和香烟什么的，对我而言，那简直就是镇子的尽头了。人行道、街灯、两排的遮阴行道树，卖牛奶和卖冰激凌的小车，庭院里供小鸟戏水或饮水的盆形装饰物，花圃，有藤椅的门廊以便淑女们坐在那里观望街景——所有这些文明的，令人渴望的东西都无迹可寻，我们走在宽阔弯曲的弗莱茨路上……从巴克尔的商店一直到我们家，一路都没有遮挡，田地里长着参差不齐的杂草，黄不拉几的，蒲公英、野芥菜或秋麒麟草，不同的季节有不同的植物。这里的房子彼此隔得更远，整体上比镇上的房子显得更荒凉、贫穷和怪异：有的墙壁只粉刷了一半就停工了，梯子还架在那里；有的门廊被掀掉了一部分，还没有遮起来；一个前门没有台阶，离地面有三英尺高；有的窗子根本没有窗帘，而是用发黄的报纸遮着。（Munro, *Lives of Girls and Women* 5）

从严格的地理位置而言，门罗的家并不在小镇中心，而是在小镇和乡村的边缘地带。从雷德劳家出发去威厄姆镇首先需要经过整个西威厄姆，然后跨过一座连接西威厄姆和威厄姆的桥。这样的区域，这样的路程，年幼的艾丽丝上学每天都要走两趟，整整十年。在另外一个故事《半个葡萄柚》中，门罗以一句话经典开篇："萝丝通过了入学考试，她走过了桥，进入了高中。"河和桥的文化指涉，在门罗的故事中不言而喻。引用《皇家暴打》中的经典叙述：

> 那就是汉拉提和西汉拉提，中间有条河隔开了他们。这里是西汉拉提。在汉拉提，社会结构是从医生、牙医、律师到铸造厂的工人到小工厂的工人到马车车夫；在西汉拉提，从上至下则是由小工厂的工人与铸造厂的工人到大量的穷人家庭，比如说酿私酒的，妓女，还有不成功的小偷什么的。萝丝觉得她的家就跨在河上，因此哪里都不算，但那并不是真的。她家的店是在西汉拉提，因此他们也属于西汉拉提，就在主街扭扭曲曲的尾巴的尽头。(Munro, *The Beggar Maid* 6)

河两岸的区分不仅是在地理上的，更是在经济上、职业上以及社会地位与生活方式上的。虽然门罗的母亲一心想向镇上的主流社会靠拢，但是房子的地理位置却决定了他们一家尴尬的边缘地位。门罗在《弗莱茨路》如是表述：

> 我们的屋子位于弗莱茨路的尽头，这条路从镇子边上的巴克尔商店那里向西延伸……(Munro, *Lives of Girls and Women* 5)
> ……
> 弗莱茨路不属于镇里也不属于乡下。虽然它名义上属于镇里，但河湾与格兰诺沼泽却把它和镇子的其他部分隔开了。(5)
> ……
> 弗莱茨路是我母亲最不想住的地方。她的脚一踏上镇里的人行道，她就昂起头，感激在弗莱茨路一路暴晒后享受到的荫凉，一副欣慰的样子。(6)
> ……
> 当我说我们住在弗莱茨路的时候，母亲总是纠正说是在弗莱茨路的尽头，仿佛这就有什么不同。但后来她发现她也不属于欢乐镇。(6)

小路尽头的房子是门罗一再使用的意象。在另一个故事《钱德利家族

第八章 门罗的非典型性短篇小说：游走在虚构与非虚构之间

和弗莱明家族》中，门罗同样详细描述了这种尴尬的地理位置和与之象征的社会地位。门罗尤其补充了更多有关房子的细节：一所外观很大很体面的房子，有过辉煌的历史，但是现在却从内里慢慢地、无可避免地破败了：

> 我们住在达格莱墟镇西一条路的尽头。那条路经过一片灌木地，地里散落着一些小木头房子，还有鸡群和一些小孩。那条路到了我家正好体面地耸上了坡，过了我家又斜落到了一大片田地和草场里，那儿间歇还点缀着些榆树。路的尽头直落河湾。我家的房子也很体面，是一座相当规模的砖头房子，但它已经漏风了，格局也旧了，很不方便，门板也需要重新刷油漆了。（Munro, *The Moons of Jupiter* 6）

这样的描述，正是雷德劳家房子的真实写照。坐落于威厄姆镇下城区外围的雷德劳的祖宅，是座红砖结构的大宅，虽然外观看起来还是很雄伟，内部却早已经破败不堪。这座房子后来在门罗的故事里反复出现，带着强烈的哥特主义风格：到处漏风的窗户、吱吱呀呀的楼梯、废弃不用的传送菜的通道、后建的不隔音的厕所……在《皇家暴打》中，那个关于不隔音的厕所的片段几乎成了门罗的神来之笔，让《纽约客》的编辑叹为观止。《乌特勒支停战协议》中也有类似的描述："太阳底下，房子上的红砖看起来粗糙而燥热，有两三处裂出了长长的、扭曲的纹路。走廊上的单调装饰已经开始剥落。前门旁边的假窗户上的彩色玻璃，以前就有，现在还有。"（Munro, *Dance of the Happy Shades* 197）

事实上，雷德劳家老宅的所在地，原本才是威厄姆镇的中心。那时加拿大尚处于拓荒早期，威厄姆镇就是在梅特兰河的汇流口发展起来的，所以更接近河域的下威厄姆一带比威厄姆更为繁荣。至 1879 年，根据本地史记录，那里有"磨坊、毛机厂、锯木厂，三个杂货店，两个旅馆，还有一所学校"。（Thacker, *Alice Munro: Writing Her*

Lives 43）但是随着水路的没落，铁路的发展，现在的威厄姆地区成了多伦多、伦敦、布鲁斯、格雷等地的铁路枢纽站，由此得到了迅猛发展，而雷德劳家的老宅反而在行政划分上被归到了特伯里乡，不再属于威厄姆镇了。在门罗的故事中，这样新旧交替的历史变迁依然处于进行时。《乌特勒支停战协议》中写道：

> 我的车驶上主路——一座新的服务站，皇后酒店的外墙也新刷了灰泥——再转向安静、衰败的支路，那里路边住的都是老处女，花园里放了鸟澡盆，种着翠雀花。那些我认识的大砖房，带着木头门廊，装了纱窗的幽暗窗户宛如一个个深洞。（任何人听我说起这些街道具有像梦境一般的颓败感时，都会想把我带离，带去镇北的新区，那里有一座新的软饮料灌装厂，一些新的庄园风格的大房子，一家凯菲冰激凌店）（Munro, *Dance of the Happy Shades* 196）

在某种程度上，偏远老旧的威厄姆镇正是休伦县的典型小镇，也是整个加拿大安大略地区的原型小镇。这里大部分的居民都是来自英伦诸岛的移民后裔。罗伯特·撒克在《艾丽丝·门罗：书写她的生活》中指出："威厄姆镇逐渐发展成为一个中心，在很多方面堪称休伦县的缩影；多数人的祖上是从不列颠诸岛移民而来，宗教上信奉新教……在人数上大大地超过了罗马天主教徒。"（Thacker, *Alice Munro: Writing Her Lives* 44）他同时观察到了两大教派之间长期相互的敌意和猜忌。

> 最先来到的浸礼教徒（the Baptists）和卫理公会教徒在定居的头几年就修建了自己的教堂，其他的新教教派也纷纷效仿，天主教徒们则是最后一批修建自己的教堂，迎请自己的神父的。有鉴于此，威厄姆镇的第一座兄弟会所——橙色会——是一个公然反天主教的组织就不足为奇了。橙色会的宪章起草于1856年，比威厄姆镇的历史还要早。（44）

第八章 门罗的非典型性短篇小说：游走在虚构与非虚构之间

直到门罗那一代，以威厄姆镇为代表的这种宗教对立依然在安大略的各个地区非常普遍，清教徒和天主教徒之间的通婚通常也是被禁止的，至少说是不受鼓励的。《沃克兄弟的牛仔》中，小女孩的父亲无法和青梅竹马的恋人结合，正是因为后者是爱尔兰天主教徒，她家的农场极其偏僻荒凉，是在整个社区中被边缘化的家庭。

在故事《你以为你是谁?》中，门罗则详细地描写了每年小镇上橙色会游行时候的情景。

> 橙色会游行是所有游行中最声势浩大的。比利王骑着一匹尽可能找到的近乎纯白色的马走在队伍的最前端，黑骑士走在最后，而等级最珍贵的那些橙色军——通常是一些身形消瘦、家境贫穷，既骄傲又狂热的老农民——骑着黑色的马，身着由父亲传给儿子的那种古代的礼帽和燕尾服。那些游行的旗帜都是用华丽的丝绸和刺绣所做，蓝色和金色的、橙色和白色的，图案全是新教徒获胜的场景，还有百合和翻开的《圣经》，还有有关虔诚和光荣的箴言，全是熊熊燃烧的宗教偏执。女士们打着阳伞走过来，橙色军团的妻子和女儿们则全部穿着象征纯洁的白色。随后是管乐队、横笛手和鼓手，还有才华横溢的踢踏舞者在干净的干草货车上表演，那是一个移动的舞台。(Munro, *The Beggar Maid* 196)

橙色会是一个主要位于北爱尔兰和苏格兰的新教兄弟会组织，在英语世界很多国家的爱尔兰聚居地都有分会。在爱尔兰国旗的颜色中，橙色代表新教，绿色代表天主教，虽然理论上中间的白色象征着新教和天主教永远没有战争和纠纷的美好愿景，但在当时民众的实际生活中，橙色和绿色的对立代表了新教和天主教世袭的仇恨与敌意。每年的 7 月 12 日，北爱尔兰都会举行最大型的橙色会游行，以橙色为标志，所有的庆祝布置均以橙色为主。这天也是北爱尔兰的法定假期。橙色会游行是为了纪念英国新教徒国王奥兰治的威廉姆斯（William of

Orange)的。他生长于荷兰的奥兰治（Orange，即橙色的来源），受改革宗的教导，并于1688年至1691年打败了当时身居爱尔兰并获爱尔兰天主教徒支持的英国最后一位天主教国王詹姆士二世。1690年7月的博恩战役（Battle of Boyne），奥兰治的威廉姆斯获得胜利之后，将詹姆士二世从爱尔兰驱逐，并且颁布了新规，确认天主教徒不再具备成为英国国王的资格，从此消除了任何试图在爱尔兰和英国恢复天主教统治的可能性。因此，追根溯源，橙色会游行是为了庆祝新教徒战胜天主教徒，它的存在强调了宗教之间的对立。而当原先英伦诸岛的移民历尽千辛万苦，远渡重洋移居至加拿大这片新大陆时，他们依然将旧世界的秩序和仇恨留了下来。"汉拉提曾经也有过很多游行。比如7月12日的橙色会游行，5月的高中少年军游行，还有学校孩子们的大英帝国日游行，军团的教堂游行，圣诞老人游行，狮子会①的老前辈游行"（195）。每一个游行都代表着一个独特的历史印记，也是加拿大社会文化拼图的象征。

在门罗的故乡威厄姆镇，也正如她故事中所表述的那样，宗教是日常生活中非常严肃的大事。镇上虽然只有一条主街，却建有众多的教堂，分属于不同的教派：联合教堂、浸礼会教堂、长老会教堂和圣公会（Anglican）教堂……在故事《信仰年代》（"Age of Faith"，1971）中，女孩黛儿似懂非懂地试图理解小镇上各个教派之间的权力区别：

> 联合教堂是欢乐镇最现代、最大也是最繁荣的教堂。在教会联合时，它纳入了所有以前的卫理公会派教徒、公理会教徒和一大批长老会成员（包括父亲的家族）。城里还有四个教堂，都很小，相对贫穷，并且，按照联合教堂的标准来说，都走向了极端。天主教是最严重的一个。它是白色的木质建筑，简单的十字

---

① 国际狮子会（Lions Clubs International）是世界最大的公益慈善服务组织。英文名称是"LIONS"，其中"L"代表Liberty（自由），"I"代表Intelligently（智慧），"O"代表Our（我们的），"N"代表Nation's（民族的），"S"代表Safety（安全）。这几个字母连在一起就成了"LIONS"。

第八章　门罗的非典型性短篇小说：游走在虚构与非虚构之间

架，立在城北部的一座小山上，为天主教徒举行特殊的仪式，他们像印度教徒一样怪诞而神秘——那些圣像、忏悔，以及圣灰星期三的额头黑点。在学校，天主教众是一个虽然很小但无所畏惧的部落，大多是爱尔兰人。他们不用待在教室里受宗教教育，而是被允许到地下室去……就像学校里的爱尔兰人，教堂建筑也显得不合时宜，太光秃、太简单、太一目了然了，似乎和酒、色与绯闻绝缘。

浸礼会教徒也很偏激，但是完全不邪恶，倒有些喜剧的味道。有社会地位的要人都不参加浸礼会，所以连波克·查尔兹这样给镇上送煤和收垃圾的人，都能在里面成为领袖人物，成为长老。浸礼会教徒不可以去舞会或看电影。女士不准涂口红。他们朗诵赞美诗的声音很大，很嬉闹，心态乐观，尽管生活简朴、禁欲，他们的宗教却比任何其他教派都更粗野、开心。他们的教堂离我们后来在河前街租住的房子不远；很质朴，但也很现代很丑，是用灰色水泥块建造的，磨砂的玻璃窗。

长老会则由那些剩下来的拒绝参加联合教堂的人组成，大多是老人，他们反对在星期天练习冰球，并且唱圣歌。

第四类教会是圣公会。没有人了解它，也没有人怎么谈论它。在欢乐镇，它没有威信或资金支持，不像在某些城市里有残存的古老家族契约，或某种军事或社会团体能维持它的运作。定居瓦瓦那什郡和建立欢乐镇的那些人是英国北方的苏格兰圣公会、公理会和卫理公会的教徒。因此圣公会在这里不像曾经在其他地方那么流行，也不像加入天主教或浸礼会那么有趣，甚至不像长老会那样能彰显顽固不灵的个性。不过，教堂里有钟，是城里唯一的教堂钟。我觉得钟是教堂里应该有的好东西。

联合教堂内部，油光光的金色橡木的靠背长凳摆成带有民主意味的扇形，中心是布道坛和唱诗班。没有圣坛，只醒目地陈列着管风琴。彩色玻璃上描绘着耶稣所行的那些奇迹（尽管不是把水变成酒）或者是寓言故事的配图。在圣餐日上，红酒是用托盘传递的,装在小而厚的玻璃杯里,就像每个人在吃茶点一样。其实也不是红酒,而是葡萄汁。军团参加的也是联合教堂,他们会穿制服,在某个特定的星期天;狮子会参加的也是联合教堂,他们拿着紫色流苏的帽子。医生、律师和商人负责传递盘子。(Munro, *Lives of Girls and Women* 78—79)

门罗的故事忠实地记录下了那个时代加拿大社区复杂的宗教文化背景,也记录下了不同教派的兴衰变迁。首先,圣公会源自英国国教,而英国国教曾经是天主教的分支,后经改革后独立为民族教会并列入新教。圣公会和英国的联系最为紧密,同时是最为保守老派的。它在英国原本就属于上层社会,在北美社会则是自我隔绝的存在,因此教徒人数和影响力都不断下降。为了加入新教而从圣公会中分离出来的在本土诞生的卫理公会则替代了圣公会,成了北美影响力更广、更大的教会。不过,卫理公会最初的起源地是美国马里兰州的巴尔的摩,因此虽然在加拿大也繁盛一时,但自1812年战争后也受到了一定程度的打压,同时期其他的改革宗也迅速扩张,包括公理会,整体上信仰比较自由化,强调个人信仰自由,尊重个人理解上的差异。长老会,归属加尔文宗,起源可追溯到苏格兰改革,亦是苏格兰的国教,重视社会改良,经历了北美大觉醒运动以后更是走向了自由派的道路。而最后集中了大部分的自由改革派的联合教堂,也成了当时加拿大社区影响力最大,也是最富裕的教派,成员囊括了社会中上层阶级和中流砥柱,包括军团、狮子会,以及医生、律师、商人这样的精英分子。拒绝加入联合教堂的长老会成员则相对年迈和保守、传统,拒绝变革。至于浸礼会则是个不同教派杂糅的产物,同时受到了三个教派的影响:部分浸礼会的神学思想受加尔文主义的影响,洗礼观念属于重洗派(门诺会),教会体制则为会众制,受公理会的影响。相对而言,浸礼会积极发展新教众,走的是中间路线,容纳了从自由主义到基要主义的多种不同神学流派,信徒种族构成复杂,在地域上分为南北两大派系,尤其是北浸会带有更明显的自由主义色彩。这些复

第八章 门罗的非典型性短篇小说：游走在虚构与非虚构之间

杂的宗教势力的博弈，在加拿大安大略省休伦县威厄姆镇社区内部，透过女孩黛儿的视角，呈现的刻板印象便是：被异教徒化的天主教、主流社区的联合教会、下层社区的浸礼会、以老人为主的长老会，以及旧时代的圣公会。

  社区在族裔和宗教上的杂糅性也在雷德劳家庭内部体现出来。作为地道的安大略本地人，门罗娘家在族裔构成上具有加拿大的典型性：父亲是苏格兰裔、母亲是爱尔兰裔新教徒，两边家族都是在1810—1820年即拿破仑战争之后的大移民时期迁移至安大略的。门罗的母亲安妮·钱梅尼是个对生活充满理想的新女性，怀有那个年代知识女性在智力与社会地位上的优越感；父亲罗伯特·雷德劳则更为务实淡泊，天性缺少对传统意义上"成功"的野心。夫妇间这种人生观的差异，在一定程度上反映了爱尔兰圣公会和苏格兰长老会之间的世界观分歧。正如罗伯特·撒克所指出的："安大略的苏格兰裔过着艰苦而守律的生活，工作努力，态度严谨。与之相对的爱尔兰裔虽不乏共同点，但整体而言却更崇尚自由。"（附录一）在《沃克兄弟的牛仔》中，门罗完全以自己的家庭为蓝本，塑造了乔顿一家：一个极具代表性的安大略新教家庭，受到加拿大多重宗教的困扰，家庭成员包括雄心勃勃的母亲、逃避现实的父亲、敏感而具艺术气息的大女儿以及精明务实的小儿子。这种标志性的家庭模式，不仅出现在短篇集《快乐影子之舞》的大部分故事中，《女孩和女人们的生活》的所有8个故事中，《你以为你是谁？》的所有10个故事中，亦常出现在作家其他以安大略小镇为背景的故事中，包括《钱德利家族和弗莱明家族》《木星的月亮》《爱的进程》……在《弗莱茨路》中，门罗通过描绘故事中的父母对于弗莱茨路所持的不同态度，揭示了他们彼此截然不同的世界观与人生态度。

  我母亲在弗莱茨路并不太受欢迎。她对这里的人讲话的语气不像在镇上那么友好，也不那么严格地注重礼节，刻意使用特别规范的语法。

我父亲则完全不同。所有的人都喜欢他。他喜欢弗莱茨路……（7）

父亲和母亲在社区受欢迎的差异度反映了加拿大思维结构中的某种潜规则，这也印证了门罗在短篇小说的标题《你以为你是谁?》那个强有力的诘问，以及作者谈论游行时饶有趣味的描述："在汉拉提最能贬人的话，就是说这个人喜欢到处游行……你唯一要注意的是，必须得表现出一点都不享受的态度，你得给人一种本来好好在家隐姓埋名却被硬喊出来的样子，你就是履行个义务而已，得一脸严肃地投入游行的庄重主题之中。"（Munro, *The Beggar Maid* 196）

现实生活中门罗的父母雷德劳夫妇在那座道路尽头的房子里经营家庭养狐场，最多的时候养了超过200只狐狸，叫声喧杂，味道很大，父亲还常常从附近的农场购买一些老弱病残的马或牛，作为狐狸的饲料。那段经历也被栩栩如生地记录在了故事《男孩与女孩》中："我的父亲是一个养殖狐狸的农场主。也就是说，他养银狐，养在围栏里；每到秋天和初冬的时候，他会把它们杀了，剥皮，把皮毛卖给哈德逊湾公司或者是蒙特利尔皮草行。这些公司送给我们英雄的挂历，厨房的门上一边挂了一个。寒冷的天空，黑色的松林，变幻莫测的北方河流，在这样的背景下，头顶羽毛的冒险家插上英格兰国旗，或者法兰西国旗，健壮的野蛮人弯着腰做搬运的苦力。"（Munro, *Dance of the Happy Shades* 111）

在今天的加拿大，哈德逊湾公司醒目的淡黄色标志"The Bay/ La Baie"依然张贴于各地的重大商圈，是加拿大人日常生活中离不开的大型商场的连锁品牌。但哈德逊湾公司对于加拿大人的重要性远非于此，它原本并非只是百货公司，而是全球面积最大的"准国家"之一。17世纪繁盛的皮毛生意诱发了法属魁北克的魁北克城与英属殖民地港口波士顿之间的竞争，由此引发了英、法两国对于北美殖民地的争霸赛。1670年，"哈德逊湾公司"获得英国国王查尔斯二世敕命，并在哈德逊湾南岸先后建立了6个据点，随即英法之间的哈德逊湾海

第八章 门罗的非典型性短篇小说：游走在虚构与非虚构之间

战爆发——北美北冰洋海域有史以来最大规模的海战，这个纪录至今都没被打破，法国人大胜。但是随后在18世纪，由于欧洲本土的西班牙王位继承权战争，英国人又从法国人手中获得了哈德逊湾公司的所有领地权。1833年哈德逊湾公司拥有今天加拿大领土的三分之一和美国领土的一部分，总面积超过400万平方公里。1774年英国人夺取了法属魁北克，英属魁北克从此和哈得逊湾公司平起平坐，并注册了蒙特利尔皮草行抢生意。最终1821年两家公司在英国政府的强制下被合并，仍叫"哈德逊湾公司"，领土北至大西洋，南至加美边界，东抵英属魁北克边界，西越落基山脉直到太平洋，包括今天加拿大不列颠哥伦比亚、阿尔伯特、曼尼托巴、萨斯喀彻温省和西北、育空两特区全部，魁北克、安大略省和努纳乌特特区一部分，总面积达777万平方公里，如果在今天，将是面积仅次于俄罗斯、中国、美国、巴西的世界第五大国家。这个"准国家"有自己的政府（总督以下有首席顾问、首席交易员和委任专员三级，都是从大小皮毛商中遴选的）、军队（以骑兵为主，后来的加拿大皇家骑警RCMP借鉴了其组织形式）和货币。1867年，加拿大联邦宣布成立，原本的英属加拿大分成安大略、魁北克、新斯科舍和新不伦瑞克四个省，并加入了联邦，哈德逊湾公司此时却债台高筑，亏损达30万英镑。此时美国政府企图用1000万加元买下被称作"鲁珀特地"的全部的哈德逊湾土地，但是哈德逊湾公司的决策层却以"约翰牛"的倔强拒绝了这一诱人的报价，宁愿以"抵损30万英镑"的低价将全部领土归还英国。1870年，被称作"投降契约"（The Deed of Surrender）的领土移交协议生效，哈德逊湾公司作为"准国家"的历史宣告结束，它的领土后来陆续成为加拿大的一部分。这就是哈得逊湾公司的历史，也是加拿大的建国史。门罗总是偏爱以这种隐而不发的方式，在故事最为重要的开头部分，记录下加拿大人集体无意识中的历史想象，譬如同样在《男孩与女孩》的故事中，门罗貌似不经意地提到了另一幅闲置在楼梯井的有关克里米亚战争的画，是类似举重若轻的历史暗示。

新历史主义最重要的批评学家海登·怀特（Hayden White，1928—

2018)认为无法用历史记录证实的一连串的历史事件最终构成一个明显完结或者结束了的故事。而在琳达·哈钦看来,以门罗为代表的那一类文类混杂的作品,"……历史和传记体裁在某些方面是相互重叠的。这两种体裁之间存在显而易见的矛盾关系,即把有史可查的'事实'与作者和读者的构建、理解行为对立起来……小说作品既要遵循现实主义的传统,又要冲破这些传统,其方法之一是,一方面保持与历史传记和自传的联系,另一方面向小说的体裁提出挑战。"(Hutcheon, *The Canadian Postmodern* 210—211)门罗的虚构类作品所嵌杂的那些数量众多的在大写历史记录维度之外的个体自传性片段,恰恰在整体上最终记录了一个区域的道德风貌和历史变迁,像照相机一般通过方寸之地重现了加拿大人所独有的文化心理。这些碎片化的经由个人经历所留存下来的小写的历史,正是门罗所追求的"真实的生活"。罗伯特·撒克在评论门罗的作品时,曾经提到已故的加拿大作家罗伯特·克罗耶奇与玛格丽特·劳伦斯的一次谈话。克罗耶奇这样评价加拿大的历史和虚构类文本:加拿大人没有历史,"直到有人讲起了我们的故事。虚构小说使我们真实。"撒克说:"正是在对加拿大历史的讲述中,现代加拿大文学才真正开始……斯蒂芬·利科克,还有弗雷德里克·菲利普·格罗夫、休·麦克兰南、罗伯逊·戴维斯、鲁迪·韦伯、克罗耶奇、劳伦斯,以及许许多多其他的人。门罗同样也是那个进程中的一部分,尽管每个作家对于历史的讲述各不相同……,但这种对历史的讲述正是加拿大文学的一个重要组成。"①

第三节　曲径通幽的自我探知

寻找"门罗主人公的生活和作家自己的生活之间的平行线"(Thacker, *Alice Munro: Writing Her Lives* 154)是门罗研究的另一个重

---

① 见附录一。

第八章　门罗的非典型性短篇小说：游走在虚构与非虚构之间

要的角度。罗伯特·撒克认为"即便门罗的很多故事不是明显的自传性质……，但几乎没有一部作品不是基于作家的自传冲动"（154）。这种创作的原动力，借用作家门罗在《蒙大拿州迈尔斯城》（"Miles City，Montana"，1986）中的文学表述，是"一种对于（他们自我）遥远部分的追求"，或者，借用评论家尤金·史戴泽格（Eugene Stelzig）的理论表述，是一种"自白性创作"。史戴泽格尤其将那种仅仅基于作者真实经历的作品与作者有意识地讲述自身生活的作品区分开来，并且认为门罗作品自传性的创作核心显然是作家对于自我"定义"问题的孜孜探求。门罗写作具有强烈的自传与回忆录的倾向，是因为门罗把自己的写作视为一种"接近与认可的艺术"，所以总是重复地回到20世纪的30年代、40年代、50年代，即作家的童年、少年与青年时代，总是试图"尽我所能"地来写作自己的生活，不断地改写真实生活中的那些"成长素材"。这种改写一方面代表了事实材料和文本建构之间的协商：在文本建构中，生活被作家的想象力和文学技巧调和与改变。另一方面，也正是因为作家对于自我探知以及对艺术再现生活的不懈追求，叙述视角也随着作家本人年岁的增长、价值观的改变而悄然转移。

门罗对于自我的探知是通过一系列的"情感关系网"而达成的：母女关系、父女关系、姐弟关系、亲友关系、夫妻关系、情人关系……"情感关系"作为门罗讲故事的一种方式，记录下了作者在作品中的"第二自我"（alter ego）对于"他人"价值观和期望的敏感，以及越来越强烈的情感反抗与反省，从而反映出作家作为艺术家女性不断成长、进化的自我意识。而在所有的情感关系中，原生家庭则一直是门罗最为重要的创作源泉。门罗父母在族裔文化背景、个性和价值观上的不调和，使得门罗终其一生都在探寻"我是谁？"这一经典加拿大提问的答案。几乎在所有使用作家本人真实童年素材的故事中，门罗都在借用幼年叙述者的视角，不断比较、观察自身与父母的"遗传学"异同，由此渴望能够确认父母的认同，以及他人的认同。

门罗故事中的父亲，很多都以作家真实的父亲罗伯特为原型：一个猎狐、养狐的非典型性农户，沉默寡言却有特别的自尊和执拗，从事体力劳动却热爱文学，草根、平等、随遇而安。门罗故事中的叙述者总是感觉自己更贴近父亲："我的身体里有太多苏格兰的血液了，太多我父亲的血液。我的父亲从来不认为人有高低贵贱之分。他有一种谨慎的平等观，打定主意绝不向任何人——用他自己的话来说——'卖惨'。他既不会向任何人'磕头'，也不会'鼻子朝天'地对待任何人。他的言行举止对待任何人都没有区别。我也是一个模子里的。"（Munro, *The Moons of Jupiter* 9）不仅于此，门罗在故事中的第二自我，那个经常作为故事叙述者和观察者的成长中的小女孩，总是暗自认为自己和父亲之间拥有秘而不宣的文学联盟，尽管父亲从未公开表露过。现实中的罗伯特确实热爱文学，门罗在他去世3年后，即1979年，还帮其出版了一部家族传记类小说：《麦克格雷格家族：安大略拓荒家族传》。这本书的大部分内容都是基于罗伯特从他的祖父母那里听到的口述故事。现实中门罗确实继承了父亲对于口述史、家族史，对于加拿大早期移民、拓荒史的热情。几乎是在20世纪70年代同一时期，门罗自己也在沉淀一部"家族之书"，而最终在父亲去世30年后，她出版了《岩石城堡上的风景》。尽管父女俩都爱好文学，但是在20世纪30—40年代普遍风气务实的加拿大安大略，这一"趣味"却是过于奢侈、不合时宜的行为，并不被鼓励，尤其对于女性。门罗特别擅长描写小镇保守窒息的环境对于个人理想的禁锢，描写个人对于环境的冲突和反抗，以及那些偏离集体记忆的个人记忆，那些记忆充满迷茫、痛苦和悔恨，令人难堪、羞于启齿。在《半个葡萄柚》中，门罗深刻地刻画出了父亲与女儿两代人对于自我的压抑、怀疑、羞耻。

> 她行事谨慎。但是她对夸耀的需求，对自己的高期望，她那浮夸的野心，他却看得一清二楚。他对她的心思了如指掌，令萝丝感到羞耻，哪怕只是跟他同处一室。她觉得自己给他丢脸了，大概从出生开始就给他丢脸了，以后会丢得更加彻底，但是她不

第八章 门罗的非典型性短篇小说：游走在虚构与非虚构之间

是在忏悔，她清楚自己的固执；她并不想改变。（Munro, *The Beggar Maid* 47）

无论故事中的叙述者多么渴望向父亲靠拢，多么费尽心思地伪装，她真实的心气依然与环境格格不入，而这种"羞耻心"也成了作家门罗日后不断自我回望、自我诘问的核心。

相对于父亲，门罗对于母亲安妮的情感则更为复杂。门罗的作品还有一个标志性主题就是"分裂的自我"，即自我的分裂及道德的自责。门罗作品中"分裂的自我"往往起源于对母亲的矛盾性情感。门罗的母亲安妮是加拿大最早一批劳动阶层出身的知识分子女性，出身贫寒却立志向上。她超越了自身的时代，清高、骄傲，一心要凭借智力和努力出人头地，却因求而不得而孤独、痛苦，在当时的加拿大小镇环境中格格不入，是无数次在门罗故事中出现的"淑女"母亲，最后被保守的小镇环境与恶劣的家庭经济所击垮，不幸罹患帕金森症。门罗目睹了母亲漫长而又失去尊严的死亡。她终其一生追求"体面"，却死于"不得体面"。母亲毫无疑问是门罗成长中最为重要的人，也是影响最深的人，是门罗艺术理想的启蒙者，但又是其情感的操控者和禁锢者，是作为独立个体的门罗在成长中必须褪去的约束。这种爱恨交织的关系被真实地记录在了短篇小说集《女孩和女人们的生活》与《你以为你是谁?》中；在其他的众多短篇中，譬如《红裙子——1946》、《艾达公主》、《渥太华山谷》（"The Ottawa Valley", 1974）、《爱的进程》、《冬日寒风》（"Winter Wind", 1974）、《乌特勒支停战协议》，门罗也在反复重审母女同盟的复杂性。

首先审视的就是母女同盟在日常生活"衣食住行"中的冲突与共谋。尤其是服装和食物，在文化研究中一直都是表达一种生活方式、一种文化遗产的重要"符号"——皮埃尔·布尔迪厄所强调的阶级趣味和"文化资本"。《红裙子——1946》的开篇就是作家不遗余力地描绘母亲在费心给女儿裁剪漂亮衣服的场景。在一片混乱中母亲的挫败感与决心共存。

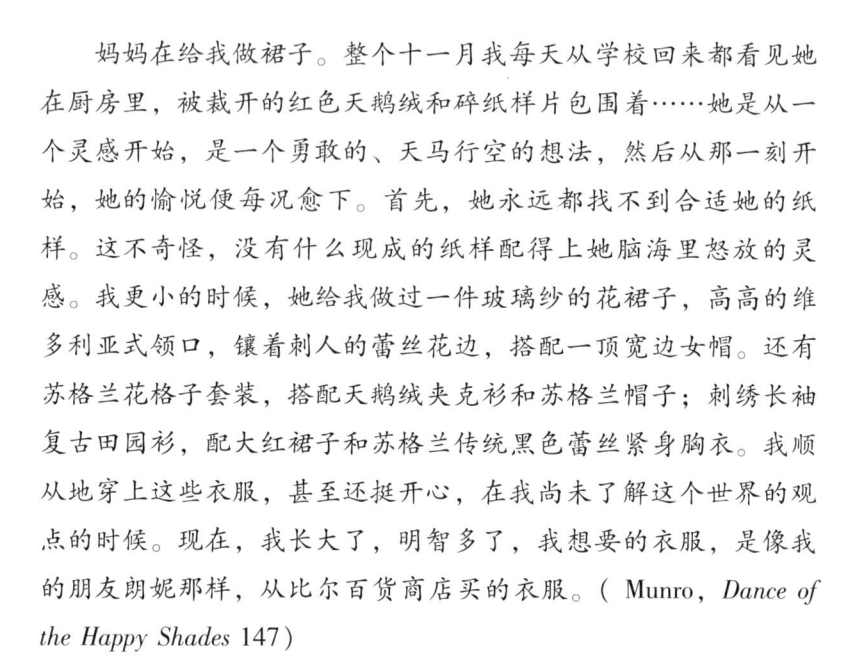

妈妈在给我做裙子。整个十一月我每天从学校回来都看见她在厨房里，被裁开的红色天鹅绒和碎纸样片包围着……她是从一个灵感开始，是一个勇敢的、天马行空的想法，然后从那一刻开始，她的愉悦便每况愈下。首先，她永远都找不到合适她的纸样。这不奇怪，没有什么现成的纸样配得上她脑海里怒放的灵感。我更小的时候，她给我做过一件玻璃纱的花裙子，高高的维多利亚式领口，镶着刺人的蕾丝花边，搭配一顶宽边女帽。还有苏格兰花格子套装，搭配天鹅绒夹克衫和苏格兰帽子；刺绣长袖复古田园衫，配大红裙子和苏格兰传统黑色蕾丝紧身胸衣。我顺从地穿上这些衣服，甚至还挺开心，在我尚未了解这个世界的观点的时候。现在，我长大了，明智多了，我想要的衣服，是像我的朋友朗妮那样，从比尔百货商店买的衣服。（Munro, *Dance of the Happy Shades* 147）

这是一幕熟悉的门罗场景，在许多作品中都有不同的表现。《钱德利家族和弗莱明家族》中，也是同样类似的开篇："对母亲而言，跟风这种装扮可不容易；那需要创新力、执着度，以及投入大量的精力。谁会欣赏呢？母亲自个儿乐意。"（Munro, *The Moons of Jupiter* 2）这些漂亮服装寄托了母亲异想天开的理想，代表着她所向往的一种生活方式，也象征着她执着的身份追寻。她给女儿做的那些衣服，事实上完全不属于当时的加拿大小镇社区，它们指向的是遥远的欧洲，以及"过去"的黄金时代。维多利亚时代被认为是英国工业革命和大英帝国的顶峰，大英帝国的领土达到3600万公顷，是所谓的"日不落帝国"，经济总量占全球的70%，贸易出口比全世界其他国家的总和还多几倍。同时，这些服装也是典型的苏格兰传统服装，是母亲希望女儿能继承的文化之根。但问题在于，母亲本身对于加拿大土地的不认可，对于加拿大现实文化的不认可，使她所有的努力成了无根之木、无源之水，注定会枯竭、湮灭。当女儿长大，可以感知周围通行的价值观后，必然会被这种分裂的文化影响。

第八章　门罗的非典型性短篇小说：游走在虚构与非虚构之间

另外，门罗亦通过母亲对女儿准备的服饰，记录下母亲对于跨越阶级的野心，以及这种不合时宜的骄傲带给女儿创伤性的羞耻感。故事《行刑人》("Executioners"，1974）是这样开篇的：

> 我的穿着打扮很古怪，这是我胆怯的一个原因。海军蓝的束腰外套，跟私立学校的学生制服很像（母亲如果有钱的话，毋庸置疑，绝对会送我去私立学校读书的）。白色长筒袜，冬天也好，夏天也好，从不管我们路上全是泥的现实。冬天袜子里束着棉毛裤，鼓囊囊得一坨一坨的。我被逼迫必须穿棉毛裤。我头上戴着一个巨大的蝴蝶结，被熨斗的尖角熨烫得很挺括。一头宫廷卷发，用蘸水的梳子仔细做出来的，但却是谁都不会喜欢的样子。但我穿其他的什么衣服就能穿对吗？有一次我穿了件新的冬季大衣，我觉得很好看。松鼠毛做的衣领。老鼠皮，老鼠皮，剥开死老鼠，穿上它的皮！他们在我身后这样讥嘲笑嚷。从那以后，我不再喜欢任何用皮毛制成的衣服，不再喜欢那种触感；太柔软，太私密，让人羞耻。（Munro, *Something I've Been Meaning to Tell You* 138）

和在父亲那里感受到的羞愧感一样，门罗故事中的叙述者同样因为母亲感受到内心蛰伏的兽，入肉的刺。在故事《乌特勒支停战协议》中：

> 我感受到母亲的怪诞给我造成的压力，关于她有一种荒诞和让人尴尬的东西——姑妈们一次只是表现出一点点——落在我怯懦的肩上。我确实想要和她撇清关系，来乞得他人的欢心，像无依无靠、被抛弃的孤儿，穿着皱巴巴的衣服。但同时，我还想要掩护她。她永远不会明白她多么需要掩护，免受两位老妇人令人张皇失措的幽默和难以对付的礼节的伤害。（Munro, *Lives of Girls and Women* 54）

随着年岁的增长，她越来越能意识到自身以及所属的母女同盟与周围的社会规范和道德行为准则发生背离时的那种强烈的自我谴责，在她个体道德观念形成的过程中，她本能地感到来自他人的否定，以及内心的消极和羞耻，那种伴随终身的负罪感。但同时，她对母亲也负有一种责任，必须要保护她，要尽力完成母亲的期许，因为自己是母亲的继承人，别无所逃。还是在故事《艾达公主》中，叙述者小心翼翼地审视着自身对于母亲危险的继承。

> 但是我还是继承了母亲相同的品好，我不能控制我自己。我喜欢那一卷卷的百科全书，喜欢在我膝上打开时它们的分量（充满神秘而美妙的信息）；我喜欢安静稳重的墨绿色镶边和装订，书脊上细长花体的金色字母带着缄默不语的气息……我特别喜欢历史。
>
> ……
>
> 我憎恨她卖百科全书，憎恨她演讲，憎恨她戴那种帽子。我不喜欢她给报纸写信。她那些关于地方问题的信件，或者是提倡教育和妇女权利，或者是反对学校必修宗教课等，会署名发表在欢乐镇的《先驱导报》上。其他的信件则会出现在城里的报纸中的那种专门为女性作者留出来的版面上。她使用笔名艾达公主，是她崇拜的丁尼生笔下的一个人物……别人都会对我说：'我看见你妈妈在报纸上写的信了。'我能感觉到他们的轻蔑、优越感和沉默的嫉妒，他们能一辈子静静地待着，不必做或者说任何抛头露面的话。
>
> 我自己其实和母亲很相似，但我总是隐藏起这一点，因为我知道那样会有怎样的危险。(54)

门罗故事里的主人公一方面继承了母亲，一方面又屈从于环境压力，正是这种"分裂的自我"造成了她的存在性不安，而她最终将经历"分离—个体化"的过程，与母亲分开，自我独立。

第八章　门罗的非典型性短篇小说：游走在虚构与非虚构之间

值得注意的是，除了上述超越时代与环境的"新女性"母亲，在门罗的故事中，还有另外一种"母亲"形象。在故事《半个葡萄柚》中，门罗是这样描绘当时社会普遍期望的"理想女性"的：

> 他理想的女人就应该是弗洛那个样子的。萝丝知道，事实上他也经常这么说。一个女人应该精力充沛、脚踏实地、心灵手巧、精打细算；她应该很精明，会砍价，会指挥，能一眼看出别人的自命不凡。同时在智力上她还是天真无知的，孩子气，对地图和长单词或者书里的一切都感到不屑，脑子里都是迷人的混沌想法，迷信神灵，笃信传统。（Munro, *The Beggar Maid*　47）

弗洛是故事中萝丝的养母，传统的家庭主妇，温暖，富于母性，同时符合"女子无才便是德"的标准。这个人物形象一部分是来源于门罗在真实生活中的养母，即门罗的母亲去世后父亲雷德劳再婚的妻子，一个非常传统的农妇；但依然有部分形象是来自门罗真实的母亲安妮——尽管安妮受过教育，读过师范学校，做过小学校长，但她出身于安大略的贫困乡村社区，婚后辞了工作回归了全职农妇的生活，她同样无法摆脱当时环境的价值观，是一个"分裂的自我"。在门罗的很多故事中，她倾向于将母亲的两种特质分别分配给不同的文学代言人。养母总会是那个更偏向传统的母亲形象，而亲生母亲更加激进、野心勃勃，也更不合时宜。

但传统的"理想女性"同样不是门罗的主人公所向往的。正相反，那恰恰是其一心想要逃离的人生。在故事《男孩与女孩》中，作者开篇就描绘了一个经典的门罗家庭，即真实的雷德劳家庭的镜像。同样是属于安大略的农户家庭，家庭结构同样由父亲、母亲、女孩和弟弟构成，同样经营着一个家庭养狐场。故事中 11 岁的女孩作为叙述者，敏锐地注意到了狐狸养殖中的血腥与暴力，也感受到了父亲与母亲之间的性别差异。女孩不喜欢母亲的生活。她觉得母亲的家务劳动根本不是工作，而只是奴隶般的负重，没有思想与自我。女孩惧怕自己会重蹈母亲的覆辙，所以渴望和父亲结盟，拥有父亲的力量和权威。因此，她非常喜欢帮父亲在养狐场干活。那里是屋外的世界，而父亲在那个世界里，仿佛像上帝一般掌握着对狐狸生杀予夺的大权，而通过做父亲的小助手，女孩似乎也分享到了一种优越性，感受到一种对自身力量和能力的认同与肯定。同时，虽然和父亲交流不多，女孩还是觉得父亲和她能够彼此理解。她也喜欢别人能把她当作男孩，她相信自己，而不是弟弟，才是父亲的继承人。所以，当故事中的女孩在自我选择"更像父亲，还是更像母亲"时，她其实是在选择未来。《男孩与女孩》聚焦了一个女孩成长中的重要时期，即刚刚从"女孩"迈向"女人"，同时是世界经济和政治格局发生重大改变的那个重要时刻。当个体身处社会变革、文化交界的特殊时空，其视角必然会表现出不同文化冲突与矛盾的分裂性，而门罗的写作，就在于探索这种挣扎中的自我意识和无法归位的身份认同。

门罗对于母亲的回忆，她对于"母女关系"主题的执念，其实都源于门罗挥之不去的道德自责。故事《红裙子——1946》中，当女儿从外面真实的世界中回到家，看见在厨房中坚持等待的母亲，她在那个瞬间顿悟了自己对于母亲的意义。

> 当我看见等待的厨房，看见穿着褪色的已模糊的佩斯利①花纹披肩和服的母亲，看见她困倦却固执地等待的表情，我明白了自己负有一种不可言说的、沉重的义务，要快乐，我很有可能会失败，每次都是，但是她不会知道。（Munro, *Dance of the Happy Shades* 160）

但是真实生活中的门罗却最终抛下了母亲的负重而选择了自己的人生。《乌特勒支停战协议》就是几乎完全基于真实的生活创作的。比母亲走得更远、飞得更高的女艺术家，在享受成功的同时总是能感受

---

① 佩斯利图案的名称来源于苏格兰西部一个盛产该纹样披肩的小镇佩斯利。

第八章　门罗的非典型性短篇小说：游走在虚构与非虚构之间

到背弃亲友与故土的刺痛。门罗的很多作品都会采用回顾性视角的原因也正在此。记忆像个严厉的监督者，它的残酷在于，人们难以遗忘内心的痛苦，而渴望说出来、被理解。门罗的自传性写作所展示的就是这种活跃于记忆中的道德重负。

> 问题，唯一的问题，在于我的母亲。须知她才是我费尽周折想要触碰的人；这么一段漫长的旅程。为了什么目的呢？只是要去将她从人群中分离出来，描述她，照亮她，赞颂她，最后摆脱她。但是没有用，因为她始终在离我太近之处若隐若现，她一贯就是如此。她一贯就是这么沉重，比世界上任何的存在都要沉重，却又是不明晰的，她的边缘消融了，流逝了。这意味着她已经像过去一样牢固地依附于我，拒绝消失，而我将负重而行，前行，使用我所有的技巧，用尽我所有的花招，而她始终如一。
> （Munro, *Something I've Been Meaning to Tell You* 246）

正是这种道德自责的"鞭刑"，成就了日后的艺术家女性。通过反复地重写其标志性的"母女主题"，作家得以释放记忆深处的压抑，完成"我是谁？"的诘问。门罗笔下的大部分作品，也都包含着"女性艺术家的成长"这一主题，她不断逃离，逃离落后窒息的农村和小镇，逃离传统的女性角色，逃离男性的权威和控制，但最终却又回归故土。而这段不同寻常的"旅行"，遵循从乡村到城市，从家庭到社会，从西行到东归的文化路径。

另外，门罗通过一系列的情感关系网，不仅探讨文化继承权的问题，也考量两性的权力斗争。《男孩与女孩》聚焦了"女孩"即将迈向"女人"的重要时刻，呼应了西蒙·德·波伏娃在《第二性》中的呐喊："一个人不是生而就是女人；而是变成了一个女人。"故事中拒绝与传统女性同盟，却又被男性社会排斥在外的女孩，正是作家本人的成长体验。在一定程度上门罗的母亲也正是她女性主义思想的启蒙者。在故事《女孩和女人们的生活》中，母亲这样告诫自己的女儿：

> 我认为女孩和女人们的生活已经开始发生改变了。是的。我们需要自己努力实现这种改变。到现在为止女人所拥有的一切都和男人有着联系。我们所有的一切。真的，和家畜一样没有我们自己的生活。当他的热情消耗掉那奇异的力量，他会拥抱你，比他的狗亲近一些，比他的马珍贵一些。丁尼生写的。是真的。过去是这样的。虽然你还是会希望有小孩。（Munro, *Lives of Girls and Women* 146—147）

这是一次对于两性关系振聋发聩的警告。而在故事《洗礼》（"Baptizing", 1971）中当青春期的女孩情窦初开的时候，她会不断地面对自己对于身体欲望的屈从：

> 性对我来说是一种屈从——不是女人对男人的，而是人对身体的屈从，是一个在谦卑中纯粹的信念和自由的行为。我会躺着受洗，接受这些暗示和发现，像一个人悬浮在清澈、温暖而无法抗拒的水流上，一整夜。（181—182）

而一旦女孩屈从于自己的欲望，理性便退居二线，女孩将无力反抗两性关系的结构性压迫，"躺着受洗"，"接受暗示和发现"，随波逐流，顺从地接受对于女性的传统要求。但是《洗礼》中的女孩却选择了反抗：

> "我不想受洗。如果我不想，受了也没用。"虽然屈服会很简单，是个笑话，可我不能这样做。他继续说："给你洗礼！"并把我按到水面下，越来越用力，我继续拒绝，笑着，冲他摇头。渐渐地，挣扎着，笑声消失了，坚决的痛苦的笑容僵硬在我们脸上。"你认为你好得不需要洗礼。"他轻轻地说，"不是！""你觉得你高于一切，比我们任何人都好？""不是的！""那么就接受洗礼吧！"他突然把我按到水下，让我吃了一惊。我冲出水面，

第八章 门罗的非典型性短篇小说：游走在虚构与非虚构之间

> 喷着水，擤着鼻子。"下次你不会这么容易脱身了！我会按着你直到你答应！说你要受洗，不然我也要给你洗礼。"他又把我压下去。不过这次我早有心理准备，我屏住呼吸和他搏斗。我用力而自然地搏斗着，就像任何被浸到水中的人一样没有想是谁在按着我。但是当他让我浮上来时，我只听到他说现在说你愿意受洗。（197）

当女孩拒绝男友为她受洗，本能地开始搏斗时，她也将注定走出小镇，走出"传统女性"的限定。而她必须要获得奖学金，做"奖学金女孩"——知识是改变命运的唯一方式。

事实上，在门罗所创作的两种类型的母亲中：激进的新女性与传统的主妇，她们所受的教育和文化品味是一个重要的分水岭。在《你以为你是谁？》中的养母弗洛，她不怎么爱读书，却总是能栩栩如生地和萝丝讲述那些乡野趣闻、流言蜚语，某种程度上，她代表着传统女性口述文学传统的一极。相对的，《女孩和女人们的生活》中绰号"艾达公主"的母亲，则追求的是男性书写文学传统的另一极。她读名著，也给报纸投稿写信，公开针砭时弊，表达自己的观点，追求与男性平等，以及对社会的发言权。而萝丝继承的，正是后一种母亲的形象。当萝丝如饥似渴地阅读的时候，她不仅仅是在渴求知识，更是在渴求权力，一种可以与男性平等分享、智力匹敌的权力。

后一种母亲尤其为女儿设计好了在当时社会对于穷苦人家的女孩唯一能够向上流动的路径：获得奖学金、走出小镇去大城市读大学、永远不回来。也正因此，现实中的门罗母亲在其很小的时候就费尽心思帮她转学择校，还"孟母三迁"，搬到镇上的房子里。但是在短篇集《女孩和女人们的生活》中，叙述者最后却还是因为恋爱影响了学业，失去了拿奖学金读大学的机会。

> 母亲已经上床了。当我没得到奖学金，她从来没有怀疑过的事情——她寄托在孩子身上的对未来的希望——崩塌了。她面临

我和欧文一无是处、无所作为的可能，我们平庸，或是感染了父亲家族可怕的、傲慢的、神圣的倔强任性。一个是欧文，住在弗莱茨路的尽头，连"恐怖"和"溺水"都说不对，用着班尼叔叔一塌糊涂的语法，说他不想上学了。还有我，和加内特·弗兰奇交往，拒绝谈论这事，没有拿到奖学金。（199—200）

这个故事事实上假设了作家内心深处的一种恐惧。在那个等待结果的高中最后一个暑假，门罗显然承受着巨大的心理压力。而在另一个短篇集《你以为你是谁？》中，主人公萝丝则顺利地拿到了奖学金，获得了完全不一样的人生。《你以为你是谁？》几乎是门罗被女性主义评论家讨论得最为彻底的作品。这部作品强烈的自传性不言而喻，作家本人正是凭借优异的高中毕业成绩，以"奖学金女孩"的身份进入西安大略大学学习，两年后因经济原因被迫辍学，与大学同学，也是富家子吉姆·门罗结婚，并搬至温哥华生活。

门罗在温哥华生活了二十年。她是年轻的家庭主妇，三个孩子的母亲，同时是不言放弃的年轻作家。与她同时代的女性作家一样，门罗在争取作家身份的过程中，必须常常向自己作为妻子与母亲的传统女性身份做出妥协。在以初到温哥华的生活为原型创作的短篇小说《科尔特斯岛》（"Cortes Island"，1998）中，门罗记录了一位年轻的母亲偷偷地躲在屋子里很不顺利地写作的过程，"一张一张的纸上填满了失败"。在门罗的另一个名篇《办公室》中，门罗这样开篇：

> 一天晚上，我正在熨烫一件衬衣，突然就想出了解决我生活中问题的一个办法。一个简单但又鲁莽的办法。那时，我的丈夫正在起居室里看电视，我走进去对他说："我想我该有一间办公室。"
>
> ……
>
> 对一个男人来说，房子用来工作挺合适。他把工作带回家，为此还特意清出一块地方给他工作。为了尽可能地配合他的需

第八章 门罗的非典型性短篇小说:游走在虚构与非虚构之间

要,房子的布局要重新安排。谁都能看出来他的工作存在。没人指望他接电话,也不会指望他能找到找不到的东西,或者孩子哭了他能起来看看,更不会盼着他去喂猫。他完全可以关上房门。我说,想想吧,要是一个妈妈关上了房门,而所有的孩子都知道她就在门后头,为什么孩子们都会觉得这样对待他们太粗暴?一个女人,坐在那里,看着空气,看着一片乡村的田野,但她的丈夫并不在这片田野中,她的孩子也不在,人们就会觉得这是违反人类天性的。所以,房子对女人的意义和男人不一样。她不是走进屋子,使用屋子,然后又走出屋子的那个人。她自己就是这房子本身,绝无分离的可能性。(Munro, *Dance of the Happy Shades* 59—60)

"女性本身就是一幢房子"表明了作家对于传统观念中女性被"物化"的清醒认识。男性可以自由地进出不同的文化空间,并根据自己的需求改变、处置周围的环境,而女性作为"屋子里的天使"[①],仅仅作为环境的一部分存在,并共同为男性的需求服务。最终,故事中年轻的女作家虽然暂时逃离了家庭,却不断地遭到房东老头的骚扰、刁难与指责,被荒唐可笑的流言蜚语逼出了办公室。女性要摆脱世俗观念走出独立的道路,必须要跨过社会舆论这条道德的鸿沟。在这个故事中,门罗所描写的正是弗吉尼亚·伍尔夫在其著名的《一间自己的房间》(*A Room of One's Own*, 1929)中的呐喊:"女人要想写小说,必须有钱,再加一间属于自己的房间。"(6)对于女性艺术家而言,房间不仅是指物质上的空间,也指精神上的空间,是独立的创作空间,同时是女性自我意识的空间。门罗在接受《环球邮报》的访谈时就曾坦言:"当我想到男性作家……当我走进一位男性作家的住宅参观他的书房的时候,我简直没法表达心中的敬畏之心。你知道的,就

---

① "屋子里的天使"的意象在19世纪极为流行,是当时父权社会中理想的中产阶级女性形象:全面、彻底地退守家庭,并以温顺、柔弱、贞洁、无私奉献为道德标准。

感觉到整座房子都是专门为他的写作而服务的。"("Writing's Something I Did")而女性作家即便可以关上门写作,但是社会的全景监控却仿佛无处不在。

在作家的真实生活中,更具有讽刺意味的是,当婚后门罗一家的住房条件彻底改善了以后,门罗作为作家的空间不是变得更大了,而是更狭小困难了。1966年,吉姆不顾艾丽丝的反对,购买一座带有五间卧房以及一间佣人房的雄伟的"大房子"。但这座大房子并没有为艾丽丝·门罗提供个人的书房,而是像一个巨大的怪兽,一个具化了的父权制机器,进一步侵吞了她能用于写作的时间与精力:门罗每天需要花更多的时间在卫生清洁上,更多的家务,更少的休息和写作的时间。最后艾丽丝·门罗与丈夫感情破裂其实并没有太多实质性的问题,而仅仅是因为门罗实在无法承受"作家"与"女性"两种身份对其相悖的内在要求。作为"作家"的门罗需要的是"自己的房间",但是作为"妻子和母亲"的门罗需要照顾的是定义为"丈夫"的那些房间。在与吉姆·门罗最终离婚前,艾丽丝·门罗也曾在离家不远的街区租了一间公寓,上午写作,下午再赶回家人所住的大宅,打扫房间并为全家人准备晚餐。这段婚姻最终结束后,作家一个人返回安大略,开始了孤独而又艰辛的女性艺术家的旅程。在寻求作家权力(author's authority)的同时,门罗必须舍弃作为"女性"的种种牵绊,从而建立自身平等于男性的文化空间。

事实上,比起易卜生(Henrit Johan Ibsen,1828—1906)《玩偶之家》(*The Doll's House*,1922)中离家出走的诺拉,现实中同样走出家庭"大房子"的门罗不仅要解决"往哪里去"的经济困难,更需要解决自身的伦理困境。作为母亲的门罗将抛弃女儿们的痛苦与愧疚真实而感人地记录在了短篇小说《孩子留下》中。

> 痛是那样的剧烈。它将会变成慢性病。慢性病的意思是痛是永恒的,但或许不会一直在发作。它也意味着你可能并不会为此而丧命。你无法摆脱它,但却不会因它而死去。你不会分分秒秒

第八章 门罗的非典型性短篇小说：游走在虚构与非虚构之间

都感觉到它，但你也不会长久地获得解脱。这不是他的错。他仍是一个无辜者，或者是一个野蛮人，他并不知道世上会有如此持久的疼痛。你告诉你自己，不管怎样你都会失去她们。她们会长大呀。对一个母亲而言，这种私下里有点荒唐的孤寂是迟早的事。她们会忘记现在，会以这种或那种方式断开与你的关系。再不然她们会一直缠着你，直到你发愁不知该如何打发她们，就像布莱恩那样。

不过仍旧，是那样的痛啊。忍下去，习惯它，直到它成为一段令她悲哀的过去，而不是任何可能的现实。（Munro, *The Love of a Good Woman* 213）

门罗的女儿雪拉在传记《母亲和女儿的生活：与艾丽丝·门罗一起长大》中曾经回忆起这样一幕：幼时的她兴致勃勃地来到母亲的身旁，努力地想把门罗的手从打字机上拽开，"妈妈，你快看，快看我画的画"，而专注创作的门罗只是敷衍地用手挡开了她。门罗确实为了追求自我价值而在作家身份与母亲身份之间做出了某种选择，就像《孩子留下》中的年轻母亲宝琳，或者是宝琳所提到的安娜·卡列尼娜或是包法利夫人。但无论外界对她们"逃离"的行为做怎样的道德评判，就母亲自身而言，所感受的情感创伤确实是难以愈合的。

门罗曾在一次访谈中被问及，同时做两种女性（作为母亲与作为女性作家）的代价是什么呢？门罗回答说："所有异性恋的女性作家……都有着同样的问题。你做出作家的选择时困难重重，而想坚持时又充满了对孩子们的愧疚之心……你总是不得已地让别人失望。即使当孩子们已经长大了以后。"（Ross, *Alice Munro* 55）这份愧疚之心也成就了名篇《我母亲的梦》。这个故事的核心是女性对于事业和母性的妥协。吉尔是一位相当有天分的小提琴手，突如其来的怀孕和丧夫使得吉尔面临比宝琳更为两难的道德困境。一方面吉尔感受到比宝琳更为强烈的职业召唤，另一方面，因为孩子还处于新生婴儿阶段，因此"孩子留下"就意味着婴儿的死亡。门罗敏锐地抓住了"母性"这一

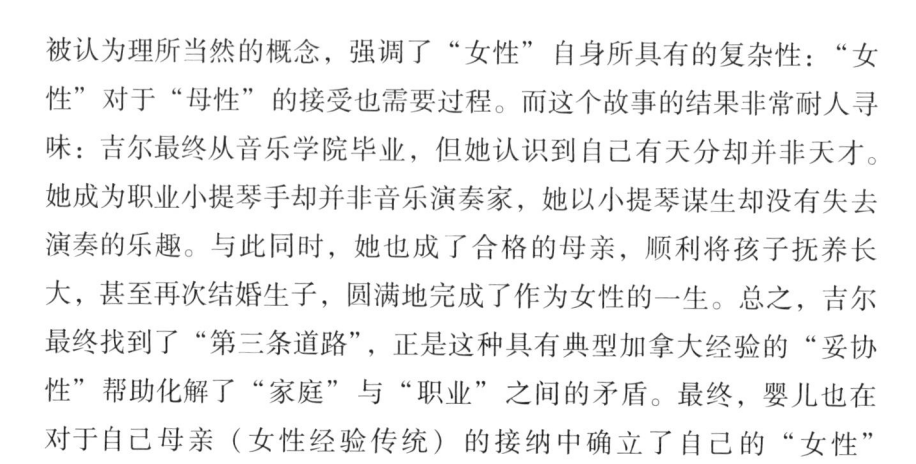

被认为理所当然的概念，强调了"女性"自身所具有的复杂性："女性"对于"母性"的接受也需要过程。而这个故事的结果非常耐人寻味：吉尔最终从音乐学院毕业，但她认识到自己有天分却并非天才。她成为职业小提琴手却并非音乐演奏家，她以小提琴谋生却没有失去演奏的乐趣。与此同时，她也成了合格的母亲，顺利将孩子抚养长大，甚至再次结婚生子，圆满地完成了作为女性的一生。总之，吉尔最终找到了"第三条道路"，正是这种具有典型加拿大经验的"妥协性"帮助化解了"家庭"与"职业"之间的矛盾。最终，婴儿也在对于自己母亲（女性经验传统）的接纳中确立了自己的"女性"身份。

值得注意的是，门罗从来都不是激进的女权主义者。门罗并不认同女性以刻意压抑自身的女性特征来获得男性的权力，相反，她的理想是两性的和谐相融。门罗小说的主人公极力想要逃离的，并不是两性关系本身，而是附着在旧有的两性关系上的那种等级压制。

第四节 《岩石城堡上的风景》和《美好生活》

在门罗所有的创作中，短篇小说集《岩石城堡上的风景》，以及《美好生活》的最后四个故事最为特别，也最为挑战虚构类与非虚构类作品之间的界限，是作家对于"真实的生活素材"的极限尝试。

首先，门罗一直是使用"真实的生活"的高手。门罗在创作伊始就对自身的文化遗产有明确的意识，因此经常使用家族口述史中的某些故事或是自身的生活经历作为原型，为虚构作品注入动能，譬如《荒野小站》("A Wilderness Station")、《渥太华山谷》、《钱德利家族和弗莱明家族》、《爱的进程》……罗伯特·撒克还举过另一个例子："短篇《蒙大拿州迈尔斯城》的自传基础就是一个很好的例子。在因为门罗从她自己的生活，从她家人的生活中借用了如此之多的素材，她有能力在她最好的作品中创作出一种'一切就是如此发生'，生活

第八章 门罗的非典型性短篇小说:游走在虚构与非虚构之间

就是如此的真实感。"(附录一)而在创作的不同阶段,门罗也会反复使用旧的素材,通过变革写作技巧和视角,呈现全新的艺术体验。比如门罗前夫吉姆脸上真实的胎记被复制到了《乞女》中帕崔克的脸上,又在其创作后期的代表作《脸》("Face",2009)中成为驱动故事情节的最重要的线索:男主人公的鲜红的胎记。在其他一些故事中,门罗则完美地将作家本人与故事人物视角融为一体。《梅奈斯镗河》("Meneseteung",1990)中,第一人称叙述者在研究阿曼达·乔伊特·罗斯生平时的感觉可以直接代入作家自己在做这一研究时的视角——而人物的生活和环境则大部分是想象的。门罗甚至将自己的生日用作《好女人的爱》中奎因夫人去世的日子。门罗熟练自如地从真实的事件中抽取鲜活的人与物进行艺术性再加工,她的很多回味无穷的故事都得益于作家对于地域历史的认同感以及居于其中的切身感。

其次,门罗并不满足于仅是使用"真实的生活",她想突破更多,而创作一本非虚构性的"家族之书"便是她的凤愿。在2006年的一次颁奖典礼上[①],她的文学代理人弗吉尼亚·巴伯是这样说的:"几乎每一次门罗完成作品,她都会认为那将是她最后的一部作品。她觉得自己已经用尽了素材,她已经没话说了。2004年《逃离》出版的时候,她就说过这样的话,因此这一次我建议她写一本关于雷德劳家族历史的非虚构性作品。我知道自打我们认识,她就一直有那样的念头。"(Thacker, *Alice Munro: Writing Her Lives* 534)事实上,早在门罗写作生涯最为关键的1974—1976年,她就曾详细地向麦克米伦出版公司的道格拉斯·吉布森描述过"家族的书"的构思:"……我以后想写的那本类似家族记录的书。我想写的那本书是关于雷德劳家族在休伦县的历史,以及回溯至苏格兰安崔克村的詹姆士·霍格,他的母亲就姓雷德劳。关于家族的历史有许许多多有趣的故事,似乎从中世纪起就开始有很能讲故事的人了。"(532—533)在某种程度上,门

[①] 2006年8月13日,门罗获得了"爱德华·麦克道威尔艺术杰出贡献奖章(Edward MacDowell Medal)"。

罗的对于"家族史"的这种执念，也契合了加拿大文学对于"开拓史"的独特关注，即认为"加拿大的开拓史"是加拿大集体的历史体验。在加拿大，与"开拓史"相对应的历史小说长期以来一直被视为记录过去并且能够升华国民神话的理想文学形式：孤独的人被置于广袤的荒野——加拿大的文学的"生存"母题。

在向吉布森提出"家族之书"的想法后，门罗开始陆续创作了一些和其他的虚构故事很不一样的作品。她最早分别在 1974 年和 1981 年在《新加拿大短篇小说》（*New Canadian Short Stories*）和《高街》（*High Street*）杂志上发表过两篇带有明显非虚构类特征的作品，后来又零散地发表了更多。"……特别的一组故事。这些故事并没有收录到我定期成集出版的那些书里面去。为什么呢？因为我觉得它们不属于那些书。"（Howells，"Alice Munro and Her Life Writing" 73）门罗所指的正是她的那部分更接近于自传与回忆录，接近于非虚构类的作品。门罗耐心地积累着这些特别的故事，为创作家族史收集资料。"但是，虽然她找到了相当多的资料，包括 1700 年起至今的书信、日记、当时的杂志、印刷的文字材料等，但是她觉得这对于一本非虚构性作品而言还是不够。她怎样才能够填补那些历史的空隙呢？更重要的是，她的祖辈究竟长得怎样？他们会对彼此说些什么话？他们究竟有何喜怒哀乐？"（Thacker，*Alice Munro：Writing Her Lives* 534）巴伯说。最终的结果是门罗决定"继续写故事"。

2005 年，门罗最终在《纽约客》上首先发表了其中的一个短篇：《岩石城堡上的风景》。她原本寄给了《纽约客》全部 140 页的内容，但《纽约客》出于版面考虑，仅选择了其中的 12 页，即记录了雷德劳家族最初从苏格兰迁移到加拿大的那一段历史。而一年后出版的全书同样选取了《岩石城堡上的风景》这个题目作为全书书名。整本书分为三个部分。第一个部分"无优势"包括了《无优势》（"No Advantage"）、《岩石城堡上的风景》、《伊利诺斯》（"Illinois"）、《莫瑞斯乡的荒野》（"The Wilds of Morris Township"）、《为了谋生》（"Working for a Living"）五个故事，或者用作家自己的话就是"一些好像是故事的

第八章 门罗的非典型性短篇小说：游走在虚构与非虚构之间

东西"，在这一部分门罗主要借用休伦协定（Huron Tract）的背景追溯了雷德劳家族在休伦县的落户经历，同时亦是早期苏格兰裔移民加拿大的历史缩影。第二部分"家"包括了《父亲们》（"Fathers"）、《躺在苹果树下》（"Lying Under the Apple Tree"）、《雇佣女孩》（"Hired Girl"）、《门票》（"The Ticket"）、《家》（"Home"）、《你为什么想知道》（"What Do You Want to Know For?"）六个故事。在这一部分门罗主要从她个人的成长经历中汲取素材，也是作家一再强调是"虚构的故事"的一部分。最后一个部分是"结局"，只有一个短篇《信使》（"Messenger"）。

第一个故事《无优势》是五个"家族史"故事中最多真实、最少虚构的一个故事。叙述者是60岁的独自一人在苏格兰旅行的门罗。她找到了自己出生于17世纪末的曾曾曾曾曾祖父的墓碑。门罗想象她的祖先是苏格兰最后一个见过神仙的人，一个瑞普·范·温克尔（Rip Van Winkle）一样的人物，并试图寻找自己与苏格兰祖先们某种一脉相传的性格特征：低调，不愿抛头露面，并非谦虚，而是拒绝将自己的生活变成一个故事。第二个故事《岩石城堡上的风景》虽是门罗根据家族中一位长辈的日记所创作，却更偏重虚构性想象。门罗想象她的一个祖先在还是个小男孩时，被他的父亲带到了苏格兰首都的爱丁堡城堡。他的父亲指着海浪对面的一块灰蓝色土地，庄严地宣布那就是他们将要去的地方——美洲。男孩知道那块土地不过是苏格兰海岸附近的一个小岛，但是他们即将启程去加拿大新斯科舍省的旅程却是真实无误的——那正是门罗强调的"似幻似真"的真实。后一个故事《伊利诺伊》则是经典的门罗式的恶作剧故事：在移民途中，一个年轻的男性祖先偷走了他的婴儿小妹妹并把她藏起来，两个傻乎乎的小姑娘第二次偷走了婴儿用来对另一个男孩开玩笑。门罗写过很多这样结局出乎意料、皆大欢喜的恶作剧故事，譬如《恨、友谊、追求、爱情、婚姻》。《莫瑞斯乡的荒野》则聚焦门罗的另一位祖先，他开荒建屋，和一位堂姐妹像亲兄妹般地共同生活。这段故事来自门罗父亲的真实回忆。第一部分的最后以门罗父亲的故事《为了谋生》作为结束，讲述了他是如何开始捕猎野兽、销售皮草、遇见母亲、经营家庭养狐场，最后做了铸造厂的夜间保安的。这也是一个承前启后的故事，小女孩艾丽丝去铸造厂看爸爸，并在那里获得了和平日生活不一样的感悟。从这个故事开始，门罗从"家族史"过渡到了第二部分的"个人史"。

第二部分的开篇故事《父亲们》通过两个女孩的视角讲述了两种截然不同的父女关系，其中父亲暴打女儿的一段很容易让人联想起门罗著名的短篇小说《皇家暴打》。在这个故事中，门罗将自己的真实生活故事同时投射在了两个女孩子身上，表现了那种复杂的父女之情。尤其值得注意的是，第二部分的所有故事几乎都指向门罗的未来，指向她将成为的艺术家女性/作家。故事《躺在苹果树下》中，她13岁，浪漫地执着于某种仪式感。她开始对一个男孩情窦初开，却在第一次性尝试的过程中突然察觉到这个男孩和农场主妇的婚外情。故事再次以门罗未来的作家视角结尾：在随后的几年，她不再对现实中的男生动心，她开始迷恋书中的那些男主人公，迷恋希思克利夫而不是埃德加·林顿[1]，白瑞德而不是阿希礼[2]。在《雇佣女孩》中，17岁的女孩暑假帮富人家做女佣。在某次光鲜亮丽的周末派对上，男主人突然对她进行性骚扰，那一刻她感到既欢愉又恶心。夏天过后，这个男人送给了她一本伊萨克·迪内森（Isak Dinesen）的《七个哥特故事》(*Seven Gothic Tales*, 1934)。若无其事的表面下是阴森恐怖的深渊——艺术永远高于生活。在故事《门票》中，她20岁，正准备与她的第一个男朋友结婚。在婚礼的前夕，她忍不住考量身边亲人各不相同的婚姻模式：她父母的，她的祖父母们的，还有那两位不婚的赛瑞尔叔叔和查莱阿姨。最后，作家门罗罕见地在故事中表达了对自己第一任丈夫的歉意。故事《家》中，叙述者有了外遇，爱上了别的男人。她的母亲去世了，她来探望生病的父亲和继母。在第二部分的最

---

[1]《呼啸山庄》中的人物。
[2]《飘》(*Gone with the Wind*, 1936) 中的人物。

第八章 门罗的非典型性短篇小说：游走在虚构与非虚构之间

后一个故事《你为什么想知道？》中她已经再婚，并且发现左乳房有肿块，必须进行活检。她现在已经六十多岁了，开始面对自己的死亡。也正是在生命的这个特别的时候，她审视自己的家人，审视过往。

在第三部分，全书的最后一个故事《信使》中，门罗剖析了自身对于写作"家族之书"的执念。她细细筛选那些经历了时间的冲刷而留存下来的并不可靠的证据，将繁杂的姓名、日期和逸事连接在一起，将死去的和活着的人连接在了一起，也将所有的真实和想象连接在一起。无论门罗的作品多么接近自传与回忆录，门罗都始终强调，一如她在《岩石城堡上的风景》的前言中所写："这些是故事。你可以说这些故事比通常的虚构性作品更加关注生活的真相。但是别真以为它们是真的。"（Munro, *The View from Castle Rock* x）真实，在门罗的作品中，不仅是历史记录上的真实，也是人心感觉上的真实。门罗在《信使》中如此写道："现在所有这些我所记录下的名字，都在我心中和那些活着的乡亲们一样真实，那些消失的厨房，那些宽敞的大黑炉子上擦得光亮的金属装饰板，那些从来都没有真正晾干过的酸木滤水板，那些煤油灯发出的晕黄的光。"（348）门罗在最后将这本最具自传与回忆录特征的作品比喻成"一个巨大的海螺，我把它当作从天地四方而来的信使"，将这个海螺放在耳边，她"听到了自身的脉搏跳动，以及海洋那澎湃有力的涛声"（349）。这就是门罗作品所要力求表现的真实，也是其一贯的创作主旨。这种对于自我的聆听和对于海洋的聆听构成了一个特殊的隐喻，也使得这个作品构成了一个完整的回形结构，呼应了多年前的门罗的祖先从岩石城堡眺望那片迷雾笼罩下的海洋，那里拥有未来，而门罗的现在同样拥有过去。

在《岩石城堡上的风景》中，门罗有意模糊了两种原本被认为截然不同的文类，从而创造了一种崭新的现实表现方式。希拉里·曼特尔（Hilary Mantel）认为，《岩石城堡上的风景》是妙不可言的回忆录：它超越了文类的约束，也突破了生命的界限……作品中对于虚构类与非虚构类的写作并没有确切的划分，前一部分还是移民的史传，后一部分就自然地转到了作家对于定居后的生活所发生的种种细微变化的深刻观察。卡尔·米勒（Karl Miller）则评论说这部作品集"确实是一部回忆录，但同时是一部虚构作品"（Thacker, *Alice Munro: Writing Her Lives* 548）。作品"以安崔克的故事起头，随着开拓者们西进至伊利诺伊州，又一路北上来到了安大略，最后回到了开拓者们的家族宗谱，并以作者寻访失落坟墓的场景结尾：作者被困于高高过膝的常青藤蔓而动弹不得……作品中的过去和现在相连，现在也和过去相通，过去和现在既是彼此连续的，又是彼此断裂的"（549）。米勒更进一步表示："其实门罗所有的作品整体而言都是回忆录的性质，也是关于她自身生活的一部长篇小说。"（549）

但是也有评论家不同意"回忆录"的定义。约翰·莫斯（John Moss）则认为，《岩石城堡上的风景》并不能算是回忆录："它是不同的文类，也是作家对于几乎是了无新意的文类划分问题所做出的重大突破……这样的回忆录只有艾丽丝·门罗能够写。其中是否有故事的成分呢？可以算作虚构类作品吗？当然是这样的……但是区别在于，书中的虚构成分既不是为了作家的自我掩饰，又不是为了自我吹捧。作者将至亲的过往最为精华的那一部分，包括祖先所经历的和后辈所记忆的，都转化为了一种共同的价值观。"（547）莫斯最后这样总结《岩石城堡上的风景》：门罗再次证明了她是那一类弥足珍贵的作家，能够以作品影响读者的生活。

同样的，在门罗真正意义上的"最后一部作品"《美好生活》中，门罗再次为读者奉献了具有明显自传与回忆录特征的最后四个故事。作家重申："这本书的最后四个故事并不完全是故事。它们构成了一个独立的单元，感觉上是自传性的，但有时候，实际并不完全是。我觉得关于我自己的生活，我想要说的都在那些故事里，从最初到最后，直到心灵的最深处。"（Munro, *Dear Life* 253）也正如作家在序言"终曲"中所说，最后的四个故事再次模糊了虚构性小说与非虚构性自传之间的界限。门罗有意将事实、想象与感觉融合为一体，从而挑战了传统意义的文类观。

相对于《美好生活》前面的十个故事，最后四篇的篇幅稍短，各

第八章 门罗的非典型性短篇小说：游走在虚构与非虚构之间

自聚焦了作家回忆中的一个童年片段，而这些片段又与作家过去的作品彼此重合与相互补充：小路尽头的房子，拮据的家庭经济，雄心勃勃的母亲，沉默寡言的父亲，孤寂敏感的成长，封闭压抑的小镇道德……《眼睛》（"The Eye"）中，随着弟弟、妹妹的相继出生，女孩第一次发现母亲所宣称的自己并不是真实的自己。这也是她第一次发现自己与母亲之间的裂缝。家里帮工的少女萨蒂成了她的崇拜对象：萨蒂对于传统女性角色的抗拒以及最终的意外死亡都成为女孩成长中重要的记忆，她由此拥有了窥视真实生活的眼睛。《夜晚》（"Night"）则记录了作家幼年曾经的失眠经历。女孩因为阑尾炎而住院，事后却发现其实自己还同时被切除了一个癌细胞。与死亡的擦肩而过似乎从内心改变了女孩的懵懂状态。当暑假来临的时候，女孩在一种无所事事的状态中开始整夜失眠。她在夜晚独自游荡、胡思乱想，仿佛生活在另一个现实之中。最后，父亲解救了她，一份隐秘的情感同盟在父女之间形成。《声音》（"Voices"）同样聚焦了少女门罗对于性爱的第一次发现。女孩随母亲参加了一次当地舞会。她敏感地感受到一位妓女的在场而使周围的人（尤其是母亲）态度异样的氛围。当女孩上楼取外套准备离开的时候，她听见了楼梯上两个年轻的士兵在安慰一个哭泣的年轻女孩，他们的声音充满了情欲，从而唤醒了女孩对于自身女性价值的渴望。

作为小说集的同名作品，最后一个故事《美好生活》以洗练、流畅的笔触，重访了众多的门罗经典：《皇家暴打》中那种既不属于城镇又不属于乡村的尴尬身份，《特权》（"Privilege"）中骚乱的地段小学和污秽的厕所记忆，《沃克兄弟的牛仔》中父亲与母亲之间价值观的差异与摩擦，《男孩与女孩》中女孩第一次对女性空间和男性空间的认识和挑战，《乌特勒支停战协议》中母亲的帕金森综合征带给全家持久的羞耻感以及母女之间的难以割舍的纽带……故事中的奈特菲尔德夫人，正如《你以为你是谁？》中的小镇怪人弥尔顿·荷马，是加拿大小镇哥特主义历史的化身。在这个杂糅了回忆与想象的故事中，奈特菲尔德家族破败的祖居恰巧被艾丽丝的父母买了下来。然后

277

在一个明朗的秋日里，当奈特菲尔德夫人回到曾经的祖居，粗鲁地试图破门而入的时候，艾丽丝的母亲拼着命地、紧紧地抱着才几个月大的女婴艾丽丝，躲在房间的隐蔽角落，害怕得不敢呼吸。事实上，故事的标题"美好生活"（dear life）是一个双关语，在故事中的出处是"拼着命"（for dear life），可是门罗在标题中巧妙地省略了一个介词，使得整个词语的意义发生了完全的逆转。这种意义的双重性，正是门罗所要表达的人文观。

  这种双重性，也正是门罗的既虚构又非虚构的创作所一直追求的艺术效果。门罗对于文类的一再挑战，似乎都可以从作家对于"艺术的真实"这一概念的哲学思辨中找到答案。《美好生活》的最后四个故事，在一定程度上也与弗吉尼亚·伍尔夫的"回忆性写作"（memoir writing）异曲同工——"所有的工程都是基于对自我的质疑并且相应地投射在语言和故事讲述的策略上。"（Benstock 1147）伍尔夫在《存在的时时刻刻》（*Moments of Being*，1972）一书中收录了五篇自传性散文，创作的时间跨度超过33年，并且在生前都没有出版过。和弗吉尼亚一样，门罗也希望在这些故事中能够尽可能地表现出一种对于自我的探知，通过作家的想象和文学技巧来对真实的生活进行调解与变形，从而表现出真实素材与文本建构之间的"对话与妥协"。

第九章
门罗短篇小说艺术：
回顾视角、多声部、投射性、含混性

在门罗 2009 年获得曼布克国际文学奖时，评委会如此评价："近乎完美的写作……作为短篇小说家，艾丽丝·门罗的每一个短篇小说作品所具有的深刻感、哲理性与精确度，换作大多数长篇小说家都需要借助主人公从生到死的漫长一生才能够表达。"① 换言之，门罗的短篇小说作品具有高度的浓缩感与延展性，能借助简洁的叙述而达到意蕴深长的哲学感染力，在艺术审美上完全能与长篇小说比肩，同时颠覆了批评界对短篇小说"短"而"简单"的传统偏见。

那么，门罗是如何创作出这种"完美"的短篇小说的呢？

首先，门罗"生活写作"的创作倾向，使她的叙述方式更加接近于自然写作。她并不会事先构思好某个主题上的"象征"。她的写作不是从主旨出发，而是从某一记忆、某一印象出发，"通常我会以一个小事件或类似的什么来开始一个故事"（Lamont-Stewart 130）。在创作进行过程中，门罗也并不着意设计外在情节的跌宕起伏，主导故事叙述的主要是内在的记忆与感知。作家曾经在访谈中坦言："当我讲述故事的时候，我完全没有那种有意识的规划或者说布局……我差不多就是让故事自己发展，就好像我还是小孩子的时候在放学回家的路上边走边想。我虚构故事，然后让它们自己发展，然后我记录下它们

---

① 参见 http://www.themanbookerprize.com/press-releases/alice-munro-wins-2009-man-booker-international-prize。

的发展……"(129)很多人会以为门罗是天才的"故事讲述者",但其实她会反复地修改故事讲述的顺序,打乱事实片段,以寻找最佳的讲故事的方式,"让它们自己发展"。

其次,门罗始终如一的创作主题,正是对生活真实的探索。作为短篇小说研究最主要的推动者,查尔斯·梅认为:短篇小说的结构与主题之间,存在深厚的内在联系。门罗标志性的写作风格,是与其看待世界的方式密不可分的。门罗对于世界的认知,对于故事的讲述,都不是一个线性的过程,而是一种拼接,一种回旋往复的发现,通过视角的不断变化,探寻真相的本来面目。门罗本人对于创作最著名的比喻是:"小说不像一条道路,它更像一座房子。你走进里面,待一小会儿,这边走走,那边转转,观察房间和走廊间的关联,然后再望向窗外,看看从这个角度看,外面的世界发生了什么变化。"(Urbani)而杰奥夫·韩科克(Geoff Hancock)曾总结门罗的作品是"通过表象感知现实"(Hancock, *Canadian Writers at Work* 15),即门罗极为重视对于事物细节的观察,更为强调感性主义的"意会",而不是理性主义对于内在因果的"言说"。

再次,门罗有意突破的文类界限,使生活与虚构类创作呈现不同世界的并置。门罗的短篇小说之所以能突破篇幅的局限性而达成复杂深邃的审美体验,有一个重要原因是作家将个人真实的生活细节巧妙地嵌入虚构类文本的字里行间,从而使作品整体呈现一种关联性。同时,现在与回忆交错,事实与想象并置,对给定事件的不同看法(同一个人物先后的转变或者是不同人物迥然不同的理解与解释),使得意义的碎片互相辉映,读者在阅读中仿佛身处一个镜室。作家通过诠释的空白、对立、互补,丰富了单一文本的内涵和外延。在叙述结构上,门罗往往避免平铺直叙的一览无遗,她的创作风格更接近于绘画中的印象派,或者像女性文化中的百纳布传统,致力于在表面的混沌杂乱中构建一个复杂、精巧的认知迷宫,从而强调人类经验的流动性、不完整性、可变性和最终的不可解释性(Nischik 192)。短篇小说这种独特的艺术形式,内在具有与门罗的创作哲学的一致性,关注

第九章　门罗短篇小说艺术：回顾视角、多声部、投射性、含混性

生活中的片段表征，情景和紧凑的时间结构，暗示性的、故意零散的表征和开放的结局，因此成为表达门罗小说世界"快照"观点的理想文学形式。

第一节　回顾视角

由于门罗的短篇小说杂糅了自传与回忆录的元素，因此，她的故事讲述往往具有标志性的"回顾视角"，即故事的讲述者通过回忆将往事重现，而讲述中实际存在两个（甚至几个）不同年龄阶段的叙述声音：其一，作为往事观察者的年迈的叙述者；其二，作为事件经历者的年轻的叙述者。与叙述声音相对应的叙述时态亦会在现在时与过去时中反复切换。罗伯特·撒克在《"透明的果子冻"：艾丽丝·门罗的叙述辩证法》（"'Clear Jelly': Alice Munro's Narrative Dialectics"）中曾将作家早期的习作与最终发表的作品进行对比，考量这种叙事模式的发展。撒克注意到，在门罗早期的作品中，她在采用第一人称叙述视角或者第三人称叙述视角上往往会反复尝试，相对应的则是门罗笔下的两种人物类型，一种是积极表达自我的"发言者"，另一种是作为第三人称观察对象的"沉默者"。门罗会根据人物类型的不同在两种视角之间巧妙切换。在门罗后期的创作中，这种对于叙述视角的把控已臻炉火纯青，不同年龄阶段的人物既是观察者，又是参与者，分裂构成不同类型的对话角色，而这场和自我的对话的最终目的并不是去解释与理解，而是去承认与和解。撒克最后总结说："（回顾视角）构成了最适合作家的那种风格的基础：它帮助作家构造出一种现在与过去的辩证关系，也是经验与理解的辩证关系……最终为读者呈现复杂的阅读体验。"（MacKendrick 57—58）

作为门罗回顾视角的最初尝试，撒克特别以《快乐影子之舞》中的一个短篇《谢谢让我们搭车》为例，具体分析那个年长的观察者是如何被作家隐藏在第一人称参与者与叙述者背后的。这是一个在门罗

作品中极其罕见的以男性作为第一人称叙述者的故事，通篇都采用了过去时。城里中产阶级家庭出身的"我"刚刚高中毕业，偶然和表哥跑到了休伦湖边上一个只有1700人的小镇子上找乐子。撒克指出，故事开篇那些关于咖啡店和小镇的环境描写几乎完全是一种置身事外的第三人称口吻。但是，当年轻而毫无经验的"我"第一次走入小镇女孩洛伊斯那劳动阶级背景的破败的家时，"我"自然地分裂为了经历者"我"和观察者"迪克"——门罗叙述艺术的精髓所在。在年轻的"我"对环境和自身反应进行回忆的过去时描述中，暗藏了一个年长者的评论声音。

> 屋里的某些味道仿佛就来自她。一种隐秘的腐烂的味道，就像某种黑暗的小动物死在了走廊下面。这种味道、这种懒散又滔滔不绝的声音，讲述着我不曾了解的生活，讲述着我不曾了解的人。我想，我的妈妈和乔治的妈妈她们是多么纯真无知啊。就连乔治，乔治都是纯真无知的。而这些人，却生来狡黠、悲戚、世故。(Munro, *Dance of the Happy Shades* 51)

很显然，这样的评论并不是年轻的"我"在会客室一角瞥见洛伊斯的奶奶时就能直接抒发出来的，这正是一段潜藏的回顾视角，是历尽千帆、世事之后更为练达的年长者"迪克"在回忆少年纯真往事时突然获得的对于阶级差异的顿悟。考虑到这个故事通篇都是使用的过去时，所以作为第一人称叙述的声音才能更多地以观察者的身份，更客观地去理解"沉默者"洛伊斯，这个萍水相逢的陌生女孩内心的隐秘痛苦。

在门罗的第二部作品《女孩和女人们的生活》中，作家已经能够很自然地使用回顾视角进行叙述的切换，不过，和先前将这种回顾视角嵌入体验者的即时体验不同，在这部作品中，作家几乎一直延宕到故事的结尾，才开始越来越明显地让年长观察者的回顾视角现身。在开篇故事《弗莱茨路》中，在故事的倒数第二页，观察者是以某种哲

第九章　门罗短篇小说艺术：回顾视角、多声部、投射性、含混性

学性的思考来总结故事的象征性指引的。"所以，与我们的世界并行存在的是班尼叔叔的世界，像一个令人烦恼的扭曲的映像，是同样的，但又永远不会完全一样。在他那个世界里，人们可能沉到流沙坑里，被鬼魂或者是可怕的普通的城市打败；幸运和邪恶同样巨大而又无法预测；没有什么是想当然的，任何事情都有可能发生；失败却又伴随着疯狂的满足。那是他的胜利，他无法了解或让我们看到的胜利。"（Munro, *Lives of Girls and Women* 22）在抒发了这么一长段感悟后，作者又貌似旋即切换回了年轻的体验者视角："欧文在纱门上悠荡，小心地唱着歌，带着嘲笑的声调……母亲坐在帆布椅子上，父亲坐在木头椅子上……"（22）但是，这幅短暂的和谐场景，却在叙述者的表述中，当然也在过去时态的助力下，又似乎更像是回忆中的一幅定格画，而随后又是观察者超然于外的评价："……他们并没有看着彼此。但是他们是连通的，这种连通像篱笆一样平常，它存在于我们和班尼叔叔之间，我们和弗莱茨路之间，存在于我们和任何事物之间。"（22）紧接着作者又以一连串的快进叙事加强了这种回顾视角的认知效果："在冬天也是一样，有时，他们会把我们安置好上楼睡觉以后，然后坐在餐桌旁玩上两把纸牌，他们一边玩着，一边等待着十点钟的新闻。"（22）然后又是观察者的声音加入："楼上的世界似乎距离他们很遥远，在黑暗中充满风的声音。在上面，你会发现在厨房里从来想不起来的事情——我们这房子里，就像在狂风呼啸的大海中的船一样渺小而封闭。他们好像和我们完全无关，在楼下聊天，玩纸牌，在一个遥远的小小的光点里；但是我想象着他们，他们就像打嗝一样平淡，像呼吸一样熟悉，占据着我的思想，在某个深井里对我眨着眼睛，于是我慢慢地跌入了深井，坠入了梦乡。"（22—23）在故事的结尾，这种频繁的视角切换凸显出先前故事中年轻叙述者对于自己及周遭的人与事的懵懂无知，也反衬出如今年长叙述者的世事沧桑。

门罗的第三部作品《你以为你是谁？》则是回顾视角的另一种叙述典范。和之前不着痕迹的叙述视角切换不同，这个短篇故事集中的故事通常先以年轻的叙述视角展开，然后在结尾处则以突兀的空行作

为清晰的叙述分割线,由此转入年迈的叙述声音的沉思,对之前年轻者的讲述做出逆转性的补充。① 《皇家暴打》中的结尾是:"多年以后,很多年以后,在一个周日的清晨,萝丝……"(Munro, *The Beggar Maid* 22)此时的她,已经不再是那个倔强地要挑战继母权威的小镇女孩了,她一个人住在多伦多,窗口面对着安大略湖冰冷的湖水。"她想找人倾诉。弗洛喜欢倾听。"(24)正是在这样的孤独时刻,门罗构建了现在的叙述者与过去的叙述者之间的对话,萝丝与弗洛之间复杂的母女之情在回顾视角中让人唏嘘不已。在《你以为你是谁?》这部短篇小说集中,"多年以后"这样的表述在故事中以不同的形式反复出现。《乞女》中,作为"奖学金女孩"进入大学的萝丝意外地和来自上层阶级的富家子帕崔克相爱。出于对各自家庭的反抗,两个年轻人最终决定排除万难坚定地在一起。但在故事的结尾,作家笔锋一转:多年以后,萝丝偶然在多伦多机场遇见了帕崔克,原来此时两人已经离婚九年,萝丝正想迎上去表示好意,但却惊诧地看见了帕崔克厌恶与憎恨的表情。

> 于是她匆忙地逃走了,沿着长长的色彩斑驳的走廊,不住地颤抖。她目睹帕崔克看见了她;目睹他做了一个那样的表情。但她依然不能明白自己为什么成了一个敌人。怎么会有人如此地憎恨萝丝呢,就在那一刻她准备上前展现她的善意,她笑脸相迎,毫不掩饰自己的疲惫,羞怯而坚定地准备和他客套攀谈……
> 哦,帕崔克会的。帕崔克会的。(Munro, *The Beggar Maid* 100)

这个突兀的转折完全颠覆了之前所叙述的灰姑娘童话,此时叙述者更多的是作为观察者存在,并且看清了作为参与者的萝丝曾经虚妄的自我安慰与满足,感受到其对于过去自我的强烈否定与挫败感,也只有在此种心境下的回顾视角,才使得之前的故事具有了更加丰富的意义

---

① 唯一有例外的是《野天鹅》(*Wild Swans*)。

第九章 门罗短篇小说艺术：回顾视角、多声部、投射性、含混性

内涵。

这种方式的回顾视角在门罗的下一个短篇小说集《木星的月亮》中也得到了延续。《地里的石头》使用第一人称过去时，在结尾处则同样以空行作为清晰的分割线，转至一个"多年以后"的回顾性叙述。多年以后，当"我"的父亲亦去世了一段时间后，我在图书馆的旧报纸上读到了有关那位神秘的乡间隐士的新闻，于是我重新去拜访了故地，由此获得了顿悟，即时间对自身的改变："如果我更年轻一点的话，我是会编出一个故事来的……现在，我不再相信别人的秘密是可以被解释、被理解的了，或者他们的情感是特征明显且能被轻易识别得了。我不再相信了……我的身上带着他们的痕迹，但是基石已经没有了……"（Munro，*The Moons of Jupiter* 35）这种明确的年长自我对于年轻自我的回顾性视角，在过去和现在之间构建了一种对话，始终是门罗偏爱的一种叙述手段。不过，在《木星的月亮》这个集子中，门罗的很多故事采用了一种新的回顾方式。在短篇小说集的同名故事，也是压轴的最后一个故事《木星的月亮》中，结尾同样用空行作为叙述的分割，但却不是转至"多年以后"，而是跳转回前，跳转回"我"刚刚从天文馆出来的某一定格。"我"在博物馆的中国花园里坐了一会儿，看到了石骆驼、石俑武士还有坟墓。在那个貌似平淡的瞬间，"我"已经感受到死亡的气息。但是当时，"我"尚不明白那一刻的明确含义，而只有在回顾视角中，"厨房油毡布下的深渊"才昭然若揭，人生的顿悟在愕然的一瞬间获得。这种类似的"往事定格"的回顾视角在门罗后来的创作中也极为常见。

在短篇小说集《爱的进程》的同名故事中，门罗则进一步尝试将"多年以后"与"往事定格"两种回顾视角糅合至一起。

……我看到父亲站在屋子中央，站在桌子边——桌子的抽屉里装着刀叉，铺着洗刷干净的油布——桌子上面搁着那盒钱。母亲正小心地把钞票丢进火里，一只手用熏黑的钳子拉着炉门盖子。我的父亲站在旁边，似乎不仅允许她这么做，还在保护她。

一幕庄严的景象，但并不疯狂……

……自打博比·马克斯之后，我再也没对哪个人讲过这个故事。我想我不会再讲了。我不再讲，不是因为严格说起来它并不是真实的，我不再讲是因为我意识到不能指望别人像我一样理解它。不能指望他们对这事表示出任何一点的赞许。我甚至都不能说自己赞许它。要是我是那种会赞许它，会这么做的人，我不可能干出后面的那些事——十五岁离家出走，到饭店打工，去夜校学打字和速记，进入房地产公司，最后成为一名有执照的经纪人。我也就不会离婚了。我的父亲就不会在县养老院去世了……（Munro, *The Progress of Love* 29—30）

通过回顾视角，门罗不仅再现了年轻的叙述者想象中的场景，而且还将想象中的"真实"和确实发生的"真实"并置，从而揭示了另一种真实的重要性：年轻的叙述者个人愿意去相信的故事，就是真正有意义的故事，从而改变了她的一生。

很多评论家注意到，随着门罗自身年龄的增加，她故事中的叙述者也随之变得更为年长。短篇小说集《太多幸福》中有一个名篇，《一些女人》（"Some Women"），故事的开头是：

我有时候想到自己已经这么老了就很诧异。我能记得那时候住的小镇会在夏天的街上洒点水来平息飞扬的灰尘，那时候女孩子都还得穿上能自己立起来的束腰和裙撑，而且那时候小儿麻痹症和白血病都是没有办法医治的。有些人得了小儿麻痹症自己好了，有的跛了有的没跛；但是得了白血病的人就只能躺在床上，经历几个星期甚至几个月的每况愈下，最后在一种悲剧的气氛中，死去。

也就是因为这种情况，十三岁那年的暑假我得到了自己的第一份工作……（Munro, *Too Much Happiness* 165）

第九章　门罗短篇小说艺术：回顾视角、多声部、投射性、含混性

这个尚在纯真年代的年轻叙述者，在不经意之间见证了一场三个女人的感情争夺战，而争夺的目标却是一个濒死的白血病病人："……这个高大男人的肋骨看起来如同刚刚经历过饥荒，他的头发已经秃了，皮肤的质地像是拔了毛的鸡皮，脖子皱得像个老头……我能感受到这房子里死亡的气息，你离这间房间越近那气息就越强烈，而他，则是那气息的中心……"（174）这种死亡的气息和三个女人炽热的情感之火形成了鲜明的对比。而即便克洛泽行将就木，他却依然是能决定那些女人们谁输谁赢的那个人。在故事的最后，同样是以空行作为叙述分割线转至"多年以后"的回顾性叙述，作为观察者的叙述者历数了各个人物的最终结局后，她却突然以一句"我长大了，然后变老。"（188）让全篇戛然而止，干净利落，余味无穷。仿佛一个突然的终止符，留下了一个巨大的意义空白，一个情感的深洞。只有在此时，读者才最终意识到叙述者的实际年龄，意识到门罗在短篇的一开始就埋下的草蛇灰线，即女孩子穿束腰和衬裙距离现在的时间，意识到叙述者现今也已面对衰老和死亡——这个叙述者的年龄比门罗早期作品中的叙述者要年长许多，之前大多为中年女性的视角——而只有从这个角度，才能更好地理解叙述者在回顾视角中对曾经作为经历者的13岁的自己，以及其他那些女人们的顿悟。

第二节　多声部

在门罗所偏好的回顾视角中，由于同时存在作为经历者的叙述者和作为观察者的叙述者，年轻的叙述者和年长的叙述者，自然就形成了不同的声音。事实上，在处理叙述声音时，门罗曾经说："我想要的……是许多的相互重叠。我希望事件的层次越多越好，也就是说故事可以由尽可能多的人来讲述，每个人背负的记忆各不相同。而我必须将这些不同的讲述都统一在一个框架下。"（Macfarlane 53）不同人的讲述会构成一种多声部"对话性"的效果，彼此相互补充。

还是回到门罗的名篇《爱的进程》，这是多声部的典型的例子。叙述者在回忆往事时宣称："所有这些事情我都记得。所有那些我知道的事，或者说那些别人告诉我的事，虽然那些当事人我甚至从未见过面。"（Munro, *The Progress of Love* 7）然后她回忆起母亲讲述的一个故事：12岁的玛丽埃塔亲眼看见自己的母亲因为怨恨风流多情的父亲而在谷仓里准备上吊自杀。母亲对她说："叫你爸爸来。"于是惊恐万分的小女孩一个人穿着睡衣去找父亲，沿途路上男人们下流的目光和恶毒的哄笑让她刻骨难忘，最后她终于"当着陌生人的面，忍不住放声痛哭……她头也没梳，光着脚沾满了泥泞，只穿着睡衣，发疯一样，脸上满是泪水。她跑进自家后院，看到谷仓便哭嚎起来。'妈妈！'她哭嚎着，'妈妈！'"（12）结果母亲已经被邻居救下了，而小女孩的心中从此种下了仇恨父亲的种子。但是接下来母亲的妹妹，贝瑞尔姨妈的讲述，却给出了一个截然相反的版本。贝瑞尔姨妈认为自杀事件不过是母亲想"吓唬吓唬爸爸"而开的"玩笑"。"我还是个小娃娃，不过是我注意到那绳子的。我的眼睛顺着绳子朝上看又朝上看，看到它挂在横梁上，就搭在那里——根本没打结！玛丽埃塔没注意，那个德国女人也没注意，可是我就大声说了：'妈，绳子都没系在横梁上，你打算怎么上吊呢？'"（22）在贝瑞尔姨妈的眼中，母亲反而是有过错的一方："她是个不容易相处的女人，不过很有性格。"（22）两种完全不同的讲述彼此颠覆与解构，使得记忆不断以崭新的方式被呈现与解说，而事件的真实与印象的真实究竟孰高孰低呢？门罗故事的结尾尤为意味深长。母亲的仇恨像毒汁一样渗入了女儿玛丽埃塔的生活，玛丽埃塔最终偷偷烧掉了父亲留给自己的巨额遗产，全然不顾此举可能毁掉自己女儿的前途——至此她完全成为母亲的翻版。而玛丽埃塔的女儿却在自己的叙述中用爱的情感对事实做了善意的歪曲。她淡化了对母亲的仇恨，而强调了父亲的爱：她相信母亲烧钱的时候父亲就在一旁看着，丝毫不干涉，"我想这就是爱"。这样的温暖结论最终使她自己逃脱了仇恨继承者的命运，使她的生活避免了母亲的悲剧，而这也正是门罗所要表达的"爱的进程"。

第九章 门罗短篇小说艺术：回顾视角、多声部、投射性、含混性

《我年轻时候的朋友》是另一个被评论家津津乐道的例子。故事是典型的多声部叙述模式：小镇居民对于弗洛拉故事的八卦、母亲对于弗洛拉故事的叙述、年轻时的女儿对于母亲的弗洛拉故事的重构，以及年长的女儿对于自己构建的弗洛拉故事的修正。在小镇居民的八卦中，弗洛拉信奉古怪的卡梅伦宗教，过分地禁欲和苦修。虽然弗洛拉表现得像一个圣人，但却不可理解，人们对她渐渐少了同情，反而开始嘲笑她的固执和古怪，甚至开车过来参观并笑话她。而在母亲的叙述中，弗洛拉是一个高贵的，具有人格魅力的人。尽管她的未婚夫和妹妹背弃了她而"珠胎暗结"，但是弗洛拉却以巨大的自我牺牲精神成全了他们两个，她分出财产，帮他们举办婚礼，照顾病重的妹妹，承担所有的家务和农活。但是在妹妹死后，她依然不能和曾经的未婚夫破镜重圆，因为一个外来的庸俗邪恶的护士继续霸占了原本应该由弗洛拉拥有的一切。在母亲眼里，弗洛拉是一个完美的受害者，"上帝的选民被隐匿在耐心和谦逊下，却被注定的命运照亮，任凭世事都无法打扰。"（Munro, *Friend of My Youth* 20）而"我"在十五六岁的叛逆期时，因为被母亲的帕金森拖累，暗自憎恶她的一切，厌恶她的价值观，嘲讽她的道德感。

> 她的想法在自己的困境中变得鬼魅，她声音中不时的停顿和阴郁的震颤折磨着我，使我警觉到自身的危险。我感受到潜伏着一团摸不着边的陈词滥调和虔诚，还有不容置疑残废了的母亲权威，有可能就会俘获我，让我窒息。会没完没了。我必须得让自己保持尖酸刻薄、愤世嫉俗，跟她争辩，挫她锐气。但是最终，我连理会她都放弃了，只用沉默对抗。（20）

作为对母亲的反抗，"我"在自己的故事中将弗洛拉变成了一个邪恶的女巫，"她是长老会的女巫，大声朗读有毒的书籍"，最后她失败得很彻底，"她畏缩、投降，她的骨头变硬、关节变粗……得了关节炎，几乎无法走路"。她最终丧失了自己的一切，被移出自己的房间，她

的书籍全部被焚烧,"被神选的,被诅咒的,微弱的希望,巨大的折磨——全都升腾在烟雾里"(20—21)。然而多年以后,当"我"也人到中年,母亲早已去世多年,"我"在痛苦的爱的纠缠中总是回想起母亲的弗洛拉。最终,"我"修正了自己的故事:弗洛拉现在已经搬到镇上生活,在某个商店上班,她像普通的职业女性一样工作、生活,既不是受害者,也不是女巫,她依然高大、帅气、优雅,是她自己生活的主人。正是在这个叙述声音的最后,"我"终于意识到所有叙述中的弗洛拉已经和自己的母亲合体:年轻时乐观而俊美的弗洛拉正如年轻时温柔而淘气的母亲,弗洛拉的母性正如母亲对"我"的爱,"我"想象中形似女巫的弗洛拉其实就是生病后渐渐丧失人形的母亲,而成为镇上职业女性的弗洛拉就是母亲在结婚成为家庭主妇之前的样子:优雅、时髦、独立。最后"我"意识到:"我母亲如此轻易地从她的旧牢笼里挣脱,展现出我从未想过她会拥有的自由和力量,改变的不只是她自己。"(26)在那一刻,叙述者与母亲达到了和解,而这个顿悟也呼应了故事结尾那个具有强烈宗教隐喻的历史定格:17世纪的苏格兰卡梅伦派教徒与天主教及国王对抗,"他们在公路上将圣安德鲁斯傲慢的主教砍死,骑马踏过他的尸体。他们中的一位牧师,仿佛是在自己的绞刑上一样欣喜若狂,将世上其他所有的牧师都开除了教籍"(26)。同为弑父/弑母者的叙述者,在这一特殊的历史回顾中,发现了自己向母亲的回归。

而在短篇小说集《公开的秘密》中,短篇故事《荒野小站》则采取了书信体这一特殊的形式来构建多声部对话。故事分为四部分,由11篇长短不一的书信和1篇发表在报纸上的回忆录构成,从五个叙述声部,不同侧面勾勒出了安妮·麦基洛普这个谜一般的拓荒时代的新女性。故事始于1852年。第一部分,收容所负责人写给拓荒人西蒙,告之有个名叫安妮的女孩吃苦耐劳,适合做他的妻子。第二部分,西蒙的弟弟乔治在1907年为地方报纸五十周年撰写的回忆录,记录了1851—1852年的拓荒往事,包括哥哥被砍倒的树干砸中当场身亡的悲剧。随后一封信,即当地牧师给监狱治安员的回信中记录了安妮完全

第九章　门罗短篇小说艺术：回顾视角、多声部、投射性、含混性

不同的陈述版本：安妮声称丈夫是被自己用石头砸死的。由于和事实证据不符，安妮的自白被认为是不可靠叙述，牧师怀疑她只是为了能住进监狱吃饱穿暖才编造出来这一故事。在牧师的第二封信里，他补充了乔治的反馈，并猜测安妮是疯了——再一次，门罗经典的疯女人形象出现了。而1853年监狱给牧师的两封回信中，除了继续探讨安妮的精神状态之外，还均附了一封安妮给好友萨迪的私信，内容都是邀请对方来看望自己。第三部分，安妮的一封写给萨迪的长信，时间不详。信中详细描写了当天意外时的情景，亦揭露了真相：西蒙是被斧头砍死的，西蒙平日里十分暴虐，安妮保护了乔治，但是乔治因此敌视安妮，安妮感到恐惧。第四部分，1959年安妮原雇主的孙女克里斯蒂娜在年迈时写给传记作者一封信，回忆了五十多年前自己驱车带着安妮返乡看望乔治的情形。当时乔治的赫伦家族早已繁衍壮大，其中的一个孙子是当地赫赫有名的政治家，而乔治得了中风已无法说话。安妮像胜利者一样旧地重游，她对已经失语的乔治说了很多话。

　　整体而言，门罗的这个故事有很多可以挖掘之处，但是就多声部叙述而言，最值得指出的是两点：其一，关于西蒙的死亡，究竟谁的版本、哪一个版本才是可靠的叙述？其二，安妮前后矛盾的叙述，是否代表她真的精神出了问题？如果安妮的话是不可信的，那么乔治的威胁或许就不存在，因此安妮的罪恶感或者说是恐惧感，或许就不是来源于外界某种切实的直接的威胁，而是某种更为复杂的东西——内化的男权道德体系所赋予女性的那种负罪感。伊狄珂·德帕普·卡灵顿（Ildiko de Papp Carrington）在《双面叙述的魔鬼：艾丽丝·门罗的〈荒野小站〉》（"Double-Talking Devils：Alice Mumo's 'A Wildness Station'"）一文中对此曾这样解释：丈夫的死亡使得安妮内心的黑暗欲望呼之欲出——安妮潜意识反抗丈夫的奴役，有杀死丈夫的冲动；安妮对于乔治有性欲望。因此，见到乔治拖着死亡的丈夫回家，安妮马上判断是乔治谋杀了丈夫，而自己也是同谋。她想保护乔治未果，又感到乔治对她有憎恶亦有威胁，进而感受到自己在整个社区中的尴尬境地，最后安妮通过自我监禁的方式与现实的社会隔离开来，由此

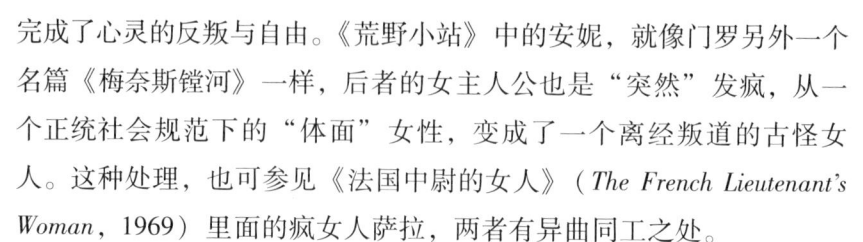

完成了心灵的反叛与自由。《荒野小站》中的安妮，就像门罗另外一个名篇《梅奈斯镗河》一样，后者的女主人公也是"突然"发疯，从一个正统社会规范下的"体面"女性，变成了一个离经叛道的古怪女人。这种处理，也可见《法国中尉的女人》（*The French Lieutenant's Woman*，1969）里面的疯女人萨拉，两者有异曲同工之处。

同样是在《公开的秘密》这个短篇小说集中，另外一个名篇《阿尔巴尼亚圣女》（"The Albanian Virgin"，1994），也有两个叙述者的声音交替出现，一个是第三人称叙述者洛塔尔，另一个是第一人称叙述人"我"，全部都是回顾视角。洛塔尔讲述了她在20世纪20年代在巴尔干半岛独自旅行时被意外掳进阿尔巴尼亚北部农村的氏族部落的故事。为了避免被卖给穆斯林做妻子，洛塔尔被迫宣誓成为永不结婚的阿尔巴尼亚圣女，即永守童贞的处女，从此得以摆脱做女性的低下地位而享受男人的自食其力与权利和自由。但是最后，她和牧师私奔了。而在"我"的故事中，"我"回忆起早年的一个朋友夏洛特，还有她的丈夫葛迪汗，"我"就是从她那里听到这个阿尔巴尼亚圣女的故事的。当时"我"在维多利亚独自经营一家独立书店，经济状况很差。后来夏洛特生病了，并和她的丈夫不知所终。这两个叙述声音交织而行，各自为政，表面上似乎毫无干系，但读者大致能猜到夏洛特和她的丈夫就是前一个故事中的洛塔尔和牧师，因为他们在维多利亚的社区格格不入，衣着和举止总是透着说不出来的古怪。但是，随着"我"回忆的深入，私人隐秘的揭示，"我"和洛塔尔之间的联系逐渐显露："我"因为婚外情和丈夫感情破裂，独自一人从安大略的伦敦自我流放，搬至距离故居空间最远的英属哥伦比亚的维多利亚，靠着一点儿遗产开了书店，卖文学、哲学、政治等类别的严肃作品，而没有像别人建议的那样，卖那些受欢迎的关于股票、狗、马以及种花养鸟之类的书。"我"在精神上的孤寂和洛塔尔并无二异（夏洛特的家里也全是书）：同为文明荒原里的异类，同样不依靠男性而自力更生，也同到最后才意识到自己内心对爱人的渴望。因此，门罗在故事中设置的双声部叙述，其实形成了一种镜像关系，"我"在洛塔尔的

第九章 门罗短篇小说艺术：回顾视角、多声部、投射性、含混性

故事中看到了自身的影子，听到了自身的寂静之音，也在夏洛特和她的丈夫身上获得了自己对于感情的顿悟。这种投射性，也是门罗标志性的叙事手段之一。

第三节 投射性

镜像关系，即一个人物在另一个人物身上产生了投射性（projection）。投射性也是门罗经常运用的叙事手段。在精神分析理论中，作为一种自我防御机制，投射性能够让人们远离自体不想要的或者是危险的那部分，或让人通过幻想让自体的某些部分存活在另一个人那里；同时，它也是一种交流模式，使得投射者隐秘的内心情感能够被他人感知和互动。（Ogden 357 – 373）投射性最奇妙的特质，就是一种替代性，我们用他人行为倾向的假象替代了自己内部心理过程的真象，以此来获得对他人行为的一种解释和理解。玛格丽特·安娜·菲兹帕崔克（Margaret Anne Fitzpatrick）曾用投射性来考察门罗的一个经典短篇《我一直想告诉你的事》，并认为门罗小说的主人公往往是具有高度戒备心理的复杂人格，只有通过剖析故事中的多重镜像，才能真正揭露叙述者在重重伪装背后隐秘的内心世界。（Miller, 15—20）

在门罗的处女作《快乐影子之舞》中，有一个著名的短篇小说《男孩与女孩》，叙述者曾数次将自身投射在动物身上。叙述者"我"是个生活在乡镇接合部的 11 岁女孩，她的父亲有个养狐场。拥有华丽的皮毛，美丽、娇小而敏捷的狐狸带着强烈的女性特征，它们"居住在父亲为它们所建造的世界中。周围被高高的防护栏包围着，就像中世纪的城镇，由一个总门控制，晚上一挂锁就锁住了"（Munro, *Dance of the Happy Shades* 114）。门罗隐喻地将依存于男性的女性的命运和被男性圈养的、等待屠杀的狐狸的命运联系在了一起，将城镇的密闭的、功能有序的生存环境与养狐场的狭小与隔绝联系在了一起。女孩极力想要挣脱世俗成见的性别界定。她自信，充满男子气，渴望

冒险，满腔壮志豪情，常常在睡前自己编冒险故事：自己是骑着高头大马，拯救芸芸众生的英雄。但是随着长大，女孩渐渐感受到周围人对她的性别期望是一种可怕的威胁。此时父亲马厩里临时来了两匹马，是将被作为狐狸的食物临时喂养的。很快，年迈的驮马麦克和年轻的母马弗洛拉激起了女孩强烈的同情心，尤其热情、焦躁的弗洛拉，"……她傲慢的步调，她纵情又勇敢的风度"（119），使女孩感受到了一种无法用言语表达的超越了话语控制的心灵相通。最后，当父亲准备射杀弗洛拉时，当女孩看见面临死亡威胁的弗洛拉突然脱缰飞驰时，一股强烈的渴望在她心中涌动：要放弗洛拉自由！于是生平第一次，几乎是不假思索的，她背叛了从小崇拜的父亲，打开了栅门，放走了弗洛拉，也正因此，她最终彻底承认：自己与弟弟有着本质差别，自己不过是"女孩"。在这个故事中，"狐狸"和"母马"都成了女孩自我意识的镜像。这两种动物的命运都是被圈养而后最终被宰杀，这亦象征着社会对于女性的结构性压制，也预示着女孩的性别反抗最终将失败。

而在短篇小说集《女孩和女人们的生活》中，则出现了更多互相交织的多重投射：我们的世界和班尼叔叔的世界，我的故事和克雷格叔叔的故事，内奥米的性爱冒险和我的性爱冒险，玛丽恩的十七岁和我的十七岁……而门罗故事中最典型的也是最常见的一种镜像关系，就是母女之间的投射性。譬如在《爱的进程》中，玛丽埃塔与母亲之间就具有一种镜像关系，《女孩和女人们的生活》中"我"和母亲也有这种镜像关系。在故事《艾达公主》中，叙述者这样说："我其实和母亲很相似，但总是隐藏起这一点，因为我知道这样会有怎样的危险。""我"在很长一段时间对母亲十分憎恨，"我憎恨她卖百科全书，憎恨她演讲，还有戴那种帽子"，所有这些憎恨，其实只是源于"我"的恐惧，"我"看到了自己和母亲的相似，"我情不自禁分享了母亲相同的爱好"，但是"我"不认同她的人生，"我"害怕自己成为她。作为一个旁观者，"我"清楚地看到母亲这样的女性在当时的加拿大小镇环境中是多么地不合时宜、格格不入，而终有一天，"我"

第九章　门罗短篇小说艺术：回顾视角、多声部、投射性、含混性

会走上和母亲相似的道路：那个叫艾迪·莫里森的小女孩，非常贫穷，独自离开家，靠着自力更生完成了学业，骄傲、坚硬、孤独……艾迪的母亲曾经继承过两百五十美金的遗产，这在当时是一笔巨款，足够帮助艾迪完成学业，但是她母亲却用这笔钱订购了金边珍藏版的圣经，免费发放给穷人；现在，艾迪变成了"我"的母亲，她也获得了一笔三百美金的遗产，足够帮助"我"去完成学业，但最终，她用这笔钱去买了百科全书。艾迪最终继承了她的母亲的性格，只不过她将之前对于宗教的狂热变成了现在对于知识的狂热，而"我"最终也将继承艾迪，那个骄傲而孤独的灵魂。门罗由此构建了双重投射，即作为"我"的镜像的母亲，和作为母亲镜像的外婆。

在短篇小说《你以为你是谁?》中，这种双重投射的复杂镜像叙事同样构成了文本的主要框架。在这个故事的回顾视角中，姐弟俩萝丝和布莱恩都已人到中年，情感上早已日渐疏离，而小镇怪人弥尔顿·荷马是他们仅剩的安全话题。弥尔顿·荷马闯门送祝福，弥尔顿·荷马参加小镇游行——这些百谈不厌的有趣桥段每每能将姐弟俩带回故乡的亲切记忆。但萝丝从未向布莱恩透露过，她对于弥尔顿·荷马的回忆还交织着对另一个人的记忆。那是拉尔夫·吉勒斯匹，萝丝的中学同学，在学生时代一度以模仿弥尔顿·荷马出名。他在退伍后回到小镇，变成了另一位小镇怪人，最后在一次离奇的意外中身亡。萝丝在拉尔夫身上感受到了一种秘而不宣的盟友关系，并最终达到了顿悟，对自己的存在状态感到释然，完成了女性艺术家从"模仿"到"表演"的超越。在这个故事中，双重投射的镜像策略构建了叙事的层次感，即萝丝在拉尔夫身上完成第一次投射，又通过拉尔夫对于弥尔顿·荷马的模仿完成第二次投射。在这个故事的结尾，萝丝认识到：

> 似乎有一些感觉只能以翻译的方式表达；也许它们只能以翻译的方式被触碰；而不去表达，不去触碰它们也许反倒是最正确的方式，因为翻译是靠不住的。也同样是危险的。（Munro, The

Beggar Maid 205—206）

萝丝没有去试图向旁人解释她在拉尔夫，在弥尔顿·荷马身上所体验到的感同身受的理解，那种"亲近感"超过"她生命中爱过的所有的男人，就好像是自己身上的一个缺口"。最后萝丝决定"不要说出来，不然会毁了这份情感"（206）。事实上，门罗的故事基本上偏好采用类似的"顾左右而言他"的叙述策略，这也极大地丰富了作品的语意内涵。

短篇小说集《好女人的爱》中另外一个短篇小说《孩子留下》则采用了戏中戏的镜像模式。故事还是以经典的回顾视角开篇："三十年前，一家人在温哥华岛东岸度假。一对年轻夫妻带着两个小女儿，还有一对老夫妇，是丈夫的父母。"（Munro, *The Love of a Good Woman* 181）一幅温馨平淡的家庭场景，背后却早已波涛汹涌。宝琳，年轻的母亲，在疲于照顾两个年幼的女儿之余，还是设法抽时间参加了某一业余剧社《欧律狄刻》（*Eurydice*）的排练，但却逐渐和导演发展了婚外情。最后宝琳和导演杰弗里私奔，她必须选择留下两个年幼的女儿，但是那种伤痛，那种负罪感却伴随了她一生。在故事的最后，宝琳的孩子们都长大了，她们并不恨她，但是也不原谅她。宝琳和杰弗里的感情在私奔后没多久就无疾而终了，这就是故事的结局，只有留下孩子的痛对于宝琳而言是永恒的。对于这个故事，很多评论家，譬如伊狄珂·德帕普·卡灵顿注意到宝琳和希腊神话人物欧律狄刻之间的镜像关系。欧律狄刻是希腊神话中歌手俄耳甫斯（Orpheus）的妻子。俄耳甫斯的父亲是光明、畜牧、音乐之神阿波罗，母亲是缪斯女神卡利俄帕，因此他生来便具有非凡的艺术才能。当欧律狄刻被毒蛇夺取生命后，痛不欲生的俄耳甫斯奋不顾身地前往冥府解救妻子。被感动的冥王与冥后答应了他的请求，但有一个条件：在返回的路上，他不能回头看欧律狄刻，否则她将永远不能回到人间。结果俄耳甫斯抵御不住对妻子的思念，在最后一刻回了头，导致妻子第二次死去。这就是希腊神话中故事的结局。但事实上，门罗在《孩子留

第九章 门罗短篇小说艺术：回顾视角、多声部、投射性、含混性

下》这个故事中，不仅投射了原版的希腊神话，更通过双重镜像投射了法国剧作家让·阿努伊（Jean Anouilh，1910—1987）在1941年即巴黎被德国占领时期创作的《欧律狄刻》。它为原希腊神话的结构主义现代新剧，在公演的时候还有另外两个名字，叫作《爱人的传奇》（*Legend of Lovers*）和《分离点》（*Point of Departure*）。让·阿努伊的剧本将经典的俄耳甫斯和欧律狄刻的爱情故事搬到了1930年代的一个二流旅行剧团里，欧律狄刻是这个剧团明星的女儿，她的眼睛在说谎时会变颜色。欧律狄刻和车站餐厅的小提琴手俄耳甫斯相爱了，但是因为知道俄耳甫斯不可能释怀自己混乱的过往情史，欧律狄刻最终企图逃离小镇，却在途中意外出车祸而身亡。在一个神秘人的帮助下，俄耳甫斯获得了一次帮助欧律狄刻起死回生的机会。如果他能守着欧律狄刻的灵魂直到日出，欧律狄刻就能复活——但是他不能直视她的眼睛，否则她将再次死去。俄耳甫斯最后无法抑制自己要向欧律狄刻审查过往真相的欲望，最终使得欧律狄刻第二次死去。这个剧作中的众多主题——爱情、道德和过往的伤痛——是与门罗的故事《孩子留下》中的主题所共通的。

在门罗的最后一部短篇小说集《美好生活》中，短篇故事《离开马弗里》（"Leaving Maverley"，2012）选择了两个貌似毫不相干的人的生活互为镜像。故事以小镇电影院老板摩根·霍利的视角开始讲述，却很快转移到了另一个观察者——夜班警察雷的视角。摩根的视角象征着小镇保守的公共视角，某种道德监控视角。"他喜欢坐在楼上舒适的小房间里控制银幕上的故事"，仿佛一个高高在上的掌控者，"太敌视改变，敌视人们有自己的私人生活"（Munro, *Dear Life* 67）；而夜班警察雷则代表着人性的私密视角，维系夜间（私欲望）的秩序。事实上，雷本身也是欲望越界的代表，他是第二次世界大战退伍老兵，返回中学重修学业的时候和自己的文学课老师伊莎贝拉相爱了。老师不仅已婚、年龄比他大，而且她青梅竹马的丈夫也是老兵，军衔比他高很多。"除了他们自己，每个人都觉得这荒唐透顶。她离了婚。这对她的名门之家来说是个丑闻，对她的丈夫来说更是个打

击,他们还是孩子的时候她丈夫就非她莫娶。"(70)这一第三者插足事件所造成的轩然大波可想而知,雷和伊莎贝拉都失去了一切,当然包括亲人和朋友,而且伊莎贝拉不久后开始生病,"不可能被治愈,但可以艰难地维持生命"(71)。也正因为此,本可以上大学的雷提前承担起了养家的重担,在一个边界小镇当起了警察,为了多陪伴伊莎贝拉主动选择了夜班,两人开始了这种半隐居的生活。而另一边,一个劳动阶级出身的表面普普通通的女孩利亚的生活也透过雷的观察慢慢展示在读者面前。她出场时家规甚严,却突然和当地牧师的儿子私奔了。婚后他们生了两个孩子,利亚带着孩子回来和牧师一家生活,雷以为"她还没有把从小被灌输的宗教观念完全从她的世界里清除"(83),但结果又出乎意外。新来的牧师卡尔居然和利亚婚内通奸并再一次闹得满城风雨,利亚拒绝和丈夫离开,最后她离婚并失去了孩子们的抚养权。雷最后一次在医院偶然遇见利亚,她孑然一身,卡尔已经离开并和另外一个牧师结婚,"她可以被称为擅长失去的行家"(90)。雷的伊莎贝拉最终也去世了。伊莎贝拉离世后,雷的空虚感如排山倒海般袭来,但是在故事的结尾,雷想起了利亚。

  他沿自己住处的台阶往上爬时想起了这个名字。
  利亚。
  强烈的如释重负的感觉,记起了她。(90)

雷和利亚的交集就在于,利亚是雷的自我投射。利亚不受世俗羁绊,鲁莽、勇敢却又心随所愿的人生正是雷内心所向往的。雷18岁就参军,在最危险、死亡率最高的空军部担任直接面对战斗的轰炸机炮手,战争结束时,和他原本一个队的飞行员几乎都牺牲了,只有他活了下来。他本可以是人民的英雄,可以免费读大学,人生美好,可却心甘情愿为爱情套上了枷锁,失去原本的荣耀,过着半隐居的生活,他的世界就只剩下了逐渐被病魔夺去人形的伊莎贝拉,最后甚至连警察局的工作都失去了,但他并不想逃离,就像是漫长的对过去的自我

第九章 门罗短篇小说艺术：回顾视角、多声部、投射性、含混性

救赎。而利亚却正好相反，她具有鸟的宿命：自由但得不到安歇，终其一生都是在逃离，逃离自己不如意的家庭背景，逃离自己不如意的婚姻生活，每当她遇到挫折、被伤害之后，她都会以极端的方式远走高飞，期待开始新的生活，如此循环往复，不断把自己和过去割裂。在故事的最后，一度忘记了利亚名字的雷突然在电光石火之间记起了她，就在伊莎贝拉最终去世后的那个瞬间，雷从利亚身上获得了对自身状态的顿悟。门罗并没有给予两种人生任何的道德评判，未来雷将如何生活也不得而知，但是这种顿悟与含混性却赋予了故事丰富的层次感，意味深长，含义隽永。

第四节 含混性

很多评论家注意到了门罗作品的含混性。《难以控制的控制：艾丽丝·门罗小说研究》(*Controlling the Uncontrollable: The Fiction of Alice Munro*, 1989)、《艾丽丝·门罗的艺术：难以言说的言说》(*The Art of Alice Munro: Saying the Unsayable*, 1984)、《艾丽丝·门罗：矛盾与平行》(*Alice Munro: Paradox and Parallel*, 1987) 等均选择以一组意义完全相反的对位形容词来定义（或者说难以定义）门罗的写作。琳达·哈钦则将门罗的这种含混性上升到了"加拿大性"的高度："……这种'整体含混'代表着加拿大的实质，其表现形式不仅包括英法两个民族之间的对立与并存，而且还包括荒蛮和教化之间的对立和并存，以及荣格对立统一的矛盾观点……后现代主义的反讽是讨论作品很有用的一种形式，因为它从不试图去解决矛盾，而是让矛盾同时并……或许这也最适合描述艾丽丝·门罗的作品……"(Hutcheon, *The Canadian Postmodern* 4—5) 除了以混杂文类与多重叙事结构来增强文本的复杂性，门罗也同样擅长用伏笔、隐喻、断裂与空白来扩展短篇小说的意义深度。

伏笔，在中国古代小说中其实有个类似的说法叫作草蛇灰线，比

喻在行文中留下隐约的线索和迹象，各种不易被人发现的暗伏、遥应如同草中之蛇，灰尘之线，似断似续，起伏照应，这个表述也源自《花月痕》第五回的评论："写秋痕，采秋，则更用暗中之明，明中之暗……草蛇灰线，马迹蛛丝，隐于不言，细入无间。"门罗的作品常常被称赞"耐读""耐品"，很大的原因在于，门罗在叙述中往往嵌入许多隐而不发的伏笔，读者在第一遍的阅读中并不能察觉，而只有到故事的最终结尾才会恍然大悟，原来貌似散乱的叙述中一直有一条暗线暗伏于情节之中，"拽之通体皆动"，有力地勾连着情节线索。

譬如在故事《艾达公主》的结尾，母亲突然突兀地发问："有一个四个字母的埃及神……我知道的我知道的，但是我一下子想不起来了。"（Munro, *Lives of Girls and Women* 76）那个女神的名字是"伊西斯"（Isis）。但是又和之前的故事有什么关系呢？原来伊西斯是古埃及最为重要的女神，守护死者之神，也是生命与健康之神。在古埃及神话中，她不仅是忠贞的妻子，也是伟大的母亲。在丈夫俄赛里斯被弟弟赛斯设计杀死并夺取王位后，她排除万难寻回了丈夫的尸体并成功生下了未来的埃及之王霍鲁斯（Horus）。而在门罗的故事中，伊西斯重要的意义影射是，她名字的古埃及语发音是"阿瑟特"（Aset），这与丈夫俄赛里斯的古埃及名"阿瑟"（Asar）是配对的，他们不是普通的爱人，他们是亲兄妹结婚，俄赛里斯是大哥，伊西斯是最小的妹妹，赛斯也是他们的亲兄弟。也只有了解"伊希斯"这一隐藏的"草蛇灰线"，读者才能恍然大悟，原来《艾达公主》中秘而不宣的另一条暗线正是亲兄妹之间的乱伦与仇恨，只有这样才能真正读懂门罗在之前的叙述中语焉不详的部分。

> 她恨的是二哥。他做了什么？但她的回答并不让人完全满意。他是邪恶的、傲慢的、残忍的。一个残忍的胖男孩。他给猫吃爆竹。他把一只青蛙绑起来剁成碎块。他在牛饲料槽里溺死了母亲的小猫，它叫米斯蒂，但是他不承认。他还抓住母亲，把她绑在谷仓里让她痛苦（torment）。让她痛苦？他折磨（torture）她。

第九章　门罗短篇小说艺术：回顾视角、多声部、投射性、含混性

用什么？但是母亲从来不往下说了——那个词，虐待，她像吐血一样吐出来。(64)

邪恶的二哥（和赛斯一样是家里最小的男孩），牛饲料槽（赛斯制作的石棺），溺死的小猫（被抛入尼罗河的俄赛里斯），爆竹（雷电中炸裂的柱子），被剁成碎块的青蛙（被剁成十四块而不能复活的俄赛里斯的尸体），所有这些细节都影射着伊西斯的神话。而母亲刻意回避的话题正是她与二哥比尔兄妹乱伦的秘密。

在门罗的另一个经典故事《家传家具》中，同样出现了秘而不宣的兄妹乱伦的情节，也同样是以草蛇灰线的笔法刻意设置了叙述中的留白。《家传家具》的故事以某个晴冷冬日景象开场：一对嫡亲表兄妹正走在田野上，"他们踩着垄沟上的冰，享受着冰在脚下碎裂的咔咔声"。接着：

突然间他们听到钟声齐鸣，汽笛呼啸。镇上的钟声与教堂的钟声回荡在田野。工厂的汽笛声从三英里外的小镇传来，一声紧似一声。整个世界一片欢腾，马克［狗］撒腿狂奔到路边，因为它确信庆祝游行的队伍马上就要来了。那是第一次世界大战结束了。(Munro, *Hateship*, *Friendship*, *Courtship*, *Loveship*, *Marriage* 86)

但是叙述随即断裂，门罗旋即转到了其他场景，其他人物关系，交代其他事实细节，这一画面与情景则被作家一直悬置于故事一角，成为一个难解的谜团。撒克在《引人遐想、耐人寻味的叙述——读艾丽丝·门罗的〈恨、友谊、追求、爱和婚姻〉》一文中指出，这个谜团正是叙述者之所以追忆姑妈艾尔弗莱达的原因。在故事的最后，叙述者最终明白了那幅画面的非同寻常之处，明白了过去父亲与艾尔弗莱达姑妈真正的关系：画面中的男孩女孩并非她所想的那样，是小孩子，在田野里玩耍，这个她从小听到大的版本误导了她，又或许是她

自己听错了——"也许他们从未用过'玩耍'这个词"（118）。因为那是第一次世界大战结束之际，父亲和艾尔弗莱达已经是高中生了。"他们不能始终在一起走，因为你知道，那时候，一个男生和一个女生，他们会遭到可怕的嘲笑。如果他先出来，他会在镇外的岔路上等，如果她先出来，同样也会等他。"（118）所以其实那时候父亲和艾尔弗莱达实际是情侣，因为血缘而不能在一起，却还是偷尝了禁果，所以艾尔弗莱达才会未婚先孕，最后走上了孤独的不被传统包容的艺术家女性之路。

另一个故事，《公开的秘密》中的《破坏者》("Vandals"，1994），也是使用的相同的手法。这个故事在时间上不断切换闪回，在过去和现在、记忆和现实间游走，同时辅以信件格式的多声部叙事。故事开篇就是贝亚给莉莎未完成的信，信里感谢她去年冬天去照顾自己被损坏的房子，她的丈夫拉德纳已经去世了。但是当叙述切换至第二部分莉莎的视角，读者发现原来那房子正是莉莎恶意砸烂的，那么为什么莉莎对于贝亚和那老宅会有如此的仇恨呢？在第三部分的回忆视角中，莉莎和弟弟都曾经是拉德纳的小跟班，几乎每天都和拉德纳在树林里学到各种书本上没有的知识，如"鸟类、树木、蘑菇、化石……"，而当贝亚和拉德纳在一起后，莉莎更是视贝亚为母亲，一心想保护贝亚，把自己珍藏的宝物送给贝亚，希望她留下，因为"这个能解救他们的女人——能让他们都变好"。但是叙述者随即口风一转，从爱转为了恨：

> 这才是贝亚来这里的使命，而她却不自知。
> 只有莉莎知道。（Munro，*Open Secrets* 293）

叙述旋即中断，再度留下一个巨大的空白。故事重新切回顺接第二部分的破坏事件的现场，当莉莎和丈夫沃伦即将离开时，莉莎问沃伦：

"你能从树皮认出这些树吗？"

第九章　门罗短篇小说艺术：回顾视角、多声部、投射性、含混性

> 沃伦说，即使看着树叶他也认不出来。"哦，枫树，"他说，"枫树和松树。"
> "雪松。"莉莎说，"你得认识雪松，这就是一棵。这棵是野樱桃，再那边是桦树。就是白色的那些。看到那棵树皮像灰色皮肤的吗？那是山毛榉。看，上面刻着字呢。不过，已经跟着树长开了，看起来就像是老旧的瘢痕。"（294）

莉莎几乎是在用拉德纳一模一样的口吻在对沃伦说话，她继承了拉德纳的知识，她依靠贝亚的钱读了大学，拉德纳和贝亚是她生命中无论如何都无法抹去的痕迹，就像树上刻的那些字，即便已经跟着树长开了，外人已经难以辨认意义，但是伤痕依然在那里。在门罗语焉不详的部分，正如《艾达公主》结尾的埃及女神，这个树上的瘢痕默默地呼应着前文埋下的伏笔，叙述中语焉不详而记忆中极力忘却的部分。原来这棵树在第三部分的回忆视角中已经两次出现了。第一次是贝亚被拉德纳戏弄，莉莎担心贝亚会就此离开的时候：

> 她到处都找不到贝亚。沼泽那边的木板路上没有，松树下面的空地上也没有。莉莎走向通往后门的小路，路中央有一棵你必须绕过的山毛榉，光滑的树皮上刻着几个名字的首字母。一个 L 是拉德纳，另一个 L 是莉莎，K 是肯尼。一英尺左右的下方是几个字母"P. D. P."莉莎第一次带贝亚去看那些名字的时候，肯尼用拳头敲打着 P. D. P.，上下蹦跳着喊道："脱下裤子！"（Pull down pants！）拉德纳假装在他头上用力打了一下。"沿此路前行。"（Proceed down path.）他说着指了指树干上刻着的箭头。"别理那些脑子想歪了的小孩。"他对贝亚说。（289）

刻在树干上的 P. D. P. 究竟是哪个意思呢？在第一次出现的时候，大部分读者都会忽略这个莉莎当时转瞬即逝的回忆片段。而很快当莉莎企图拿着礼物送给贝亚的时候，这个神秘的刻字再度在回忆中闪现，

303

并且带着更多的细节:

> 在这里,拉德纳教会他们如何分辨山胡桃树和灰胡桃树、行星和恒星;在这里,他们奔跑喊叫,挂在树枝上打秋千,玩各种冒险的花招。也是在这里,莉莎觉得地面让人淤青,草地里让人瘙痒和羞愧。
>
> P. D. P.
>
> 擦窗男孩①
>
> 刷掉笨蛋——笨蛋
>
> 当拉德纳抓住莉莎,将整个身体压上来的时候,她感觉到他内心深处散发出来的危险,一种机械一般的噼噼啪啪声,好像她会在强烈的光线下烟消云散,只留下一股黑烟和烧焦的味道,还有一股烂电线。然而,他沉重地倒下来,像是动物的皮毛猛然脱离了骨肉。他摔得那么惨重,那一刻,莉莎,甚至肯尼都不敢看他。他的声音呜咽着从喉咙深处发出来,说他们太坏了。
>
> 他的舌头微微打结,眼睛深处闪着光,用力瞪得又大又圆,像是动物标本的玻璃假眼。
>
> 太坏了——太坏了——太坏了。(292)

门罗旋即将这可怕的一幕切换至贝亚收到莉莎礼物的喜悦,形成了鲜明的对比:

> "真是太可爱了,"贝亚说,"莉莎,你告诉我,这是你妈妈的吗?"(292)

这就是作家门罗的叙述方式,像电影中的蒙太奇手法,她藏起了一个秘密,却留下了暧昧不明的伏笔,从而赋予了文本更丰富的意义层

---

① 北美一个专业窗户清洁公司就叫"Squeegee Boys"。

第九章 门罗短篇小说艺术：回顾视角、多声部、投射性、含混性

次。譬如，莉莎对拉德纳的爱恨交织的情感，拉德纳像是莉莎和肯尼的父亲，是莉莎成长路上的引路人（Proceed down path），却也是恋童的变态（Pull down pants!），他像动物标本剥制那样挖走了莉莎原本的童真，留给莉莎终身的创伤，留给她"太坏了太坏了"的自我否定，也使她最后变成一个基要主义的基督教教徒，在极端的宗教中寻找救赎。莉莎对于贝亚的恨同样源于爱，她曾经多么渴望贝亚的出现能拯救她和肯尼，而最终贝亚辜负了她，所以莉莎的失望转为了仇恨。肯尼也是拉德纳的恋童癖的直接受害者吗？或者只是恐惧的旁观者。但这并不重要，萦绕不去的创伤记忆显然最后吞噬了肯尼，他的死亡与其说是意外，更像是自杀："酒后驾车、无证驾驶、偷来的车、在乡下新修的碎石路上疯狂地超速。"那么这一切贝亚究竟是否知情呢？她是一直被蒙在鼓里还是袖手旁观、视而不见呢？同样回到作者在字里行间留下的伏笔：贝亚一开始给莉莎写的致谢信，却终究没有寄出。为什么没有寄出？是因为猜到了莉莎就是那个破坏者吗？贝亚那个奇怪的梦，梦中是拉德纳下葬后的第七年，她拿着拉德纳的遗骨，但是袋子特别小，也特别轻，有人说是小女孩的遗骨，然后贝亚想到或许是小男孩的遗骨。事实上，这个梦境揭露出贝亚对于莉莎和肯尼的内疚与忏悔，因为那时候其实是肯尼去世的第七年。贝亚本来确实可以保护莉莎和肯尼，但是她没有那么做。她知道一切，那个公开的秘密。对拉德纳的爱使她成了装聋作哑、自欺欺人的懦夫，所以她用钱让自己留在拉德纳身边，用钱补偿莉莎，资助她读大学。为什么贝亚会选择荒野中的粗暴的拉德纳，而不是作为教育工作者的体面的科学老师前男友呢？拉德纳是否也契合了贝亚内心深处的某种黑暗创伤呢？她曾经的英国空军丈夫，在英国参加过第二次世界大战，所以是否拉德纳让她记起了第一任丈夫，因为拉德纳也曾一样在英国皇家空军服役，经历过第二次世界大战的战争创伤，既是身体上又是精神上的。拉德纳的对于动物标本制作的狂热，以及他书架上的那些书，《第二次世界大战史》、《科学史》、《哲学史》、《文明史》、《半

岛战争①》、《伯罗奔尼撒战争②》和《法国印第安人战争③》，都是这种战争创伤的伏笔。正是这种隐秘而又含混的创伤叙事，构成了门罗文本的审美复杂性。

在短篇小说集《我一直想告诉你的事》的同名故事中，门罗讲述了另一个关于秘密的故事。这个故事很有一点日后《我年轻时候的朋友》的影子，同样是两姐妹爱上同一个男人的故事，同样是结婚后妻子缠绵病榻。《我一直想告诉你的事》中的主要叙述者是妹妹恩特，她爱的人亚瑟娶了自己的姐姐莎尔，但是莎尔真正爱的人是布莱基。布莱基曾经不告而别和另一个女人结婚，莎尔自杀未遂。三十年后，离了两次婚的布莱基回到了小镇。最后莎尔死去，布莱基离开，恩特一直照顾亚瑟，两人相伴生活，直至亚瑟老死，"如果他们结婚的话，人们一定会说他们确实非常幸福"（Munro, *Something I've Been Meaning to Tell You* 23）。故事中的恩特是个谜一样的人物，她有个秘密始终没有说出口，"有时候，事实就在恩特的舌头边缘，'有件事我一直想要告诉你……'这句话几乎就要说出来给亚瑟听。她不觉得自己会一直瞒着亚瑟直到他死去……但恩特最终缄口不言，任时光日日流远"（23）。那么恩特的秘密究竟是什么呢？

事实上，门罗的故事一明一暗的线索指向了两个完全不同的恩特。一个是姐妹情深的恩特，理性、坚韧、独立，有自己红火的制衣生意，还为姐姐包办了最美的服装，姐姐流产后身体虚弱，也是她一

---

① 在西班牙语中为"独立战争"，隶属于拿破仑战争的一部分，在伊比利亚半岛进行，法国人遭到英国、西班牙和葡萄牙军队的反抗，也正是半岛战争最终导致了拿破仑的失败。
② 古希腊两个最强大的城市国家雅典和斯巴达在公元前431年至公元前404年的一系列交战。伯罗奔尼撒战争标志着古希腊发生了重大的权力转移，有利于斯巴达的发展，也迎来了区域衰落时期，这标志着被认为是古希腊黄金时代的终结。在《破坏者》中类比第二次世界大战。
③ 即加拿大历史上的七年战争（1756—1763），欧洲战场则为九年，包括英国、法国、西班牙、普鲁士、奥地利、俄罗斯等一众欧洲列强之间在贸易与殖民地争夺上的战争，也被一些历史学家称为第一次真正意义上的世界级战争。在北美大陆主要是英国和法国争夺殖民地的控制权，最后英国在加拿大战场大获全胜，法国被迫割让其在加拿大的全部殖民地。

第九章 门罗短篇小说艺术：回顾视角、多声部、投射性、含混性

直过来帮忙操持家务，为亚瑟做出美味的晚餐——一个完美的圣人一般的恩特。但是故事里也隐藏着另一个恩特，一个潜意识中冷酷、毒蛇的恩特。她嫉妒姐姐的美貌，"无论如何，如果美貌属于这些女人中的某一个，而不是莎尔，那会让恩特感觉更舒服些"（7）。她潜伏在暗处偷窥莎尔的内心，故意将布莱基回来的消息告诉莎尔，夸大其词以便扰乱莎尔的心境，"'不管怎么说，他很会引诱女人。'恩特对莎尔说。她不确定莎尔听完这句话是不是面色变得更加苍白了"（1）。恩特把布莱基重新带回莎尔和亚瑟的生活，亚瑟与莎尔原本计划的假日旅行泡汤了，亚瑟开始身体不适并且很不开心。一天，恩特偶然在莎尔的厨房里发现了一小瓶毒药——完全不应该存在的灭鼠剂。恩特怀疑莎尔会再次自杀，但是她什么都没有做，或者说，只是袖手旁观。"最终，她没有对莎尔说起一个字。"（14）只是每次来莎尔家她都会找借口独自留在厨房里检查一下那毒药瓶，仿佛在等待一场未知的灾难。"尽管非她所为，她却心怀忧惧。"（14）而最后，莎尔确实死去了，因为恩特的一个谎言。当布莱基临时要离开小镇一两天时，恩特突发奇想，编出了一个谣言，说布莱基其实是去找有钱寡妇结婚了。

> 她自己揣测，也许潜意识里她想要在布莱基和莎尔之间制造一些麻烦和困境——想要让莎尔挑起事端、与他争吵，即使流言并没有散播开来，她依然可以根据他的所作所为推断出他可能会故态复萌，做出类似的蠢事。恩特并不知道自己究竟想要做什么。她只是想把事情推入一团乱麻之中，因为她相信在一切还没有变得无可挽救之前，必须有人这么做。（21）

或许潜意识中，恩特就已经知道了这个谎言的后果，就像一个催化剂，将推动那毒药被使用。事实上，莎尔确实第二天就死去了。医生说死因很明确，是流感引发了心脏病。但只有恩特知道，壁橱里的那个毒药瓶消失了，莎尔是准备充足的自杀，"她躺在床上，穿戴整齐而优雅，头发也盘了起来"（23）。不过，恩特很快又宽慰自己，"很

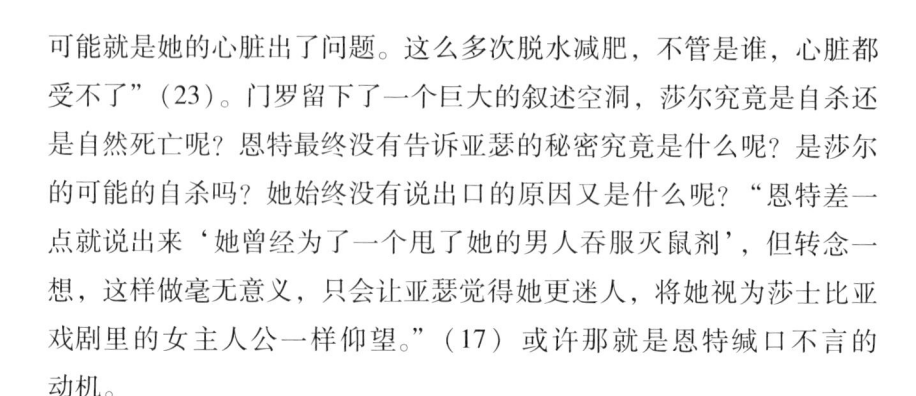

可能就是她的心脏出了问题。这么多次脱水减肥，不管是谁，心脏都受不了"（23）。门罗留下了一个巨大的叙述空洞，莎尔究竟是自杀还是自然死亡呢？恩特最终没有告诉亚瑟的秘密究竟是什么呢？是莎尔的可能的自杀吗？她始终没有说出口的原因又是什么呢？"恩特差一点就说出来'她曾经为了一个甩了她的男人吞服灭鼠剂'，但转念一想，这样做毫无意义，只会让亚瑟觉得她更迷人，将她视为莎士比亚戏剧里的女主人公一样仰望。"（17）或许那就是恩特缄口不言的动机。

但是门罗文本却在草蛇灰线中留下了另外一个真相，一个连恩特都并不知情的真相。线索就在短篇一开始，布莱基做导游时讲述的故事里。

> 他告诉他们这房子里闹鬼。恩特还是第一次听说这事，虽然她此生都住在距离在此地仅十英里的地方。一个女人杀了她的丈夫，那个百万富翁的儿子……她用了一种慢性毒药。（2）

当莎尔和布莱基重新来往的时候，亚瑟身体开始出现异常："亚瑟在学期即将结束的时候连续好几次阵发性晕眩发作，医生嘱咐他卧床休息。他身上同时又有好几种比较严重的病症。贫血，心律不齐，肾脏也出现了问题。"（3）肾脏的问题直接指向了毒药，但是莎尔轻描淡写地敷衍了过去："'别犯傻了'，莎尔平静地说，'他只是劳累过度罢了。'"（3）所以，藏在莎尔橱柜里的毒药并不是莎尔计划自杀的，恰恰相反，那是莎尔计划毒杀亚瑟用的。门罗用其经典的含混性的叙述，几次将故事的暗线指向这个谋杀计划。当恩特初次发现毒药时，布莱基的故事被再次提及，而亚瑟的脆弱无知也一览无遗："一种慢性毒药。她忽然想起布莱基那愚蠢又可笑的故事。亚瑟喝下蛋酒时，像个孩子似的发出迫不及待的声响，她知道亚瑟为了取悦她，远多于让自己开心。她会喝下你递给他的任何东西。毫无疑问。"（13）恩特事实上在不自知的情况下模拟了莎尔递给亚瑟毒酒时的情景，亚瑟是

第九章 门罗短篇小说艺术：回顾视角、多声部、投射性、含混性

莎尔和布莱基破镜重圆的绊脚石，"莎尔和布莱基同属一类——高大、轻盈、野心勃勃，带着一种危险的丰盈和满足。他们虽然分开坐，光芒却从他们俩身上同时散发出来。情人。这个词并不像人们想象的那样温柔，相反，它残酷，具有撕裂感……某种意义上亚瑟这样的人才是最大的麻烦制造者"（14）。一场未遂的谋杀，这才是这个故事真正的真相。只不过恩特的谎言让莎尔误以为自己再次被布莱基抛弃，在绝望的冲动中，她喝下了自己给亚瑟预备的毒药。最后，当莎尔死去，亚瑟的身体便恢复了，因为不再有投毒了，"亚瑟的康复比预期快得多，在他这个年纪，这是不多见的"（22）。所以恩特在无意中，事实上拯救了她所爱的亚瑟的命。门罗设置了很多伏笔，预先暗示了最后莎尔将是那个真正死去的人。在开篇布莱基的故事中，布莱基告诉游客鬼魂常在花园里悠荡，"不过这鬼魂不是被谋杀的那个丈夫的，而是他妻子的，满怀悔恨，终日游走"（2）。而恩特第一次在路上偶遇三十年后返乡的布莱基时，她问的也是"你又回来看望那些古老的鬼魂了？"（5）布莱基回来看望的正是莎尔，莎尔最终成了那个故事中满怀悔恨的鬼魂，正如作家在故事的开篇第一段所埋下的伏笔："此刻的她看上去像一个幽灵……"（1）

和门罗的很多经典作品一样，《我一直想告诉你的事》同样暗藏了对于西方文化传说的镜像投射。布莱基过来和莎尔、亚瑟一起玩纸牌，亚瑟选择的角色是"骑士加拉哈德"，而恩特说：

"你本来应该是亚瑟王，"恩特说，"亚瑟王跟你可是同名。"

"是，我应该是。亚瑟王可是跟世界上最美丽的女人结了婚啊。"

"哈，"恩特回答，"那个故事的结局可是世人皆知。"（4）

亚瑟王是古不列颠神话中的传奇国王，圆桌骑士的首领，"永恒之王"（the Once and Future King）。他娶了貌美无双的桂妮维亚做王后，但是桂妮维亚与"湖上骑士"兰斯洛特偷情——这就是恩特说的"那故

事的结局世人皆知",而且,所有人都是输家。骑士加拉哈德（Sir Galahad）则象征着亚瑟的品格。加拉哈德是亚瑟王的圆桌骑士中最纯洁完美的,也是最重要的,正是他最终找到了圣杯,而门罗故事中的亚瑟最终也获得了最好的结局,他的生活平淡而简单,有深爱的人,也有爱他的人,永远都不用知道真相。门罗在故事中总是刻意回避短篇小说传统的封闭式结局,她从来不予以道德评价,而是赋予故事完全开放的含混性,余音隽永、回味无穷。

结　语

在威廉·赫伯特·纽所著的《加拿大文学史》的出版前言中，麦克米伦"英语国家文学史丛书"的总编辑 A. 诺曼·杰弗斯（A. Norman Jaffares）开篇就提出了一连串有趣的问题。

> 文学研究要求具备关于作品文本和社会背景的知识。什么样的人写作诗歌、戏剧、小说、随笔？推动他们从事创作的是什么力量？其历史、政治、哲学、经济、文化的背景是什么？对于所处时代的文学传统，每位作家是接受还是摒弃？抑或是发展传统，并创造崭新的文学表现形式？文学与同一时期的艺术、音乐和建筑之间，是否存在相互作用？作家是孤独地生活，还是受到同时代人的影响？（1）

杰弗斯的提问强调了文学研究者不应囿于阅读一成不变的文本，而要培养关于历史更替的意识，更多了解作用与反作用，以及作家与社会之间的复杂关系。而阅读艾丽丝·门罗正是如此。推动门罗创作的力量是什么呢？为什么她选择了短篇小说这一文类？她身处的时代背景如何？与她同时代的作家对此都表达了怎样的愿景？门罗是如何去继承、去创新加拿大的文学传统的？她的艺术审美与"加拿大文化结构"之间存在何种辩证关系？……诸如此类的问题列表可以很长很长。门罗获得诺贝尔文学奖并不是一个孤立的文化事件，而"作家门罗"也是某一特定的历史时期和空间中特定的民族、性别和阶级的产物。门罗的艺术成长与战后加拿大文学的独立之路具有一种奇妙的平行关系。阅读门罗，必须将其放置于"加拿大文学"所承载的历史语境与政治意向之中。

"由于历史的原因，加拿大在很长的一段时期都没有自己独立的文学。"1965年，弗莱在著名的《加拿大文学史：加拿大英语文学》的"结语"中曾毫不留情地总结："加拿大英语作家所写的文学作品，往往被视为英国文学的一个分支，或者是美国文学的一种翻版，而加拿大法语作家所写的文学作品，则又自然地被归于法国文学的'伟大传统'之中。"弗莱同时提出了两个问题：第一，为什么加拿大迄今没有出现一位经典作家？第二，什么样的社会条件才能产生伟大的文学？事实上，首部《加拿大文学史》的最初构想即源于弗莱的基本文化概念，其贯穿始终的母题就是通过文学来达到认识自我的目的。文学史的四部分名称分别为："第一部分：新发现的土地"；"第二部分：传统的移植"；"第三部分：传统的出现"；"第四部分：传统的实现"。从这四部分的名称中就可以感受到加拿大文学对于身份追寻的强烈诉求。弗莱认为："似乎确实存在想象连续体，作家的态度受制于他们的前辈，或受制于前辈的文化氛围，不论这种影响是否被意识到。"在《作为阐释的文化》"Culture as Interpretation"一文中，弗莱进一步强调，加拿大英语文学发生和发展的主线就是从对传统的模仿到尝试创新再到最后自如地吸收。（Frye，*Divisions on a Ground*：*Essays on Canadian Culture* 21—23）

作为当代加拿大作家群体中的杰出代表，门罗的写作之所以被认为是书写了"一代人的加拿大精神"，正是因为她继承并进一步确立了加拿大文学"属于自己的传统"。借用弗莱对文学传统在"域外文化完全成熟时期"的定义，"艺术家进入他的前辈曾经汲取养分的文化传统中，并且在创作时不再感到有任何框架标准束缚住了他和他的读者"（23）。门罗在短篇小说中以自己真实的加拿大生活为素材，敏感地抓住了加拿大文化中富于想象力的细节，从而充分地展现一个时

结　语

代的广阔现实。同时，作为在第二次世界大战中长大成人的新一代加拿大艺术家女性，门罗所刻画的当代女性争取独立的性别身份并从重重限制的社会中挣脱出来，亦贴合了加拿大民族寻求明确文化身份的政治意图。门罗对于自身所继承的加拿大文化传统有着明确的认知，有着一种驾轻就熟的认同。对于门罗而言，传统不再只是被模仿和附和而是被吸收，"加拿大作家"这一文化身份已内化为独具风味的审美维度，并影响了其对于文类（短篇）、视角（女性）、技巧（叙述）的选择。

门罗的作品往往具有一种非典型性，即游走在虚构与非虚构之间，回忆、历史、幻想和现实浑然一体，同时作品的现实性并不仅仅包含在她所观察的人物或事件之中，而是存在于讲故事者引导读者的发现"过程"中。同时门罗的创作也是不断演进的。早期的作品强调对真理的"顿悟"，中后期则愈来愈转向对意义的"沉思"。正如威廉·赫伯特·纽在《加拿大文学史》中所提出的："她后期的小说都不了了之，不带惯常的结局（早期作品几乎都以否定和自相矛盾收尾）。门罗运用诸如矛盾、修饰法等技巧，这充分表明她对单一事件已产生多重性、共时性的感受，并已意识到事件与回忆、经历与创作虚构绝不可能完全契合。人的心智能够领悟什么？心智又怎么进行联想？这些更广泛而'难以捉摸'的认识构成了门罗晚期小说的实体。"（威廉·赫伯特·纽　335—336）

同时，门罗所坚持的文类——短篇小说——亦是她看待世界的方式。短篇小说内在所具有的碎片性和断裂性，契合了作家对于真实的认知，即个人情趣和观察角度（而不是文学类型）才是评论和判断的圭臬：价值存在于生活细节的真实性之中。（313）门罗的短篇小说，借由种种草蛇灰线的真实生活细节串联成虽独立成篇却又相互关联、相互作用的一个"经验共同体"，充满了在单个短篇小说中无法获得的效果和不和谐因素，由此构建了一种心理上的"完整"与文化上的"统一"。

最后，引用加拿大作家克罗耶奇的著名论断："从某种意义上来说，在有人讲述我们的故事之前，我们还一直没有民族特性。小说使我们变得真实。"这种悖论式的表述将现实与虚构的传统关系刚好颠倒了过来，从而将建立独立的加拿大文学与"民族性""民族精神"问题紧密结合起来。克罗耶奇认为，"民族性"就是一个民族用自己的声音说话的能力，一种集体自我表达的能力。从这个意义上来说，以讲故事的门罗为代表的加拿大作家们，都是建构民族声音的人。

附录一
艾丽丝·门罗与加拿大文学
——罗伯特·撒克教授访谈录*

摘　要：在这篇访谈录中，美国当代著名文学评论家罗伯特·撒克就其传记《艾丽丝·门罗：书写她的生活》的写作，对门罗小说的叙述技巧、地域母题及艺术美学等问题做出了精彩的阐释。撒克教授同时以门罗为例，讨论了加拿大文学中的安大略传统与历史关注。对于加拿大文学的民族文学身份问题，撒克教授指出，要防止过于强调意识形态的批评倾向。尤其在谈到加拿大文学与美国文学的关系时，他提出要正视同在北美大陆的事实，警惕狭隘的民族主义立场，而日益成熟的加拿大文学在过去发生的一系列改变，已经开辟出了一片更为生气蓬勃的疆土。

关键词：罗伯特·撒克　艾丽丝·门罗　加拿大文学

---

* 罗伯特·撒克，美国纽约州圣劳伦斯大学荣誉退休教授、当代著名文学评论家，曾任美国西部文学研究协会主席，美国加拿大研究协会会刊《美国的加拿大研究评论》(*The American Review of Canadian Studies*) 主编，主要研究领域为艾丽丝·门罗研究、薇拉·凯瑟研究以及加拿大/美国文学与文化比较研究，代表作为专著《阅读艾丽丝·门罗：1973—2013》(*Reading Alice Munro: 1973 – 2013*, 2016)、《艾丽丝·门罗：书写她的生活》、《北美大草原的事实和文学想象》(*The Great Prairie Fact and Literary Imagination*, 1989)，主编《艾丽丝·门罗评论文集：〈恨、友谊、追求、爱情、婚姻〉〈逃离〉〈美好生活〉》(*Alice Munro: Hateship, Friendship, Courtship, Loveship, Marriage, Runaway, Dear Life*, 2016)《故事的背后：门罗评论文集》(*The Rest of the Story: Critical Essays on Alice Munro*, 1998)，《一个西部，两套神话》第一辑与第二辑 (*One West, Two Myths: A Comparative Reader*, 2004, 2006) 等。笔者于2012年在加拿大访学期间，曾对撒克教授进行专访，彼时门罗尚未获得诺贝尔文学奖，如今重读，很多话题依然颇有启发。

周怡：撒克教授，非常感谢您接受采访。首先祝贺您的《艾丽丝·门罗：书写她的生活》一书再版。新版达 649 页之厚，内容上较前一版有相当大的扩充，应该说是目前为止对门罗文学生涯最为完整的归总，也是您对门罗作品近 40 年热情的结晶。我的第一个问题是针对您的书名方面的。您使用复数的"生活"（lives），而不是单数（life），想了解一下您是出于什么考虑呢？

罗伯特·撒克（以下简称"撒克"）：书名中我使用了复数，是为了强调门罗本人对于作品中人物的处理方式。因为门罗是一位自传性非常强的作家，她使用个人的生活经历作为创作素材，一方面，两者重合度很高，另一方面，她的故事归根结底还是对生活的想象与艺术改造。通过描写作品中人物的各种生活，门罗一直在探求人生可能驶向的不同方向，她总是在考量不同的可能性，如其在《白山包》（"White Dump"，1986）中所表述的，"重要时刻的表面突然崩裂的方式"。她思索自己的生活以及所有作品人物的生活，因此她写作的生活是复数的，包括所有已知的与想象的生活。另外我也是有意让我的书名与门罗的作品《女孩和女人们的生活》之间形成一种共鸣式的关联。

周怡：这是一部学术研究型作品，而非通俗类传记。我感觉您的这本书与您研究对象的文风很相近。您打乱了人们通常对于传记的期望，比如说按照时间的先后顺序讲述。相反，您选择以中年门罗接受的一次访谈，即哈瑞·保尔（Harry J. Boyle）1974 年所做的访谈作为全书的起点。您指出这次访谈之所以重要，是因为它把三个对于门罗个人的生活与事业最重要的人都连接在了一起。随后您将话题转移到讲述门罗的祖先、父母上，她在威厄姆镇度过的童年，她的婚姻生活以及孩子们，还有在维多利亚的书店。您埋下了一个大大的伏笔，只有当我们读完全书，才恍然大悟，1974 年那次访谈究竟有多重要。这样的阅读感受，应该说与阅读门罗本人的作品是非常相近的。能否谈谈您的构思呢？

撒克：是的。我选择以保尔的访谈开篇有几个原因。首先，也是最重要的，它对门罗的艺术家生涯而言是个关键点，那一时期她刚从英属哥伦比亚省返回安大略省，从此再没有离开过。其次，杰瑞德·富兰姆林听到了这次访谈，获知门罗回到安大略后重新联系上了她，门罗因而离家更近了一步：回归休伦县。另外，道格拉斯·吉布森也听到了访谈。就吉布森而言，他开始代表麦克米伦出版公司热忱地追求作家门罗，而门罗下一阶段的文学生涯随之开花结果。最后，正因为门罗回归了休伦县，她才发现自己想记录的历史和想象就在身边源源不绝。门罗由此开始创作《家乡的那些地儿》，日后还将大部分内容改写进了《你以为你是谁？》一书中。

周怡：作为一名读者，我感到无论是您的传记还是门罗本人的作品，都具有"房屋"的视觉特点。我们在屋子里行走，从各个窗口望去，屋外的世界都会显示出改变。您在传记中也常常在门罗的真实生活经历与其虚构作品的内容之间往返切换，制造出一种类似艺术短路的效果，正如门罗经常在创作中做的那样。说到叙述技巧，您是如何看待门罗这种独特的叙述习惯的呢？

撒克：我觉得这是艺术真实性的问题。门罗的叙述者们——往往都与她本人很像——在读者的脑海中创造出了这样一种印象：所描述的似是而非。写作一部传记，我的主要工作是考察门罗生活中真实发生的——或者通过研究文献史料，或者通过采访相关的人物，包括门罗本人，借此发现掩藏在真实事件中的意义。短篇《蒙大拿州迈尔斯城》的自传基础就是一个很好的例子。因为门罗从她自己的生活，从她家人的生活中借用了如此之多的素材，她有能力在她最好的作品中创作出一种"一切就是如此发生"，生活就是如此的真实感。正如你所说，门罗不断变换叙述者——20 世纪 70 年代有一阵子她似乎越来越多地使用第一人称叙述——也佐证了这一点。近年来，不管她是否采用第一人称，其故事的叙述视角都呈现愈来愈强的复杂性。这一趋势依然在延续。

周怡：您的传记提出家乡是门罗作品最主要的关注点和灵感之

源。门罗常常被视为地域作家,因为她的写作大多以安大略西南部的小镇为中心。能否请您详细介绍一下作为文化遗产的加拿大文学的安大略传统?

撒克:我开始着手这部传记时,最初设定的几个我觉得精彩的研究领域之一就是宗谱。门罗的家族当然是重点,但也包括了她的祖先们置身其中的那种更大层面的移民模式。门罗自身恰巧是她那代人中典型的安大略人:她的父亲是苏格兰人,母亲是爱尔兰新教徒,两边家族都是在1810—1820年,即拿破仑战争之后的大移民时期迁移到安大略的。因此,我传记的一部分就是那段作为真实的历史和作为门罗个人理解的历史而同时存在的移民事件。你知道,在我的传记第一版出版后不久,门罗自己也对苏格兰裔的那段历史在《岩石城堡上的风景》中做了阐发;她借用了休伦协定的背景,追溯雷德劳家族在休伦县的落户经历。之前在《荒野小站》中,门罗也曾以那段历史的一部分作为素材。在《渥太华山谷》、《钱德利家族和弗莱明家族》(也包括了她父亲的家族)以及《爱的进程》中,门罗则使用了母亲爱尔兰祖先的历史。这意味着门罗一直以来对于自身的文化遗产都有着明确的意识。她运用了那种意识及其鲜活的人证物证来为她的虚构作品注入动能,那些作品正是源于她对这种文化的自我认同感以及居于其中的切身感。如她所描绘的,安大略的苏格兰裔过着艰苦而守律的生活,工作努力,态度严谨。与之相对的爱尔兰裔,虽不乏共同点,整体而言却更崇尚自由。通过详细记录亲人的生活——雷德劳家族和柯德家族——门罗的虚构小说事实上为她所继承的文化遗产树立了丰碑。就这一点而言,短篇《梅奈斯镗河》可谓表现得淋漓尽致、入木三分。那个故事确实有自传的维度,第一人称叙述者在研究阿曼达·乔伊特·罗斯生平时的感觉,非常像门罗自己在做这一工作,事实上门罗的确做了研究——但人物的生活和环境大部分是想象的。

周怡:与此同时,门罗的小说也带有强烈的历史感。您觉得这是加拿大文学整体的一个突出特点呢,还是仅仅属于门罗和她的某些同代人的个案表现?

撒克：我刚才基本上主要是在讨论门罗的个例，但若扩展到加拿大文学整体，我觉得也是完全适用的。几年前，在与玛格丽特·劳伦斯的一次谈话中，已故的罗伯特·克罗耶奇这样评价道：加拿大人没有历史，直到"有人讲起了我们的故事。虚构小说使我们真实。"正是在对加拿大历史的讲述中，现代加拿大文学才真正开始——我同时想到了斯蒂芬·利科克，还有弗雷德利克·菲利普·格罗夫、休·麦克兰南、罗伯逊·戴维斯、鲁迪·韦伯、克罗耶奇、劳伦斯，以及许许多多其他的人。门罗同样也是这个进程中的一部分，尽管每个作家对于历史的讲述各不相同。因此，我将这种对历史的讲述视为加拿大文学非常重要的一个部分。约瑟夫·拜登（Joseph Boyden）最近就这个话题专门做了深入论析。

周怡：似乎门罗本人并不是很喜欢被贴上"加拿大作家"的标签。她不想成为"民族文化"的发言人，不管以怎样的形式。尽管如此，在她写作生涯的初期，她有不少作品曾被一些美国编辑认为"太加拿大了"（"too Canadian"）而遭到退稿。有趣的是，后来却也正是这种加拿大风味帮她敲开了《纽约客》的大门。您是如何看待门罗写作中的"加拿大性"的呢？

撒克：事实上，我读门罗开始于1975年。当时我计划将她作为我硕士论文《安大略小说中的小镇》的一部分。门罗之外，我还考虑过莎拉·珍妮特·邓肯、斯蒂芬·利科克、罗伯逊·戴维斯和乔治·艾略特（George Elliott, 1923—1996）。但是在准备论题的过程中，我发现自己最喜欢的还是门罗，即便当时一个涵盖她全部出版作品的硕士论文所能包括的仅是她早期单独发表的一些短篇与一本《快乐影子之舞》的短篇小说集。

我提起这事是因为门罗的作品基本沿袭了一种传统，我将之称为"安大略传统"，她的朋友简·厄克特（Jane Urhquart, 1949— ）现在依然如此。这种传统强调作为背景与文化存在的小镇的道德风貌与环境。以门罗为例，她经常改变时间设定，以便使故事与她自己的安大略经验一致，例如《好女人的爱》和《温洛岭》（"Wenlock Edge"，

2009）。她的安大略省南部（经常被称作南安）以"WASP"①（苏格兰—爱尔兰后裔，门罗也是如此）为特征，是乡村的，基于小镇的。正如她和哈瑞·保尔在1974年的访谈中所认同的，这种传统同样也是哥特式的。鉴于此，同时考虑到门罗对于政治几乎没什么兴趣，就不难理解为什么她不喜欢被称为"加拿大作家"了——想想"加拿大作家"的标签承载了多少重量吧。门罗在故事中探求的是存在的方式，她完全不考虑意识形态；她所关心的，正如我经常撰文所论述的，仅仅是作为一个人存在的方式。这并没有减少她的"加拿大"特征，但的确让她与玛格丽特·阿特伍德或者迈克尔·翁达杰非常不同。后两位对意识形态的分析都非常感兴趣。最后，我并不认为门罗在20世纪50年代或者60年代向海外投寄的稿件是因为"太加拿大了"而被拒稿的；它们被拒只是当时的审稿编辑感到在某些方面还有欠缺。且别忘了，当门罗最终将故事卖给《纽约客》的时候，她有了一个文学代理人帮她推销，而且《纽约客》小说版的编辑也正在有意识地寻找新作家。

周怡：您在《剑桥文学指南：加拿大文学》一书的"短篇小说"那章的开篇，提到了一个非常有意思的巧合，即关于门罗与著名的《梅西委员会报告》。那篇报告事实上为加拿大文学自20世纪50年代至今的激进民族主义运动最终铺平了道路。您是否在暗示，门罗的文学生涯与加拿大文学从边缘向中心的运动具有的平行关系并不只是巧合？

撒克：不，我觉得这种重合是一种巧合，但是彼此的时机都恰到好处。它同样表明民族主义者所欢呼雀跃的加拿大作品的涌现是一起自发事件。加拿大文学发展的条件成熟了。情况的确如此。我也同样

---

① "White Anglo-Saxon Protestant"的缩写，1964年迪格比·波茨尔（E. Digby Baltzell）在其书《新教当权者：美国的贵族和社会等级》（*The Protestant Establishment: Aristocracy and Caste in America*）中使用后，这个词被广为流传。本义是指美国（后延伸至加拿大）当权的精英群体及其文化、习俗和道德行为标准，现在可以泛指信奉新教的欧裔美国人与加拿大人。

需要指出，那时候门罗当然对此是支持的，她现在依然如此。

周怡：整体而言，似乎短篇小说在女性作家和文学传统较短的年轻国家中间，比如说新西兰和加拿大，更为流行。我们可以这样理解吗？那就是这些国家对这一文学样式的偏爱，与门罗自己对于这一"边缘"体裁的选择，都是部分地出于一种边缘感，这种边缘感与国民的积弱感密不可分？

撒克：尽管我知道有这种论点存在，我还是对它们是否适用于门罗持保留态度。我同样不认为任何贬损短篇小说体裁的论述是站得住脚的。正如门罗自己所言，她最初写短篇小说，是因为有需求存在（市场需要，《手稿》校刊也需要），她也的确花了很多时间构想创作中、长篇小说。门罗写作短篇归根结底还是由她的艺术想象决定的。我阅读过她在20世纪50年代后期未完成的长篇小说的草稿，它们读起来更像是短篇，而不是长篇。近些年来，门罗也写了一些非常长的故事，但它们依然是短篇。"边缘性"或者"国民的积弱感"的论点，还是回到了意识形态上。我依然不觉得门罗参与其中，我也不认为这样的评论适用于其他的加拿大作家。他们只是因材施用，在挑选合适的文学形式而已。

周怡：在一定程度上，很多美国作家对门罗有着重要的影响，比如尤多拉·韦尔蒂、弗兰纳里·奥康纳、卡森·麦卡库勒斯等。您是如何看待门罗的这种美国联系的？

撒克：我可以给你我已经发表了的两篇论文作为参考[①]，就这个话题的讨论会更加具体，不过基本上，你提到的这些美国南方作家，门罗本人在《快乐影子之舞》出版后不久自己也曾提到过。她喜欢她们的作品，尤其是尤多拉·韦尔蒂的《金苹果》，因为这些作品都有基于地域的共同特征；换言之，这些作家表现美国南方的写作方式对于门罗颇有启发，她也尝试如此表现她的安大略。正如我在传记新增

[①] 两篇论文分别是 "Alice Munro and the Anxiety of American Influence" 与 "Canadian Literature's 'America'"。

的篇章中所表明的,这种与地域的联系及灵感之源是门罗文学想象中非常重要的一部分;我在书中举了她对于威廉·马克斯韦尔(William Maxwell, 1908—2000)作品的致敬,但我同样可以以埃德娜·奥布莱恩(Edna O'Brien, 1930—)为例,或者其他门罗自己承认受到影响的作家。至于这些作家的民族性,门罗只是选她所需以获取灵感;她并没有考虑这些作家的国籍,她只考虑作品。她已经"去"了纽约找到了她的首位文学代理人,她也由此进入了《纽约客》和其他商业杂志,门罗已经成了一位国际作家。但由于在她生命中有很短的一段时间(1973—1975 年),门罗本人仅仅只想做一名"加拿大作家"——鉴于在加拿大生活和写作的人群彼此是如此紧密相连——她非常理性地绕过了地域民族主义(provincial nationalism)这个问题。正如我在文中所说,她并非没有受到其他作家的影响,但是他们对于她艺术审美的影响相当有限。

周怡:能谈谈加拿大文学与美国文学之间的关系吗?

撒克:我曾专文论述过,或单独举门罗为例,或更泛泛而言。基本上,我觉得两者都属于新世界文学,源于英国文化却依托自身的环境得到发展——就此而言两者是平行的,但考虑到各自不同的历史,两者又是背道而驰的。两个国家彼此独立地发展,文化却相互纠缠,环境又很相似,所以很容易找到许多比较点。但同时,又存在意识形态及其他种种差异。

周怡:休·埃尼斯在《美国化:七十年代问题研究》一书中曾有过一段评论,后来也被广为引用:"加拿大人民的爱国主义与其说是亲加拿大的,倒不如说是反美国的更为确切。"(Innis 1)您觉得加拿大对美国的这种忧惧或者说对立的态度,是否会继续影响作为新兴民族文学的加拿大文学?

撒克:我刚刚完成了对弗朗西斯·凯伊(Frances W. Kaye)《沃土:大平原的沉思与史传》(*Goodlands*: *A Meditation and a History on the Great Plains*, 2011)一书的评论。她就此区域内部的历史、文化互动提出了一种难能可贵的处理方式,同时接受了两国的视角。我称之为难能可贵，是因为凯伊是美国本土作家，但她能望向北方。鉴于两国人口规模的相对区别，一般而言，更普遍的情况是：加拿大人望向南方。那正是埃尼斯所说的情况，也是罗伯逊·戴维斯所谓的"他人有缺陷的美德"。罗伯逊的意思是，由于加拿大人一直都能感受到美国的存在——美国是他们唯一的邻居，还包围着加拿大——批评和评价他们在此地（美国）所见的，被认为是自然而然的事。玛格丽特·阿特伍德也持同样论点。但若由此及彼地考量凯伊的这本论述精巧的书，它恰巧说明了望向南方并就加拿大人的自我意识对此地（美国）品头论足，这并不仅仅是加拿大人自己的事，无论这类情况是多么普遍与难以避免。诸如此类的分析的确往往看起来很"反对美国"。但是凯伊所展示的，是以同一个北美自然大陆为立场的——很显然这是横跨两国边境的立场——边境两边的历史都是相似与互相缠绕的。这是同在北美大陆难以避免的事实。尤其是在电子时代，边境两边的人民相互和彼此的连接真的是非常亲密，非常多方位，非常频繁。

同时，我似乎感到，比起在20世纪60年代和70年代，加拿大文学的地域性已经大为减弱了。很多加拿大作家开始以前所未有的方式对待美国的存在。我刚刚参加了在渥太华大学召开的有关卡罗尔·希尔兹的研讨会，我惊讶于会上人们对于希尔兹的美国背景以及她对美国素材的使用，诸如此类的问题的讨论竟然如此之少。它似乎例证了一个事实，那就是比起20世纪60和70年代，加拿大文学已经明显根基稳固，内容多样化，读者范围也大大扩大。这倒不是说加拿大出版物可以高枕无忧了。但我确实认为，我作为一名加拿大文学研究学者，在我的学术生涯中已见证了一系列的改变，它们已经为我们开辟了一片更为生气蓬勃的疆土。

周怡：最后，关于门罗的写作艺术，您还有什么想对大家补充的吗？

撒克：哦，是的。最近，我正在读门罗刊登在《纽约客》和《哈珀氏》（*Harper's*）的最新作品，那些故事即将收入她下一部短篇集《美好生活》中，并将在秋天出版。我很惊讶地发现门罗又回到了20

世纪50—60年代她曾经使用过的那些素材。这一点在《火车》("Train")这个故事中尤为明显,它刊于《哈珀氏》2012年4月刊。同样在《美好生活》中也很显著,它刊于2011年9月的《纽约客》。在《太多幸福》短篇集中,有一篇叫《脸》的,门罗在其中这样写道:"这儿发生了一些事。在你的生命中有这样一些地方,也许只是一个地方,事情发生了,除此之外,其他哪里都一样。"对于门罗而言,那个"事情发生了"的地方,就是休伦县,就在她父亲的狐狸场,梅特兰河畔,在通向威厄姆镇弗莱茨路的来来往往中;故事发生的时间永远是她的童年和青少年,即20世纪30年代与40年代。短篇《美好生活》中,她重现了自己的母亲,那时母亲还是一位年轻的妈妈,带着婴儿艾丽丝,帕金森综合征的恶果尚未在她身上显现。艾丽丝自称其与母亲的关系是她永远写不完的素材。的确如此,现在,80岁高龄继续写作的门罗,似乎又重新回到了彼时彼地,回到了造就她、也成就她的安大略休伦县。她依然在探求其中的意义。在那里,的确有事情发生,通过那些人生体验,门罗继续写作她的复数的生活——深刻地、不留情面地、怀着对凡人凡心的洞察。

周怡:再次感谢您接受采访,感谢您精彩的回应。

撒克:别客气,我也很高兴与你交谈。谢谢你。

附录二
加拿大文学与自我追寻母题
——美裔加拿大作家克拉克·布莱茨访谈录[*]

摘　要：在这篇访谈录中，加拿大当代著名短篇小说作家克拉克·布莱茨对自己双重国籍的特殊身份，对加拿大当代代表作家艾丽丝·门罗，以及加拿大作家的共同经历和加拿大文学的主要特点做出回应。访谈的主要议题包括加拿大文学的"看不见性"、加拿大作家的集体使命感、加拿大内容与文化心理、加拿大地域文学写作、加拿大对于短篇小说的文类偏好、加美文学关系与加拿大文学传统、加拿大文学的自传性写作与身份追寻母题等。

---

[*] 克拉克·布莱茨，美国与加拿大双重国籍，当代北美文坛短篇小说作家。著有虚构类、非虚构类作品20余部，包括小说《月的诱惑》（*Lunar Attractions*，1979）、短篇小说集《贫瘠的柏油路》（*The Meagre Tarmac*，2011）以及与妻子合著的自传作品《加尔各答的日与夜》（*Days and Nights in Calcutta*，1977）。加拿大康卡迪亚大学创意写作研究生课程的创始人（1968），以及蒙特利尔虚构性写作表演协会（Montreal Story Tellers Fiction Performance Group，1971）发起人之一。移居美国后，布莱茨常年在哥伦比亚大学、加州伯克利大学等高校执教文学与创意写作课程。1990年至1998年，布莱茨担任爱荷华国际作家班项目主任，2002年至今担任美国短篇小说研究协会主任。2003年，布莱茨获得美国艺术与文学学院颁发的文学院奖；2009年被加拿大政府授予"加拿大荣誉勋章"，以表彰其"作为作家、评论家、教育家……为加拿大文学做出的重大贡献"。2016年夏天，布莱茨受邀访华，在上海参加了第14届世界英语短篇小说大会，笔者与自己的硕士生熊泉一起对布莱茨做了专访。另外，布莱茨的妻子巴拉蒂·穆克吉是当代美国印度裔流散作家的领军人物，加州大学伯克利分校荣誉退休教授。就在本访谈编辑期间，穆克吉因心肌病并发症于2017年1月28日病逝于纽约的住所，享年76岁。在此尤其感谢布莱茨教授在巨大的悲痛中依然对一位中国学者的访谈予以了最大的支持。另外，本访谈作于2016年，那时候特朗普当选为美国总统不久，如今又一届2020年美国总统大选刚刚尘埃落定，重读布莱茨的某些评语，亦颇为有趣。

关键词：克拉克·布莱茨　加拿大文学　艾丽丝·门罗

周怡：布莱茨教授，非常感谢您接受这次访谈。首先，祝贺《克拉克·布莱茨：研究论文精选集》（*Clark Blaise: Essays on His Works*，2016）的最新出版。这部著作是对您逾50年创作生涯的一次全面总结，其中收录了不少重要的期刊研究论文，是布莱茨研究的集大成者。同时马上还会有另一本新书问世，是近40年来对您访谈录的精选集《克拉克·布莱茨：访谈录精选集》（*Clark Blaise: The Interviews*，2016）。我个人觉得，就您对加拿大文坛的贡献而言，这些书实至名归，甚至有点儿迟到了。早在2011年，加拿大著名的《纸与笔》杂志就评价您是"被忽视的短篇小说大师"，叹息您"有可能是当今活着的最伟大的加拿大作家，但很多加拿大人却从未听说过"。那篇文章的题目是《看不见的加拿大人》"The Invisible Canadian"。这是一个意味深长的标题。请问您是如何看待自己作为一名加拿大作家的"看不见性"的呢？

克拉克·布莱茨（以下简称布莱茨）：我最初写作的时候，加拿大可供出版严肃文学和现代文学的渠道很少。而且一直以来我都专注于一个文类：短篇小说。这是加拿大文学做得很出色的一个领域，但是也"确保"了作家的"默默无闻"，尤其就世界文坛的品味而言。当然"看不见"其实并不是个坏事，对作家而言，或许太多的曝光度反而会毁了天分。《纸与笔》的那篇文章也可能是对我妻子那篇著名的社论《看不见的女人》（"An Invisible Woman"）的某种回应。她的文章写于1979年，主要抨击了当时加拿大国内排挤印度裔的种族主义倾向。①

周怡：您是20世纪50年代后期，60年代早期开始从事写作的，几乎和艾丽丝·门罗是同一时期开启的写作生涯。我们知道那个时候

---

① 在这篇社论中，穆克吉批评了当时加拿大对于南亚移民，尤其是女性移民的愈来愈明显的排外倾向。

在加拿大想靠写作谋生是非常困难的。加拿大国内的市场很小,而"加拿大文学"本身在世界范围内也并未得到认可。当时很多加拿大作家——如果他们坚持写作加拿大内容的话——都和您一样承受着某种"看不见性"。是什么让您坚持去写作"加拿大故事"呢?

布莱茨: 加拿大当时刚刚觉醒,整装待发,四下张望。它发现在美国没人对加拿大发生的事情感兴趣。在英国也没人对加拿大发生的事情感兴趣。加拿大是不存在的,只不过是一大片土地上寥寥几个人而已。世界只知道我们在加拿大玩冰球。冰上曲棍球,那就是世人对我们的认知。我觉得我这一辈的加拿大人,包括艾丽丝·门罗,会有一种共识,觉得有责任要树立加拿大独特的个性;我们必须和他人、他国的无知和沉默做斗争。能够拥有像佩姬[1]、艾丽丝、梅维斯·加兰特这整一代作家是我们的幸运。她们真的才华横溢,你知道,她们是真正的作家。然后我们从加拿大的特质中创作出了一些与众不同的故事。从某种程度而言,我们就好像在首创某种独特的配方以制作"加拿大"这块蛋糕。我觉得我们在处理加拿大素材时有专长。而在我们之后的年轻作家们,则不需要特意做诸如此类的工作了。譬如莉西娅·坎顿(Licia Canton, 1963—)[2],你或许读过她的故事,她的故事从头到尾完全不是"加拿大!"的。就算故事的发生地还是在加拿大,但也没什么其他特别的"加拿大性",除了你会读到一个中国人在说法语。不过这一点倒也很值得一提,很具加拿大代表性,至少很有蒙特利尔性(Montréalais)。事实上,确实也是时候把我们的注意力转向加拿大社会的双文化、双语性上了。我本人来自法语和英语的双语社区,所以我的作品也常对此极为敏感。玛格丽特·阿特伍德和艾丽丝·门罗来自安大略省,她们对于加拿大生活中的法语面就关心甚少了。

---

[1] Peggy,对玛格丽特·阿特伍德的爱称。
[2] 加拿大作家、评论家、翻译家,魁北克作家协会董事会成员。她出生于意大利,四岁时移民加拿大,现担任意大利裔加拿大作家协会主席。2016 年,莉西娅·坎顿也受邀访华,参加了上海第 14 届世界英语短篇小说国际研讨会。

周怡：我们知道您其实出生在美国，而且目前您定居美国也已经几十年了。但是您依然把自己定义为加拿大作家。您曾经在2011年《环球邮报》的访谈中说："我觉得心理上，我是一名加拿大人。"（Barber）您愿意就这个话题聊聊吗？

布莱茨：是的，我还说过从社会学角度看，我是一个美国人。那是因为我非常、非常地了解美国这个社会。我了解美国的流行文化，清楚它的整体历史，也熟悉细枝末节。就很多方面而言，尤其对一名作家，那都是非常重要的知识。不然你就只能做一名旅行者了，走过所有著名的景点，却未近距离与当地居民交流，没有品尝过最地道的食物，也没有拜访过当地人的家。没有那些纷繁复杂的细节，换言之，没有那些外人无法玩味的细微之处，作家就无以写作。就这点而言，我了解美国的政治，甚至超越了对加拿大政治的了解。但是加拿大的灵魂，加拿大的精神，我却能感觉到真实地流淌在我的体内。我的父母都是彻头彻尾的加拿大人，他们在美国生活了二十年，却从未成为美国居民。美国对他们而言是有点"外乡"的——当然不是指排外——只是有那么点儿不真实。而当我回到加拿大，回到我过去的学校的时候，我通常住在亲戚家。他们也都是非常传统的加拿大人。我因此会开始期盼我将做的事，我将吃的食物，我将唱的歌谣，我将讲述的故事，还有我讲述故事的方式，以及我将学习的诗篇，全部都是纯粹加拿大的。它们对我而言显得如此自然和熟悉。所有这些都是我拥有加拿大精神的标志。加拿大精神的深处有很重要的一点就是我们不是美国人。我们的思维方式和美国人不一样。我们长得像美国人，我们的口音像美国人，我们的日常生活像美国人，但是我们不是美国人。也正因此，我们不自觉地会自我孤立，反而更加珍视那些让我们独立出来，让我们与众不同的东西。

周怡：您的表述让我联想起了埃尼斯经常被引用的名言："加拿大人民的爱国主义与其说是亲加拿大的，倒不如说是反美国的更为确切。"（Innis 1）我知道目前您也正在创作一部小说，是有关您的法裔加拿大血统的。而加拿大人民的"两种孤独"① 确实也是一个非常有意思的话题，常谈常新。人们说在加拿大，爱国主义经常表现为地域主义，地域主义文学在加拿大文学中扮演了引人注目的角色。您对此论点赞同吗？

布莱茨： 大体上，我是同意的。地域主义文学在加拿大比在美国更具主导性，就很多方面而言埃尼斯的话颇有道理。北美的沟通主线基本上是自北向南的，因此与西部加拿大相比，（加拿大东部）沿海诸省反而与（美国）新英格兰地区的联系要更为紧密。同样，温哥华也在气质精神（也在商业贸易）上更亲近中国、太平洋圈和美国西海岸。我母亲的家族住在加拿大中部的最中心，在曼尼托巴省和萨斯喀彻温省已经生活了整整七代。我父亲的家族在1660年至1910年都在纯粹的魁北克法语区小镇居住，后来才搬至（美国）缅因州及新罕布什尔州的曼彻斯特市。那时候这些地方都是加拿大法裔移民的聚合地。我父亲的亲戚随后就定居在曼彻斯特市，不过我的那些堂兄弟后来都不说法语了。我的父亲也埋在曼彻斯特。我的母亲埋在温尼伯。我不知道以后自己的骨灰会撒在哪里。我妻子的骨灰撒在了纽约市的布鲁克林。② 在我成长的路上，我总能意识到自己"不是美国人"，但是"亲加拿大"又像在暗示一种自我吹嘘。换言之，"亲加拿大"也不是一种得体的品味，和"亲美国"一模一样。理想状态下，你得对你的依恋感与归属感保持低调，不能仅仅因为你的祖国没有奴隶制或种族隔离的历史就自诩在道德层面上高人一等。我得说我的一生也见证了这种态度的慢慢转变。当你在外面漂泊等待得太久，就会对心中求而不得的国家失望。加拿大确实让我失望了，美国、印度和欧洲的大部分国家无一不是。不过唐纳德·特朗普当选美国总统显然会重新激发起加拿大人的骄傲情感，就好像当年的越南战争一样。一旦特

---

① "两种孤独"，指的是加拿大英裔和法裔两大族群之间的文化与历史隔阂。
② 巴拉蒂·穆克吉去世于本访谈编辑期间，克拉克·布莱茨因此对部分访谈内容做了修订。

朗普政府开始推翻医改（奥巴马医改法、医改援助计划等），正如他们所宣扬的，我相信加拿大人的优越感会无可非议地卷土重来。

周怡：谈到文化遗产，2000年的时候您出版了一本短篇小说精选集《南方故事集》（Southern Stories）。这些故事展示了您与美国南方之间的文化渊源。之前我们提到的《环球邮报》的访谈中，您也说过觉得自己，如果日后能有所成的话，会像"一个南方的小孩，是福克纳的传人"。我感到很多加拿大作家和您一样，对美国南方有着特殊的文化与情感联系。譬如，艾丽丝·门罗也曾在一次访谈中说："我年轻的时候，最爱阅读的是尤多拉·韦尔蒂、卡森·麦卡库勒斯、凯瑟琳·安·波特（Katherine Ann Porter, 1890—1980）、弗兰纳里·奥康纳……"您是如何看待加拿大与美国南方的这种联系呢？

布莱茨：确实对加拿大非常重要的，尤其是美国南方写作。南方，美国的南方，在结构上和加拿大非常类似。它的大部分历史游离在美国主流社会之外。它是一个失落的世界。尽管有臭名昭著的奴隶制和种族隔离的污点，它还是保护着自身独特的"文化"。它惧怕外来者的入侵；它好像一个边戍之国。你如果不是同盟，那就是敌人。它坚持着基督教的信仰。它是一个很小很紧密的社会；相对而言，美国的北方，"北方佬"们，则完全不同。北方具有侵略性、非历史性（a-historical），其强调个人主义至上，以及高度物质化。加拿大曾是个殖民国家，它曾是英国的殖民地。它从来都没有完全地被"母国"接受，而仅仅作为那些"不太漂亮"的年轻儿子们的出路。或许倒没有像澳大利亚那样是流放罪犯的地方，但加拿大人也只是"依靠国内汇款而寄居国外的人"。这个国家一直都是人口不足。加拿大的社区是一个村庄一个村庄沿着铁路线分布的。我真的觉得我母亲的家族在温尼伯不只是生活了七代，他们是和温尼伯一起发展的。我的曾曾祖父是木工能手，参与了省国会大厦的建造。他于1830年在英格兰出生，但是很早就来到了加拿大，当时他在这片大地上还能看见狂奔的公牛群，身后的尘土遮天蔽日。我的祖父是曼尼托巴大学医学院的首批毕业生。我的曾曾祖父、祖父都没有再离开那方土地。他们都埋葬在同一个温尼伯墓地。我的母亲也埋葬在那里。她的曾祖父、曾祖母，她所有的兄弟姐妹们，都埋葬在那里。她的侄子、侄女也都埋葬在那里。他们都在一起。我其他的表兄弟姐妹也有很多就读于曼尼托巴大学，他们已经是家族的第七代校友了。这份传统从大学建立的第一个班级起流传至今。而这样的事例，你在美国的北方社会是很难见到的（除非你的家族是上流社会的一分子，他们倒常常送子嗣们去同样的私立学校，然后去普林斯顿、耶鲁或者哈佛）。但在美国老南方，一家几代校友的情况就常见多了（想象一下福克纳笔下的昆丁·康普森，他离开了密西西比母亲河去了哈佛后，可没什么好结局）。加拿大社会看重一种延续性，美国南方社会也一样。但在美国北方社会，强调的是互换性，大家四处流动，不断在寻找更好的生活，不断重新开始，或是进军西部，或是去其他陌生的城市闯荡。

周怡：我的下一个问题正是关于迁移的。在第 14 届世界英语短篇小说国际研讨会上，您做了主旨发言，其中谈到了门罗的短篇《火车》的故事背景。您认为火车总是驶向一个完全新的目的地，它代表了一种可能性，一种潜力。我们知道您的一生也多次搬家，您的写作涉及了很多有关迁移的变形记，既是物理意义上的，也是文化意义上的。您能否就这个话题更具体地谈一谈呢？

布莱茨：我的父亲是个精力无限、停不下来的人，总是在寻找赚钱的新途径，他也不在乎去哪里干新工作。他是法裔加拿大人，没什么文化（很大程度而言是个文盲），因此生活一直很苦。我 8 岁之前跟着他换了 30 多所学校，几乎走遍了美国东部、美国中西部、美国南部的大部分地方，加拿大也是一样。结果我自己也继续了他那样的生活方式。事实上刚刚上一周我们在俄勒冈州的波特兰买了第二所房子，这样可以和另一个儿子住得近一点。我的大儿子一年前去世了，在纽约市的寓所里，死于肌强直性肌肉萎缩症。这是一种遗传病，他遗传自我，我也遗传自我父亲。（这种遗传病在法裔加拿大人中间很常见。我完成了一本关于该疾病的书，在 2018 年 1 月出版）在我和巴拉蒂婚姻的 53 年间，我们带着两个儿子辗转住过很多地方：衣阿华州、威斯康星州的密尔瓦基、蒙特利尔、多伦多、加尔各答、新德里、新泽西、纽约市、亚特兰大、圣弗兰西斯科，还旅游了整个五大洲，去了很多很多的城市。我的一生就是在不断地适应中，有时候情况很艰难、滋味不好受，我相信这些经历都深深地影响了我的写作，甚至无法用言语形容。更重要的是，我娶了巴拉蒂·穆克吉，她来自加尔各答最古老的家族，她对我的写作的影响也非常大，甚至超过了我自身长期居无定所的沉积。很有可能，我所继承的遗传病也同样地深刻影响了我的性格和写作，尤其是我还将它遗传给了我的孩子，因此更让我背负了强烈的负罪感。

周怡：您写作了很多的"个人色彩的作品"。艾丽丝·门罗的大部分故事也有着强烈的自传性。您如何看待你们写作中的这种"自传"特征呢？

布莱茨：嗯，说起艾丽丝和我的共同之处，有件有趣的事。我最初七本书中的六本，和艾丽丝一样，差不多读起来自传性都很强。后来的书则趋向多样化了。早期的书都使用了第一人称的叙述视角，写的通常也是我周边发生的故事。我由此建构了一种现实结构，读起来很像自传。我试图暗示我的读者，所有的都真实发生过，即便不是我亲身经历的，也是耳闻目睹的。但实际上，当然了，真实生活并不是那样的。我只是借助了外部事件的支撑，构筑了我生活的框架，而其他所有填充其中的血肉都是虚构的。不过我确实使用了自传性的叙述语气。艾丽丝的写作也是这样的。读者会感觉到那些事都是真实发生在她身上的。主要人物或许就是艾丽丝本人，或者是你们所信以为的她身边某个亲近的人。小镇、安大略、艺术家的欲望，出身于一个"务实"的、非人文主义的、辛苦操劳的、毫无艺术气息可言的家庭，对所有土地之外的工作、对城市都高度不信任。你知道所有这些特征对于艾丽丝本人而言都是真实的。还有一连串的情人，失败的婚姻，是的，这些也是同样。她整体的优点、体面、善良、慷慨、幽默以及反讽，这些都是她作品人物的重要组成（事实上，她和我的母亲还蛮像的，因为盎格鲁—加拿大人的文化有延续性）。我不记得别人曾经对艾丽丝·门罗写过或说过任何不友好的话。因此这是千真万确的,她的写作一定"真实"地反映了她的生活。尽管没有什么"确凿"的证据来证明所有她写的事情都是真的具有自传性的,它们依然给读者一种错觉:门罗是从个人经历中提炼素材写作的。

我也是那样的作家。如果我说某个故事发生在一个被称为"我"的主人公身上,那它一定是真实发生的。但在几年前,从《外侨》("Resident Alien"),以及《男人和他的世界》("Man and His World")、《世界主体》("World Body")和《贫瘠的柏油路》("The Meagre Tarmac")开始,我不再采用自传的模式。我不再像之前那样写作,因为我已经用完了所经历的自传性的元素。我不能再回头去找,把往事翻新了。只能全部自己创造了。我想艾丽丝也是一样,她也全部自己创造了。她仅仅在故事中保留了她叙述声音的冷静和理性。

我想我所创作的是一种心理现实主义。我从来都没有偏离这个领域太远。有时候我也会写写幻想曲或鬼故事,但大多数时候,我知道那些不是我所长。我的优势在于写作似是而非的现实,我的主人公整体而言明理通情,但同时是个全球旅行者。我和艾丽丝,或者佩姬[①],或者梅维斯,或者莫迪赛·里奇勒不太一样,我没有他们有的,或者说,曾有过的,"家园"概念。我喜欢的就是那样一类作品。听起来有点平淡对吧。不过你的写作必须有风格、有事件、情节,只有这样才能共同成就一个好故事。我很适合这类写作。但也有些作家,笔下就像爆竹一样,随时都可能点燃,而你完全不知道何时、何地会爆炸。那些作家就有能力突然地点燃、引爆故事。迈克尔·翁达杰就是这样的作家。还有一些作家能很轻松地与过去对话,所以他们能写历史性体裁的作品。他们能把时间设定在100年前,200年前,依然写得真实流畅。我是喜欢做研究的,但是我不研究虚构类小说。我喜欢研究非虚构类小说。创作虚构类小说,我更偏好从个人的经历出发。在艾丽丝的最后一本书中——它几乎也是她写作生涯的终点了,艾丽

[①] 即玛格丽特·阿特伍德。

丝追溯了她的家族在苏格兰的历史之根。那本书显然她是做了研究的。而她更早期的一些故事中，也有很多研究，譬如俄国、阿尔巴尼亚以及虚构出来的生活于19世纪安大略小镇的"女诗人"。但艾丽丝的研究融入其虚构作品中时非常自然，同时和她本人生活经历的大框架水乳相融。

周怡：您曾写过一篇题为《幼犬艺术家的画像》（"Portrait of the Artist as Young Pup"，1984）的文章。加拿大文学一直都有着"身份追寻"的使命感与热情。您知道在"青年艺术家的画像"，也就是艺术家的成长这类故事中，主人公往往努力去逃离环境的束缚，探索"我是谁"这样的哲学问题。艾丽丝·门罗写作了《乞女》以及其他很多这样的故事，而您的写作也有一个最重要的主题：身份的两难之谜。您是否同意我下面说的这个观点，即：加拿大作家对于成长小说这一文类的偏好，源自加拿大国民性中对于文化身份的追寻。

布莱茨：对于成长小说这一文类，其实我并不是专家（因为我主要创作短篇小说而非长篇），但是我觉得它就好像虚构类作品的青少年阶段，带一点儿自传性，是对自身所经历事件的反刍。我的长篇小说《月的诱惑》，确实属于成长小说类，《如果我是我》（*If I Were Me*，1997）同样也是。他们都可以被看作相关联的短篇故事集来读。当我们，我指加拿大文化，变得更加自信的时候，我们就会创作得更多，而不再那么依赖于历史性的现实，依赖于"真实发生"的事件。很久之前，人们总以为一个前途不明、缺乏安全感的国家所创作的文学一定是籍籍无名、乏善可陈的。我刚开始从事严肃写作是在1960年代中期，那时候的情况就是这样。但是有这样一群我们——以下列举名单不全，仅作代表——玛格丽特·阿特伍德、艾丽丝·门罗、休·胡德、德福·古德弗雷（Dave Godfrey，1938—2015）、莫迪赛·里奇勒、罗伯特·克罗耶奇、布莱恩·摩尔（Brian Moore，1921—1999）、迈克尔·翁达杰、约翰·迈特卡夫——还有很多其他的作家——在从事严肃文学创作的时候都心怀明确的目标：要建立民族文学，要为我们心属的这个国家创建一个崭新的、现代性的、实实在在的文学。在加拿大法语文学领域，情况也是一样的：雷让·杜拉姆（Réjean Ducharme，1941—2017）、休伯特·阿奎奈（Hubert Aquin，1929—1977）、维克特-拉维·布拉（Victor-Lévy Beaulieu，1945— ）、伊夫·卜学明（Yves Beauchemin，1941— ）、皮埃尔·格拉芙（Pierre Gravel，1899—1977）、雅克·高德保（Jacques Godbout，1933— ）、玛丽-克莱尔·布莱茨（Marie-Claire Blais，1939— ，她是我的一个远亲），以及丹尼斯·拉福利（Denis Laferrière，1953— ）。除非我们能够建立自己的文学，我们自己的出版社，否则我们的文学将永远停留在岌岌可危、亦步亦趋、被视而不见的状态。但是请注意刚才我所列举的那些名字。无论是在英语文学还是法语文学领域，他们都已经取得了全国性乃至世界性的成功。现在加拿大小说已经登顶了世界文学的阶梯，从艾丽丝·门罗的诺贝尔文学奖，到曼布克国际文学奖、费米娜文学奖。加拿大文学潜力无限。

周怡： 我在《克拉克·布莱茨：研究论文精选集》一书的作者栏里看到了很多熟悉的加拿大文学评论家的名字。这本书的主编是贵湖大学（University of Guelph）的 J. R. 斯特拉瑟斯（J. R. Struthers），威廉·赫伯特·纽、罗伯特·莱克、亚历山大·麦克利欧德（Alexander MacLeod），以及凯瑟琳·舍得瑞克·罗斯这些大家也都在里面。斯特拉瑟教授是研究加拿大短篇小说的专家，或者更为明确一点，他主要研究艾丽丝·门罗和您的作品。您本人和艾丽丝·门罗也已经认识几十年了，有很多共同的好友，比如约翰·迈特卡夫；您和约翰·迈特卡夫也都是蒙特利尔虚构性作品写作表演协会的创建人。相对而言，加拿大文学真的是一个小世界。现在当然它大了很多。随着艾丽丝·门罗获得了诺贝尔文学奖，加拿大文学也受到了前所未有的世界性的关注。那么，就加拿大文学的视域而言，您是如何评价门罗的成功的呢？

布莱茨： 艾丽丝·门罗作为一名主流作家的魅力不是一蹴而就的。我的意思是，她的写作风格并不是那种很炫目，那种气势磅礴的，她的人物通常也是非常普通的路人。她笔下的事件，至少表面上看起来，都是很普普通通的事件。她的主人公绝对不会参与到什么改变地球、改变人生之类的轰轰烈烈的大事件中去。但是他们的人生确实发生了改变，是那种很深沉的改变。你刚才已经谈到了，而且很多人也都谈到了"典型的艾丽丝·门罗的故事"。因此，"门罗的故事"确实是某种独特的存在。但是，它们的魅力又究竟源于何方呢？我个人理解是：这种魅力来源于一种向心力。她的故事就好像是行星或者是月球，具有一种引力，将某些事件牵扯在某一位置便于审视，同时能形成某种涡旋、回转，逐渐地将原本隐藏着的不同之处暴露出来。因此我认为一个作家如果能够创作出她自己的引力场，那这便是相当了不起的成就。大多数的作家努力做的是正好与之相反的，他们是试图将事件分解开来，或者是将事件抛出去，以这样的形式来吸引读者注意。很少有作家能够将事件收进来，同时将读者也吸引进来。这就是为什么有些作家的名字能够成为一种形容词，我们才有了卡夫卡、贝克特、乔伊斯、托尔斯泰、福楼拜、福克纳、劳伦斯、门罗。①

周怡：您和艾丽丝·门罗一样主要从事短篇小说写作。我的下个问题正是关于这一文类：短篇小说。就严肃文学的学术关注度而言，短篇小说很年轻，几乎算得上是20世纪的一个新现象。但在加拿大，这也是一个特别受作家青睐的文类，加拿大文学早期的代表人物有邓肯·坎贝尔·斯科特、斯蒂芬·利科克，以及20世纪20年代的莫利·卡拉汉，30年代的辛克莱·罗斯，再至当代的梅维斯·加兰特、奥黛丽·托马斯、W. D. 沃佳荪（W. D. Valgardson，1939— ）、约翰·迈特卡夫，玛格丽特·阿特伍德，更不用说艾丽丝·门罗了……您是如何理解加拿大作家对于这一文类的偏爱的呢？

布莱茨：我或许不太认同短篇小说是一个"年轻"的文类。我觉得在所有文学萌芽之初短篇小说就已经存在了。在美国，当我们还没有什么值得一读的长篇小说时我们就已经有霍桑、爱伦·坡这样非常

---

① 英文此处全部为形容词：Kafkaesque, Beckettean, Joycean, Tolstoyan, Flaubertian, Faulknerian, Lawrentian, Munrovian。

优秀的短篇小说家了。或许,每个国家都有其独具优势和影响的领域。在美国,有很多的杂志,提供了很多出版的途径。就 20 世纪 20 年代的短篇小说而言 [菲茨杰拉德(F. Scott Fitzgerald, 1896—1940)、海明威等一批作家],那些商业杂志对于短篇小说的需求量远高于长篇小说,短篇小说更值钱。在加拿大,无论是从经济的角度还是文化的角度来看,情况都大为不同。我们的作家很少,出版社也很少。我们也没有什么文学经纪人。一个优秀的加拿大作家必须想办法找到美国或者英国的出版社。那可不是件易事。但我们也有着自由度。我们有加拿大国家广播电台。我们有很多眼光卓越且有能力、有权力的编辑。当我开始文学起步的时候,当艾丽丝开始起步的时候,当佩姬·阿特伍德开始起步的时候,当迈克尔·翁达杰开始起步的时候,我们基本上是想写什么都可以。编辑们会说,把你的作品发过来就行,其他的事我们会做的。他们作为编辑并不会阻拦你。而你所需要的就是不停地写作,继续写作,无论是评论文、小品文、食评、影评、教化文,没有任何限制。而你依然可以专注于短篇小说。

周怡:非常地感谢您,布莱茨教授。谢谢您在百忙之中抽出时间,与我们一起分享您的感悟。目前您有什么下一步计划吗?

布莱茨:嗯,这个冬天我会在雪城的多伦多待上三天,配合两本书①的出版宣传工作。我还会和老朋友玛格丽特·阿特伍德以及之前提过的一些作家聚一聚。我度过的漫长的一生,现在正将无可避免地走向终点。我的妻子刚刚去世了,我的大儿子也去世了。我不知道我的生命之火将燃烧到何时,但不管怎样,我度过了美好的一生。

---

① 即《克拉克·布莱茨:访谈录精选集》与《克拉克·布莱茨:研究论文精选集》。

附录三
艾丽丝·门罗作品一览

作品名称	主要内容
《快乐影子之舞》（1968）	共15个短篇：《沃克兄弟的牛仔》《亮丽家园》《重重心像》《谢谢让我们搭车》《办公室》《一盎司的治疗》《死亡时刻》《蝴蝶日》《男孩与女孩》《明信片》《红裙子——1946》《周日午后》《海滩旅行》《乌特勒支停战协议》《快乐影子之舞》
《女孩和女人们的生活》（1971）	共8个短篇：《弗莱茨路》《活人的继承人》《艾达公主》《信仰年代》《变迁和仪式》《女孩和女人们的生活》《洗礼》《后记：摄影师》
《我一直想告诉你的事》（1974）	共13个短篇：《我一直想告诉你的事》《素材》《我是怎样遇见我丈夫的》《水上行走》《对亲人的宽容之心》《告诉我同意还是不同意》《一只捡到的船》《行刑人》《马拉喀什》《西班牙贵妇》《冬天的风》《追思会》《渥太华山谷》
《你以为你是谁?》（加拿大版，1978）《乞女》（美国版，1979）	共10个短篇：《皇家暴打》《特权》《半个葡萄柚》《野天鹅》《乞女》《淘气》《天意》《西蒙的运气》《拼写法》《你以为你是谁?》
《木星的月亮》（1982）	共11个短篇：《钱德利家族和弗莱明家族》（包括《关系》和《地里的石头》上下两篇）《红藻》《火鸡季节》《意外》《巴顿汽车站》《普露》《9月劳动节午餐》《克劳斯夫人和基德夫人》《不走运的故事》《访客》《木星的月亮》
《爱的进程》（1986）	共11个短篇：《爱的进程》《地衣》《法国双帽先生》《蒙大拿州迈尔斯城》《发作》《奥兰治街溜冰场上的月亮》《杰斯和美瑞白丝》《爱斯基摩人》《怪胎》《祈祷圈》《白山包》
《我年轻时候的朋友》（1990）	共10个短篇：《我年轻时候的朋友》《五个要点》《梅奈斯镗河》《抱紧我，别让我走》《橙子和苹果》《冰的照片》《善良与怜悯》《哦，有什么好处》《不一样地》《假发时间》
《公开的秘密》（1994）	共8个短篇：《情迷》《真实的生活》《阿尔巴尼亚圣女》《公开的秘密》《蓝·花楹旅馆》《荒野小站》《宇宙飞船已着陆》《破坏者》

续表

作品名称	主要内容
《好女人的爱》（1998）	共 8 个短篇：《好女人的爱》《雅加达》《科尔特斯岛》《唯有收割的人啊》《孩子们留下》《富得流油》《变动之前》《我母亲的梦》
《恨、友谊、追求、爱、婚姻》（2001）	共 9 个短篇：《恨、友谊、追求、爱、婚姻》《浮桥》《家传家具》《慰藉》《荨麻》《柱与梁》《留存的记忆》《奎妮》《熊从山那边来》
《逃离》（2004）	共 8 个短篇：《逃离》《机缘》《匆匆》《沉默》《激情》《侵犯》《诡计》《法力》
《岩石城堡上的风景》（2006）	共 12 个短篇。第一部分"无优势"：《无优势》《岩石城堡上的风景》《伊利诺斯》《莫瑞斯乡的荒野》《为了谋生》；第二部分"家"：《父亲们》《躺在苹果树下》《雇佣女孩》《门票》《家》《你为什么想知道？》；第三部分"后记"：《信使》
《太多幸福》（2009）	共 10 个短篇：《多维世界》《虚构小说》《温洛岭》《深-洞》《自由基》《脸》《一些女人》《孩子的游戏》《木头》《太多幸福》
《美好生活》（2012）	共 14 个短篇：《漂流到日本》《亚孟森》《离开马弗里》《砾石》《庇护所》《骄傲》《柯芮》《火车》《湖景在望》《多莉》，以及最后一组故事：《眼睛》《夜晚》《声音》《美好生活》

注：艾丽丝·门罗的全部作品截至 2020 年底均有中译本出版。

参考文献

"Alice Munro is 1st Canadian Woman to Win Nobel Literature Prize." *CBC News*, 10 Oct. 2013. http://www.cbc.ca/news/arts/alice-munro-is-1st-canadian-woman-to-win-nobel-literature-prize-1.1958383.

Anouilh, Jean. *Five Plays: Antigone, Eurydice, The Ermine, The Rehearsal, Romeo and Jeannette*. New York: Hill & Wang, 1958.

Assad, Mavis. "Female Sexuality in the Fiction of Alice Munro." M. A. thesis, Concordia University, 1992.

Atwood, Margaret. *Survival: A Thematic Guide to Canadian Literature*. Toronto: House of Anansi, 1972.

——. "Introduction." *The New Oxford Book of Canadian Short Stories in English*. Ed. Margaret Atwood and Robert Weaver. Toronto: Oxford UP, 1997. xii–xv.

——. *Strange Things: The Malevolent North in Canadian Literature*. Oxford: Clarendon Press, 1995.

——. "Writers' Union of Canada." *The Canadian Encyclopedia*, 2006. https://www.thecanadianencyclopedia.ca/en/article/writers-union-of-canada.

Awano, Lisa Dickler. "Appreciations of Alice Munro." *Virginia Quarterly Review* 82.3 (Summer 2006): 91–107.

Aziz, Nurjehan, ed. *Floating the Borders: New Contexts in Canadian Criticism.* Toronto: TSAR, 1999.

Balachandran, K. *Critical Responses to Canadian Literature.* New Delhi: Sarup and Sons, 2004.

Balestra, Gianfranca, et al. *Reading Alice Munro in Italy.* Toronto: Frank Iacobucci Centre for Italian Canadian Studies, 2008.

Ballstadt, Carl, ed. *The Search for English-Canadian Literature: An Anthology of Critical Articles from the Nineteenth and Early Twentieth Centuries.* Toronto: U of Toronto P, 1975.

Barber, John. "Clark Blaise and Bharati Mukherjee: A Shared Literary Journey." *The Globe and Mail*, 15 Jun. 2011. http://www.theglobeandmail.com/arts/books – and – media/clark – blaise – and – bharati – mukherjee – a – shared – literary – journey/article583203/.

Bashevkin, Sylvia. *Women on the Defensive: Living Through Conservative Times.* Chicago: U of Chicago P, 1999.

Bayley, John. *The Short Story: Henry James to Elizabeth Bowen.* Brighton: Harvester Press, 1988.

Beauvoir, Simone de. *The Second Sex.* Trans. H. M. Parshley. New York: Alfred A. Knopf, 1968.

Becker, Susanne. "Exploring Gothic Contextualisation: Alice Munro and *Lives of Girls and Women*." *Gothic Forms of Feminine Fictions.* Manchester: Manchester UP, 1999. 103 – 150.

Beeler, Karin, and Dee Horne, eds. *Diverse Landscapes: Re-Reading Place across Cultures in Contemporary Canadian Writing.* Prince George: U of Northern British Columbia P, 1996.

Bellamy, Connie. "The New Heroines: The Contemporary Female Bildungsroman in English Canadian Literature." Ph. D. dissertation, McGill University, 1986.

Belyea, Andy. "Redefining the Real: Gothic Realism in Alice Munro's

Friend of My Youth." M. A. thesis, Queen's University, 1998.

Benson, Eugeneand, and Toye William, eds. *The Oxford Companion to Canadian Literature* (Second edition). Oxford: Oxford UP, 1997.

Benstock, Shari. "Authorizing the Autobiographical." *The Private Self: Theory and Practice of Women's Autobiographical Writings*. Ed. Shari Benstock. Chapel Hill: U of North Carolina P, 1988. 10–34.

Beran, Carol L. "The Luxury of Excellence: Alice Munro in *The New Yorker*." *Essays on Canadian Writing* 66 (Winter 1998): 204–232.

——. "The Pursuit of Happiness: A Study of Alice Munro's Fiction." *Social Science Journal* 37.3 (2000): 329.

——. "Thomas Hardy, Alice Munro and the Question of Influence." *American Review of Canadian Studies* 29.2 (Summer 1999): 237–258.

Bergmann, Jörg R. *Discreet Indiscretions: The Social Organization of Gossip*. Trans. John Bednarz Jr. New York: Aldine de Gruyter, 1993.

Beyer, Mark. *The War of 1812: The New American Nation Goes to War with England*. New York: Rosen Publishing Group, 2004.

Bezbradica, Viktorija. "Eudora Welty's Cyclical Temporality: Intersections among Memoir, Nonfiction and Fiction." *Eudora Welty Review* 11 (2019): 83–90.

Bhabha, Homi K. *Nation and Narration*. London: Routledge, 1990.

——. *The Location of Culture*. London: Routledge, 1994.

Bigot, Corinne. "'And Now Another Story Surfaced': Re-Emerging Voices, Stories and Secrets in Alice Munro's 'Family Furnishings.'" *Commonwealth Essays and Studies* 33.1 (2008): 28–35.

Blodgett, E. D. *Alice Munro*. Boston: Twayne Publishers, 1988.

——. *Configuration: Essays on the Canadian Literatures*. Toronto: EWC, 1982.

——. *Five-Part Invention: A History of Literary History in Canada*. Toronto: U of Toronto P, 2003.

Bloom, Harold. *Alice Munro.* New York: Blooms Literary Criticism, 2009.

Blythe, Hal, and Charlie Sweet. "Dragged into the Past: A Major Motif in Munro's 'Walker Brothers Cowboy.'" *Notes on Contemporary Literature* 37.3 (2007): 4–6.

Bolier, Leroy. "Foolishness-for-Christ." *Pravmir*, 23 Apr. 2007. http://www.pravmir.com/article_205.html.

Bonheim, Helmut. "'He didn't Look Back': Literary Tradition and the Canadian Short Story." *Queen's Quarterly* 89.2 (1982): 398–403.

——. "Topoi of the Canadian Short Story." *Dalhousie Review* 60.4 (1980–1981): 659–669.

Borges, Jorge Luis. "On Exactitude in Science." *Collected Fictions.* Trans. Andrew Hurley. London: Penguin, 1998. 325.

Bourdieu, Pierre. *Distinction: A Social Critique of the Judgment of Taste.* Trans. Richard Nice. London: Routledge, 1984.

——. *Reproduction in Education, Society and Culture (Theory, Culture and Society Series).* London: Newbury Park, Calif: Sage, 1990.

——. *The Field of Cultural Production: Essays on Art and Literature.* New York: Columbia UP, 1993.

Bouson, J. Brooks. *Embodied Shame: Uncovering Female Shame in Contemporary Women's Writings.* Albany: SUNY Press, 2009.

Boyle, Harry. "Interview with Alice Munro." *Sunday Supplement. CBC Radio*, 18 August 1974. (19 min.)

Brodie, Janine. "The Political Economy of Regionalism." *The New Canadian Political Econoly.* Eds. Wallace Clement and Glen Williams. Kingston and Montreal: Queen's UP, 1989. 138–59.

Buchholtz, Mirostawa, ed. *Alice Munro: Understanding, Adapting and Teaching.* New York: Springer, 2016.

——, and Eugenia Sojka, eds. *Alice Munro: Reminiscence, Interpretation, Adaptation and Comparison.* Frankfurt and Main: Peter Lang, 2015.

Bulson, Eric. *Novels, Maps, Modernity: The Spatial Imagination, 1850 – 2000*. London: Routledge, 2006.

Byatt, A. S. "Munro: The Stuff of Life." *The Globe and Mail*, 26 Sept. 1998: D 16.

Camille, La Bossiera. *Context of North America: Canadian and American Literary Relations*. Ottawa: U of Ottawa P, 1994.

Caminero-Santangelo, Marta. *The Madwoman Can't Speak: Or Why Insanity Is Not Subversive*. New York: Cornell UP, 1998.

Canitz, A. E. Christa and Roger Seamon. "The Rhetoric of Fictional Realism in the Stories of Alice Munro." *Canadian Literature* 150 (Autumn 1996): 67 – 80.

Carriere, Marie J. *Writing in the Feminine in French and English Canada: A Question of Ethics*. Toronto: U of Toronto P, 2002.

Carrington, Ildiko de Papp. *Controlling the Uncontrollable: The Fiction of Alice Munro*. DeKalb: Northern Illinois UP, 1989.

——. "Double-Talking Devils: Alice Munro's 'A Wilderness Station.'" *Essays on Canadian Writing* 58 (Spring 1996): 71 – 92.

——. "'Don't tell (on) daddy': Narrative Complexity in Alice Munro's 'The Love of a Good Woman.'" *Studies in Short Fiction* 34.2 (1997): 159 – 170.

——. "Recasting the Orpheus Myth: Alice Munro's 'The Children Stay' and Jean Anouilh's *Eurydice*." Ed. Robert Thacker. *Special Issue of Essays on Canadian Writing* 66 (Winter 1998): 191 – 203.

Carscallen, James. *The Other Country: Patterns in the Writing of Alice Munro*. Toronto: ECW, 1993.

Certeau, Michel de. *The Practice of Everyday Life*. Trans. Steven Rendall. Berkeley: U of California P, 1984.

Charman, Chaltlin J. "Horror and Retrospection in Alice Munro's 'Fits.'" *Canadian Literature* 191 (2006): 13 – 30.

Clifford, James. "Diasporas." *Cultural Anthropology* 9.3 (1994): 302 – 338.

Cooke, Nathalie. *Margaret Atwood: A Critical Companion.* Westport: Greenwood, 2004.

Concilio, Carmon, and Richard J. Lane, eds. *Image Technologies in Canadian Literature: Narrative, Film and Photography.* Brussel: P. I. E. Peter Lang, 2009.

"Cowboy Symbols—Why They're America's Symbols." *East Coast Horses*, 8 Jan. 2017. http://www.eastcoasthorses.com/cowboy-symbols.html.

Cox, Ailsa. *Alice Munro.* Tavistock: Northcote, 2004.

Cox, James M. "Autobiography and America." *Virginia Quarterly Review* 47 (Spring 1971): 252 – 277.

Crehan, Kate. *Gramsci, Culture and Anthropology.* California: U of California P, 2002.

D'Haen, Theo, and Hans Bertens, eds. *Postmodern Fiction in Canada.* Netherland: Editions Rodopi B. V. Armsterdam, 1992.

Dahlie, Hallvard. *Alice Munro and Her Works.* Toronto: ECW, 1984.

Davidson, Arnold E., ed. *Studies on Canadian Literature: Introductory and Critical Essays.* New York: The Modern Language Association of America, 1990.

Davey, Frank. *From There to Here: A Guide to English-Canadian Literature since 1960 (Our Nature/ Our Voices).* Erin, Ont.: Press Porcepic, 1974.

——. "Genre Subversion and the Canadian Short Story." *Recherches Anglaises et Americaines* 20 (1987): 7 – 15.

Daymond, Douglas M., and Leslie G. Monkman, eds. *Towards a Canadian Literature: Essays, Editorials and Manifestos.* Ottawa: Tecumseh, 1984.

Derrida, Jacques. *Specters of Marx.* New York: Routledge, 2006.

Dewart, Edward Hartley. *Selections from Canadian Poets.* Toronto: U of Toronto P, 1973.

Dobson, Kit. *Transnational Canadas: Anglo-Canadian Literature and Globalization.* Waterloo: Wilfrid Lauria UP, 2009.

Dodeman, André. "Reassessing Genres in Hugh MacLennan's 'The Changed Functions of Fiction and Non-Fiction.'" *Commonwealth: Essays and Studies* 32.1 (Autumn 2009): 23–33.

Dooley, D. J. *Moral Vision in the Canadian Novel.* Toronto: Clarke, Irwin, 1979.

Doyle, James. *North of America: Images of Canada in the Literature of the United States, 1775–1900.* Toronto: EWC, 1983.

Drainie, Bronwyn. *Living the Part: John Drainie and the Dilemma of Canadian Stardom.* Toronto: Macmillan, 1988.

——. "Relationship Roulette." *Quill & Quire*, Aug. 2001: 22.

——. "Review of *Hateship, Friendship, Loveship, Courtship, Marriage.*" *Quill and Quire*, 23 Otc. 2012. http://www.quillandquire.com/review/hateshipfriendship–courtship–loveship–marriage/.

Duffy, Dennis. "A Dark Sort of Mirror: 'The Love of a Good Woman' as Pauline Poetic." *Essays on Canadian Writing* 66 (Winter 1998): 169–190.

Duncan, Isla. *Alice Munro's Narrative Art.* New York: Palgrave Macmillan, 2011.

Edwards, Justin. *Gothic Canada: Reading The Spectre of a National Literature.* Edmonton: The U of Alberta P, 2005.

Edwardson, Ryan. *Canadian Content: Culture and the Quest for Nationhood.* Toronto: U of Toronto P, 2007.

Engdahl, Horace. "A Nobel Sensibility." *World Policy Journal* 27.3 (2010): 41–45.

Englund, Peter. "Award Ceremony Speech." *Swedish Academy*, 10

Dec. 2013. http://www.nobelprize.org/nobel_prizes/literature/laureates/2013/presentation-speech.html.

Elaine Showalter. *The Female Malady: Women, Madness, and English Culture, 1830-1980.* New York: Penguin Books, 1987.

Elliott, Gayle. "A Different Track: Feminist Meta-narrative in Alice Munro's 'Friend of My Youth.'" *Journal of Modern Literature* 20.1 (Summer 1996): 75.

Federico, Annette R., ed. *Gilbert and Gubar's The Madwoman in the Attic after Thirty Years.* Missouri: U of Missouri P, 2009.

Ferguson, Sherry Devereaux, and Leslie Regan Shad, eds. *Civic Discourse and Cultural Politics in Canada: A Cacophony of Voices.* Westport, Connecticut: Ablex, 2002.

Ferguson, Suzanne C. "Defining the Short Story: Impressionism and Form." *Modern Fiction Studies* 28 (Spring 1982): 13-24.

Flood, Alison. "Alice Munro Wins Man Booker International Prize." *The Guardian*, 27 May 2009. http://www.guardian.co.uk/books/2009/may/27/alice-munro-man-booker-international-prize.

Foucault, Michel. *The Order of Things.* Trans. anon. New York: Vintage Books, 1973.

——. "Of Other Spaces: Utopias and Heterotopias." *Rethinking Architecture: A Reader in Cultural Theory.* Ed. Neil Leach. NYC: Routledge, 1997. 330-336.

Fowler, Rowena. "The Art of Alice Munro: *The Beggar Maid* and *Lives of Girls and Women*." *Critique* 25.4 (Summer 1984): 189-198.

Franks, C. E. S. "Counting Canada: One, Two, Four, Ten and More." *Regionalism and National Identity: Canada, India, Interdisciplinary Perspectives.* Ed. M. P. Singh and Chandra Mohan. Delhi: Pragati Publications, 1994.

Franzen, Jonathan. "Alice's Wonderland." *New York Times Book Review*,

14 Nov. 2004: 1, 14 – 16.

Fraser, Wayne. *The Dominion of Women: The Personal and the Political in Canadian Women's Literature.* New York: Greenwood, 1991.

French, William. "The Good Books Versus Good Books." *Globe and Mail*, 15 June 1978: 15.

Friedman, Norman. *Form and Meaning in Fiction.* Athens: U of Georgia P, 1975.

Frye, Northrop. *Anatomy of Criticism.* Princeton: Princeton UP, 1957.

——. *The Bush Garden: Essays on the Canadian Imagination.* Toronto: House of Anansi, 1971.

——. *Divisions on a Ground: Essays on Canadian Culture.* Toronto: House of Anansi, 1982.

——. "The Conclusion." *Literary History of Canada: Canadian Literature in English, Volume Three* (2nd edition). Eds. Carl F. Klinck et al. Toronto & Buffalo: U of Toronto P, 1976. 339 – 372.

Gadpaille, Michelle. *The Canadian Short Story.* Toronto: Oxford UP, 1988.

Garson, Marjorie. "Alice Munro and Charlotte Bronte." *University of Toronto Quarterly* 69.4 (Fall 2000): 783 – 825.

Gelfant, Blanche H., and Lawrence Graver, eds. *The Columbia Companion to the Twentieth-Century American Short Story.* New York: Columbia UP, 2000.

Gerson, Carole, and Gwendolyn Davies, eds. *Canadian Poetry from the Beginnings through the First World War.* Toronto: McClelland, 1994.

Gibson, Douglas. *Stories About Storytellers.* Toronto: ECW, 2011.

Gibson, Graeme. "Alice Munro." *Eleven Canadian Novelists.* Toronto: Anansi, 1973. 237 – 264.

Gibson, Mary Ellis. "Thinking About the Technique of Skiing When You're Halfway Down the Hill." *Margaret Atwood: Conversations.* Ed. Earl

G. Ingersoll. Toronto: Ontario Review, 1990. 33 – 39.

Giersson, Heimir, and Margaret Holmgren, eds. *Ethical Theory: A Concise Anthology*. Mississauga: Broadview, 2001.

Gilbert, Sandra, and Susan Gubar. *The Madwoman in the Attic: The Woman Writer and the Nineteenth-Century Literary Imagination*. New Haven: Yale UP, 1979.

Gillett, Paula. *Musical Women in England, 1870 – 1914: Encroaching on All Man's Privileges*. New York: Palgrave Macmillan, 2000.

Gillies, Craille Maguire. "*Dance of the Happy Shades* by Alice Munro—A Place Familiar but Lost." *The Guardian*, 12 Aug. 2015. http://www.theguardian.com/books/booksblog/2015/aug/12/dance – of – the – happy – shades – by – alice – munro – a – place – familiar – but – out – of – reach.

Gilmore, Leigh. *Autobiographics: A Feminist Theory of Women's Self-Representation*. Ithaca: Cornell UP, 1994.

Giordani, Maria Rosa. "Gustave Flaubert, Alice Munro: Due Microcosmi a Confronto." *Revista di Studi Canadesi* 8 (1995): 187 – 194.

Goddu, Teresa A. "American Gothic." *Routledge Companion to the Gothic*. Eds. Catherine Spooner and Emma McEvoy. London: Routledge, 2007. 63 – 72.

Goldman, Marlene. "Penning in the Bodies: The Construction of Gendered Subjects in Alice Munro's 'Boys and Girls.'" *Studies in Canadian Literature* 15.1 (1990): 62 – 75.

Gompertz, Will. "Alice Munro Wins Nobel Prize for Literature." *BBC News*, 10 Oct. 2013. http://www.bbc.com/news/entertainment – arts – 24477246.

Gordon, Linda. "Functions of the Family." *Women: A Journal of Liberation* (Fall 1969): 20 – 23.

Gourevitch, Philip. *Writers at Work: The Paris Review Interviews*. New

York: Viking Press, 2006.

Graves, Robert. *The White Goddess: A Historical Grammar of Poetic Myth*. London: Faber & Faber, 1961.

Gramsci, Antonio. *Prison Notebooks*. New York: Columbia UP, 1991.

Green, Mary Jean. *Women and Narrative Identity: Rewriting the Quebec National Text*. Montreal and Kingston: McGill-Queen's UP, 2001.

Gudsteins, Gudrun Björk, ed. *Rediscovering Canada — Image, Place and Text*. Reykjavik: Nordic Association for Canadian Studies (NACS) & the Institute for Foreign Languages, University of Iceland (IFLUI), 2001.

Guignery, Vanessa. *The Inside of a Shell: Alice Munro's Dance of the Happy Shades*. Cambridge: Cambridge Scholars Publishing, 2015.

Hadley, Tessa. "Review of *The View from Castle Rock* by Alice Munro." *London Review of Books* 29.2 (2007): 17-18.

Hammill, Faye. *Literary Culture and Female Authorship in Canada 1760-2000*. Amsterdam; New York: Rodopi, 2003.

——. *Canadian Literature*. Edinburgh: Edinburgh UP, 2007.

Hancock, Geoff. *Canadian Writers at Work: Interview with Geoff Hancock*. Toronto: Oxford UP, 1987.

——. "Ethics." *Critical Terms for Literary Study*. Eds. Frank Lentricchia and Thomas McLaughlin. (2nd ed.) Chicago: U of Chicago P, 1995. 387-404.

——. "Here and Now: Innovation and Change in the Canadian Short Story." *Canadian Fiction Magazine* 27 (1977): 4-22.

Hardin, Herschel. *A Nation Unaware: The Canadian Economic Culture*. Vancouver: Douglas & McIntyre, 1990.

Harley, J. B. "Deconstructing the Map." *Cartographica* 26.2 (Summer 1989): 1-20.

Harris, Siân. "The Canadian Künstlerroman: The Creative Protagonist in

L. M. Montgomery, Alice Munro and Margaret Laurence." Ph. D. disser tation, Newcastle University, 2009.

Heaton, Herbert. *Economic History of Europe.* New York: Harper, 1948.

Heble, Ajay, et al. *New Contexts of Canadian Criticism.* Peterborough, Ont: Broadview, 1997.

——. *The Tumble of Reason: Alice Munro's Discourse of Absence.* Toronto: U of Toronto P, 1994.

Heller, Dana. "Holy Fools, Secular Saints, and Illiterate Saviors in A-merican Literature and Popular Culture." *Comparative Literature and Culture* 5. 3 (2003). http://docs. lib. purdue. edu/clcweb/vol5/iss3/4.

Heidegger, Martin. *Being and Time.* Trans. John Macquarrie and Edward Robinson. New York: Harper and Row, 1962.

Hermansson, Casie. "Canadian in the End?" *University of Toronto Quarterly* 68. 4 (1999): 807 –822.

Higgins, Charlotte. "Alice Munro Wins Nobel Prize in Literature." *The Guardian*, 10 Oct. 2013. http://www. theguardian. com/books/2013/oct/10/alice – munro – wins – nobel – prize – in – literature.

Hofstede, Geert. *Culture's Consequences: International Differences in Work-Related Values.* California: Sage Publications, 1990.

——. *Culture's Consequences: Comparing Values, Behaviors, Institutions and Organizations Across Nations.* California: Sage Publications, 2001.

——. *Masculinity and Femininity: The Taboo Dimension of National Cultures.* California: Sage Publications, 1998.

Hoggart, Richard. *Contemporary Cultural Studies: An Approach to the Study of Literature and Society.* Birmingham: U of Birmingham P, 1969.

——. *The Uses of Literacy: Aspects of Working Class Life.* London: Chatto and Windus, 1957.

Hooper, Brad. *The Fiction of Alice Munro: An Appreciation.* Westport:

Praeger, 2008.

Hooper, Charlotte. *Manly States: Masculinities, International Relations, and Gender Politics*. New York: Comlumbia UP, 2012.

Howells, Coral Ann. *Alice Munro (Contemporary World Writers)*. New York: Manchester UP, 1998.

——. "Alice Munro and Her Life Writing." *The Cambridge Companion to Alice Munro*. Ed. David Staines. Cambridge: Cambridge UP, 2016. 79–95.

——. "Alice Munro's Heritage Narratives." *Where Are the Voices Coming From? Canadian Culture and the Legacies of History*. Ed. and Introd. Coral Ann Howells. Amsterdam: Rodopi, 2004. 5–14.

——. *Contemporary Canadian Women's Fiction: Refiguring Identities*. New York: Palgrave Macmillan, 2005.

——. "Intimate Dislocations: Alice Munro, *Hateship, Friendship, Courtship, Loveship, Marriage*." *Alice Munro*. Ed. Harold Bloom. New York: Bloom's Literary Criticism, 2009. 167–192.

——. *Margaret Atwood*. New York: St. Martin's, 1996.

——. *Private and Fictional Words: Canadian Women Novelists of the 1970s and 1980s*. London: Methuen, 1987.

——, and Eva-Marie Kröller, eds. *The Cambridge History of Canadian Literature*. Cambridge: Cambridge UP, 2009.

Hoy, Helen. "'Dull, Simple, Amazing and Unfathomable': Paradox and Double Vision in Alice Munro's Fiction." *Studies in Canadian Literature* 5 (1980): 100–115.

——. "'Rose and Janet': Alice Munro's Metafiction." *Canadian Literature* 121 (Summer 1989): 59–83.

Hulan, Renée. *Northern Experience and the Myths of Canadian Culture*. Montréal, Ithaca: McGill-Queen's UP, 2002.

Hunter, Adrian. *The Cambridge Introduction to the Short Story in English*. New York: Cambridge UP, 2007.

Hutcheon, Linda. *The Canadian Postmodern: A Study of Contemporary English-Canadian Fiction.* Toronto: Oxford UP, 1988.

——. *Splitting Images: Contemporary Canadian Ironies.* Toronto, Oxford, New York: Oxford UP, 1991.

——. *Irony's Edge: The Theory and Politics of Irony.* Oxon: Routledge, 1994.

Ingersoll, Earl G. *Margaret Atwood: Conversations.* Princeton, New Jersey: Ontario Review Press, 1990.

Innis, H., ed. *Issues for the Seventies: Americanization.* Toronto: McGraw-Hill Ryerson Limited, 1972.

Jameson, Fredric. *Fables of Aggression: Wyndham Lewis, the Modernist as Fascist.* London: Verso, 2008.

——. *The Political Unconscious: Narrative as a Socially Symbolic Act.* Ithaca: Cornell UP, 1981.

——. *Postmodernism, or, The Cultural Logic of Late Capitalism.* Durham: Duke UP, 1991.

Johnson, Brian. "Private Scandals/Public Selves: The Education of a Gossip in *Who Do You Think You Are?*" *Dalhousie Review* 78.3 (Autumn 1998): 415–435.

Jones, D. G. *Butterfly on Rock: A Study of Theme and Images in Canadian Literature.* Toronto: U of Toronto P, 1970.

Kadar, Marlene. *Essays on Life Writing: From Genre to Critical Practice.* Toronto: U of Toronto P, 1992.

Keith, W. J. *Canadian Literature in English.* London: Longman Group, 1985.

——. *Literary Images of Ontario.* Toronto: U of Toronto P, 1992.

Kertzer, Jonathan. *Worrying the Nation: Imagining a National Literature in English Canada.* Toronto: U of Toronto P, 1998.

Klinck, Carl, et al., eds. *Literaray History of Canada: Canadian Litera-

ture in English, *Volume One/ Two/ Three* (2nd Edition). Toronto & Buffalo: U of Toronto P, 1965, 1976.

——. *Giving Canada a Literary History: A Memoir*. Ed. Sandra Djwa. Ottawa: Carleton UP, 1991.

Knister, Raymond. *Canadian Short Stories*. Toronto: Macmillan, 1928.

Kröller, Eva-Marie, ed. *The Cambridge Companion to Canadian Literature*. New York: Cambridge UP, 2004.

Lamb, Mary Ellen, and Karen Bamford, eds. *Oral Traditions and Gender in Early Modern Literary Texts*. Hampshire: Ashgate Publishing, 2008.

Lamont-Stewart, Linda. "Order from Chaos: Writing as Self-Defense in the Fiction of Alice Munro and Clark Blaise." *The Art of Alice Munro: Saying the Unsayable (Papers from the Waterloo Conference)*. Ed. Judith Miller. Waterloo, Ont.: U of Waterloo P, 1984.

Lane, Richard J. *The Routledge Concise History of Canadian Literature*. London and New York: Routledge, 2011.

Langley, Sandra Wynne. "The Ideology of Form: Political Interpretation and Alice Munro's *Lives of Girls and Women*." M. A. thesis, Concordia University, 1988.

Lapointe, Michael. "What's Happened to CanLit?" *Literary Review of Canada*, May 2013. http://reviewcanada.ca/magazine/2013/05/whats-happened-to-canlit/.

La Bossière, Camille R., and R. LA Bossiere Camille, eds. *Context North America: Canadian/US Literary Relations Vol. 18*. Ottawa: U of Ottawa P, 1994.

Lecker, Robert. *Making It Real: The Canonization of English-Canadian Literature*. Toronto: Anansi, 1995.

Létourneau, Jocelyn. *History for the Future: Rewriting Memory and Identity in Quebec*. Trans. Phyllis Aronoff and Howard Scott. Montreal/Kingston: McGill-Queen's University Press, 2004.

Lorentzen, Christian. "*Dear Life* by Alice Munro." *London Review of Books* 35.11 (2013): 11–12.

Lodge, David. "The Author's Curse." *The Guardian*, 20 May 2006.

Lohafer, Susan, and Jo Ellyn Clarey, eds. *Short Story Theory at a Crossroads*. Baton Rouge: Louisiana State UP, 1989.

Lorre-Johnston, Christine, and Eleonora Rap, eds. *Space and Place in Alice Munro's Fiction*. Rochester/New York: Camden House, 2018.

Lucas, Kristin. "Alice Munro's 'Family Furnishings' and the Vanishing Point of Realism." *Interdisciplinary Humanities* 34.2 (2017): 34–45.

Luccock, Halford F., et al., eds. *The Story of Methodism*. Nashville: Parthenon, 2004.

Lucking, David. *The Serpent's Part: Narrating the Self in Canadian Literature*. Bern, New York: Peter Lang, 2003.

Lukács, Georg. *The Theory of the Novel*. Trans. Anna Bostock. Cambridge: The MIT Press, 1971.

Lynch, Gerald. *The One and the Many: English-Canadian Short Story Cycles*. Toronto: U of Toronto P, 2001.

Macfarlane, David. "Writer in Residence." *Saturday Night*, Dec. 1986: 51–55.

Mackendrick, Louis K. *Probable Fictions: Alice Munro's Narrative Acts*. Toronto: ECW, 1981.

MacLulich, T. D. *Between Europe and America: The Canadian Tradition in Fiction*. Toronto: ECW, 1988.

——. "What Was Canadian Literature? Taking Stock of the CanLit Industry." *Essays on Canadian Writing* 30 (Winter 1984–85): 19.

MacMechan, Archibald. *Headwaters of Canadian Literature*. Toronto: McClelland and Stewart Limited, 1974.

Magocsi, Paul Robert. *Encyclopedia of Canada's Peoples*. Toronto: U of Toronto P, 1999.

Mahoney, Timothy R., and Wendy J. Katz. *Regionalism and the Humanities*. Lincoln & London: U of Nebraska P, 2008.

Makaryk, Irene Rima. *Encyclopedia of Contemporary Literary Theory: Approaches, Scholars, Terms*. Toronto: U of Toronto P, 1995.

Malcolm, Andrew H. *The Canadians*. Toronto: Crown, 1985.

Manddel, Eli, ed. *Contexts of Canadian Criticism*. Chicago: U of Chicago P, 1971.

Mandel, Eli, and David Taras, eds. *A Passion for Identity: An Introduction to Canadian Studies*. Toronto: Methuen Publications, 1987.

Marchand, Philip. "The Problem with Alice Munro." *Canadian Notes & Queries* 72 (Fall/Winter 2007): 10 – 15.

Martin, Belen. *Genero Literario/Genero Femenino: Veinte Anos Del Ciclo de cuentos en Canada*. Oviedo: RKO, 1999.

Martin, W. R. *Alice Munro: Paradox and Parallel*. Edmonton: U of Alberta P, 1987.

Martin, Sandra. "Nobel Prize Win was 'Totally Unexpected,' Alice Munro Says." *The Globe and Mail*, 11 Oct. 2013. http://www.theglobeandmail.com/news/national/nobel-prize-win-was-totally-unexpected-alice-munro-says/article14850233/.

Mathews, Robin. *Canadian Literature: Surrender or Revolution*. Toronto: Steel Rail Educational Pub., 1978.

Matthews, Brander. *The Philosophy of the Short Story*. London: Longmans, 1901.

Maufort, Marc, and Franca Bellarsi, eds. *Reconfigurations: Canadian Literatures and Postcolonial Identities*. Bruxelles, New York: P. I. E. – Peter Lang, 2002.

May, Charles. E., ed. *Critical Insights: Alice Munro*. Ipswich, MA: Salem, 2012.

——. "*I Am Your Brother*": *Short Story Studies*. Ohio: Create Space Independent Publishing Platform, 2013.

——. "Prolegomenon to a Generic Study of the Short Story." *Studies in Short Fiction* 33 (1996): 461 – 473.

——, ed. *Short Story Theories*. Athens, Ohio: Ohio UP, 1976.

——, ed. *The New Short Story Theories*. Ohio: Ohio UP, 1994.

Mazur, Carol. *Alice Munro: An Annotated Bibliography of Works and Criticism*. Lanham: The Scarecrow Press, 2007.

McCaig, JoAnn. *Reading in: Alice Munro's Archives*. Waterloo: Wilfrid Laurier UP, 2002.

McCombs, Judith. "Searching Bluebeard's Chambers: Grimm, Gothic and Bible Mysterices in Alice Munro's 'The Love of a Good Woman.'" *Alice Munro*. Ed. Harold Bloom. New York: Blooms Literary Criticism, 2009. 123 – 142.

McCulloch, Jeanne, and Mona Simpson. "Alice Munro: The Art of Fiction." *Paris Review* 137 (Summer 1994): 227 – 264.

McMullen, Lorraine, and Sandra Campbell, eds. *Aspiring Women: Short Stories by Canadian Women 1880 – 1900*. Ottawa: U of Ottawa P, 1993.

——. *New Women: Short Stories by Canadian Women 1900 – 1920*. Ottawa: U of Ottawa P, 1991.

——. *Pioneering Women: Short Stories by Canadian Women, Beginnings to 1880*. Ottawa: U of Ottawa P, 1993.

McGee, Thomas D'Arcy. "Protection for Canadian Literature (1858)." *The Search for English Literature*. Ed. Carl Ballstadt. Toronto: U of Toronto P, 1975. 21 – 22.

McWilliams, Ellen. *Margaret Atwood and the Female Bildungsroman*. Farnham: Ashgate, 2009.

Medley, Mark. "Alice Munro: 'It's nice to go out with a bang.'" *Na-*

tional Post, 19 June 2013. http://arts. nationalpost. com/2013/06/19/alice-munro-its-nice-to-go-out-with-a-bang/.

——. "Alice Munro Wins Trillium Book Award for *Dear Life.*" *National Post*, 18 June 2013. http://news. nationalpost. com/arts/books/alice-munro-wins-trillium-book-award-for-dear-life.

Metcalf, John. "A Conversation with Alice Munro." *Journal of Canadian Fiction* 1. 4 (Fall 1972): 54–62.

Metcalf, John, and Blaise, Clark, eds. *Best Canadian Stories*. Montreal: Oberon Press, 1978.

Michelle, Gadpaille. *The Canadian Short Story*. Oxford: Oxford UP, 1988.

Mighall, Robert. *A Geography of Victorian Gothic Fiction: Mapping History's Nightmares*. Oxford: Oxford UP, 1999.

Miles, Robert. "What Is a Romantic Novel?" *Novel: A Forum on Fiction* 34. 2 (2001): 180–201.

Miller, Judith, ed. *The Art of Alice Munro: Saying the Unsayable (Papers from the Waterloo Conference)*. Waterloo, Ont.: U of Waterloo P, 1984.

Moglen, Helene. *The Trauma of Gender: A Feminist Theory of the English Novel*. Berkeley: U of California P, 2001.

Moretti, Franco. *Atlas of the European Novel, 1800–1900*. London: Verso, 1998.

——. *Graphs, Maps, Trees: Abstract Models for a Literary History*. London: Verso, 2005.

Morrison, Katherine L. *Canadians & Americans: Myths and Literary Traditions*. New Brunswick and London: Transaction Publishers, 2005.

Morton, W. L. *The Canadian Identity*. London: The U of Wisconsin P, 1972.

Moss, John. *The Canadian Novel (Vol. 1): Here and Now*. Toronto: New Canadian Publications, 1978.

——. *The Canadian Novel* (Vol. 2): *Beginnings*. Toronto: New Canadian Publications, 1980.

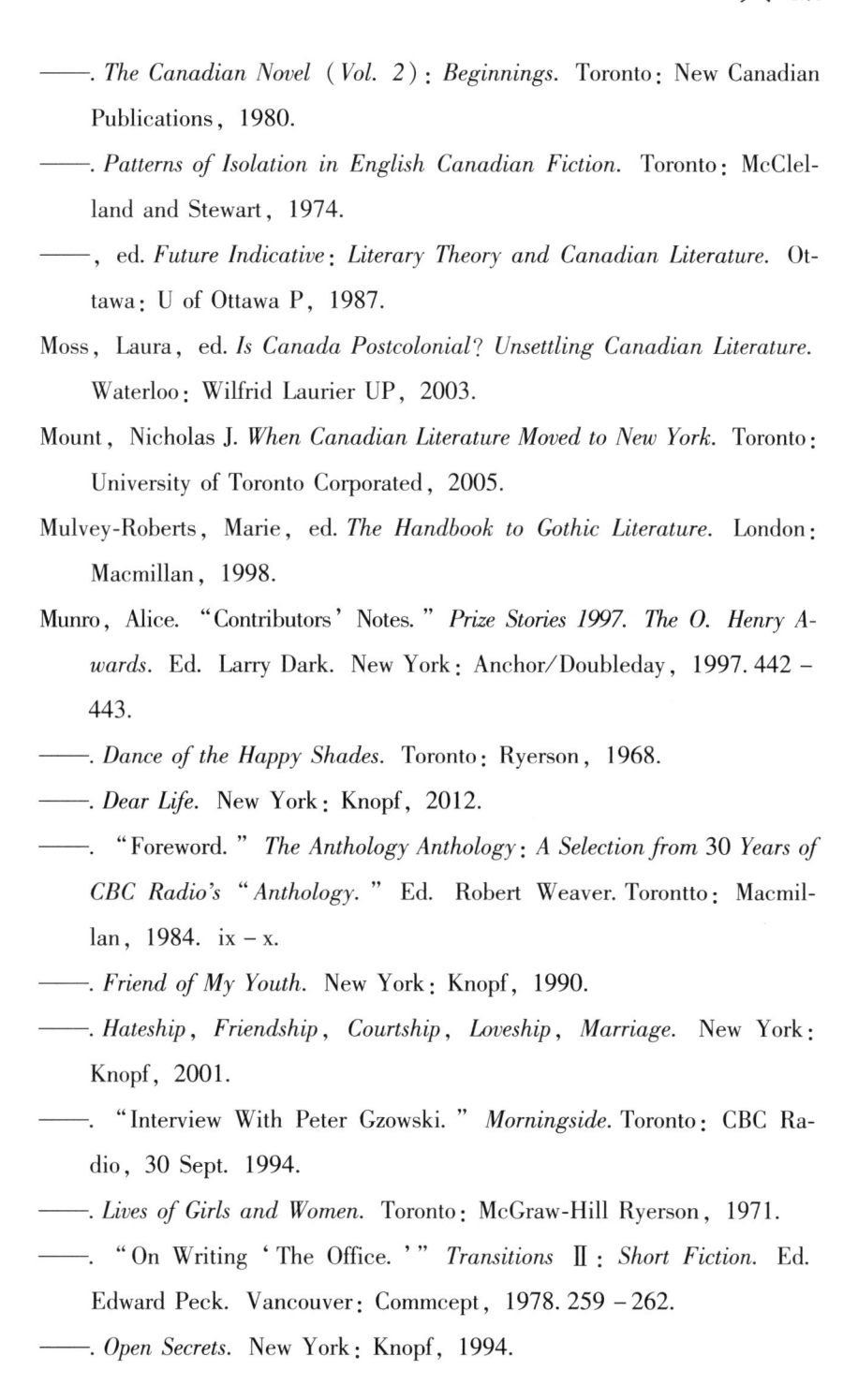

——. *Patterns of Isolation in English Canadian Fiction*. Toronto: McClelland and Stewart, 1974.

——, ed. *Future Indicative: Literary Theory and Canadian Literature*. Ottawa: U of Ottawa P, 1987.

Moss, Laura, ed. *Is Canada Postcolonial? Unsettling Canadian Literature*. Waterloo: Wilfrid Laurier UP, 2003.

Mount, Nicholas J. *When Canadian Literature Moved to New York*. Toronto: University of Toronto Corporated, 2005.

Mulvey-Roberts, Marie, ed. *The Handbook to Gothic Literature*. London: Macmillan, 1998.

Munro, Alice. "Contributors' Notes." *Prize Stories 1997. The O. Henry Awards*. Ed. Larry Dark. New York: Anchor/Doubleday, 1997. 442 – 443.

——. *Dance of the Happy Shades*. Toronto: Ryerson, 1968.

——. *Dear Life*. New York: Knopf, 2012.

——. "Foreword." *The Anthology Anthology: A Selection from 30 Years of CBC Radio's "Anthology."* Ed. Robert Weaver. Torontto: Macmillan, 1984. ix – x.

——. *Friend of My Youth*. New York: Knopf, 1990.

——. *Hateship, Friendship, Courtship, Loveship, Marriage*. New York: Knopf, 2001.

——. "Interview With Peter Gzowski." *Morningside*. Toronto: CBC Radio, 30 Sept. 1994.

——. *Lives of Girls and Women*. Toronto: McGraw-Hill Ryerson, 1971.

——. "On Writing 'The Office.'" *Transitions* II: *Short Fiction*. Ed. Edward Peck. Vancouver: Commcept, 1978. 259 – 262.

——. *Open Secrets*. New York: Knopf, 1994.

——. *Runaway*: *Stories*. New York: Knopf, 2004.

——. *Selected Stories*. New York: Knopf, 1996.

——. *Something I've Been Meaning to Tell You*. Toronto: McGraw-Hill, 1974.

——. *The Beggar Maid*: *Stories of Flo and Rose*. New York: Knopf, 1979.

——. *The Moons of Jupiter*. Toronto: Macmillan, 1982.

——. *The Progress of Love*. New York: Knopf, 1986.

——. *The Love of a Good Woman*. New York: Knopf, 1998.

——. *The View from Castle Rock*: *Stories*. New York: Knopf, 2006.

——. *Too Much Happiness*. New York: Knopf, 2009.

——. "What Do You Want to Know For?" *Writing Away*: *The Pen Canada Travel Anthology*. Ed. Constance Rooke. Toronto: McClelland & Stewart, 1994. 203–220.

——. "What Is Real?" *Making It New*: *Contemporary Canadian Stories*. Ed. John Metcalf. Toronto: Methuen, 1982. 223–226.

——. *Who Do You Think You Are*? Toronto: Macmillan, 1978.

——. "Writing. Or, Giving Up Writing." *Writing Life*: *Celebrated Canadian and International Authors on Writing and Life*. Ed. Constance Rooke. Toronto: McClelland & Stewart, 2006. 297–300.

——. "Writing's Something I Did, Like the Ironing." *The Globe and Mail*, 11 Dec. 1982: ET1.

Munro, Sheila. *Lives of Mothers & Daughters*: *Growing Up with Alice Munro*. New York: Union Square Press, 2008.

Murray, Jennifer. *Reading Alice Munro with Jacques Lacan*. Montreal & Kingston: Mcgill-Queen's UP, 2006.

Myers, John F, and Mary H. Myers. "The Elephant and the Mouse: Canada and the United States." *Bridgewater Review* 3.3 (1985): 12–15.

Neumann, Shirley, and Smaro Kamboureli, eds. *Amazing Space Writing*

Canadian Women Writing. Edmonton: Newest Press, 1987.

New, W. H. *A History of Canadian Literature* (second edition). Montreal: McGill – Queen's UP, 1989.

———, ed. *Canadian Short Fiction: From Myth to Modern*. Toronto: Prentice Hall, 1986.

———, ed. *Canadian Writers before 1890*. Detroit: Gale Research, 1990.

———. *Dreams of Speech and Violence: The Art of the Short Story in Canada and New Zealand*. Toronto: U of Toronto P, 1987.

———. *Encyclopedia of Literature in Canada*. Toronto: U of Toronto P, 2002.

———. *Land Sliding: Imagining Space, Presence, and Power in Canadian Writing*. Toronto: U of Toronto P, 1997.

Nischik, Reingard, ed. *The Canadian Short Story: Interpretations*. Rochester, New York: Camden House, 2007.

"No. 11681." *The London Gazette*, 6 July 1776: 1.

Northey, Margot. *The Haunted Wilderness: The Gothic and Grotesque in Canadian Fiction*. Toronto: U of Toronto P, 1976.

O'Connor, Frank. *The Lonely Voice: A Study of the Short Story*. Melville House: 2011.

Ogden, Thomas H. "On Projective Identification." *International Journal of Psycho-Analysis* 60 (1979): 357–373.

———. *History of Literature in Canada: English – Canadian and French – Canadian*. Rochester: Camden House, 2008.

Ondaatje, Michael. *The English Patient*. Toronto: Vintage Books Canada, 1993.

Palusci, Oriana, ed. *Alice Munro and the Anatomy of the Short Story*. Cambridge: Cambridge Scholars Publishing, 2017.

Pevere, Geoff, and Greig Dymond. *Mondo Canuck: A Canadian Pop Culture Odyssey*. Scarborough: Prentice-Hall Canada, 1996.

Pfraus, Brenda. *Alice Munro.* Ottawa: The Golden Dog, 1984.

Prentice, Alison, et al. *Canadian Women: A History.* Toronto: Harcourt, 1988.

Raporich, Beverly J. *Dance of the Sexes: Art and Gender in the Fiction of Alice Munro.* Edmonton: U of Alberta P, 1990.

Read, Malcolm K. *Educating the Educators: Hispanism and Its Institutions.* Melbourne: Monash Romance Studies, 2003.

Redekop, Magdalene. *Mothers and Other Clowns: The Stories of Alice Munro.* London, New York: Routledge, 1992.

Reid, Verna M. "Perceptions of the Small Town in Canadian Fiction." M. A. thesis, University of Calgary, 1972.

Relph, Edward. *Place and Placelessness.* London: Routledge Kegan & Paul, 1976.

Remie, Cornelius H. W., and Jean-Michel Lacroix. *Canada on the Threshold of the 21 Century.* Amsterdam: John Benjamins, 1990.

Riegel, Christian, and Herb Wylie, eds. *A Sense of Place: Re-Evaluating Regionalism in Canadian and American Writing.* Edmonton: U of Alberta P, 1998.

Rosell, S. A. *Renewing Governance: Governing by Learning in the Information Age.* Don Mills: Oxford UP, 1999.

Ross, Malcolm. *The Impossible Sum of Our Traditions: Reflections on Canadian Literature.* Toronto: McClelland & Stewart, 1986.

Ross, Catherine Sheldrick. *Alice Munro: A Double Life (Canadian Biography).* Toronto: Ecw Press, 1993.

——. "'Too Many Things': Reading Alice Munro's 'The Love of a Good Woman.'" *University of Toronto Quarterly* 71. 3 (Summer 2002): 786–810.

Russel, Brown. "Critic, Culture, Text: Beyond Thematics." *Essays on Canadian Writing* 11 (1978): 180.

Ryan, Edwardson. *Canadian Content: Culture and Quest for Nationhood*. Toronto: U of Toronto P, 2008.

Sabiston, Elizabeth. *Private Sphere to World Stage from Austen to Eliot*. Toronto: Ashgate Publishing, 2008.

"Saul Bellow." *Nobel Prize*, 25 Aug. 2020. https://www.NobelPrize.org/prizes/literature/1976/press-release/.

Scobie, Stephen. "Watson, Sheila." *Canadian Encyclopedia*. Edmonton: Hurtig, 1988. 2284.

Scofield, Martin. *The Cambridge Introduction to the American Short Story*. New York: Cambridge UP, 2006.

Seldes, Gilbert. "The Best Butter." *Dial* 72 (April 1922). 427–428.

Shearman, Linda. "Canadian Alice Munro Wins Nobel Prize in Literature." *The Canadian Press*, 10 Oct. 2013. http://globalnews.ca/news/894309/canadian-alice-munro-wins-nobel-prize-for-literature/.

Shields, Rob. *Places on the Margin: Alternative Geographies of Modernity*. London: Routledge, 1991.

Shih, Elizabeth A. "Phallicism and Ambivalence in Alice Munro's 'Bardon Bus.'" *Contemporary Literatur* 44.1 (Spring 2003): 73–105.

Showalter, Elaine. *The Female Malady: Women, Madness, and English Culture, 1830–1980*. New York: Penguin Books, 1987.

Siemerling, Winfried. *The New North American Studies: Culture, Writing, and the Politics of Recognition*. London: Routledge, 2005.

Simpson, Mona. "A Quiet Genius: Review of *Hateship, Friendship, Courtship, Loveship, Marriage*." *Atlantic Monthly* 126.1 (2001): 126–136.

Skagirt, Ulrica. *Possiblity-Space and Its Imaginative Variations in Alice Munro's Short Stories*. Stockholm: Stockholm University, 2008.

Slopen, Beverley. "PW Interviews Alice Munro." *Publishers Weekly* 230.12 (Summer 1986): 76–77.

Smith, Andrew, and William Hughes. *Empire and the Gothic: The Politics of Genre.* Gordonsville: Palgrave Macmillan, 2003.

Smith, Janna Malamud. *A Potent Spell: Mother Love and the Power of Fear.* New York: Houghton Mifflin Company, 2003.

Smith, Russell. "Why Do We Struggle with What Makes Canadian Literature?" *The Globe and Mail*, 21 Nov. 2013.

Smith, Shaun. "The Invisible Canadian." *Quill & Quire* 77. 3 (Spring 2011): 8.

Smith, Tom. "Autobiography in Fresh Contexts." *Auto/Biography Studies* 13. 1 (1988): 2.

Smythe, Karen E. *Figuring Grief: Gallant, Munro and the Poetics of Elegy.* Montréal: McGill-Queen's UP, 1992.

Somacarrera, Pilar. "Speech Presentation and 'Coloured' Narrative in Alice Munro's *Who Do You Think You Are?*" *Textual Studies in Canada* 10. 11 (1998): 69 – 79.

Stacey, Robert David. *Re: Reading the Postmodern: Canadian Literature and Criticism.* Ottawa: U of Ottawa P, 2010.

Staines, David. *The Canadian Imagination: Dimensions of a Literary Culture.* Cambridge: Harvard UP, 1977.

——. *The Cambridge Companion to Alice Munro.* Cambridge: Cambridge UP, 2016.

Stainsby, Mari. "Alice Munro Talks with Mari Stainsby." *British Columbia Library Quartley* 35. 1 (Summer 1971): 27 – 31.

Steele, Apollonia, and Jean F. Tener, eds. *The Alice Munro Papers: First Accession.* Calgary: U of Calgary P, 1987.

——. *The Alice Munro Papers: Second Accession.* Calgary: U of calgary P, 1987.

Steenman-Marcusse, Conny, ed. *The Rhetoric of Canadian Writing.* Amsterdam, New York: Rodopi, 2002.

Steenman-Marcusse, and Cornelia Janneke. *Re-writing Pioneer Women in Anglo-Canadian Literature*. Amsterdam: Editions Rodopi, 2001.

Stelzig, Eugene L. "Poetry and/or Truth: An Essay on the Confessional Imagination." *University of Toronto Quartly* 54 (1984): 17–37.

Stewart, Sandy. *From Coast to Coast: A Personal History of Radio in Canada*. Toronto: CBC Enterprise, 1985.

Stouck, David. *Major Canadian Authors: A Critical Introduction to Canadian Literature in English*. Lincoln: U of Nebraska P, 1988.

Struthers, J. R. (Tim). *Alice Munro Country: Essays on Her Works I*. Toronto: Guernica Editions, 2020.

——. *Alice Munro Everlasting: Essays on Her Works II*. Toronto: Guernica Editions, 2020.

——. "The Real Material: An Interview with Alice Munro." *Probable Fictions: Alice Munro's Narrative Acts*. Ed. Louis K. MacKendrick. Downsview, Ont.: EWC Press, 1983. 5–36.

Stueck, Wendy. "Alice Munro 'Too Frail' to Attend Nobel Prize Ceremony." *The Globe and Mail*, 18 Oct. 2013. http://www.theglobeandmail.com/arts/books–and–media/facing–health–woes–alice–munro–to–skip–nobel–prize–ceremony/article14924918/.

Sturgess, Charlotte. *Redefining the Subject: Sites of Play in Canadian Women's Writing*. Amsterdam: Rodopi, 2003.

Sugars, Cynthia, and Gerry Turcotte. *Unsettled Remains: Canadian Literature and the Postcolonial Gothic*. Waterloo: Wilfrid Laurier UP, 2009.

Sugars, Cynthia. *Canadian Gothic: Literature, History and the Spectre of Self-Invention*. Cardiff: U of Wales P, 2014.

——, and Eleanor Ty. *Canadian Literature and Cultural Memory*. Don Mills, ON: Oxford UP, 2014.

——, ed. *Unhomely States: Theorizing English-Canadian Postcolonialism*. Peterborough: Broadview, 2004.

Susan Gubar. "'The Black Page' and the Issue of Female Creactivity." *The New Feminist Criticism*. Ed. Elaine Showalter. New York: Pantheon Books, 1985. 105.

Suzanne, Nalbantian. *Aesthetic Autobiography-From Life to Art in Marcel Proust, James Joyce, Virginia Woolf and Anaisnin*. Toronto: Macmillan Press, 1994.

Tally, Robert T. *Melville, Mapping, and Globalization: Literary Cartography in the American Baroque Writer*. New York: Continuum, 2009.

——. "On Literary Cartography: Narrative as a Spatially Symbolic Act." *New American Notes Online* 1.1 (Winter 2011). http://www.nanocnit.com/~nanocnit/essay-two-issue-1-1/.

Thacker, Robert. "Alice Munro and the Anxiety of American Influence." *Context North America: Canadian/U.S. Literary Relations*. Ed. Camille R. La Bossiere. Ottawa: U of Ottawa P, 1994. 133-144.

——, ed. *Alice Munro: Hateship, Friendship, Courtship, Loveship, Marriage/ Runaway/ Dear Life*. New York/London: Bloomsbury Academic, 2016.

——. "Alice Munro's Willa Cather." *Canadian Literature* 134 (Autumn 1992): 42-57.

——. *Alice Munro: Writing Her Lives*. Toronto: Emblem Editions, 2011.

——. "Connection: Alice Munro and Ontario." *American Review of Canadian Studies* 14.2 (Summer 1984): 213-226.

——. "Canadian Literature's 'America.'" *Essays on Canadian Writing* 71 (2000): 128-139.

——. "Go Ask Alice: The Progress of Munro Criticism (Review article)." *Journal of Canadian of Canadian Studies* 26.2 (Summer 1991): 156-169.

——. *Reading Alice Munro: 1973-2013*. Calgary: U of Calgary P, 2016.

——. "'So Shocking a Verdict in Real Life': Autobiography in Alice

Munro's Stories." *Reflections: Autobiography and Canadian Literature.* Ed. and introd. K. P. Stich. Ottawa: U of Ottawa P, 1988, 153–161.

——. *The Rest of the Story: Critical Essays on Alice Munro.* Toronto: Ecw Press, 1999.

——. "What's 'Material'? The Progress of Munro Criticism. Part 2." *Journal of Canadian Studies* 33.2 (1998): 196–210.

Thompson, John Herd, and Stephen J. Randall. *Canada and the United States: Ambivalent Allies.* Georgia: U of Georgia P, 2008.

Tickner, J. Ann. *Gender in International Relations.* Oxford: Columbia UP, 1992.

Tondon, Neeru, ed. *Feminine Psyche: A Post-modern Critique.* New Delhi: Atlantic Publishers & Distributors, 2008.

Toye, William, and Eugene Benson, eds. *The Oxford Companion to Canadian Literature.* Toronto: Oxford UP, 1983.

Turchi, Peter. *Maps of the Imagination: The Writer as Cartographer.* San Antonio: Trinity UP, 2004.

Urbani, Ellen. "Alice Munro Explores the Rooms of Our Lives." *The Origonian*, 3 Dec. 2009. http://www.powells.com/review/2009_12_03.html.

Van Die, Marguerie, ed. *Religion and Public Life in Canada: Historical and Comparative Perspectives.* Toronto: U of Toronto P, 2001.

Van Herk, Aritha. "Between the Stirrup and the Gound." *Canadian Forum* (Winter 1998): 49–52.

Varley, Jill. "Not Real but True: Evolution in Form and Theme in Alice Munro's *Lives of Girls and Women*, *The Progress of Love*, and *Open Secrets.*" M. A. thesis, Concordia University, 1997.

Vautier, Marie. *New World Myth: Postmodernism and Postcolonialism in Canadian Fiction.* Montreal: McGill–Queen's UP, 1998.

Veesa, H. Aram. *The New Historicism.* New York: Rouledge, 1989.

Vice, Sue. *Introducing Bakhtin.* Manchester: Manchester UP, 1997.

Wachtel, Eleanor. "Alice Munro." *Writers and Company.* Toronto: Knopf, 1993. 205 – 222.

Weaver, John. "Society and Culture in Rural and Small-Town Ontario: Alice Munro's Testimony on the Last Forty Years." *Patterns of the Past: Interpreting Ontario's History.* Ed. Roger Hall, William Westfall and Laurel Sefton MacDowell. Totonto: Dundurn, 1988. 381 – 402.

Webb, Jen, et al. *Understanding Bourdieu.* London: Sage, 2002.

Weber, Max. *Economy and Society: An Outline of Interpretive Sociology.* Berkeley: University of California, 1978.

Welty, Eudora. *The Eye of the Story: Selected Essays and Reviews.* New York: Random House: 1978.

Williams, Anne. *Art of Darkness: A Poetics of Gothic.* Chicago: U of Chicago P, 1995.

Williams, Raymond. *Key Words: A Vocabulary of Culture.* Rev. ed. London: Fontana, 1989.

Willmott, Glenn. *Unreal Country: Modernity in the Canadian Novel in English.* Montreal: McGill-Queen's UP, 2002.

Wilson, Patricia A. "Women of Jubilee: A Commentary on Female Roles in the Works of Alice Munro." M. A. thesis, University of Guelph, 1975.

Wilson, Sharon Rose. *Margaret Atwood's Fairy-Tale Sextual Politics.* Toronto: ECW Press, 1993.

Woodcock, George. *Odysseus Ever Returning.* Toronto: McClelland and Steward, 1970.

——. *Mordecai Richler.* Toronto: McClelland and Stewart, 1971.

——. *Northern Spring: The Flowering of Canadian Literature.* Vancover: Douglas & McIntyre, 1987.

——. *The World of Canadian Writing*. Vancouver: Douglas & McIntyre, 1980.

York, Lorraine M. *The Other Side of Dailiness: Photography in the Works of Alice Munro, Timothy Findley, Michael Ondaatje and Margaret Laurence*. Toronto: ECW Press, 1988.

Zehelei, Eva-Sabine. *For (Dear) Life: Close Readings of Alice Munro's Ultimate Fiction*. Berlin: Lit Verlag GmbH, 2014.

北京大学加拿大研究中心编:《加拿大研究(第一辑)/(第二辑)》。北京:民族出版社,2004/2006。

包亚明主编:《文化资本与社会炼金术——布尔迪厄访谈录》,包亚明译。上海:人民出版社,1997。

蔡帼芬主编:《加拿大媒介与文化》。北京:中国传媒大学出版社,2004。

蔡帼芬等:《镜像与她者:加拿大媒介与女性》。北京:中国传媒大学出版社,2009。

陈炳富,韩经纶编:《加拿大研究论文集》。天津:南开大学加拿大研究中心,1992。

陈俊群:《民族文学发展之路上的双重困惑——加拿大文学问题探析》,载《外国文学研究》1993年第10期,第18—20页。

陈宗宝主编:《加拿大文学论文集》。南京:译林出版社,1992。

陈宗宝主编:《加拿大文学论文集(二)》。南京:译林出版社,1993。

D. F. 普特南:《加拿大区域分析》。北京:北京出版社,1980。

戴维·斯托克:《加拿大文学的特色》,陶洁译,载《当代外国文学》1992年第3期,第146—152页。

戴伟·斯沃茨:《文化与权力——布尔迪厄的社会学》,陶东风译。上海:上海译文出版社,2006。

戴晓东:《加拿大:全球化背景下的文化安全》。上海:上海人民出版社,2007。

丁林棚:《加拿大地域主义文学研究》。北京:北京大学出版社,2008。

丁林棚：《加拿大文学中的地域和地域主义》，载《国外文学》2008年第2期，第29—35页。

菲力浦·勒热纳：《自传契约》，杨国政译。北京：三联书店，2001。

逢珍：《加拿大英语文学发展史》。上海：上海外语教育出版社，2010。

傅俊：《玛格丽特·阿特伍德研究》。南京：译林出版社，2004。

傅俊、严志军、严又萍：《加拿大文学简史》。上海：上海外语教育出版社，2010。

付筱娜、时贵仁、韩红军：《加拿大英语文学》。北京：北京师范大学出版社，2015。

耿力平：《论加拿大文学中的"多元文化"、"守备心理"和"求生主题"》，载《山东大学学报》（哲学社会科学版）2010年第5期，第27—32页。

郭继德：《加拿大文学简史》。开封：河南人民出版社，1992。

郭继德：《加拿大文学与美国文学的差异》，载《山东外语教学》2002年第2期，第1—5页。

韩静：《近十年（1998—2008）中国的加拿大文学研究》，载《南京财经大学学报》2008年第2期，第85—88页。

贺拉斯·恩达尔：《诺贝尔奖与世界文学的概念》，武梦如译，载《毕司沃斯先生的房子》，南京：译林出版社，2013，第1—7页。

洪邮生：《加拿大：追寻主权和民族特性》。成都：四川人民出版社，2003。

黄仲文、张锡麟：《加拿大英语文学背景初探》，载《当代外国文学》1988年第3期，第115—127页。

黄仲文、张锡麟：《加拿大英语文学的特征和发展》，载《当代外国文学》1987年第4期，第162—166页。

黄仲文主编：《加拿大英语文学简史》。南京：南京大学出版社，1991。

姜芃：《加拿大文明》。北京：中国社会科学出版社，2001。

姜涛、张继书：《加拿大民族意识的形成和发展与民族文学的诞生》，载《北方论丛》1996年第6期，第98—103页。

江玉琴：《理论的想象：诺斯洛普·弗莱的文化批评》。北京：中国社会科学出版社，2009。

皮埃尔·布尔迪厄：《区分：判断力的社会批判》，刘晖译。北京：商务印书馆，2015。

帕米拉·麦考勒姆、谢少波选编：《后现代主义质疑历史》，蓝仁哲、韩启群译。北京：中国社会科学出版社，2008。

蓝仁哲等主编：《加拿大百科全书》。成都：四川辞书出版社，1998。

蓝仁哲：《加拿大文化论》。重庆：重庆出版社，2008。

蓝仁哲：《加拿大文学在中国的接受》，载《四川外语学院学报》2002年第6期，第17—21页。

李剑鸣、杨令侠主编：《20世纪美国和加拿大社会发展研究》。北京：人民出版社，2005。

李杰：《加拿大文化中的反美传统》，载《四川师范大学学报》（社会科学版）2004年第4期，第63—70页。

李维屏等：《英国短篇小说史》。上海：上海外语教育出版社，2011。

琳达·哈切恩：《加拿大后现代主义：加拿大现代英语小说研究》，赵伐、郭昌瑜译。重庆：重庆出版社，1994。

刘军：《加拿大（第二版）》。北京：社会科学文献出版社，2010。

刘硕良：《诺贝尔文学奖授奖词和获奖演说1901—2012》（上、下）。桂林：漓江出版社，2013。

刘意青、李洪辉：《超越性别壁垒的女性叙事：读芒罗的〈弗莱茨路〉》，载《外国文学》2011年第4期，第3—10，157页。

陆扬：《评爱伦·坡的短篇小说理论》，载《广西师范大学学报》1986年第4期，第26—30页。

罗伯特·撒克：《"引人遐想、耐人寻味的叙述"——读艾丽丝·门罗的〈恨、友谊、追求、爱和婚姻〉》，沈晓红译，载《外国文学》2014年第5期，第41—49页。

玛格丽特·阿特伍德：《加拿大文学生存谈（上）》，赵慧珍译，载《外国文学动态》2002年第3期，第4—6页。

玛格丽特·阿特伍德：《加拿大文学生存谈（下）》，赵慧珍译，载《外国文学动态》2002年第4期，第4—6页。

玛格丽特·阿特伍德：《好奇的追寻》，牟芳芳、夏燕译。南京：江苏人民出版社，2012。

马克斯·韦伯：《新教伦理与资本主义精神》，阎克文译。上海：上海人民出版社，2010。

麦格拉思·罗宾：《加拿大的文学》，吴持哲、徐炳勋译。呼和浩特：内蒙古大学出版社，1992。

米歇尔·福柯：《疯癫与文明》，刘北成、杨远婴译。上海：生活·读书·新知三联书店，2007。

诺斯洛普·弗莱：《批评之路》，王逢振、秦明利译。北京：北京大学出版社，1998。

诺斯洛普·弗莱：《伟大的代码》，郝振益等译。北京：北京大学出版社，1998。

诺斯若普·弗雷编：《就在这里——加拿大文学论文集》，马新仁、文涛等译。北京：中国文联出版社，1991。

彭兆荣：《口述传统与文学叙事》，载《贵州大学学报》（社会科学版）2010年第4期，第100—107页。

唐纳德·克赖顿：《加拿大近百年史：1867—1967》，山东大学翻译组译。济南：山东人民出版社，1972。

王成军：《关于自传的诗学》，载《英美文学研究论丛》2006年第5辑，第173—189页。

王宁：《多元文化主义与加拿大文学》，载《文艺争鸣》1997年第1期，第76—80页。

王宁、徐燕红编：《弗莱研究：中国与西方》。北京：中国社会科学出版社，1996。

王彤福主编：《加拿大文学词典》。上海：上海外语教育出版社，1995。

王岳川：《后殖民主义与新历史主义文论》。济南：山东教育出版社，2001。

王晓德:《美国现代大众消费社会的形成及其全球影响》,载《美国研究》2007年第2期,第48—67页。

威·约·基思:《加拿大英语文学史》,耿力平等译。北京:北京大学出版社,2009。

威廉·赫伯特·纽:《加拿大文学史》,吴持哲等译。北京:人民文学出版社,1994。

威廉·赫伯特·纽:《交叉地带:我们这样比喻加拿大》,徐坤、严久生译。呼和浩特:内蒙古大学出版社,2000。

魏莉:《中国加拿大文学研究概述》,载《内蒙古大学学报》(哲学社会科学版)2010年第1期,第134—138页。

吴持哲编:《诺思洛普·弗莱文论选集》。北京:中国社会科学出版社,1997。

武喆:《加拿大文化身份》,硕士论文,辽宁师范大学,2006年5月。

雅克·阿拉尔等:《加拿大的文学》,吴持哲、徐炳勋译。呼和浩特:内蒙古大学出版社,1992。

雅克·阿拉尔:《一个被称作法国文学、加拿大文学以及魁北克文学的文学》,江竞译,载《外国文学》1993年第3期,第48—49,60页。

杨俊峰:《加拿大文化属性探源》,载《外语与外语教学》1999年第5期,第3—5页。

易晓明:《诺贝尔文学奖获奖作家作品导读》。合肥:安徽省教育出版社,2015。

袁霞:《生态批评视野中的玛格丽特·阿特伍德》。上海:学林出版社,2010。

袁宪军:《当代加拿大英语文学批评综述》,载《国外文学》1992年第2期,第71—86,103页。

约翰·赛维尔:《加拿大——走向今日之路》,李鹏飞译。北京:北京理工大学出版社,2006。

张京媛主编:《新历史主义与文学批评》。北京:北京大学出版社,

1993。

张维鼎：《早期加拿大文学中的亲英传统》，载《川东学刊》1995年第6期，第39—45页。

张文曦：《文学传统与文化心态——兼论诺斯罗普·弗莱的加拿大文学观》，载《求索》2011年第5期，第216—218页。

张友伦主编：《加拿大通史简编》。天津：南开大学出版社，1994。

赵慧珍：《加拿大英语女作家研究》。北京：民族出版社，2006。

赵慧珍：《加拿大英语文学在中国三十年》，载《外国文学动态》2010年第5期，第58—61页。

赵慧珍：《论加拿大女作家艾丽丝·蒙罗及其笔下的女性形象》，载《兰州大学学报》2002第12期，第115—120页。

赵文薇：《加拿大英语文学：从无属性意识走向民族性重铸》，载《西安外国语学院学报》2004年第3期，第74—77页。

朱崇仪：《女性自传：透过性别来重读/重塑文类》，载《中外文学》1997年第4期，第133—150页。

朱徽：《加拿大英语文学简史》。成都：四川大学出版社，2005。

张意：《文化与符号权力——布尔迪厄的文化社会学导论》。北京：中国社会科学出版社，2005。

后　记

2020年，中加建交50周年。

这一年，全球新冠肺炎疫情肆虐，对我而言却是多产的一年。拖了五年的书稿终于完成了，手上还做着其他一些项目。儿子也小升初完毕，感激小学五年他遇见了很好的老师。现在，他终于有了自己的电脑，于是我被解放出来，可以更好地利用他上网课的时间做自己的工作。所以，你看，不仅仅是像伍尔夫说的，女性"必须要有自己的房间"，或者是像门罗说的，"女性本身就是一幢房子"，我们还需要自己独立的电脑，需要空间、时间、好的装备，还有足够的精力。

精力是个大问题。大学的时候曾在中国文学课上读过《人到中年》，可那时候并不能真正读懂。20世纪50年代，门罗曾经向加拿大艺术委员会申请写作项目经费，然后她在申请理由上写"需要雇佣保姆"，以便自己可以有更多的时间写作。她当然不可能这样拿到经费。作为文科老师，我每次填写项目预算表时也是同样的心虚。我的工作主要依靠电脑（一台就够了），资料（我需要很多资料，有一部分可以从学校图书馆获得，剩下的我得在孔夫子旧书网上购买二手书，往往因为没有发票而走不了财务报销），然后我需要时间和良好的身心状态（身体疲惫的时候大脑无法工作，可以做机械劳动的体力活，但不是创意性的写作）。我也很想拿项目经费去请钟点工、打车、买扫地机什么的，这样我可以有更多的时间，节省我的体力，更好地专注项目。我当然不可以这样做。不仅这种操作是违规的，项目预算也从来都没有项目承担者的劳务费这一条。为了完成项目，所有的加班和熬夜，都是我自愿的选择，和门罗选择写作没有区别。门罗说："我生命中的两种呼唤……选择经营婚姻做个好母亲呢，还是选择艺术家的黑色生活？"（Steele，*Alice Munro Papers*：*First Accession* ix）我也是一样矛盾。

　　为什么艺术家一定是黑色的生活呢？那或许是因为我们总是等孩子睡下才开始写作。窗外无尽的黑夜，很安静，台灯前玻璃的反光可以看到自己的脸。夜深人静的时候工作效率总是最高的，在喧闹的白天、零碎的时间里被阻塞的思路，在夜晚重新喷涌而出，争抢着要表达。但是高效的副作用是大脑皮层过于兴奋，以至于打烊关灯后还无法入睡，最坏的状态下连褪黑素都不起作用。引用门罗在《夜晚》中的段落：

　　　　因此或许这就是我的睡眠开始出现问题的原因。刚开始的时候，我想，那意味着清醒地躺在床上直到大概午夜时分。我会奇怪自己为何如此清醒，尤其是在家里其他人都沉睡之时。我会读书，以正常的方式让自己感到累，然后关上灯，等待。没有人会在这期间喊我，吩咐我关灯睡觉。有生以来第一次（这一定也标志了某种特别的状态）我可以自己决定一件事。

　　　　房间慢慢开始发生了变化，和白天日光里的样子不同，和深夜灯亮着的时候也不同。平日那些没做的事、搁置的事和已经做了的事，全都哐啷啷地抛在了身后，房间成了一个更为奇怪的地方，那些人，和那些支配他们生活的工作都不见了，一切的用途也都消散了，所有的家具都隐匿了起来，不再因为他人的注视而存在。

　　　　你也许认为这是一种解放。刚开始或许是的。自由。和陌生感。但是随着我失眠的时间越来越长，终至整夜无眠直到黎明，我越来越感到心烦意乱。我开始背童谣，后来又背真正的诗歌，起初是为了让自己静下来，但后来几乎不受自己控制。这个行为

后 记

好像是在嘲弄我。我在嘲弄我自己,当词语变得荒诞,变成可笑的任意胡言乱语。

我不是我自己了。

我会时不时地听到别人这样形容自己,一生都是,却没有想过这可能是什么意思。

那么,你以为你是谁?(Munro, *Dear Life* 275—276)

只有经历过失眠的人才能真正感受到夜夜夜夜。当身体已经极度疲惫,甚至眼睛开始不受控制地流眼泪,大脑却始终跳跃着,仿佛蒙太奇的电影一般,既清晰又恍惚。"什么东西控制了我,击退它是我的责任,我的希望。"(276)而完成这本书,亦是我的执念,我的希望。

在本书拖沓而又坚持的写作过程中,支持我没有半途而废的还有无数的师长同学与亲朋好友,他们的帮助与支持让我内心充满感动与感谢。我要感谢我在门罗研究与加拿大研究上的引路人:美国圣劳伦斯大学的罗伯特·撒克(Robert Thacker)教授、加拿大麦克马斯特大学的詹姆斯·金(James King)教授与卡罗尔·梅瑟(Carol Mazur)研究馆员,以及北京大学的刘意青教授。同时,感谢我的博士生导师、上海外国语大学的李维屏教授,李老师教育我要爱惜羽毛,不惧怕冷板凳;感谢虞建华教授,虞老师说的"Publish or perish."我会铭记在心;感谢我的硕士生导师张定铨教授,二十年来张老师和师母白云老师始终像对待女儿一样关心着我。感谢上海外国语大学文学研究院的郑体武教授、张和龙教授,在我的心里,文学研究院就是家。文学院的每一位老师,以及校文学方向的每一位老师,同门的兄弟姐妹,同方向的良师益友,都似家人一般满溢着爱。同时感谢学校各级领导的支持,感谢所有帮助过我的人。在我曾经艰难的岁月,你们的牵挂和惠助,我会永远珍藏在心。

本书的部分内容已在《外国文学》《外国文学研究》《英美文学研究论丛》等刊物上以论文的形式先期发表,此次成书时在内容与体例上重新补充与修订,谨在此向各位编辑部老师一一致谢。此外,也感谢为本书提供参考与引用的加拿大研究与门罗研究的学者们。感谢本书的责任编辑刘荣女士、张格女士，她们的高效、认真和一丝不苟才使本书得以顺利付梓。本书是教育部人文社会科学研究基金青年项目"加拿大文化视阈下的艾丽丝·门罗短篇小说研究"（项目批准号：15YJC752051）的最终成果。本人获得国家留学基金管理委员会的公派访学资助，以及上海外国语大学科研项目的资助，在此也向各资助方表达诚挚的感谢。

此外，我还要特别感谢一群同学的妈妈，陪我一起走过孩子小学的这五年。我们互相仅用"某某妈"称呼，反而名字倒没那么熟；我们是薛定谔的猫，同时具有工作和没有工作，是无所不能的救火队员，任何时候都能挤出时间。基于五年来的战斗友情，我们经常在深夜互发微信——孩子睡觉后我们的工作时间与在线茶歇。我们彼此欣赏。透过"某某妈"的表面能看见对方严谨的态度和专业的能力。当我们忘我工作的时候，工作让我们有了名字。

最后，感谢我的家人，感谢我的父母、先生和儿子。你们的支持和爱是我重新启程的力量，是引导我穿越黑暗的那束光。

周　怡
2020 年 12 月 24 日